문동환 자서전

떠돌이 목자의 노래

삼인

이 책을 위해 김약연 선생의 증손자인 김재홍이 용정, 특히 은진학교 시절 사진을 제공해주었다. 문익환 목사의 딸 영금이 가족사진과 편지 등의 자료를 제공해 주었다. 한겨레 김경애 기자가 자료를 찾는 데 도움을 주었고 김대중 도서관이 사진을 제공해 주었다.

• • •

내 이야기를 쓰게 된 까닭

여러 친구들이 나더러 자서전을 쓰라고 권했다. 민족운동이 격렬하던 북간도에서 나서 자란 이야기, 신학을 공부하다가 기독교교육학으로 전향하게 된 이야기, 미국 여인과 혼인하여 다른 두 문화가 하나가 된 이야기, 생명문화에 관심을 가지면서 '새벽의 집'을 시작한 이야기, 신학교 교수로 두 번씩이나 학교에서 쫓겨난 이야기, 생각지 못했던 감옥 생활 이야기, 그리고 정치 세계에서 엉켜서 지내던 이야기 등등, 흥미로운 이야깃거리가 많지 않으냐는 것이었다. 나와 같이 평민당에 들어갔던 젊은 친구들은 필요하면 글을 대신 써 줄 수도 있으니 꼭 자서전을 출간하라고, 그러면 그것이 한 개인의 삶을 통한 한국의 민주화 운동의 역사가 될 것이라고 충동질하기도 했다. 그러나 도저히 그럴 용기가 나지 않았다. 나라에서 중요한 직분을 맡아 일했다거나 사회에 커다란 업적이라도 남겼다면 몰라도 어디에서나 만날 수 있는 한 신학교 교수가 자서전을 쓴다는 것은 주제넘은 일이라고 생각했다. 게다가, 내 이야기가 한국의 민주화 운동사에 웬만큼 보탬이 될 것이라고는 하지만, 민주화 운동에 관한 글은 이미 충분히 출판되어 나온 터였다.

•••

　　그러나 은퇴한 뒤 아흔 고개를 바라보면서 나의 지난날을 곰곰이 곱씹어 보면서 새삼 느낀 것은 누구의 삶이든 그것을 심층에서 음미해 보면 놀라운 삶의 의미를 발견할 수 있다는 것이었다.

　　여섯 살 때 나는 목사가 되겠다고 동네 아주머니들 앞에서 선언을 했다. 한 어린이의 철없는 선언일 뿐이라고 일소해 버릴 수 있는 일이다. 그러나 생각해 보면 그것은 만주 벌판에서 유리방황하는 떠돌이들을 위해서 온몸을 바친, 아브라함과 같은 한 목사의 삶의 메아리였다. 그리고 그 소리는 나의 청소년 시절은 물론 신학과 교육학을 전공하고 모국에 돌아와서 보낸 일생을 통해서 나의 삶에서 계속 메아리쳤으며 내 삶의 나침반이 되었다.

　　은퇴한 뒤 나는 아내를 따라 미국에 왔다. 예전에 결핵 요양원에서 배운 수채화나 도자기를 다시 시작하면서 좀 여유 있게 살고 싶었다. 예수님의 뒤를 따라 가구도 만들어 보고 정원도 가꾸면서 머리를 식히려고 했다. 그래서 내 장서도 다 한국신학대학에 기증하고 왔다. 그러나 이 계획은 휴지 조각처럼 바람에 날아가 버리고 말았다.

　　텔레비전과 신문을 통해 보도되는, 온 세계에서 일어나는 갖가지 참사가 완전히 나를 뒤흔들어 놓았기 때문이다. 무엇보다 세계 도처에서 빈부 격차를 조장하고 생태계를 파괴하는 신자유주의의 악랄한 횡포가 나를 가만히 있을 수 없게 했다. 신자유주의로 말미암아 고향에서 쫓겨나 세계 곳곳에서 유리방황하는 떠돌이들이 계속 늘고 있다. 그들의 아우성 소리가 만주에서 떠돌아다니는 동족을 보면서 아파하던 기억을 지닌 내 심장에 화살처럼 꽂혔다. 박정희 독재 밑에서 신음하던 민중을 보면서 분노하던 기억을 지닌 내 마음에 다시 불을 질렀다. 그림을 그리고 도자기를 만들면서 삶을 즐긴다는 것은 생각할 수가 없었다. 게다가 더욱 기가 막힌 것은 예수님의 뒤를 따른다는 교회들은 그런 문제에 관해 전혀 관심이 없다는 것이었다. 특히 미국에 있는 한국인 교회가 더했다. 20세기의 끄트머리에서 나는 암담함을 느꼈다. 앞으로 닥칠 21세기는 도대체 어떻게 될 것인가?

이런 암담한 심정으로 고민하는 나에게 성서는 또다시 새로운 불꽃을 던져 주었다. 하느님은 이런 암흑의 역사를 새로운 차원으로 승화시키기 위해서 고향에서 밀려난 떠돌이들을 부르셨다. 출애굽 사건이 그랬고, 농토에서 쫓겨난 갈릴리의 떠돌이들의 역사가 그랬다. 현실 사회에서 내쫓긴

···

떠돌이들이 아니고서는 악을 악으로 보고 그에 대치되는 새 내일을 갈망할 수가 없다. 그 제도 안에서 살길을 찾으려고 허덕이는 자들은 새 내일의 주인이 될 수 없다. 한국에서는 그들을 민중이라고 한다. 그러나 그들 민중 대부분은 아직도 현재의 제도 안에서 어떻게든 살길을 찾으려고 애쓸 뿐이다. 새 역사의 주인공은 현재의 제도에서 아무것도 기대할 수 없는 떠돌이들이다. 이렇게 해서 나는 다시 떠돌이 신학을 추구하게 되었다.

이 나의 이야기를 정리해 주고 출판해 주신 도서출판 삼인에 진심으로 감사를 드린다. 마지막으로 내 원고를 다듬어준 내 딸 영미의 노고도 잊을 수 없다.

2009년 늦여름
문동환

차례

제**1**부

일본 유학을 앞둔 익환 형과 친구들. 1938년 용정

3·1민주구국선언 사건으로 수감되다

　계엄령 하의 서울 밤거리는 공동묘지와도 같이 적막했다. 그날 밤은 유난히 달이 밝아서 사람 그림자 하나 없는 광화문 네거리가 텅 비어 보였다. 우리를 태운 버스는 광화문 네거리를 돌아서 서대문으로 달리고 있었다. 광화문 네거리에서 커다란 장검을 짚고 우뚝 서 있는 이순신 동상이 "나도 억울하게 감옥살이를 해 본 일이 있어"라며 우리를 격려하는 듯했다. 비로소 교도소 생활을 경험하게 되는구나 생각하니 오히려 마음이 뿌듯했다. 독립 운동의 요람이기도 한 간도에서 자란 나는 민족운동에 투신한 분들이 감옥에 들락날락하던 이야기를 무수히 들었다. 우리 아버지도 해방을 전후해서 세 차례나 감옥 생활을 하셨고, 윤동주, 송몽규 같은 젊은 선배들도 민족주의자로서 해방 직전에 감옥에서 세상을 떠났다. 이런 이야기를 들으면서 자란 나는 아직 감옥 구경을 해 보지 못한 것이 은근히 부끄럽기도 했는데 이제 비로소 서대문 서울구치소를 향하고 있으니 한편으로는 불안하면서도 한편으로는 은근히 뿌듯했다. 옆에 앉은 이문영 교수를 훔쳐보니 앞으로 묶인 손을 내려다보면서 깊은 생각에 잠겨 있었다.

우리가 서대문의 서울구치소 지하실에 들어선 것은 밤 2시는 넘었으리라. 넓은 방에 들어서니 천장에 달린 전등알은 술 취한 사람의 눈처럼 흐리멍덩했다. 그 방의 풍경을 보니 앞으로 교도소 생활이 어떨지 짐작되었다. 교도관이 우리 손목에서 수갑을 풀어 주었다.

교도관 둘이 방 한쪽에 있는 창고에서 무엇인가 한 아름씩 안고 나와 우리 앞에 던져 놓았다. 수의였다. 방바닥에 널린 퍼런 죄수복을 바라보니 비로소 감옥에 들어왔다는 실감이 났다. 우리는 서로 얼굴을 쳐다보면서 서글프게 웃었다. 다른 교도관이 또 검은 고무신을 한 아름 가져다주면서 늦었으니 어서 옷을 갈아입으라고 독촉했다. 우리 옷은 잘 보관했다가 출소할 때 돌려준다고 했다.

입고 있던 옷을 벗고 푸른 수의를 입었다. 우리는 옷을 갈아입고 서로 쳐다보고는 모두 실소하지 않을 수 없었다. 방금 전까지 훤칠한 신사 같던 모습들이 보잘것없는 도적 떼처럼 보이는 것이었다. 특히 키 크고 훤칠하던 이문영 교수의 모습이 가관이었다. 몸에 맞지도 않은 퍼런 옷을 입고 서글픈 웃음을 짓고 있는 모습이 희극 배우 같았다. 내가 그를 향해서 손가락질하며 웃었더니 그도 나를 보면서 웃었다. 내 꼴도 우습기 짝이 없는 모양이었다. 함세웅 신부의 도움을 받으면서 옷을 갈아입은 김대중 선생의 모습을 보고는 내 얼굴에서 웃음이 사라졌다. 늘 권위 있어 보이던 그였는데 한갓 촌부와도 같은 모습이 아닌가. 저들은 또 플라스틱으로 된 식기 세 개와 대나무 젓가락을 나누어 주었다.

그 밤에 이렇게 서대문 구치소에 함께 끌려온 사람은 1976년 3월 1일 명동성당에서 선포한 민주구국선언서에 서명한 김대중, 서남동, 안병무, 이문영, 윤반웅과 나, 서명은 하지 않았지만 주동자였던 문익환, 또 명동성당에서 구국선언서를 발표하도록 주선한 천주교 신부 김승훈, 함세웅, 신현봉,

문정현, 그리고 이 선언서를 등사하는 것을 도운 이해동 등이었다. 남산에 있는 중앙정보부에서 한 일주일 동안 조사를 받고 나서 서대문 구치소로 끌려온 것이었다. 함석헌, 윤보선, 정일형, 이우정 등도 서명했으나 나이가 많거나 여성이라서 특별 취급을 받아 투옥은 되지 않은 모양이었다.

옷을 갈아입자 우리를 한 사람씩 감방으로 끌고 갔다. 맨 먼저 계단을 올라가 감방으로 인도된 것은 김대중 선생이었다. 다음에는 나의 형 문익환이었다. 내 차례가 되어서 구름다리를 올라가 보니 널찍한 복도가 앞으로 뻗어 있고 옆으로 구치소 건물들이 여러 채 연결되어 있었다. 촉수 낮은 전깃불이 으스름하게 비추고 있는 구치소는 활극 영화에 나오는 뒷골목처럼 스산했다.

내가 인도된 곳은 이층에 있는 3동의 첫 번째 방이었다. 한 두어 평가량 되는 방에 들어서자 철창문이 뒤에서 철컥 하고 닫혔다. 그리고 쇠를 잠그는 소리가 들렸다. 그 소리가 마치 "네 자유는 저당 잡혔다"라고 선언하는 듯해 가슴이 섬뜩했다. 돌아서는 나에게 교도관은 "거기에 이부자리가 있으니 자리를 펴고 주무시오." 하고는 어디론가 가 버렸다. 얼마 있으니 내 눈이 어둠에 익숙해져 방안 모습이 눈에 들어왔다. 벽에 바른 도배지는 때가 더덕더덕 묻어 추하기 짝이 없었다. 여기저기에서 벽지가 찢어져 너풀거리고 있었다. 방 모서리에는 바람벽 흙이 흘러내려 수북이 쌓인 곳도 있는 것이 마치 버려진 시골 주막집 같았다.

흐트러진 마음을 주워 모으면서 마룻바닥에 이부자리를 폈다. 청나라 사람들 옷처럼 푸른 이불이 두텁기는 했으나 때가 더덕더덕한 것이, 안으로 들어가면 굶주린 이들이 달려들 것만 같았다. 나는 서글픈 심정으로 죄수복 입은 몸을 이불 위에 길게 뉘었다. 드러누워서 천장을 바라보고 있자니 지난 며칠 동안에 일어난 일들이 주마등처럼 지나갔다.

많은 사람들이 명동성당 강당에 모여들고 있었다. 강당은 사람들로 가득 찼으나 무거운 침묵이 감돌고 있었다. 7시가 되자 김승훈 신부를 중심으로 한 이십여 명의 신부들이 성의를 입고 단에 나타나서 3·1절 기념 미사를 올리기 시작했다. 일제히 신부 가운을 입은 정의구현사제단의 모습이 퍽 장중하고 인상 깊었다.

미사가 끝난 뒤 개신교와 천주교 합동기도회를 가졌다. 사실 이 기도회는 개신교 교인들이 주동한 3·1민주구국선언서를 발표하기 위한 자리였다. 애초에 이 일을 주도한 형 문익환 목사가 천주교 신부들에게도 민주구국선언에 서명하라고 했으나, 주교의 승낙 없이는 서명할 수 없다며, 3·1 독립선언을 위한 미사 뒤에 기도회를 가지는 형식으로 선언서를 발표하면 그들도 가담하는 셈이 될 것이라고 했다. 그렇게 해서 명동성당에서 3·1민주구국선언서를 발표하게 되었다.

먼저 내가 짤막하게 설교를 했다. "이스라엘 백성을 이집트에서 이끌고 나온 모세는 가나안으로 들어가기 전에 민족의 지도권을 여호수아에게 넘겨주었다. 그랬기 때문에 신명기 기자가 모세를 예언자 중에서 가장 위대한 예언자라고 높이 찬양했다. 박정희 대통령도 이제라도 민주적인 총선거를 통하여 나라의 지도권을 후계자에게 양보하고 물러선다면 한국 역사에서 높이 평가받는 인물이 될 것이다." 그러니 자신의 앞날을 위해서라도 권좌에서 용퇴하라고 충고했다. 설교를 하는 나도 흥분했지만 그 자리를 가득 메운 청중도 그 설교에 크게 흥분했다. 뒤이어 이우정 선생이 나와서 3·1민주구국선언서를 낭독했다. "이때에 우리에게는 지켜야 할 마지막 선이 있다. 그것은 통일된 이 나라, 이 겨레를 위한 최선의 제도와 정책은 국민에게서 나와야 한다는 민주주의의 대헌장이다. 따라서 정치적 민주주의와 경제적 민주주의를 이룩해야 한다." 작은 키의 이우정 선생이 또랑또랑한 목소리로 선언문을 낭독하자, 청중들은 놀라움을 감추지 못했다. 이 모임을 기도회라고 생각했지, 긴급조치9호를 비판하는 성명서를 발표하는 모임인 줄은 전혀 몰랐기 때문이었다.

기도회가 끝나고 성당 언덕을 내려오는데 그 자리에 참석했던 노명식 교수가 내 옆에 오더니 어떻게 그런 설교에, 그런 성명을 발표할 용기를 냈느냐고 감탄했다. 내가 이 일을 주동한 것으로 생각한 모양이었다. 이렇게 생각한 것은 기독교 교수들만이 아니었다. 종로5가에 늘 들락날락하는 중앙정보부원도 내 옆에 와서 "문 박사, 그런 성명을 발표하고도 무사할 줄 알아요?" 하고 경고하고는 사라졌다. 그 말을 듣고 그때 비로소 '교도소 생활을 하게 되나 보다' 하는 생각이 얼핏 들었다.

"이불을 덮고 누우시죠. 감기 걸리면 야단나니까요." 하는 교도관의 말이 들려왔다. 그 소리에 비로소 오싹한 한기를 느꼈다. 할 수 없이 이불을 뒤집어썼다. 밑에 깐 요는 솜이 뭉쳐서 편하지가 않았다. 요를 고르게 한 뒤 잠을 청했으나 잠이 오지 않았다. 교도소에 들어온 흥분이 가라앉지 않은 모양이었다. 적막함에 사로잡힌 교도소의 침묵은 복도를 오가는 교도관의 발자국 소리로 흔들리고 있었다. 어스름한 천장을 바라보는 내 눈에 슬며시 나타난 것은 눈물 담긴 눈으로 형사들에게 붙잡혀 가는 나를 바라보던 아내의 얼굴이었다.

"이제 일어나세요. 식구들이 기다리고 있어요." 아내의 목소리에 나는 잠이 깼다. 동쪽 창으로부터 쏟아져 들어오는 햇살이 눈부셨다. 나는 주섬주섬 옷을 챙겨 입고 식당으로 발을 옮겼다. 어젯밤 자정에 이우정 선생이 잡혀갔다는 소식을 듣고 한참 뒤척거리며 잠을 설친 바람에 늦잠을 잔 것이었다. 이우정 선생이 붙잡혀 간 것은 물론 전날 밤 명동성당에서 민주구국선언서를 낭독해서였다. 내가 맨 먼저 잡혀가리라 생각했는데 이우정 선생이 먼저 잡혀갔다기에 미안한 마음이 들었다. 이 선생은 '새벽의 집'에서 같이 생활하다가 여성 중심의 공동체를 이룩해 보겠다고 하면서 양정신 목사와 더불어 '새벽의 집'에서 가까운 방학동에 집을 얻어 공동체 생활을 시작한 터였다. 그가 우리와 뜻을 같이 했기에 성명서를 낭독하는 역할을 했고, 그 일로 그날 밤 12시에 체포된 것이었다. 그 집에서 가사를 돕는 여자아이가 밤중에 이 소식을 우리 집에 전했고 우리는 양정신 선생을 찾아가서 일이 돌아가는 사정을 알아보았다. 양정신 선생은 성명서를 남자가 읽지 왜 약한 여자가 읽게 했냐고 나무랐다. 나는 먼저 잡혀가야 할 사람은 난데 왜 이 선생을 먼저 체포했는지 모르겠다고 불평 아닌 불평을 했다. 이렇게 복작거리다가 자게 되어서 늦잠을 잔 것이었다.

식탁에 와 보니, 아이들은 학교에 가고 없고, 최승국 한능자 부부, 이종헌 이묘자 부부, 그리고 내 아내와 전정순 집사가 식탁에 둘러앉아서 나를 기다리고 있었다.

우리는 손을 잡고 식사 때 우리가 늘 부르는 "아침 시간이 돌아왔네, 함께 식탁에 둘러앉아, 하느님께 감사드리고, 주신 음식 나누자"라는 노래를 부르고 식사를 시작했다. 식사하는 동안 아무도 말이 없었다. 식사가 거의 끝날 때 '새벽의 집' 총무인 최승국 선생이 입을 열었다.

"새벽의 집이 농촌으로 이사 가는 것은 어떻게 할까요?"

나는 뭐라고 말해야 할지 몰랐다. 산업 사회에 젖줄을 대지 말고 농촌에 가서 우리의 힘으로 삶을 영위하면서 생명문화를 창출해 보자고 제안한 것이 난데, 내가 이제 감옥에 갈 것이 불 보듯 빤해서였다. 그리고 내가 빠지면 앞으로 공동체 생활에 지장이 있을 것도 분명했다. 그렇다고 해서 나 없이는 식구들이 그 일을 수행할 수 없을 것이라고 말할 수도 없었다. 특히 이 일을 위해서 땅을 제공하면서 함께 그 꿈을 이룩하자고 한 오재길 선생의 성의도 무시할 수 없었다.

"여러분의 생각을 모아서 결정해야지……, 오 선생하고도 의논하고."

이런 이야기를 주고받는데 누군가가 현관문을 두드렸다. 검은 옷을 입은 키 큰 사람 둘이 현관으로 들어섰다. "박사님, 저희와 잠깐 같이 가셔야 하겠습니다." 예상했던 일이 닥친 것이었다. 나는 잠깐 기다리라 하고는 방에 들어가 옷을 갈아입었다. 아내가 주는 내복을 껴입고 바바리코트까지 입고서 돌계단을 내려갔다. 앞으로 어떤 봉변을 당할지 알 수 없어 불안한 마음이 왈칵 솟구쳤다. 아내가 뒤따라 나오면서 "그냥 가요?" 한다. 그 말에 돌아서자 아내가 품에 와락 안기더니 잘 가라는 키스를 해 주었다.

두 정보원 사이에 끼어 앉아서 남산을 달리는 동안, 글썽거리는 눈으로 나를 바라보면서 "몸조심해요." 하던 아내의 모습이 내내 나를 붙들었다. 나만 믿고 한국에 온 그녀가 앞으로 이 시련을 어떻게 이겨 나갈지 도저히 마음이 놓이지 않았다. 그러면서도 마음 한구석에서는 '우리 민족을 위해서 시련을 겪는다'는 생각에 뿌듯함을 느끼기도 했다.

수유리 한국신학대학으로 들어가는 모퉁이를 지날 때 김재준 목사님의 얼굴이 떠올랐다. 내가 한국신학대학 교수가 된 것은 1961년 가을. 그러니까 박정희가 군사 쿠데타를 일으킨 지 불과 3개월 뒤였다. 김재준 목사님은 학장직을 맡아 모처럼 제대로 된 신학 교육을 실천하려는 열망으로 가득 차 있었다. 그런데 박정희는 대학교를 통제하고 장악하려는 음모로 모든 대학의 총장, 학장 가운데 만 60세 이상은 총사퇴해야 한다는 지시를 내렸다. 일제강점기부터 6·25전쟁을 거치고 교단이 분열되던 시기에도 대학을 굳건히 지켜왔던 나의 스승 김재준은 평생 몸 바쳐 온 한국신학대학을 하루아침에 떠나야만 했다. 올곧은 신학을 할 수 있도록 민주적인 지도력으로 학교를 이끌어 온 김재준 목사님은 이제 신학교육에 관여할 수 없게 되었다. 학교에서 물러나신 뒤 그는 1965년 한일기본조약 체결 반대운동을 주동하는 등 점차 사회운동에서 자신의 역할을 찾았다.

나의 스승 김재준 목사는 1961년 학교에서 물러난 뒤 사회 민주화운동에 적극적으로 참여했다. 70년대에 재야인사들과 함께. 왼쪽부터 계훈제, 장준하, 김재준, 함석헌, 이병린.

한창 일할 나이에 학교에서 강제로 쫓겨나는 스승을 보는 내 마음은 씁쓸하기 짝이 없었다. 이러한 시기에 학교에 들어오게 된 나는 교회가 이승만에서 박정희로 이어지는 독재를 극복하고 이 나라의 민주화를 위해 촛불 같은 역할을 해야 한다고 생각했다. 일제 밑에서 북간도의 명동교회가 내세의 구원이 아닌, 나라의 독립을 위해 싸웠던 것처럼. 내게는 그것이 아주 자연스럽고 당연한 것이었다. 한국신학대학과 기독교장로회가 민주화 운동과 민족 통일운동에 발 벗고 나서게 된 것도 김재준 목사의 영향이었다

이런저런 생각을 떠올리다 어느새 깊은 잠에 빠지고 말았다

서울구치소에서의 첫날

"이제 일어나시죠. 방을 옮겨야겠습니다." 교도관의 목소리에 눈을 떴다. 아침 햇살이 방 뒤쪽에 있는 조그마한 창에서 쏟아져 들어오고 있었다. 일어나서 이부자리를 개려고 했더니 교도관은 그냥 나오라고 손짓했다. 그

러면서 커다란 열쇠로 방문을 열었다. 교도관은 키가 크고 마흔 살쯤 되어 보이는, 얼굴이 어질어 보이는 사람이었다. 밥그릇과 젓가락을 들고 그 뒤를 따랐다. 교도관은 방 네댓 개를 지나서 한 방문을 따더니 그 방에 들어가라고 손짓했다. 3동 5방이었다.

그 방은 지난밤을 지낸 방보다 조금 더 넓고 훨씬 더 깨끗했다. 방문은 흔히 영화에서 보던 것 같은 철창문이 아니었다. 나무로 된 튼튼한 문인데 문 위쪽에 방을 들여다볼 수 있는, 가로 세로 길이가 두 자쯤 되는 창이 있었다. 그 창은 손가락만한 굵기의 철창살로 막혀 있었다. 죄수들은 이 창살 사이로 복도와 복도 저쪽에 있는 4동 건물을 내다볼 수 있었다. 그리고 방문 왼쪽 바람벽 아래쪽에 가로 세로 길이가 한 자쯤 되는 들창이 있었다. 음식을 넣어 주는 들창이었다. 방문을 열고 들어가면 문 위로 선반이 있고 그 반대편에는 비닐을 댄 간이 문이 있는데, 그 문을 여니 세상에서 처음 보는 변소가 있었다. 그곳에서 대소변을 보면 그것이 아래층에 있는 변소에 소리를 내면서 떨어졌다. 그러나 이 끔찍한 변소가 교도소 생활에서는 아주 소중했다. 이 변소에 달린 창을 통해서만 바깥세상을 볼 수가 있었다. 그 창으로 밖을 내다보면 건너편으로 교도소 2동이 보이고 그 사이에 넓이가 20평방미터쯤 되는 마당이 있었다. 무엇보다 중요한 것은 이 창을 통해서 다른 방들과 통방(通房)을 한다는 점이었다. 또 하나, 아침 햇빛이 변소의 이 비닐 문을 통해서 들어온다는 것도 더없이 소중했다.

방을 둘러보았다. 바람벽은 신문지로 도배가 되어 있었으나 여기저기 찢어져서 절반 이상이 맨 시멘트 바람벽이었다. 이 방의 이부자리는 지난밤에 덮고 잔 것보다는 훨씬 더 깨끗했다. 요를 겹쳐서 깔고 정좌를 했다. 이제 여기에서 새로운 삶을 경험하게 되는구나 하고 생각하니 마음이 뭉클했다. 나는 앉아서 명상기도를 올렸다. 그저께 명동성당에서 우리의 소신을 선언하던 일이 떠올랐다.

"하느님. 저희가 드리는 이 작은 제사를 당신의 뜻을 이룩하시는 일에 조금이라도 도움이 되게 써 주소서. 더불어 감옥에 들어온 동지들도 지켜 주시고 새벽의 집과 우리 식구들도 늠름하게 서서 이 시련을 이기게 해 주소서……."

명상기도를 하고 있을 때 "물 바케츠를 받으십시오." 하는 소년의 목소리가 들려왔다. 복도에서 심부름을 하는, '소지(일본말로 심부름꾼이라는 뜻)'라고 불리는 소년범들이 뜨거운 물을 담은 양동이와 플라스틱 대야를 방에 넣어 주었다. 세수도 하고 식기도 닦고 필요하면 마시기도 하라는 물이었다. 물은 퍽 뜨거웠다. 그 물로 얼굴을 씻고 양치질을 했다. 칫솔과 치약이 없는 것이 몹시 아쉬웠다.

얼마 있더니 소지가 다시 와서 아침 식사를 넣어 주었다. 밥과 국과 김치를 식기에 받아 앞에 놓았다. 그러나 도저히 먹을 생각이 들지 않았다. 밥이란 보리와 콩이 태반이고 쌀은 그것들을 하나로 뭉치려고 살짝 섞여 있는 정도였다. 게다가 두부모처럼 덩어리진 채 퀴퀴한 냄새를 풍기니 먹을 엄두가 나지 않았다. 된장국이라는 것도 배춧잎이 한두 개 들어 있고 짜기만 했다. 김치도 아주 맵고 짰다. 나중에 알고 보니 냉동 장치가 없어 짜고 맵게 하지 않으면 음식을 저장할 수 없다고 했다. 조금 먹는 시늉을 하다가 그냥 변소에 버리고 말았다. 어려서부터 콩, 보리가 딱 싫어 식사 때마다 어머니의 잔소리와 씨름했는데 이제 또 콩, 보리와 씨름하게 되었다.

상을 물리고 그릇을 물로 닦은 뒤, 담요 위에 정좌하고 앉아서 다시 명상기도를 하려는데, 교도소장이 부하 몇 사람을 데리고 감방 순회를 했다. 방마다 재소자들이 "하나, 둘, 셋, 넷……" 하고 차례로 수를 센 다음 "전부 일곱 사람입니다." 하고 보고했다. 대체로 한 방에 여섯 명 아니면 일곱 명씩이었다. 많을 때는 열다섯 명까지 수용한단다. 그럴 경우에는 한 사람씩 번갈아 머리를 반대 방향에 두고 끼어 눕는데, 여름에는 더워서 견딜 수가 없다고 했다.

소장이 내 방문 앞에 오더니 "지난 밤 잘 주무셨습니까?" 하고 정중히 물었다. 그의 뒤에는 부하가 네댓 명씩 따라다녔다. 모두 굵은 금띠를 두른 모자를 썼는데, 금띠의 넓이로 그들의 계급을 표시했다. 소장은 모자 허리 전체가 금띠였다. 나중에 보았지만, 과연 보안과장은 그보다 조금 더 좁은 금띠를 둘렀고, 교도관 조장의 모자는 금띠가 더욱 가늘었다. 소장은 중키에 몸집이 가냘프고 퍽 신경질적으로 보이는, 쉰 살 남짓해 보이는 사람이었다. 저들은 이처럼 날마다 아침 식후와 저녁 취침 전에 재소자의 머릿수를 세곤 했다. 저녁 취침 전에 순방할 때에는 죄수들이 "저는 강간범입니다." "저는 절도범입니다." 하고 목청 높여 자기의 죄명을 밝혔다. 여러 사람 앞에서 자기의 죄명을 외치는 이들의 심정이 어떨 것인가 하고 생각하니 마음이 안쓰럽기만 했다.

소장이 지나가고 얼마 지난 뒤 옆방에 있는 사람이 바람벽을 쿵쿵 두드렸다. 그러더니 "옆방에 들어오신 분, 어떻게 들어오셨나요?" 하고 묻는 것이 아닌가. 중년 남자의 목소리였다. "민주구국선언서를 발표하고 들어왔습니다." 내가 대답했다. "그럼, 감옥은 처음이시겠군요?" 그렇다고 했더니, "여기도 사람이 사는 곳이니 너무 걱정하지 마십시오. 그리고 운동이 중요합니다." 하고 충고했다. 이번에는 다른 한 젊은 목소리가 "하루에 만 보씩은 뛰어야 합니다." 했다. 또 다른 사람이 또 말했다. "음식 잡수시기 힘드실 테지만 그래도 잡수셔야 합니다. 콩이 중요하니 콩알만이라도 뽑아 잡수십시오." 처음 감방에 들어와서 콩밥을 먹게 된 사람의 심정을 꿰뚫어 보고 하는 말이었다. 이렇게 격려하는 소리를 들으니 마음이 한결 놓였.

방마다 여기저기서 쿵쿵거리는 소리들이 들려왔다. 모두 자기들 방에서 뜀박질을 하는 모양이었다. 나도 일어나서 요를 한쪽으로 치워 놓고 좁은 방을 빙빙 돌면서 뛰기 시작했다. 만 보를 뛰라는데 약 천 보쯤 뛰고 나니 땀이 흐르고 피곤해졌다. 다시 자리를 깔고 앉았다.

앉아서 다시 명상기도를 하려고 했다. 그러나 마음이 잘 모아지지 않았다. 앞으로 감옥살이를 계속할 일을 생각하니 감당하기가 쉽지 않을 듯했다. 처음에 붙잡혀서 중앙정보부로 갈 때는 '이제 드디어 감옥살이를 하는구나' 하는, 일종의 기대감 같은 것도 없지 않았는데, 실제로 당하고 보니 불안하기 그지없었다. 콩밥을 먹는 일부터도 이렇게 힘든데 이 독방에서 몇 해 날 것을 생각하니 걱정이 앞섰다.

"하느님. 나에게 이 역경을 이길 수 있는 믿음을 주십시오. 나의 식구들에게도 믿음과 용기를 허락해 주십시오. 나 자신이 이렇게 약한 줄 몰랐습니다. 당신이 지켜 주시지 않으면 도저히 이겨 낼 것 같지 않습니다……."

나는 일어나서 방을 오가며 마음속으로 찬송을 불렀다. 찬송을 하고 나니 마음이 좀 가라앉는 듯했다. 이렇게 방을 빙빙 돌면서 마음을 가다듬고 있는데 3동 아래층 어느 방에서 "문동환 교수가 입소하셨다!" 하는 고함 소리가 들렸다. 뒤에 알고 보니 그것은 고려대학에 적을 두고 민주화 운동에 앞장섰던 조성우였다. 그러자 2동, 3동 여기저기에서 "문 박사님, 환영합니다." "문 박사님, 몸조심 하십시오." 하는 소리들이 들려왔다. 나도 그에 화답하여 변소에 들어가서 창밖을 향해 외쳤다. "반갑소. 학생들도 몸조심해요." 그들이 환영하는 목소리가 마치 천사들의 합창과도 같았다.

조금 있으니 교도관이 와서 "박사님, 방에 들어오십시오. 우리가 혼납니다." 하고 간청했다. 다시 방에 들어와 앉았다. 이렇게 감방에 들어와서도 서로 마음이 통하는 사람들이 있다는 사실에 감격스러웠다. 마치 감옥에 갇힌 베드로에게 하느님이 천사를 보내 주신 것과 같은 느낌이었다. '이 사자굴과도 같은 곳에 나 홀로 있는 것이 아니구나. 나와 뜻이 통하는 젊은 동지들이 나를 이렇게 환영해 주는구나. 그러고 보니 그들이 나보다 먼저 이 감옥 길을 열었구나. 이제 나도 민주주의를 이루려고 앞서 가는 그들의 뒤를 좇아가는구나. 이제 그들과 동고동락해야지.' 마음에 힘이 생기고 크게 위로가 되었다.

그날 저녁 8시 경 소장이 마지막 점검을 돌고 가자, 4동 아래층에서 누군가가 "문 박사님" 하고 소리를 지르는 것이었다. 놀라서 출입구 쪽 창을 통해서 소리 나는 곳을 바라보았더니, 오십대쯤 된 작달막한 사람이 한복 차림으로 나를 보고 머리 숙여 인사하면서 "저는 김철입니다. 이렇게 찾아와 주시니 저희들은 힘이 납니다." 하는 것이었다. 사회당 당수로 민주화 운동에 오랫동안 헌신해 온 김철 선생이었다. 나는 또다시 감격했다. 감옥에 들어와서 이렇게 뜻이 통하는 동지들을 만날 줄이야. 나는 그의 건강을 물으면서 몸조심하라고 당부했다. 그 뒤로 날마다 저녁 잠자리에 들어가기 전에 김철 선생은 반드시 나를 불러서 절을 하고 잘 자라고 인사하곤 했다.

잠자리에 들었으나 잠이 올 턱이 없었다. 감방의 취침 시간은 저녁 8시다. 일찍 취침시키는 것이 통솔하기 편리하기 때문이리라. 보통 12시는 되어야 잠자리에 들던 사람이 8시에 누웠다고 잠이 올 까닭이 없었다. 게다가 생각하지도 않던 동지들의 반가운 음성까지 들은 터에 어찌 잠이 올 것인가. 몸은 자리에 누웠지만 정신은 갈수록 또렷했다.

인권과 민주화를 위해 힘쓰는 동지들의 모습이 주마등처럼 떠올랐다. 맨먼저 박형규 목사가 떠올랐다. 그는 일찍부터 수도권특수지역선교위원회를 설립하여 정부가 싫어하는 빈민 선교 활동을 하면서 갖은 고생을 다했다. 박형규 목사와 교류하면서 나는 그가 시작한 수도권특수지역선교위원회 활동에 관심을 갖게 되었다.

한국신학대학 기독교교육학과 교수가 된 나는 청계천에서 빈민 선교 활동을 하는 박형규 목사를 여러 번 강사로 초빙했다. 또 방학이면 학생들을 빈민촌으로 보내 봉사 활동을 하도록 했다. 나의 제자들인 허병섭, 이해학, 권호경, 이규상 등은 이미 도시빈민선교에 뛰어들어 활발하게 활동하고 있었다. 봉사 활동은 여러 해 동안 계속되었다. 그 뒤 박형규 목사는 나에게 수도권특수지역선교위원회의 위원이 되어 달라고 했고, 이는 내가 사회운동에 더 깊숙이 관여하는 계기가 되었다. 그는 진작부터 감옥에 들락날락했다. 그가 처음 감옥에 들어간 것은 1973년이었다. 남산에서 가진 부활절 새벽예배 때 권호경, 김동완, 이규상, 나상기, 황인성 등 젊은 동지들이 박정희 독재를 비판하는 전단을 돌린 사건 때문이었다. 그 전단이 당국의 손에 들어가 결국 저들이 체포되었고 박형규 목사가 그 배후로 지목되어 체포되었다. 그 일로 그동안 잠잠하던 교회는 유신체제 반대 운동에 본격적으로 나서게 되었다.

천장에 달린 흐릿한 전구를 바라보는 내 눈에 박형규, 권호경 등이 법정에서 당당하게 유신 체제를 비판하던 모습이 떠올랐다.

김관석 목사도 생각났다. 김 목사는 한국기독교교회협의회 총무로 있으면서, 독일의 '전 세계에 빵을(Bread for the World)'이라는 기관에서 민중운동을 하는 이들을 도우라고 보내온 활동기금으로 박형규 목사가 하는 일과 기독청년운동을 지원했다. 이것을 못마땅하게 생각한 박 정권은 독일에서 오는 선교 기금을 반정부 활동에 사용한다는 빌미로 김관석, 박형규, 권호경, 조승혁, 황인성 등을 체포해서 재판에 부치는 억지를 부렸다. 그때 일본 기독교협의회 총무인 나까지마 목사도 자주 찾아와서 한국 교회를 격려하곤 했다.

또 사랑방교회의 뚱 문은 십자가가 눈에 떠올랐다. 사랑방교회는 이문동에 있는 판자촌을 강제 철거하는 과정에서 태어난 교회다. 칠십년대에는 급격한 도시화로 농촌에서 살 수 없게 된 농민들이 대거 도시로 몰려들어

서울에 빈터가 있는 곳마다 판자촌이 들어섰다. 그러자 서울시는 판자촌이 미관상 좋지 않다고 해서 그들을 도시 밖으로 강제로 추방했다. 날품팔이 일을 구하여 먹고살던 그들은 시외로 쫓겨 가서는 입에 풀칠을 할 수 없었기에 여기저기에서 필사적으로 항거했다. 박형규 목사가 주도하는 수도권특수지역선교위원회는 그들을 의식화시키고 조직화시켜서 그들이 생존권을 주장하도록 도왔다.

그러나 처음에는 800세대쯤 되던 그들은 결국 서울시의 압박을 견디다 못해 거의 다 흩어지고 망월동에 12세대, 이문동에 16세대가 남아 당국의 허락을 얻어 천막을 치고 겨울을 나게 되었다. 망월동의 12세대는 천막 안에 교회를 세우고 사랑방교회라고 이름을 붙였고, 한국신학대학 졸업생 이규상이 그 교회의 전도사로 시무하면서 참신한 사랑의 공동체를 이룩하고 있었다. 그러면서 그들은 계속해서 생존권을 위해서 투쟁했다.

1976년 1월 25일 주일에 해직 기독교 교수들이 주축이 되어 세운 갈릴리교회와 사랑방교회가 자매결연을 맺는 예배를 드렸다. 나는 갈릴리교회 교인으로서 그 예배에 참석했다. 우리를 맞이하는 그들의 손은 몹시도 따뜻했다. 폐허가 된 판자촌에 천막을 치고 예배를 드리는 그들로서는 그들

사랑방교회 전도사였던 이규상 전도사. 우리 집 아이들은 그를 '바우 형'이라 불렀다. 철거 과정에서 똥통에 버려진 십자가가 뒤에 보인다.

사랑방교회와 갈릴리교회가 자매결연을 맺는 기념 예배. 76년 1월 25일이다. 맨 왼쪽이 이우정, 가운데가 박형규 목사 부인 조정하, 그 뒤가 허병섭 목사다. 한국 여성신학운동의 선구자인 이우정은 1976년 '3·1민주구국선언문'을 낭독해 연행되면서 나이 쉰 줄에 투사로 변신했다.

의 아픔을 함께 나누려는 형제자매를 만난 것이 그리도 고마운 모양이었다. 우리의 접근을 막으려는 철거반원들을 물리치고 우리는 자매결연 예배를 무사히 마칠 수가 있었다. 갈릴리교회 교인 서른 명과 외부 손님 스무명이 합세하여 천막은 따뜻한 분위기로 가득했다. 사랑 안에서 하나가 되는 삶의 기쁨을 흠뻑 느낄 수가 있었다.

그 다음 주 목요일 오후 목요기도회 시간에 사랑방교회로부터 다급한 전갈이 왔다. 목요기도회에 참석하려고 한 그들을 막으려고 당국은 목요기도회에 참석하지 않으면 2월 29일까지 거주하게 해 주겠다고 문서로 약속해 놓고는, 한 시간 뒤에 구청의 철거반이 급습해서 천막을 뒤엎고 난리가 났다는 것이다. 갈릴리교회와 자매결연을 맺은 일로 당국을 더 자극했던 모양이었다. 소식을 듣고 우리는 급히 그곳으로 달려갔다. 천막이 다 찢어지고, 강대상이 부서지고, 천막 위에 높이 솟아 있던 십자가는 똥통에 내던져져서 바닥에 나동그라져 있었다. 교인들은 앉아서 통곡하고 있었다. 그때의 심정은 참담하기 이루 말할 수 없었다.

나는 사랑방교회 교인들 중에서 한 가정을 우리 새벽의 집 식구로 맞아들이기로 했다. 우리가 농촌으로 가기로 결정한 마당이기에 그가 새벽의

1974년 12월 '인혁당 재건위 사건'의 조작과 고문 사실을 폭로했다는 이유로 조지 오글 목사가 제임스 시노트 신부와 함께 강제 추방을 당하게 되자 '인혁당 사건' 가족들과 민주 인사들이 규탄 시위를 벌이고 있다.

집 일원으로 좋은 역할을 할 수 있으리라고 믿었다.

　오글 목사의 모습도 떠올랐다. 그는 한국에서 15년 동안이나 감리교 선교사로 활동해 오면서 특히 인천에 있는 산업선교운동에 크게 공헌했다. 그는 억울하게 처형당한 인혁당의 처참한 사연을 국내외에 알리다가 결국 추방당했다. 그가 인혁당 사건으로 동분서주하자 당국은 그에게 인권 운동에 가담하지 않고 강의만 한다면 추방하지 않겠다고 회유했다. 그즈음 그는 서울대학에서 노사 관계에 관한 강의를 하고 있었다. 오글 목사는 그 사실을 나에게 전하면서 어떻게 하면 좋겠냐고 물었다. 나는 "당신은 어떻게 생각하느냐"고 반문했다. 그는 솔직히 서울대학에서 계속 강의하고 싶은 마음이 간절하다고 했다. 그의 얼굴에는 그가 15년 동안 몸을 바쳐 봉사해 오고 있는 한국을 떠나고 싶지 않은 심정이 역력했다. 그러나 그는 주변의 불의와 부정을 보면서 입을 다물고 있을 사람이 아님을 나는 잘 알고 있었다. 그래서 정부와 타협을 하고 남기보다는 그의 심정을 솔직히 표현하는 양심선언을 하고 추방당하는 것이 나을 것 같다고 내 의견을 말했다. 결국 오글 목사는 예수님의 뒤를 따라 억눌린 자를 돕는 일을 했을 뿐, 어떤 정치적인 행동을 한 일이 없다고 선언하고서 추방당하고 말았다. 그때 눈물 어린 모습으로 나를 바라보던 그의 모습이 눈에 선했다.

그와 함께 추방당한 선교사 시노트 신부 역시 잊을 수가 없었다. 그는 경호원들에게 강제로 들려서 비행기에 실렸다고 한다. 그가 사랑하는 한국을 자기 발로 떠날 수가 없다고 비행기에 오르는 것을 끝끝내 거부했기 때문이었다. 그 전에도 그는 종종 유신 반대 시위를 하다가 경찰들에게 들려서 강제로 귀가 당하곤 했다. 그는 출국도 그런 모습으로 했다. 정말 시노트 신부다운 모습이었다. 그를 생각할 때마다 웃음을 금할 수가 없었다.

나를 감시하려고 우리 집에 파견 나와 있다가 한 식구처럼 된 이 형사의 모습도 떠올랐다. 그는 우리 집 심부름도 곧잘 해주었고, 우리 집에 들어와서 손수 커피도 타 마실 만큼 격의 없이 지냈다.

이 형사가 나에게 배치된 것은 1974년 1월 8일 긴급조치 제1호가 발령되었을 때였다. 긴급조치1호는 장준하 선생의 '유신 반대 100만인 개헌서명운동'을 막기 위해서 발령되었다. 그때 수유리 크리스천아카데미의 아카데미하우스에 기독자교수협의회가 소집되어 있었다. 의제는 1972년 12월에 선포된 반민주적인 유신헌법과 그에 따라 대통령으로 추대된 박정희에 대하여 기독교 학자로서 어떤 태도를 취할 것인가를 토의하려 함이었다. 사회와 학생들의 반발이 이만저만 크지 않았기 때문이었다. 한참 열띤 논의를 하고 있는데 긴급조치1호가 발표되었다는 것이다. 한국신학대학 제자 김성재가 장준하 선생을 돕다가 긴급조치1호 위반으로 중앙정보부에 연행되었다고 했다. 우리가 모두 흥분과 분노에 떨고 있는데 형사 두 명이 찾아오더니 나와 이문영 교수를 찾았다. 한 사람은 이문영 박사에게 가고, 한 사람은 나에게 왔다. 내 앞에 와서 머리를 꾸뻑하면서 인사하는 그는 비교적 양순해 보였다.

"저는 이춘호라고 합니다. 앞으로 잘 모시겠습니다."

"나를 모셔? 뭣 때문에? 눈에 뜨이지나 않게 행동해." 내 목소리는 거칠었다.

"예, 알겠습니다." 그가 대답하고는 물러섰다.

이 광경을 보더니 이화여자대학의 현영학 교수는 "허, 시기가 나는군. 두 분만 특별대우를 받으니." 하며 너털웃음을 웃었다.

그날 나는 회의가 끝난 뒤에 대구 기독청년회에 강연하러 가기로 되어 있었다. 다른 교수들과 인사를 나누고 터미널로 가려고 하는데 이 형사가 얼른 내 옆에 오더니 가방을 빼앗듯이 받아드는 것이 아닌가. 그러더니 "제가 택시를 부르지요." 하면서 택시를 잡아 세우는 것이었다.

"그럴 필요 없어. 버스를 타고 갈 테니."

"괜찮습니다. 어서 타십시오." 그는 나를 택시에 밀어 넣었다. 그리고 물었다. "무얼 타고 가십니까? 버스입니까? 기차입니까?"

"버스로 가."

결국 택시를 타고 버스터미널로 갔다.

버스터미널에서 대구로 가는 표를 끊고 버스에 타니, 이 형사가 자기가 대구까지 모시고 가야 한다며 함께 올라타는 것이었다. 마치 비서 한 사람을 대동하고 가는 꼴이 되었다. 대구에 도착하니 다른 형사가 나와 있었다. 이 형사가 나를 그에게 인계했다. 대구에서도 그곳의 형사가 택시를 잡았다. 나를 마중하러 나온 목사까지 세 사람이 택시를 타고 지정된 호텔에 갔다.

짐을 풀고 저녁을 먹으러 문을 열고 나오는데 나를 마중 나왔던 그 형사가 내 방 맞은편 방에서 나오더니 다시 우리를 따라왔다. 나를 감시하기 위해서 그 방에 든 것이었다. 그날 밤 강연을 마치고 호텔에 돌아오니 그 역시 방에 들어와 방문을 비스듬히 열어 놓고는 누가 내 방으로 찾아오는지를 감시하고 있었다.

다음 날 아침밥을 먹으러 방에서 나왔더니 그 형사가 나에게 꾸벅 인사하고는 머뭇거리다가 중얼거렸다.

"교수님. 정말 미안하지만 좀 싼 호텔로 옮길 수는 없을까요? 회사에서 주는 돈이 얼마 되지 않아서요. 정말 죄송합니다."

중앙정보부에서 필요한 비용도 제대로 주지 않는다는 사실에 조금 놀랐다. 그러고 보니 그 사람도 불쌍하다는 생각이 들었다. 나는 곧바로 값싼 호텔로 옮겼다. 그런데 그날 밤 나는 잠을 설쳤다. 벽이 두껍지 않아서 옆방에서 말하는 소리가 다 들렸는데 하필이면 옆방에 젊은 남녀 한 쌍이 들어 밤새도록 내 귀를 괴롭힌 것이다. '긴급조치' 하면 나는 언제나 이 형사 생각이 나고 또 그날 밤 싸구려 호텔방 생각이 난다.

아무것도 할 수 없는 것의 고통

이튿날 아침 나는 새벽같이 눈을 떴다. 전날 밤 일찍 잠이 들었으니 그럴 수밖에 없었다. 주변은 조용하기만 한데 동쪽 변소 창을 통해서 들어오는 햇빛이 바람벽에 환히 비치고 있었다.

배에서 쪼르륵 소리가 났다. 어제 준 음식을 제대로 먹지 못해서 배가 공복이었다. 어쩌면 배가 고파서 일찍 깬 것일는지도 몰랐다. 그러고 보니 또다시 대할 아침상부터가 걱정이었다. 아침상이라야 두부모처럼 된 콩보리

밥 한 덩어리, 짜디짠 된장국 한 그릇, 그리고 소금과 고추가루로 범벅이 된 김치 한 접시가 다였다. 앞으로 이 식사 문제를 어떻게 하면 좋을지 한심했다. 그러나 나는 다짐했다. 콩보리밥을 먹는 일을 첫 번째 도전 대상으로 삼기로 했다.

조금 있으려니 기상나팔 소리가 들리고 뒤이어 양동이로 뜨거운 물이 들어왔다. 그 물로 세수를 하고 입을 가시고 나니 정신이 들었다. 얼마 뒤에 소지가 밥 한 덩어리와 된장국과 김치를 주고 지나갔다. 그것들을 앞에 놓고 기도를 올렸다. 솔직히 고맙다는 말이 입에서 잘 나오지 않았다. 숟가락으로 된장국 속에 무엇이 있나 저어 보니 생각 밖으로 꽤 큰 돼지고기 한 덩어리가 있었다. 국물을 맛보니 돼지고기 맛이 제법 났다. 알고 보니 일주일에 한 번씩은 돼지고기 국을 주었다.

나는 국물을 두어 숟가락 마신 다음 두부모 같은 밥 덩어리에서 콩알을 골라내어 먹었다. 어릴 때와 달리 콩은 먹을 만했다. 그러나 밥 덩어리에서 콩알을 골라낸다는 것이 여간 성가신 일이 아니었다. 얼마쯤 콩알을 가려내 먹다가 숟가락을 놓고 말았다. 그래도 돼지고기와 국물을 다 먹고 나니 한결 시장기가 가셨다.

먹다 남은 것을 변소에 버렸다. 변소 창문으로 밖을 내다보니 수많은 비둘기가 마당에 몰려들어서 죄수들이 먹다가 버린 콩알을 주워 먹느라고 야단들이었다. 참새들도 한데 끼어서 먹이를 찾느라고 정신이 없었다. 웬 비둘기들이 그렇게 많이 날아다니는지 의아하게 생각했는데 죄수들이 버리는 콩밥 때문에 모여든 것이었다. 그날 점심부터 나도 먹다가 남은 것을 비둘기들에게 주는 것을 낙으로 삼았다. 여기저기에서 던지는 밥을 주워 먹으려고 비둘기들은 무리를 지어 날아오고 날아가곤 했다. 더러 변소에서 쥐들이 쪼르륵 달려 나와서 콩알을 집어 먹기도 했다. 신통하게도 비둘기들은 언제나 쌍쌍이 날아다녔다. 슬그머니 부러운 심정이 들었다.

내 처지가 저 비둘기나 참새보다도 못하다는 느낌이 들어서 우울해졌다. 저들은 마음대로 날아다니지 않는가. 쌍쌍이 말이다. 심지어 쥐까지도 마음대로 들락날락할 수 있는데 나는 이 좁은 방에 갇혀서 기껏 먹는 것을 걱정하고 있다니. 나도 두 날개가 있어서 훨훨 날면 얼마나 좋을까!

나는 자리에 앉아서 명상기도를 하려고 했다. 그러나 잘 되지 않았다. 밖에서는 지금 일이 어떻게 돌아가는지 궁금하기 짝이 없었다. 식구들은 어떻게 지내는지, 농촌으로 이사를 가기로 했는데 이사는 잘 갔는지, 종교계는 어떻게 대응하는지, 신문은 우리의 행동을 어떻게 보도하는지, 두루 궁금했다. 이렇게 소식불통으로 지낸다는 것이야말로 그 무엇보다도 견디기 어려운 고문이었다.

일어나서 방안을 왔다 갔다 하면서 조용히 찬송을 불렀다. 야곱처럼 외롭게 갇혀있는 나. 예수님과 가까이 지내면서 위로받고 싶었다. 그러나 찬송을 해도 우울한 심정은 사라지지 않았다.

아래층에 있는 조성우나 2동에 있는 학생들이 "문 박사님, 안녕히 주무셨습니까?" 하는 소리라도 들려오기를 고대했다. 그런데 이상하게도 아무 소리도 들려오지 않았다. 나중에 알고 보니 나와 통방을 한다고 그들을 모두 다른 동으로 옮겨 버린 것이었다. 저들은 나를 완전히 고립시키려는 것이었다. 사람을 홀로 있게 하는 것처럼 가혹한 벌도 없다.

나는 옆방 친구들이 충고해 준 대로 방안에서 만 보를 뛰기로 했다. 그 조그만 방을 뱅뱅 돌면서 가볍게 뛰기 시작했다. 다른 방에서도 뛰는 소리가 들려왔다. "백, 이백, 삼백" 하고 뛰는 행보 수를 세는 소리도 함께 들렸다. 한 2천 보쯤 뛰고 나니 땀이 흐뭇하게 났다. 5천 보까지 뛰고는 자리에 주저앉았다. 그리고 나니 침울한 심정이 약간 가시는 것 같았다.

가장 힘든 문제는, 그 길고 긴 시간을 어떻게 보내느냐 하는 것이었다. 같이 대화할 사람도 없고, 읽을 책도 없고, 글을 쓸 종이와 펜도 없었다. 이

긴긴 시간을 앉아서 명상만 할 수도 없는 노릇이었다. 밖에 있을 때는 동분 서주하면서 강연도 하고 노동자들의 투쟁에도 참석하곤 했는데, 그러던 사람이 아무것도 할 수 없다는 것은 정신적으로 큰 고문이었다. 사람이란 무엇이든 의미 있는 일을 해야 사는 보람을 느끼는 법이다.

나는 벌떡 일어나서 바람벽에 있는 신문지를 비록 찢어진 조각이나마 읽기 시작했다. 심지어 광고까지 읽었다. 그러다가 이전에 이 방에 갇혔던 죄수들이 꼬챙이로 바람벽을 긁어 적은 짧은 글들을 발견했다. "뛰어라, 뛰어라. 그래야 산다." "밖에는 큰 도적, 안에는 좀도둑." "유전무죄, 무전유죄." "게다짝 놈들 추방하자." "쥐구멍에도 해 뜰 때가 있다."

아마 그 방을 거쳐 간 이들 중에 독립운동을 하다가 잡힌 애국지사가 있었던 듯했다. 밖에 있는 큰 도적이란 게다를 신은 일본인들일 것이다. 물론 지금은 총칼로 정권을 빼앗은 군사 정권에 달라붙어 제 뱃속만 채우는 자들일 것이다. 아무튼 낙망하지 말고 계속 뛰라고, 그 방의 선배들이 나에게 권하고 있지 않은가. 쥐구멍에도 해 뜰 날이 있는 법이니 낙심하지 말고 뛰라는 것이었다. 놀라웠다. 그들의 영이 그렇게 나를 격려하고 있다는 생각에 감격하며 그 글씨 자국을 어루만졌다.

저녁을 먹고 점호가 끝난 다음 잠자리에 들려고 하는데 키가 크고 가냘프게 생긴 교도관이 문 앞에 오더니 "문 박사님, 안녕하십니까?" 하고 안부를 물어 왔다. 유달리 친절한 목소리에 나도 모르게 자리에서 일어섰다. 그 교도관은 가까이 오라고 손짓하더니, 자기는 동교동과 가까이 지낸다고 속삭이면서 내 손에 신문 조각을 쥐어 주었다. 그러면서 "얼른 읽어 보시고 변소에 버리십시오." 하고는, 종종 찾아오겠다는 말을 남기고 자취를 감추어 버렸다. 김대중 선생의 숭배자인 듯했다.

신문 조각을 받아들고서 나는 얼이 나간 사람처럼 한참 그대로 서 있었다. 교도관 가운데 우리의 동지가 있다니 놀라웠다. 나중에 알아보니, 그 사람은 서울구치소 교도관으로 일하면서 민주화 운동을 하는 사람들을 남몰래 돕는 일을 하고 있었다.

나는 설레는 마음으로 그 신문지 조각을 읽었다. 기사는, 우리가 투옥되자 기독교계가 들고 일어서서 기도회와 성명서를 발표하는 등 유신 철폐 운동을 다시 시작했고, 학생과 노동자들도 여기저기에서 일어나고 있다고 했다. 말하자면, 우리의 행동이 발화점이 되어서 꽁꽁 얼어붙었던 동토가 녹기 시작한 것이었다. 그리고 이 소식이 세계의 교회에까지 알려져 온 세계가 크게 반응하자 정부도 신경 쓰고 있다고 했다. 그 기사를 읽자, 큰 바람으로 홍해를 가르신 하느님이 이제 다시 한국의 역사에 개입하고 계신다는, 이 땅에서도 하느님의 거센 심판의 바람이 불기 시작했다는 느낌이 들었다. 이런 소식이 뜻밖의 경로를 통해서 나에게 전해졌다는 사실도 말할 수 없는 감동을 주었다. 나는 혼자 중얼거렸다. "감방에 갇혀서 아무것도 할 수 없다고 한탄했는데, 내가 해야 할 일을 밖에서 다들 열심히 하는구나. 몇 십 배, 몇 백 배로 하고 있구나."

다시 잠자리에 누운 나는 감격에 찬 기도를 올렸다. "하느님. 감사합니다. 역시 당신은 오늘도 역사 안에서 행동하고 계시는군요. 부디 저에게도 계속 용기를 주어서 끝까지 충성하게 해 주십시오."

날개를 펼친 비둘기처럼 훨훨 나는 꿈을 꾸면서 단잠을 잤다.

"어둠이 빛을 이긴 적이 없다"

그날은 하루 종일 비가 내렸다. 감방에서는 비가 내리는 날이면 더더욱 울적했다. 비가 오니 비둘기들이 모여들지 않아 밥을 반쯤 먹고 나머지는 변소에 버렸다. 그릇을 닦고 자리에 앉은 내 마음 역시 날씨처럼 어두웠다.

그때 누군가가 들창으로 자그마한 책을 던져 주었다. 반가운 마음에 그것을 얼른 집어 들었다. 요한복음이었다. 누군지 모르지만 내가 목사라는 것을 알고서 소지를 통해서 전해 준 듯했다. 고맙기 그지없었다. 요한복음을 펼쳐서 읽기 시작했다.

> 한 처음 천지가 창조되기 전부터 말씀이 계셨다. 말씀은 하느님과 같이 계셨고 하느님과 똑같은 분이셨다.……모든 것이 다 이 말씀을 통하여 생겨났고 이 말씀 없이 생겨난 것은 하나도 없다. 생겨난 모든 것은 그에게서 생명을 얻었으며 그 생명은 사람의 빛이다. 그 빛이 어둠 속에서 비치고 있다. 그러나 어둠이 빛을 이겨 본 적이 없다.

"빛이 어둠 속에서 비치고 있는데 어둠이 빛을 이겨 본 적이 없다"라는 구절에 이르자 어두운 밤에 횃불이 켜진 듯한 느낌을 받았다.

'그렇다. 어둠의 세력은 빛을 삼키려고 날뛴다. 그러나 어둠의 세력이 빛을 이긴 적이 없다. 예수님을 보라. 어둠의 세력이 막대한 힘으로 그를 삼키려고 하지 않았던가! 그러나 예수님은 부활함으로써 죽음의 세력을 이겼다. 로마제국이 예수 공동체를 박살내려고 하지 않았던가! 그러나 결국 그 생명공동체는 로마제국을 삼키고 말았다. 하늘의 열쇠를 한 손에 잡았다고 호언하면서 유럽 천지를 암흑의 세계로 이끌고 가던 타락한 교황 체제도 말씀을 붙잡고 일어선 독일의 한 성직자에게 무릎을 꿇지 않았던가! 그렇다. 오늘날도 우리는 이와 같이 어둠의 세력이 우는 사자와 같이 날뛰는 것을 본다. 그러나 결국은 생명을 살리는 이 진리의 빛이 이기고야 말 것이다.'

이렇게 생각하니 어둡던 마음이 밝아지면서 주룩주룩 내리는 비도 생명을 주는 생수처럼 느껴졌다.

다시 복음서를 읽기 시작했다. 복음서의 기자는 예수님을 빛, 길, 진리, 생수, 선한 목자, 포도나무 줄기 등, 어둠 가운데 사는 우리에게 생명을 주는 진리라고 고백했다. 그리고 그것이 사실임을, 그가 자진해서 십자가에서 죽고 다시 살아남으로써 밝히 증명했다고 했다. 우리도 칠흑과 같은 어둠이 우리 주변을 둘러싸고 있지만 빛이 이기고야 만다는 확신을 가지고 예수님의 뒤를 따라야 한다. 그리하면 종국에는 빛이 이기는 것을 다시 한 번 경험하리라.

복음서를 읽고 있는데 교도관이 와서 누가 나에게 돈을 넣어 주었으니 손도장을 찍으라고 하면서 공책을 펴 보였다. 물어 보니 이우정 선생이 돈을 넣어 주었다고 했다. 그 돈을 어떻게 쓰냐고 물었더니, 돈은 저희가 보관하고 있을 테니 필요한 것을 그 돈으로 사라고 했다. 도시락, 인절미, 사과, 계란, 휴지, 수건 등 감방에서 필요한 것은 대체로 다 살 수 있다고 했다. 덕분에 이제는 꽁보리밥을 먹지 않아도 되겠구나 하는 생각에 살 것 같았다. 이우정 선생의 우정에 감격했다. 동시에 이우정 선생은 갇히지 않았다는 것을 알게 되어 한결 마음이 놓였다. 손도장을 찍은 뒤 도시락, 계란, 사과, 휴지와 수건, 그리고 칫솔과 치약을 주문했다.

다시 앉아서 복음서를 읽으려고 하는데 교도관이 또다시 나타났다. 이번에는 무엇인가 한 아름 안고 왔다. 교도관은 열쇠로 방문을 열고서 안고 있던 것을 방바닥에 내려놓으면서 식구들이 차입한 것들이라고 했다. 도시락, 인절미, 계란, 사과 한 주머니, 휴지 한 통, 솜이 든 바지저고리와 깨끗한 내복 한 벌, 그리고 내가 읽던 영어로 된 신구약 성서였다. 마치 사랑하는 식구를 만난 듯했다. 아내가 밖에 와서 이것들을 차입하고 돌아가는 것을 직접 보는 듯했다. 그 물품들은 단순한 물건이 아니라 사랑의 화신이었다. 아까 주문한 것을 다 취소하고 도시락만 저녁에 넣어 달라고 부탁했다. 얼마 있더니 교도관이 다시 와서 손도장을 찍으라고 하면서 식구가 돈을 넣어 주었다고 했다.

나는 옷을 갈아입었다. 포근하고 따뜻했다. 아내가 넣어 준 옷으로 갈아입고 나니 더는 수인이 아니라 일반인이 된 듯했다. 점심때가 다 되었기에 도시락과 인절미를 단숨에 먹었다. 그리고 사과도 한 개 후식 삼아 먹었다. "하루에 사과 한 개씩이면 병원에 갈 일이 없다(an apple a day keeps the doctor away)."는 미국인들의 속담이 생각났다. 음식이 모두 그렇게 맛있을 수가 없었다. 그동안 이런 음식을 먹으면서 고마운 줄 몰랐던 것이 죄스러웠다. 굶어 보아야 비로소 음식의 고마움을 알게 되는 법이다.

그날 오후엔 이런 일로 마음이 한껏 들떠 운동도 하고 성서도 읽었다. 저녁은 소지가 넣어 준 된장국, 김치와 함께 도시락을 먹었다. 콩보리밥 먹을 걱정을 하지 않는 것이 이다지도 편할 줄이야. 밖에는 여전히 비가 주룩주룩 내리고 있었지만 내 마음은 밝기만 했다.

저녁을 먹고 나서 소장이 점검하고 간 뒤에 뜻밖의 일을 만났다. 소장의 점검이 끝나고 나면 취침 시간까지 한 10여 분 동안은 재소자들이 마음대로 노래도 부르고 통방도 할 수 있는 자유 시간을 허용했다. 그 시간이면 김철 씨가 나에게 취침 인사를 하곤 했다. 그날도 김철 씨가 "문 박사님 잘 주무십시오!" 하고 저녁 인사를 했다. 나도 "김철 선생님 잘 주무십시오." 하고 인사를 나누었다. 그러고서 자리에 누우려고 하는데 옆방에서 한 젊은이가 "문 박사님." 하고 나를 불렀다. 나는 놀라서 "누구죠?" 하고 물었다. 그랬더니 그는 자기는 서광태라고 하면서 안병무 박사가 이끄는 향린교회에 다녔고 그 교회에서 내 설교도 여러 번 들었다고 했다. 그는 정보부에 붙잡혀 들어가서 모진 고문으로 세뇌를 받은 끝에 자기가 실제로 북한에 갔다 온 간첩이라고 착각하고 있다가, 내 목소리를 듣고서야 비로소 제정신이 들었다는 것이었다. 그동안 착각하고 지냈음을 이제 깨닫게 되었다면서, 얼마나 반갑고 고마운지 말로 할 수가 없다고 했다.

나는 놀랐다. 서광태를 만난 적은 없지만 그에 관한 이야기는 귀에 못이 박힐 정도로 들었기 때문이다. 그는 서울대학 의과대학의 기독청년학생회 회원으로 서울 청계천 빈민들 사이에서 아픈 사람을 치료하는 봉사를 하고 있었다. 그런 그를 중앙정보부가 모진 고문과 세뇌 작업으로 북한에서 훈련을 받고 나온 간첩이라고 스스로 믿게 만든 것이었다. 그것은 우후죽순처럼 일어나는 학생운동을 뿌리 뽑기 위해 학생운동의 배후에 북한 공산당의 프락치가 있는 것처럼 꾸미려는 중앙정보부의 악랄한 흉계였다. 그 무렵 기독학생청년회의 활동은 대단했다.

아들을 빼앗긴 서 군의 어머니는 미칠 것만 같았다. 그녀는 목요기도회 때마다 종로5가 기독교회관에 와서 그곳에 나와 있는 중앙정보부 요원들을 향해서 "광태를 내놔라. 무죄한 광태를 내놔라. 광태가 어떻게 간첩이라는 말이냐!" 하면서 절규하곤 했다. 바닥을 구르면서 대성통곡을 하기도 했다. 그러면 구속자 가족들이 한데 엉켜서 중앙정보부 요원들을 욕하며 광태 어머니를 진정시키곤 했다. 그 서광태가 지금 옆방에 와 있는 것이었다. 그리고 내 목소리를 듣고 제정신이 들었단다. 이럴 수가!

"광태군. 이렇게 목소리를 들으니 정말 반갑군. 자네 이야기는 많이 들어서 잘 알고 있네. 자네 어머니가 목요기도회에 와서 늘 이야기했거든. 우리도 늘 함께 중앙정보부에 항의하곤 했어. 그래서 잘 알고 있어. 이렇게 옆방에 있게 되었으니 참 잘 되었네. 그래 건강은 어떤가?"

"이제 건강은 괜찮아요. 그동안 제정신이 아니었는데 문 박사님의 목소리를 듣고서 제정신이 들었어요. 정말 반갑고 고맙습니다." 감격한 서 군의 목소리는 눈물겨운 음성으로 변했다.

"마음을 단단히 먹고 견뎌요. 어둠이 빛을 이긴 적이 없다네."

잠자리에 든 나는 시간이 지날수록 머리가 맑아졌다. 저녁 8시에서 12시까지는 마음 여행을 하는 시간이었다. 잠자리에 누워 천장에 달린 흐릿한 전구를 바라보노라면 마음은 언제나 구만리장천을 휘돌았다. 그리고 과거의 일들이 주마등처럼 눈앞에 펼쳐졌다. 사실 교도소에서는 지나간 일을 회상하거나 앞으로 할 일을 꿈꾸는 일밖에는 달리 할 일이 없다. 할 일도 없고 일어나는 사건도 별로 없으니 말이다.

서광태 덕분에 그날 밤에는 종로5가 기독교회관이 계속 어른거렸다. 그곳에서 목요일마다 모여서 억울한 사람들의 호소를 들으면서 간증하며 기도하던 장면들이 떠올랐다.

서광태 어머니 모습과 함께, 인혁당 사건으로 억울하게 교수대의 이슬이 된 분들의 아내들의 얼굴이 떠올랐다. 그중에서도 전창일 선생의 아내인 임인용 여사의 모습이 각별히 생각났다. 그는 언제나 모자를 쓰고 나타나서 우리는 그이를 '해트 레이디(hat lady)'라고 불렀다. 그는 늘 목요기도회에 와서, 조작된 인혁당 사건의 이름을 뒤집어쓴 채 사형장의 이슬이 된 여덟 명의 사형수와 그 가족들의 애절한 모습을 호소하여 참석자들의 눈물을 자아내곤 했다.

인혁당 사건이란 1964년 박정희 정권이 도예종을 위시한 혁신계 인사, 언론인, 교수, 학생 등 57명이 북한의 조종을 받아 혁명 정당을 조직하여 남한 정부를 뒤집어엎으려 했다고 조작한 사건이었다. 당국은 그 가운데 41명을 붙잡아 고문함으로써 이를 조작하려고 했다. 그러나 조사를 맡은 검사 세 명과 여론의 심한 반발로 뜻대로 하지 못했다.

그러다가 1974년 각 대학에서 학생들이 유신 정권에 반발하여 시위를 벌이고 이것을 조직적으로 연계하려는 움직임이 보이자, 정부는 이것을

'전국민주청년학생총연맹'(민청학련)을 조직하려고 했다고 하면서 학생들을 대거 체포했다. 동시에 긴급조치4호도 선포했다. 그리고 이 학생들의 배후에 북한의 지시로 움직이는 비밀 조직이 있다고 하면서 십 년 전에 시도했던 인혁당 사건을 부활시켰다.

이번에도 저들은 도예종을 중심으로 23명을 체포하여 극심한 고문과 엉터리 재판으로 그들을 북한 앞잡이로 만들고 그 가운데 여덟 명에게 사형을 언도했다. 그리고 기가 막힌 것은, 대법원이 사형을 결심한 것이 1975년 4월 9일인데 그로부터 불과 몇 시간 뒤인 4월 10일 새벽에 그들의 사형을 집행한 일이었다.

1975년 4월 10일, 인혁당 사건에 연루된 여덟 명이 형장의 이슬로 사라진 바로 그날이었다. 마침 그날은 목요기도회가 열리는 날이었다. 나는 버스를 타고 종로5가로 가던 중 라디오에서 그날 새벽에 서대문구치소에서 사형이 집행되었다는 소식을 들었다. 재심을 청구할 시간도 주지 않고, 가족과 면회할 시간도 주지 않고 사형 확정 18시간 만에 사형을 집행한 것이다! 나의 분노는 극에 달했고 나는 격정에 차서 강단에 올랐다. 내 설교는 정상적일 수가 없었다. 그날 내가 준비한 설교 제목은 누가복음 18장에 있는 〈억울한 과부의 기도〉였다. 억울한 과부가 재판관에게 가서 그녀의 억울함을 풀어 달라고 애걸했으나 악한 재판관은 들으려고 하지 않았다. 그러나 그 과부가 하도 끈질기게 요청하는 바람에 재판관은 결국 이를 들어줄 수밖에 없었다는 얘기였다. 그 얘기를 빌어, 시절이 악하고 사태가 아무리 어렵다고 해도 그 과부처럼 끊임없이 기도하자고 설교하려던 참이었다. 그랬는데 죄 없는 사람 여덟 명이 어처구니없이 처형당했다는 사실 앞에서 나는 할 말을 잃었다. 준비한 원고는 제쳐 놓았다.

"처형을 받아야 할 사람들은 대로를 활보하고 있는데 애매한 사람의 목에 밧줄이 걸렸습니다." 이렇게 말을 시작하고는, 악이 횡행하는 우리 사회

인혁당 사건 재판 장면. 대법원이 사형을 결심한 4월 9일로부터 불과 18시간 후인 다음 날 새벽, 8명은 형장의 이슬로 사라져갔다.

에 대한 이야기를 한참 이어 나갔다. 그 이야기 끝에 청중에게 물었다. "오늘 우리 한국에서 정말 처형을 받아야 할 자가 누구입니까?" 그랬더니 청중 속에서 "대법원장!" 하는 소리가 들렸다. 그러자 박형규 목사의 부인이 벌떡 일어서더니 "그자는 박정희입니다." 하고 소리쳤다. 나는 잠시 침묵을 지키다가, "그러나 역사의 심판관은 하느님입니다. 믿는 마음으로 하느님의 심판을 기다립시다. 이 비유의 핵심도 하느님이 억울한 자의 한을 풀어주신다는 것입니다. 결국 하느님의 정의가 이기고야 말 것입니다."라는 말로 설교를 끝마쳤다.

예배가 끝난 후에 전창일의 아내 임인영 씨가 일어나서 소식을 전했다.

당국은 사형당한 사람들의 시신도 제대로 내주지 않았다. 며칠 지나서 시신 여섯 구는 가족의 손에 인계되었으나 나머지 두 구는 가족의 허락도 없이 화장해 버리고 말았다. 극심한 고문의 흔적을 감추려 함이었다. 송상진의 시신은 목요일 오후 함세웅 신부의 응암동 성당에서 장례식을 치르기로 되어 있어서 목요기도회에 모인 사람들은 모두 응암동으로 몰려갔다. 그런데 시신을 실은 앰뷸런스가 도중에 갑자기 방향을 화장터로 바꾸려고 하는 것이 아닌가! 이를 목격한 우리는 격분해 앰뷸런스를 몸으로 가로막았다. 문정현 신부를 비롯한 여러 신부들과 선교사들, 목사와 부인들이 달려들어 앰뷸런스를 성당 방향으로 끌고 가려고 하는 과정에서 경찰과 격투가 벌어졌다. 문정현 신부는 그때 영구차를 막으려고 차 앞에 드러누웠다. 그러나 그것을 무시하고 영구차가 그냥 달린 바람에, 문 신부는 다리가 차에 깔려 크게 다친 일로 지금도 다리가 불편하다. 나와 익환 형도 그때 무서운 줄 모르고 달려들어 싸웠다. 이해동 목사는 나중이 우리 둘이 싸우는 모습을 보고 "형제는 용감했다."고 말하곤 했다. 익환 형은 그때까지만 해도 구약성서 번역에 몰두하느라 민주화 운동에 직접 뛰어들지 않고 있었으나 그날 이후 점점 더 깊이 투신하게 되었다. 그만큼 우리들의 분노는 컸다. 이해동의 아내 이종옥은 껌을 씹어 응급차의 열쇠 구멍을 막아 버리기도 했다. 한참 동안 팽팽하게 대치하던 중 결국 크레인이 와서 영구차를 들어 화장터로 끌고 가고 말았다. 가족들의 애통함과 억울함은 이만저만한 것이 아니었다. 그 뒤 그 가족들은 사회에서 소외되고 직장에서 쫓겨났을 뿐만 아니라 자녀들도 학교에서 간첩의 자녀라고 조롱과 박해를 받았다.

다음 날 아침 우리 집에 정복을 입은 남산 정보원 두 명이 나타났다. 나는 처음으로 저 유명한 남산의 중앙정보부에 끌려갔다.

조사실에 들어가 자리를 잡았더니 조사관 둘이 들어와 나와 마주앉았다. 다른 한 젊은이가 기록하려고 옆에 앉았다. 작달막한 조사관이 자기 앞에서 거짓말을 하려고 드는 것은 헛수고라고 경고했다. 그러더니 내 앞에 원고지 한 묶음을 던지면서 읽어 보라고 했다. 전날 내가 목요기도회에서 한 말이 그대로 적혀 있었다. 누군가가 녹음을 한 모양이었다. 다 읽고 나서 내가 한 설교 내용이라고 인정했다.

"큰 죄인으로 거리를 활보하는 사람은 누구죠?" 그의 첫 질문이었다.

"그런 죄인이야 얼마든지 있지요. 예를 들면 수백 년 동안 흑인 노예를 혹사한 백인 지주들이 그런 사람이죠." 내가 대답했다.

"여기에 그런 죄인을 '대법원장, 박 대통령' 하고 말한 것을 어떻게 생각하죠?"

"그렇게 말한 사람들에게 물어 보시죠."

"문 박사는 어떻게 생각하시죠?"

"대답하지 않겠어요. 여러분들 마음대로 추측해 보시죠."

"하느님의 심판이 있을 것이라고 했는데 누구를 심판한다는 말이죠?"

"악행을 행하는 자이죠."

"그것이 누구죠?"

"하느님이 누구를 심판하는지 기다려 봐야지요."

이렇게 한참 질문해 대더니 저들은 나갔다가 다시 들어와서는 다른 각도로 질문했다. 새벽의 집에 관한 것, 한국신학대학 학생과장으로 학생들을 지도한 일, 수도교회에서 설교했던 것 등 온갖 것을 물었다. 그러나 저들은 나에게서 아무것도 물고 늘어질 빌미를 찾지 못했다. 묘하게도 저들이 무엇이고 새로운 것을 걸고넘어지려고 질문을 던질 때마다 저들의 의도가 환히 들여다보였다. 그래서 그들의 의도에 걸려들지 않으며 척척 답변할 수가 있었다. 예수님 말씀에 "너희가 악한 관원들 앞에 붙잡혀갈 것인데 무엇을 대답할까 미리 걱정하지 말라. 하느님께서 가르쳐 주실 것이다." 하신 말씀이 기억이 났다. 그렇게 한 일주일 동안 취조를 받은 경험이 있었다.

그러던 내가 지금은 감옥에 들어왔다. 어둠의 세력이 나와 서광태, 그리고 인혁당 가족들과 남한 사회의 민중들을 집어삼키려고 한다. 그러나 우리는 알아야 한다. 어둠이 빛을 이긴 적이 없음을. 그리고 억울한 과부처럼 하느님에게 기원하면서 기다려야 한다. 밖에서는 비가 계속 내리고 있었다. 빗소리를 듣다가 어느새 깊은 잠에 빠져 들었다.

문익환 형과 3·1민주구국선언문

아침 일찍 눈을 떴다. 변소 창문을 통해서 햇살이 방 안을 환히 비추고 있었다. 이부자리를 개어 방 한쪽에 쌓아 놓고 방을 깨끗이 쓸었다. 소지가 들여 준 양동이 물로 세수를 하고 이를 닦았다. 물이 굉장히 뜨거워 잘하면 계란 반숙을 할 수 있겠다는 생각이 들었다. 선반에서 계란 한 알을 꺼내어 양동이 물에 넣었다. 배달된 된장국과 도시락을 먹고 나서 계란을 꺼내서 조심스럽게 까 보니 천하에 처음 보는 반숙이 되어 있었다. 흔히 계란 반숙은 먼저 바깥의 흰자위가 익고 안에 있는 노른자위는 그 뒤에 살짝 익는 둥 마는 둥 하는데, 뜨거운 물에 넣어 둔 계란은 아무리 오래 두어도 흰자위는 익지 않고 그 열이 노른자위에 전해져서 노른자위부터 익었다. 그리고 좀 더 오래 두면 흰자위가 야들야들하게 살짝 익어 독특한 반숙 계란이 되었다. 그 뒤로 아침마다 이런 묘한 계란 반숙을 먹었다.

조반을 마치고 앉아서 아침 명상을 하려고 성서를 앞에 놓고 앉아 있는데 교도관이 오더니 검찰이 호출했으니 밖으로 나오라고 했다. 옷을 갈아입을 것도 없어서 검정 고무신을 신고 감방에서 나왔다. 무엇 때문에 호출하는 것일까 궁금해 하면서 교도관을 따라갔다.

복도 오른쪽에 큰방이 있었다. 그곳에는 벌써 검찰에 갈 죄수들이 명태 두름처럼 밧줄에 묶여서 대기하고 있었다. 전에 영화나 뉴스에서 그런 장면을 본 일은 있지만 실제로 그런 장면을 마주치니 참으로 비참한 느낌이 들었다. 명태 두름처럼 묶인 그들은 장사꾼이나 요리사의 손에 아무 소리 못하고 희생당해야 하는 명태 신세나 다름없어 보였다. 한 교도관이 밧줄을 가지고 오더니 내 손목을 앞으로 묶고 나서, 그 줄을 돌려 허리도 묶었다. 그리고 뒤에서 그 줄을 잡더니 앞의 죄수들을 따라가라고 했다. 그때가 아마 아침 10시쯤 되었을 것이다.

마당에는 교도소에서 쓰는 큰 버스 한 대가 기다리고 있었다. 다른 이들과 함께 그 버스에 탔다. 버스는 일반 죄수들로 가득 찼다. 뒤쪽에 빈자리가 하나 남아 있어서 그곳에 가서 앉았다. 혹시 우리 동지들이 있지 않을까 해서 두리번거리며 주변을 살펴보았으나 아는 얼굴은 하나도 보이지 않았다.

일반 죄수들과 같이 버스를 타니 나도 그들 중의 하나같이 느껴지면서 전에 경험하지 못한 이상한 기분에 사로잡혔다. 나는 박사 학위도 있고 신학교 교수일 뿐만 아니라 성직자이기에 그들과는 다르다고 은연중에 의식하고 살아왔음을 비로소 깨달았다. 그런데 죄수복을 입고 포승에 묶여서 그들과 같은 버스를 타고 있으니 나도 평범한 민중의 한 사람인 듯이 느껴졌다. 그러면서도 그들의 분위기에 젖어들지 못하는 나 자신이 이방인 같았다.

서대문 거리를 달리는 차 안에서 거리를 활보하는 일반 시민들을 보니, 밖에서 걸어 다니는 사람들은 정상인이요, 우리는 그들과는 완전히 다른 세계에 사는 사람이구나 싶었다. 소위 양심범이라고 자처하는 내가 이렇게 생각할 정도면, 일상적인 범죄를 저질러 사회에서 격리된 일반 죄수의 심정은 더하리라. 그러니 전과자들이 사회에 다시 적응하는 것이 힘들 수밖에 없겠다 싶었다.

차가 검찰 건물 마당에 도착하자 우리는 다시 교도관들에게 이끌려서 건물 지하층에 내려갔다. 지하실에 들어선 나는 어처구니없는 광경에 아연실색하지 않을 수가 없었다. 거기에는 한 사람밖에 들어갈 수 없는 자그마한 벽장 같은 방들이 무수히 있는데 우리를 그 속에 하나씩 집어넣는 것이었다. 방에는 걸상 같은 것이 있어 그 위에 앉자 문을 닫더니 쇠를 잠갔다. 문은 내 턱만큼 높아 밖에서 내 얼굴을 볼 수 있게 되어 있었다. 마치 동물을 꼼짝 못하게 가두는 우리와도 같았다. 내가 기가 막히다는 얼굴로 교도관을 바라보니 그는 문을 닫으면서 "미안합니다. 여기에서 기다려야 합니다." 하고 돌아섰다. 여기저기에서 나처럼 갇혀 있는 죄수들을 보자니 현실 같지 않고 영화 장면을 보는 듯하여 쓴웃음이 나왔다. 이따금씩 교도관이 찾아와서 한 사람씩 끄집어 내 데리고 갔다가 조사가 끝나면 다시 그 벽장 속에 집어넣었다. 아마도 이것은 일제강점기에 만든 제도이리라. 서대문 교도소도 그때 만든 것이 아니던가.

한 시간 쯤 지났을 때 교도관들이 도시락을 가지고 와서 하나씩 나누어 주고는 우리 손목에서 밧줄을 풀어주었다. 도시락은 흰밥에 노란 단무지가 들어 있었다. 검찰에 올 때는 대접을 달리 하는 모양이었다. 나는 짧게 기도를 올리고 나서 두꺼비가 파리를 채 가듯이 도시락을 먹어 치웠다. 조금 있으니 교도관이 이번에는 보리차를 한 잔씩 나누어 주었다. 향긋한 보리차 냄새가 그렇게 좋을 수가 없었다. 이런 융숭한 대접이란 서울구치소에 들어온 뒤 처음이었다.

내가 검찰 방에 인도된 것은 그로부터 한 시간쯤 뒤의 일이었다. 검찰 방에 들어서자 포승을 풀어 주었다. 아직은 형을 언도받지 않았으니 자유인이라는 것이리라. 방에는 중년의 한 검사와 그의 젊은 조수, 그리고 여자 비서가 앉아 있었다. 내가 들어서자 비서는 나를 창 옆에 있는 소파에 안내했다. 창 옆에는 두세 사람이 앉을 수 있는 소파가 있고 그 앞 탁자 맞은편에는 편안하게 보이는 안락의자 둘이 있었다.

내가 그 소파에 앉자 검사가 맞은편에 있는 안락의자에 앉더니 자기 이름을 밝히면서 "그동안 고생이 많으셨죠?" 하고 정중히 인사했다. 그의 이름은 기억이 나지 않지만 꽤 신사적인 사람이었다. 법정에 서기 전까지는 대체로 이렇게 친절한 모양이었다.

"중앙정보부에서 보내온 조사서가 바른 것인지 알아보려고 불렀습니다." 그가 말하더니, 조수가 전해 주는 자료를 들여다보면서 거기에 기록된 조서 내용을 하나하나 물었다. 그 물음들에 대답하는 동안 머릿속에서 남산에서 일어난 일들이 다시 펼쳐졌다.

남산 중앙정보부 앞마당에 들어서자 "음지에서 일하고 양지를 지향한다."라고 새겨진 커다란 바윗돌이 먼저 나를 맞아 주었다. 좋은 말은 다 가져다가 쓰는 저들이 새삼 얄미웠다.

내가 인도되어 들어간 곳은 2층에 있는 방인데 한 스무 평쯤 되는 큰 방이었다. 긴 책상 뒤에 의자가 세 개 있었다. 방 한 구석에는 군용 조립식 침대 한 채가 버려진 듯이 놓여 있었다. 나는 책상 앞에 있는 의자에 앉았다. 방이 몹시 썰렁했다.

얼마 있으려니, 중키에 머리가 반쯤 벗겨진, 오십대로 보이는 사람을 필두로 좀 우락부락하게 생긴 사람과 젊은 청년이 들어왔다. 대머리가 가운데 의자에 앉고 우락부락하게 생긴 자가 그 오른쪽에, 젊은 친구는 왼쪽에 앉았다. 대머리가 주 조사관이고, 바른쪽에 앉은 자는 조사가 저희 뜻대로 되지 않으면 위협하는 역할을 했다. 젊은 친구는 서기 역할을 했다.

대머리 조사관이 자기는 20여 년 동안 공산당 프락치들을 조사한 경력이 있을 뿐더러 조사 방법이 과학적이니 숨길 생각은 아예 하지도 말고 솔직히 이야기하는 것이 서로에게 좋을 것이라고 경고했다. 그러고는 원고용지 묶음을 던져 주면서 읽어 보라고 했다. 인혁당 사건 당시에 조사받던 생각이 났다. 원고를 읽어 보니 내가 며칠 전에 명동성당에서 한 설교 내용이 그대로 적혀 있었다. 역시 누군가가 녹음한 것이었다.

나는 내가 한 설교라고 인정했다. 그 조사관은 헌법에 의해서 선출된 대통령을 물러나라고 하는 것이 국민으로 할 수 있는 일이냐고 따져 물었다. 곧이어 오른쪽 옆에 앉은 사람이 긴급조치 아래에서 이렇게 대통령을 향해 불경스런 말을 하는 것이 법에 위배되는 것을 모르냐고 목소리를 높였다. 나는 내가 행동한 것이 긴급조치에 걸린다는 것은 알지만, 이 긴급조치 자체가 총칼의 위협으로 되었고 민주주의의 정신에 위배되는 것이라서 인정할 수 없다고 대답했다. 그랬더니 오른쪽에 앉은 자가 "이 사람이 한번 혼나 봐야 정신이 들겠군." 하면서 나를 노려보았다.

얼마 있더니 대머리 조사관이 다시 물었다.

"당신은 한국신학대학의 학생과장이었지요?"

1962년부터 1969년까지 학생과장이었지만 지금은 아니라고 대답했다.

"학생과장으로 재직하는 동안 학생들을 선동해서 반정부 데모를 하게 했지요?"

사실 내가 학생과장으로 있는 동안 한국신학대학의 학생들은 반독재 운동에 열렬하게 앞장섰다. 그리고 그렇게 된 데에 내 영향이 없다고는 할 수 없었다.

1961년 9월에 한국신학대학에 부임했을 때, 교수를 위시해 학교 전체가 4·19혁명에 동참하지 못하고 끝난 다음에야 뒷북을 친 것을 참회하고 있었다. 교회가 사회에 관심을 가져야 한다는 신학을 가르치면서 정작 행동으로 옮기지 못한 것이었다. 한번은 교수회의에서 "기독교장로회가 어떻게 민주화에 기여할 것이냐?"라는 주제로 열띤 토론을 벌였다. 나는 목사들이 먼저 민주적인 삶을 몸으로 느끼고 익혀야 한다고 말했다.(사실 목사들은 가장 권위주의에 물들어 있는 집단이기도 했다.) '민주주의란 관념으로 배우는 것이 아니라 삶으로 배워야 하는데 한국에서는 삶 속에서 민주주의를 배울 기회가 거의 없다. 그래서 신학생들이 학교에 다니는 동안 민주주의를 체험할 수 있도록 학교의 모든 교육 과정을 민주적으로 혁신하자'고 주장했다. 공교롭게도 나는 학교에 들어간 지 얼마 되지 않아 학생과장을 맡았다. 학생과장을 하던 서남동 교수가 교육학을 전공한 내가 학생과장을 맡아야 한다는 것이었다.

나는 학생과장으로서 학생회의 민주화는 물론 캠퍼스에 사는 모든 사람이 평등하게 참여하는 학원을 만들 생각을 했다. 교수들은 나의 제안에 전적으로 찬성해 주었다. 그래서 '장학위원회'며 '교과목 위원회'에 학생들도 참여했고, 교수 부인들까지 참여해 발언할 수 있는 '캠퍼스생활위원회'라는 것을 만들었다. 그러자 학생들의 생활 자세가 눈에 띄게 변화되었다. 캠퍼스의 삶이 그렇게 신명날 수가 없었다. 그야말로 완전한 민주공동체였다! 학생들은 모든 일에 주인의식을 가지고 참여했고, 학교 안에서 민주주의를 경험한 학생들은 사회의 부조리도 자신의 일로 받아들이고 고민하기 시작했다.

결국 학생들이 민주화 운동에 강력하게 나선 데에는 나의 영향이 없다고 할 수 없었다. 그러나 학생과장으로서 학생들에게 시위를 하라는 말은 하지 않았다. 그래서 대답했다.

"학생과장이 학생들에게 데모를 하라고 말할 수는 없지요."

"그러나 학생들이 데모하는 것을 막으려고 하지는 않았지요?"

"요즈음 학생들이 막는다고 막아지나요?"

조사관은 또 '새벽의 집' 문제를 끄집어냈다. '서로가 수입을 한 통장에 넣고 골고루 나누어 쓰는 것은 공산주의 사상이 아니냐, 어떻게 그런 사상을 가지게 되었느냐?'는 것이었다. 나는 정보부가 나를 '자생적인 공산주의자'라고 선전한다는 것을 이미 들어서 알기에 이 기회에 나의 진의를 알려주어야겠다고 생각해, 새벽의 집 정신은 철저히 성서에 바탕을 두고 있음을 설명했다. '예수님이 가르쳐 주신 기도문을 보면 우리가 기원하는 하느님의 나라란 무엇보다도 누구도 일용할 양식에 대해 걱정할 필요가 없는 공동체이다. 이를 위해서 우리는 모두 열심히 일하되 수입은 필요에 따라 공평하게 나누어야 한다. 초대교회도 가진 것을 서로 나누면서 가난한 사람 없이 살았다. 이 세상에 굶주린 자들이 많은 것은 부가 지나치게 한쪽으로 집중되었기 때문이다. 나는 예수님의 가르침대로 살아 보려고 한 것뿐이다'라고 했다.

"그렇다면 기독교는 공산주의를 지원한다는 말이오?" 오른쪽에 앉은 자가 다그쳤다.

"기독교가 공산주의를 지원하는 것이 아니라 공산주의가 기독교에서 공산주의 사상을 배웠지요. 문제는 소련을 중심으로 한 공산주의자들은 예수님의 가르침을 바르게 수행하지 않는다는 것이지요. 공산당원들이 패권을 잡고 자유를 억압하고 평등의 원칙을 지키지 않는 것이 문제입니다."

다음으로 그들이 문제 삼은 것은 갈릴리교회에 관한 것이었다. 도대체 갈릴리교회가 하는 일은 무엇이고 어떻게 시작되었느냐는 것이었다. 나뿐 아니라 이번 민주구국선언서에 서명한 서남동, 안병무, 이문영, 이우정 등이 다 갈릴리교회의 주축들이기 때문에 갈릴리교회에 관해서 질문하는 것은 당연했다. 그리고 선언서를 등사해 주었다고 잡혀 들어온 이해동 목사도 갈릴리교회에 한빛교회를 빌려 주고 있었다.

1975년 5월에 나와 안병무 교수가 한신대학에서 쫓겨났다. 이문영 박사는 고대에서, 서남동 목사는 연세대에서, 이우정 교수는 서울여자대학에서 해직되었다. 나는 우리가 함께 뭉치지 않으면 뿔뿔이 흩어져 홀로 고사해 버릴 것이라고 생각했다. 그리하여 늦여름에 나는 해직 교수들을 모두 우리 방학동 집으로 초대했다. 성서 번역을 하느라고 학교를 떠나 있던 익환 형도 그 자리에 불렀다. 우리 집 뒷산에서 고기를 구워 먹으며 나는 새로운 교회를 만들자고 제안했다. 우리는 민중의 아픔을 함께 나누는 진보적인 신학을 할 이 교회를 갈릴리교회라고 부르기로 했다. 예수는 부활한 뒤에 예루살렘으로 가지 않고 갈릴리로 갔으니, 갈릴리는 예수 운동이 일어난 가난한 민중들이 사는 땅이었다.

갈릴리교회는 해직 교수들과 구속자 가족들이 중심이 되어 모이는 교회

갈릴리교회의 주역들, 왼쪽에서부터 안병무, 서남동, 문동환, 이문영이다.

였다. 우리가 첫 예배를 드린 것은 1975년 7월 17일이었다. 새벽의 집 총무인 최승국이 교섭해서 빌린, 명동에 있는 흥사단 대성빌딩에서 약 20명 정도가 모였다. 교회의 당회장으로는 기독교교회협의회(KNCC)의 첫 인권위원회 상임위원장을 맡으신 원로 이해영 목사를 모시기로 했다. 언제 죽음을 맞이할지 모를 정도로 병마에 시달리는 분이어서 당국이 함부로 손을 대지 못할 것이라고 우리는 생각했다. 그날 이해영 목사님의 설교는 퍽이나 인상적이었다. 그분은 그리스도를 따르는 자란 항상 세 가지를 준비해야 한다고 했다. 첫째는 바른 말을 할 준비요, 둘째는 감옥에 갈 준비, 셋째는 억울한 누명을 쓰고 십자가를 질 준비를 해야 한다는 것이었다. 우리 해직 교수들이 작으나마 나름의 십자가를 진 것이라고 보신 것이다. 그분은 우리가 1976년 3·1민주구국선언 사건으로 감옥에 들어가 있을 때 돌아가셨다. 병중이었는데도 당신의 이름을 3·1사건에 올리지 않은 것을 매우 섭섭해 하셨다고 했다.

그런데 다음 주일에 대성빌딩에 가보니 셔터가 내려져 있었다. 여섯 달

동안 빌리기로 계약한 터였지만 대성빌딩은 당국의 압박으로 우리에게 건물을 빌려줄 수가 없다는 것이었다. 하는 수 없이 그날은 명동의 한일관에서 점심을 먹으면서 예배를 드렸다. 집으로 오는 길에 나는 한빛교회의 이해동 목사를 찾아가 사정을 말하고 갈릴리교회가 한빛교회에서 모이기를 바란다고 부탁했다. 그 뒤로 우리는 감옥에 들락날락거리면서 10·26이 터져 박정희 대통령이 죽을 때까지 한빛교회에서 매주 모였다.

갈릴리교회의 대표 설교자들은 안병무, 이우정, 이문영, 서남동, 문익환과 나였다. 이 여섯 명이 돌아가면서 설교를 했고, 그 밖에도 함석헌 선생과 여러 다른 손님들이 청을 받고 와서 설교를 했다. 갈릴리교회가 시작된 이듬해에 3·1사건이 일어났고 그 주역들이 다 갈릴리교회의 설교자였다. 갈릴리교회가 3·1사건의 산실이었다고 해도 과언이 아니다.

우리는 주일마다 오후 2시 반에 한빛교회에서 만나 예배를 드렸다. 의자를 둥글게 놓아 원을 그리며 앉고, 설교자도 높은 강단에서 내려와서 설교했다. 예배 형식도 자유로워 노래도 부르고, 춤도 추었다. 즐겨 신나게 부른 노래는 〈우리 자유하리라〉였다.

자유하리. 자유하리. 우리 자유하리라.
비록 얽매었으나 우리 모두 자유하리.
자유 주시는 주님 앞에서.

이 노래 첫 줄 가사를, 이를테면 '민주회복' '석방하라' '남북통일' 등으로, 그때그때 고쳐서 부르곤 했다. 한번은 고은 시인이 왔는데 사회자가 그에게 기도를 부탁해 당황했던 적도 있었다.(당시 고은은 불교 스님으로 삭발하고 승복을 입고 다녔다.) 우리는 예배 형식뿐 아니라 이처럼 종교의 경계도 허물어 신교, 구교, 때로는 불교도까지 함께 모여 예배를 드렸다.

미아리에 있는 한빛교회는 민주화와 통일 운동의 상징이 되었다. 70년대에는 갈릴리교회와 목요기도회가 늘 이곳에서 모였다.

나는 구속자 가족들이 모여서 한을 달래고 서로의 소식을 나누던, 종로5가 기독교회관에서 열리던 목요기도회에도 적극적으로 참여했다. 이 기도회는 1974년 민청학련 사건이 일어났을 때 시작되어 갈릴리교회와 마찬가지로 1979년 10·26이 터지고 계엄령이 내려 더는 모일 수 없을 때까지 계속되었다. 1976년 이후에는 목요기도회도 기독교회관을 더는 사용하지 못하게 되어 한빛교회에서 모였다. 미아리에 있는 한빛교회는 갈릴리교회와 목요기도회 때문에 온갖 수난을 감수해야만 했다. 형사들이 늘 한빛교회 안팎에 머물면서 감시했기 때문에 이를 견디다 못해 교인들이 교회를 떠나기도 했다.

그러나 이런 이야기를 조사관에게 할 필요는 없었다. "독재 정권 때문에 고생하는 이들을 생각하면서 예배드리고 싶어서 시작한 것이다."라고만 대답했다. 누가 이 일을 주동했느냐는 질문에는 "같이 모여서 이야기하다가 그런 아이디어가 나왔다."라고 대답했다.

마지막으로 이번 선언서를 주동한 것이 누구냐고 물어왔다. 나는 선뜻 "전태일이죠!" 하고 대답했다. 박정희 독재에 대한 투쟁을 폭발시킨 것은, 청계천 평화시장에서 노동운동을 하다가 분신자살을 한 전태일이라는 생각이 문득 머리에 떠올랐다. 그가 분신자살을 함으로써 언론계, 대학가, 종교계도 각성하고 민주화 운동에 가담했으니 말이다. 우리 신학자들도 그로 말미암아 비로소 정신을 차리고 이 운동에 적극적으로 가담한 것이 사실이었다. 종로5가에 목요기도회가 생긴 것도 다 전태일 덕분이었다.

내 대답에 오른쪽에 앉아 있던 조사관이 버럭 소리를 질렀다.

"사람을 놀리는 거야! 몇 해 전에 죽은 전태일이 어떻게 이 일을 주동했다는 말이야!"

나는 잠시 있다가 차분한 음성으로 "그가 주동하지 않았다면 오늘 이런 일들이 벌어지지 않았지요."라고 대답했다.

대머리 조사관이 침착한 음성으로 다시 물었다.

"이번 일을 구체적으로 주동한 자가 누구죠?"

"우리가 모여서 예배를 드리다가 서로 뜻이 맞아 실시한 것뿐이오."

"김대중, 윤보선 등과 연락한 사람은 누구냐."는 물음엔 대답할 수 없다고 잘라 말했다.

사실 이 민주구국선언서를 주동한 것은 문익환 형이었다. 그동안 형은 가톨릭과 공동으로 성서 번역을 하느라고 민주화 운동에 별로 참여하지 못했다. 그러나 형의 마음은 언제나 민주화와 민족 통일에 관한 생각으로 가득 차 있었다. 칠십년대에 들어서면서 유신헌법을 선포하고 긴급조치를 연발하면서 사태가 험악해지자, 그의 마음은 갈수록 더 큰 분노에 휩싸이게 되었다. 그러다가 긴급조치9호로 학생운동까지 얼어붙는 것을 보면서 가만히 있어서는 안 된다는 생각에 마음이 조급해졌다. 특히 장준하가 의문의 죽음을 당했을 때 크게 충격 받고 이대로 있을 수는 없다고 생각했다. 유신헌법 철폐를 위한 백만 명 서명 운동을 계획하다 억울하게 죽은 장준하의 장례식에서 형은 장례위원장을 맡았다. 장례식이 끝난 후 형은 그의 영정 사진을 가슴에 안고 집으로 돌아왔다.

2월 중순의 어느 날, 형은 책상 위에 있는 장준하의 영정 사진을 보면서 "장 형이 살아 있었더라면 세상이 이렇게 조용하지는 않을 텐데." 하고 중얼거렸다. 그때 "왜 문 형은 못해?"라고 말하는 장준하의 음성이 들려왔다. "그래, 맞아. 왜 나는 못해?" 그 자리에서 형은 곧바로 펜을 들어 민주구국 선언문 초안을 써 내려갔다. 그 초안을 들고 형은 나를 찾아와 긴급조치9 호를 철회하고 유신헌법을 철폐하라는 선언서를 내자고 제안했다. 나는 그 초안에 몇 가지 내용을 보충한 뒤 경제에 관한 것은 이문영 교수를 만나서 의논하라고 했다.

이심전심이었는지 미리 의논하지도 않았는데 그 즈음 김대중 선생 역시 3·1절을 맞아 뭔가를 해야겠다고 생각하면서 김수환 추기경을 만났다는 소식이 들려왔다. 당시 가택연금 상태로 삼엄한 경계 속에 지내던 김대중 선생의 초안을 이태영 변호사가 가져왔다. 내 제자 김성재가 연락책을 맡았다. 암호는 '한복'이었다. '한복'이 다 되었다는 전화를 받으면 목동에 있는 이희호 여사의 동생 집으로 가서 선언서 초안을 받아 안국동 윤보선 전 대통령 집으로 가지고 왔다. 우리는 그 집에 모여서 초안을 검토했다. 김대중 선생의 초안은 우리가 보기에는 너무 부드러웠다. 익환 형은 좀 더 명확하게 쓰자고 했고, 김대중 선생이 보기에 우리의 초안은 너무 강경하다고 해서 서너 번에 걸쳐서 의견 조정을 했다. 가톨릭 신부들에게도 연락을 취

1975년 8월 22일 5일장으로 치러진 장준하 선생 장례식에서 영구 행렬이 김수환 추기경의 추도를 받으며 명동성당을 떠나고 있다.

했다. 나는 이미 칠십년대 초반부터 소위 운동권 신부들인 함세웅, 김승훈, 신현봉, 문정현과 가까이 지내면서 유신 정권에 맞서 신구교가 함께 하자고 의기투합하고 있던 터였다. 그러나 신부들은 주교의 승낙 없이는 성명서에 서명할 수 없다면서 다만 명동성당에서 기도회를 가질 수 있도록 장소를 주선해 주었다. 봉원동의 정일형 박사와 이태영 변호사도 선언서에 서명했다. 시간이 촉박했기에 갈릴리교회의 동지들에게는 뒤늦게 이 일을 알렸다. 서로 믿는 동지들이기에 양해하리라고 믿은 것이다. 그러나 정작이 일의 주동자였던 형의 이름은 성명서에서 빼기로 했다. 성서 번역이 끝나기는 했지만 마지막 원고 정리가 끝나지 않았기 때문이었다. 어느 누구도 사건이 그렇게 크게 번지리라고 예상하지 못하기도 했다. 우리는 모두 주동자가 형이라는 사실을 밝히지 않기로 입을 맞추었다.

여기까지 조사하는 데 하루가 채 걸리지 않았다. 그 뒤로 더는 나를 조사하지 않았다. 시간 보내는 것이 무료할 정도였다. 전에 인혁당 관계로 조사받을 때에는 여러 가지 각도에서 이런저런 질문을 퍼부으며 조사했는데, 이번에는 나를 주범이라고 생각하는 것이 확실한데도 본격적으로 조사하지 않았다. 지루하고 우스꽝스러웠다. 하루 종일 조사하는 것도 없이 있으면서 끼니때가 되면 설렁탕을 갖다 주고, 변소에 가면 뒤따라 와서 지켜보고, 잠자리에 들어도 한쪽에 앉아서 지켜보고 그랬다. 저들이 오히려 불쌍하게 보였다.

며칠이 지난 어느 날 다른 조사관이 내 방에 들어오더니 나를 방 한쪽 구석에 데리고 가 귓속말로 속삭였다. "문 박사. 나도 초동교회에 나가는 교인입니다. 문 박사 설교도 들어 본 적이 있어요. 그런데 솔직히 이런 선언서를 낸다고 박 정권이 눈 하나 깜짝이라도 할 줄 아십니까? 쓸데없는 고생 하지 마시고 솔직히 말씀하고 나가도록 하십시오."

내가 대답했다. "초동교회 조향록 목사는 우리 학생들이 한참 데모할 때 학교로 찾아와서 '끝까지 버티십시오. 학교가 문을 닫으면 어때요? 신학교의 영광이지요. 학교는 얼마 있으면 다시 열게 되니까요.'라고 말하던데요? 우리 그리스도인은 몸으로 신앙고백을 하는 법이랍니다."

그 조사관은 더 말하지 않고 나가 버렸다. 자기가 초동교회 교인이라고 하면 내가 태도가 좀 달라질 줄 안 모양이었다.

며칠 더 지난 어느 날이었다. 갑자기 의무관이 방에 들어와서 혈압도 재고 청진기로 진단도 하면서 법석을 떨었다. 그러고는 캡슐로 된 알약을 주면서 먹으라고 했다. 정보부에서 주는 약을 함부로 먹으면 안 된다는 이야기를 들은 일이 있기에 나는 먹지 않겠다고 했다. 그러면서 대체 왜 이 난리냐고 물었더니, 안병무 박사가 심장이 약해서 졸도할 상태라는 것이 아닌가. 그러면서 "교수님들이 조사받다가 사고가 나면 우리가 큰일 납니다."라고 했다.

나는 겁이 덜컥 났다. 안 박사가 심장이 약한 것은 익히 아는 바였다. 안 박사는 심장이 약할 뿐더러 더러 격분하는 성격이라서 조사를 받다가 자칫 잘못하면 큰 사고가 날 수도 있겠다 싶었다. 곰곰이 생각해 보았다. '조사를 이렇게 질질 끄는 것은 우리가 모두 형을 숨기려 해서이다. 누군가가 책임을 져야 한다. 내가 책임을 지는 것이 어떨까. 저들이 나를 주모자로 생각하고 있으니, 그러면, 일이 간단히 끝날지도 모른다. 그런데 형이 김대중 선생이나 윤보선 전 대통령 그리고 그밖의 여러 사람들과 어떻게 접촉했는지 나는 모른다. 틀림없이 그분들에 대해서도 조사할 텐데, 그분들과 내가 말이 맞지 않으면 거짓이라는 것이 드러날 텐데.'

이러저리 고심하던 끝에 나는 형을 노출시키기로 결심했다. 그리고 이것을 밝힐 자는 동생인 나밖에 없다고 생각했다. 나는 저들에게 형이 주모자라고 밝혔다.

조사가 급진전되었다. 저들은 형의 집에 전화를 걸더니 나를 바꾸어 주었다. 전화를 받은 이는 형수였다. 형은 집에 없다고 했다. 정말 난처했다. 형이 전화를 받으면 왜 형을 노출시킬 수밖에 없었는지를 말하기 쉬운데, 형은 없고 형수만 있다니. 어쩔 수 없이 형수에게 자초지종을 설명했다.

그런데 알고 보니 형수와 맏조카 호근이는 이미 조사를 받고 나온 뒤였다. 형수는 이우정 선생이 낭독하기 좋게 민주구국선언문을 붓글씨로 직접 쓰고, 호근이는 타자로 옮겼다는 이유였다. 또 타자로 친 선언문을 이해동 목사가 한빛교회에서 등사기로 밀었는데 그 일로 이 목사도 사건에 연루되었다.

형의 집에는 일대 난장판이 벌어졌다. 형사들이 와서 집을 수색하고, 형수가 친필로 쓴 선언서를 찾아냈다. 그날로 형수가 먼저 경찰서에 붙잡혀 갔다가, 뒤이어 형이 체포되면서 형수는 풀려났다. 그리고 다음 날로 조사는 완전히 종결되어 우리는 서울구치소에 송치되었다.

이 조사 과정을 지켜보던 젊은 서기가 나한테 와서, "지난번 인혁당 사건 때는 그렇게 대답을 멋있게 하시더니 이번에는 왜 이렇게 쉽게 넘어가십니까?" 하고 속삭였다. 그러고 보니 그 친구는 인혁당 사건을 조사할 때 기록을 했던 그 젊은이였다. 나는 짧게 대답했다. "그때와 지금은 다르지."

구치소 행은 대체로 온 도시가 잠든 밤 12시가 지난 뒤에 이루어졌다. 12시가 되자 간수 두 사람이 들어오더니 밧줄로 두 손과 허리를 묶었다. 밖에 나오니 버스 한 대가 어둠 속에서 기다리고 있었다. 버스 승강대에 올라서자마자 나는 "아이고!" 하고 소리를 질렀다. 버스에서 김대중 선생을 위시해 그렇게 보고 싶던 친구들이 나를 환영해 주었다. 몹시도 반가워서 교도관이 제지하는 것도 아랑곳하지 않고 묶인 손으로 서로를 붙잡고 문안 나누기에 정신이 없었다. 선언서에 서명하지 않은 함세웅 신부, 문정현 신부 등 천주교 신부들도 여럿 있었다. 이해동 목사도 있었다. 그의 죄목은 선언문을 등사기로 민 것이기는 했지만, 그가 당국의 미움을 받은 진짜 이유는, 무엇보다 이해동 목사가 목요기도회의 주동 인물 중의 하나인 탓이기도 했다.

버스 뒤쪽에서 윤반웅 목사가 "문 박사!" 하고 소리쳤다. 그 역시 서명 인사였다. 그리고 정보부가 미워하던 사람이었다. 대통령 부인 육영수 여사가 저격당한 일이 있은 뒤 목요기도회에서 윤 목사가 기도하면서 "하느님, 총탄이 빗나갔습니다." 하고 외쳤을 때, 기도 중이기는 했으나 모두 웃음을 참지 못한 일도 있었다.

버스는 고요한 서울 밤거리를 지나 서대문으로 달려갔다.

나는 정보부에서 겪은 그 일들을 회상하면서 검찰의 물음에 대답했다. 검사는 내가 정보부 조사에서 인정한 것을 간추려 물었고, 나는 그렇다고 인정했다. 그러자 그는 조서와 펜을 건네면서 "여기 기록된 것이 다 틀림이 없다고 이 문서에 서명해 주십시오." 했다. 나는 조서를 읽어 보고 서명했다. 엄지손가락으로 손도장을 찍으면서 재판이 언제 시작되느냐고 물었더니 아직 모르지만 대체로 한 달 사이에 시작되지 않겠느냐고 했다. 곧이어 밖에서 기다리고 있는 교도관이 들어와 나를 다시 포승으로 묶어 아래층으로 데리고 가 그 자그마한 벽장 안에 가두었다. 그 방에서 다시 나온 것이 오후 5시쯤이었으니, 그 방에 적어도 일곱 시간쯤 갇혀 있은 셈이었다.

다시 버스에 몸을 싣고 서울구치소로 향했다. 저녁 햇살 속에서 거리는 어쩐지 쓸쓸해 보였다. 가고 오는 사람들의 얼굴 역시 무표정했다. 군사 독재 아래에서 사는 삶이 신날 것이 없는 모양이었다. 그리고 보면 너나없이 우리 모두가 감옥 생활을 하고 있는 것이나 다름없으리라 싶었다.

앞에 앉은 두 소년범이 주고받는 이야기가 문득 내 마음을 붙잡았다.

"얘, 너무 걱정하지 마. 너는 초범이니까 앞으로 기회가 있어!"

한 소년이 옆에 있는 좀 더 어려 보이는 소년에게 타이르듯이 말했다. 더 어려 보이는 그 소년은 무뚝뚝한 얼굴로 한참 동안 가만히 있다가 중얼거렸다.

"난 사람을 죽인 살인범이야."

"그래도 너는 초범이니까 사형 선고는 내리지 않을 거야. 아마 무기징역일 거야."

스스로 살인범이라고 한 소년은 묵묵부답이었다.

"사형 선고가 내려진다고 해도 얼마 살다 보면, 크리스마스나 석가탄신일이나 광복절 같은 때 무기로 감형이 되고, 또 얼마 더 지나면 30년 형, 20년 형으로 감형이 돼. 그렇게 꾹 참고 있으면 언젠가 출옥하는 날이 올 거야. 나도 사형에서 지금 20년 형으로 줄어들었어. 그러니 너무 낙담하지 마."

어린 소년은 한참 동안 말없이 있다가 "정말 귀찮아. 살고 싶은 생각이 없어." 하고는 입을 다물어 버렸다. 소년의 얼굴은 바람벽과도 같이 무표정했다.

그러나 첫 번째 소년이 간절한 얼굴로 다시 말했다.

"너, 지금은 그렇게 생각하지만, 그래도 그렇지 않아. 일단 살고 봐야 해. 쥐구멍에도 해가 들 날이 있어."

사형에서 20년으로 감형이 되었다는 소년은 동료 소년을 설득하려고 열심히 애썼다. 그의 목소리에는 사랑하는 동생에게 타이르는 형과도 같은 따뜻함이 있었다.

그들의 대화를 듣고 있자니 가슴이 저려 왔다. 어떤 환경에서 자랐기에 저 어린 것들이 사람을 죽이기까지 했을까 싶었다. 말하는 것을 들어 보면 그렇게 모질고 악한 소년들 같지도 않고, 주고받는 대화가 인정이 넘쳤다.

첫 번째 소년이 다시 입을 뗐다.

"너 어떻게 사람을 죽였니?"

그 말에 어린 소년은 얼굴이 갑자기 뒤틀렸다. 그러더니 내뱉듯 말했다.

"칼로 쿡 찔렀더니 그냥 뒈지고 마는 게 아녀?"

"왜 그랬어?"

"그자가 계속 나를 귀찮게 굴었어. 저녁 잠자리에 들 때면 말이야. 난 꽤 오랫동안 참았지. 어떡해. 먹고살려니 말이야. 그랬는데 그날은 그놈이 술이 굉장히 취해서 냄새도 고약했단 말이야. 그런데 바로 옆에 칼이 있잖아. 그래서 화난 김에 푹 해 버렸지. 그랬더니 금방 죽는 것이 아녀. 어둔 밤 다리 밑에서."

다리 밑에 사는 거지들 사이에서 일어난 비극이었다. 아마 두목 격인 거지가 이 소년을 오랫동안 성적으로 유린한 모양이었다. 나는 심장이 찢어질 것 같았다.

그러자 형 같은 첫 번째 소년이 옆의 어린 소년의 밧줄로 묶인 손을 잡더니 속삭였다.

"넌 한 번 푹 해서 끝났지만 나는 세 번이나 쑤셔야 했어." 소년의 눈에서는 불꽃이 튀는 듯했다. 소년은 자기는 구두닦이였다고 하면서 들릴락 말락 한 소리로 제 이야기를 했다. 아주 작은 소리로 이야기해서 정확하게 알아듣지는 못했지만 대체로 이런 이야기였다.

소년은 집 없는 떠돌이로 서울역 앞에서 구두닦이를 하면서 살았는데, 그 지역 구두닦이들을 총괄하는 왕초가 있었다. 왕초는 이따금씩 그들에게 와서 상납금을 받아 가곤 했는데 그 왕초가 웬일인지 그 소년을 특별히 못살게 굴었다. 그날도 "왜 돈이 이것밖에 없어. 너 어디다 감춘 거 아냐?" 하면서 주먹으로 때리고 발로 차곤 했다. 실컷 때리고 나서는 자기 친구와 그곳을 떠나면서 씩 웃는 것이었다. 소년은 그 웃음이 자기를 비웃는 것 같아

견딜 수가 없었다. 그래서 품속에 가지고 다니던 주머니칼을 꺼내 들고 뛰어가서 그의 등을 힘껏 찍었다. 느닷없는 공격에 깜짝 놀라 돌아서는 왕초의 배를 향해서 다시 칼을 날렸다. 그가 배를 껴안으면서 앞으로 몸을 숙였을 때 그의 목을 한 번 더 찔렀다. 그동안 쌓이고 쌓인 분노가 왕초의 비웃음 앞에서 폭발한 것이었다.

이렇게 말하는 소년의 눈은 아까 옆의 소년을 걱정하면서 말할 때와는 아주 달랐다. 그 부드럽던 눈이 분노의 불길로 타올랐다.

감방으로 돌아온 뒤에도 그 두 소년의 얼굴과 음성을 잊을 수가 없었다. 세상은 그들을 잔악한 젊은이라고 손가락질한다. 만에 하나 석방되더라도 전과자라서 발붙일 곳이 없을 것이다. 그들을 그렇게 만든 것은 사실 이 잔인한 세상인데도 말이다. 이런 생각에 우울한 심정으로 자리에 들었으나 영 잠이 오지 않았다.

그들이나 나나 세상의 불의에 항거한 것이 죄였다. 그런데 세상이 그들을 대하는 것과 우리를 대하는 것이 다르다. 그들은 악랄한 죄인이요, 우리는 민주 인사라는 것이었다. 그것은 비단 세상뿐만이 아니었다. 그들이나 우리부터가 저마다 자기 자신을 보는 자세가 다르다. 그들은 스스로 살인범이라고 자처하는 반면, 우리는 스스로를 정의의 투사라고 생각한다. 그뿐만이 아니다. 앞날에 대한 자세도 다르다. 그들은 앞날에 별 소망이 없다고 자포자기한다. 그러나 우리는 정의의 날이 오고야 말 것이라고 확신한다. 왜 이렇게 다를까? 악한 세상을 향해서 항거한 것은 다 같은데 말이다. 따지고 보면, 이 감옥에 있는 죄수들은 모두 이 두 소년처럼 악한 사회의 희생자다. 그들 나름으로 저항하다가 범죄자라는 낙인을 받고 이곳에 들어와, 스스로 죄인이라고 자처하면서 비참한 나날을 보내고 있다.

예수님 시절에 죄인 취급을 받던 갈릴리의 무리들이 이와 같았다. 예수님은 그들을 죄인으로 취급하지 않았다. 악한 자들은 바로 그들의 삶을 비참하게 만든 기득권자라고 예수님은 설파했다. 그리고 죄인이라고 멸시당하는 그들이 오히려 하느님의 나라에 가깝다고 선언했다. 그리하여 죄책감과 열등의식에 사로잡혔던 그들이 다시 새날의 주인공으로 우뚝 서게 되었다.

그렇다면 우리는 이 죄수들이 죄인이기 이전에 사회의 모순과 악한 제도의 희생자임을 밝혀야 하지 않겠는가. 일차적인 책임은 이 악한 시대에 있다고 천명해야 하지 않겠는가. 그들을 따뜻한 사랑과 이해로 껴안고 내일의 주인공으로 서도록 도와야 하지 않겠는가.

그날은 밤늦게까지 잠을 이루지 못했다.

새벽의 집 사람들

아침을 먹고 나서 정좌하고 성서를 읽기 시작했다. 창세기 1장부터 천천히 읽어 내려갔다. 한 맺힌 사람들이 사는 감방에서 읽는 성서는 완전히 새로웠다. 하느님이 혼돈이 심한 어둠 가운데서 "빛이 있으라." 한 말씀에 유난히 가슴 뭉클했다. 이 말씀이야말로 어제 검찰에서 돌아오는 버스에서 "난 살고 싶은 생각이 없어." 하던 그 어린 소년범을 향한 말씀이구나 싶었다. "지금 너는 밤중과 같은 어둠 속에 있으나 네 앞에 밝은 새날이 올 수 있다. 소망을 잃지 말고 살아라." 하는 선언과도 같았다.

하느님은 인류가 절망의 나락에 떨어졌을 때면 언제나 나타나서 "빛이 있으라."고 말씀하였다. 가인이 아벨을 죽였을 때 나타나서 아벨 대신 셋을 주면서 인류에게 소망의 길을 열어 주었다. 아브라함이 갈대아 우르에서 쫓겨나 외로운 떠돌이가 되었을 때에도 나타나 인류가 서로 축복하면서 살 평화로운 내일을 약속하였다. 아브라함의 첩 하갈이 사라에게 쫓겨나 광야에서 죽어 가는 아들 이스마엘을 보면서 한탄할 때에도 하느님이 나타나 그의 후손이 큰 나라를 이룩할 것이라고 약속하였다. 또 이스라엘 백성들이 애굽에서 아우성칠 때 모세에게 나타나서 이스라엘을 젖과 꿀이 흐르는 가나안 복지로 인도하라고 지시하였다. 죄인 취급을 받는 갈릴리 민중의 신음 소리를 듣고 아들 예수를 보내어 새로운 생명공동체를 이룩하였다. 하느님은 이런 울부짖음이 천지를 뒤덮을 때마다 "빛이 있으라." 하며 재창조의 대업을 이룩하였다.

성서를 읽고 있는데 교도관이 책이 차입되었다며 두꺼운 책 한 권을 넣어 주었다. 풍자소설 『돈키호테(Don Qquijote)』 영어판이었다. 책을 받고서 퍽 묘한 심정에 사로잡혔다. 돈키호테는 삶에서 실패한 낙오자이다. 어느 날 기사(騎士) 이야기를 읽다가 자기 자신이 정의를 위해서 싸우는 기사라는 환상에 사로잡혀 모험의 길에 오르기로 결심한다. 동리 사람들이 극구 말리는데도 산초라는 시종을 데리고 정처 없는 떠돌이의 삶을 시작한다. 이상주의적이고 현실 감각이 없는 돈키호테는 가는 곳에서마다, 하는 일에서마다 어처구니없는 실수를 되풀이한다.

이 책을 아직 읽은 적은 없지만 내용은 대강 안다. 그 책을 넣어 준 사람이 어떤 생각으로 넣어 주었는지 궁금했다. 박정희 정권에 도전하는 우리가 돈키호테와 같은 현실감 없는 희극적인 사람들이라는 뜻에서일까? 하기는 우리가 이렇게 박 정권에 도전하는 것을 보고 서울에서 이름난 어느 목사는 우리를 보고 "계란을 들어서 바위를 치는 행위"라고 비꼬았다고 들었다. 그러나, 다시 생각해 보면, 악의 세력에 항거한 투사들은 다 돈키호테와 같은 이들이었다. 바로(파라오) 왕에게 맞선 모세가 그렇고, 골리앗과 맞선 소년 다윗도, 아합 왕과 이세벨에게 도전한 엘리야도 그랬다. 대로마 제국과 손을 잡은 예루살렘의 기득권자들과 맞선 예수님도 그랬다. 다 돈키호테와 같은 이들이다. 그 뒤의 종교개혁자들도, 인도의 간디도, 미국의 킹 목사도, 그리고 박정희 정권에 단신으로 항거한 전태일도 다 돈키호테다. 이번에 같이 민주구국선언문을 발표하고 감옥에 들어온 우리도 돈키호테의 부류에 드는 사람이라고 할 수 있다.

『돈키호테』를 읽기 시작했다. 번역한 사람의 설명에 따르면, 이 책이 쓰인 17세기 스페인 사회에서 정의를 외치는 사람은 돈키호테처럼 무모한 희극 배우로 취급받았다. 그렇지만 그렇게 희극배우 같고 무모해 보이는 사람이야말로 새로운 내일을 가져올 희생의 제물이다. 주인공 돈키호테는 끝내 비참한 최후를 맞았지만, 이 소설은 19세기 프랑스 혁명에 크게 영향을 주었을 뿐더러, 20세기에 들어와서는 정의 운동을 불러일으키는 중요한 문학 작품으로 더욱 존경받았다. 책을 넣어 준 사람에게 고마워하며 읽기 시작했다. 성서에만 매달려 있던 나에게 그 책은 새로운 사고의 세계를 열어 주었다.

책을 한참 읽고 있는데 "잘살아 보세……." 하며 새마을 운동 선전 노래가 방에 달린 확성기를 통해서 들려왔다. 독재 정권에 순종하면 잘 먹고 잘 산다는 소리인즉, 돈키호테를 비웃는 노래나 다름없었다. 옆방에 있는 젊은 돈키호테 생각이 났다. 그가 있는 방 쪽의 바람벽을 두드렸다. 통화를 하자는 신호였다. 그쪽에서도 쿵쿵 하고 응답을 해 왔다. 나는 "서광태, 변소에!" 하고 속삭였다. 그가 변소에 나오면 나도 변소에 가서 서로 대화를 할 수 있었다. 그랬더니 그쪽 방에서 들려오는 소리가 "서광태 전방." 하는 것이 아닌가. "언제?" 하고 물었더니, "어저께 아침."이라고 대답했다. 결국 나하고 대화를 했다고 서광태를 다른 방으로 옮긴 것이다. 정말 우스운 일이었다. 저들은 강한 척 위세를 부리지만 돈키호테들이 대화하는 것을 그토록 두려워했다.

확성기에서는 여전히 "잘살아 보세." 하고 새마을 노래가 되풀이되고 있었다. 그 노래가 새벽의 집을 생각하게 했다. 모두 산업사회에 발맞추어 잘살아 보겠다고 미친 듯이 날뛰고 있었다. 군사 독재 정권에 아첨하면서 말이다. 그러나 우리는 그 산업문화에 도전하려고 1972년에 새벽의 집이라고 하는 공동체를 출범시켰다. 이 또한 돈키호테와도 같은 무모한 짓일 터였다.

새벽의 집을 시작하게 된 것은 수도교회와 인연이 깊다. 나는 한국신학대학 재직 중에 1967년부터 1974년까지 서울 사직동에 있는 수도교회의 목사로 일했다. 수도교회 장로 중에 한국의 대표적인 기독교 실업가인 최태섭 당시 한국유리 대표이사가 있었다. 최 장로는 기독교 정신에 따라 회사를 양심적으로 운영해, 직원들로부터 진심어린 존경을 받는 인물이었다. 그는 그때 일찌감치 지금의 스톡옵션 같은 제도를 시행했다. 평직원들에게도 상여금으로 주식을 줌으로써 직원들이 스스로를 회사의 주인이라고 느끼게 만들었다. 칠십년대 진보적인 사회참여 기독교운동의 중심지였던 크리스천아카데미도 그의 후원으로 태어났다. 그가 자신의 우이동 골짜기 땅을 기증해 강원룡 목사가 그곳에 아카데미하우스를 지을 수 있도록 한 것이다. 한국신학대학 이사회 이사로서 학교 재정에 많은 도움을 준 그는 강원룡 목사와 나를 무척이나 아끼고 후원했다. 한편, 그 무렵 한국신학대학 학생회장으로서 나를 잘 따르던 최승국 또한 수도교회의 청년회장이었다. 또 최태섭 장로의 딸 최영순과 아들 최영택도 한국신학대학에서 공부한 인연으로 나를 수도교회로 초빙하고 싶어했고, 그리하여 나는 수도교회에서 목회를 시작하게 됐다.

나는 기성 교회의 안일한 모습에서 탈피해 역동적인 교회를 만들고자 했거니와, 개인주의적인 신앙생활을 하고 있던 교인들에게 도전장을 내밀었다.

당시 수도교회 주변 사직동에는 가난한 이들이 많이 살고 있었다. 나는 장로들과 함께 동네 심방에 나섰다. 사직터널 위쪽에 개미마을이라 불리는 곳이 있었는데 넝마주이들이 많이 살고 있었다. 같이 심방을 갔던 최태섭 장로는 "아직도 이렇게 못사는 사람들이 있나?"라며 충격을 받은 모습이었다. 우리는 넝마주이들을 초대해서 잔치를 열기도 했다.

설교는 한 가지 주제에 대하여 여러 번에 걸쳐 시리즈로 했다. 한 주제를 가지고 4~5번 설교를 하고는 그 설교에 대해 그 다음 주일에 성찬식을 하면서 교인들에게 질문을 써 내도록 하고, 그렇게 해서 들어온 질문을 토대로 다시 한 번 설교함으로써, 일방적인 설교로 끝내지 않고 교인들과 소통하려고 애썼다. 이렇게 서로 주고받는 대화로 발전시키는 설교는 교인들에게 꽤 파격이었다. 한편, 수요예배 대신에 수요강좌를 개설해, 이효재 이화여대 교수, 박형규 목사, 김재준 목사, 문익환 목사, 박봉랑 목사 등을 초청해 사회문제나 다른 종교에 대해서도 같이 공부했다. '세상을 위한 교회' '평신도 중심의 교회'라는 구호를 내걸고, 실험하고 실천하였다.

부목사로는 김상근 목사를 채용했다. 빈틈없는 일꾼인 그는 건망증이 심하고 덤벙거리는 나를 옆에서 잘 도왔다. 김 목사 역시 한국신학대학에서 학생회장을 지낸 터라 리더십이 뛰어났다. 그는 원래 기독교 대한복음교회 출신이었다. 우리나라의 독자적인 교단인 복음교회에는 자체 신학교가 없어, 이 교회 출신 목회 지망생들은 한국신학대학이나 연세대 신학대학으로 진학하곤 했다. 내 후임으로 수도교회 담임목사를 맡은 김 목사는 나중에 기독교장로회 총회 총무를 비롯해, 칠십년대 이후 활발한 사회참여 활동을 하는 대표적인 기독교 목회자로 성장하며, 나의 동지가 됐다.

나는 '깨어진 지구를 짊어지고 있는 지게' 이미지를 수도교회의 상징으로 만들고, 지역사회를 위한 도서관, 유치원, 다방목회, 굴다리 지역사회학교 등을 만들며 사회를 향해 끊임없이 다가섰다. 1969년부터는 한국 교회 역사에서 처음으로 미국의 추수감사주일(11월 셋째 주)을 따르지 않고, 추석 다음 주일을 추수감사주일로 정하여 예배드렸다. 신앙의 토착화를 위한

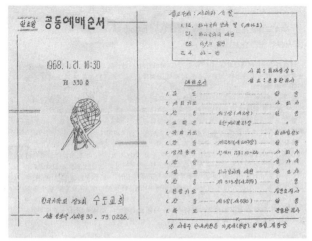

공동예배순서 1968년 1월 21일. 내가 그린, 깨진 지구를 짊어진 지게는 수도교회의 상징이 되었다.

시도였다.

나의 이러한 파격적인 시도는 최승국, 서명실을 비롯한 열정적인 젊은이들이 있었기에 가능했다. 그러나 교회의 어른들은 교회에 와서 위로받고 싶은데, 도전만 하니 피곤하다고 솔직한 심정을 토로하기도 했다. 나는 수도교회를 통해 자본주의 사회에서의 교회의 가능성과 한계를 통감했다.

사직동 수도교회를 섬기는 중에 나는 가족들과 함께 1970년 일 년 동안 미국 뉴욕의 유니온신학교에 교환교수로 다녀온 적이 있었다. 그때 해방신학을 접하게 되었고, 산업문화가 어떻게 생태계를 파괴하고 있는지에 관한 로마클럽의 보고서를 읽었다. 그러면서 산업문화가 죽음의 문화라는 것을 더욱 확신하게 되었다. 이미 그 전에 에리히 프롬의 『건전한 사회(Sane Society)』라는 책을 읽으면서 산업사회를 죽음의 문화로 인식하고 있던 터였다. 에리히 프롬은 산업사회를 개인주의, 물질주의, 권력주의로 말미암아 완전히 비인간화된 사회라고 하면서, 이에 대치되는, 생명을 살리는 건전한 사회가 어떤 것인지를 실례를 들어서 설명했다.

미국에서 일 년 동안 공부하고 돌아온 나는 자본주의에 대해 문제를 제기하는 설교를 많이 했다.

"잠깐만!" 수도교회에서 했던 내 설교 제목이다. "잠깐만! 이대로 좋은가?.……함께 생각하자, 함께 개혁하자, 우리 함께 새 삶, 새 공동체를 이룩하자."

교회란 그리스도의 몸으로 서로 나누고 용서하고 섬기는 공동체라는 주제로 설교하면서, 현재 산업사회는 극단의 개인주의와 경쟁주의로 갈가리 찢어져 죽음의 나락으로 떨어지고 있는데 교회마저 그런 풍토에 휩싸여 다들 모래알처럼 흩어져서 공동체를 이루지 못하고 있다고 설파했다. 몸은 교회에 나오나 마음은 자기 가정이나 사업에 가 있어서 참된 성도의 교제가 이루어지지 않고 있다고 개탄했다. 그러는 한편, 지금 세계 곳곳에서는 참된 공동체를 갈망하는 무리들이 한데 모여서 물질을 나누고 사랑과 이해로 하나가 되는 공동체 운동이 우후죽순처럼 일어나고 있다고 하면서, 우리도 주 안에서 하나가 되는 인정 공동체 운동을 전개해야 한다고 역설했다.

이 설교로 말미암아 나는 역습(?)을 당했다. 바로 다음 날인 월요일에 최승국을 위시한 교회 청년 대여섯 명이

서울 사직동 수도교회 담임목사로 일하던 1969년 성찬예배를 진행하고 있는 나. 최태섭 장로(왼쪽)의 든든한 후원 속에 기독교 교회 개혁에 도전하였다.

새벽의 집 모임에서 문익환, 문동환, 박형규가 대화를 나누는 모습. 김재준 목사가 써준 새인류 새공동체와 새벽의 집 마크.

우리 집에 쳐들어왔다. 어제 설교에서 말한 그런 공동체를 시도하자는 것이었다. 그리 쉬운 일이 아니라고 했더니, 그러면 왜 그런 설교를 했느냐고 반문했다. 결국 우리는 월요일 저녁마다 모여서 성서는 물론 다른 곳의 공동체 실험 사례를 연구하면서 필요한 여러 가지 준비를 하기로 했다. 여성들도 공동체 준비에 함께 참여하기로 했다. 그것이 1971년 11월이었다. 그 뒤로 한 해 동안 머리를 맞대고 대화를 나눈 우리는 1972년 11월 30일에 새벽의 집을 출범시켰다.

다섯 가정 열두 명이 방학동에 있는 우리 집에서 한솥밥을 먹으면서 한식구로 생활하기 시작했다. 뒤에 장모가 보내 준 돈으로 집 옆에 있는 땅을 사서 터전을 넓힌 뒤 거기에 이층집을 한 채 더 지어 아래층은 유치원으로 쓰고 위층은 살림집으로 썼다. 우리는 모든 수입을 한 통장에 넣고 필요에 따라서 나누어 썼다. 우물에 들어오는 물줄기에는 큰 것도 있고 작은 것도 있는 법이다. 그러나 그 물은 누구나 필요한 대로 나누어 마신다. 우리도 그렇게 살아 보자는 것이었다.

새벽의 집 창립 예배는 김재준 목사님이 와서 말씀해 주고 축복해 주셨다. 그때 바람벽에 써 붙였던 서약서가 머릿속에서 선연했다.

1. 우리는 사람을 사랑하고 물건을 효율적으로 쓰겠습니다.
2. 우리는 '나'만을 위하는 생리를 깨뜨리고 '우리'를 소중히 여기는 삶을 살겠습니다.
3. 우리는 우리에게 주어진 새 삶을 축하하면서 이것을 세상에 증거하겠습니다.
4. 우리는 눌린 자 편에 서서 모든 악의 힘에 도전하겠습니다.
5. 우리는 약한 자를 택하여 강한 자를 부끄럽게 하시는 당신을 믿으면서 용감하게 살겠습니다.
6. 우리는 나날이 새롭게 하시는 당신을 믿으면서 소망 중에 살겠습니다.
7. 우리는 언제나 생명의 근원이 되시는 당신의 말씀에 귀를 기울이며 당신의 뜻에 순종하겠습니다.

　　우리는 모두 이 선언서에 손을 얹고 서약했다. 그리스도의 뒤를 따라 새로운 삶을 살겠다고, 새 공동체 안에서 새사람이 되겠다고 뜻을 다졌다. 그날 김재준 목사님이 들려주신 말씀은 잊을 수가 없었다. 그는 조용한 음성으로 이렇게 말씀했다.

　　"이제는 새벽이 와야겠다.……밝아 오는 새벽은 인간 능력 저편에서 비쳐 오는 것이다. 나는 이 집의 이야기를 들었을 때 새벽의 집이라고 선뜻 그렇게 느꼈다. 교회 운동을 통해 내가 이때껏 숨 가쁘게 노력을 기울여 온 내 꿈이 바로 이런 모습의 인간 공동체였기에 새벽의 집의 탄생을 보는 내 감회가 실로 벅차다……."

　　이렇게 해서 우리는 자본주의적인 산업문화에 찌든 우리 속에서 먼저 개인주의, 물질주의, 권위주의라는 악령을 추방하자고 서약했다. 그리고 예수님이 삶으로써 직접 가르쳐 준, 나누고 용서하고 섬기는 삶을 살자고 다짐했다. 그런 삶을 삶으로써 산업문화로 말미암아 병들어 가는 어두운 세

김재준 목사를 모시고 서약식을 하던 날, 식구들 모두 서약서에 손을 얹고 새로운 삶을 살기로 약속했다. 아이들도 함께 서약을 했다. 얼굴을 내민 아이가 큰아들 창근이.

상에 자그마한 빛이라도 되고 싶었다. 그렇게 살면서 동터 오는 새벽을 기다리자는 것이었다. 생각해 보면 그것은 꽤 대단한 시도였다. 몇몇 동료 교수는 쉬운 일이 아니니 다시 생각하라고 충고하기도 했다. 어느 목사는 우리의 시도가 성공할 턱이 없다고 단언하기도 했다. 정말 돈키호테처럼 무모한 일을 시작한 것이었다.

우리 또한 이것이 결코 쉬운 것이 아님을 알고 있었다. 그래서 우리는 처음에는 여섯 달, 그 다음에는 일 년마다 다시 서약을 맺기로 했다. 일 년을 살아 보고서 힘에 부치면 밖에 나가서 바깥식구가 되고, 그 빈자리는 뜻을 같이하는 다른 이들이 대체하도록 했다. 그렇게 해서 일곱 해 동안 같이 살다가 나가서 바깥식구가 된 가족이 넷이나 된다. 그러나 이렇게 도중에 하차한다 해도 이런 생활을 경험한 것만으로도 의미 있다고 생각했다. 사실 우리의 뜻에 동조하면서도 입주하지 못한 바깥식구도 적지 않았다. 우리는 그들과도 자주 만나서 삶을 나누었다. 그리고 우리가 사는 이야기를 '새벽의 집 소식'에 실어 바깥식구들에게 보내곤 했다. 또 이따금 바깥식구들과 새벽의 집에 관심을 갖고 있는 이들을 초청해서 함께 대화를 나누는 자리를 갖곤 했다.

우리는 식사 준비와 설거지에서부터 빨래며 화장실 청소에 이르기까지 집안일을 당번을 짜 돌아가면서 했다. 권위주의를 추방하기 위해서였다.

식사 때는 서로 손을 잡고 우리가 만든 식사 노래를 하고, 저녁 식사가 끝난 다음에는 피아노에 둘러서서 즐겁게 노래하는 시간을 갖곤 했다. 수요일 저녁마다 식사 뒤에 가족회의를 열어, 한 주일 동안 한 일을 평가하고 앞으로 할 일을 계획했다. 일요일 아침에는 대화 중심으로 성서 공부를 하고, 교회에 갈 사람들은 교회로 갔다.

그러는 한편, 동네 어린이들을 대상으로 주일학교를 열었다. 주일학교는 성서 공부뿐만 아니라, 동네의 삶을 함께 살펴보기도 하고, 불교나 다른 종교에 대해서도, 심지어는 무당에 대해서도, 이야기했다. 저마다 다른 아이들의 종교를 존중해서였다. 이 주일학교는 최승국과 내 아내 문혜림이 책임을 맡았다. 그리고 평일에는 동네 어린이들을 대상으로 새벽의 집 유치원을 운영했다. 유치원 교육은 최승국의 아내 한능자가 맡았다.

더불어 부모를 위한 교육 프로그램도 준비했다. 새벽의 집 식구 중에서 유행가도 잘 부르고 춤도 잘 추는 전정순 집사가 있었는데, 그이를 중심으로 동네 아주머니들이 모여서 노래하고 춤추면서 친교를 하는 모임이 자연스럽게 생겼다. 내 아내도 여기에 적극적으로 가담했다. 장모가 또 이 모임을 위해 장구를 사 주어서 모임 이름을 '장구회'라고 했다. 이 장구회는 그야말로 한 많은 한국의 여인들이 모여서 한을 푸는 모임이었다. 그러다가 장구회 아주머니들도 의미 있는 일을 해보겠다고 해서, 새벽유치원 후원회가 되어 방석도 만들어 주고 추울 때 신는 덧버선도 만들어 주곤 했다.

단오, 추석 같은 명절이면 우리 마당에서 동네 축제가 벌어졌다. 이 마당은 평소에는 동네 어린이들의 놀이터가 되었다. 이렇게 해서 우리의 삶은 갈수록 주변을 향해서 확대되었다.

그러나 서로 생활 방식이 다르고 사고방식과 성격이 다른 사람들이 좁은 공간에서 같이 산다는 것은 결코 쉬운 일이 아니었다. 처음에는 서로 마음에 걸리는 일이 있어도 그것을 내놓고 말하지 않고 참았다. 공동체 생활에 물의를 일으키지 않기 위해서였다. 그러나 그것이 식구들 사이에 묘한 긴장 관계를 조성했다. 이렇게 우리 사이에 긴장이 쌓이고 쌓이던 어느 수요일, 우리는 그동안 느낀 것을 솔직히 이야기해 보자고 했다. 처음엔 망설이다가 이윽고 말 주머니가 터지기 시작했다. 갖가지 불평과 이견들이 쏟아져 나왔다. 막상 속에 있는 이야기들을 다 털어놓고 보니 그다지 대단한 일들이 아니었다. 현관에 신을 정리하는 일, 부엌 설거지, 화장실 쓰는 일과 같이 자잘한 일에 관한 불평들이었다. 서로 이야기해서 조정하면 쉽게 해결될 일들인데 서로 마음을 터놓지 않은 데서 빚어진 오해와 긴장들이었다. 우리는 앞으로 모든 것을 서로 신뢰하는 정신으로 솔직히 주고받기로 했다. 그렇게 마음을 터놓고 보니 어찌나 평안하고 좋은지, 밤 12시가 지났는데도 모두 자기 방으로 돌아갈 생각을 하지 않고 화해의 기쁨을 서로 마

새벽의 집 식구들은 매주 수요일 가족회의를 하고 나서 흥겨운 친교 시간을 보냈다. 가운데는 권경희.

음속 깊이 음미했다. 구원이 무엇인지를 경험한 것이다.

이렇게 한 4년 살고서 우리는 농촌으로 이주하기로 결정을 내렸다. 산업문화를 죽음의 문화라고 하면서도 산업문화에 젖줄을 대고 있는 것이 모순이라고 생각했기 때문이었다.

그때 우리는 대부분 회사나 학교에서 받는 월급으로 살아가고 있었다. 이를테면 내 아내는 미군 가운데 술 중독자와 마약 중독자를 돕는 사회사업 일을 하며 미군에서 월급을 타고 있었다. 결국 이런 삶의 방식은 우리가 믿는 삶의 철학과는 거리가 멀다 싶어, 농촌에 가서 우리의 힘으로 땅을 일구어 생계를 잇고, 아이들에게도 자연과 하나가 되는 생명문화의 교육을 하기로 생각을 모았다. 그러던 중에 경기도 양주군 주내면에서 무농약으로 농사를 짓기 시작한 오재길 선생이 자기의 농장에서 공동체 생활을 하자고 제안해 와 그 곳으로 가기로 결정했다. 그리하여 농촌으로 가는 출범 예배를 1976년 2월 28일에 거행했다.

생각해 보면 정말 우스운 일이었다. 농촌으로 가는 출대식을 한 내가 그 다음 날 명동성당에서 긴급조치9호를 반대하고 유신 체제를 비판하는 성명서를 발표하는 자리에서 박정희 대통령을 공박하는 설교를 했으니, 이것이야말로 풍차를 향해서 칼을 뺀 돈키호테가 아니고 무엇이랴!

이런 생각을 하고 있는데 방에 달린 확성기에서 〈서울의 찬가〉가 신나게 울려나왔다. 나는 빙긋이 웃을 수밖에 없었다. 이렇게 서울이 좋다는데 우리는 농촌으로 간다고 했으니 우리가 미친 것인가? 아니면 이 노래가 미친 자들의 노래인가?

기쁨의 신학

기상 나팔소리가 들리려면 한참 있어야 할 이른 시간이었다. 누운 채로 뒤척거리면서 바람벽에 환히 비치는 맑은 햇살을 바라보고 있었다. 문득 그 바람벽에 백운대가 환히 내다보이는 새벽의 집 식탁에 둘러앉은 식구들의 모습이 보이는 듯했다. 모두 어떻게 지내는지 궁금하기 짝이 없었다. 빈 내 자리를 보는 아내의 심정이 느껴지는 듯했다. 저녁이면 나더러 이야기를 해 달라고 떼를 쓰던 창근, 태근, 영미, 영혜, 그리고 영혜와 잘 놀던 최승국의 아들 호성이의 얼굴이 그림처럼 생생했다. 우스갯소리를 잘하는 전정순과 말없이 할 일을 척척 해내던 그녀의 딸 해경이, 마음 착하기 그지없는 권경희, 새벽의 집 예배를 재치 있게 진행시키던 이종헌, 그리고 그림쟁이 이묘자, 모두의 얼굴이 눈에 선했다. 앞으로 새로운 교육을 창출하는 데 공헌할 김성재와 그의 아내 미순, 새벽의 집의 성실한 총무 최승국과 그의 아내 한능자. 그 한능자의 손이 피아노 위에서 나비처럼 날면 식구들이 둘러서서 신나게 노래 부르곤 했다. 그 소리가 들리는 듯했다. 새로 새벽의 집 식구가 된, 사랑방교회 교인이었던 준호네 식구들은 잘 적응하고 있는지도 걱정되었다. 양주로 이사 가기로 한 것은 도대체 어떻게 됐는지……. 좁은 방 바람벽에 갇혀 있노라니 그들을 보고 싶은 마음이 더욱 굴뚝같았다. "보고 싶어, 정말 보고 싶어." 하면서 뒤척거리고 있는데 멀리서 기상 나팔소리가 들려왔다. 일어나서 이부자리를 개자 소지가 물 양동이를 들여보냈다. 이렇게 해서 또 하루가 시작되었다.

조반을 마치고 앉아서 성서를 읽고 있으려니 바깥 복도에서 쿵쿵거리면서 사람들이 뛰어 지나가는 소리가 들렸다. 출입구 유리창을 통해서 내다보니 수인들이 네댓 명씩 알몸으로 내 문 앞을 뛰어서 지나가는 것이 아닌가. 간수가 그것을 지켜보고 있었다. 무슨 일인가고 물어 보니 목욕하러 목욕탕으로 뛰어가는 것이라고 했다. 일주일에 한 번씩 목욕을 하는데, 간수가 한 방씩 문을 따면 그 방에 있던 수인들이 알몸으로 수건만 들고 목욕탕으로 뛰어가는 것이었다. 목욕 시간은 한 사람에게 1분씩이어서 다섯 명이 들어가면 5분 안에 목욕을 마쳐야 했다. 그렇게 다섯 명이 한 조가 되어 목욕하고서 자기 방으로 돌아가면 다음 방 수인들이 또 수건만 들고 뛰어갔다. 이렇게 한참 동안 내 방 앞을 사람들이 네댓 명씩 뛰어가고 뛰어오고 했다. 모두 목욕을 마치고 나자, 나더러 목욕하라고 했다.

"박사님은 천천히 여유 있게 목욕하고 나오십시오. 다른 사람들은 다 목욕했으니까요." 이렇게 나에게는 특혜를 베풀었다. 고맙다는 인사를 하고 나도 알몸으로 욕실에 들어갔다. 욕실 크기는 감방과 같고, 퀴퀴한 냄새가 났다. 한쪽 벽에 샤워 꼭지가 달려 있었다. 다른 한쪽 끝으로는 대여섯 명이 들어갈 수 있는 욕조가 있는데 물이 온몸을 담글 만큼 충분하지도 않고 그리 깨끗하지도 않았다. 들어가 앉을 생각이 나지 않았으나 맘먹고 욕조에 들어가 앉았다. 물이 배꼽 정도까지 찼다. 길게 누워 몸 전체를 물속에 담갔다가, 얼마 안 있어 욕조에서 나와 비눗칠로 몸 이곳저곳을 문지르고 샤워를 했다. 물이 시원스럽게 나오지 않아 비눗기를 닦는 데 꽤 오래 걸렸다. 비누칠하던 수건을 꼭 짜서 몸을 닦은 뒤 방으로 돌아왔다. 그래도 그것도 목욕이라고, 며칠 만에 목욕을 하고 나니 기분이 좀 나아졌다.

목욕한 김에 운동이라도 하자 싶어 걸음 수를 헤아리며 방 안을 빙빙 돌면서 뛰기 시작했다. 한참 뛰고 있을 때 교도관이 문을 따면서 "면회입니다." 하는 것이 아닌가.

두근거리는 심정으로 교도관의 뒤를 따랐다. 식구가 아니면 변호사리라 생각하면서 어느 편이라도 바깥 사정을 들을 수 있으리라는 기대를 가지고 교도관을 따라갔다. 교도관이 나를 어떤 방으로 인도했다. 변호사들의 요청으로 특별 면회를 시켜주는 방이었다. 방문에 들어서는 순간 내 얼굴에 웃음이 활짝 피었다. 그렇게 보고 싶어하던 아내가 웃는 얼굴로 나를 바라보는 것이 아닌가. 아내는 나를 보자마자 다가와 껴안고 키스해 주었다. 교도관들이 당황하는 표정이 역력했다. 저희 눈앞에서 누가 키스하는 것은 처음 보았으리라. 더구나 구치소 면회실에서는. 그러나 우리는 개의하지 않았다. 그토록 그립던 사랑하는 사람을 오랜만에 만났으니 남이 어떻게 생각하는 것쯤은 문제가 아니었다. 뒤에 들은 이야기지만, 아내가 집에 돌아가 "우리가 키스하는데 왜 교도관 얼굴이 빨개져?"라고 해서 식구들이 한바탕 웃었단다. 그리고 교도소에도 소문이 쫙 퍼졌다. 문동환 박사가 교도관들이 보는 앞에서 면회 온 아내와 키스했다더라고.

면회실에서 교도관 세 명이 우리를 감시하고 있었다. 한 젊은 교도관이 우리의 대화를 기록하고, 다른 한 교도관은 우리가 이야기하는 것을 주의 깊게 들었다. 정치적인 발언을 하지 못하게 막기 위해서였다. 그리고 모자에 금띠를 두른 교도관은 두 교도관이 일을 제대로 수행하는지 지켜보고 있었다. 무엇이 염려스러워서 그렇게까지 감시하는지 알 수 없었다.

"가족들은 다 잘 지내겠지?" 내가 물었다.

"별일 없어요. 아이들이 아빠를 몹시 보고 싶어해요. 그리고 이종헌 씨 식구가 먼저 양주로 갔어요. 그리고 준호 아빠도 우리가 있을 집을 수리하러 갔어요."

"그러면 양주로 가기로 결정을 했군?"

"다 같이 결심한 것을 당신이 감옥에 들어갔다고 해서 중단하는 것은 옳지 않다고 생각했어요. 우리는 한 달쯤 뒤에 양주로 갈 거예요."

"아이들 전학할 학교는 알아보았겠지?"

"그런 일은 최승국 선생이 다 알아보기로 했어요."

그러나 무엇보다 궁금한 것은, 세상이 어떻게 돌아가고 있는지였다. 그래서 이렇게 말을 던졌다.

"그래 세상은 어때?"

그랬더니 교도관이 "정치에 관한 것은 말하면 안돼요!" 하고 황급하게 막았다.

아내가 "먼저 미국 식구들 이야기를 하죠." 하고 둘러치더니, 내 질문에 영어로 대답했다. 요즈음 기독교장로회는 물론 가톨릭이며 다른 교단까지 들고 일어섰고, 교회협의회, 기독자 교수회, 여러 노회들까지 성명서를 발표하고 세계교회협의회, 그리고 일본, 미국을 위시한 여러 나라 교회 대표들이 속속 찾아오고 있다고 했다. 그리고 노조도, 학생들도 과감히 시위하고 있고, 사실상 긴급조치9호는 무효화되고 말았다고 빠르게 말했다. 그러자 교도관이 영어로 말하지 말라고 다그쳤다. 그래도 아내는 "나는 힘든 말은 한국말로 못해요." 하면서 계속 영어로 말을 이었다. 그러니 서기는 우리 이야기를 적을 수가 없었다. 덕분에 우리가 감옥에 들어온 뒤에 세상이 어떻게 돌아가고 있는지 낌새를 알 수가 있었다. 그러자 금띠를 두른 교도관이 면회시간이 끝났다고 하면서 면회를 정지시켰다. 아내는 이제부터 매주 수요일에 올 수 있게 됐다고 하면서 자기는 직장 때문에 한 주 건너씩 오고 그 사이 사이에는 창근이, 태근이가 올 것이라고 했다. 우리는 포옹하고 갈라졌다. 나오면서 돌아보니 아내가 교도소로 들어가는 나를 지켜보다가 손을 흔들었다. 아마 발길이 잘 떨어지지 않는 모양이었다.

면회하고 돌아온 뒤 나는 새벽의 집 식구와 밖에 있는 동지들 생각으로 가득했다. 그날 저녁 잠자리에 눕자 아내의 따뜻한 입술이 느껴져 잠을 이루기가 힘들었다. 그렇게나 보고 싶던 아내를 만난 것이 한없이 기뻤다. 일 년 동안 헤어져 있다가 만나서 눈물을 흘렸다는 견우직녀 생각이 났다. 떨어져 있는 사이에 보고 싶었던 만큼 반갑고 기뻤다. 그리고 궁금하기 짝이 없던 바깥소식을 들은 것이 무엇보다 반가웠다.

이렇게 들뜬 심정으로 지난 며칠 동안에 일어난 일들을 돌아보자니, 삶에서 기쁨이라는 것이 무엇보다 소중함을 새삼 깨달았다. 세상 사람은 행복을 추구하지만, 그리스도를 따르는 자들이 구할 것은 행복이 아니라 기쁨이라고 생각했다. 행복이란 고인 물과 같아서 얼마 있으면 썩어 버린다. 그러나 기쁨은 우리를 나날이 새롭게 승화시킨다. 기쁨이란 고난 뒤에 오는 소중한 선물이다. 고난을 통해서 삶의 의미를 깨닫고 삶이 새로운 차원으로 승화하는 데서 사람들은 기쁨을 맛본다. 고난을 겪어 보지 못한 사람은 기쁨의 소중함을 모른다. 옛 사람들이 고진감래(苦盡甘來)라고 한 것 역시 경험을 통해서 얻은 삶의 진리가 아니겠는가. 예수님이 탄생했을 때 천군천사들이 나타나서 "기쁘다 구주 오셨네."라고 노래하는 소리가 들리는 듯했다.

지난 며칠 동안의 나의 삶이 그것을 명확히 깨우쳐 주었다. 꽁보리밥을 앞에 놓고는 도저히 먹을 수 없다며 장탄식을 했었다. 입에 맞는 음식이 그리웠다. 그러다가 사랑하는 친구와 식구들의 배려로 음식다운 음식을 마음껏 먹는 기쁨을 새삼 맛보았다. 게다가 그 음식이 아내와 친구들의 사랑의 화신임을 생각하면서 사랑의 나눔이 얼마나 중요한지를 새삼 느꼈다.

독방에 갇혀서 그리운 사람들 얼굴을 그렇게도 보고파했다. 그러다가 드디어 사랑하는 아내를 만나니 그 기쁨이 여간 크지 않았다. 견우직녀의 기쁨에 견줄 만했다. 이국땅에서 고향 사람을 만나는 것이 세 가지 기쁨 가운데 하나라고 한 옛 사람의 말이 이해가 갔다.

또 바깥의 일들이 얼마나 궁금했던가. 새벽의 집은 어떻게 하고 있는지, 종로5가에서 모이던 목요기도회는 계속되고 있는지, 기독교장로회는 어떻게 반응하는지, 교회협의회는 물론 가톨릭교회도 움직이고 있는지, 학생들과 노동자들을 어떻게 하고 있는지, 신문들은 이것을 어떻게 보도하고 있는지, 알고 싶은 것이 끝도 없었다. 그러다가 변호사를 통해서, 아내를 통해서, 심지어는 우리를 몰래 돕는 교도관을 통해서 바깥소식을 들을 때의 기쁨이란 말할 수가 없었다.

밤낮 분주하게 지내던 내가 감방에 갇혀서 아무것도 하지 못하는 것이 무엇보다 힘들었다. 감옥에 갇힌 다른 동지들도 마찬가지였으리라. 해야 할 중요한 일들이 산적해 있는데 그것을 하지 못하고 있으려니 마음이 여간 불편하지 않았다. 의미 있는 일을 하고픈 생각이 굴뚝같았다. 그랬는데, 알고 보니, 내가 감방에 앉아 있는 동안, 밖에서 수많은 사람들이 우리가 해야 할 일이며 그 밖의 많은 일들을 신나게 하고 있다는 것이 아닌가! "할렐루야"를 부르면서 춤이라도 추고 싶었다.

창밖의 비둘기들이 얼마나 부러웠던가. 나도 저렇게 날 수 있으면 좋으련만. 심지어 변소에 마음대로 들락날락하는 쥐들도 부러웠다. 자유라는 것이 얼마나 소중한 선물인지를 새삼 느꼈다. 그러나 다시 생각해 보면 나야말로 자유를 향유하는 사람이었다. 나를 감시하는 교도관은 상관의 눈치를 보느라고 쩔쩔 맸다. 나와 아내의 면회를 감시하는 교도관들은 조금이라도 감시를 소홀히 하다가는 질책 받을 것이 무서워서 잠시도 긴장을 놓지 못했다. 저녁에 순방하는 소장은 또 어떤가. 우리가 유신 제도를 비판이라도 하면 어쩔 줄 모르고 당황했다. 검사나 판사들도 그랬다. 그들은 자기 양심이 가리키는 대로 재판하지 못했다. 사실 그들에게는 한 치의 자유도 없었다. 그러나 하느님의 뜻을 따르는 우리는 자유를 누리는 이들이었다. "옥중에 매인 성도이나, 양심은 자유 얻었네." 하는 찬송이 바로 그것을 노래한 것이 아니던가. 참된 기쁨이란 참된 삶을 위해서 고난 받는 이들만이 경험할 수 있는 선물임을!

그러고 보니, 시내산 앞에서 야훼 하느님과 서약을 맺은 이스라엘 백성에게 그 계약은 어쩔 수 없이 짊어져야 했던 무거운 짐이 아니라 감격에 찬 서약이었을 터이다. 그 십계명 하나하나가 모두 그들이 애굽에서 짊어져야 했던 쓰라린 굴레에서 해방되었음을 선언한 것이었으니 말이다.

"야훼 하느님 외에 다른 신을 섬기지 말라." 한 것은 스스로 신이라고 자처하면서 그들을 수탈한 바로의 손에서 해방시켜 준 야훼에 대한 감사의 표현이었다. "우상을 섬기지 말라."는 것도 그렇게도 많은 애굽의 우상들 때문에 억눌린 심정으로 살았는데 이제는 그들에게서 해방되었다는 기쁨의 표현이었다. "안식일을 꼭 지켜야 한다."는 것도 애굽에서 일 년 365일 뼈 빠지게 일만 했는데 이젠 일주일에 하루는 푹 쉴 수 있게 된 것에 대한 고마움이었다. "살인하지 말라." 한 것도 살인을 밥 먹듯 하던 강자들의 손에서 해방된 자들의 감격의 표현이었다. "간음하지 말라." 한 것도 노예의 아내는 언제나 강자들의 성욕의 대상이었으나 이제부터는 그런 일이 있어서는 안 된다는 서약이었다. "도적질 하지 말라."도 그렇다. 과거에는 그들이 날마다 뼈 빠지게 일한 노력의 대가를 애굽 사람들이 다 훔쳐갔지만, 이제부터는 그들의 노력의 열매는 그들 자신이 거두게 되었음을 뜻했다. "거짓 증언을 하지 말라." 강자들은 언제나 거짓말로 약자들을 수탈했다. "탐심을 품지 말라." 모든 악랄한 횡포가 다 탐욕스러운 마음 때문이었다.

오랜 고생 끝에 이스라엘 백성들은 그런 어두운 죽음의 수렁에서 해방되었다. 그리고 그런 일들의 극악함을 알게 되었다. 악의 세력에서 해방된 그들은 결코 강자들의 행태를 본받아서는 안 된다는 것을 깨닫고서, 과부, 고아, 나그네도 안심하고 살 수 있는, 기쁨에 찬 평등과 평화의 공동체를 이룩해야 했을 것이다. 그러기에 그 십계명은 마음에 기쁨이 가득한 이들의 서약이었던 것이다. 감사하는 마음이 넘치는 계약이었던 것이다.

"먹고 싶고, 보고 싶고, 알고 싶고, 자유롭게 날고 싶고, 하고 싶은" 것들이 다 우리 삶의 기본권이니, 이 권리를 박탈하는 것은 생명을 짓밟는 것이다. 하느님의 사랑을 믿는 사람들은 사랑과 믿음으로 이런 것들을 다 극복하고 진정한 기쁨의 세계를 창출할 수 있다. 나는 이런 깨달음을 '기쁨의 신학'이라고 부르고 싶었다.

감방의 밤은 적막했다. 통행금지 시간이 지났는지, 멀리 거리에서 들려오던 차량 소리도 더는 들리지 않았다.

꺼지지 않는 불꽃 속에 나타나신 하느님

천둥이 치는 소리에 눈을 떴다. 밖에는 짓궂은 비가 주룩주룩 내리고 있었다. 이따금씩 비를 몰고 오는 회오리바람 소리가 들렸다. 비가 내리니 감방이 더욱 음침했지만, 벌떡 일어나서 이불을 개고 방을 쓸고 나서 자리에 앉아 명상기도를 했다. 조금 있으려니 기상나팔 소리가 들려왔고 뒤이어 여기저기에서 인기척이 나고 어수선해졌다.

그날도 어김없이 조반 뒤에 소장의 순시가 있었다. 내 방에서 방을 두서넛 지난 때였다. "하나, 둘, 셋, 넷, 다섯, 모두 다섯 명입니다." 하고 보고하던 소리가 뚝 끊어지고 조용해졌다. 얼마 있으니 "너 내려앉지 못해!" 하는 교도관의 호통이 들렸다. 대답하는 소리는 들리지 않았다. "이 자식, 소장에게 무슨 버릇이야!" 하는 소리가 뒤따랐다. 그리고는 "박정희 졸개에게 내가 무슨 예의를 갖춰!" 하는 한 젊은이의 분노에 찬 음성이 들렸다. 귀에 익은 목소리였다. "이 자식 한번 혼나 봐야겠군!" 하는 호통 소리에 이어 소장이 무어라고 지시하는 소리가 들리더니, "하나, 둘, 셋, 넷……" 하고 점호 소리가 다시 이어졌다. 긴급조치로 들어온 학생이 소장에게 항거한 모양이었다.

얼마 지나서 나를 맡은 교도관이 앞에 왔길래 무슨 일이냐고 물어보았다. 고려대 학생이 수감되어 있는데 소장이 왔는데도 이부자리 위에 걸터

앉아서 소장을 본 척도 하지 않고, 내려앉으라고 해도 들은 척도 하지 않더니, 급기야는 소장을 보고 박정희 졸개라고 비꼬았다는 것이었다. 그 학생은 곧 징벌방으로 보내져서 한 달 동안 살아야 한다고 했다. 징벌방은 한 사람이 누울 만한 크기의, 빛이 전혀 없는 방이었다. 징벌방에 들어가면 손을 뒤로 묶어 밥도 개처럼 엎드려 먹어야 했다.

그 학생은, 짐작하던 대로, 조성우였다. 내가 입소했을 때 "문 박사가 들어오셨다." 하고 외치던 학생이었다. 조성우는 이문영 교수의 조교여서 여러 번 만난 적이 있었다. 대쪽처럼 곧고 곰처럼 끈질긴 청년이었다. 조성우 학생이 징벌방에서 한 달 동안 개처럼 엎드려 밥을 먹을 것이라고 하니 마음이 여간 아프지 않았다. 과연 한 시간가량 지난 뒤 그 방 쪽에서 우당탕 하는 소리가 나다가 다시 조용해졌다. 조 군이 징벌방으로 끌려간 모양이었다. 교도소에 들어와서도 젊은이들은 여전히 투쟁하고 있었다. 마치 다니엘이 사자 굴에 들어가는 것을 지켜보는 것 같았다. 나는 조용히 눈을 감고 하느님에게 호소했다. "하느님. 조 군을 지켜 주십시오. 그리고 그들의 간절한 소원에 귀를 기울여 주십시오. 그들은 정의롭고 평화로운 세상에 살고 싶어합니다."

그날 나는 식사를 제대로 할 수 없었다. 책도 눈에 들어오지 않았다. 바깥의 비둘기를 지켜볼 마음도 나지 않았다. 깜깜한 골방에서 성난 사자처럼 앉아 있을 조 군이 마음에서 떠나지 않았다.

저녁 식사 시간 뒤에 소장의 순시가 있었다. 내 방 앞에 와서 "퍽 불편하시죠." 하고 인사하는 소장은 아무 일도 없었다는 듯이 얼굴에 엷은 미소를 짓고 있었다. 그 얼굴에 침이라도 뱉고 싶었다.

얼마 뒤 취침 시간을 알리는 나팔 소리가 들렸다. 김철 선생과 인사를 나누고 자리에 누웠다. 주변에서 통방 하는 소리, 노래 부르는 소리가 뒤숭숭하게 들렸다. 갑자기 서쪽 끝에서 한 소년의 처량한 목소리가 들렸다. "어머니이이, 왜 나를 낳으셨나요!" 높은 소리로 목청이 찢어지도록 "어머니이이" 하고 길게 외치고는, 자기를 왜 낳았냐고 한탄하는 소리는 점점 잦아 들었다. 그 목소리가 처량하기 짝이 없었다. 그러자 동쪽 끝에서 똑같이 애처로운 다른 소년의 음성이 들려왔다. "어머니이이, 왜 나를 낳으셨나요?" 그 소년들은 그날뿐만 아니라 날마다 잠자리에 들기 전에 창자가 끊어질 것 같은 소리로 그렇게 주고받았다. 그 애처로운 소리가 내 마음을 갈가리 찢어 놓았다.

다음 날 아침에 교도관에게 그 소년들은 무슨 죄를 지어 들어왔으며 왜 저렇게 애처롭게 외치느냐고 물었다. 그 대답이 내 마음을 비수로 찌르는 듯했다.

"저 소년들은 틀림없이 거리에 떠돌아다니는 고아들일 텐데 아마 무언가 훔치다가 감옥에 들어왔겠죠. 이렇게 한 번 감옥에 들어와 전과자라는 낙인이 찍히면 저들의 앞날은 캄캄해집니다. 누가 전과자를 받아들여 주나요. 결국 다른 범죄를 짓고 이곳에 또 들어오게 되죠. 그렇게 이곳에 들락날락하다 보면 점점 더 큰 죄를 짓기 마련이고, 그러다가 비참하게 일생이 끝나게 되죠. 그것이 그들의 운명이니까……."

교도관은 이어서 이런 웃지 못할 이야기를 했다.

"어떤 죄수가 탈옥을 기도해 한밤중에 감시의 눈을 피해서 교도소 담까지 올라갔더랍니다. 그가 담 위에서 하는 말이, '이젠 절반은 성공했군. 그러나 탈출에 성공하거나 실패하거나 결과는 마찬가지야. 결국 이곳에 다시 돌아오고야 말 테니'라고 했다는 거죠. 이것이 이곳에 있는 대부분의 사람들의 운명이랍니다. 나갔다가도 또다시 들어오게 되니까요."

교도관은 별 느낌 없이 지껄였다. 그러나 내 마음은 칠흑처럼 어두워졌다. 이 세상에 이다지도 캄캄한 암흑의 세계가 있다니 싶었다. 그동안 나 같은 사람은 이런 세계가 있다는 것은 전혀 알지 못한 채 태평세월을 살아왔다. 모두가 그저 제 살길을 위해 동분서주할 뿐이었다. 그 많은 기독교 교인들도 저희가 복을 받으려고 열심히 교회에 나갈 뿐이었다. "어머니, 왜 나를 낳으셨나요!" 하고 외치던 그 소년범이며 이 감옥 안의 사람들을 어떻게 해야 할까?

잠자리에 누워서 하느님을 향해 원망했다. "하느님, 왜 이 많은 사람들이 이렇게 비참하게 살아야 하는 겁니까? 당신이 창조한 세계는 참 좋다고 하시지 않았습니까……."

문득 박정희를 욕하면서 징벌방에 들어간 조성우가 떠오르고, 이어서 불기둥이 되어 타오르는 전태일의 모습이 떠올랐다. 전태일은 "근로기준법을 준수하라, 우리는 기계가 아니다, 일요일은 쉬게 하라, 노동자들을 혹사하지 말라!" 하고 외치다가 타오르는 불을 껴안고 쓰러졌다. 쓰러진 그의 가슴에는 근로기준법이 안겨 있었다.

울면서 호소하던, 인혁당 사건의 희생자 식구들의 울부짖음이 귓가에서 다시 울렸다. 정의를 외치는 사람은 결국 징벌방에 갇혀 죽임을 당하는 세상이었다. 아니, 한국 사회 전체가 온통 감옥이고 징벌방이었다. 어디에 정의가 있고 어디에 평화가 있단 말인가? 아니, 한국 백성들은 강대국 사이에 끼여 수천 년 동안 줄곧 비참한 삶을 살아오지 않았던가? 생각이 여기에 미치자 그 소년들의 외침이 곧 나 자신의 외침이 되었다.

"하느님, 왜 이 백성을 이렇게 내버려 두십니까? 당신의 사랑과 정의는 어떻게 된 것입니까?"

생각이 엎치락뒤치락 어지러운 가운데, 며칠 전에 읽은 야훼 하느님이 불붙는 떨기나무에 나타나신 출애굽기 3장의 이야기가 떠올랐다. 모세가 장인 이드로의 양을 몰고 시내산 언덕으로 올라갔다가 한 떨기나무에 불이 타오르는 것을 보았다. 불은 활활 타오르는데 떨기나무는 사라지지 않는 것이 이상해서 가까이 가려고 하니 떨기나무 불꽃 속에서 야훼 하느님의 음성이 들려왔다. "모세야. 모세야. 이쪽으로 오지 마라. 네가 선 곳은 거룩한 땅이니 네 발에서 신을 벗어라." 모세는 질겁하여 신을 벗었다. 야훼는 이어서 말씀하셨다. "나는 내 백성이 이집트에서 고생하는 것을 똑똑히 보았고 억압을 받으며 괴로워 울부짖는 소리도 분명히 들었다. 그들이 얼마나 고생하는지 나는 잘 알고 있다.……지금도 이스라엘 백성들의 아우성 소리가 들려온다. 또한 이집트인들이 그들을 못살게 구는 모습도 보인다." 그러시고는 모세더러 이집트에 내려가서 이스라엘 사람들을 구출하라고 명령하셨다. 망설이는 모세를 설득하고 격려하여 기어이 이스라엘 백성을 바로의 손에서 구출하셨다.

이 이야기의 깊은 의미가 문득 가슴을 쳤다. '한국 백성을 굽어보시는 하느님의 심정도 꺼지지 않는 떨기나무처럼 타오르고 있구나. 꺼질 줄 모르는 한 맺힌 민중의 원성이 불타오르는 하느님의 심정과 하나로 엉켜 타오르고 있구나.'

나는 깨달았다. 그리고 철석같이 믿었다. '애굽에서 신음하는 이스라엘 백성의 아우성을 들으신 하느님이 이 백성의 처절한 아우성을 듣지 않으실 리 없다. 하느님이 우리더러 오늘의 출애굽 사건에 동참하라고 우리를 부르신다. 그 하느님이 지금 조성우 군도, 나도 이 일을 위해서 부르신다.' 그러자 이 감방이야말로 신을 벗어야 할 거룩한 자리라고 느껴졌다.

나는 자리에서 일어나 앉아 두 손을 모으고 기도를 올렸다. 밖에는 아직도 궂은비가 내리고 있었다.

"오늘도 이 한 많은 백성의 아우성 소리를 들으면서 아파하시는 하느님. 이 땅의 많은 젊은이들이 당신의 부름에 응하여 몸을 던지고 있습니다. 이 부족한 종 또한 그들의 뒤를 따르려고 합니다. 저희에게 뜨거운 사랑과 끈질긴 용기를 주시어 이 땅에서도 출애굽의 기적이 일어나게 해 주소서. 우리가 성실하게 당신의 부르심에 응할 때 당신은 또다시 홍해를 가르는 기적을 이룩해 주실 것을 믿습니다."

지식인의 구원은 민중에 있다

입소한 지 열흘쯤 지나서 박세경 변호사가 면회하러 왔다. 면회실에 들어가니 박 변호사는 웃는 얼굴로 "힘드시죠?" 하면서 손을 내밀었다. 감옥에서 변호사를 만나는 것처럼 마음에 안정을 주는 것도 없다. 변호사와 면회할 때에는 교도관들의 감시가 없었다. 변호사의 특권인 모양이었다. 이번에는 안심하고 이야기할 수 있겠다 싶었다.

"이젠 어느 정도 적응되었습니다." 하면서 나는 그의 손을 잡았다.

"건강에는 별고 없으시죠?"

"열심히 뛰고 있어서 아직 괜찮습니다."

박 변호사는 앞으로 두어 주일 지나면 재판이 시작될 것이라고 했다. 그는 재판이라고 해도 정부는 그들의 각본대로 재판하려 하겠지만, 이런 기회를 통해서 우리가 할 말을 명확히 해야 할 테니 우리의 소신을 밝힐 준비를 하라고 일러 주었다. 또 이번 재판은 교회를 위시해서 온 세계가 관심을 갖고 주목하고 있어서 정치적으로 퍽 의미가 있다면서 그 자신도 각국에서 방문하는 교회 지도자들과 계속 대화하고 있다고 했다. 어제는 대만에서도 교회 대표들이 찾아왔다고 했다. 그리고 미국에서는 인권 문제에 관심이 많은 카터 주지사가 대통령으로 출마했는데 당선될 가능성이 높다고 했다. 그뿐만 아니라 교회는 물론 학생, 노동자들도 다시 일어나서 긴급조치 9호를 철폐하라고 강력하게 시위하고 있다고 했다. 민주구국선언문이 꽁꽁 얼어붙은 얼음을 깨는 역할을 했다는 것이었다. 이런 소식을 들으니 마음이 벅차올랐다. 우리의 작은 행동을 통해서 하느님이 온 세계의 교회를 동원해 주신 것이다. 이렇게 세계 방방곡곡에 있는 믿음의 형제들이 우리와 함께한다고 생각하자 정말 마음이 든든해졌다.

"그렇게 되면 잡혀오는 사람들이 더욱 많아져서 변호사님들은 더욱 바빠지시겠군요?"

"모두들 감옥에서 고생하는데 그 정도야 우리도 감내해야죠!" 박 변호사는 얼굴에 웃음을 띠며 대답했다.

양심적인 변호사가 많아서 참으로 다행이었다. 박 변호사한테 정말 고맙다고 인사하면서 앞으로도 계속 수고해 달라고 부탁했다. "여러분과 같은 정의의 투사들이 여기저기에서 일어나니 우리도 용기를 얻지요." 하면서, 박 변호사는 국민들이 두려움 없이 이렇게 계속 일어나면 박정희 정권도 그리 오래 가지 못할 것이라고 했다. 이미 다 아는 이야기였지만, 법을 잘 아는 변호사의 이야기를 들으니 마음이 적지 않게 안정되었다. 면회를 끝내고 나오면서 법정에서 당당하게 대결을 해 보리라고 굳게 마음먹었다.

감방에 돌아오니 책이 너덧 권 들어와 있었다. 독방에서는 책이야말로 둘도 없는 친구였다. 먼저 눈에 뜨인 것은 요가 지침서였다. 젊은 여성이 몸에 딱 맞는 운동복을 입고 여러 가지 자세로 요가를 하는 사진이 있고 그 밑에 요가의 정신과 방법을 설명하는 글들이 적혀 있었다. 감방에 있는 처지에서 젊은 여성의 사진을 보는 것만으로도 반가웠다. 50여 쪽짜리 『사회 변혁을 이룩하기 위해서(How to Succeed Social Change)』와 꽤 두툼한 『문어발(Global Reach)』도 있었다. 『사회 변혁을 이룩하기 위해서』를 목차와 서론부터 읽어 보았다. 동남아시아와 남아메리카에서의 혁명 운동에 대해 연구한 박사 논문으로, 어떻게 하면 혁명을 성공적으로 이룩할 것이냐 하는 것을 현지에서 조사해서 쓴 책이었다. 유신 체제에서는 금서가 되어

마땅한 책이었다. 그러나 영어로 쓴 책이라서 미처 알지 못하고 넣어 준 것이었다. 『문어발』 역시 다국적기업의 실체를 밝히는 책으로 박정희 정부가 좋아할 까닭이 없는 책이었다. 둘 다 정독해야 할 책들이었다.

먼저 요가 책을 읽으면서 요가를 해 보았다. 요가란 몸의 여러 부위를 그 극한점까지 움직여 신체에 오는 반응에 정신을 모음으로 육체와 더불어 정신을 훈련하는 운동이다. 먼저 두 다리를 한데 모아 정좌한 뒤 두 손으로 머리털을 움켜잡고 서른 번 앞뒤로 밀고 당기는 것으로 시작한다. 다음으로 두 손을 앞으로 쭉 뻗으면서 눈과 입을 최대한 벌리고 혀를 내밀면서 얼굴 근육을 극도로 긴장시킨다. 그 상태에서 서른을 센다. 이런 식으로 머리부터 발가락까지 몸을 운동시킨다. 몸도 최대한 앞뒤로 구부리고 제치고, 좌우 양옆으로도 구부린다. 매 자세에서마다 서른을 센다. 배를 땅에 댔다가 등을 굽히며 올린다. 마지막에는 머리를 바닥에 대고 물구나무서는 동작까지 해야 한다. 그런 다음 다시 정좌하고 호흡을 길게 조절하면서 숨을 고르는 것으로 끝낸다. 그날부터 꾸준히 요가를 연습한 덕분에 얼마 안 있어 제법 잘하게 되었다. 때때로 교도관이 들여다보면서 다른 학생들이 하는 것을 본 대로 조언해 주기도 했다.

『사회변혁을 이룩하기 위해서』는, 사회변혁의 주인공은 밑바닥 민중이니 한 많은 그들 민중이 동력이 되어 사회변혁은 추진된다고 했다. 그러나 그것이 그저 민중들만의 운동일 때는 한 번 폭발하고 말아 버리는 민중 반란으로 끝나므로, 지식인들이 동참해야 민중운동이 지향성과 조직성을 얻어서 성공할 수 있다는 것이 이 논문의 골간이었다. 지식인의 역할이 중요함을 강조한 것이었다.

이 책을 읽으면서 조선시대 말 조정의 간장을 서늘하게 했던 민중운동을 떠올렸다. 그런 민중운동엔 언제나 영락한 선비들이 참모로 앉아 있었다.

장길산의 민란에서도 그랬고, 동학의 창시자 최제우도 학문을 제대로 공부한 인물이었다. 농민 혁명을 주도한 전봉준도 학문을 한 선비였다.

20세기 초에 대영제국을 당황하게 했던 인도의 국민운동은 간디라고 하는 위대한 지성이 그 중심에 있었다. 미국의 흑인 해방 운동의 중심에는 마틴 루터 킹이라고 하는 훌륭한 신학자가 있었다. 역사를 개혁하는 민중운동의 동력이 민중에게서 나오는 것임에는 틀림이 없으나, 각성한 지식인의 역할이 중요한 것도 부인할 수 없는 사실이다.

그런데, 지식인이란 본디 그 시대를 지배하는 문화를 습득하고 그 문화가 창출한 제도를 이끌어 가는 역할을 하는 이들이다. 그렇기에 그들은 본질적으로 현존 제도와 밀착한 이들이다. 반면에 민중운동은 그 문화와 제도에 항거하는 운동으로, 지식인이 주축이 되어 형성해 놓은 제도를 뒤엎으려고 하는 운동이다. 그렇거늘 일부 지식인들은 어떻게 해서 민중의 운동에 가담하게 되는가?

민중의 혁명 운동에 가담하는 지식인들은 기성 문화와 제도가 곁길로 나가 인륜과 도덕에 역행하는 것을 직시하고서 그것을 비판하는 이들이다. 그동안 그들이 몸담아 온 사회제도와 문화가 악함을 보고서 그것에 대해 문제를 제기하며 분연히 떨쳐 일어나는 이들이다. 그들이 그러한 각(覺)을 체득하게 되는 것은, 많은 경우에, 그들 나름의 정의감으로써 기존 세력을 비판하다가 그 제도에서 밀려난 것이 계기가 된다. 조선시대의 율곡과 같은 선비가 그런 지식인이었고, 요즈음 같으면 해직 교수와 인권 변호사들이 또 그렇다. 그들은 제도에서 밀려난 뒤 비로소 밑바닥 민중의 세계에 가까이 다가가 새로운 차원으로 의식화가 된다. 절대 다수의 민중이 어떻게 수탈당하고 있는지, 박탈당한 그들의 삶이 얼마나 처참한지를 발견하게 된다. 이렇게 민중의 자리에 서서 지배자들의 문화와 제도를 볼 때 비로소 그 패악을 절감하게 된다. 조선시대 말기에 영락한 양반들이 민중운동에 가담하게 된 것도 그런 과정을 통해서였다. 최제우도 본래는 과거 시험을 통해 입신양명하는 것에 뜻을 두었다. 그러나 서자의 아들이라서 뜻대로 할 수가 없었다. 그는 십여 년 동안 비참하기 짝이 없는 밑바닥 사회를 배회하면서 민중의 한을 직시하고 이를 마음 깊이 껴안게 되었다. 그리고 그 민중의 아우성 소리가 그로 하여금 득도하게 했다. 인도의 간디도, 미국의 킹 목사도 민중의 무리 속에서 나고 자라면서 탐욕에 사로잡힌 권력 사회의 악을 여실히 보았다. 민중의 절규를 통해서 생명이 얼마나 소중한지를 뼈저리게 느끼고 민중의 투쟁에 앞장서게 된 것이었다. 말하자면 민중의 아우성이 그들의 마음과 영혼의 눈을 뜨게 한 것이다. 민중의 몸부림이 그들을 비로소 사람다운 사람이 되게 한 것이다.

잠자리에 들어서도 『사회변혁을 이룩하기 위해서』의 주제가 마음에서 떠나지 않았다. 온 천지가 적막 속에 잠겼다. 자동차들이 달리는 소리가 멀리서 들려왔다. 천정을 바라보는 내 눈에 돌에 새긴 십계명을 들고 내려오는 모세의 모습이 보이는 듯했다. 모세를 출애굽을 이룩한 지도자로 만든 것도, 알고 보면, 애굽에서 노예로 생활하고 있는 히브리 민중의 아우성 소리였다. 구약의 모든 예언자들은 민중의 원성을 통해서 하느님의 음성을 들었다. 그리고 갈릴리의 예수도 그랬다. 로마 식민지 정부의 학정은 물론, 저들과 손잡은 유대의 종교 지도자들까지도 하느님의 이름을 도용해 가면서 인구의 90퍼센트가 넘는 농민을 수탈했다. 당시 유대 땅의 곡창으로 알려진 갈릴리의 농토는 온통 도시 기득권자들의 소유가 되었고, 농사짓는 농민들은 소작인이 아니면 날품팔이였다. 그 날품팔이 자리도 없어서 수많은 젊은이들이 농촌을 떠나 정처 없이 돌아다니는 떠돌이가 되었다. 목구멍에 풀칠하기도 어려운 그들이 복잡한 율법을 지키기란 불가능했고, 그러다 보니 사회에서 죄인 취급을 받게 되었다. 목수의 아들인 예수는 이런 밑바닥 인간들의 아픔을 껴안으면서 하느님의 뜻을 찾다가 그 진리 안에서 득도하였다. 서로 나누고 용서함으로써 뜻이 하늘에서 이룬 것 같이 땅 위에서 이루어지게 하는 것이 하느님이 하시려는 일이라는 것을 체득한 것이다. 결국 득도한 사람이란 밑바닥 민중의 고난으로 말미암아 진리의 세계로 진입한, 말하자면 민중으로 말미암아 구원을 받은 자들이다.

나의 경우도 마찬가지였다. 나 또한 어려서부터 받아 온 민족주의와 성서적인 가치관에 따라 독재에 항거하지 않을 수가 없었다. 전태일 같이 새로운 내일을 찾아 몸부림치는 도시 빈민이나 노동자들의 아우성을 들으면서 그들의 편에 서기 시작했다. 그러다가 감옥에 들어와서는 전에 미처 보지 못한 밑바닥 민중들의 애처로운 아우성 소리를 듣게 되었다. "나는 살인자야. 살고 싶은 생각이 없어!" 하던 어린 살인범, "어머니, 왜 나를 낳으셨어요!" 하고 외치던 소년범들의 한 맺힌 호소가 나로 하여금 새로운 세계에 눈 뜨게 했다. 전에는 짐작조차 하지 못하던 세계였다. 그리고 그것이 하느님의 마음을 얼마나 아프게 하는지를 절감했다. 그들이야말로 나의 삶을 새로운 차원으로 승화시킨 메시아들이었다.

각성했다고 자처하는 지식인들은 겸손해야 한다. 그들을 구원해 준 이가 바로 살려고 몸부림치는 민중들이니 말이다. 나는 나를 이 감옥에 집어넣은 하느님께 감사하지 않을 수 없었다.

"하느님. 이렇게 깨달을 기회를 주셔서 감사합니다. 부디 저에게 겸손한 마음을 주셔서 고통받는 무리를 통해서 당신의 음성을 듣게 하소서. 새사람이 되어 그들과 더불어 새 내일을 창출하는 일에 동참하게 하소서."

적막한 감방 복도를 거니는 교도관의 발자국 소리만이 뒤덮인 어둠을 흔들고 있었다.

공소장: 너무나 희극적인 기소 이유

날씨가 몹시 음산한 날이었다. 『문어발』을 읽다가 눈이 피곤해져서 담요를 펴고 자리에 누웠다. 햇볕이 들지 않는 방에서 책을 읽는다는 것이 쉬운 일은 아니었다. 누운 채로 책의 내용을 되새겨 보았다. 미국과 같은 부유한 나라의 다국적기업이 온 세계에 문어발처럼 발을 뻗어 나가며 민중을 수탈하는 과정과 현황을 자세히 설명한 책이었다.

다국적기업은 임금이 낮은 제3세계에 진출해서 막대한 이윤을 남긴다. 그 막대한 이윤을, 그들과 발맞추어 현지에 진출한 저희 나라 은행에 저금한다. 그러면 그 돈은 곧바로 저희 나라로 보내진다. 대개의 경우 다국적기업은 현지의 독재 정권과 손을 잡는다. 그럼으로써 그 불의한 정권의 치부를 덮어 주는 동시에 자신들의 앞잡이로 이용한다. 현지에 진출한 기업에 노조라도 생겨서 기업 활동에 지장을 주면, 다국적기업에 의존하는 독재 정권은 그 노동운동을 강권으로 억압한다. 그래도 노조들이 그들의 착취에 대항하여 항거하면 다국적기업들은 노조가 없는 다른 나라로 옮겨 가고, 그러면 그 나라의 경제는 커다란 파탄을 맞이한다. 다국적기업은 그것으로 멈추지 않고, 저희 나라에서는 한물간, 영화 따위의 대중문화 상품을 제3세계에 수출하여 계속 이윤을 남길 뿐더러 그들의 화려한 산업문화를 확산시킨다. 그럼으로써 제3세계 사람들로 하여금 삶을 안이하게 만드는 물질문명에 빠지게 하고 제1세계를 동경하게 만든다. 그리하여 결국은 부유한 나라는 날로 더 부유해지고, 가난한 나라는 경제적으로뿐만 아니라 정신적으로도 부유한 나라의 식민지가 되고 만다.

다국적기업이 진출하는 곳마다 빈부 격차가 심해져서 사회 불안이 커진다. 또 생산과 소비만을 조장한 결과 자원이 갈수록 고갈되고, 우리가 의존하고 있는 생태계도 갈수록 심각하게 파괴된다. 남미의 여러 나라에서는 이러한 '신식민지주의'에 대해 일찍이 격렬하게 저항했다. 보수적인 가톨릭교회의 신부들까지 식민지주의에 항거하는 운동에 가담하여 이른바 '해방신학'을 탄생시켰다.

해방신학을 공부한 터라 어느 정도 아는 이야기인데도, 경제학자가 상세하게 정리해 놓은 것을 읽자니 다국적기업을 중심으로 한 자본주의 산업문화의 악랄함에 새삼 분노를 느꼈다. 우리나라에서도 이에 대해 문제의식을 가지고 날로 저항 운동이 격렬해지고 있거니와, 이번 3·1민주구국선언문에서도 이와 같은 자본주의와 다국적기업의 폐해를 강렬하게 비판했다.

누워서 이런 생각, 저런 생각을 하다가 천장에서 줄을 타고 내려오는 거미를 발견했다. 그 거미가 바로 내 얼굴이 있는 곳으로 내려오고 있었다. 내 얼굴에서 한 석 자 정도 거리까지 내려왔을 때 자리에서 일어나 거미가 내려올 지점에다 손을 내밀고 기다렸다. 어느 만큼까지 와서 내 손을 보고 다시 돌아 올라가는지를 보고 싶어서였다. 거미는 계속 내려오더니 드디어 내 손바닥에 닿자 기겁하듯이 다시 올라가 버렸다. 거미에게는 시각 기관이 없는 모양이었다.

올라가는 거미를 따라서 천장을 쳐다보니 천장 네 모퉁이를 따라 거미줄이 두루 쳐져 있었다. 일어나 빗자루로 그것들을 깨끗이 쓸어버리려다가 그만두었다. 내 방에 함께 사는 유일한 다른 생물인데 그것들을 없애버린다는 것이 잔인한 일인 듯했다. 산중에 사는 스님들이 모든 생물의 생명을 소중히 여기는 심정을 이해할 것 같았다.

도로 자리에 누웠다. 천장에는 거미가 두 마리 있었다. 나한테 내려오다가 다시 올라간 거미와 천장 다른 쪽 모퉁이에 있던 다른 거미가 서로를 향해서 마주 가고 있었다. 두 거미가 아주 가까워지자 기묘한 일이 일어났다. 둘 다 맞은편에 거미가 오고 있음을 거미줄의 흔들림으로 감지하자 몸을 상하로 격렬하게 움직였다. 마치 기 싸움이라도 하는 듯했다. 투계(鬪鷄)가

맞서 싸우는 것과도 같았다. 얼마 동안 그러더니 그중 한 놈이 결국 옆으로 피했고, 그러자 다른 한 놈이 의기양양하게 지나가는 것이었다. 거미들은 서로 들러붙어 힘으로 싸우는 게 아니라 기로써 겨루는 모양이었다. '기(氣)'의 중요성을 새삼 느꼈다. 어디 거미뿐이랴, 모든 싸움에서 결국은 기로 이기는 자가 승리하리라.

교도관이 문을 열고 큰 누런 봉투를 전해 주었다. 무엇이냐고 물었더니 "공소장인 것 같습니다."라고 했다. 봉투를 뜯어서 30여 장이나 되는 공소장을 읽어 보았다.

공소장 내용을 간추리면 대강 이러했다.

김대중, 윤보선, 문익환 등, 이들은 모든 정치 활동이 일절 금지된 긴급조치9호의 내용을 잘 알면서도, 국민들이 이를 전폭적으로 지지하는 것을 보자 정권 탈취의 야욕으로 여러 가지 반정부 행위를 계속해 왔다. 북괴의 위협이 극심해지자 정부가 국론 통일을 위해서 긴급조치9호를 반포하여 국민들의 협력을 얻게 되자, 이들은 민주회복국민회의, 혹은 갈릴리교회 등을 설립하여 반정부 운동을 전개해 왔다. 그리고 국제적인 연계까지 꾀하여 한국 정부를 고립시키려 했다. 그럼에도 불구하고 국민들의 협력을 얻지 못하자 3·1운동, 4·19혁명 등의 이름을 부추기면서 횃불을 들고 총궐기해야 한다고 국민을 선동했다. 그리하여 현 정권을 타도하고 자기들의 정부를 세우려고 했다.

그리고 가톨릭 신부들은 정의구현사제단, 민주수호기독자회의 등을 조직하여 미사, 설교, 유인물 등으로 반정부 운동을 했다는 것과, 특히 1976년 1월 23일에 있은 원동성당에서의 신현봉 신부의 강론을 크게 문제 삼아, 긴급조치9호 위반으로 기소했다. 특히 저들이 공산주의자로 몰고 있는 김지하를 크리스천이라고 옹호한 것을 강력히 규탄했다. 그리고 윤반웅 목사의 "박정희와 그 일당을 물리쳐야 한다."는 식의 노골적인 설교와 기도도 문제 삼았다. 재판은 일주일 뒤 토요일에 시작한다고 적혀 있었다.

긴급조치9호 위반으로 기소될 줄은 알았지만, 저들이 내세운 기소 이유가 우습기 짝이 없었다. 특히 그중에서도 몇 가지는 너무 어이가 없었다.

우선 저들의 독재정치에 국민들이 완전히 협력하고 있다고 주장하는 것이 무엇보다 우스웠다. 총칼과 최루탄으로 국민을 탄압하고 있거니와, 곳곳에서 그에 저항하여 민주화 운동이 일어나고 있건만, 국민들이 완전히 협력하고 있다고 주장하고 있으니 말이다.

다음은, 우리가 정권욕 때문에 혁명을 기도했다는 주장이었다. 우리 목사와 신부들이 정권욕 때문에 감옥행도 불사했다니 정말 어처구니가 없었다. 김대중, 윤보선 같은 정치가들은 설령 그랬을는지도 모르지만, 그러나, 민주 국가에서 정권욕을 갖는 것이 어찌 죄가 되겠는가.

저들은 또 갈릴리교회까지 정권 찬탈을 위한 예비 행위로 취급했다. 종교를 모독해도 분수가 있지, 고생하는 자들의 아픔을 나누면서 하느님의 뜻을 찾자는 것이 어찌 정권욕이란 말인가. 그뿐만 아니라 목사, 신부들의 설교와 기도까지 혁명을 위한 행위라 하여 정죄하고 있었다.

마지막으로, 김지하 구명 운동에 대한 말도 안 되는 반발이었다. 저들에게는 바른말을 하는 이는 다 불온한 사람이고, 낮은 데서 고통 받는 이들을 위해 일하는 사람은 다 공산주의자인 셈이었다. 그렇다면 저들에게는 예수도 공산주의자일 따름일 것이다.

그처럼 어이없는 근거를 내세워 우리를 재판에 부치는 것을 보니, 저들은 그렇게 함으로써 우리의 기를 꺾으려고 한다는 느낌이 들었다. 아까 그 두 거미의 겨루기가 생각났다. 기로 이기는 이가 결국은 이기는 것이라고. 그리고 돈키호테를 다시 되새겼다. 동리 사람들이 조롱하는데도 악의 세력과 싸우려고 홀로 일어선 돈키호테의 기가 역사를 새롭게 했다고. 그리고 먼저 강한 자를 묶어야 한다면서 마의 도성 예루살렘으로 올라간 예수님도 기로써 이기신 분이었다. 그 기는 하느님을 믿음으로써 말미암은 기일 터였다. 역사를 새롭게 한 사람들이란 다 기 싸움에 이긴 이들일 터였다.

예수님이 제자들에게 하신 말씀이 다시 생각났다. "악한 자들의 법정에 끌려갈 터이나 결코 두려워하지 말라. 하느님이 너희와 함께 계셔서 할 말을 깨우쳐 주실 것이다." 하신 것은 바로 우리의 기를 북돋아 주시는 말씀이 아니겠는가. 앞으로 닥칠 재판에서 저들은 갖가지 방법으로 우리의 기를 꺾으려고 할 것이지만, 하느님의 도움으로 악의 세력의 기를 기어이 꺾고야 말리라고 다짐했다.

빌라도의 법정

공소장을 받고 나서 변호사가 곧 찾아오리라 싶어 기다렸다. 그러나 며칠이 지나도 변호사는 나타나지 않았다. 모든 재판에서 피의자는 언제나 변호사의 도움을 받을 권리가 있으려니와, 우리와 뜻을 같이 하는 변호사들이 변호인단을 조성했을 것임은 충분히 짐작하고도 남았다. 그런데 아무도 찾아오지 않는 것을 보면 무슨 문제가 있음이 틀림없었다. 애초에 공정한 재판을 기대하지는 않았지만, 이렇게 시작부터 문제가 있으니 앞날은 또 어떨지 적이 염려스러웠다. 5월 4일, 토요일 날 재판이 있을 것이니 출정하라는 호출장이 전달되었다.

교도관의 인도로 수감자들이 기다리는 대합실에 나갔더니 다른 교도관이 내 손을 묶고 문 밖에서 기다리는 버스로 데리고 갔다. 버스로 가는 내 발걸음은 나도 모르게 가볍고 빨라졌다. 버스 안에 반가운 동지들이 있을 것이라는 기대감 때문이었다. 단숨에 버스 안으로 뛰어오른 나를 이미 와 있던 김대중 선생과 안병무 선생이며 익환 형과 여러 사람이 환히 웃는 얼굴로 맞아 주었다. 모두 별고 없이 잘 지낸다고들 했다. 내 뒤로도 동지들이 계속 탔고 그때마다 우리는 환성을 올리면서 악수를 나누었다. 오랜만에 아내를 만났을 때도 기뻤지만 동지들을 만나는 것 역시 그 못지않게 기뻤다. 그 뒤로 토요일마다 우리는 이런 기쁜 해후를 했다.

법원 마당에 도착해서 버스에서 내리니 그곳에는 200여 명의 민주화 운동 동지들이 기다리고 있다가, 경찰들과 몸싸움을 하면서 우리를 향해서 손을 흔들고 만세를 불러 주었다. 모두 그립고 반가운 얼굴들이었다. 그들은 방청권이 없어서 입장하지 못한 모양이었다. 우리 식구들의 얼굴은 보이지 않아 이미 법정에 들어가 있으려니 생각했다. 법정은 이미 사람들이 가득 차 있었다. "김 선생님!" "문 목사님!" 하고 손을 흔들면서 우리를 맞이해 주는 사람들은 한 쉰 명가량 되었는데 모두 뒤쪽에 몰려 있었다. 앞쪽에는 거의 같은 수효의 경찰들이 벽을 쌓고 있었다. 그 많은 경찰들 때문에 많은 사람들이 들어오지도 못하고 밖에서 기다리고 있는 것이었다. 기가 막혔다. 도대체 그렇게나 많은 경찰이 법정에 들어와 있어야 할 까닭이 무엇인지, 목사와 신부가 그토록 두렵단 말인가? 폭동이라도 일어날 것이란 말인가? 우리를 향해 환호성을 올리는 동지들에게 손을 흔들어 보이면서도 어처구니없는 심정을 금할 길이 없었다. 우리 식구들 얼굴은 아무도 보이지 않았다. 나중에 안 일이지만, 우리 식구들은 경찰들이 자리를 차지하고 방청객들에게 입장권을 주지 않는 것에 항의하여 그들이 받은 입장권을 불사르고 거리에서 시위했다고 한다.

법정 직원이 "일동 기립!" 하고 외치자, 법관 셋이 근엄한 얼굴로 입장하여 높은 의자에 착석했다. 1976년 5월 4일, 민주구국선언문 사건의 제1심

재판은 서울 지방법원 제7부에 의하여 이렇게 시작되었다. 담당 검사는 다섯 명이고, 변호인단은 박세경, 이돈명, 김춘봉, 김기열, 이기홍, 나석호, 이돈희, 조준희, 홍성우, 황인철, 이세중, 윤철하, 김인기, 한병채, 이택돈, 김기옥, 김명윤, 용남진, 허규, 노병준, 최광율, 하경철, 유현석, 유택형, 주도윤, 김선태, 홍남순 등 스물일곱 명이었다. 그 많은 변호사들이 우리를 변호하려고 자원했건만 그 가운데 한 사람도 우리를 찾아올 수가 없었다니.

오전 10시부터 피고인의 인정신문에 들어갔다. 맨 처음 김대중 선생의 인정신문이 진행되고, 이어서 형의 차례가 오자 형은 가족도 없는 비공개 재판에 응할 수 없다고 인정심문을 거부했다. 그러자 이돈명 변호사와 박세경 변호사가 방청석이 넉넉한데도 가족들은 참석할 수 없고 방청권도 없는 경찰이 가득 자리를 메운 재판에는 응할 수 없다며, 앞으로는 방청권을 변호인을 통해서 전달하고 방청권을 가진 사람만 들어오도록 해야 한다고

3·1사건의 변호인단과 함께한 가족들.

주장했다. 아울러, 변호인이 피의자들을 만나지 못하게 하고서 공판을 연다는 것은 말도 되지 않으니 이번 공판은 종결해야 한다고 주장했다.

그랬다. 변호인이 우리를 방문하는 것을 저들이 막은 것이었다. 변호인이 피의자를 만나지 못하게 하는 민주 정부가 어디 있으며, 이런 재판이 무슨 의미가 있겠는가? 이 사실이 국제사회에 알려지면 나라의 위신은 또 말이 아니겠구나 싶어 참담했다. 결국 오전 11시에, 시작한 지 한 시간 만에, 공판은 정지되었다. 이렇게 해서 우리의 첫 공판은 유회되고 말았다.

5월 15일에 열린 두 번째 공판 역시 파탄으로 끝났다. 이날의 분위기는 첫날보다 더 삼엄했다. 그런 가운데에서도 인정신문은 끝이 났다. 인정신문 뒤에 검사가 공소장의 요지를 주섬주섬 발표하고는 공소 사실에 대해 심문을 시작하려고 했다. 변호인단은 재판의 공정성 문제, 피고인 접견 부자유 문제, 범죄 사실이 특정되어 있지 않음을 이유로 들어서 공소기각을 신청했다. 그러나 재판부는 그것을 묵살하였다. 변호인단은 재차 피고들과의 충분한 사전 접견을 요구하며, 그 전에는 공정한 재판을 진행할 수 있는 상황이 아님을 내세워 공판을 연기해 줄 것을 요청했다. 그러나 재판부는 요지부동이었다. 이에 변호인단이 불복하여 모두 퇴장하였으나, 재판부는 아랑곳하지 않고 재판을 강행하였다. 김대중 선생에 대한 사실 심의가 시작되었고, 선생은 변호인이 없는 상태에서는 심문에 응하지 않겠다고 묵비권을 행사했다. 그랬건만, 검사는 공소 사실을 하나하나 열거하며 일방적으로 질문하는 것으로 김대중 선생에 대한 사실 심의를 끝마쳤다. 그런 뒤 재판부는 오후 3시 50분에 폐정을 선언했다. 웃지 못할 희극이었다.

그 뒤 여덟 차례에 걸쳐서 검찰의 사실 심의와 변호인의 반대 심문이 있었다. 그리고 7월 24일에 열린 11차 공판에서 다시 문제가 발생했다. 재판부가 검찰이 요청하는 증거물과 증인은 다 받아들이면서 변호인이 요청하는 증거물과 증인은 거의 인정하지 않는 것이었다. 변호인이 요청한 증인은 김종필, 유진호, 지학순, 김관석, 김지하, 정금석 등 열여섯 명이었다. 그리고 김대중 선생은 유신헌법과 긴급조치를 가장 잘 아는 증인으로 박정희를 요청했지만, 검사와 재판부가 크게 당황스러워하면서 이를 거부했다. 이 일로 11차와 12차 공판에서 계속 논쟁을 벌였으나 재판관이 끝내 받아들이지 않아, 변호인단은 8월 3일의 13차 공판에서 그 재판부에 대한 기피 신청을 냈다.

박세경 변호사는 "재판에서 가장 중요한 것은 피고인들의 충분한 진술과 증인들의 증언, 증거물 조사인데 이에 대한 변호인의 요청을 전혀 들어 주지 않는다는 것은 용인할 수 없다. 따라서 변호인 스물여섯 명의 이름으로 재판관 전원에 대한 기피 신청을 하지 않을 수 없다."고 기피 신청 사유서를 제출했다. 그러거나 말거나, 재판장은 자기변명을 늘어놓고는 재판을 강행하려고 했다. 사태가 그렇게 되자 변호인단은 "이것은 빌라도의 법정이다."라고 선언하고는 퇴장하고 말았다. 그것이 오전 11시경이었다. 법정 분위기가 뒤숭숭하기가 말이 아니었다.

그런데도 재판장은 검사에게 논고문을 낭독하게 했다. 검사는 200쪽이 넘는 논고문을 읽어 나갔다. 그 내용은 애초의 공소문 그대로 모두 유죄라는 것이었다. 그리고 김대중, 문익환에게는 징역 10년과 자격정지 10년, 함세웅, 문동환, 이문영, 신현봉, 윤반응, 문정현, 이태영, 이우정에게는 징역 7년에 자격정지 7년, 서남동, 안병무, 이해동에게는 징역 5년에 자격정지 5년, 김승훈, 장덕필에게는 징역 3년에 자격정지 3년을 구형했다. 그리고 나머지 사람은 8월 5일에 별도로 구형했는데, 윤보선, 함석헌은 징역 10년에 자격정지 10년, 정일형은 징역 7년에 자격정지 7년이었다. 이어서 피고인들의 최후진술이 있었다. 최후진술은 한결같이 피고인들이 굳건한 자기 소신을 토로하는 장이었다.

8월 28일에 선고 공판이 있었다. 재판부는 그동안 피고들이 주장한 내용은 전혀 참고하지 않고 검사의 논고 내용을 그대로 되풀이할 따름이었다. 형량은 검사의 구형보다 조금 가벼워졌을 뿐 다를 게 없었다. 김대중, 윤보선, 함석헌, 문익환은 징역 8년에 자격정지 8년, 정일형, 이태영, 이우정, 이문영, 문동환, 함세웅, 신현봉, 문정현, 윤반웅은 징역 7년에 자격정지 7년, 서남동은 징역 5년에 자격정지 5년, 이해동, 안병무는 징역 3년에 자격정지 3년, 김승훈, 장덕필은 징역 2년에 자격정지 2년이었다.

재판은 파행적으로 진행되었지만, 피의자들의 태도와 답변은 더없이 당당하고 정당했다. 피의자들의 발언은 진실을 밝히고 역사를 바르게 판단하는 재판관의 선포와도 같았다. 그런 피의자들 앞에서 기를 펴지 못하는 재판관과 검사들이 오히려 피의자들 같다는 느낌이었다. 일방적인 검사의 논

1976년 8월 '명동사건' 첫 선고 공판이 난 후 구속자 가족들은 서울 종로5가 기독교회관에 모여 외국 언론에 '불법 재판'을 알리는 포스터를 아이들과 함께 만들었다. 왼쪽부터 이해동 목사 아들 운주, 나의 두 아들 태근, 창근, 김대중 선생 아들 홍걸이 보인다. 아이들은 선고받은 햇수에 따라 금메달, 은메달, 동메달이라고 부르며 자랑했다.

고는 답변할 가치도 없었지만, 그런 가운데에서도 피의자들이 그들의 소신을 피력한 대목들은 퍽 인상적이었다.

김대중 선생은 유신헌법과 긴급조치가 얼마나 민주 정신에 위배되는 것인지를 빈틈없는 변론으로 설파했다.

민주구국선언문을 작성한 문익환 목사가 그 선언문을 쓰게 된 동기를 설명하는 말도 듣는 사람들의 마음을 뜨겁게 했다. 형은 갈라진 민족의 비극에 대한 그의 처절한 아픔을 토로하는 것으로 변론을 시작했다.

이문영 교수는 "구국선언서가 이 정권의 퇴진을 요구했는데 이에 동조하느냐?"는 검사의 물음에, "민주주의에는 세 가지 원칙이 있다"면서 이렇게 밝혔다. "첫째, 정부는 일차적으로 국민들의 인권을 보호해야 한다. 둘째로 그 정부의 권한은 국민의 동의를 통해서 주어진다. 셋째로 그 정부에 이 두 가지가 구비되지 않았을 때에는 국민에게는 그런 정부를 폐지할 권한이 있다. 그런데 이 유신 정부는 이 두 가지를 철저히 위배했다. 계엄령하에서 정권을 수립했거니와 그 정권이 국민들의 주권을 철저히 억압하고 있다. 그러기에 우리는 이 정권을 물러가라고 말할 수 있고 또 말해야 한다."는 것이었다.

이우정 선생은 자기가 학교에서 강의할 때나, 설교하고 기도할 때나, 기독교여성연합회 회장으로 활동할 때나 늘 안기부의 감시를 받고 활동을 제약받았는데, 이렇게 국민의 인권을 억압하는 정부는 민주 정부로 존재할 가치가 없기에 이 선언문에 서명을 했다고 또렷이 말했다.

나는 검사의 논고에 대해 이렇게 말했다. "첫째로 사람다운 사람이 되기 위해서 성명서에 서명했다. 사람이란 언제나 소신을 말하고 동지들과 같이 사회의 악을 지적하면서 이를 개선하는 일을 할 자유가 있다. 이것을 못하게 하는 것은 사람 되기를 중지하라는 말이다. 이 유신 헌법은 이 자유를 철저히 제약한다. 사실 재판장이나 검사들도 자기가 생각하는 대로 판단하고 결정을 내릴 자유가 없지 않은가. 우리는 이런 법은 받아들일 수 없다. 둘째로 성서는 어느 한 사람에게 절대권을 주어서는 아니 된다고 언명을 했다. 누구고 절대권을 행사하면 그는 하느님에게 대치되는 우상이 된다. 따라서 우리는 이런 우상을 섬길 수는 없다. 그런데 유신헌법에 의해 선출된 대통령은 3권을 한 손에 거머쥐고 절대권을 행사한다. 심지어 우리의 신앙 행위까지 억압하려고 한다. 우리는 이것을 받아들일 수가 없다. 셋째로 이 정부는 지엔피(GNP)를 상승시키는 것을 민족중흥이라고 말하는데, 이것은 인간의 정신세계, 영의 세계를 무시하는 생각이다. 인간의 정신이 자유롭게 신장되어 모두가 가진 능력을 최대한 발휘하게 되는 정의롭고 평화로운 사회를 이룩할 때 민족중흥이 이룩된다. 따라서 이 정부가 지향하는 바를 받아들일 수 없다. 그래서 이 성명서에 서명했다."

이해동 목사도 같은 취지의 증언을 통해 목사로서 양심이 지시하는 대로 행동할 수밖에 없었다고 대답했다. 안병무 선생은 "예배와 기도회를 빙자해서" 반정부 운동을 했다고 하는 것에 대해 분개하여, 예배와 기도까지 정죄하는 정치야말로 국민들의 인권을 완전히 짓밟는 행위라고 규탄했다. 종교와 정치를 분리한다는 것은 종교 집단이 구체적인 정치를 해서는 아니 된다는 것일 뿐 종교인이 정치에 참여하지 말라는 말은 결코 아니며, 오히려 정의와 평화를 추구하는 종교인이야말로 사회의 그릇된 점을 지적하고 정치를 새로운 차원으로 승화시키는 일을 해야 하니, 이것이 바로 예언자들과 예수님이 한 일이라고 했다.

서남동 목사는 두 가지 점을 강조했다. "연구하는 신학자요 교수로서 믿는 바를 글과 말로 전하는데 이 정부는 이것을 계속 감시하고 저지한다. 이렇게 인권을 억압해 가지고는 정부가 민심을 얻을 수가 없다. 민심을 얻지 못하면 '월남'(통일 이전의 남베트남) 정부처럼 망하고 만다. 그것이 정말 걱정스럽다. 그리고 교수인 우리더러 정권 쟁탈을 위해서 국민을 선동한다고 하는데 도대체 정권을 쟁취하려는 것이 왜 죄가 되는가? 그러나 우리가 하려고 한 것은 정권 쟁취가 아니라 민권 쟁취임을 분명히 말해 둔다."

함세웅 신부는 정의구현사제단이 어떻게 창설되었는지 그리고 어떻게 민주회복국민회의의 대변인이 되었는지에 대해 대답하고 나서, 가톨릭 신부들의 입장을 밝혔다. 곧, 공산 정권의 도전 속에서 국민 총화를 이룩해야 한다는 정부의 논리에 대하여, 국민의 인권을 무시하고 억압함으로써 국민 총화를 이룰 수는 없으니, 국민들이 자유로운 대화를 통하여 무엇을 위한 총화를 이룰 것이며, 또 어떻게 그 총화를 이룰 것이냐에 대한 합의가 이루어질 때 참된 총화가 이룩된다고 하면서, 국민의 총화를 파괴하는 것은 부정부패, 관료와 독점자본의 횡포, 그로 말미암은 사회적인 불신, 사회의 불균형이라고 설파했다. 올바른 저항과 참다운 비판, 이것은 국민총화를 저해하는 것이 아니라 북돋아 키워 주는 일이라고 주장했다.

신현봉 신부는, 이 정부가 북의 김일성이 쳐내려올지도 모른다며 위기의식을 부추기고 이를 빌미로 갖가지 제도와 법을 만들어서 국민의 인권을 억압하는데, 그렇게 해서는 우방 국가들의 협조도 얻을 수가 없으며, 위기의 본질은 무한 독재, 영구 집권에 있다고 설파했다.

정일형 의원은, "정권을 쟁취하려는 목적으로" 이런 성명서를 냈다고 한 것에 대하여, 정치하는 사람이 정권을 쟁취하려는 것이 무슨 죄가 되느냐고 반론을 폈다. 그리고 이런 사태를 초래한 것은 야당 정치인들이 제대로 정치를 하지 못한 결과이니 그 책임은 야당 정치인인 자기에게 돌리고 그 자리에 함께 있는 목사, 교수, 신부들은 다 석방하라고 요청했다.

윤보선 전 대통령은 정권욕 때문에 선언서에 서명한 것은 아니되 정권 쟁취가 왜 죄가 되느냐고 물은 뒤 이 나라는 삼권 분립은커녕 언론의 자유도 없고 종교마저 심판을 받는 세상이 되었다고 개탄했다. 그리고 노동자들이 수탈을 당하고 있다고 울분에 찬 발언을 했다.

최후진술도 하나같이 우리 피의자들의 중심을 드러내는 뜨거운 발언들이었다.

김대중 선생은 고난을 통해서 하느님과 더 가까워졌고 하느님의 뜻이 이룩될 것을 믿는다며 동시에 앞으로 한국의 교회들이 더욱 각성해서 뜻이 하늘에서 이루어진 것처럼 땅 위에서도 이루어지기를 기원한다는 신앙고백으로 마무리했다.

문익환 목사는 다른 민주화 동지들과 같이 감옥 생활을 할 특권을 받게 되어 고맙다고 하면서, 피의자들이 요청하는 증인과 증거물을 일체 거부하고 변호인의 변호도 없는 법정에서 최후진술을 해야 하는 비민주적인 법집행을 개탄했다. 그리고 이번 사건의 총 책임은 자기에게 있으니 자기만 처벌하고 다른 사람을 석방하라고 요구했다.

나는 "이 어처구니없는 재판을 규탄하는 말은 새삼 할 필요가 없다고 생각한다. 우리가 뭐라고 하든지 이 법정은 위에서 지시한 각본대로 할 것이기 때문이다."라고 말한 뒤, 안데르센의 동화 〈동장군〉 이야기를 빌려, "추운 겨울 찬바람을 몰아치는 동장군은 봄을 실어 오는 봄바람을 막으려고 최후의 발악을 한다. 그러나 그런다고 해서 따뜻한 봄바람을 막을 수는 없다. 이 유신정부라는 것도 그렇다. 불어오는 따뜻한 정의의 바람을 막으려고 긴급조치를 연발하지만 그것은 결국 밀려나고야 말 동장군에 불과하다. 역사의 심판, 정의의 하느님의 심판이 오고야 말기 때문이다."라고 말을 맺었다.

이문영 교수는 "감옥에 있는 것이 예수님의 고난에 동참하는 것이라고 생각되어 오히려 기쁘다. 나에게 죄가 없기에 판사가 석방을 할까 봐 오히려 걱정했다. 그러나 검사가 하는 일을 보니 참으로 한심하다. 검사는 나에게 사실을 묻지 않고 정보부가 적어 준 것을 그대로 베꼈다. 왜 정보부가 여기에 개입하는가? 처음부터 검찰이 조사해야 하는 것이 아닌가. 이런 재판은 우리나라의 수치다. 우리나라가 수치를 면하려면 판사는 무죄 판결을 내려야 한다."고 했다.

이해동 목사는 헤밍웨이의 소설 〈노인과 바다〉 이야기로 시작했다. "그 책에 보면 '인간은 파괴될 수는 있으나 지지는 않는다'라고 했다. 솔제니친은 '인간은 가진 것을 권력자에게 빼앗길 수는 있지만 권력자의 손아귀에 있는 것은 아니다'라고 했다. 예수님도 '육신을 죽이는 자를 두려워 말고 영혼과 육신을 같이 죽이는 자를 두려워하라'고 말씀하셨다. 이상이 현실을 이기면 역사는 발전하고, 현실이 이상을 이기면 그 역사는 망한다. 이 성명서를 낸 분들의 이상이 이기도록 재판관도 협조해야 한다."고 했다.

이우정, 서남동, 신현봉 등은 최후진술을 거부했다.

재판은 이처럼 파행과 불법으로 진행되었지만, 그리 어둡고 비참하지만은 않았다. 오히려 어떤 점에서는 즐거운 축제와도 같았다. 토요일 아침 버스를 탈 때마다 뜻이 통하는 동지들을 만나는 기쁨이 컸고, 법정에서 보고 싶던 얼굴들을 보는 것 또한 이만저만한 기쁨이 아니었다. 재판하는 과정에서 피고인마냥 기가 죽어 앉아 있는 판사와 검사들 앞에서 당당하게 자기의 소신을 펴는 동지들의 모습을 보는 것도 즐거움이라면 즐거움이었다. 그리고 점심시간이면 우리는 일주일 동안 지낸 일들을 주고받으면서 희희낙락하며 시간을 보냈다. 서남동 목사는 한국 민족사를 공부하다가 발견한 민중 신학에 관해서 이야기하였고, 안병무 박사는 마가복음을 공부하다가 거기에서 예수님 주변에 구름처럼 모여든 '오클로스'(사람들이란 뜻의 그리스어로, 힘없는 민중을 가리킨다)야말로 하느님 나라의 주인공들이라는 사실을 발견했다고 신이 나서 이야기했다. 김대중 선생은 누구보다도 바깥소식을 많이 듣는 분이라서 우리는 선생이 전하는 바깥소식에 격려받곤 했다. 나도 애처로운 소년수들 이야기를 하면서 내가 느낀 것을 이야기했다. 이렇게 모두 고난을 통해서 얻은 경험을 함께 나누면서 감옥 생활이 우리에게 새로운 삶의 진리를 깨닫게 함을 서로 확인했다. 당시의 점심시간은 그야말로 다른 데서 경험하기 힘든, 진리를 위한 전우들의 코이노니아였다.

그것은 감옥에 있던 우리만의 잔치가 아니었다. 나중에 들은 이야기지만, 밖에 있는 우리의 가족들 사이에도 이런 신나는 친교가 있었다. 구속자 부인들이 재판이 열릴 때마다 기발한 아이디어로 시위를 해 경찰들을 당황하게 한 것이었다. 5월 4일 첫 공판이 열렸을 때 가족들은 검은 테이프로 십자 모양을 그린 마스크로 입을 막고 배재고등학교 정문에서 법원까지 침묵의 행진을 했다. 유신 정권 아래에서는 말도 제대로 할 수 없음을 상징적으로 표시한 것이었다. 법원 주변에 모여 있던 사람들이 그 시위를 보고서는 다 같이 〈우리 승리하리라〉를 불렀고, 이에 당황한 경찰들은 시위하는 부인들을 마이크로버스에 태워 광화문까지 데려갔다. 부인들이 광화문에서부터 걸어서 다시 법원으로 왔을 때는 이미 폐정된 뒤였다.

5월 15일에는, 내 아내와 이해동 목사 부인 이종옥의 주동으로, 법정 정문 앞에 모여서 법정 입장권을 불태웠다. 법정 입장권을 제한한 것에 대한 항의였다. 경찰은 그때에도 그들을 차에 태워서 서대문 경찰서에 데리고 가서 재판이 끝날 때까지 구금했다.

5월 22일에는 다 같이 보라색(보라색은 십자가의 고난과 승리를 의미한다) 한복을 입고 법원 입구에 서 있다가, 사람들이 많이 모여들었을 때, '자유 만세' '민주주의 만세'라고 쓴 부채를 펼쳐들고 가슴에는 '자유 승리'라고 쓴 패를 걸고서 "자유 만세, 민주주의 만세!" 하고 구호를 외쳤다. 그러자 경찰들이 그들에게 달려들어서 부채를 빼앗고 동시에 그들을 다시 차에 태워 마포경찰서로 데리고 갔다. 그 다음 공판 날에는 보라색 한복을 입고 배재고등학교에서부터 행진을 시작하여 덕수궁 앞에 이르러서는 '민주주의 만세'라고 쓴 양산을 펼쳐 들고 법원으로 행진했다. 이에 또 사복 경찰들이 달려와 양산을 빼앗더니 역시 그들을 차에 태워서 종로경찰서로 데리고 갔다. 그리고 그 다음 공판 때에는 큰 십자가 형틀을 앞에 덧대어 붙인 보라색 양장을 속에 입고 그 위에 바바리코트를 걸치고서 행진해 오다가 덕수궁 앞에서 일제히 바바리코트를 벗어 가슴에 붙인 십자가 형틀을 노출시켰다. 경찰들은 부랴부랴 그들을 차에 태워 창경원 앞에다 내려놓았다.

이렇게 공판이 있는 날마다 부인들은 계속해서 다양하고 재미있는 방법으로 시위를 벌였고, 그때마다 경찰들은 그 부인들을 군중들과 격리시키려고 했다. 그러나 경찰의 다급한 저지 행동으로 오히려 시위하는 부인들은 무대 위의 배우처럼 돋보이게 되었고, 신문 기자들이 사진을 극적으로 찍게 된 덕분에, 그 일이 모두에게 전달되어 시위 효과가 더 배가되었다.

앞줄 왼쪽부터 공덕귀, 서남동의 부인 박순리, 이해동의 부인 이종옥, 윤반웅의 부인 고귀손, 뒷줄 왼쪽부터 이문영의 부인 김석중, 문혜림, 안병무의 부인 박영숙, 문익환의 부인 박용길, 이희호.

그러다가 내 아내는 시위에 계속 참여할 수가 없게 되었다. 시위하는 사진이 미군에서 발행하는 신문 「성조지(Star and Stripes)」에 실렸는데 군 부대장이 그 일로 아내에게 압력을 넣은 것이었다. 미군에 속하는 자로서 한국 정치에 계속 가담한다면 부대에서 쫓겨날 뿐만 아니라 본국으로 송환될 것이니 한국에 남아 있으려면 한국 정치에 가담하지 말라는 것이었다. 아내는 다른 구속자 가족들과 함께 행동할 수 없는 것을 섭섭해 했다. 그때 아내가 나에게 한 말을 나는 잊을 수가 없다. "나는 미국 사람도, 한국 사람도 될 수가 없군요."

어느 날 부인들은 다른 묘안을 생각해 냈다. 앉아서 기다리며 대화하는 시간을 좀 더 창조적으로 활용하자는 뜻에서 보라색 털실로 승리(victory)를 나타내는 V자 모양의 스카프를 짜기로 한 것이었다. V자 모양으로 짜려면 네 코를 떠야했다. 부인들은 네 코를 뜨면서 '민주 회복'을 속으로 반복했다. 그리고 스카프를 완성하려면 모두 일만 코를 떠야 하는데 이것은 만인이 목소리를 합쳐서 '민주 회복'을 외친다는 것을 상징했다. 이렇게 스카프를 짜서 외국으로 보내면 외국의 동지들이 이 스카프의 의미를 설명하면서 판매했다. 이것을 외국에 보내는 일은 미군 부대에서 일하는 내 아내가 맡았다. 아내는 이런 방법으로라도 민주화 운동에 가담할 수 있어 기뻐했다.

정부는 구속자 가족들이 보라색 스카프를 짜는 것을 알게 되자 시장에서 아예 보라색 털실을 팔지 못하도록 금하였다. 그러나 가게 아주머니들은 보라색 털실을 감추어 두었다가 우리 쪽에 몰래 팔고는 했다. 시장의 아주머니들도 그들 나름의 방식으로 민주화 운동에 가담한 것이었다.

구속자 가족들은 이렇게 늘 한데 모여서 갖가지 묘안을 내어 시위하였고, 그러는 과정에서 그들 사이에는 마치 잔치라도 벌인 듯 기쁨에 찬 친교가 형성되었다. 캐나다의 이상철 목사는 그들을 위로하려고 왔다가 오히려 그들에게서 격려받고 돌아간다고 고백했다.

시장에서 사온 보라색
털실을 감고 있는 부인
들. 먹을 갈고 있는 이
가 박용길 형수이며 그
옆은 박영숙 선생.

　이와 같이 정의의 길을 걷는 우리 전우들은 다른 사람이 경험해 보지 못
한 즐거움을 맛보았으나 이것은 계속 이어지지 않았다. 토요일마다의 만남
이 당분간 중지되었기 때문이었다.

"난 목사가 되겠습둥!"

　조반을 마치고 늘 하던 대로 성서를 펴 들었다. 사무엘서 상에 있는 소년
다윗과 사울 왕의 아들 요나단 사이의 아름다운 우정 이야기를 읽으면서
요나단의 아름다운 마음씨에 감격했다. 다윗이 국민의 사랑을 한 몸에 받
게 되자 사울 왕은 다윗을 시기한 나머지 죽이려고 했다. 그런데 사울 왕의
아들인 요나단은 다윗을 아껴서 그의 생명을 구해 주었다. 그 순정이 아름
답기 그지없었다. 요나단의 처지에서 보면 다윗은 자신의 왕위 계승권을
위협하는 존재이건만 그런 다윗의 생명을 구하려고 모험을 한 것이었다.

모두 이렇게 마음이 맑으면 얼마나 좋을까 싶었다.

변호사의 면담 요청이 있다고 교도관이 전해 왔다. 면회실에 나갔더니 이돈명 변호사가 웃는 얼굴로 나를 맞이했다. 그동안 수고했다고 인사하자, 변호조차 해 주지 못해서 미안하다고 말하면서 밖에서는 불법한 재판에 대해서 분노하고 있다고 전했다. 그리고 미국의 대통령 선거에서 인권을 강조하는 카터가 유리한 듯하다면서 그가 대통령이 되면 대한반도 정책에도 변화가 있을 것이라고 희망적인 소식을 귀띔해 주었다. 이돈명 변호사는 앞으로 두 주일 안에 상고 신청서를 작성해야 한다고 했다. 판결문을 넣어 줄 터이니 자세히 살펴보고 상고문을 써서 법원에 내라고 당부했다.

방에 돌아와 있으려니 얼마 안 있어 변호사가 차입해 준 제1심 판결문이 전해졌다. 판결문을 훑어보고 나서 그것에 일일이 반론을 펼 필요가 없다고 생각했다. 내가 아무리 반론을 편다 한들 저들은 저희 계획대로 재판할 것이 분명했기 때문이었다. 게다가 나의 반론이 사회에 알려질 턱도 없었다. 시간과 정력을 들여 그들의 논고에 일일이 대응하며 긴 반론의 글을 쓸 필요가 없다 여겨, 큰 줄기로 그들의 재판에 항의하기로 하고는 간단한 상고문을 썼다.

"나는 대한민국의 헌법에 역행하여 수립된 유신 정권을 인정할 수 없을 뿐만 아니라 국민의 정부 비판권을 허용하지 않고 심지어 종교의 자유까지 짓밟는 긴급조치법 자체도 인정할 수 없다. 그뿐만 아니라 이번 재판 과정 역시 피고들의 권리를 무시하는 것이기에 이 재판의 판결을 수용할 수 없다. 따라서 본인은 이번 재판에 불복하고 고등법원에 상소한다."

마음이 몹시 우울해졌다. 카터 주지사가 대통령이 될 것이라면서 모두 그것에 기대를 걸지만, 언제까지 우리는 남의 힘에만 의존하고 살 것인가? 우리의 힘으로 민주 회복을 이루고 우리의 힘으로 자주하는 나라를 세울 날은 언제나 올 것인가?

울적한 마음을 심기일전하려고 벌떡 일어나서 만 보 뛰기 운동을 했다. 1심 재판을 받는동안 여름이 다 지나가고 이제 아침저녁으로 선선한 가을이 되었다. 땀을 흘리면서 만 보를 뛰고 나니 마음이 좀 가라앉았다.

소장의 저녁 점검이 끝난 뒤 자리에 누워 있는데 누군가 감방 문을 조용히 두드리면서 "문 목사님." 하고 불렀다. 전에 한 번 찾아왔던, 동교동과 가깝다는 교도관이었다. 또 찾아와 준 것이 고마웠다. 나는 자리에서 일어나 문 쪽으로 갔다. 그는 지금 김대중 선생 방에 들렀다가 오는 길이라고 했다. 그는 우리 형제가 법정에서 당당히 발언하는 것을 보면서 감탄했다면서 어떻게 두 형제가 모두 목사가 되고 또 한뜻으로 민주화 운동에 뛰어들게 되었는지 물어 왔다.

나는 우리가 나서 자란 북간도 명동촌의 역사를 이야기해 주었다. 명동촌은 민족정신과 기독교 신앙을 바탕으로 개척된 곳이기에 자연스럽게 민족운동과 기독교 선교의 중심지가 되었으며, 그곳에서 자란 젊은이들은 어려서부터 민족을 위해서 제 삶을 바쳐야 한다는 말을 귀에 못이 박히도록 들으면서 자랐다. 또 그렇기에 윤동주, 송몽규와 같은 시인들이 나올 수 있었다고 말했다. 나 역시 여섯 살 때 목사가 되기로 결심했는데, 그것은 그 무렵에는 목사야말로 나라와 민족을 위해서 일하는 사람으로 알려졌기 때문이었다.

그 교도관 덕분에 모처럼 어린 시절의 추억에 잠겨 쉬이 잠을 이룰 수 없었다. 뒤척거리는 내 눈 앞에 흰 눈이 덮인 명동 골짜기 모습이 아른거렸다. 그러다가 오래 전 어느 크리스마스 전날 밤의 일이 떠올랐다.

아마 내 나이 여섯 살쯤이었을 것이다. 그날 밤은 눈이 유난히 펑펑 쏟아졌지만 날씨는 푸근했다. 크리스마스 축하 예배에 참석하려고 솜이 두둑이 든 바지저고리에 두루마기까지 입은 나는 신이 나서 마당으로 뛰어나갔다. 우리 집 본채와 사랑채 사이에는 널찍한 마당이 있었다. 마당에는 벌써 눈이 한 치 정도 쌓여 있었다. 마당에서 나는 강아지처럼 이쪽저쪽으로 뛰어 놀았다. 눈이 하염없이 내려오는 하늘을 쳐다보자니 마냥 신비롭기만 했다. 어디서 저렇게 많은 눈이 쏟아지는지 알 수가 없었다. 나는 뜀박질을 멈추고 하늘을 쳐다보았다. 눈송이가 얼굴을 간지럽혔다. 입을 크게 벌렸다. 눈송이들이 내 혓바닥에 떨어져 녹았다. 나는 눈과 입을 크게 벌린 채 아예 하늘을 보고 누웠다.

그때 승묵이 어머니와 태균이 어머니가 대문을 열고 들어오셨다. 모두 옷을 두텁게 입고 긴 목수건으로 머리 위까지 휘감으셨다. 승묵이와 태균이는 나와 가장 가까운 친구였다. 그분들은 마당에 들어서다가 나를 보고는 질겁하셨다.

"재 좀 봅소. 저렇게 좋은 옷을 입고 마당에 드러누워 있으니." 승묵 어머니가 말씀하셨다.

"애들과 강아지는 같다는 게 아임둥. 눈만 오면 미쳐나닝께." 태균 어머니가 대꾸하셨다.

그 말에 나는 고무공처럼 펄쩍 일어나 옷의 눈을 털었다. 어머니한테서 꾸중을 들을 것 같아서였다.

얼마 있다가 아주머니들과 어머니가 교회당으로 향했고, 나도 따라 나섰다. 사랑채 뒷길에서 나는 "내가 눈길을 열겠슴둥." 하면서 앞장섰다.

"그래. 네가 앞장서 봐." 아주머니들은 귀엽다는 듯이 깔깔 웃으셨다.

동네를 빠져나와 자그마한 다리를 건널 때 태균이 어머니가 나에게 물으셨다. "동환아. 너 커서 무엇이 되겠니?"

"난 목사가 되겠슴둥." 나는 주저하지 않고 대답했다.

"목사가 된다는 게 그리 쉬운 줄 아니?" 태균이 어머니가 재차 물으셨다.

"그럼 장로가 됩지."

"장로는 더 힘들다. 교회의 투표를 얻어야 하니까." 어머니의 말이었다.

"아니, 난 목사가 되겠슴둥." 나는 단호하게 목사가 되겠다고 말했다. 김약연 목사님의 모습이 떠올랐다. 머리카락이 별로 없는 둥근 얼굴에 여덟 팔 자 모양의 흰 콧수염을 단정하게 기른, 엄하면서도 인정어린 얼굴이었다. 김약연 목사님은 명동교회의 목사였는데, 간도뿐만 아니라 만주 일대에서 민족운동의 중심인물로서 '동만주에 있는 조선족의 대통령'이라고 불릴 정도였다. "앞으로 무엇이 되겠냐."는 질문을 받자 나는 곧바로 김약연 목사님처럼 되고 싶다는 생각이 들었던 것이다.

명동에 사는 우리 어린이들은 학교에서나 교회에서나 집에서나 언제나 귀에 못이 박히도록 듣는 말이 있었다. "나라와 민족을 위해 바치지 않는 삶이란 무의미한 것이다."라는 말이었다. 우리 어머니는 이순신, 을지문덕 장군의 이야기며 특히 청산리에서 일본군을 몰살시킨 홍범도 장군과 같은 독립군 이야기를 자주 들려주시곤 했다.

내 인생의 나침반이 된 김약연 목사. 그는 동만의 대통령이라 불릴 정도로 존경과 신임을 받았다.

그리고 애국가와 독립군의 행진가를 가르쳐 주었을 뿐더러 우리 베갯머리에 태극기를 수놓고는 잘 때에도 나라와 민족을 사랑하라고 일러 주셨다. 동네 어른들한테서도 독립군들에 관한 갖가지 이야기를 들으며 자랐다. 그리고 그 모든 이야기의 중심에 김약연 목사님이 계셨다.

목사가 되겠다는 것은 물론 철없는 아이의 생각이었다. 내가 얼마나 철없는 아이였나 하는 것은 그날 밤 교회에서 내가

저지른 짓을 보면 안다. 그날 밤 교회는 어린이들을 교회 앞에 있는 명동여
학교의 한 자그마한 방에 모아 놓고 크리스마스 잔치를 열어 주었다. 한 여
선생이 내 또래 아이들 십여 명가량이 둘러앉은 가운데에다 백로지를 펴더
니 커다란 봉지에서 과자를 가득 쏟아 놓았다. 그러면서 사이좋게 나누어
먹으라고 했다. 아이들은 눈을 휘둥그레 뜨고는 어쩔 줄을 모르고 앉아 있
었다. 농촌에서 그렇게 많은 과자를 본 일이 없었기 때문이었다. 먼저 나선
것이 나였다. 나는 두 팔을 내밀어서 과자를 와락 내 앞으로 끌어모았다.
몇 시간 전에 목사가 되겠다고 하던 내가 말이다. 그러자 곧 방 안은 난장
판이 되고 말았다. 모두 달라붙어서 서로 과자를 빼앗느라고 일대 격투가
벌어진 것이었다. 보다 못해 여선생이 나서서 "그럼 안 돼. 내가 나누어 줄

명동기독소년회 1회 창립식을 맞아 선바위 위에 올라가 사진을 찍었다. 맨 뒷줄에 모자 쓰고 넥타이 날리는 이가
문재린, 그 옆에 모자를 쓰고 흰 두루마기를 입은 이가 김약연 목사, 뒤에서 세 번째 줄 오른쪽에서 네 번째 눈이 움
푹 들어간 아이가 어린 시절의 나다. 1928년 8월 7일.

게." 하면서 우리를 떼어 놓고는 과자를 골고루 나누어 주었다.

자라는 동안 이런 철없는 짓을 하면서도 언제나 마음 한 구석에는 '목사가 될 거야. 나라와 민족을 위해서 목사가 돼야지.' 하는 생각이 떠난 적이 없었다.

희미한 천장을 쳐다보면서 옛날 일들을 더듬어 보던 끝에 옆으로 돌아누우면서 잠을 청해 보았으나 좀처럼 잠이 오지 않았다.

두만강을 건너 명동으로!

달빛이 유난히 밝은 밤이었다. 잠자리에 누워, 변소 창을 통해서 비쳐 들어오는 환한 달빛을 바라보면서 어렸을 때의 명동을 생각하고 있었다.

어느 달 밝은 밤에 어머니가 들려주던 이야기가 생각났다. 어머니는 기억력이 비상하게 좋아서, 어머니 나이 겨우 다섯 살일 적에 온 가족이 두만강을 건너오던 일을 또렷하게 기억했다. 어머니는 두만강을 건너오던 이야기며 또 명동의 민족주의자들의 공동체가 어떻게 이룩되었는지 자주 들려주곤 했다. 그때의 일이 마치 영화의 한 장면처럼 내 머릿속에 그려졌다.

"얼렁 나오지 아이하고 무얼 그리 꾸물렁거림둥?" 아버지의 화난 목소리가 마당에서 들려왔다. "일찌감치 강을 건너야 하는 거 알고 있으면서." 아버지의 목소리는 잔뜩 긴장되어 있었다.

"곧 나가겠꾸마." 어머니는 주섬주섬 두레박, 조롱박 등 미처 우차에 싣지 못한 것들을 집어 들면서 대답했다. 그러면서 북간도에 가면 이런 것들이 다 소중하다고 중얼거렸다. 돌도 되지 않은 동생을 등에 업은 어머니가 살림살이 두서너 가지를 더 집어 들고 부엌문을 나섰고 나도 그 뒤를 따라서 마당으로 나갔다. 시베리아에서 불어오는 살을 에는 듯한 바람이 내 뺨에 부딪쳤다. 우리가 나오는 것을 보신 아버지는 소 고삐를 잡아채면서 꽁꽁 얼어붙은 두만강을 향해서 우차를 몰았다. 큰오빠 진묵이가 그 뒤를 부지런히 따랐다. 그리고 어린 동생은 우차 짐 위에 이불을 쓰고 앉아 있었다. 그때가 1899년, 내가 다섯 살, 진묵 오빠는 아홉 살이었다. 그리고 우차에 탄 동생은 겨우 세 살이었다. 그때 나의 아명은 고만녜였다. 내 위로 딸이 셋씩이나 있었으니 이젠 딸은 고만 낳으라는 뜻에서 붙인 이름이었다.

엄마 손을 잡고 얼어붙은 두만강을 건너면서 나는 자꾸 넘어졌다. 그러자 엄마는 "진묵이 아바이. 고만녜를 좀 업어 주어야 하겠스꾸마. 자꾸 넘어지는 거 어쩌겠슴둥." 하고 앞에 가는 아버지에게 소리쳤다. 아버지는 고삐를 진묵 오빠에게 맡기고 돌아서서 우리에게로 왔다. 진묵이 오빠는 아홉 살밖에 안 됐는데도 소를 제법 잘 몰았다. 나는 신이 나서 아버지 등짐 위에 올라앉았다. 가슴을 아버지 등에 딱 붙이고 손으로 아버지 목을 껴안으니 퍽 따스하고 편했다.

한참 가다가 내가 물었다.

"아바이. 우리 불굴라재 가면 부자가 되능겜둥?"

"그래, 우린 부자가 될 거다."

"그럼, 밥도 감자도 실컷 먹을 수 있겠습꾸마?"

"그럼, 실컷 먹어도 되지. 거기는 감자도 내 주먹만큼씩 크다이까."

나는 어느새 잠이 들었다. 아침 일찍 일어나느라고 잠을 설쳤기 때문이었다. 사람들이 서로 떠드는 소리에 나는 눈을 떴다. 간도(間道)를 지나 두만강 건너편에 도착한 것이었다. 그날 두만강을 건너 불굴라재로 들어온 사람 중에는 나보다 한 살 아래인 기린갑이도 있었다. 결혼할 때 그의 이름은 문재린, 그리고 나의 이름은 김신묵이었다. 불 옆에 가서 몸을 녹이면서 나는 내가 살던, 강 건너 회령을 바라보았다. 멀리 회령의 두민(頭民)이 사는 회벽 집이 눈에 들어왔다. 봄이면 나물도 캐곤 하던 고향을 떠난다는 생각에 문득 마음이 서글퍼졌다.

우리 부모님이 지나오신 '간도'에 대해서 한마디 하고 지나가야겠다.

간도(間島)란 흔히 두만강 북쪽에 있는, 조선인들이 많이 사는 지역을 이르는 말이 되었지만, 애초에는 그렇지 않았다. 간도는 본디 두만강 사이에 있는 자그마한 섬으로, 두만강 변에 사는 함경북도 도민들에게는 특별한 의미가 있는 곳이었다. 함경북도는 높은 산으로 된 지역이어서 제대로 농사지을 만한 곳이 별로 없었다. 그러나 두만강 건너편의 땅은 넓고 비옥해서 농사가 잘 되는데도 사람은 많지 않아서 놀리는 땅이 많았다. 그것은 두만강 북쪽 일대는 청나라를 세운 청 태조가 태어난 신성한 곳이라고 해서 청나라 조정이 그곳에 이미 살고 있는 만주족 외에는 아무도 입주할 수 없게 하는 봉금책(封禁策)을 썼기 때문이었다. 그래서 우리나라 정부도 도강죄(渡江罪)라는 중죄를 만들어 두만강을 넘지 못하게 했다.

그러나 두만강 변에 사는 조선인들은 강북에 있는 그 비옥한 땅을 그냥 보고만 있을 수가 없었다. 무슨 방법을 써서라도 그곳의 기름진 땅을 이용해 부족한 식량에 보탬을 얻고 싶었다. 그래서 위험을 무릅쓰고 밤중에 강을 건너가 밭을 갈고 씨앗을 심고는 이따금씩 건너가서 밭을 보살피다가 가을이 되면 가서 추수를 해 오곤 했다. 그러면서 사람들이 서로 지난 밤 어디에 다녀왔냐고 물으면 거짓으로 두만강 사이에 있는 작은 섬 '간도'에 다녀왔다고 대답했다. 그러는 사이에 두만강 북쪽 땅을 '북간도'라고 부르게 되었고, 그러다가 뒤에 그냥 '간도'라고 부르게 된 것이었다.

그러던 것이 청나라 조정이 약해지고 또 산동성에 큰 기근이 들자 봉금책을 풀어 굶주린 자들을 북간도에 이주시켰고 더불어 조선 사람들도 원하는 사람은 만주에 이주해도 좋다는 통지서를 우리 정부에 보내 왔다. 그 땅에 대한 조선인들의 권리를 인정한 것이었다. 그것이 1880년경이었다. 그리하여 우리 부모님 가족이 두만강을 건너 간도에 다다랐을 때에는 그곳에 이미 적지 않은 조선인들이 이주해 살고 있었다.

1890년 무렵 일본 제국주의의 마수가 우리나라에 침투하기 시작하면서 민심이 흔들리자, 종성과 회령에 살던 네 집안이 의논 끝에 함께 만주로 이주하기로 작정했다. 그 네 집안은 종성의 두민을 지낸 문병규 학자의 집안, 동북쪽 국경을 지키던 무인의 후손인 김약연 선비의 집안, 김약연의 스승이었던 남도천 선비의 집안, 그리고 우리 어머니인 고만녜의 아버지인 회령의 김하규 선비의 집안으로, 네 집안의 식구 수는 모두 141명이나 됐다. 두민(頭民)이란 한 고을의 우두머리 어른을 말한다. 종성의 두민 문병규 어른은 우리 아버지인 문재린의 증조부였다. 김약연은 무인의 후손이긴 했지만 맹자를 만 번이나 읽은 대단한 학자였거니와 지도력 또한 뛰어났다. 그리고 우리 외할아버지인 김하규 또한 주역을 만 번이나 읽은 학자로서 실학파에 속했고 또 동학에도 가담한 정의로운 학자였다. 우리 외할아버지뿐만 아니라 네 집안의 어른들은 모두 실학을 하신 분들이었다.

그분들이 만주로 이주하기로 한 까닭은 기름진 만주 땅에 가서 한번 잘살아 보자는 것도 있었지만, 그보다는 만주에 터를 잡고서 젊은이들을 잘교육시켜서 기울어져 가는 나라를 일으킬 인재를 기르자는 뜻에서였다. 그뿐만 아니라, 만주에서 우리 민족이 번창하게 되면 본디 우리 조상의 소유였던 땅을 언젠가 되찾게 될지도 모른다는 소망도 지니고 있었다.

불굴라재에는 이미 선발대가 들어가서 동가라고 하는 만주인의 땅을 사서 각 집안이 출자한 비율에 따라 땅을 나누고, 집도 짓고 길도 닦아서 후속 부대가 와서 살 준비를 해 놓았다.

이들은 불굴라재에 서당을 세웠다. 장재촌의 김약연 서당(규암재), 작은 사동의 김하규 서당(소암재), 그리고 중영촌 남위언 서당(남오룡재)이 후학을 기르고 있었다. 그러던 중 서울의 조정에서 신학문을 가르치라는 지시가 김하규를 통하여 내려와 서당을 접고 신학문을 가르치는 학교를 열고자 했다. 그러기까지의 저간의 사정은 이랬다.

김하규의 집안 가운데 김도심이라고 하는 분이 있었는데 그분과 그의 아들이 심한 열병에 걸려서 사경을 헤매자, 그 아내가 제 손가락을 잘라 피를 내어 병자에게 먹이고 제 다리의 살을 잘라 내어 음식을 만들어 먹인 끝에 병자들은 살려 냈지만 자신은 그 결과로 숨지고 말았다. 김하규가 조정에 상소문을 올려 이 일을 알리고 김도심의 아내를 열녀(烈女)의 반열에 올릴 것을 청했다. 서울에서 그 상소문을 보고서 간도에 그런 훌륭한 선비가 있음에 놀라면서, 그를 북간도의 장학사로 임명하고 앞으로는 신학문을 가르치라고 지시를 내렸다. 김하규는 그 글을 받고서 인근에 있는 서당에 그 글을 배포하고 동시에 불굴라재에 있는 세 서당에서도 신학문을 가르칠 계획을 세웠다. 그것이 1907년의 일이었다.

사실 간도에 신학문의 바람이 불기 시작한 것은 의정부 참판이었던 이상설 선비가 용정에 와서 세운 서전서숙이 개설되면서부터였다. 이상설은 간도를 민족운동의 중심지로 삼으려는 뜻에서 이동령, 이준, 정순만, 박정서 같은 동지들과 함께 용정에 와서 서전서숙을 시작했는데, 이상설이 1907년 4월에 헤이그에서 열린 세계평화회의에 밀사로 가게 되면서 서전서숙은 그만 문을 닫게 되었다. 그 소식을 들은 김약연, 김하규, 남위언은 그들의 세 서당을 합쳐서 명동서숙을 만들었고, 뒤에 다시 명동학교로 바꾸었다. 불굴라재라는 고을 이름이 명동으로 바뀐 것은 바로 명동학교 때문이다.

신학문을 하기로 결정은 했으나 신학문을 가르칠 선생을 구하는 것이 문제였다. 그러던 참에 정재면이 연길에 들어오게 됐다. 정재면은 서울에 있는 청년학관 출신으로서 민족정신이 철저한 청년이었다. 이동휘, 안창호, 김구 등이 조직한 신민회에서 그를 간도에 사는 조선족의 교육 운동을 위해서 파송하였는데, 본디 서전서숙에서 가르치기로 하고 왔지만 서전서숙이 문을 닫게 되자 그는 명동서숙에 관심을 가졌다. 이를 안 김약연이 정재면을 명동으로 초청했다. 정재면은 명동서숙의 초청을 받아들이는 조건으로, 아이들에게 성경을 가르치고 예배를 드릴 수 있도록 허락해 달라고 했다. 유학자들인 명동촌의 어른들은 잠시 주저했지만 좋은 선생을 놓치기 아까워서 결국 승낙했다. 이렇게 해서 김약연이 교장을 맡고 정재면이 교무주임을 맡은 명동학교가 시작되었다. 1908년이었다.

일 년을 가르친 뒤에 정재면 선생은 다시 새로운 조건을 내세웠다. 아이들에게만 성경을 가르치고 예배를 드리게 해서는 신교육을 완성할 수 없다는 것이었다. 부모들도 예수를 믿어야 그러지 않으면 명동을 떠나겠다고 했다. 유교 선비들이 중심이 된 명동의 주민들은 어찌할 바를 몰랐다. 그때까지 신봉해 오던 유교를 그렇게 간단하게 버릴 수는 없었다. 그러나 그러지 않으면 정재면 선생은 짐을 싸고 떠나겠다고 하니 사면초가였다. 명동의 어른들은 정재면의 능력과 인품을 깊이 신뢰하였기에 결국 그의 요구를 받아들였다. 그리하여 모두 상투를 자르고 스물두 살의 젊은 선생 앞에 앉아서 성경을 배우고 예배를 드렸다. 사람들은 말하기를, 그들이 기

정재면 선생이 1908년 명동으로 들어오면서 명동마을 사람들은 모두 기독교로 개종을 하고 신학문을 접하게 되었다. 정재면 선생이 서울로 남하한 후의 모습이다.

독교를 받아들인 것은 단순히 정재면 선생을 붙잡기 위해서만은 아니었을 것이라고 했다. 그 무렵 서구 문명이 급물살을 타고 아시아로 밀려들어오던 터라, 신문명을 이해하려면 그것의 정신적인 기초가 되는 기독교를 알아야 한다고 생각했을 것이다.

정재면 선생은 곧 좋은 선생들을 끌어 모았다. 역사학자 황의돈, 한글학자 장지영과 박태환, 법학자 김철 등이 잇달아 부임했고, 이어서 정재면 선생의 누이 정신태, 이동휘의 둘째 딸 이의순 등도 여교사로 부임하였다. 다들 당당하고 애국심이 대단한 교사진이었다. 어머니의 이야기에 따르면, 작문 시간에 나라를 위해서 목숨을 바친다는 말이 없으면 좋은 점수를 받을 수 없었다고 한다. 체조 시간은 말할 것도 없이 군사 훈련 시간이었다. 명동학교의 교가가 당시의 정신을 잘 보여 준다.

한뫼가 우뚝코 은택이 호대한 한배검이
깃치신 이 터에 그 씨와 크신 뜻
넓히고 기르는 나의 명동

'한뫼'는 백두산이요, '한배검'은 단군을 일컫는 말이다. 백두산을 등에 업고 단군님이 나라를 세웠던, 그 큰 은택이 깃든 터에서 그의 후손들이 조상이 지녔던 큰 뜻을 기르고 넓히는 명동학교라는 것이었다. 청년들은 이런 교가를 부르면서 의기충천하여 민족에 대한 생각을 다져 나갔다. 한편, 성서 안에 담긴 사랑, 정의, 평등, 해방과 같은 사상이 애국심에 불타고 있는 청년 학생들에게 크게 감명을 주었다.

명동의 젊은이들은 이처럼 민족애와 기독교 정신을 마시면서 자랐다. 명동학교와 명동교회의 영향은 동만주 일대는 물론 북으로 연해주, 남으로는 함흥에까지 미쳤다. 원근 각지에서 학생들이 모여들어서 기독교를 바탕으로 한 민족주의를 익혔고, 그들이 가는 곳마다 명동의 본을 받아 교회와 학교를 세우고 민족을 섬기는 일을 하였기 때문이었다.

어린 시절

구치소의 밤은 공동묘지와도 같이 침울하고 조용했다. 들리는 소리라고는 복도를 오가는 교도관 발자국 소리와 멀리서 들려오는 자동차 달리는 소리뿐이었다. 변소 창으로부터 비쳐 들어와 바람벽 허리를 밝히고 있는 달빛을 바라보자니 문득 어머니가 베틀에 앉아서 베를 짜는 모습이 보이는 듯했다. 어머니가 베를 짜는 뒷방은 우리 공부방이기도 했다.

그날도 나는 어머니 베틀 밑에서 공부하고 있었는데 전화통에서 "쓱쓱" 하는 소리가 들렸다. 얼른 전화통을 들고 "승묵이냐?" 하고 전화통에 대고 소리쳤다. 그러나 승묵이가 아니었다. "공부 시간이 아이 끝났니?" 하는 태균의 음성이 전화통을 타고 들려왔다. "아직 아이 끝났어." 나는 베틀 위에서 일하는 어머니의 얼굴을 훔쳐보며 말했다. "끝나면 알려 줘." 태균이가 승묵이네 집에 와서 전화를 건 모양이었다.

전화라고 하니 의아하게 여기리라. 그 옛날 만주의 농촌 구석에 전화가 있었을 턱이 없으니 말이다. 물론 그 전화는 요즈음 우리가 쓰는 전화가 아니다. 전기도 없는 곳에 전화가 웬 말이겠는가. 그 전화란 우리 손으로 만든 깡통전화였다. 깡통 두 개를 초를 녹여 입힌 실로 이어서 만든 것인데, 깡통의 아래위 면을 떼어낸 뒤 그 한 쪽에 종이를 대고는 거기에 초를 녹여 발라서 북처럼 한껏 팽팽하게 조이면 그것이 전화의 송수신기가 되었다.

그 팽팽한 종이 한복판에 구멍을 뚫어 실로 단단히 묶은 성냥개비를 꽂아 넣고는, 초를 입힌 실로 두 깡통을 길게 이어서 하나는 우리 집에, 다른 하나는 승묵이네 집에 둔 것이었다. 실에 초를 입힌 것은, 그래야 소리의 파동이 잘 전달되어서였다. 우리는 서로 연락하고 싶을 때 깡통에 이어진 실을 손으로 훑었다. 그러면 "쓱쓱" 하는 소리가 상대방 전화통에 전해졌다. 말하자면 전화벨이 울리는 것과 같았다. 그 소리를 듣고 전화통을 귀에 갖다 대면 상대방의 음성이 가늘게 들려왔다. 우리가 만든 이 전화통은 물론 먼 거리에서는 쓸 수 없었다. 그래서 우리 집에서 승묵이네 집까지 가는 전화통이 있었고, 또 승묵이네 집과 태균네를 잇는 전화통이 따로 있었다.

승묵이와 태균이는 나의 단짝 친구였다. 함께 교회 주일학교에 나가면서 아주 가깝게 되었다. 태균이는 행동이 좀 느린 편이나 마음이 아주 착했다. 무엇이고 부탁하면 거절하는 법이 없었다. 승묵이는 손재주가 있어서 무엇이고 만들기를 좋아했다. 도장도 잘 새겨서 우리 도장도 만들어 주었다. 그런데 늘 귀찮이를 해서 행동이 좀 부자유스러웠다. 그 둘 말고도 한 동네 친구로 왈손이와 갑돌이가 있었는데 그 아이들은 가난해서 학교에도 교회에도 나오지 않아 함께 어울릴 기회가 적었다.

우리 형제들의 첫 번째 교실은 베틀이 있는 뒷방이었다. 선생은 물론 어머니였다. 명동학교는 동거우에서 걸어다니기에는 좀 멀어서 우리는 집에서 초등학교 3학년 수준까지는 어머니에게서 배웠다. 국문을 자유롭게 읽을 수 있고, 산수는 구구단을 다 외우고 두 자리 수 곱하기까지 할 수 있는 정도였다. 애국가도 배우고 독립군 노래도 배웠다. 우리나라의 훌륭한 인물들 이야기도 들었다. 특히 을지문덕과 이순신 장군의 이야기는 여러 번 거듭해서 들었다. 광복군 이야기도 빼놓지 않았다. 홍범도 장군이 보옥골 전투에서 대승을 거둔 이야기, 김좌진 장군이 청산리 전투에서 일본군을 몰살시킨 이야기, 그리고 당시 조선 총독이던 이토 히로부미를 암살한 안

중근 의사가 우리 동네 장재촌 부근 선바위 뒤에서 육혈포 연습을 했다는 이야기 등을 들려주셨다.

이렇게 집에서 예비교육을 단단히 받고 나서 형은 한 오 리쯤 떨어진 곳에 있는 명동소학교 3학년에 들어갔다. 나는 어머니에게서 들은 이야기를 태균이와 승묵이에게 신이 나서 다시 이야기해 주었고, 그러면 태균이도 흥이 나서 독립군들이 얼마나 말을 잘 타는지 말의 배에 몸을 찰싹 붙이고 달리면 사람이 보이지 않는다고 하고, 그러면 승묵이도 질세라 독립군이 땅에 딱 달라붙어서 기어가면 한 시간에 십 리는 간다며 말을 보태곤 했다. 그러다가 우리는 어머니가 가르쳐 주신 광복군의 아리랑 노래를 부르곤 했다.

> 우리 부모 날 찾으시거든
>
> 광복군 갔다고 일러 주소

옹정의 집에서 밥을 먹는 사진. 가장 오래된 가족 사진이다. 왼쪽부터 동생 두환, 나, 어머니, 할머니, 익환 형과 선희다.

아리랑 아리랑 아라리요 광복군 아리랑 불러보세

광풍이 분다네 광풍이 불어
삼천리 강산에 광풍이 불어
아리랑 아리랑 아라리요 광복군 아리랑 불러보세

바다에 두둥실 떠오른 배는
광복군 싣고서 오는 배래요
아리랑 아리랑 아라리요 광복군 아리랑 불러보세

동실령 고개서 북소리 둥둥
한양성 복판에 태극기 훨훨
아리랑 아리랑 아라리요 광복군 아리랑 불러보세

태균이가 전화를 했을 때 나는 국어 공부를 마치고 산수 공부를 하는 중이었다. 어머니가 내주신 두 자리 수 곱하기 문제를 풀고 있었다. 태균이와 전화통으로 이야기하는 것을 본 어머니는 "산수 문제를 빨리 풀고 구구단을 한번 외고 놀러 나가." 하셨다.

종이가 귀한 때라, 우리는 길이가 두 자, 넓이가 한 자쯤 되는 판자의 네 모서리를 막은 목판에 모래를 붓고서 그 모래판에 나뭇가지로 글을 쓰곤 했다. 글을 다 쓴 다음 목판을 흔들면 글씨가 지워져 또 새롭게 글씨를 쓸 수가 있었다. 나는 부지런히 산수 문제를 풀어서 어머니에게 보여 드렸다. 내가 푼 것을 살펴보더니 어머니는 구구단을 외어 보라고 하면서 문에 걸려 있는 구구단 표를 보지 못하게 돌려놓으셨다. 그 구구단 표는 어머니가 달력 뒷면에 적어 놓으신 것으로 형을 가르칠 때부터 쓰던 것이었다. 나는 구구단을 거꾸로 쭉 외고 나서 어머니의 허락이 떨어지자마자 나는 곧 전화통을 들고서 큰 소리로 승묵이에게 우리 집 뒤에 있는 느티나무 밑으로 오라고 했다.

우리 집 뒤에는 아주 큰 느티나무가 있었다. 얼마나 큰지, 나무줄기 둘레를 어른 셋이 팔을 벌리고 잡아야 할 만큼 컸다. 가지들도 울창해서 우리에게는 그보다 더 아늑한 놀이터도 없었다. 나무 꼭대기에 올라가면 명동 시내 건너편으로 큰 사동, 작은 사동도 보였다. 우리는 다람쥐처럼 가지에서 가지로 뛰어 옮겨 다니면서 붙잡기 놀이를 하곤 했다. 그럴 때마다 어른들은 우리가 나무에서 떨어진다고 걱정했지만, 우리는 가지 사이를 넘나드는 요령을 환히 꿰고 있어서 아무 문제가 없었다. 우리는 또 그 느티나무에 매어 놓은 그네를 타고 놀면서 온갖 재롱을 부렸다. 그네를 뛰어 높이 올라가서는 앞에 있는 나뭇가지를 발로 차는 것은 말할 것도 없고, 올라가는 동안 수레바퀴처럼 빙빙 돌기도 했다. 가까이에 동네 처녀들이라도 있으면 우리는 더 신이 나서 이런 곡예를 부리곤 했다.

나무에서 노는 것에 싫증이 나면 마을 앞에 있는 시내로 내려갔다. 시내 위쪽으로는 온 동네 여인들이 와서 물을 긷는 옹달샘이 있고 그 옆으로 자그마한 시내가 흘렀다. 우리는 그 옹달샘 아래쪽에서 즐겨 물싸움을 하며 놀았다. 한 사람은 위에서 진흙으로 둑을 쌓아 물을 막고 다른 사람은 아래에다 둑을 쌓고 있다가, 위에서 둑을 터뜨려 물을 쏟아 내리면 아랫둑으로 그 물을 막는 놀이였다. 아랫둑이 터지면 윗둑을 쌓은 사람이 이기는 것이고, 터지지 않고 견디면 아랫둑을 쌓은 사람이 이기는 것이었다. 한바탕 물싸움을 하고 나면 옷은 온통 흙투성이가 되었다. 우리는 흙투성이 옷을 시냇물에 빨아 시냇가 나뭇가지에 널어놓고는 나무 그늘에서 한잠을 잤다.

한참 놀다가 출출해지면 집 뒤에 있는 뽕나무밭에 가서 오디를 따 먹곤 했다. 어머니가 누에를 길러 명주를 짰기 때문에 뽕나무가 꽤 많았다. 오디를 한 줌씩 따서 입안 가득 물면 그렇게 맛있을 수가 없었다. 종종 콩 서리 원정을 가기도 했다. 언덕 넘어 사람들이 잘 다니지 않는 곳에 있는 콩밭에 가서, 표시 나지 않게 조심하며 콩을 숨듯이 여기저기에서 콩 줄기를 뽑았다. 공터에 가서 마른 나뭇가지를 모아 피운 불에 알맞게 푸근히 익은 콩을 털어 먹는 맛은 진미였다. 때로는 강가에서 잡은 개구리 뒷다리를 가느다란 나뭇가지에 꿰어 콩과 같이 구워 먹기도 했다. 구운 개구리 뒷다리는 쫄깃쫄깃하니 대단한 별미였다. 어느 해 여름에는 우리가 얼마나 개구리를 많이 잡아먹었던지 개구리 소리가 별로 들리지 않을 정도였다. 이제야 드는 생각이지만, 우리 어린 꼬마들은 퍽 잔인했던 듯하다.

봄이면 진달래꽃, 나리꽃이 활짝 핀 언덕 위에 올라가 놀기를 좋아했다. 학교촌으로 가는 길 왼쪽 언덕은 봄이면 '천지꽃'이라 부르던 진달래와 나리꽃으로 뒤덮이곤 했다. 꽃나무 사이에 누워서 푸른 하늘을 배경으로 천지꽃이 바람에 흔들거리는 것을 보는 맛은 황홀했다. 그리고 꽃에서 꽃으로 날아다니는 나비와 벌을 보는 것도 퍽 정취가 있었다. 심심하면 천지꽃을 따 먹기도 하고 나리꽃 뿌리를 캐 먹기도 했다. 이따금 산나물을 뜯어서 집에 가져가 어머니한테서 칭찬받기도 했다.

형과 형의 친구들이 연필, 지우개, 공책 같은 것이 생기면 우리 또래 아이들을 불러서 달리기나 씨름 경기를 시켜서 문방구를 상으로 주고는 했다. 우리 또래 중에서는 내가 제일 날쌔서 언제나 내가 우승을 했다. 우리 또래라야 겨우 대여섯 명밖에 되지 않지만 그래도 이겨서 상을 타면 신이 났다.

내가 여덟 살이 되었을 때 평양의 숭실전문학교를 졸업한 삼촌(문학린)이 용정의 은진중학교의 국어 선생으로 부임하게 되어 나는 삼촌을 따라 용정에 가서 영신소학교 2학년에 입학했다. 결국 나는 그 유명한 명동학교에 다

조카 영금이가 최근에 발견한 문재린 목사의 최연소 사진. 1928년 문재린 목사가 캐나다로 유학가기 전 평양에서 찍은 기념사진. 뒷줄 왼쪽부터 이권찬 목사, 안경 쓴 이가 폐병으로 일찍 숨진 문학린 삼촌의 유일한 사진, 왼쪽 앞줄 서창희 목사, 가운데가 문재린 목사. 나는 학린 삼촌을 따라 용정에 와서 소학교를 다녔으며 그에게서 폐병을 옮았다. 그는 폐병에 걸린 상태에서 한의열이라는 여성과 연애를 해서 일대에 큰 스캔들을 일으키기도 했다. 나는 둘의 연애편지를 전해주기도 했다.

녀보지 못했다. 그것이 지금까지도 나에게는 큰 아쉬움으로 남아 있다.

용정은 우리가 사는 명동에서 서북쪽으로 약 30리가량 떨어진 곳으로, 인구 3만 명쯤 되는 도시였다. 우리는 용정을 대처(大處)라고 불렀다. 용정은 동북 만주 일대의 교육도시요 또 기독교의 중심지이기도 했다. 민족주의자들이 먼저 개척한 곳은 명동이었지만, 뒤에 기차선로가 지나가게 되면서 용정은 큰 도시로 급격히 성장했고 곧 조선인의 중심지가 되었다. 도시인구의 80퍼센트가 조선인이었고, 중국인이 15퍼센트, 일본인이 약 5퍼센트쯤 되었다.

용정에는 남자 중학교가 넷, 여자 중학교도 둘이나 있었다. 제일 먼저 창립된 남자 중학교는 1919년에 천도교 재단이 세운 동흥중학교였다. 내가 은진중학교에 다니던 무렵, 동흥중학교에는 공산주의에 심취한 학생들이 많았다. 그 다음으로는 유교 재단이 만든 대성중학교가 세워졌다. 삼촌이 부임한 은진중학교는 3·1운동 뒤에 캐나다 선교부가 설립했는데, 그보다 앞서 캐나다 여선교회가 여성 교육을 위하여 명신여자소학교와 명신여자중학교를 설립했다. 은진중학교는 1925년에 당시 확산되기 시작한 공산주의자의 개입으로 문을 닫게 된 명동중학교를 병합했다. 그러면서 명동중학교 교장이었던 김약연 목사님이 은진중학교 이사장이 되었다. 이 학교들은 철저히 민족주의에 바탕을 둔 교육을 펼쳤다. 그 가운데에서 은진과 명신의 경우는 민족 교육과 더불어 기독교 교육에도 힘을 기울였다. 그리고 한국인 교회들이 힘을 모아서 세운 영신소학교와 영신중학교가 있었다. 교회가 세운 학교라서 이름을 영신(永信)이라고 했는데, 큰 흉년이 들어서 경제적인 문제로 교회가 학교를 유지할 수가 없게 되자 1929년에 일본인 유지인 히다까(日高)에게 학교를 넘겼다. 히다까는 학교 이름을 광명소학교, 광명중학교로 바꾸어 발전시켰고 뒤이어 광명여자중학교도 세워 일본화 교육을 전개했다. 내가 영신소학교에 입학한 때는 학교가 히다까에게 넘어가기 직전이었다.

용정은 중학교가 많아서 다른 지역에서 유학 온 학생들이 많았다. 멀리 남쪽 함흥에서 온 학생들도 있었고 북쪽의 길림, 장춘에서 온 학생들도 있었다. 그래서 학생들을 상대로 하숙을 치는 일로 생계를 유지하는 가정들이 많았다. 유학생이 많은 곳이라서 방학이 되면 도시가 조용해지는 반면에, 봄과 가을에 중학교들마다 운동 경기를 열면 온 시가지가 떠들썩하곤 했다. 각 학교마다 악대를 앞세우고 거리 행진을 하고, 학생들은 물론 가족들까지 운동장에 모여서 경기를 즐기며 열띤 응원을 했다. 가장 인기가 큰 경기는 농구와 축구였다.

용정에는 교회도 여럿 있었다. 신교 교회가 넷, 천주교가 하나 있었다. 이렇게 기독교 교회가 다섯이나 되다 보니 주일이면 이곳저곳에서 종소리가 들리고 거리마다 성경과 찬송가 책을 옆에 끼고 교회 가는 사람들이 눈에 띄었다.

용정이 이렇듯 교육과 기독교의 중심 도시로 번창하자, 일본 정부는 용정에 총영사관과 헌병대 본부를 두었다. 그즈음 조선인이 백만 명이 넘게 살고 있던 간도에서는 일찍이 1919년 2월에 여준, 김교헌, 이시영 등 39명의 서명으로 대한독립선언서를 선포한 일이 있었다. 그 뒤에 서울에서 3·1 독립만세사건이 일어났다는 소식을 듣고 다시 3월 13일에 서전 대야운동장에 3만여 명이 모였다. 명동학교 교사와 학생은 물론 각지에서 사람들이 운집하여 독립선언서를 낭독하고 태극기를 들고 행진했다. 그때 중국 경관들이 발포해서 행진의 앞장에 섰던 명동학교 학생들이 열일곱 명이나 사망했다. 그 뒤 독립만세운동은 간도 일대에 들불처럼 퍼져 나가 100회에 걸쳐서 독립만세운동이 벌어졌다. 독립만세사건 뒤로 일본 정부는 부쩍 경계하여 용정에 총영사관을 세우고 헌병대 본부도 두고서 독립운동을 감시하게 된 것이다.

청소년 시절

"안돼. 안돼!" 발악하듯이 소리치다가 꿈에서 깨어났다. 사방은 고요했다. 아직 깊은 밤이었다. 어쩌다 그런 꿈을 꾸었을까.

소년 시절이었다. 농구 골대에서 혼자 공 던지기 연습을 하고 있는데 중학생들이 와서 공을 빼앗으려고 했다. 나는 공을 빼앗기지 않으려고 안간힘을 쓰며 소리치다가 꿈에서 깨어난 것이었다.

느닷없이 그런 꿈을 꾼 것이 이상했다. 아마도 어제 밖에 나가서 운동할 때 느낀 분노감 때문에 그런 꿈을 꾼 것 같았다. 1심 재판 뒤로 우리에게도 밖에 나가서 운동하는 것이 허락됐다. 그런데 우리는 남들처럼 넓은 운동장이 아니라 건물 뒤에 있는 좁은 공간에서 운동하라는 것이었다. 나는 그것이 못마땅했다. 넓은 운동장에서 남처럼 마음대로 뛰어 보고 싶은데, 우리를 위험한 전염병 환자인 양 취급하는 것이 몹시 불쾌했다.

나는 어려서 운동을 퍽 좋아했다. 특히 농구와 탁구를 좋아했다. 아버지가 목회하던 용정 중앙교회 뒷마당에는 농구 골대가 있었는데 주로 교회 청년들이 그곳에서 농구를 했다. 그리고 강당에는 탁구대가 있었는데 그곳 역시 교회 청년들이 친교를 나누는 곳이었다. 나는 중학생들이 농구를 하지 않는 틈을 기다렸다가 혼자서 농구 연습을 했다. 농구 골대 옆으로 드리블을 하다가 휙 돌아서면서 점프 슛을 하는 것이 내 장기였다. 혼자 열심히 하고 있는데 중학생들이 와서 공을 빼앗을 때면 심통이 나곤 했지만 어쩔 수 없었다. 그럴 때면 강당에 들어가서 탁구 하는 데 끼어들곤 했다. 그것도 중학생들의 눈치를 보면서 해야 했으니 쉽지가 않았다. 넓은 운동장에서 마음껏 운동할 수 없던 기억이 무의식에 남아 있다가 그런 꿈을 꾸게 한 모양이었다. 다시 잠을 청하였으나 좀처럼 잠이 오지 않았다. 꿈 때문인지, 소년 시절의 기억이 줄을 이었다.

영신소학교에 다닐 때 공부에 힘쓴 기억은 전혀 없다. 기억나는 것은 6학년 때 다까네〔高根〕라고 하는 교장 선생이 담임이 되어서 우리를 일본식으로 훈련하려고 하던 일이었다. 아침 첫 시간이면 우리더러 묵념을 하라고 하고는 듣기 싫은 목소리로 일본 시구들을 낭독하곤 했다. 그 선생이 무척이나 싫었다. 3학년 때에는 만주제국이 세워지면서 〈신천지〉라는 만주제국의 국가를 배우기도 했다. 애초에 조선인 교회들이 힘을 모아 설립한 영신학교가 히다까〔日高〕라고 하는 일본인 유지에게 넘어간 뒤로, 학교는 이름을 광명(光明)으로 바꾸고 교육 목적도 학생을 일본 신민으로 키우려는 쪽으로 바꾸었다. 그런 교육이 나에게 맞을 턱이 없었으니, 학교에 대한 애착심이 조금도 없었다. 오직 기억나는 것이라곤 친구들과 농구하던 것뿐이었다. 5학년 때부터 몇몇 친구들과 같이 농구 동아리를 만들어서 방과 후에는 언제나 농구를 하며 지냈다.

소학교를 졸업하고 은진중학교 학생이 되었다. 광명중학교 입학시험에서는 학과 시험에는 붙었는데 면접에서 떨어졌다. 아마도 내향적인 내 성격 탓이었던 듯했다. 결과적으로 은진중학교에 들어간 것이 생각해 보면 썩 잘된 일이었다. 일본 사람을 싫어하던 내가 광명중학교에서 적응하기 힘들었을 테니 말이다. 그리고 무엇보다도 민족주의에 바탕을 둔 은진중학교의 교육이 내게는 꼭 필요했다.

은진중학교에서는 3·1절이며 단군 기념일 등을 꼬박꼬박 지켰다. 그런 기념일이면 태극기를 걸어 놓고 애국가를 부르곤 했다. 성경공부 시간도 있었고 날마다 예배 시간도 있었다. 특히 역사를 가르치던 명희조 선생은 민족주의 정신이 철저해서 학생들에게 큰 영향을 주었다. 그는 일본 사람에게 돈을 주는 것이 싫어 도쿄에서 공부할 때 전차를 아예 타지 않았다고 했다. 명희조 선생은 "나라가 독립하려면 열심히 공부해야 한다. 너희처럼 공부를 하지 않고서는 어떻게 독립을 할 수 있겠니?" 하고 늘 우리를 타일렀다.

은진중학교 2학년에 다닐 때 나는 평생의 스승인 장공 김재준 목사님(1901~1987)을 처음 만났다. 김재준 목사님은 평양의 숭인상업학교에서 신사참배 문제로 사표를 낸 뒤 막막한 실직 상태에 있었다. 그때 마우리 선교사의 소개와 학교의 이사장이었던 나의 아버지 문재린의 강력한 추천으로 은진중학교의 교목이자 성경 교사로 오시게 되었다. 아버지는 여섯 살 아래인 김재준 목사님을 같은 함경도 출신이기도 해서 유학 시절부터 알고 지냈다.

김재준 목사님은 학생들과 용정 근처의 촌락에 가서 주일학교를 설립하고, 교회까지 설립하는 것을 목적으로 하는 주변촌락운동을 벌였다. 그는 수줍음이 많은 성품이어서 학생을 가르칠 때 학생들 눈을 똑바로 쳐다보지 못하고 바닥과 천장을 보면서 강의했다. 그래서 학생들은 그런 그를 '천지(天地) 선생'이라고 부르기도 했다. 그러나 그의 강의는 항상 충실하고 새로운 것이어서 학생들의 큰 존경을 받았다. 목사가 되기로 마음먹은 나에게 그의 강의를 들을 수 있다는 것은 큰 행운이었다. 한번은 한경직 목사(1902~2000)를 초빙하여 학생들에게 신앙 강좌를 베푼 적도 있었다. 훗날 영락교회 목사와 숭실대학교 학장이 된 한 목사가, 그때, 우주 만물의 질서 정연함에서 창조주 하나님이 실재하심을 학생들에게 설득하셨던 것이 기억이 난다.

까까머리 중학생 시절 처음 만난 김재준 목사님과의 인연은 남쪽으로 내려와서 더 가깝게 이어졌다. 그러나 나는 당시에는 운동과 음악에 몰두하느라 종교부 활동은 하지 않았다. 아버지가 시무하시던 용정중앙교회에서 성가대원과 주일학교 교사를 했기 때문이기도 했다.

그때 나보다 네 살 위인 강원룡(1917~2006)도 은진중학교에 함께 다녔는데, 학생회장이던 그는 매우 활동적인 성품이어서 김재준 목사님의 지도에 따라 종교부 활동을 크게 발전시켰다. 크리스마스, 부활절 연극에 주연을 맡기도 했다. 한번은 수학 선생님이 기하학 문제를 제대로 풀지 못해 절절 매어서 내가 나서서 문제를 푼 적이 있는데, 이 모습을 복도에서 창문 너머로 본 강원룡은 "문 목사가 똑똑한 아들을 두었군!" 하고 큰 소리로 외쳐서 모두를 웃겼다. 강원룡은 해란강 건너 일송정 아래 있는 용강동에서 주일학교와 교회를 시작했다. 그리고 거기에서 주일학교를 같이 했던 김명주와 결혼했다. 그 무렵 안병무(1922~1996)도 같이 종교부에서 같이 활동했다. 안병무는 나보다 한 살 아래로 대포산 아래에 있는 조양촌에서 주일학교를 세우고 주민 봉사와 교육에 힘썼다. 강원룡과 안병무는 모두 자기주장이 강한 성격이어서 종교부 안에서 서로 조화하지 못했던 것으로 알고 있

1937년 5월 14일 은진중학교 봄 소풍때 북간도 명동촌 입구의 선바위 앞에서 장공 김재준(뒷줄 양복 차림 중 오른 쪽) 선생과 찍은 기념 사진. 선바위는 당시 용정 일대에서 최고 명소로 꼽히던 소풍 장소의 하나였다.

다. 그들 외에도 나중에 종로서적을 경영한 장하린도 나와 동기생이었고, 캐나다에서 존경받는 목사가 된 이상철은 나보다 세 학년 아래 반이었다.

중학교에 들어가서도 나는 여전히 운동에 미쳐 있었다. 방과 후에는 언제나 농구 골대 밑에서 시간을 보냈고, 그러다가 은진중학교 선수 후보로 뽑히기에 이르렀다. 아버지는 그런 나를 보고 크게 걱정했다. 내가 운동만 하고 공부는 하지 않는 바람에 성적이 45명 가운데 스물두 번째였으니 그럴 만도 했다. 급기야 아버지는 의사를 통해서 나에게 운동 금지령을 내렸다. 내가 폐가 약해서 심한 운동을 해서는 안 된다는 것이었다. 어쩔 수 없이 농구를 그만두고 나서는 탁구를 치기 시작했다. 방과 후면 언제나 탁구실에서 시간을 보내던 나는 3학년 때에 학교 대표 탁구 선수가 되어 주장으로 활동했으니, 아버지의 노력은 결국 허사로 돌아간 셈이었다.

학교 음악부에도 깊이 관여했다. 목사 집안에서 자란 덕분이기도 하고 음악을 좋아한 형의 영향으로 일찍부터 음악을 접해 왔다. 형은 늘 아랫배에 힘을 주면서 발성 연습을 했고 좋은 가곡들을 오선지에 베끼곤 했으며 교회에서 피아노 연습도 했다. 형은 목소리가 테너여서 어려서부터 노래 대회에 나가곤 했지만, 내 목소리는 바리톤이어서 독창은 생각

은진중학교 시절 운동에 빠져 탁구부와 농구부 활동을 하였다.

도 할 수 없었다. 그 대신 교회에서 피아노 연습은 열심히 했다. 그 덕분에 교회 저녁예배 때 찬송가 반주도 하게 되었고, 중학교 3학년 때부터는 교회 성가대에서 활동하며 형과 이중창을 해서 꽤 인기를 끌기도 했다. 내가 이렇게 음악을 좋아하는 것을 안 학교 음악부 부원들이 나를 학교 밴드에 끌어들였다. 밴드에 베이스를 불 사람이 없어서였다. 한번 불어 보니 제법 소리가 났다. 악보를 읽을 줄 알아서 음악에 간단히 맞추면 되는 베이스 연주는 별 어려움이 없었다. 그래서 학교에 남아 있을 구실이 자꾸 더 늘어갔다.

이렇게 보면 내가 중학교 시절을 무척 신나고 즐겁게 지냈을 것 같지만, 실제로는 그렇지가 못했다. 운동에서는 보통 때는 제법 잘하다가도 막상 경기에 나가서는 제 실력을 발휘하지 못했다. 친구들은 그런 나를 보고 "넌 마음이 약해서 문제야. 좀 마음을 단단히 먹어!" 하고 충고했다. 내가 생각

음악을 좋아해 베이스를 불기도 하고 북을 치기도 했다. 큰 북 뒤에 앉은 나. 은진중학교 졸업앨범사진.

해도 나는 '기'가 약했다. 많은 사람들 앞에 서면 다리가 떨리는 것을 어쩔수가 없었다. 또 친구들과의 관계도 그리 원만하지가 못했다.

늘 탁구를 함께 치던 문범진이라는 친구가 있었다. 2학년 겨울 방학 때우리 둘이 얼마나 탁구를 강렬하게 쳤는지 하루에 탁구공 한 다스를 다 깨버린 적도 있었다. 그런데 하루는 범진이 하숙방에 찾아가서 문 앞에서 이름을 불렀는데 아무 대답이 없었다. 문 앞에 신발도 있고 방안에서 말소리도 들린 것 같았는데 이상하게도 아무 대답이 없었다. 얼마쯤 기다리다가문을 열어 보니 방에는 아무도 없고 방 뒷문이 열려 있었다. 나는 범진이가나를 피해 도망간 것이라고 생각했다. 섭섭하기 짝이 없었다. '범진이 나를피해 도망을 가다니, 나를 싫어하는 모양이지.' 이렇게 생각하며 별 수 없이발길을 돌렸다. 그 뒤로 범진이에 대한 마음이 전 같지가 않았다. 무슨 영문인지 모르지만 범진이도 나한테 다가오지 않았다. 그 일이 있은 뒤로 졸업할 때까지 2년 반 동안 내 삶은 비참했다. 탁구실에서 이따금씩 범진이를 만나는 것이 그렇게도 괴로웠다. 그때 왜 속마음을 풀어 놓고 얘기하지못했는지, 나중에 몹시 후회스러웠다. 졸업식이 끝나고 중국 요리점에서우리 학급 송별연이 있을 때였다. 식사가 다 끝난 다음 모두 돌아가면서 학교생활에서 잊을 수 없는 일을 한마디씩 하는 순서가 있었다. 내 차례가 되어 나는 오랫동안 마음에 걸렸던 그 일을 토로했다. "2학년 겨울 방학에 한 친구를 오해했다. 곧 풀었어야 할 일을 오늘까지 그것을 풀지 못했다. 그것이 그렇게도 나를 괴롭혔다." 말하고 나서 나는 그냥 울어 버리고 말았다. 그러자 다른 급우들도 덩달아 울음보를 터뜨려 송별연 자리가 울음바다가 되었다. 다들 마음에 그 비슷한 것들이 있었던 모양이었다. 그 뒤로 그때 생각이 떠오를 때마다 얼굴이 붉어지곤 했다.

졸업 전에 담임선생이 나를 집으로 찾아오라고 했다. 처음 있는 일이라서 긴장된 마음으로 찾아갔다. 선생은 웃는 얼굴로 물었다. "너 앞으로 무엇을 할래?" 내가 수석으로 졸업하게 되어서 내 앞날에 관심을 갖게 된 모양이었다. "목사가 되렵니다." 나는 선뜻 대답했다. 그랬더니 선생은 "네가 목사가 돼?" 하고 놀라는 표정을 짓더니 이어서 "강원룡이라면 몰라도 넌 목사가 될 사람이 아녀." 하고 딱 잘라서 말하는 것이었다. "넌 문학을 공부해! 넌 문학에 소질이 있어!" 선생은 내게 문학의 길을 권했다. 사실 나는 언어나 문학을 그렇게 좋아하지 않았다. 신학을 공부할 생각으로 영어는 열심히 해서 좀 나았지만, 졸업 성적에서 가장 낮은 점수를 받은 것이 일본어와 중국어였다. 졸업 성적이 좋았던 것은 순전히 수학 성적 덕분이었다. 내게는 수학이 땅 짚고 헤엄치기로 쉽고 재미있었다. 대수, 기하, 물리, 화학은 특별히 공부하지 않고도 환히 통달했다. 특히 기하가 무척 재미있었다. 가만히 문제를 들여다보면 문제를 풀 방법이 환히 보였다. 내 재간대로 한다면 문과보다는 이과 방면으로 나아가야 했다. 그러나 어려서부터 목사가 되기로 결심한 것을 바꿀 생각이 전혀 없었다. 나는 선생님에게 명동의 전통을 이야기하면서 어려서부터 품은 뜻이니 바꿀 수 없다고 설명했다. 그러자 선생은 말하였다. "그럼, 할 수 없지. 그럼 아버지를 따라 좋은 목사가 되도록 해."

은진중학교 시절을 생각하면 세 살 아래 동생 두환이에 대한 아픈 기억이 떠오른다. 두환이는 반듯하게 생긴데다가 할머니(박정애)의 사랑을 독차지해서 기세가 등등했다. 주일학교에서도 어쩌나 까부는지 형과 나는 두환이를 따돌리곤 했다. 한번은 내가 집 앞의 무성해진 풀을 베어 장에 내다 팔려는데 두환이가 리어카를 앞에서 끌며 같이 갔다. 가는 길에 한 중국인이 풀을 사겠다며 자기네 마굿간으로 갖다 달라고 해서 둘은 신이 나서 갔다. 그러고는 8전을 받았는데 나는 동생에게 3전만 줬다. 동생은 똑같이 나눠야 한다고 떼를 썼다. 그 얼마 뒤에 동생은 뇌막염이 걸려 가망이 없다는 의사의 진단을 받았다. 나는 풀을 판 돈을 공정하게 나누지 않은 게 괴로워 두환이가 좋아하는 월병을 사다 주었다. 열이 높아서 월병을 잘 먹지도 못하면서도 두환이는 "형, 고마워." 하며 좋아했다. 두환이가 죽고 나니 살아

1938년 용정 은진중학교 17회 졸업생들과 찍은 기념사진. 맨 뒷줄 맨 오른쪽이 나, 가운데 양복 차림이 담임 채우병 선생, 셋째 줄 맨 왼쪽이 강원룡 목사다.

있을 때 잘해 주지 못했던 것이 자꾸 마음에 걸렸다. 어머니는 두환이를 가졌을 때 집으로 들어오려는 호랑이를 내쫓는 꿈을 꾸었는데 그래서 죽었나 보다 하면서 우셨다. 이듬해에 바로 영환이가 태어나자 할머니는 죽은 두환이가 살아왔다며 그렇게 좋아하셨다.

내 아버지 문재린과 어머니 김신묵

"편지가 왔습니다." 교도관이 편지를 한 통 전해 주었다. 감옥에서 처음 받는 편지였다. 그렇게 반가울 수가 없었다. 봉투를 보니 눈에 익은 글씨였다. 큼직큼직하게 붓글씨처럼 쓴 아버지의 필적이었다. 감옥에서 가장 기쁜 일은 사랑하는 사람이 면회를 오는 것과 누군가가 돈이나 책을 넣어 주는 것인데, 멀리서 온 편지를 받고 보니 그에 버금가게 기뻤다.

아버지와 어머니는 캐나다 토론토에 있는 동생 영환이와 선희 식구와 함께 지내시는 중이었다. 멀리서 두 아들이 감옥에 들어갔다는 소식을 듣고 퍽 염려하셨음에 틀림이 없었다. 그래서 서둘러 편지를 쓰신 듯했다.

봉투를 뜯어보니 아버지 편지와 어머니 편지 두 통이 들어 있었다. 아버지는 서당에서 한문 공부부터 시작해서 한글을 써도 붓글씨를 쓰듯이 큼직큼직하게 쓰셨다. 그리고 요점만을 적어서 편지가 별로 길지 않았지만 그 짤막한 글에서 오롯한 부정을 느낄 수 있었다. 오랜 옛날에 소학교만 졸업한 어머니 편지는 띄어쓰기와 철자법이 더러 틀렸지만 그 글에 들어 있는 절절한 심정이 여실해서 자식 된 마음이 여간 뭉클하지 않았다.

아버지의 편지 내용은 대강 이런 것이었다.

얼마나 고생을 하느냐. 나도 감옥 생활을 해 봤기에 몹시 힘들다는 것을 잘 안다. 그러나 하느님만 의지하고 굳건히 서라. 나도 하느님 믿는 믿음으로 힘든 고비들을 견뎌 냈다. 그래서 그때 나는 내 이름을 승아(勝啞)라고 불렀다. 하느님은 너희를 사자굴 속의 다니엘처럼 지켜 주실 것이다. 우리도 여기에서 기도하면서 우리의 할 일을 찾고 있다. 김재준 목사, 김상돈 장로랑 같이 워싱턴 뉴욕 등지에서 데모도 했다.

어머니의 편지는 내용이 이러했다.

너희가 정의를 위해서 감옥에 들어갔다니 자랑으로 생각한다. 하느님은 나에게 사랑하는 사람들을 감옥에 보내는 무거운 짐을 지게 하시는 것 같

워싱턴에서 한국의 민주화와 양심수 석방을 위한 시위에 참여한 문재린(가운데 중절모를 쓴 이)과 김신묵(그 옆에서 박수치는 이).

다. 나는 너의 아버지가 해방 전후해서 세 번 감옥살이를 하는 동안 뒷바라지를 했다. 그런데 늘그막에 또 너희 둘이 감옥에 들어가서 걱정을 하게 되는구나. 그러나 나는 이것을 영광으로 안다. 의(義)를 위해서 고생하는 자는 복이 있다고 주님께서 말씀하시지 않았느냐. 멀리서 너희의 뒷바라지는 못해 주어도 끝까지 믿음으로 이기기를 위해서 기도한다. 고난의 길을 걸으신 예수님만 바라보면서 믿음으로 이겨라.

눈시울이 뜨거워졌다. 아들들의 고생을 이해하고 오히려 그것을 자랑으로 삼는 부모님, 그리고 믿음으로 이기라고 기도해주는 부모님이 뒤에 있음을 생각하니, 이보다 더 복된 아들이 또 어디 있겠는가 하는 생각에 가슴이 벅차올랐다. 멀리 동쪽 하늘을 바라보는 내 눈에 근엄한 아버지의 모습이 보이는 듯했다.

사실 어려서 아버지한테서 각별히 사랑받고 보살핌을 받은 기억은 별로 없다. 아버지가 북경에서 평양으로, 평양에서 캐나다로 공부하러 다니셔서 같이 지낼 시간이 많지 않았기 때문이었다. 캐나다에서 돌아온 뒤에도 아버지는 목회 일로 늘 바쁘셨고, 용정의 은진중학교, 명신여자중학교, 그리고 제창병원의 이사로 활동하느라고 매우 바쁘셨다. 그리고 만주에 있는 장로교, 감리교, 성결교, 그리고 침례교가 합쳐서 만주조선인기독교회가 이루어지면서 이 새 합동교단의 총무를 맡은 뒤로는 더더욱 바빠지셨다. 아버지는 순수하고 성실한 분이어서 일을 맡으면 언제나 있는 힘과 정성을 다 기울이셨다.

그래도 어린 시절 아버지에 관한 소소한 추억거리가 아주 없진 않았다. 내가 소학교에 다니던 때였다. 캐나다에서 돌아와서 아버지는 집안 규칙 한 가지를 새로이 세우셨다. 입안에 음식물이 들어 있을 때는 말을 해서는 캐나다에 있는 어머니, 동생 선희, 조카 영금이 함께 쓴 편지. 한국에 당장이라도 나가고 싶지만 아들이 없는데 며느리에게 부담이 될까 봐 고민하시는 모습이 담겨 있다.

안 되고, 만일 입에 밥을 넣은 채로 말하면 그 끼니는 굶어야 한다는 것이었다. 그런데 하루는 아버지가 그만 그 규칙을 깨뜨린 일이 있었다. 내가 학교에서 돌아와 대문을 들어서면서 "다녀왔습니다." 하고 외쳤는데, 그 소리에 아버지가 식사하다 말고 "무어라고 했어?" 하고 물으셨고 그때 마침 입에 밥이 들어 있었다. 그것을 보고 나는 곧 신이 나서 떠들어 댔다. "아버지가 입에 밥을 넣고 말씀하셨다." 그러자 아버지는 "그럼 할 수 없지. 밥을 굶어야지." 하면서 윗방으로 올라가셨다. 머리를 긁적이면서 윗방으로 올라가시던 그 모습이 눈에 선하다.

한번은 내가 학교 숙제를 풀지 못해서 끙끙거리고 있었다. 한 사각형의 면적과, 그 사각형과 높이와 밑면의 길이는 같지만 직사각형이 아닌 평행 사변형의 면적이 서로 같음을 증명하라는 문제였다. 아무리 생각해 보아도 문제를 풀 방법이 생각나지 않았다. 그런 내가 보기 딱했는지 아버지가 무엇이 문제냐고 물어 오셨다. 내가 문제를 설명했다. 아버지도 잘 모르시겠는지 한참을 생각하시더니 수건을 책상 위에 펴시며 말씀하셨다. "보아라. 이 수건이 사각형이 아니냐. 이 사각형의 면적과……," 이렇게 말하면서 아버지는 수건의 양쪽 귀퉁이를 잡아당기면서 "이렇게 찌그러진 면적과 똑같지 않아?" 하시는 것이었다. 나는 "그렇게 잡아당기시면 도형의 위 길이와 아래 길이는 같지만 높이는 줄어들잖아요?" 하고 따졌다. 아버지는 "그래도 같은 수건이 아니야?!" 하시고는 멋쩍은 듯이 자리를 피해 서재로 들어가 버리셨다. 그때 나는 아버지가 아주 엉터리라고 생각했다.

또 한 번은 밥을 먹는 중에 형과 내가 말다툼을 한 적이 있었다. 아버지는 우리 둘을 똑같이 나무라며 창고에 들어가서 식사가 끝날 때까지 벌을 서게 하셨다. 우리 둘은 여전히 분이 풀리지 않은 채로 서로 씩씩거리면서 창고에 들어갔다. 창고에서 벌을 서고 있는데 크리스마스 때 쓰는 초롱이 눈에 띄었다. 우리는 그 초롱을 들고는, 서로 싸우던 것도 잊고, 〈기쁘다 구주 오셨네〉를 불렀다. 노랫소리가 들리자 아버지가 창고 문을 열더니 말씀하셨다. "벌을 서면서도 둘이 화목하게 크리스마스 찬송을 부르니 용서한다. 와서 밥을 먹어라."

아버지에게 자전거 타는 법을 가르쳐 드린 일도 있었다. 내가 중학교 3학년 때였다. 아버지가 워낙 바쁘게 이곳저곳 돌아다녀야 하는데 자동차가 없으니 자전거를 배워야겠다고 하셨다. 집 뒤에 있는 운동장에서 아버지를 자전거에 태우고는 "바른 편으로, 왼 편으로" 하면서 자전거 타는 법을 가르쳐 드렸는데, 아버지가 운동 신경이 좀 둔한 데에다 몸이 무거워서 결코 쉬운 일이 아니었다. 그러나 마침내는 자전거 타는 법을 배워서 용정에서 유일한, 자전거 타는 목사가 되셨다.

아버지가 내 삶에 본격적으로 관여하신 것은 중학교를 졸업하면서였다. 중학을 졸업한 뒤에 나는 어릴 때 결심한 대로 신학교에 가려고 했다. 그러나 그때 형이 도쿄에 있는 신학교에 다니고 있었는데, 아버지 월급으로는 둘씩이나 대학에 보낼 수가 없어서 나는 신학교에 가는 것을 포기해야 했다. 목사가 아니면 학교 선생이 되고 싶었기에 두 번째 선택으로 학교 선생이 되고자 했다. 그러나 적당한 선생 자리를 쉽게 찾지 못하자 아버지가 제창병원의 약제사 조수로 취직시켜 주셨다. 그리하여 약제사 조수가 되어 약봉지 접는 법부터 배우면서 두어 달 지냈다. 그러던 어느 날 내가 졸업한 은진중학교에서 소식이 왔다. 일본 사람들이 경영하는 영림소(營林所)에서 일을 잘할 만한 졸업생을 한 사람 추천해 달라고 했다는 것이었다. 영림소는 백두산 부근에서 잘라 낸 나무를 일본으로 실어 나르는 일을 하는 곳인데, 월급이 병원 월급의 네 배나 되니 수입으로 보면 그보다 더 좋은 직장이 없었다. 그러나 나는 그곳에 가고 싶은 마음이 전혀 나지 않았다. 일본 사람 밑에서 일한다는 것이 도저히 내키지 않았다. 이 일로 아버지와 나 사이에 긴장이 생기기 시작했다. 아버지는 월급이 좋으니 일본 사람 밑이라도 참고 얼마 동안 일하면 일본으로 유학 갈 학비가 생기지 않느냐며 영림소에서 일하라고 종용하셨다. 나는 좀 기다리면 어디 소학교 교사 자리가 나지 않겠느냐며, 교사 월급이 영림소만큼은 안 되어도 병원보다는 나을 테니 기다리겠다고 고집했다. 그러나 결국은 내가 지고 말았다.

영림소에서 일한 한 해는 내게 그야말로 지옥과도 같았다. 군대처럼 상하의 위계가 엄격하고 말과 행동이 푸근한 맛이라곤 하나도 없는 일본 사람과 날마다 같이 지낸다는 것이 참기 힘들었다. 일도 무미건조하기 짝이 없었다. 날마다 잘라서 운송하는 나무의 수량을 적어서 보고하는 일이었다. 게다가 같은 일을 하는 스데로[棄尾]라는 동료는 '버려진 꼬리'라는 이름처럼 정말 정이 가지 않는 사람이었다. 작달막한 키에 심술이 이만 저만이 아니었다. 그는 언제나 내가 잘못하는 것을 찾아내려고 틈을 보고 있었다. 사정이 그러니 직장에 가는 것이 마치 교도소에 가는 것과도 같았다. 엎친 데 덮친 격으로 어느 날부터는 심한 두통을 앓게 되었다. 머리를 움직일 때마다 머릿속에서 뇌가 출렁출렁 움직이는 듯했다. 이런 두통은 그 뒤로 두 해 가까이 계속되었다. 나는 일요일이 오기만을 학수고대했다. 일요일이면 직장을 쉬고, 하루 종일 교회에서 주일학교와 찬양대를 하면서 친구들과 함께 하고 싶은 일을 할 수가 있어서였다.

영림소에서 일한 지 일 년쯤 되었을 때 어느 날 은진중학교에서 다시 소식이 왔다. 만주국의 교육정책에 따라 문과 계통이던 은진중학교가 공과중학교로 탈바꿈해야 하는데, 그러기 위해서 수학에 능한 졸업생에게 장학금을 주어 공과대학을 다니게 한 뒤 학교에 돌아와서 공과 교육을 맡기기로 했다는 것이었다. 그러면서 학교는 나에게 장학금을 줄 터이니 일본에 가서 공과대학을 마치고 오라고 했다. 유학의 길이 열린 것이었다.

나는 여기에도 응하지 않았다. 신학을 공부하겠다는 꿈을 접을 수가 없어서였다. 그러자 아버지가 다시 참견하셨다. 학교가 장학금을 준다는데 왜 그런 좋은 기회를 놓치느냐고 다그치면서, 내가 신학이 아니면 교육을 희망했으니 얼마 동안 교육 일을 하다가 나이가 좀 든 다음에 신학을 하는 것이 오히려 좋지 않겠냐고 설득해 오셨다. 사춘기의 반발심이었는지, 그래도 나는 꿈쩍하지 않았다. 내가 끝끝내 고집을 꺾지 않자, "아버지가 소를 몰고 지붕으로 올라가라고 해도 자식은 그러는 척이라도 해야 하는 것이야!" 하면서 화를 내셨다. 캐나다에서 공부했지만 아직 가부장적인 관습을 완전히 떨치지는 못하신 것이다. 나는 '절대자인 하느님에게는 절대적인 순종을 해야 하지만 아버지는 절대자가 아니잖아!'라고 속으로 생각하면서 고집을 부렸다. 그러나 가뜩이나 두통으로 고생하던 터에 아버지와 대결하려니 견디기가 힘들었다. 결국 나는 조건부로 그것을 받아들였다. 도쿄에 가서 공과대학 입학시험에 붙으면 그대로 따르고, 첫 번 시험에 떨어지면 다시는 공과대학에 들어가기를 강요하지 말라는 것이었다.

그리하여 나는 도쿄에 갔다. 그런데 일본에 있는 대학에 입학하려면 5년제 중학을 졸업해야 하는데 은진중학교는 4년제였다. 그래서 일본대학 부설 야간 중학교 5학년에 편입해서 일 년을 더 공부하면서 대학 입학시험 준비를 했다. 그러나 나는 공과대학이 아니라 신학대학 입학시험 공부를 했다. 야간 중학교의 수업은 그렇게 힘들지 않았다. 은진중학교에서 닦은 실력으로 일본대학 야간 중학교 졸업반 공부는 너끈히 마칠 수가 있었다. 그 대신 영어 공부에 주로 힘을 기울였다. 신학교에 입학하려면 영어가 가장 중요했기 때문이었다.

그 무렵 나는 장하구 형과 같이 자취를 했다. 장하구는 그때 상지대학 독어과에 다니고 있었다. 그는 퍽 진지해서 매일 아침 책상에 엎드려 기도를 드리곤 했다. 우리 둘은 아주 친하게 지내며 신주쿠에 있는 한국인 교회에 같이 다니기도 했다. 그러다가 내가 신학교에 입학하면서 갈라서게 되었다. 그 후 우리는 해방 후 용정에서 다시 만났다. 그는 은진중학교 교사였고, 나는 명신여학교의 교사가 되어 자주 만났다. 서울에 나온 뒤에 그는 아버지가 목회를 하시던 신암교회에 출석하여 다시 자주 만나게 되었다. 그의 동생 장하린은 나와 은진중학교 동기동창이기도 했다. 학교 다닐 때에는 그다지 친하게 지내지 않았지만, 그는 바이올린을 켜는 등 음악에 관심이 많아 졸업 후 나와 같이 음악 활동을 하기도 했다. 장하구 형제는 그 뒤 서울에서 종로서적을 운영했고 우리는 복음동지회 활동을 같이했다.

그 즈음 아버지에게서 편지가 왔다. 아버지가 목회하고 있는 중앙교회에서 나에게 장학금을 대 주기로 했으니 내가 원하는 신학교에 가라는 말씀이었다. 아버지가 내 심정을 이해하고 일을 이렇게 엮으신 것이었다. 고맙기 그지없었다. 아버지와 교회에 고맙다는 편지를 쓴 다음부터 안심하고 영어 공부에 전념했다.

　그런데 문제는 2년 가까이 나를 괴롭혀 온 두통이었다. 공부를 하다가도 두통이 나면 미칠 것 같았다. 하루는 도쿄 시내를 가로지르는 중앙선을 타고 학교로 가는 길이었다. 차 안에는 언제나처럼 사람들이 꽉 차서 밀고 밀리느라 균형을 잡고 서 있기도 힘들었다. 그때는 여름이어서 무덥기 짝이 없었다. 다행히 내 키가 일본 사람보다 훨씬 커서 머리만큼은 시원한 공기가 통했다. 그 틈바구니에서도 영어 단어장을 꺼내서 단어들을 외우려고 했다. 그러자 또다시 두통이 엄습해 왔다. 나는 화가 났다. '도대체 하느님도 무정하시지. 자기를 위해서 몸을 바치려는 나를 왜 이렇게 돌보시지 않는 거야.' 나는 하느님을 향해서 마음속으로 소리쳤다. "하느님. 이제 난 모

일본 유학 당시 동경의 시나노마찌교회에 함께 다니던 안병무와 같이 찍은 사진으로 유학 시절의 유일한 사진이다.

르겠습니다. 이 몸은 당신에게 바친 몸, 내가 두통으로 미치든지 말든지 당신 마음대로 하십시오. 모든 것을 당신에게 맡깁니다." 그 순간 내 몸에 놀라운 기적이 일어났다. 누군가 내 머리에 시원한 물을 부은 것 같은 느낌을 받았다. 그리고 그 시원한 것이 점점 아래로 내려가더니 발가락 끝으로 쑥 빠져나가는 것이었다. 그러면서 두통이 완전히 사라지고 말았다. 그 뒤로 오늘까지 다시는 두통에 시달리는 일

이 없었다. 하느님에게 완전히 맡겼더니 하느님이 내 육체를 새롭게 해 주신 것이었다. 덕분에 나는 맘껏 공부해서 일본 신학교 예과 시험에 합격하였다. 입학시험을 치를 때 구두시험에서 교장인 우에무라 선생이 나를 보고 빙긋이 웃으면서 "자네는 일본어가 부족하군. 학교에 들어오거든 일본어를 열심히 해야 하네." 했다. 사실 나는 일본 말을 '왈(曰)본 말'이라고 비하하면서 전혀 공부하지 않아 제대로 하지 못했다.

일본 신학교는 예과 2년, 본과 4년 과정이었다. 내가 예과 1학년에 들어갔을 때 형은 본과 2학년생이었다. 신학교 예과 과정은 문과대학 1, 2학년과 비슷했다. 영어와 독일어 공부가 주를 이루고 그밖에 철학, 심리학, 자연과학, 서양사, 동양철학 등 지성인이 알아야 할 기초 학문들을 가르쳤다. 그 가운데서 가장 흥미를 가지고 공부한 것은 독일어와 철학이었다. 둘 다 논리적인 사고를 요하는 학문이어서 흥미를 끌었던 듯했다. 신학에 관한 것은 형에게서 귀동냥으로 얻어들은 것이 뒤에 도움이 되었다. 형의 관심은 구약에 있었다. 형은 구약입문 시간에 교수와 심하게 논쟁을 벌이기도 했다. 교수가 구약을 그대로 하느님의 말씀이라고 받아들이지 않고, 거기에는 신화도 있고 여러 가지 문서가 혼합되어 편집된 것이라고 하자 형이 그에 대해 반기를 든 것이었다. 기껏 보수주의적인 교회의 주일학교에서 배운 것을 가지고서 학생이 계속 반론을 펴자, 하루는 교수가 한 아름이나 되는 책을 가져와 보이면서 수백 년 동안 많은 학자들이 연구해서 얻은 결과인데 공부도 해 보지 않고 무조건 반박하면 되느냐고 나무랐다. 그 일로 형은 구약을 전공하여 그 모든 문제를 밝혀 보리라고 결심했다고 했다.

그런 저런 이야기를 잔뜩 얻어들은 끝에 성서를 읽다 보니 기독교 신앙에 대하여 큰 의심이 생기기 시작했다. 요한복음서에서 예수님이 "나는 길이요 진리요 생명이니 나로 말미암지 않고는 아버지에게로 올 사람이 없으리라."고 한 말씀이 특히 마음에 걸렸다. 예수님도 사람인데 어떻게 이렇게 말할 수가 있는가 싶었다. 특히 "나로 말미암지 않고는"이라는 말이 지나치게 오만하다는 생각이 들었다. 그리고 '삼위일체'라는 교리 또한 납득할 수가 없었다. 본과에 들어가면 이런 문제들을 본격적으로 파헤쳐 보리라 내심 별렀다.

우리가 도쿄에서 신학을 공부한 것은 1943년까지였다. 그해 조선인 징병제가 발표되었고, 일본에서 유학하는 학생들도 학병으로 내보낼 것이라는 소문이 돌았다. 집에서도 상황이 위급하다고 판단해서 할머니가 위독하니 급히 귀국하라는 전보를 보내왔다. 우리 형제는 탈출할 방안을 궁리하던 끝에, 만주에 있는 봉천(지금의 신양)신학교로 전학을 가기로 했다. 그러자 내가 다니는 시나노마찌 교회의 후쿠다 목사는 "앞으로 한국 교회를 위해 일하려면 일본에서 공부를 계속해야 한다."며 우리의 귀국을 막으려고 했다. 결국 내가 "나는 일본을 위해 죽을 수가 없습니다. 도저히 일본을 사랑할 수가 없습니다."라고 말하자 그는 더 이상 아무 말도 하지 못했다. 그 교회에는 안병무도 함께 다녔다.

우리는 곧바로 요코하마를 출발해 시모노세키 항에서 부산으로 가는 관부연락선에 몸을 실었다. 그때 미처 일본을 떠나지 못했던 아까운 청춘, 윤동주와 송몽규는 끝내 살아서 돌아오지 못했다.

봉천신학교는 박형룡 박사, 박윤선 목사 같은 보수 신학의 맹장들이 운영하는 신학교로 우리 아버지도 이사 중의 한 분이셨다. 우리가 지향하는 신학과는 방향이 다르기는 했지만, 그 학교로 전학하는 것이 도쿄를 빠져나올 좋은 구실은 되었다. 봉천에서 한 학기 공부를 마친 뒤에 우리는 만주의 수도 신경(장춘) 옆에 있는 만보산으로 자리를 옮겼다. 만보산은 전라도 등 조선의 남쪽 땅에서 일본 사람들에게서 쫓겨 온 가난한 농민들이 땅을 개간하여 벼농사를 짓는 농촌이었다. 그곳에서 형은 교회 전도사로, 나는 소학교 선생으로 일했다. 뒤에 가서 이야기하겠지만, 그곳에서 지낸 일 년 동안 나는 일생을 두고 잊을 수 없는 소중한 경험을 했다. 아무튼 일 년을 지내고 나서 형은 신경에 있는 교회로 옮겨가고 나는 용정에 돌아왔다. 1945년 2월이었다.

만보산에서 용정으로 돌아온 나는 용정 중앙교회를 섬기면서 주일학교 갱신에 전념했다. 그때 용정 중앙교회에는 피난 삼아 정대위 목사님이 부목사로 와 계셨다. 그는 명동교회의 교사이던 정재면 목사님의 아들로 후에 한국신학대학 교수와 건국대 총장을 역임했으며, 캐나다로 이민하여 오타와 대학의 교수로 일했다. 전택부 장로님은 주일학교 교장이셨는데 이해심 많은 그는 젊은이들을 절대적으로 옹호해 주셨다. 그는 교회 앞에서 사진관을 하셔서 늘 우리 사진을 찍어 주셨는데 섭섭하게도 그 사진을 한 장도 갖고 오지 못했다. 훗날 서울에 와서도 나는 전택부 장로님을 주일학교 교장선생님으로 모시고 성남교회에서 일하기도 했다. 그즈음 용정에서 자주 어울린 사람 가운데 만돌린 연주를 잘하던, 나보다 두 살 위인 박문환 형이 있었고, 은진중학교 음악 선생으로 성가대 지휘를 맡은 박창해 선생 등이 있었다. 박창해 선생은 해방 후 군정 하에서 한글 교과서를 편찬하는 일을 하기도 하였고, 후에 연세대학교에서 한글학을 전공하면서 책을 펴내기도 했다. 그즈음 용정에서의 나의 삶은 퍽 신명나는 것이었다.

그랬는데 그 해 유월에 뜻밖의 일이 일어났다. 함경북도 성진에 있는 일본 헌병이 용정에 몰래 들어와서 우리 아버지와 이권찬 목사님을 비밀리에 체포하여 성진 헌병대로 납치해 간 것이었다. 아버지가 새벽 기도회에 나가는 순간에 체포해서 우리 식구 외에는 아무도 알지 못했다. 아무도 추적하지 못하게 하려고 북쪽으로 가는 기차에 태우고 가다가 다음 역에서 차를 바꾸어 타고 남쪽에 있는 성진으로 갔다. 나중에 알고 보니, 조선 총독부는 조선의 민족 지도자 4백 명의 명단을 만들어 놓고는 미군이 조선 반

아버지 문재린 목사(가운데 수염 기른 이)가 시무하시던 용정중앙교회의 청년 5명을 학도병으로 보내면서 찍었다. 아버지의 왼쪽이 김동환 장로. 맨 뒷줄에 나와 익환 형이 보인다. 맨 앞줄 오른쪽은 김약연 목사의 손자 김중섭으로 그림을 아주 잘 그리던 친구였으나 학도병으로 나갔다가 돌아오지 못했다. 익환 형의 바로 앞은 박창해 선생이다. 1943년.

도에 상륙하는 경우 그들을 몰살시키려는 흉계를 세웠다. 그 명단에 우리 아버지와 이권찬 목사님이 들어 있었는데 두 분은 만주에 있어서 미리 체 포해 두었다가 때가 이르면 처형하려고 한 것이었다.

두 분은 헌병대 마당에 판 방공호에 수감되었다. 바닥에 다다미를 깔기 는 했으나 습기로 젖어 있어서 제대로 누울 수도 없었다. 며칠이 지나자 설 사가 시작되어 식사도 제대로 하실 수 없었다. 두 분은 그대로 죽는 줄 알 고 체념하시고 있었다. 집에서는 두 분이 어디로 끌려갔는지도 모르다가 어머니가 기적적으로 알게 되었다. 어머니는 곧 성진으로 달려가서 백방으 로 주선한 끝에 의복과 음식을 차입해 넣으실 수 있었다. 그러다가 히로시 마와 나가사키에 원자폭탄이 투하되어 일본이 항복하게 되면서 두 분은 무사히 풀려나셨다.

아버지가 성진에서 돌아오신 지 얼마 되지 않아 감격에 찬 해방을 맞이했다. 8월 14일에 무슨 중대한 소식이 들려올 것이라는 정보를 입수한 우리는 마침내 올 것이 오는구나 하고 그날 밤 친구들과 이불을 둘러쓰고 라디오를 들었다. 그러다가 8월 15일, 떨리는 목소리로 항복을 선언하는 일본 소화 천황의 목소리를 들었다. 우리는 이불을 뒤집어쓴 채 환회에 차서 소리를 질렀다. 그러나 여전히 일본 순경들이 무서워서 선뜻 거리로 나가지는 못했다. 저들이 마지막 발악을 할지도 모른다고 생각해서였다. 그런데 파출소에 일본 순경들이 하나도 보이지 않는다는 소식이 들려왔다. 서둘러 거리에 나가 보니 정말 일본 순경은 꼬리도 보이지 않았다. 저들은 이미 전날 밤에 모두 도망갔다는 것이었다. 우리는 거리에 나가서 만세를 불렀다. 그러자 여기저기에서 우리 동포들이 나와서 춤을 추면서 만세를 불렀다. 아버지는 기다란 광목에 "동포여. 하나가 되자!"라고 붓글씨로 크게 써서 교회 종탑에 늘어뜨리셨다. 아버지는 그때 벌써 민족이 갈라질 것을 걱정하신 것이었다.

우리 기독교 청년들은 한데 모여서 그동안 만주 정부에 빼앗겼던 은진중학교와 명신중학교를 되찾기로 하고, 조를 나누어 한 조는 은진학교를, 다른 한 조는 명신학교를 맡기로 했다. 그리하여 나는 장윤철 선생님을 학교의 교장선생으로 모시고 명신여자중학교의 국어 선생이 되었다. 장윤철 선생은 은진 6회 졸업생으로 명신 재건을 주동했다. 그러다가 후에 공산주의자들에게 체포되어 고초를 당하다가 결국 사임하고 남쪽으로 피신했다. 그는 서울로 내려와서는 대광중고등학교 교감과 신일고등학교 교장으로, 평생 청빈한 교육자의 삶을 살았다. 그해 9월부터 다음해 5월까지 명신학교 학생들과 즐거운 시간을 가졌다. 국어 과목이 내게는 새로워서 학과 준비를 열심히 해야 했다. 그런 한편, 농구와 탁구 코치를 맡아 학생들과 가까이 지

1945년 4월 25일. 용정중앙교회 사택에서 치른 할머니 박정애의 장례식. 뒤로 용정중앙교회가 보인다. 왼쪽부터 아버지, 어머니, 형 익환, 형수 박용길, 필자, 앞의 아이들은 동생 영환과 은희다.

내고, 학교 합창대의 반주까지 맡아서 학생들에게서 인기를 꽤 얻었다.

그런데 호사다마라고, 이렇게 우리가 활발하게 활동하기 시작하자 용정에 잠복해 있던 공산주의자들이 들고 일어나서 공산주의용정자치단을 만들어 용정의 치안을 맡았다. 그들은 학교에서 성경을 가르치는 것과 예배드리는 것을 금지시키고, 도덕 선생에게 유물사관을 가르치라고 했다. 그리고 학생들 사이에 침투해서 노래와 무용에 능한 학생들을 공산주의 선전을 위해서 동원하려고 했다. 그러던 어느 날 그들이 아버지를 체포하여 감옥에 가두었다. 1945년 11월이었다. 아버지가 남한에 있는 이승만과 내통한다는 명목이었다. 사실 해방 뒤 아버지는 서울에서 열리는 장로회 총회에 참여하러 서울에 다녀오신 일이 있어서 그런 의심을 사실 수도 있었다. 이렇게 해서 아버지는 두 번째로 감옥신세를 지게 되었다.

공산주의자들의 압력은 점점 심해졌고, 그에 따라 기독교 선생들은 하나 둘씩 남쪽으로 떠났다. 그런데 나는 다른 선생들처럼 피신할 수가 없었다. 아버지가 체포되어 있으니 어떻게 떠날 수가 있겠는가. 결국 나는 마지막까지 남은 기독교 선생이 되었고, 자연히 많은 학생들이 나에게 의지했다. 공산당원들이 포섭하려고 한, 재주 있는 학생들도 내게 와서 어떻게 하면 좋으냐고 의견을 구하기도 했다.

그해 12월 초에 뜻밖에도 아버지가 석방되셨다. 모택동 밑의 팔로군에서 제대로 훈련받은 조선 의용군들이 용정에 들어왔는데, 지방 공산당들이 주민들에게서 인심을 잃고 있음을 알게 된 것이다. 그리고 그 조선 의용군 중에는 은진중학교 졸업생도 있었다. 그들은 잃어버린 민심을 되찾기 위해서 아버지를 석방시킨 것이었다. 아버지는 석방이 되자 이젠 염려 없이 목회를 할 수 있으리라고 기대하셨다.

그러나 지방 공산당원들이 가만히 있지 않았다. 그들이 그 일대에 주둔해 있던 러시아 헌병대에 아버지를 밀고해, 아버지는 다시 러시아 헌병들에게 체포되었다. 석방된 지 3주도 되지 않아 아버지는 다시 러시아군 트럭에 실려서 자취를 감추고 말았다. 어머니는 "이번엔 나도 잡아가라. 죽이려면 나도 죽여라!"고 외치면서 트럭에 타려고 하셨다. 그

명신여자중학교의 국어 교사를 하면서 탁구 코치를 맡기도 했다. 전간도 탁구대회 단체 3연승 기념사진이다.

러자 소련 병사가 어머니를 발로 차서 떨어뜨렸다. 그 뒤 미친 듯이 아버지의 행방을 찾아다니시는 어머니의 모습을 나는 안타까워 차마 볼 수가 없었다. 그러나 이번에는 아버지의 종적을 도저히 알 수가 없었다. 나중에 안 일이지만, 아버지는 그때 용정에서 서북쪽으로 약 40리가량 되는, 연길에 주둔한 러시아 사령부 감옥에 수감되셨다. 연길은 중국인들이 많이 사는 그 지역의 중심지였다. 아버지의 죄목은 이번에도 이승만의 지시를 받은 미국 스파이라는 것이었다. 스파이라면 어떻게 당당하게 표면에 나서서 행동을 했겠느냐며, 용정에 돌아온 것은 교인들을 보살피기 위한 것이라고 아무리 강변을 해도 그들은 듣지 않았다.

4월 중순이 되자 러시아군이 만주에서 철수하게 되었다. 루즈벨트, 처칠, 스탈린, 장개석이 서로 합의하여, 러시아군은 일본군을 무장해제 시킨 뒤에 만주를 장개석에게 인계하고 철군하기로 되어 있었다. 러시아군은 철군하면서 감옥에 수감된 이들 중에서 사형시킬 사람은 처형하고 석방시킬 사람은 석방하고 그들에게 필요한 나머지 열네 사람은 러시아로 데리고 갈 계획이었다. 아버지는 그 열네 명에 들어 있었다. 그랬는데 웬일인지 떠나는 날 러시아군은 아버지를 감방에 남겨둔 채로 다른 열세 사람만 데리고 갔다. 먼 길을 떠날 준비를 하고 기다리던 아버지는 무슨 일인지 영문을 알 수 없었다. 감방에서 온갖 가능성을 생각하면서 이틀을 지낸 뒤에야, 뒷수습을 하려고 남은 사령관이 아버지를 석방시켰다.

4월 24일이었다. 수염투성이가 된 아버지가 집 문을 열고 들어오셨을 때 집안 식구들의 놀라움은 대단했다. 어쩌면 다시는 만날 수 없을지도 모른다고 생각했던 아버지가 기별도 없이 나타나셨으니 어찌 아니 놀랍고 또 얼마나 반가웠겠는가. 어머니는 방에 털썩 주저앉더니 그냥 울음을 터뜨리셨다.

아버지는 더는 아무도 당신을 괴롭히지 않으리라고 생각하셨다. 지방 공산당의 계획도 실패로 돌아갔고 소련 사령부도 그를 석방했으니 이제 누가 괴롭히겠나 싶어, 계속 용정에 남아서 하던 대로 목회를 하려고 하셨다. 그런데 하루는 나와 같이 농구를 하던 중학교 동창인 김영진이 찾아와서 조용히 귀띔해 주었다. "네 아버지가 설교도 하지 않고 심방도 하지 않으면 별 일이 없을 것이다." 라고. 김영진은 공산당원들과 사이가 가까웠다. 그의 말은 그대로 있으면 가택연금을 당할 터이니 떠나는 것이 좋을 것이라는 암시였다. 결국

1946년 용정에서 소련공산당에 잡혀갔다가 석방된 직후에 찍은 문재린의 모습. 초췌하면서도 눈빛에 당당함이 느껴진다.

아버지는 월남하기로 결정을 내리셨다.

우리는 집 대문에 "문 목사는 몸이 심히 약해서 당분간 면회를 사절합니다."라는 글을 붙여 놓았다. 그러고는 먼저 아버지부터 몰래 뒷문으로 빠져나가 남쪽으로 피신하셨다. 나머지 식구들도 일주일 뒤에 뒤따라서 남하했다. 우리가 떠난 뒤 명신여학교는 곧 문을 닫고 말았다. 아버지는 남쪽으로 와서도 목회도 하고 강원도에서 교회 설립운동도 하고 평신도운동도 펼치셨다. 그러나 아버지가 평생에 가장 심혈을 기울여 활동하신 곳은 그 넓은 만주 땅이었다. 아버지는 고국을 떠나 유리방황하는 동족들을 선교활동으로 보듬고자 하신 것이었다.

저녁에 자리에 누워 있는데, 부드러운 웃음을 띠신 어머님의 모습이 어른거렸다. 어머니는 배우는 일에 그렇게 열성이실 수가 없었다. 어머니가

이따금 들려준, 소학교 3학년까지의 공부를 스스로 익힌 이야기는 정말 감격스러웠다. 외할아버지는 철저한 유학자라서, 공부는 남자가 하는 일이요 여자는 집에서 음식이나 하고 길쌈이나 배우는 것이라고 고집하셨다. 그래서 아들(진국)만 학교에 보내고 딸들은 학교에 보내지 않았다. 우리 어머니 고만녜는 공부하고 싶은 마음이 불타오르는 듯했다. 학교에 가는 다른 남학생들을 보면 부러워서 견딜 수가 없었다. 그래서 남동생이 학교에서 돌아올 때면 돌아오는 길목 숲 속에 숨어 있다가 동생을 붙잡고 학교에서 배운 것을 전수해 받곤 했다. 그래서 한글을 읽을 수 있게 되었고 산수도 더하기, 빼기, 곱하기, 나누기를 다 할 수 있었다. 그러나 문제는 읽을 책이 없다는 것이었다.

당시 학교에 가는 다른 친구들은 이른바 '쪽 복음서'라는 것을 사서 읽곤 했다. 그 책에는 예수님이 병을 고치기도 하고 물 위를 걷기도 하는 재미있는 이야기들이 있다고 고만녜는 들었다. 고만녜는 그 쪽 복음서를 사고 싶었다. 동전 한 푼이면 살 수 있었다. 고만녜는 쪽 복음서를 살 돈을 마련하느라고 동생과 더불어 여름 한철 호박씨를 모았다가 팔아서 동전 한 푼을 마련했다. 마침내 순회하는 전도인에게서 쪽 복음서를 하나 사 가지고 집에 돌아와서 동생과 같이 숨어서 읽었는데, 거기에는 예수님의 이야기는 없고 "헛되고 헛되다. 모든 것이 헛되다……." 하는 이상한 말뿐이었다. 복음서가 아니라 구약의 전도서였던 것이다. 어머니는 이 이야기를 들려주실 때마다 허탈한 웃음을 웃으셨다.

어머니가 학교에 들어간 것은 열여섯 살에 결혼하고 나서였다. 할아버지는 갓 시집온 며느리를 학교에 보내셨다. 일찍부터 우리 어머니를 며느리로 삼으려고 작심하신 할아버지는 며느리를 똑똑한 인재로 키우고 싶으셨던 모양이었다. 어머니는 이미 동생을 통해서 공부한 바탕이 있어서 여학교 3학년에 입학했고 2년 후에 졸업했다. 그때 할아버지는 중병에 걸려 앓으면서도 우차를 타고 가서 며느리의 졸업식에 참석하셨다. 그리고 한 달이 못 돼서 세상을 하직하셨다.

여학교를 졸업한 뒤 어머니는 동창회 회장, 여자 기독청년회 회장이 되어 부녀자들을 위한 야학을 만들고는 두 군데 야학에서 직접 가르치셨다. 또 주일이면 주일학교에서 부녀자들에게 성경을 가르치셨다. 여자비밀결사대에도 가담해서 독립운동에 열성을 다하셨다. 그런 한편 여러 해 동안 겨울마다 용정에 있는 여자 성경학원에 가서 공부하여 졸업하셨고, 양잠장려운동이 벌어지자 양잠학교에서 양잠과 직조하는 것을 배워 식구들의 옷감은 언제나 어머니가 손수 짜셨다. 남편이 유학 가 있는 동안에는 농사 짓는 일, 집수리하는 일도 다 어머니 몫이었다. 할아버지가 일찍 돌아가셨기에 일찍 과부가 된 시어머니와 시할머니를 모시고 어머니가 집안의 가장 역할을 하실 수밖에 없었다.

어머니가 이렇게 분주하게 지내시는 바람에 우리 형제들은 어머니의 따뜻한 손길을 경험하지 못했다. 우리를 돌보아 준 분은 할머니였다. 우리 형제들은 젖을 떼면 곧 할머니한테 가서 할머니 젖을 만지면서 잤다. 일찍 과부가 된 할머니는 어린 우리를 데리고 다니시는 것이 낙이었다.

아버지가 캐나다에서 돌아와 용정 중앙교회에서 목회하시게 되자 어머니는 목사의 부인으로서 주일학교 선생과 여전도회 회장으로 활약하셨다. 그리고 동만주 평생여전도회가 창립되면서 그 전도회의 회장까지 맡으셔서, 1946년 공산당에게 밀려 남한으로 나올 때까지, 여전도사 일곱 명을 동만주 여러 곳에 파송했다.

어머니는 남쪽으로 온 뒤에도 교회 일과 민주화 운동에 전념하셨다. 본래 기억력이 비상하셔서 간도에서의 일을 알고 싶은 사람은 다 어머니에게 와서 여쭈었다. 명동이나 용정에서 자란 젊은이들도 자기 집에서 있던 일을 알고 싶으면 어머니에게 와서 여쭈곤 했다. 어머니야말로 간도의 산 역사였다. 그리고 매일 신문을 정독하셔서 세상 돌아가는 것을 웬만한 대학 졸업생보다도 더 잘 아셨다.

뿌리 뽑힌 떠돌이가 되어

특별면회실에서 돌아온 내 손에는 코스모스 꽃 다섯 송이가 들려 있었다. 아내가 꺾어온 코스모스였다. 아내는 양주에서 사는 삶이 아이들에게는 더없이 좋은데 어른들에게는 퍽 힘들다고 했다. 지어본 적 없던 농사를 짓는 것도 힘들지만, 우사를 수리해서 집으로 쓰려니 여간 불편하지 않다는 것이었다.

교도관에게 부탁했더니 컵에 물을 담아 갖다 주었다. 컵에 코스모스를 꽂아 변소 문 옆 해가 잘 드는 곳에 놓고는 자리로 돌아와서 꽃을 바라보았다. 교도관이 그런 내 모습을 지켜보더니 물었다.

"문 박사님, 미국에서 오래 계셨나요?"

"십 년을 살았지요. 1951년에서 1961년까지."

"그럼 6·25전쟁 중에 건너가셨군요?"

"그래요. 부산으로 피난했다가 거기에서 미국으로 건너갔지요."

"그럼 전쟁 통에 고생 좀 하다가 가셨군요."

"1946년부터 51년까지는 떠돌이 생활을 살았지요."

사실 1946년에 서울에 오면서부터 미국에 가기까지의 생활은 어디에도 뿌리박지 못한 떠돌이 생활이었다. 서울에 도착한 우리는 조선신학교 사택에 임시로 짐을 풀어놓았으나 손에 남은 돈이란 달랑 1,300원뿐이었다. 그래서 아버지와 나는 노동자가 필요한 미군 부대에 가서 막노동을 시작했다. 영어를 잘하니 군정청에서 일하라는 친구들도 있었으나 아버지는 그것을 거부하고 막노동판으로 나가신 것이다. 나는 아버지의 그런 태도에 적이 감탄했다.

아버지가 노동판에서 일하신다는 소문이 퍼지자 서울에 있는 어느 남로당 서기가 아버지를 찾아와서 남로당에 입당해서 같이 일하자고 권한, 웃지 못 할 일도 있었다. 아버지가 자신을 목사라고 밝히며 거절하자 그는 "그래도 노동을 소중히 여기니 참 좋다."고 말했다. 그러다가 송창근 박사가 그가 목회하던 김천 황금정교회에 아버지를 소개해 주셔서 그 교회 목회자로 가셨다. 형과 나는 조선신학교에 적을 두고서 김재준 목사님 윗방에 거주하면서 공부했다. 밥은 기숙사 식당에서 해결하였다.

나와 익환 형은 조선신학교에 편입했다. 우리보다 일 년 아래에는 강원룡, 박봉랑, 김관석, 이우정, 장준하가 있었다. 장준하에게는 내가 "장 형, 신학을 시작했으면 졸업은 해두는 게 좋지 않겠는가?"고 강권해서 그는 한국신학대학 동문이 되었다. 그 역시 일본신학교에서 나와 같이 공부하다가 마치지 못했기 때문이다. 여학생으로는 이우정과 앞을 못 보는 양정신이 있었다. 이후 한국 여성운동의 대모가 된 이우정은 그때만 해도 말이 별로 없었다. 두 여학생은 늘 붙어 다녔는데 양정신은 말이 많고 이우정은 말이 없어 소경과 벙어리가 같이 다닌다고 놀릴 정도였다. 양정신은 이후 기독교장로회 최초의 여자 목사이자 시각장애인 목사로 인천 삼일교회에서 시무하였다.

학교 공부는 그다지 힘들지 않았다. 김재준 목사의 조직신학, 송창근 박사의 목회학, 한경직 목사의 교회사를 들었다. 형과 나는 대체로 하루걸러 번갈아 수업을 듣고는 강의 내용을 필기한 것을 나누어 보았다. 학교가 초기 단계여서 아직 강의 내용이 충실하지 않아서였다. 나머지 시간에 우리는 각자 자기 나름으로 공부를 보충했다. 그럴 때면 형은 주로 구약에 관한 책을 보고, 나는 기독론에 관한 책을 읽었다. 예수님의 신성(神性)에 대하여 의심이 깊었기 때문이었다. 어느 날 송창근 박사의 강의에 나갔는데 그분이 "오늘은 동생이 나오는 날인가?" 하고 농담 섞인 말로 직격탄을 날려서 난처했던 일도 있었다.

당시 조선신학교 학장이던 송창근 박사는 김재준, 한경직 목사와 삼총사를 이루어 프린스턴신학교의 느티나무 아래서 한국 교회를 세계 수준으로 밀어올리기 위한 인물 양성을 함께하자고 약속한 분이었다. 그는 재치 있는 목회로 성남교회(구 바울교회)를 크게 부흥시켰다. 나도 여기에서 주일학교와 청년회, 성가대를 돕고 있었기 때문에 그와 가까이 지냈다. 그의 강의는 목회 현장의 경험이야기가 많아서 유익했다. 그는 1947년 학교의 재정 모금을 위해 미국에 갔다가 풍을 맞아 사지를 헤매다가 돌아오신 후 몸을 제대로 쓸 수가 없었다. 6.25전쟁이 터지자 피하지도 못하고 교수 사택에 연금되다시피 하고 인민군 헌병대 본부로 쓰이던 세브란스병원에 끌려가 문초를 받기도 했다. 그는 공산군이 후퇴할 때 납치되어 북으로 끌려가던 길목에서 돌아가시고 말았다. 김재준 목사님은 "만우 송창근은 유머에 능했고 인정이 많았고, 창의적이었고, 용감했고, 바울의 고백과 같이 '내 민족을 위해서라면 그리스도로부터 끊어져도 좋다'고 할 만큼 민족애에 불타는 애국자였다."고 말했다. 그의 죽음은 조선신학교와 한국 기독교계에 큰 슬픔과 손실이었다.

형과 내가 일 년 동안 다닌 조선신학교는 1940년에 세워졌다. 일제 말기에 신사참배 문제로 평양신학교를 비롯한 신학교들은 다 문을 닫을 수밖에 없었다. 그렇게 되자 목사 훈련 기관의 필요성을 절감한 김대현 장로가 일본 경찰의 미움과 감시를 각오하고 자신의 모든 재산을 바치며 송창근과 김재준에게 학교를 맡아줄 것을 부탁했다. 총독부의 허가를 받을 수 없어서 '조선신학원'으로 시작했는데 신학교가 아니었기 때문에 신사참배를 강요받지 않아 오히려 다행이었다. 막바지에는 학생들이 평양 군수공장에서 집단노동을 해야 할 정도로 어려운 상황이었지만 김재준 목사님은 교장이자 교수, 경리이자 소사로서 끝까지 조선신학교를 지켰다. 형과 내가 조선신학교에 다니는 동안 신 신학 파동이 일어났다. 이 일로 결국 장로교는 기독교장로회와 예수교장로회로 갈라지게 되었다.

해방이 되자 김재준과 송창근, 한경직 목사는 서울에 모여 예전에 프린스턴에서 꿈꾸었던 새로운 신학운동을 본격적으로 펼쳐 나갔다. 이때는 조선신학교가 유일한 신학교였기 때문에 평양신학교에서 공부를 하던 학생들도 공부를 하러 왔다. 그들은 평양신학교에서 들었던 보수적인 강의와는 사뭇 다른 김재준 목사와 캐나다 선교사인 서고도(William Scott)의 강의 내용에 충격을 받았다. 그분들은 "성서는 하느님의 말씀이지만 인간이 이해한 말씀이기 때문에 그 당시 역사적인 상황을 알면서 연구해야 한다."고 하면서, 성서의 문자적 무오설(성서의 모든 말씀은 하나님이 직접 말한 것으로 오류가 있을 수 없다는 것), 동정녀 탄생설, 예수님의 육체의 부활 등을 새롭게 해석하는 서구의 신학을 소개했다. 그러나 학생들은 맥락을 무시한 채, 그 내용만을 수집해서 김재준과 서고도를 이단자로 총회에 고발하였다. 김재준은 심사위원들 앞에서 자신의 소신을 밝혀야 하는 현대판 종교재판을 받기에 이른 것이었다.

이 문제는 학생회에서도 큰 논란이

이단 논쟁으로 파문된 서고도 목사는 교회사를 전공하였으며 유창한 한국어로 강의했다.

월남한 형과 나는 1947년 6월 조선신학교를 졸업하며 목사가 됐다. 프린스턴신학대학 출신의 '삼총사' 한경직 송창근, 김재준(왼쪽부터) 목사가 당시 우리의 은사들이다. 이 해 함께 졸업한 익환 형과 나. 졸업앨범에서.

되었다. 당시 학생회장이던 이해영(후에 성남교회 목사, 교회협의회 인권위원장)이 회의를 소집하여 문제를 일으킨 학생들과 논쟁을 벌였다. 나는 그 학생들을 세 가지 측면에서 비판했다. 첫째는 김재준 목사는 성서를 왜곡하려는 것이 아니라 바르게 이해하기 위해 역사비판학적 신학을 비롯한 여러 가지 학설을 소개했을 따름인데 문맥을 무시하고 그가 그렇게 주장한 것처럼 말한 것이 잘못이요, 둘째는 수업내용에 의문이 가면 교수에게 직접 질문을 해서 설명을 들어야지 그런 확인 절차를 거치지도 않고 총회에 고발한 것이 부당한 일이요, 셋째는 그래도 문제가 된다면 학생회에서 충분한 의견을 수렴해서 행동해야 하는데 그러지 않고 곧바로 심각한 행동을 저지른 잘못을 지적했다. 그러니 그 학생들은 반성하고 고소를 취하해야 옳다고 주장했다.

지혜로운 교회 정치가였던 송창근 박사는 김재준 목사에게 완곡한 사과의 글을 쓸 것을 권하면서 이 문제를 정치적으로 수습하려 하였다. 그는 여러 지도자들을 만나 설득하려고 했다. 그러나 김재준은 이를 거부하고 〈편지에 대신하여〉라는 글로 자신의 신학적 입장을 당당히 밝혔다. 나는 열다섯 장에 이르는 그의 글을 등사하는 일을 도왔다. 그는 근본주의 신학이 신앙의 양심과 학문 연구의 자유를 억압하게 되고, 한국의 목사들을 학문 이전의 '성경학교 수준'에 묶어 놓게 된다고 썼다. 그는 한국 개신교회도 이제 당당히 세계적 신학의 본류와 교류하며 동참해야 할 것이라고 주장했다. 나는 그처럼 한없이 부드럽고 조용한 사람에게서 어떻게 이런 힘이 나올 수 있을까 생각하며 마음 속 깊은 곳에서부터 그를 우러러보았다.

이 논쟁은 1953년까지 지속되다가, 장로회 총회는 그 두 분을 이단으로 단죄하는 최후의 판결을 내렸다. 김재준 목사는 파문되고, 한국신학대학(조선신학교에서 명칭 변경) 졸업생은 목사가 될 수 없다고 못을 박았다. 그 뒤 이들을 지지했던 진보적인 목사들을 중심으로 어쩔 수 없이 새로운 교단을 세우게 된 것이 지금의 기독교장로회이다.

신학교에서 문제가 불거졌을 때 나와 익환 형은 한경직 목사를 찾아갔다. 한경직 목사님은 베다니교회(지금의 영락교회)를 맡았는데 평안북도에서 내려온 피난민들이 몰려와 이 교회가 크게 발전하였다. 한 목사님에게 문제를 해결해 달라고 부탁을 드리자 그는 "염려하지 마라. 내가 해결할 테니……." 하고 우리를 안심시켰다. 그러나 얼마가 지나도 문제가 해결될 기미가 없자 우리는 다시 그를 찾아갔다. 그는 "자네들도 나중에 목회를 해 봐. 장로들의 말을 듣지 않을 수가 없네." 하시는 것이 아닌가. 평안도에서 내려온 보수적인 장로들이 반대해서 어쩔 수가 없다는 것이었다. 절친한 친구였던 두 사람의 관계는 이로써 소원해졌다. 그러나 1965년 일어난 '한일 국교정상화 반대 운동'에 김재준은 한경직과 함께 영락교회에서 집회를 열어 신앙의 동지로 다시 의기투합하기도 했다.

나는 송창근 박사가 목회하는 성남교회 주일학교와 찬양대를 위해서 많은 시간을 할애했다. 용정에서 주일학교를 같이 하던 전택부 장로, 이화여대에서 학생 지도를 하는 장원 선생, 봉천에서 피난 나온 유재선 선생과 함께 팀을 이루어 주일학교를 새로운 모습으로 진행한 덕분에 모범적이라는 평을 받았다. 송창근 박사도 교회 교인들에게 참되게 예배하는 모습을 보려면 우리 주일학교에 가 보라고 말씀하기도 했다. 찬양대는 박창해 선생이 맡아서 하다가 바빠서 그만두는 바람에 내가 얼마 동안 땜장이 노릇을 했다. 크리스마스가 가까워지자 헨델의 메시아 중에서 다섯 곡을 연습해서 크리스마스 축하 음악 예배를 준비했다. 그러다가 나운영 교수가 성남교회에 오게 되어 찬양대 일을 그에게 넘기고 나는 일반 찬양대원으로 활동했다. 성남교회에서는 함께 일하는 사람들과 마음이 잘 맞아서 더욱 즐겁게 봉사했다.

1950년 3월 5일 성남교회 성가대 주보.

그런데 그렇게 한 해를 지내고 나서 1947년에 학교를 졸업하자 나의 앞날이 묘연하기만 했다. 예수님의 신성 문제에 대해 그때까지도 해답을 얻지 못한 까닭에 목회에 나설 수가 없었기 때문이었다. 그해 여름 익환 형과 나는 김천 가까이 있는

172

금오산에 가서 기도하면서 앞날에 대해서 생각해 보기로 했다.

둘은 금오산에 가려고 기차에 몸을 실었다. 그런데 도중에 기차가 고장이 나서 대신(大新)역에서 여러 시간 지체하게 되었다. 날씨가 퍽 무더운 날이었다. 나는 차에서 내려 역사 옆에 있는 느티나무 그늘에 앉았다. 대신역은 높은 언덕 위에 위치해 있어서 전망이 퍽 좋았다. 멀리 낙동강이 흘러내리고 양쪽 언덕엔 촌락들이 곳곳에 옹기종기 모여 있었다. 나는 내가 서있는 언덕 바로 밑에 있는 촌락을 한참 바라보았다. 초가집들이 대여섯 채 버섯처럼 모여 있고 그 옆에는 돼지우리들이 붙어 있었다. 어느 집에서 한 아낙네가 무엇인가 가지고 나와서 돼지한테 먹이로 주고는 다시 들어갔다. 그 광경을 바라보다가, 어느 미국 선교사가 한국에 처음 왔을 때 초가집들을 멀리서 보면서 감탄했다는 이야기가 생각났다. 그는 여기저기 모여 있는 초가집을 가축 축사라고 착각하고는 한국 농촌을 칭찬했다는 것이었다.

더없이 참담한 느낌이 들었다. 사람이 사는 집을 보고 돼지우리라고 생각했다니, 한국 농민의 삶이 그토록 비참하단 말인가! 어떻게 하면 우리 농민도 버젓하게 사는 날이 올 것인가! 그렇게 한탄하고 있던 중에 문득 한 생각이 마음을 붙잡았다. "누군가는 내려가야 한다. 예수님이 갈릴리의 가난한 농민한테 내려간 것처럼!" 비록 예수님의 신성에 대한 해답은 아직 찾지 못했다 해도, 예수님처럼 저 낮은 곳으로 내려가는 삶이야말로 소중한 것이라는 생각이 들었다. 그날의 그 깨달음은 내게 퍽 중요한 계기가 되었다. 그 같은 깨달음 위에서 나의 기독교 신앙에 대한 이해가 정리되었기 때문이다. 금오산에서 우리 형제는 이런 관점에서 깊은 대화를 나누었다.

얼마 있다가 형은 미국 장로교회의 장학금을 얻어 프린스턴신학교로 공부하러 갔다. 뒤에 남은 나는 다시 서울에 돌아가서 여전히 성남교회를 섬겼다. 나도 앞으로 미국으로 유학해서 신학을 본격적으로 공부하고 싶었다.

익환 형이 미국으로 유학가기 전 1948년에 김천에서 찍은 가족사진. 뒷줄 왼쪽에서부터 형수 박용길, 익환 형, 필자, 선희, 앞줄 왼쪽에서부터 영환, 어머니, 아버지, 막내 은희.

어느 날 용정의 명신여자중학교 교장을 지낸 장윤철 선생님한테서 연락이 왔다. 장단중학교에 와서 음악 선생을 맡아 달라는 것이었다. 장단은 개성 가까이에 있는 비교적 큰 농촌으로, 중학교가 새롭게 설립되었는데 장윤철 선생님이 교감으로 취임하시게 되었다. 선생은 내가 음악을 좋아하는 것을 알고서 음악 과목을 맡아 같이 일하자고 하셨다.

장단중학교는 장단 역에서 서남쪽으로 걸어서 약 한 시간가량 걸리는 아름다운 농촌에 있었다. 음악 교실은 별도로 지은 자그마한 건물을 썼는데 본래는 유치원을 운영하려고 지은 집이었다. 건물 앞이 온통 코스모스로 뒤덮여 있었다. 나는 이 집에서 하루 종일 음악을 가르치기도 하고 책을 읽기도 하고 코스모스 핀 풀밭에 누워서 공상도 하면서 한가롭게 지냈다. 그래서 코스모스 꽃만 보면 이 시절에 대한 향수가 짙게 피어오르곤 한다. 그해 늦가을에는 인근의 초등학교를 대상으로 합창경연대회를 열어 지역 잔치라도 벌인 듯 흥을 돋우기도 했다. 장단중학교도 합창단을 만들어 여러

곡을 부르고, 〈갈라짐의 눈물〉이라는 가극을 무대에 올려 삼팔선을 바라보는 동리 주민의 심정을 대변하기도 했다. 이런저런 일로 장단에서의 한 해 또한 잊을 수 없는 추억으로 남았다.

장단에 있는 동안에도 토요일이면 꼬박꼬박 서울

서울 성남교회의 박요수아 장로와 함께. 장단에서 주중에 교사로 일하고 주말이면 장로님 댁에서 머물며 성남교회를 섬겼다.

에 와서 성남교회의 주일학교와 찬양대를 도왔다. 그만큼 성남교회를 중심으로 한 봉사와 친교가 내게는 중요했다. 그러나 돌이켜 생각해 보면 장단중학교에 있는 동안 장단교회에 나가면서 그 마을의 발전을 위해서 일하지 않은 것이 적이 후회가 된다.

한 해가 지나자 장윤철 선생님은 새로 세운 서울의 대광중고등학교 교감으로 자리를 옮기셨다. 장윤철 선생님의 권고로, 그동안 정이 든 장단의 학생들과 헤어지는 것이 섭섭하기는 했지만, 나도 대광으로 자리를 옮겼다. 1948년 봄이었다. 대광에서는 다시 국어를 가르쳤다. 여기에서도 합창단도 만들고 농구 코치도 하면서 분주하게 지냈다. 그 무렵 아버지가 김천에서 서울 돈암동에 있는 신암교회로 옮겨 오셔서 부모님 집에서 함께 살게 되었다.

뿌리가 뽑힌 떠돌이 생활을 하는 가운데서도 나에게 큰 힘이 되어준 동료들이 있었다. 대광중고등학교 선생으로 있을 때, 나는 유관우, 유제선, 박봉랑, 김관석과 자주 어울리곤 했다. 유관우 형은 원래 신학을 공부하려 했으나 여의치 않아 건축 일을 해서 생활에 여유가 있는 편이었다. 박봉랑,

김관석, 백리언, 김철손은 1942년 나와 함께 동경신학교 예과에 함께 입학한 동기였다. 우리 다섯 명은 일본 학생들보다 모두 키가 커서 교실 뒤에서 나란히 앉아 분위기를 압도하곤 했다. 나는 특히 박봉랑과 절친한 사이가 되었다. 김관석은 칠십년대 KNCC 총무로 민주화 운동에 크게 기여했다.

우리는 해방 후 나라가 혼란스러운 가운데 모임을 만들어 그리스도인이 가야 할 길을 함께 고민해 보고자 했다. '복음동지회' 라는 이름으로 1948년 1월 12일 종로6가 기독교대한복음교회에서 창립총회를 가졌다. 창립 당시 회원은 장하구, 홍태현, 김철손, 이시억, 문익환, 문동환, 지동식, 이영헌, 김덕준, 박봉랑, 김관석, 장준하, 유관우 이렇게 열세 명이었다. 나의 형은 복음동지회를 함께 창립했지만 얼마 후 유학을 떠났다. 우리는 새로 펼쳐질 세상에서 동지적인 친교를 나누면서 복음을 새롭게 이해하고 확산하기로 다짐했다. 우리가 처음 시작한 일은 참으로 소박했다. 전도지를 만들어 전차 안에서 옆 사람에게 나누어 주고, 극장에 광고를 올리기도 하였다. "그리스도에게 빨리 돌아오라! 하느님의 의가 서지 못하는 곳에 정당한 양심이 없다. 양심을 잃은 그 세기, 사회, 민족은 영원히 죽음, 죽음, 뿐이리라 ……. 그대는 조국을 염려하는가? 그러면 하나님께로 돌아오라!" 사실 단순한 초청의 글이었으나 당시 우리들은 퍽이나 진지한 심정이었다.

김재준 목사님도 뜻있는 모임이라고 격려해 주었다. 분열과 교권 싸움으로 시끄러웠던 교계에서 이렇게 초교파적으로 모임을 가질 수 있었던 것은 지금 생각해도 참으로 의미 있는 일이었다. 객지에서 발붙일 곳을 찾기 힘들었던 우리 형제는 이 모임을 통해 서울이라는 도시에 정을 붙여 갔다.

6·25전쟁이 일어나면서 복음동지회는 산지사방으로 흩어져 잠시 중단되었고, 나는 미국으로 유학을 떠났다. 그러나 익환 형이 1955년 프린스턴에서 구약학으로 석사학위를 받고 돌아와 복음동지회에 참석하면서 모임은 다시 활기를 띠게 되었다. 이때 한국 교회를 이끌어 가는, 저마다 전공

뒷줄 왼쪽부터 장하구, 문동환, 한 사람 건너 김관석, 한 사람 건너 박봉랑, 문상희, 유관우. 앞줄은 왼쪽부터 장준하, 김덕준, 김철손, 이영헌, 유제선, 전택부, 김용옥, 동그라미 안이 문익환이다. 1949년.

과 교단이 다른 신학자들이 모임에 나왔다. 연세대의 박대선(그의 집이 넓어 집에서 모임을 자주 가졌다), 감리교 신학대학의 윤성범, 김철손, 김용옥, 연세대 신학대학의 김정준, 김찬국, 백리언, 문상희, 유동식, 한국신학대학의 이장식, 전경연, 이여진, 장로회신학대학의 박창환, 이영헌, 루터교의 지원용, 중앙신학대학의 안병무, 홍태현, 대전감신대의 이호운, 이화여대 교목인 이병섭, YMCA의 전택부, 기독교서회의 조선출, 잡지 『사상계』의 장준하, 대광학교의 장윤철, 종로서적의 장하구 등이 회원이었다.

우리는 세계의 진보적인 신학 책을 선정해 '임마누엘 복음주의 총서'로 펴냈다. 칼 바르트의 『그리스도인의 생활』, 마틴 루터의 『그리스도인의 자유』 같은 책들을 국내에 소개했다. 해마다 신학 강좌를 열었으며 성서를 오늘의 우리말로 번역하는 일을 계획했다. 그때까지의 성서는 선교사들이 오래 전에 번역한 것이어서, 젊은이들이 읽기에는 너무 낯설고 어려웠기 때문이었다. 구약 번역을 평생의 목표로 삼았던 형이 이 일을 적극적으로 추진했다. 우리는 부인들과 함께 자주 친교 모임을 가지기도 했다. 그러나 유신헌법이 발표되고 시국이 얼어붙으면서 이 모임은 점차 생기를 잃어 갔다. 회원들마다 독재에 대처하는 태도에 차이가 있기도 했다. 또 나를 비롯한 여러 회원들은 민주화 운동에 뛰어들면서 짬을 내기가 어려워졌다.

민족의 비극이었던 6·25전쟁이 시작되기 얼마 전, 나는 미국의 밥존스 대학교 신학과에서 장학금을 얻어 미국으로 갈 준비를 하고 있었다. 한국 정부에서 학생 여권을 얻은 뒤 미국 대사관에 비자 신청을 해서 6월 26일에 비자가 발급될 예정이었다. 그런데 바로 그 하루 전날인 6월 25일에 북한 인민군이 38선을 넘어 진격해 왔다. 주일이었다. 오후에 교회 강당에서 탁구를 치고 있는데 누가 와서 38선에서 전쟁이 터졌다는 소식을 전했다. 북한이 전면전을 개시했다는 것이었다. 그 말을 듣고도 우리는 하나도 걱정하지 않았다. 이승만 대통령이 전쟁이 나면 우리 국군이 북한을 공격해서 첫날에는 평양에 태극기를 꽂고 다음 날엔 백두산에 태극기를 꽂을 것이라고 곧잘 장담해 왔기 때문이었다.

그날 저녁 우리는 무사태평하게 잠자리에 들었다. 그런데 새벽녘에 누가 우리 집 대문을 두드렸다. 장하구 형이었다. 아버지는 당시 돈암동에 있는 신암교회에서 목회를 하고 계셨고, 장하구는 신암교회 청년부에서 활동하고 있었다. 장 형은 다급한 목소리로 서울이 인민군에게 포위되었다고 전했다. 우리 식구들은 그 말에 비로소 놀랐다. 장 형이 말했다. "이제 어떻게 해야 하는 것입니까? 도망갈 수도 없고 차라리 국군에 가담해서 싸우다가 죽어야 하는 것이 아니겠습니까?" 러시아가 제공한 탱크로 무장한 인민군을 고작 카빈총밖에 없는 한국군이 당해 낼 재간은 없었다. 얼마 동안 생각에 잠겨 있던 아버지는 조급히 결정하지 말고 기도하는 가운데 기다려 보자고 하셨다.

　장 형이 돌아간 뒤 우리는 둘러앉아서 무릎을 꿇고 하느님에게 매달렸다. 능력의 손으로 우리를 지켜 달라고, 그리고 우리가 어떻게 해야 할지 가르쳐 달라고, 떨리는 음성으로 기도했다. 기도를 올린 뒤, 어머니는 나보고 "아무리 서울이 포위됐다고 해도 뚫고 도망갈 길은 있을 테니 동생 선희를 데리고 서울 탈출을 시도해 보라"고 말씀하셨다. 적군이 들어오면 젊은 여성들이 가장 위험할 것이라는 생각에서였다. 그 말에 아버지도 찬성하셨다.

　나와 선희는 간단한 보따리를 싸서 일단 동자동에 있는 신학교로 갔다. 다들 어떻게 하고 있는지 알고 싶었다. 사무실에 가 보니, 놀랍게도, 송창근 박사를 위시해서 교수들이 둘러앉아서 태평하게 한담을 하고 계셨다. 그분들은 가면 어디로 가겠는가, 남아서 신학교를 지켜야지, 그런 생각이었다. 허겁지겁 도망가려고 한 것이 부끄러웠다. 그래서 다시 집으로 돌아가려고 하는데, 신학교 구름다리를 내려오다가 전택부 장로를 만났다. 장로님은 우리를 보고 무조건 서울을 빠져나가라고 하셨다. 아직 한강 철교는 막히지 않았으니 기차를 타면 서울을 벗어날 수 있을 것이라고 했다.

　서울역에 가 보니 피난 가려는 사람들이 인산인해를 이루고 있었다. 나는 이리저리 눈치를 보아 마침내 기차 한 구석에 자리를 잡을 수가 있었다. 기차는 기적 소리를 내더니 서서히 움직이기 시작했고, 얼마 지나지 않아 한강철교를 무사히 통과했다. '이럴 것 같으면 부모님도 모시고 나올 것을!' 몹시도 아쉬웠다. 마음 한편으로 서글픈 생각이 솟구쳤다. 오랜 세월 그렇게도 자주 외침으로 고생하던 우리 민족이 지금은 같은 동족이 쳐들어와 도망하고 있다는 사실이 그렇게도 서러웠다. 수원에 도착했을 때 한강철교가 폭파되었다는 소식이 들려왔다. 대전 가까이 다다랐을 때 북한 인민군이 한강을 넘어서 남쪽으로 내려오고 있다는 소식이 들려왔다. 어처구니없는 것은, "국군이 서울을 철통같이 지키고 있으니 국민은 염려하지 말고 업무에 성실하라."는 이승만 대통령의 음성이 여전히 라디오를 통해서 들려오는 것이었다. 어쩌면 그리도 무책임할 수 있는지!

기차 밖 풍경을 내다보니 여기저기에서 미군이 진을 치고 인민군을 막을 태세를 갖추고 있었다. 미군이 우리를 도우려고 참전한 모양이었다. 얼마 전에 미국 애치슨 국무장관이 한국은 미국 방위선에 포함되어 있지 않다고 성명을 내놓고는 한국군에게 충분한 무장을 제공하지 않은 채로 미군을 철수하기 시작했는데, 미군이 다시 우리를 도우려고 한다니 좀 놀라웠다. 뒤에 알아보니, 인민군이 남침해 오자 트루먼 대통령이 유엔을 설득해서 유엔군을 참전시킨 것이었다. 미군이 주력 부대를 이루고 그 밖에 열다섯 나라가 가담해서 연합군을 형성했다.

우리는 김천에서 내려 아버지가 목회하던 황금정교회를 찾았다. 당시 황금정교회 교인들은 거의 다 피난을 가 버렸고, 다른 곳에서 피난 온 사람들이 교회를 차지하고 있었다. 담임목사인 이명직 목사님도 강원하 전도사에게 교회를 맡기고 이미 피난 가고 없었다. 강원하 전도사는 한국신학대학 일 년 후배였다. 그를 도와 피난민으로 이루어진 교회를 위해 일했다. 그러다가 김천에 주둔하고 있는 한국군 정보부대를 돕기로 했다. 필요한 정보를 영어로 번역하여 연합군에 전달하기도 하고 영어 정보를 우리말로 번역하기도 했다. 그런데 그 일을 하는 동안 전쟁 와중에 군인들이 저지르는 악행을 보고는 곧 정보부대를 돕는 일을 그만두었다.

그들 정보원들의 임무는 북한 인민군이 파견한 첩자를 체포하고 조사하는 일이었다. 저들은 주로 홀로 피난해 온 처녀들을 중점적으로 조사를 했다. 나에게도 조사해 보라고 해서 몇 명을 조사해 보았으나 대체로 순진한 시골 처녀들이었다. 그런데 얼마 지나면서 군인들이 하는 말을 들어 보니 도저히 인간으로서 차마 듣기 힘든, 흉악한 일들이 벌어지고 있는 게 아닌가. 조사하던 처녀들을 뒷산으로 데리고 올라가서 강간한 뒤에 총살하고 내려온다는 것이었다. 저들의 다리를 붙잡고 살려 달라고, 살려만 주면 무엇이든지 하라는 대로 하겠다고 애걸하는 젊은 여성들을. 그중에 예쁜 여자가 있으면 장교들이 자기 집에 데려다 놓고 수종을 들게 하고 밤에 데리고 자기도 한다는 것이었다. 전쟁이 일어나면 갖가지 비행이 벌어진다고 듣기는 했지만, 이런 반인륜적인 행위가 공공연히 이루어지는 데는 질겁하지 않을 수가 없었다. 그 이튿날부터 나는 부대에 나가지 않았다.

두어 주일 지났을 때 나와 선희는 강원하 전도사 내외와 같이 김천을 떠나야 했다. 유엔군이 가세했음에도 불구하고 인민군의 압력이 김천에까지 미쳤기 때문이었다. 강원하 전도사는 결혼한 지 두 달밖에 되지 않는 신혼부부여서 우리가 옆에 있는 것이 불편했을 터이건만 그래도 우리를 친절히 보살펴 주었다. 우리가 왜관에서 잠깐 머무는 동안, 그곳 어느 학교에 주둔하고 있는 미군부대 군목을 찾아가 "신학교 졸업생인데 부대에서 할 일이 없겠느냐"고 물었다. 마침 식사시간이라서 군목은 먼저 식사부터 하자면서 나를 데리고 갔다. 사실 며칠 동안 잘 먹지 못해 나는 배가 무척 고팠다. 배식하는 곳에 가니 큰 그릇에 진한 고기 국물에 감자, 당근, 양파, 그리고 커다란 소고기 덩어리가 뒤섞인 수프를 담아 주었다. 그렇게 푸짐하고 맛있는 음식은 처음 먹어 보았다. 나는 선희에게도 좀 가져다 주고 싶었지만 그럴 수 없어 혼자서만 배부르게 먹은 게 그렇게 미안할 수가 없었다. 그런데 식사가 끝나자마자 그 부대에도 후퇴 명령이 떨어졌다. 인민군이 그렇게 강할 줄은 미처 예상하지 못하던 일이었다. 나는 서둘러 식구들이 있는 곳으로 돌아와 동생 선희와 강 전도사 내외와 함께 부산으로 내려갔다.

부산 영도에 강 전도사가 잘 아는 분이 있어서 그 집으로 갔다. 그 집에는 벌써 다른 피난민 식구가 와 있었다. 처지가 그렇건만 우리더러 같이 지내자고 했다. 정말 고맙기 그지없었다. 우리는 그 집 이층에서 그 피난민 가족과 같이 묵었다. 발을 들여놓을 틈도 없을 만큼 비좁은 곳에서 한데 엉

커 잤으니, 신혼부부에게 특히나 미안했다. 다음 날 나는 일자리를 찾아 나섰다. 부산에는 전택부 장로도, 장하구 형도 내려와 있었다. 신암교회 교인도 여러 사람 만났다.

얼마 뒤 나는 다시 미군부대에서 통역 일자리를 구했다. 자동차를 배차하는 부대였다. 그런데 좀 있다 보니 통역할 일이 그다지 필요 없는 부대였다. 아마도 내가 신학생이라고 하니 특별히 봐준 것 같았다. 그 대신 나는 페인트로 '입구,' '출구' 같은 안내판 글씨를 쓰는 일을 열심히 했다. 그곳에서 일할 때 나의 엉터리 통역으로 사람을 난처하게 만든 일도 있었다. 어느 날 한국인 운전수가 운전을 험하게 하자 미군은 화를 내며 운전을 잘 하지 않으면 "해고시키겠다(You will be fired)"고 했다. 나는 좀 심하다고 생각하면서 그 말을 통역해서 전했다. "당신이 운전을 제대로 하지 않으면 화형시킬 것이다." 운전수는 사색이 되어 나를 쳐다보았다. 그때는 fired가 일을 그만두게 한다는 뜻인 줄 몰랐던 것이다.

낙동강 전선에서는 오랫동안 치열한 전쟁이 지속되었다. 인민군은 기어이 부산까지 함락시키려고 했고 연합군은 부산만큼은 결코 양보할 수가 없었다. 그러다가 드디어 9월 15일에 맥아더 장군이 수많은 부대를 이끌고 인천항에 상륙했다. 적이 공격력을 부산 지역에 집중시키고 있는 상황에서 인천에 상륙하여 그 허리를 끊어 놓자는 작전이었다. 과연 그에 당황한 인민군은 서둘러 퇴각했고, 마침내 연합군이 9월 28일에 서울에 입성했다. 우리는 모두 환성을 올렸다. 그리고 맥아더 장군의 작전에 찬탄했다.

그 소식을 듣고서 더는 부산에 머물러 있을 수 없었다. 선희가 밤낮으로 부모님 생사를 걱정하였기에 나는 선희를 부산에 남겨둔 채로 혼자서 인천행 수송선에 몸을 실었다. 아직은 위험할 것 같아서 혼자 길을 떠난 것이었다. 인천에 도착하여 쌀 한 말을 사서 등에 지고 서울을 향해서 걸어가기 시작했다. 부모님과 가족이 어떻게 되었는지 궁금하기 짝이 없었다. 용산

역을 지나다가 아는 사람을 만나 우리 집 안부를 물었더니 모두 별고 없다고 하는 것이 아닌가. 그 말에 나는 그 자리에 털썩 주저앉고 말았다. 부모님과 가족이 무고하다는 말에 안심하는 순간 긴장이 풀리면서 더는 걸을 수가 없었다. 그러니까 그동안은 악으로 걸어온 것이었다. 얼마쯤 앉아서 쉬다가 용산역에서 기차를 타고 서울역까지 가서 다시 버스를 탔다. 마침내 돈암동으로 돌아와, 무탈하게 건재한 식구들을 만났을 때의 기쁨은 더 말할 것이 없었다. 그날 밤 늦게까지 그동안 있었던 일들을 주고받으면서 우리를 지켜 준 하느님께 감사 기도를 드렸다.

부모님은 인민군이 퇴각하기 직전에 농촌으로 피난해서 위험한 고비를 넘기셨다. 그동안 어머니의 고생은 말이 아니었다. 의복을 팔아서 식량을 사기도 하시고, 한번은 서울에 먹을 게 동나 식량을 구하러 시골까지 가다가 비행기의 급습을 당하신 적도 있었다. 비행기가 급강하하면서 기관총을 난사했는데, 동행하던 사람들이 모두 흩어져서 땅에 엎드렸으나 어머니 옆에 있던 몇몇 사람들은 총에 맞아 즉사했다고 했다. 참으로 끔찍한 일이었다.

인천에 상륙한 연합군은 파죽지세로 평양과 원산을 거쳐서 두만강과 압록강 근방에까지 밀고 올라갔다. 사태가 이렇게 돌아가는 것을 보고서 우리는 이제 남과 북이 통일되리라고 믿었다. 그러나, 아뿔싸, 1950년 10월 하순에 백만이 넘는 중공군이 두만강과 압록강을 넘어서 진격해 내려왔다. 맥아더 장군은 중공과 전면전을 해야 한다고 주장했다. 원자폭탄 사용도 감행해야 한다고 했다. 그러나 트루먼 대통령은 생각이 달랐다. 트루먼은 맥아더 장군을 해임시키고 하지 장군을 총사령관으로 임명했다. 그리고 연합군을 다시 38선 지대로 후퇴시켰다. 연합군의 후퇴와 더불어 수많은 북한 인민들이 남쪽으로 피난해 왔다.

다시 서울에서의 소개가 이루어졌다. 서울의 목사와 가족들은 선교사들의 알선으로 배를 타고 제주도로 피했다. 아버지는 '닛폰마루호'에 각 교파 교역자 가족 580명을 태워 피난시키는 작업의 단장을 맡았다. 애초 부산으로 향하던 배는 입항 허가를 받지 못해 1950년 12월 21일에 제주 도에 정착했다. 나는 장하구 형제와 같이 트럭을 타고 다시 부산으로 갔 다. 이번에는 신학교도 부산으로 옮겨 가서 남부민동에 천막을 치고 피난 해 나온 신학생들을 모아 수업을 계속했다. 비록 피난을 나온 몸이기는 하나 한 천막 안에서 같이 살게 되자 학생들 사이에는 새로운 활기가 생 겨 노래와 웃음으로 공부를 이어 갈 수 있었다. 나도 얼마 동안 이 천막 신 학교 기숙사에 머물렀다. 선희는 피란 중인 1952년 3월에 한국신학대학 을 졸업했다.

어느 날 함흥에서 나오신 김형숙 원로목사님이 나더러 거제도에 있는, 흥남에서 나온 피난민 교회를 맡아서 봉사해 달라고 하셨다. 이렇게 해서 나는 거제도 아양리에 있는 천막 교회 전도사가 되었다. 한 일백여 명쯤 되 는 피난민들이 캐나다 선교부의 도움으로 아양리 근교에 있는 해변가에 천

막을 치고 살고 있었다. 그 리고 천막 한 채를 따로 지 어 교회당으로 사용했다. 나는 아직 예수님의 신성 에 대해 확신하지는 못했 으나, 낮은 데로 내려가서 고통받는 민중을 섬기는 사랑이 억눌린 민중에게 새로운 생명을 줄 수 있다 는 깨달음을 중심으로 설 교하면서 교회를 섬겼다.

1952년 3월 18일에 부산에서 한국신학대학을 졸업한 동생 선희.

그렇게 해서 떠돌이가 된 그들과 한 열 달을 함께 지냈다.

천막교회 하면 잊을 수 없는 일화가 한 가지 있다. 한번은 부산에 갔다가 밤늦게 아양리로 돌아오는데 천막교회 뒷마당에서 불이 훨훨 타오르고 있는 것이 아닌가. 깜짝 놀란 나는 교회를 향해서 발걸음을 재촉했다. 가까이에 가서 보니, 웬 남자가 나무에 묶여 있고 그 앞에서 장작불이 타고 있는 것이었다. 그리고 무당 한 사람이 춤을 추고 있었다. 그것을 지켜보던 교회 집사 한 사람에게 도대체 무슨 짓이냐고 물었다. 그랬더니 그 집사가 하는 말이, 나무에 묶인 사람에게 귀신이 들어가서 지금 굿을 하는 중이라는 것이었다. 어처구니가 없었다. 교회 뒷마당에서 이런 일이 벌어지다니, 어찌하면 좋단 말인가? 나는 교회당에 들어가서 조용히 기도하면서 하느님께 답을 구했다. 그러나 해답을 구하지 못한 채 답답한 심정으로 잠자리에 들었다.

이튿날 아침 조반을 먹고 있는데, 어제 굿을 지켜보고 있던 집사가 나를 찾아와서는 멋쩍은 듯 머리를 긁적거리면서 그 미친 남자 아내의 청탁을 전했다. 전도사인 내가 안수기도를 해 주면 좋겠다는 것이었다. 무당을 불러 굿을 해 보아도 낫지 않으니 전도사의 기도로 병을 고쳐 보겠다는 것이었다. 낭패스러웠다. 말하자면 무당과 경쟁을 해야 하는 처지에 놓였으니 말이다. 나는 하겠다고 할 수도, 하지 않겠다고 할 수도 없는 난처한 처지에 놓였다. 마침내 내가 그 집사에게 말했다. "그분의 부인을 교회당에 오게 해 주십시오. 그리고 교회 집사님들도 다 교회에 나오게 하십시오."

조반을 마친 뒤에 교회당으로 갔다. 정신병에 걸린 남자의 아내와 교회 집사 세 분이 와서 기다리고 있었다. 그들을 한 자리에 앉게 한 뒤, 아내 되는 사람에게 말했다. "남편께서 그렇게 된 것은 귀신이 들어가서가 아닙니다. 정신에 이상이 생긴 것입니다." 그러고는 어쩌다가 그리 되었는지 물었다.

"남편이 얼마 동안 감기가 걸려서 열이 나더니 갑자기 '얘, 저기 공산당이 날 잡으러 온다'라고 계속 외치는 것이 아니겠슴둥." 하는 것이었다.

"북에 있을 때 남편이 공산당 당원이었나요?"

"공산당을 싫어해서 당에 들지 않았습꾸마. 그래서 공장에 가서도 늘 긴장했었습꾸마."

그 말을 듣고 생각해 보니, 그 남자는 감기로 열이 심하게 나면서 공산당 당원의 감시 밑에서 늘 긴장해 있던 일로 말미암아 잠시 착란에 빠진 듯했다. 나는 내 생각을 부인에게 설명했다. 남편을 잘 간호해 주고 주변을 조용하게 하여 편히 쉬게 하면 나을 것이라고 덧붙여 말하고는, 그 아내와 같이 남자가 있는 천막으로 갔다.

천막에 들어가 보았더니 그 남자는 천막 기둥에 밧줄로 묶여 있었다. 남자는 꼼짝할 수 없이 묶여 있는 탓에 더욱 미친 듯 날뛰면서 풀어 달라고 야단이었다. 나는 속으로 '하느님. 나로 하여금 평온을 유지하게 해 주십시오.' 하고 기도하면서 그에게로 가까이 갔다. 그러자 그는 나에게 침을 뱉으면서 어서 풀라고 고함을 질렀다. "염려 마십시오. 풀어 주려고 이렇게 찾아온 것입니다." 그를 풀어 주면서도 속으로는 적지 않게 걱정했다. 그가 어떻게 행동할지 알 수 없었기 때문이었다. "대야에 물을 담아 가져오십시오. 그리고 수건도 가져오십시오. 이분은 얼굴과 손발을 씻고 쉬어야 합니다." 그의 부인에게 말했다. 그랬더니 그는 조용히 자리에 가서 앉더니 가져온 물로 세수하고 손을 씻고 나서 누워 이내 잠이 들었다. 그동안 육체적으로 고생했기에 피곤이 몰려든 것이었다. 주변에서 떠들며 노는 아이들을 멀리 가서 놀게 하여 그가 조용히 쉴 수 있게 하고는, 조용히 기도하고 집으로 돌아왔다.

그날이 마침 수요일이어서 저녁에 수요예배를 시작하는데, 놀랍게도, 정신 이상에 빠졌던 그 남자가 가족을 데리고 천막에 들어와서 예배에 참여하는 것이었다. 나는 그들을 교회에 소개하고 감사기도를 드렸다. 그는 그때까지도 피곤이 덜 가셨는지 예배가 끝나기 전에 조용히 집으로 돌아갔다. 그 뒤 그는 감기가 나으면서 정상으로 돌아왔다.

전선은 38선 부근에서 머문 채 아무 진전이 없었다. 나중에 안 사실이지만, 미국의 작전은 전선을 38선에 고착시키고 압록강을 건너서 남하하는 중공군을 도중에 폭격으로 몰살하는 것이었다. 말하자면 앞으로 미국의 적국이 될 중공을 이런 방법으로 피 흘리게 하자는 것이었다. 그러면서 한편으로는 일본의 경제 성장을 돕는 것이었다. 우리는 상상도 못할 어처구니없는 작전이 막후에서 펼쳐지고 있었던 것이다.

그런 식으로 한 여덟 달이 지나자 우리 정부는 외국에 공부하러 갈 사람은 가도 된다고 발표했다. 부산에 지나치게 많은 사람들이 몰려들어 복작거렸던 것이다. 마침 그때 미국에 가 있던 형이 피츠버그에 있는 웨스턴신학교 학생들이 장만한 장학금을 얻어 주어 미국 유학의 길에 오를 수 있게 되었다. 아버지의 친구인 스코빌 목사님이 여비로 500불을 보내주셨다. 나는 다시 유학생 시험을 치르고 비자를 얻어 1951년 8월 말에 미국 샌프란시스코로 가는 배에 올랐다. 식구들은 모두 제주도에 가 있었기에 내가 떠나는 것을 보지 못했다. 전택부 장로님을 위시해서 피난 나온 성남교회 친구들과 신학교 교수로 있던 정대위 목사님이 나를 위해 송별회를 열어 주셨다. 그들은 태극기에 "한국을 잊어서는 아니 된다." "변하지 말고 돌아오라." 등의 부탁과 격려의 말을 저마다 한마디씩 써 주었다.

미국 유학 시절

'남쪽으로 내려와 정처 없이 떠돌아다니던 나의 삶은 이렇게 끝나는구나. 지상 천국이라고 하는 미국 땅에서 앞으로 몇 년이나 살게 될까? 미국에서 다시 돌아 올 때에는 나를 괴롭히던 신앙의 문제가 해결될까?'

배의 기적 소리가 "부우웅" 하고 길게 울렸다. 배가 서서히 부산항을 빠져나갔다.

내가 탄 배는 군수물자를 싣고 왔다가 돌아가는 빈 배였다. 나의 보스턴 백에는 성경과 영한사전, 러닝셔츠와 팬티 각 한 벌, 쓰다 남은 두루마리 휴지 반 통, 그리고 친구들에게서 받은 태극기가 다였다. 입고 있는 양복은 위아래가 맞지 않아 한눈에 피난민이라는 것이 역력한 모습이었다. 나는 주로 방에 누워서 책을 보거나 갑판에 나가서 산책을 했다. 말을 걸어오는 사람도 없었고 나도 누군가에게 말을 걸 생각을 하지 못했다. 한 가지 놀라운 것은 그들이 먹는 음식이었다. 식당 입구에는 언제나 온갖 과일이 산처럼 쌓여 있었다. 뷔페식으로 차려 놓은 식당에는 전에 본 적도 없는 갖가지 음식이 있었다. 무엇을 어떻게 먹어야 하는지를 알 수가 없어서, 다른 사람들이 골라 먹는 것을 보면서 이것저것 주워 담아 먹었다. 식당에서 일하는 사람들은 언제나 친절하게 대해 주어 음식은 실컷 먹었다. 북태평양 가운데쯤 날짜변경선을 지날 즈음, 바다가 어찌나 맑은지 놀라웠다. 파도 하나 없이 거울처럼 맑은 바다가 퍽 인상적이었다. 이 바다의 이름이 왜 '태평양'인지 이해가 되었다.

배는 세 주일이 지나 샌프란시스코 항구 앞에 도착했다. 한밤중이었다. 배는 항구 앞바다에서 해가 뜨기를 기다렸다가 골든게이트 다리 밑을 지나갔다. 해가 떠오를 때 높은 하늘을 가로지르는 붉고 아름다운 골든게이트 다리는 천국의 성으로 들어가는 문인 듯 보일 정도로 정말 아름다웠다.

항구에 도착한 뒤 세관을 거치는데, 세관 관리가 내 보스턴백을 열어 보더니 두루마리 휴지를 꺼내 들었다. 그러면서 "미국에서는 이런 휴지는 어딜 가든 얼마든지 있어요." 하며 빙긋이 웃었다. 그것이 미국이 나를 맞이해 준 첫 환영사였다.

기차를 타고 서부에서 동부에 있는 펜실베이니아 주까지 가야 했다. 자정에 달리기 시작한 기차는 가도 가도 끝이 없이 펼쳐진 대지를

웨스턴신학교 학생회 부회장인 웨인 씨와 딸. 그가 백화점에서 사준 새 양복을 입고 있다.

가로질러 갔다. 좁은 반도에서 산 나에게는 도저히 상상할 수도 없는 거대한 땅이었다. 삽으로 한반도를 떠 옮겨서 여기에 심어 놓는다고 해도 아무 문제 없을 것 같이 느껴졌다. 다음 날 하루 종일 달리고 그 다음 날 아침에 피츠버그에 도착했다.

펜실베이니아 주 피츠버그의 웨스턴신학교는 작고 아담한 학교였다. 나는 웨스턴신학교의 교감인 맥코어 박사를 찾아갔다. 나는 일본과 한국에서 신학교를 다닌 덕분에 2학년에 편입했다. 익환 형이 얻어 준 장학금은 학생회에서 주는 것이었다. 나는 학부 2년 동안 장학금을 받았다. 내 모습이 영 불쌍해 보였던지 학생회에서 나에게 새 양복을 한 벌 사주기도 했다. 어학 공부를 열심히 했지만 어떤 교수들은 억양이 독특해 강의를 통 알아들을 수가 없었다. 내가 제일 좋아한 과목은 구약을 가르치는 프리드만

(Freedmann) 교수의 수업이었다. 강의 내용도 좋고 발음도 명확해서 그렇게 흥미로울 수가 없었다. 형님이 구약을 전공하지 않았더라면 어쩌면 내가 구약을 전공했을지도 모르겠다. 조직신학도 좋은 성적을 받았다.

학부를 졸업할 때가 다가오자 맥코어 교감은 뉴저지주에 있는 프린스턴 신학교에 진학할 수 있도록 추천서를 써주고 장학금을 마련해 주었다. 김재준 목사님과 익환 형이 다닌 학교이기에 선뜻 그곳에서 석사 과정을 밟기로 했다. 학교 규모가 크다 보니 프린스턴 사람들은 웨스턴신학교처럼 나를 살갑게 대하지는 않았다. 프린스턴은 웨스턴신학교와는 비교도 되지 않을 정도로 큰 신학교여서 세계 각국에서 수많은 학생들이 모여들었다. 캠퍼스는 고풍스러운 건물들과 아름드리나무들 사이로 잘 정돈된 잔디가 펼쳐져 있어 아름다웠다. 익환 형은 그때 미군의 군속으로 일본에서 일하느라고 없었고, 한국인으로는 한태동이 박사 논문을 쓰고 있어서 퍽 가까이 지냈다. 1954년 8월에 동경에 있는 유엔극동사령부에서 통역으로 일하던 익환 형이 다시 프린스턴으로 돌아왔다. 우리는 함께 공부하고 교회에 다니고 영화도 보러 다녔다. 크리스마스 때에는 둘이 이중창으로 성가를 불러서 그 녹음판을 서울 집에 보내기도 했다. 그곳 학생회에서 나는 외국 학생 대표로 임원으로 활동하기도 했다. 나는 그때 브라질에서 온 조셉 보노반투라(Joseph Bonovatura) 목사와 친하게 지냈다. 그는 나에게 미국 여자는 여자 같지 않다면서 브라질에 오면 매력적인 브라질 여자를 소개해 주겠다고 농담하곤 했다.

대학원에서 나는 오랫동안 고민해 온 예수의 신성 문제에 대한 답을 얻기 위해 신약을 공부했다. 그 문제는 의외로 쉽게 풀렸다. 서기 100년경에 쓰인 요한복음서에서 예수가 "나는 길이요, 진리요, 생명이다."라고 한 것은 요한공동체의 신앙고백이라는 것을 알게 되었다. 다른 복음서들도 예수님의 사후에 기록된 것이었다. 갈릴리 청년 예수를 신격화한 것은 그를 숭

후에 연세대학교에서 교회사를 가르치던 한태동 박사와 프린스턴신학교 교정에서.

유엔군 참전을 끝내고 복학해 나와 함께 프린스턴신학교를 다닌 익환 형. 우리 형제의 후견인 노릇을 했던 고든 스코빌 목사 집에서 크리스마스를 보내며.

상한 제자들이라는 것을 깨닫고 비로소 의심의 구름이 사라졌다.

　내가 받은 장학금은 딱 등록금 정도여서 나머지 생활비와 기숙사 비용은 아르바이트를 해서 벌어야 했다. 평소에 식당에서 일하다가 방학 때가 되면 호텔에서 보조 요리사로 일하기도 했다. 주인은 러시아 출신 유태인으로 한국을 거쳐 미국으로 이주해 왔다고 했다. 그는 한국에서 사람들이 자기에게 친절하게 해 주었다며 나를 잘 대해 주었다. 나는 특히 스크램블 에그를 보들보들하게 잘 만들어서 여름이 끝날 무렵에는 아침 식사 담당 요리사를 맡으라는 제의를 받기도 했다. 지금도 아내를 위해 스크램블 에그는 꼭 내가 만든다.

　평화롭기만 한 미국에서의 유학 생활이 우리 형제에게 그다지 편할 수만은 없었다. 폐허가 된 고국을 생각하면 미국의 풍요로움이나 안락함을 즐길 마음의 여유가 없었다. 명동촌에서 배운 것처럼 '민족을 위해 어떻게 살아야 할까?' 하는 생각이 무의식 속에서 매우 큰 부분을 자리 잡고 있었기

프린스턴 시절 학교 식당에서 아르바이트를 하던 동료 학생들과. 맨 오른쪽이 나. 궁핍한 유학 생활 때문에 방학이면 호텔 식당에서 아르바이트를 해야 했다.

때문이었다.

예수의 신성 문제가 해결되자 나는 앞으로 한국으로 돌아가서 무엇을 해야 할지 고민하기 시작했다. 만보산소학교, 명신여학교, 장단중학교, 대광중고등학교에서의 경험이 떠올랐다. 그리고 대신역에서 보았던 비참한 농촌의 모습이 생생하게 떠올랐다. 그때 나는 '교육과 신학을 결합시키자. 제대로 교육받은 목사와 선생이 팀을 이루어 농촌으로 들어가면 좋겠다. 돌아가면 단과 대학인 한국신학대학에 사범대학을 만들고 싶다.'는 원대한 꿈을 꾸게 되었다. 농촌의 여러 학교에서 교사로 일하는 경험을 한 것도 하느님이 나를 쓰기 위해 예비하신 것이라고 믿었다. 하트퍼드신학교에서 신학과 교육학을 공부하면서 나의 꿈은 점점 더 부풀어 올랐다.

1955년 봄, 익환 형은 석사학위를 마치고 건강이 악화되어 귀국했다. 나는 공부를 계속하기 위해 코네티컷 주에 있는 하트퍼드신학교로 갔다. 이곳은 기독교교육으로 유명한 학교였다.

하트퍼드는 나에게 어느 정도 친숙한 곳이었다. 아버지의 친구인 스코빌 목사가 목회를 하고 계신 곳이어서 여러 번 찾아간 적이 있기 때문이었다. 캠퍼스도 아담하고 푸근했다. 학생들도 여러 나라에서 모여들어 에큐메니칼한 분위기를 풍겼다. 학생들과 교수들의 관계가 민주적인 것이 특히 깊은 인상을 주었다.

하트퍼드신학교의 자유주의적인 분위기 속에서 나는 1955년부터 박사학위 과정을 밟았다. 〈한국의 젊은이들에게 예수를 어떻게 가르칠 것인가?〉라는 제목으로 논문을 쓰기 시작했다. 어느 여름에는 'Missionary to New England' (뉴잉글랜드로 나가는 선교사)라는 장학금을 받아 뉴잉글랜드 지역의 교회들을 순방하면서 미국의 고등학생들과 많은 대화를 나눌 기회를 가지기도 했다.

일본 동경신학교에서부터 친하게 지냈던 박봉랑도 이즈음 미국 애즈버리대학에서 공부하고 있었다. 우리는 자주 편지를 주고받았다. 그는 신약 성서 해석에 크게 흥미를 느끼고 있었지만 나는 그에게 조직신학을 공부할 것을 권했다. 그는 결국 보스턴대학에서 조직신학을 전공했다. 그가 칼 바르트를 주제로 논문을 쓸 무렵 보스턴을 방문한 적이 있었다. 우리는 기숙사 방에 앉아서 뉘엿뉘엿 해가 지도록 서로의 꿈을 나누었다. 그는 내가 공부를 마치고 한국신학대학으로 돌아오자 가장 반갑게 맞아주었다. 당시 그는 바르트 신학에 열중하였고 나는 틸리히나 마르틴 부버에 관심을 두고 있어 서로 신학적으로는 통하지 않았지만 인간적으로는 여전히 가까웠다. 내가 결혼할 때에 그는 들러리가 되어 주었다. 그는 후에 본회퍼를 연구하여 좋은 책을 저술하기도 했다. 그러나 그는 가정에 대한 책임이 무거워 민주화 운동에는 참여하지 못했다. 그와 나눈 마지막 대화에서도 그는 칠십 년대의 민주화 운동에 동참하지 못했던 것을 가슴 아파했다.

용정의 은진중학교 시절부터 벗이었던 안병무와도 편지를 주고받았다. 그는 독일에서 불트만 교수 밑에서 신약을 공부하던 중이었다. 둘 다 노총 각으로 늙어 가고 있었는데 그는 "우리 끝까지 결혼하지 말고 총각으로 살자."는 내용의 편지를 보내왔다. 나는 편지를 보고 박장대소하며 "다른 건 몰라도 총각으로 살자는 약속은 못 하겠네."라고 답장을 보냈다.

논문을 쓰면서 무리했는지 잔기침이 오랫동안 그치질 않았다. 그러던 어느 날 기숙사 방에서 혼자 논문을 타이핑하다가 쓰러지고 말았다. 가까스로 침대에 기어올라 이불을 덮었는데 천장이 가뭄에 메마른 논바닥처럼 갈라졌다. 그 사이로 시커먼 거미들이 우글우글 기어 나오는 것이었다. 깨어나 보니 하트퍼드종합병원이었다. 폐에 물이 찬 늑막염이었는데 의사는 아무래도 결핵 같다고 했다. 만주에서 폐병으로 죽은 학린 삼촌에게서 옮은 것이 뒤늦게 발병한 것이었다. 나는 아버지의 친구인 스코빌 목사의 도움

하트퍼드신학교의 학생들, 필리핀과 인도 등에서 온 국제 학생들이다. 오른쪽에서 두번째가 나.

으로 코네티컷의 작은 요양원에서 여섯 달 정도 쉬면서 약물 치료를 받았다. 통 입맛이 없었는데 피츠버그에서 공부하던 선희가 가져온 김치를 먹고는 입맛이 다시 살아났다.

결핵은 완쾌되었으나 균 덩어리가 오른쪽 폐에 뭉쳐 있다고 했다. 의사들은 나중에 한국에 들어가서 바쁘게 살 사람이니 지금 수술해서 아예 깨끗하게 도려내자고 했다. 갈비뼈를 하나 잘라내고 오른쪽 폐의 윗부분을 잘라내는 대수술이었다. 모든 걸 다 무료로 해 주겠다는 말에 의사들을 믿고 수술을 받기로 했다.

깨어나 보니 수혈 병이 매달려 있고 의사들은 다급하게 움직이고 있었다. 나중에 알고 보니 내가 피를 너무 흘려 여러 교수들이 피를 헌혈해 주었다고 했다. 수술을 마쳤으나 내부에서 출혈이 멈추지 않아 재수술을 해야 하는데 혈압이 오르지 않았다. 두 번째 수술에서 깨어나 보니 발가벗겨진 내 몸에 간호사들이 알콜을 문지르고 있었고, 머리와 발쪽에서 선풍기가 윙윙 돌아가고 있었다. 이번에는 열이 떨어지지 않는 것이었다. 간신히 열이 잡힌 다음에는 사흘 동안 잠을 한 숨도 잘 수가 없었다. 수면제를 먹어도 소용이 없었다. 의사 중 한 사람은 6·25전쟁에 참여했는데 한국 사람들은 막걸리를 먹고 잠을 자더라며 나에게 술을 주기도 했다. 나는 "절 데려가시려면 깨끗이 데려가십시오. 왜 이렇게 고통을 주시는 겁니까?" 하며 울부짖으며 기도했다. 그러자 15분쯤 아주 달콤한 잠을 잤고 그 뒤부터 회복되기 시작했다. 간호사는 나에게 지옥의 문턱에 다녀왔다고 말했다. "왜 천국문이 아니고 지옥문이죠?" 그랬더니 그녀가 대답했다. "너무 고통스러워하시기에……." 그런데 생사를 넘나드는 그 상황에서 내 마음은 이상하리만큼 고요했다.

며칠 뒤 예일대학교에서 공부하고 있던 장윤철 선생과 정대위 목사가 나를 문병하러 와서 정말 반갑게 만났다. 그때 장윤철 선생은 종교교육 석사를, 정대위 목사는 박사학위를 하고 있는 중이었다. 그때 수많은 친지들로부터 격려의 카드와 편지를 통해 넘치는 사랑을 받았다. 모두에게 답장을 쓰기 힘들어 간호사가 옆에서 대신 편지를 써 줘야 할 정도였다.

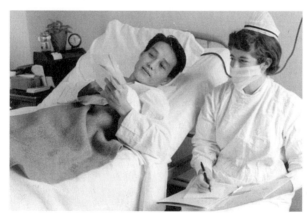

폐병 수술 후 병상에서. 간호사가 대신해서 편지에 답장을 써주고 있다.

태평양을 뛰어넘은 사랑

저녁 식사 뒤에 쉬고 있는데 나를 맡은 교도관이 웃는 얼굴로 출입구 창 앞에 나타났다. 무엇이고 얘기를 나누고 싶은 모양이었다. 그사이 그는 종종 내 말동무가 되어 주곤 하던 터였다. 교도관 생활이 어떠냐고 그에게 물었다. 그는 교도관도 일종의 교육 공무원인데 정부가 그들을 교육자로 대해 주지 않는다고 불평했다. 초등학교 선생만큼이라도 대우해 주어야 하는데 그렇지 않아서 다들 불만이 많다는 것이었다. 그에 대해 정부에 항의해 보았느냐고 했더니 그런 일은 생각도 할 수 없다고 머리를 흔들었다. 새삼 측은한 마음이 들었다.

그는 "면회 오는 아들들을 보면 결혼한 지 그리 오래되지 않은 것 같다"면서 나에게 결혼한 지 몇 해나 되었는지 물었다. 아마도 내 결혼이 국제결혼이어서 더 관심이 생긴 듯했다.

"큰 아이가 열네 살이니 15년 전이군요. 내 나이 마흔이었지요."

"어쩌다 그렇게 늦어졌나요?"

"공부하느라고 늦었죠."

"미국에서 결혼하셨나요?"

"미국에서 만나서 한 2년 사귀다가, 서울에 와서 결혼했어요."

"두 분이 대단히 사랑하셨나 봐요. 부인께서 태평양을 건너 한국에까지 오셨으니."

"힘들게 결정했지요. 그리고 한국에 와서 고생도 많이 했고요."

교도관이 돌아간 뒤 컵에 꽂아 놓은 코스모스를 보고 있자니 결혼 초에 앞치마를 두른 아내가 앞마당에서 코스모스를 꺾어 머리에 꽂은 모습이 떠올랐다. 나는 교도관에게는 결혼이 늦어진 것이 공부 때문이라고 말했지만, 사실은 바보스럽게도 어릴 적의 쓰라린 상처로 마음에 빗장을 잠근 탓에 늦게까지 장가를 들지 못했다. 그런 나를 자유롭게 해방시켜 준 사람이 바로 내 아내였다.

중학교를 졸업하고 일본인이 경영하는 영림소에 내키지 않는 마음으로 다니던 때였다. 그때 나는 주일마다 교회 주일학교와 찬양대를 돕는 것을 낙으로 삼았다. 그 무렵 나보다 두 살 아래로 명신여학교 졸업반이던 K와 이를테면 첫사랑이라는 것을 했다. 내가 어린이 찬양대를 조직했는데 K가 반주를 맡으면서 둘은 서로 친해졌다. 그러다가 내가 일본에 가게 되었고, K와 나는 처음에는 신앙의 친구로서 편지를 주고받다가 서로 사랑한다는 고백을 하기에 이르렀다. 편지로 연애를 한 셈이었다. 방학이면 반갑게 만나서 사랑을 키워 나갔다.

그러다가 1942년 봄방학에 우리의 관계는 산산조각이 나고 말았다. 집에 돌아온 나는 전처럼 K를 찾아갔다. 그런데 K의 태도가 전과 달리 몹시 싸늘했다. 그러더니 "이젠 우리 사이를 끊읍시다."라고 말하고는 머리를 숙이는 것이었다. 대체 무슨 일이냐고 내가 묻자, "문 선생 집에서 저를 싫어하는 것 같아요."라고 가느다란 목소리로 대답했다.

내가 말했다. "집에서 싫어하는 것이 무슨 문제가 돼? 우리가 서로 사랑하면 되지."

"저도 문 선생을 사랑하지 않아요." K는 그렇게 말하더니 입을 다물어 버렸다.

나는 그만 말이 막히고 말았다. 나를 사랑하지 않는다는데 무슨 말을 더할 것인가!

"저를 사랑하지 않는다면 할 말이 없군요."

나는 그렇게 말하고 K의 방에서 나오고 말았다.

집에 돌아온 나는 마음에 구멍이 뻥 뚫린 것 같았다. 누구라도 실연을 당하면 상처받고 한동안 어찌할 바를 모르지만, 시간이 얼마쯤 지나면 언제 그런 일이 있었더냐 싶게 기운을 회복하여 제 갈 길을 가는 법이다. 그런데 나의 경우는 그렇지가 못했다.

"그렇지. 내가 사랑을 받을 수 있으리라고 생각한 것부터가 잘못이야. 나는 사랑을 받을 만한 인간이 못 돼." 나는 나 자신이 사랑을 받을 자격이 없는 사람이라고 단정해 버렸다. 아주 먼 훗날 나는 K에게 나와 헤어질 수밖에 없었던 피치 못할 사정이 있었다는 것을 알게 되었다.

동네 아주머니들이 우리 집에 놀러오면 늘 형을 보고는 "야 그놈, 잘생겼네. 이백 냥이 싸다."면서 칭찬하시곤 했다. 그러고는 나한테는 "그놈 눈도 크네, 퉁사발 눈이네." 하며 웃으셨다. 그 말이 내 어린 마음에 가시처럼 박혔고, 나는 못생겼다고 생각하게 되었다. 실제로 어렸을 때 내 사진을 보면 가뜩이나 큰 눈이 영양 부족으로 말라서 유난히 더 커 보였다.

형과 나는 종종 텃밭에서 김매기를 했다. 나보다 세 살 더 많은 형은 김매기를 나보다 훨씬 더 잘했다. 내가 열 자쯤 나갔을 때 형은 스무 자는 나갔다. 아무래도 내 고랑에 풀이 더 많은 것 같다고 투덜거리면, 형은 얼른 고랑을 바꾸어 주었다. 얼마쯤 지나면 또 형이 나보다 훨씬 더 앞서 있었다. 그러면 나는 또 투덜거리고, 그러면 형은 또 고랑을 바꾸어 주곤 했다. 우리가 그러고 있는 것을 우물에서 물동이를 이고 오던 어머니가 보셨다. 지나가던 동네 아주머니들도 보고는 또 형을 칭찬하셨다. 그와 동시에 나는 불평투성이 아이가 되고 말았다. 그럴 때면 쥐구멍이라도 있으면 들어가고 싶었다.

한번은 외삼촌이 찾아와서 박달나무로 팽이를 예쁘게 깎아 주셨다. 우리 형제는 마당에서 그 팽이를 가지고 자주 놀았다. 하루는 주일학교에 갔다가 끝나기도 전에 빠져 나와서 팽이 돌리기를 했다. 형이 한참 돌리다가 팽

이를 나한테 쳐 보내면 내가 받아서 또 한참 돌리다가 형에게로 쳐 보내곤
했다. 한참 신나게 팽이를 돌리다가 형이 갑자기 팽이를 집어 들더니 말했
다. "애, 우리가 팽이에 너무 재미를 붙여서 예수님을 잊어버렸어. 무엇이
고 예수님보다 더 소중히 여기면 그것은 우상이 된대. 이 팽이가 우리에게
우상이 되었어. 그러니 우린 이 우상을 불살라 버려야 해." 그러더니 팽이
를 들고 부엌으로 들어가는 것이었다. 나는 그때는 우상이 무엇인지도 몰
랐지만 형이 하도 진지하게 말하니 가만히 따를 수밖에 없었다. 형을 따라
부엌에 들어갔다. 형은 팽이를 부엌 아궁이 속에 던져 넣었고, 얼마 있으니
팽이에 불이 붙어서 타기 시작했다. 불타고 있는 팽이가 몹시 아까웠지만,
우상이라고 하니 아깝다는 말을 할 수는 없었다. 그 대신 나는 "팽이가 타
는 것이 참 예쁘다……."고 말했다.

바로 그때 어머니가 교회에서 돌아오셨다.

"너희 부엌에서 무얼 하냐?"

"팽이를 태움꼬마." 내가 대답했다.

"팽이는 왜 태워?"

"팽이가 우상이람둥." 또 내가 대답했다.

"팽이가 우상이라니?"

"무엇이고 예수님보다 더 사랑하면 우상이 된다고 선생님이 말씀하셨습
둥. 우리가 팽이를 치다 보니 예수님을 다 잊고 있재있습둥. 그래서……."
형이 대답했다.

그 일이 있은 뒤 어머니는 동네 아주머니들한테 또 형을 자랑하셨다. 그
러면서 "그런데, 동생은 아깝다는 듯이 타는 팽이를 보고 있는 거야." 하시
는 것이었다. 내 마음은 또다시 쓰라렸다. 나는 못생긴, 그리고 무엇인가
잘못된 아이라고 생각했다.

어느 날 새벽 닭소리가 들려왔다. 아침이 왔으니 일어나야 했다. 그런데

나는 금방 일어날 수가 없었다. 지난밤에도 또 오줌을 쌌기 때문이었다. 일곱 살이나 되었는데 계속 그 모양이었다. 나는 오줌 싼 것을 감추려고 따뜻한 온돌과 체온으로 젖은 요를 말릴 셈으로 그냥 누워 있었다. 그러고 있는데 어머니가 빨리 일어나라고 채근하셨다. 그래도 내가 계속 어물거리자 어머니가 방에 들어와서 이불을 젖히더니 "너 또 오줌 쌌구나, 일곱 살이나 된 것이. 키를 씌워서 동네에 소금 빌러 보내야겠다." 하면서 한심해 하셨다. 나는 속으로 또다시 한탄했다. "나는 왜 요 모양일까." 어릴 적에 예민하거나 소심해서 마음이 보깨는 아이들은 늦게까지 오줌을 싼다는 것을, 그때는, 나도 물론 몰랐지만 어른들도 몰랐다.

이래저래 나는 어려서부터 심한 열등의식에 사로잡혀 있었다. 열등의식 때문에 중학교 때 친구들과 깊이 사귀지도 못했고, 누가 나를 정말 사랑하리라고 기대하지도 못했다. 사춘기 때 이성에 대한 끌림을 느끼고 K와 사귀기 시작했으나 사랑이 깨지자 "역시 나는 사랑 받을 자격이 없는 것이야. 공연히 연애를 하려고 했지……." 하면서 내가 못난 탓으로 받아들였다.

K와 헤어진 뒤로 나는 여자에 대하여 자신이 없어졌다. 그래서 한눈팔지 않고 공부에만 열중하기로 했다. 사실 주변에 좋은 여인들이 많았지만 나는 그들과 일정한 거리를 두고 지냈다. 미국에서도 마찬가지였다. 웨스턴신학교에 다닐 때는 여학생이 없었지만, 프린스턴신학교에 다닐 때는 주변에 젊은 미국인 여학생이 많았다. 그러나 나는 공부에만 전념했다. 나이가 꽤 들어서도 나는 여전히 이성에 대한 마음 문에 빗장을 지르고 있었다.

그러던 어느 날 〈피터 마셜(Peter Marshal)〉이라는 영화를 봤다. 피터 마셜은 젊고 유능한 목사였다. 그는 죽음을 앞둔 암 환자였다. 죽음을 앞두고서도 그는 아내와 하루하루를 사랑으로 아름답게 꾸며 나갔다. 사랑의 아름다움을 감동적으로 보여주는 영화였다. 영화를 보는 동안 생각지도 않던 눈물이 쏟아져 나왔다. 지난 십여 년 동안 내 눈에 눈물이란 없었다. 그런데 그 영화를 보면서 눈물샘이라도 터진 듯이 눈물을 흘렸다. 처음에는 당황스럽고 부끄러웠다. 그러나 그러다가 그동안 내가 나 자신을 속이고 있었음을 비로소 깨달았다. 나한테는 여성이 필요 없다고, 사랑 없이도 살 수 있다고 스스로를 억지로 설득해 온 것이었다. 나는 나 자신한테 뇌까렸다. "야, 너는 여성을 원하고 있잖아. 사랑의 세계를 바라고 있잖아. 이제 솔직히 인정하라구." 그러면서 흘러내리는 눈물을 애써 닦으려고 하지도 않았다. 영화가 끝난 다음에도 한참 동안 그대로 앉아 있었다. 그러면서 있는 대로의 나 자신을 직시했다. 프린스턴의 한 극장에서 비로소 그동안 마음에 빗장을 지른 채 내가 나 자신을 속이고 있음을 깨달은 것이었다. 1955년 봄이었다.

그해 봄 프린스턴에서의 공부를 끝마쳤다. 한 미국인 친구가 다른 유학생들과 함께 나를 자기 차에 태우고 뉴잉글랜드의 역사적인 고장들을 구경시켜 주었다. 그 친구와 인도 남학생 하나와 일본과 스위스에서 온 여학생들과 함께 한 달 동안 자동차를 타고 즐겁게 여행했다. 여행 중에 일본 여학생이 나에게 호감을 표현했다. 키가 훤칠하고 퍽 똑똑한 여성이었다. 그러나 일본에 대한 적개심이 남아 있어서 받아들일 수가 없었다. 그 뒤로 하트퍼드 신학대학원에 다니는 동안 이따금씩 미국 여학생들과 데이트를 했다. 그러면서 차차 여성의 세계를 배워 나갔다. 그러나 나는 그들과 깊이 사귀려고 하지 않았다. 결혼은 한국 여성과 해야 한다고 생각해서였다.

폐 수술로 죽음의 문턱에까지 갔다가 되돌아온 나는 결핵 요양원에서 다섯 달 더 머물렀다. 요양원은 마을에서 얼마쯤 떨어진 곳에 있는, 수목으로 뒤덮인 아름다운 곳이었다. 몸이 많이 약해져 있었기 때문에 주로 가벼운 산책을 하거나 수채화를 그리거나 도자기를 빚으며 소일했다. 요양소에서는 환자들을 위해 다양한 미술 수업을 마련해 놓았다. 나는 태어나서 처음으로 수채화를 그려 보았다. 돌이켜보니 조국이 불운하던 시기에 태어나 지금까지 한 순간도 편안하게 쉬어 본 적이 없었다. 청교도적인 집안 분위기에서 나는 감정을 있는 그대로 표현하기보다는 절제하도록 배웠다. 그동안 나는 공부와 일에 매달려 있어야 마음이 편했다. 나는 투명한 수채화로 풍경과 화병에 꽂힌 장미를 그리고, 흙으로 그릇을 만들면서 모든 시름을 잊었다.

요양원에 있는 동안에도 여성들의 사랑의 도전이 줄을 이었다. 나처럼 그곳에 요양하러 온 캐티라고 하는 젊은 여성은 결혼까지 한 몸으로 나에게 구애해 왔다. 내가 신부가 되면 자기는 수녀가 되어서 한국에 오겠다고까지 했다. 나는 그녀를 완곡히 거절하느라고 애썼다. 얼마 있다가는 그 요양원에서 직업 훈련을 돕는, 젊은 영국 여성이 또 나를 사랑한다고 했다. 그러나 나는 아무런 감정이 생기지 않았다. 이상한 일이었다. 내가 여성을 향해서 마음을 열자 곧 그렇게 여성들이 내게 다가왔으니 말이다.

어느 날 드디어 내 마음을 뒤흔든 여성이 나타났다. 그녀 역시 결핵으로 요양원에 들어온 환자였다. 이탈리아 계통의 여성으로 키가 후리후리하게 크고 몸매도 좋고 얼굴도 예뻤다. 어디에서나 눈길을 끄는 여성이었다. 내 마음이 그녀에게 끌렸고 그녀 역시 나에게 호감을 보였다. 그녀는 고등학교를 졸업하고 패션모델 일을 하고 있었다. 그녀는 나에게 "왜 박사학위 공부를 하느냐. 그것 없이도 얼마든지 살 수 있는데."라며 평범한 시민으로 살라고 했다. 그녀는 가톨릭 교인이었다. 나와는 완전히 다른 세계에 속해 있었고, 사귀는 남자도 있었다. 그런데도 내 마음이 그녀에게 자꾸 끌렸다. 생각 끝에 나는 요양원을 나와서 학교 기숙사로 돌아오고 말았다. 이미 병은 완전히 나은 뒤였고 요양을 좀 더 하면서 몸을 보하던 중이어서 학교에 돌아가는 것에는 별 문제가 없었다. 마음은 열었으나 여성과의 세계에서 바르게 처신하는 것 또한 쉽지가 않았다.

결핵 요양소에서 느꼈던 삶의 여유로움도 잠시, 나는 다시 학교로 돌아가 논문을 마무리해야 했다. 그때 내 나이는 이미 만으로 서른여덟 살. 부모님을 비롯한 주변 사람들은 내가 노총각으로 늙어 가는 것을 걱정해 유학중인 한국 여성을 만나 보라고 닦달했다.

기숙사에 살면서, 아침 식사가 끝나면 의사의 지시대로 한 시간가량 산책했다. 학교 근처에 엘리자베스공원이 있어서 늘 그곳으로 산책하러 갔다. 그러다가 사회복지를 공부하고 있는 한 신입여학생을 만났다. 여자의 이름은 페이 핀치벡(Faye Pinchbeck)이었다. 그녀 역시 여자 기숙사에 살면서 식사는 같은 식당에서 해서 자주 만날 기회가 있었다. 키는 작은 편인데 퍽 귀엽고 명랑했다. 나를 스스럼없이 대해 주었다. 하루는 내가 아침을 먹은 뒤 산책길에 나서면서 그녀더러 같이 산책하러 가지 않겠느냐고 청했다. 그녀는 주저하지 않고 응했다. 그렇게 해서 우리는 날마다 아침 식사 후에 엘리자베스공원으로 산책하러 갔다. 그녀는 한국에 많은 관심을 보였다. 6·25전쟁 중에 내가 어떻게 지냈는지, 또 어떻게 해서 미국에 오게 되었는지, 앞으로 어떻게 할 것인지도 물었다. 내 어린 시절에 관한 이야기도 궁금해 했다. 나는 민족주의 정신으로 살아온 우리 가족 이야기를 해주었다. 그녀가 한국의 가락이 듣고 싶다고 해서 〈아리랑〉이며 〈천안삼거리〉 같은 노래를 불러 주었더니 퍽 좋아했다.

그녀는 자기 집 이야기도 들려주었다. 평범한 가정에서 자란 그녀는 고등학교 시절 교회 학생회 활동에서 영향을 받아 사회복지를 공부하게 되었고, 사회정의에 관심이 많아 때때로 시위에도 참여했다.

나와 그녀의 관계는 우스운 계기로 깊어졌다. 어느 날 저녁 둘이 산책을 하다가 그녀를 여자기숙사까지 데려다 주었다. 헤어지면서 나는 생전 처음 그녀에게 키스를 했다. 그런데 키스를 하는 중에 그만 방귀를 뀌었다. 나는 당황하였으나 그녀는 그 자리에서 "나는 당신이 자연스럽게 방귀를 뀌니 더 좋아요. 아주 자연스러워요!"
하고 웃음을 짓는 것이었다. 그러
는 그녀가 그렇게도 귀여웠다. 나
는 그녀에게 다시 한 번 입맞춤을
했다. 그 뒤로 우리의 애정은 빠르
게 깊어졌다. 그녀는 내 속에서 오
랫동안 잠들어 있던 봄기운을 되
살려 냈다.

아내 페이 핀치백의 고등학교 졸업반 시절.

한번은 그녀가 정색을 하고 나
를 쳐다보면서 말했다.

"미스터 문은 나이가 서른여덟
살이라면서요?"

"용케 맞혔군요."

"왜 나에게 말해 주지 않았어요?"

"왜요? 묻지도 않았는데."

"그래도 그렇지. 알려 줘야지!" 그녀는 그러더니 시무룩해졌다.

그녀의 친구가 내 나이를 알려 준 모양이었다. 페이는 내 나이가 서른 살
쯤 되었으리라고 생각한 듯했다. 나는 처음에는 결혼 상대로서 사귄 것이
아니라서 굳이 내 나이를 말할 필요를 느끼지 않았다.

나이 얘기가 나온 뒤로 나는 우리의 교제에 대해서 진지하게 돌아보았
다. '내 나이 서른여덟이니 페이와 그냥 즐거운 관계로 만날 처지가 아니
다. 그녀는 나보다 열다섯 살이나 어린데. 이젠 우리의 관계가 책임 있는
관계가 되어야 한다. 그러지 않으면 그만 만나는 것이 옳을 것이다.'

나는 그녀에게 결혼을 전제로 계속 교제하겠느냐고 물었다. 그녀는 조금
놀라면서 물론 결혼을 전제로 한 교제이지만 아직은 결단할 수는 없으니

기다려 달라고 했다.

나는 곧 아버지에게 편지를 썼다. 페이와 나의 관계를 이야기하면서 미국 여자를 아내로 데리고 가도 되겠냐고 여쭈었다. 아버지의 회답은 단연 "안 된다!"였다. 목사가 외국 여자를 아내로 맞는 것이 한국 교회에서는 용납되지 않는다는 것이었다. 아버지는 캐나다에서 공부할 때 중국 남자와 캐나다 여자가 결혼해서 비참하게 사는 것을 보았다고 하시면서 일반적으로 국제결혼이라는 것이 쉽지도 않으려니와 한국 사회에서는 더욱 힘들 것이라고 하셨다. 아버지의 반응에 나는 당황했다.

사실 학교에서도 우리의 교제를 탐탁하지 않게 여기고 있었다. 장학금을 주어 교육을 시켰는데 미국 여자와 결혼해서 미국에 눌러앉으려는 것이나 아닐까 하고 걱정하는 듯했다. 게다가 논문을 써야 하는데 여자에게 시간을 너무 빼앗기고 있다고 염려하기도 했다. 결국 나는 페이와 헤어지기로 결심하고는, 아버지의 오랜 친구이자 나의 후원자인 스코빌 목사님 댁으로 이사해 버렸다. 스코빌 목사님 내외도 페이와의 관계를 끊고 한국에 가서 한국 여자와 결혼하라고 권했다. 페이는 나에게 전화를 걸어 "여기가 38선인가요? 왜 만날 수가 없다는 거죠?"라며 여간 서운해 하지 않았다.

어느 날 밤 이상한 꿈을 꾸었다. 아버지가 미국에 오셔서는 내가 다니는 학교의 교무주임과 나에 관한 일로 의논하시고 있는 것이었다. 그 모습을 보자 화가 치밀어 올랐다. 내 나이가 서른여덟이나 되는데 아버지가 내 뒤를 따라다니면서 간섭하시다니 그럴 수는 없다는 생각에서였다. 그런데 아버지가 "나는 네 어머니와 이혼하기로 했다. 우리 관계가 그리 썩 좋지는 않았다. 이제라도 각자 자기 삶을 살아야지."라고 하시는 것이 아닌가. 나는 깜짝 놀랐다. "나이가 환갑이 넘으신 분들이 이제 와서 이혼이라니?" 하면서도 이제라도 당신의 삶을 사시겠다는 부모님의 용기에 감탄했다. 그러자 장면이 곧 서울역 앞 광장으로 바뀌었다. 전쟁으로 집들이 다 무너졌는데 역 앞에 이층집 한 채가 있었다. 그 집 구름다리로 어머니가 올라가시고 내가 그 뒤를 따랐다. 나는 어머니에게 "이혼하신다면서요?" 하고 물었다. 어머니는 "그래, 이혼하기로 했어. 그래서 나는 요즈음 저 골목 모퉁이에 있는 아저씨와 사귀기 시작했어." 하시는 것이었다. 기가 막혔다. 그러더니 꿈에서 어머니가 어느새 아버지로 바뀌었다. 이층으로 올라가 문을 열고 방에 들어서자 방안에서 화덕 가에 둘러앉아 있던 동생들이 부젓가락이며 손에 닿는 것들을 아버지에게 던지면서 "아버지는 이젠 우리 아버지가 아니야" 하고 소리를 질렀다. 그러자 그것을 신호로 러시아 함대의 함포 사격이 시작이 되었는데 그곳은 원산항이었다. 동생들은 어느새 다 도망갔고 나는 동상처럼 서 계신 아버지를 붙잡고 어쩔 줄을 몰라 했다. 그러다가 눈을 떴다.

잠을 깬 나는 그 꿈이 무엇을 뜻하는지 알아차렸다. '나이가 서른여덟이

미국유학시절 우리 형제를 가족처럼 돌봐준 스코빌 가족. 나의 결혼 문제로 스코빌 부부와의 관계가 한때 어색해지기도 했다.

나 되었는데도 나는 아직도 아버지에게 매달려 있구나. 자기의 삶은 자기가 결정하는 것이건만. 그러기에 주위에서 뭐라고 공격해 오면 어쩔 줄을 모르는 것이지. 이제부터라도 내 삶은 내가 알아서 살아야지.' 그날 아침 나는 스코빌 목사님 내외에게 꿈 이야기를 들려 드리고는 학교 기숙사로 돌아갔다.

1961년 봄에 학위 공부를 끝마치고 한국으로 돌아왔다. 한국으로 나오기 전에 나는 페이에게 프러포즈했다. 그렇게 적극적이던 페이는 막상 결혼을 하자고 하니 결정을 내리지 못했다. 결혼은 한국에 와서 사는 것을 의미했기 때문이었다. 그해 여름 페이는 자원봉사자로 와서 서울 기독교여자청년회(YWCA)에서 여학생을 위한 프로그램을 도우며 여름 한 철을 지냈다. 결혼을 결정하기 전에 한국 사정을 알아보려고 함이었다. 나는 페이에게 수유리에 있는 한국신학대학 교정을 보여주고, 가족을 소개했다. 어머니는 오랫동안 기다려 온 며느리와 대화도 제대로 할 수 없다고 많이 서운해 하셨다. 우리 둘은 서울 주변의 아름다운 산에 등산하러 가기도 했다. 또 김재준 목사님을 찾아뵙고 상담하기도 했다. 목사님은 조용한 음성으로 "둘이 서로 사랑해?" 하고 물으셨다. 우리가 그렇다고 하자 "사랑하면 결혼하는 것이지."라고 툭 던지듯 말씀하셨다. 그는 진정한 로맨티스트였다. 그의 한마디는 찌는 듯한 여름에 불어오는 한 가닥 바람처럼 시원했다.

우리 둘이 결혼에 골인할 수 있도록 도왔다고 늘 주장하는 또 한 사람이 있다. 바로 박형규 목사다. 페이가 한국에 나왔던 그해 여름, 나는 박형규 목사를 처음 만났다. 그는 일본에서 유학을 하고 돌아온 지 얼마 안 된 풋풋하고 열정이 넘치는 목사로 마포교회를 맡고 있었다. 우리는 경상도 지역 주일학교 교사 강습회에 강사로 참석하면서 친해졌다. 강습회를 마치고 부산의 동래 온천탕에 발가벗고 앉아 나는 그에게 결혼에 대한 내 고민을 얘기했다. 박 목사도 사랑한다면 당연히 결혼하라고 나에게 권했다. 그 뒤로 그는 내 아내를 만날 때마다 자기 덕분에 결혼한 것이니 고마워해야 한다고 농담을 던지곤 했다.

페이는 YWCA 활동을 통해서도 여러 가지 경험을 하고 돌아갔다. 미국에 돌아가서 좀 더 생각해 보겠다던 페이는 얼마 동안 소식이 없었다. 나는 더는 기다릴 수가 없어서 편지를 썼다. 사랑한다고 하면서, 그렇지만 계속 기다릴 수만은 없으니 조속한 결정을 기다린다고 썼다. 곧 전보가 왔다. "곧 한국으로 떠납니다."라고 했다. 그리고 뒤따라온 편지에서 나 없이는 살 수 없음을 깨달았다고 했다. 마침내 페이가 배를 타고 부산항에 도착했다. 나는 부산으로 마중을 나가 그녀와 함께 서울행 열차를 타고 곧바로 왔다. 1961년 11월 하순이었다.

페이가 태평양을 건너 나에게 오기로 한 일은 나의 자아상을 완전히 새롭게 했다. 일이 이렇게 되자 어머니는 "안경도 제 눈에 맞아야 하듯 네가 좋으면 됐지."라며 서양 며느리를 받아들이셨다. 고맙기 그지없었다.

12월 16일에 경동교회에서 김재준 목사님의 주례로 결혼식을 치르기로

아내가 미국에서 배편으로 부친 짐이 인천으로 도착하여 찾으러 갔다. 한복을 입은 신혼의 아내와 아버지.

했다. 날짜가 퍽 촉박했다. 우리 두 사람이 서울역에 도착하자마자 내 조카뻘 되는 김인혜가 페이를 데리고 화장실에 들어가서 줄자로 몸을 쟀다. 웨딩드레스를 만들기 위해서였다. 이튿날 오전에는 김재준 목사님에게 가서 인사를 드리고, 명동에 가서 결혼반지를 샀다. 내 동생 영환은 결혼 초청장을 만들어서 보내야 할 사람들에게 보내고, 형수는 페이를 데리고 한복집에 가서 신혼여행에 입을 한복을 장만했다. 세 주 동안 부지런히 준비해서 예정대로 12월 16일에 결혼식을 치렀다. 내 들러리는 박봉랑 목사가 서고, 페이의 들러리는 내 동생 은희가 섰다. 5·16군사쿠데타로 정권을 잡은 박정희는 결혼 잔치를 간소하게 할 것을 법으로 발표해 피로연은 하지 않고 그 대신 커다란 웨딩케이크를 마련해서 나누어 먹었다. 그때 어머니가 여러 사람들 앞에 나오시더니 둥실둥실 춤을 추어 기쁨을 표현하셨다. 어머니의 크신 사랑에 눈시울이 뜨거워졌다. 나중에 유명한 배우가 된 초등학생 조카 성근이는 그날 내가 페이와 키스하는 것을 보고 꽤나 충격을 받았다고 했다.

그날 함박눈이 내려서, 하객들이 찾아오는 데에는 불편했으나, 산이며 길이며 집이 온통 흰 눈으로 소복이 덮여서 깨끗하고 아름다웠다. 사람들은 결혼식에 눈이 오면 부부가 잘 산다고 덕담을 해 주었다. 신혼여행은 서울역에서 기차를 타고 온양온천으로 가기로 했다. 그런데 기차표가 다 팔리고 없는 바람에, 지프차를 가지고 있던 유관우 형이 온양온천까지 우리를 데려다 주었다.

신혼여행에서 우리는 맨손으로 돌아왔다. 부모님에게 절을 할 때 선물을 드려야 하는데, 10년이나 미국 생활을 한 탓에 나는 그런 풍습을 잘 몰랐다. 페이에게도 선물로 드릴 만한 것이 전혀 없었다. 가난한 나라로 시집을 가니 필요 없겠다 싶어서 갖고 있는 귀중품과 옷들을 주변에 다 나누어 주고 거의 빈손으로 왔던 것이었다. 우리는 하는 수 없이 들어온 결혼 선물

210

경동교회에서 올린 결혼식. 왼쪽이 주례를 선 김재준 목사이며, 오른쪽은 들러리를 서준 친구 박봉랑.

피로연 대신에 케이크와 차를 먹고 있다. 왼쪽은 익환 형. 식장이 추워 신부가 코트를 걸치고 있다.

신혼여행지 온양온천에서 한복을 갖춰 입은 아내와 나.

중에서 부모님께 드릴 만한 것을 골라서 선물로 드렸다.

복음동지회 회원들이 몰려와서 나를 둘러메고 발바닥을 때리는 촌극을 벌였다. 연세대 김찬국 교수가 나를 둘러멨다. 내 발을 묶고 때리는 시늉을 하던 동지들은 페이에게 키스를 해야 풀어 줄 것이라고 으름장을 놓았다. 그러자 페이는 방에 있는 담요를 뒤집어쓰고 나에게 키스를 해 주어서 한바탕 웃음을 자아냈다.

신혼살림을 차린 수유리의 학교 사택은 건성으로 지어서 겨울이면 여간 춥지 않았다. 그런 데에다 연탄을 때야 했으니, 미국에서 편히 살던 페이에게는 이만저만 힘든 일이 아니었다. 그래도 페이는 불평 없이 적응해 갔다. 그리고 한국인처럼 살겠다고 늘 한복을 입었다. 우리말도 열심히 배웠다. 신학생을 가정교사로 두기도 하고 연세대학에 있는 한국어학당에 나가기도 했다. 페이가 우리말을 배우는 데 누구보다도 도움을 준 사람은 어머니였다. 어머니는 며느리가 알아듣든 말든 우리말로 이야기하셨다. 그 덕분에 페이는 이따금씩 함경도 사투리를 쓰기도 했다. 아기를 기를 때도 한국 어머니처럼 서슴없이 젖을 꺼내서 아기에게 물리곤 했다. 부모님은 페이가 한국 생활에 잘 적응할지 몹시 걱정했는데 페이가 완전히 한국 아낙처럼 살려고 애쓰는 것을 보고는 매우 기뻐하셨다. 아버지는 때때로 농담조로 "며느리 가운데 둘째 며느리가 가장 한국적이다."라고 칭찬하셨다.

페이는 신학교 안에 사는 부인들과도 퍽 잘 어울렸다. 물론 그러기까지 형수의 도움도 컸다. 페이는 이따금 그 부인들에게 미국 음식을 하는 법을 가르쳐 주기도 했다. 그 가운데서도 애플파이를 만드는 법이 인기를 끌어 한때 신학교 구내에 애플파이가 유행하기도 했다. 또 내가 수도교회 강단을 맡았을 때에는 수도교회 부인들과도 잘 어울렸다. 여성 교인 중에서도 특히 가난한 분들과 가까운 친구로 지냈고, 지금도 그들을 만나면 서로 반가워서 어쩔 줄을 모른다. '새벽의 집'을 시작했을 때에도 주변의 한 많은 여성들과 특히 친하게 지냈다. 흔히들 아내 자랑을 하면 팔불출이라고 하지만, 이국 땅에 와서 그토록 잘 적응해 준 아내가 얼마나 고마운지 자랑하지 않을 수가 없다. 그런 아내가 내가 감옥에 수감됨으로써 퍽 힘들 것이라고 생각하니 미안하기 짝이 없었다.

이런 저런 생각을 하고 있는데 소장의 순시가 있다는 전령이 들려왔다. 소장이 지나간 뒤 얼마 있다가 취침나팔 소리가 들려와 자리에 누웠다. 자리에 누워서도 한참 동안은 내 마음이 밖에 있는 아내에게서 떠나지 않았다.

한국신학대학에 사표를 내다

그제는 창근이가, 그리고 오늘은 태근이가 면회를 왔다. 열다섯 살, 열네 살의 어린것들이 멀리 양주에서 혼자 면회하러 왔다. 어미가 날마다 일터에 나가다 보니 이따금씩 아이들을 대신 면회 보내곤 했다. 그렇게 겁 없이 행동하는 것이 기특해, 혼자 면회 오는 것이 힘들지 않았느냐고 물었더니 "힘들기는 무엇이 힘들어!"라며 당연한 일을 한다는 듯이 대답했다. 하기는 그 애들이 초등학교 4학년, 5학년일 때 단 둘이서 비행기를 타고 미국에 있는 외갓집에 간 적도 있으니 양주에서 서울에 오는 것쯤이야 문제가 될 리가 없었다. 아이들은 요즈음 농촌에서 사는 생활이 얼마나 재미있고 신나는지 이야기해 주었다. 시내가 흐르고 동리에 같은 또래 아이들도 많아 놀기 좋다고 했다.

아내와 나는 아이들을 될 수 있는 대로 자연스럽게 기르려고 했다. 자연을 즐기고 친구들과 맘껏 사귀면서 무럭무럭 자라기를 바랐다. 아이들을 어른들의 타락한 문명으로 병들게 하지 말고 자연으로 돌아가게 하라는, 루소의 교육철학이 옳다고 믿었기 때문이었다. 그래서 아이들에게 공부하라고 독려하지도 않았다. 학교 성적이야 어떻든 그저 그들의 성품이 자연스럽고 아름답게 자라기만을 바랐다.

우리가 자랄 때에도 부모들이 우리의 공부에 전혀 간섭하시지 않았다. 관심과 능력이 있으면 철이 든 다음에 해도 충분하다고 믿으셨던 것이다. 다행히 한국신학대학 캠퍼스는 나무도 많고 번잡한 사회와 동떨어져 있어서 아이들이 좋은 자연환경에서 놀 수 있었다. 물론 그렇게 놀다가 서로 싸우기도 했다. 한번은 학교 수위가 우리 집에 전화해서는 창근이와 태근이가 싸우는데 어떻게 할 수가 없으니 빨리 와서 말려 달라고 해서, 집에 있던 아내가 급히 나가서 둘을 떼어 놓은 일도 있었다. 뒤에 신학교를 졸업한

양주에서 모내기 하는데 줄을 잡고 있는 큰 아들 창근(왼쪽). 새벽의 집이 시골로 들어갔을 때이다.

학생들이 자주 창근이, 태근이 안부를 물으면서, 창근이, 태근이가 풀어놓은 망아지처럼 한국신학대학 캠퍼스를 뛰어 돌아다니던 것을 잊을 수가 없다고도 했다. 사실 나는 그때 그 아이들이 어떻게 놀았는지 따라다니며 볼수 없었기에 잘 알지 못했다.

아이들을 보니 마음이 흐뭇했다. 아이와 헤어져 방에 돌아와서도 싱글벙글 웃는 아이들 얼굴이 보이는 듯했다. 1970년에 학교를 한 해 동안 쉬고 뉴욕에 있는 유니온신학교에 방문교수로 갔을 때의 일이 떠올랐다. 나는 그곳에서 한 해 동안 해방신학을 공부했고 아내는 헌터 대학에서 사회복지학 석사 과정을 밟았다. 창근이, 태근이는 각각 초등학교 1학년, 2학년이었고 영미는 어린이집에 다녔다.

우리는 유니온신학교에서 마련해 준 아파트 12층에 살았다. 말하자면 현대 문명사회 속으로 들어온 것이다. 그것이 문제였다. 한국신학대학 캠퍼스에서 굴레 벗은 말처럼 뛰놀며 자라던 세 아이들을 비좁은 아파트 안에 가두어 키우려니 난리도 그런 난리가 없었다. 아이들이 있는 곳은 언제나 난장판이 되었다. 아이들은 집안의 의자를 다 모아 놓고 그 위에 담요를 씌워 터널 놀이를 하기도 하고, 침대를 운동기구 삼아 그 위에서 뛰고 굴렀다. 그뿐만 아니라 복도는 그 애들의 경주장이고, 맞은편 벽은 태클의 대상이었다. 복도를 힘껏 달리다가는 맞은편 벽에 쿵 하고 부딪치곤 했다. 어찌나 소란을 피우는지 이웃에 사는 사람들에게 미안해서 견딜 수가 없었다. 그래도 이웃집에서 항의한 일은 없어 그나마 다행이었다.

그래서 우리는 자주 공원을 찾았다. 뉴욕시를 끼고 도는 허드슨 강 옆에 길고 여유 있게 뻗은 리버사이드 공원이 있었다. 우리가 사는 아파트에서 가까워서 그 공원을 정원 삼아 자주 찾았다. 그 덕분에 나는 모처럼 우리 아이들이 어떻게 노는지를 볼 수가 있었다. 넓은 잔디밭이 나오면 아이들

뉴욕 아파트에서 놀고 있는 태근, 창근, 영미(오른쪽부터).

은 어김없이 망아지처럼 달렸다. 또 적당한 나무가 나타나면 다람쥐처럼 나무를 기어올랐다. 마치 잔디밭이며 나무들이 아이들더러 "뛰어 봐! 올라와 봐!" 하고 도전적으로 자극이라도 하는가 싶었다. 겨우 네 살밖에 안 된 영미도 지지 않으려고 오빠들 뒤를 따라가곤 했다. 그랬다가 나무에 올라갈 수 없자 나뭇가지 위에 올려놓아 달라고 해서 올려 주면 나뭇가지를 붙잡고 흔들며 신나라 했다. 집에 돌아오는 길에서도 아이

들은 가만히 있지 못했다. 창근이, 태근이가 길옆 돌담 위에 훌쩍 올라가 걸으면, 영미도 돌담을 타겠다고 졸라서 올려 주고 손을 잡아 주면 조심스럽게 걸으면서도 좋아서 어쩔 줄을 몰라 했다.

영미는 어린이집에 갔다가 일찍 돌아와서 인형을 가지고 놀기도 하고 그림을 그리기도 했다. 그러다가 답답하면 앞마당에 있는 모래밭에 내려가서 놀았다. 하루는 눈이 내린 화단에 놀러 나갔다가 한참 후에 돌아오더니, 눈을 가지고 신나게 놀던 기분으로 그림을 그리겠다고 했다. 조금 있다 영미가 그린 그림을 보니 과연 참으로 신이 나 보이고 아름다웠다. 일곱 가지 크레용 색깔을 조합해서 아름다운 화폭을 만든 것이었다. 나는 그 그림을 액자에 넣어서 바람벽에 걸어놓았다.

나는 어린 자식들을 위해 동화의 명수가 되기도 했다. 어린이는 동화의 세계에서 상상력을 기르는 법이지만, 그때는 동화책이 그리 많지 않았다.

그래서 아이들은 저녁이면 나에게 동화를 들려 달라고 떼를 썼다. 처음에는 알고 있는 동화를 생각해 내어 이야기해 주었지만, 얼마 지나지 않아 내 이야기 주머니가 동이 났다. 별 수 없이 나는 이야기를 만들어 내기 시작했다. "옛날에 어떤 할머니가 계셨는데……." 하고 일단 시작한 뒤에 이야기를 만들어 나갔다. 내 머릿속에서 지어 나가는 이야기라서 필요에 따라 얼마든지 엿가락처럼 길게 늘일 수도 있었다. 그러노라면 어린것들은 내 무릎이며 양옆에 앉아서 귀를 기울였다. 결국 아이들의 상상력을 키운다는 것이 나의 상상력을 키운 셈이 되었다.

우리는 아이들에게 장난감을 사준 일이 거의 없었다. 그때는 상업적인 장난감이 별로 없기도 했지만 나 자신이 그런 것을 가지고 놀며 크지 않은 터라 장난감을 사줄 생각을 아예 하지 못했다. 그랬더니 아이들이 스스로 장난감을 만들었다. 도봉산 기슭에 살 때, 창근이, 태근이는 톱과 망치로 총과 칼을 만들어 가지고 동리 아이들과 전쟁놀이를 신나게 했다. 산에 가서 굴을 파기도 하고 숲속에 숨기도 하면서 놀았다. 놀라운 것은 아이들이 놀이에 쓰는 무기를 매일 새로이 만드는 것이었다. 전날에 갖고 놀던 것은 쳐다보지도 않고 새로운 것을 만들었다. 왜 이미 만든 것은 쓰지 않느냐고 했더니 "그것은 재미없어." 하고는 뚝딱뚝딱 새것을 만들었다. 아마 아이들은 그러면서 창조의 기쁨을 느끼는 듯했다.

우리는 아이들에게 되도록이면 명령과 지시를 하지 않고, 스스로 판단하고 결정하는 능력을 기르게 했다. 함께 의논하면서 스스로 결정하도록 기다렸다. 아이들이 스스로 결정하기 힘들어할 때는 몇 가지 선택 안을 제시했다. 새벽의 집을 시작한 뒤로 우리는 텔레비전을 '바보상자'라면서 사지 않았다. 그러자 아이들이 아쉬워했다. 아이들은 집에서는 볼 수 없으니 옆집에 가서 보고 싶은 텔레비전 프로그램들을 보고는 했다. 그러던 끝에 아이들끼리 서로 의논하더니 가족회의에서 제의했다. "집에서 텔레비전을 사주지 않으니 자꾸 옆집에 가서 보게 된다. 우리 집에 텔레비전이 없다 보니 학교에서도 친구들하고 대화가 통하지 않는다. 왜 아이들의 의견은 들어주지 않고 어른들 마음대로 합니까?' 태근이는 가족회의에서 변호사처럼 말하며 어른들을 설득했다. 어른들은 결국 아이들의 의견을 옳다고 인정해서 텔레비전을 사기로 했다. 그리고 아이들과 함께 의논해서 어린이가 볼 수 있는 텔레비전 프로그램을 정했다.

이렇게 루소의 철학에 따라서 아이들을 기르려고 했지만, 사회는 그런 교육과 거리가 멀다는 점이 문제였다. 뉴욕에서 살 때였다. 한번은 창근이가 울면서 돌아왔다. 어떻게 된 것이냐고 물었더니 어떤 우락부락한 학생이 자기에게 돈을 가져오라고 으름장을 놓았다는 것이었다. 창근이가 성격이 부드러워서 그런 일이 생겼다고 생각했다. 그래서 창근이에게 "노(No)!"라고 강하게 말하라고 일렀더니 그 뒤로는 별일이 없었다. 한번은 뉴욕 한복판에 있는 중앙공원에서 태근이가 자전거를 타며 놀고 있는데 태근이 또래의 한 소년이 자전거를 좀 타게 해 달라고 부탁했다. 태근이는 선뜻 자전거를 빌려 주었다. 친구들끼리 나누어 타는 것을 당연하게 생각해서였다. 그랬는데 그 아이가 자전거를 타고 도망가 버리고 말았다. 자연을 따르는 순진한 루소의 세계에 병든 도적이 침입한 것이었다. 그리하여 우리 아이들도 병든 사회의 실상을 배워 나가기 시작했다.

아이들을 생각하다 보니 내가 한국신학대학 교수로 있으면서 한센병 마을의 어린이들을 위해 한신국민학교를 세우던 일이 떠올랐다.

1960년대에는 여름방학이 되면 전국에서 주일학교 교사 강습회가 열렸다. 한국신학대학 기독교교육학과는 이화여대 교육학과와 연대하여 대규모로 교사강습회를 열곤 했다. 나는 새로운 기독교교육방법론을 소개하기 위해 전국을 돌아다니며 특강을 하곤 했는데 아직 한국생활에 적응하지 못한 아내도 같이 다니곤 했다. 한번은 한탄강가에 있는 수양관에서 기독교 교사협회가 주관한 퇴수회가 열렸다. 만삭이 된 아내도 덜컹거리는 버스를 타고 같이 갔다. 귀한 손님이 오셨다고 날달걀을 내주어 아내가 기겁했던 기억이 난다. 예수교장로회 한광옥 목사가 기독교교육협의회 총무로 있을 때 전국기독교교육대회를 열곤 했는데 여러 차례 주제강사로 초대를 받았다. 그해에는 이화여대 운동장에서 대규모 대회를 열었다. 군사위원회 위원장으로 있었던 박정희가 축사를 하겠다고 집회에 왔다. 강단에 서 있던 나는 얼떨결에 그와 악수했는데 그의 손이 축축하게 젖어 있던 기억이 생생하다. 그는 "나도 어렸을 때 교회에 다녔지만 나에게 만큼은 주일학교가 실패했다. 여러분들은 주일학교를 잘 하시길 바란다." 하는 내용으로 축사를 했다.

나는 기독교교육에서 이론적인 공부뿐 아니라 실습도 그 못지않게 중요하다고 생각해 실습 지도를 철저히 했다. 학생들에게 주일학교에서 어린이들과 생활한 일지를 꼼꼼하게 작성하도록 하여 그것을 일 대 일로 검토했다. 주입식 강의보다는 강의와 공동학습을 병행했다. 그리고 한 교과 과정을 마치면 퇴수회를 가져서 사전 계획과 사후 평가까지 함께했다. 나는 어린이들의 발달 단계와 심리에 대한 이해 없이 제대로 된 기독교교육은 불가능하다는 것을 알았다. 어린이들에게 부정적인 명령을 하는 교육보다는 아이들이 자신의 '가능성'을 스스로 발견하고 스스로 자아를 확립하도록 도와주어야 한다고 가르쳤다. 사실 이전의 주일학교 교육은 권위주의와 주입식 교육이 대부분이었다. 사람을 소중하게 생각하고 사람을 사랑하는 삶을 가르치려고 끊임없이 애쓴 덕분에 학생들은 나를 '생의 놀라운 변화의 선생님'이라고 불렀다.

생의 놀라운 변화를 겪은 학생들은 사회문제를 외면하지 않았다. 1968년 초 서울 외곽의 세곡동에 있는 대왕국민학교에서 미감아 아동을 거부하는 사건이 발생했다. 학교 근처에는 완치된 한센병 환자들과 가족들이 모여 사는 에틴져 마을이 있었다. 에틴져 마을 아이들 다섯 명이 대왕국민학교에 입학하려고 하자 학부모들은 "우리의 자녀들을 문둥이 자식들과 함께 교육시킬 수 없다"며 강하게 반대했다. 문교부에서는 학부모들을 설득하려 했지만 학부모들의 항의는 수그러들지 않았다. 신문에서 이 사건을 알게 된 한국신학대학 학생회 간부들은 그 문제에 깊은 관심을 가졌다. 그들은 학생 대표들을 보내 상황을 조사한 뒤, 그들의 집에서 생활하며 워크캠프까지 하면서 학부모들을 설득하여 문제를 해결하려고 하였다. 그래도 해결되지 않자, 이 아이들을 한국신학대학에 데려와서 분교 형식을 취해 가르쳤다. 학생회 휴게실을 개조해서 교실을 만들고 교수들의 자녀들도 여기서 함께 공부했다.

속수무책이었던 문교부는 한국신학대학에서 국민학교를 세워 미감아 교육을 맡아 달라고 제안을 해왔다. 이여진 학장은 "세계기독교육이사회의 일원인 문 박사는 어린이 교육에 깊은 이해를 가지고 있기에 훌륭한 국민학교를 만들 수 있을 것"이라며 나를 높이 추천했다. 나도 참 좋은 기회라고 생각했다. 한센병 환자의 어린이들이 편견 없이 교육을 받을 수 있도록 교육하는 것은 큰 의미가 있었다. 그뿐만이 아니라 이상적인 교육철학을 바탕으로 한 국민학교가 있다면 기독교교육학과 학생들의 훈련에도 큰 도움이 될 것이라고 생각했다. 나는 새로운 학교에 대한 여러 가지 꿈을 설계했다. 그리하여 1969년 가을에 에틴져 마을의 미감아들과 교직원 자녀들, 뜻을 함께 하는 이들의 자녀들이 함께 모여 한신국민학교를 시작했다. 이렇게 설립된 한신국민학교는 칠십년대 깨끗한 학교로 크게 발전하며 지역사회의 칭송을 받았다. 아이러니하게도 초기의 설립 과정을 모르는 이들에게 한신국민학교는 귀족적인 사립학교로 인식되기도 했다. 그러나 한신국민학교의 설립 과정에서 나는 이여진 학장과 생각이 맞지 않아 어려움을 겪었다.

이여진 학장은 1962년에 취임했다. 젊은 목사로 학장에 취임한 그는 퍽 조심스럽게 업무에 접근했다. 그는 학장으로 취임한 뒤 학교의 발전에 여러 가지로 공헌을 많이 했다. 나는 기꺼이 이여진 학장의 적극적인 협력자가 되었고, 어느 누구보다도 가까운 사이가 되었다. 특히 한국교회가 한국의 민주화에 앞장서게 하려면 장차 목회자가 될 학생들이 몸으로 민주주의를 경험하게 해야 한다는 취지에서 학생들을 학교의 모든 위원회에 참석시켜 학교 운영에 참여하게 하자는 나의 제안을, 그는 적극적으로 지원해 주었다. 학장과 교수회의 전적인 호응을 받은 그 제안 덕분에 한국신학대학의 학원 생활은 크게 활기를 띠며 일대 변혁을 일으켰다.

그런데 무슨 이유에서인지 몰라도 이여진 학장은 한신국민학교를 설립하는 일을 나와는 아무런 의논도 하지 않고 추진했다. 교장 선임 문제부터 학교 설립과 관련된 모든 것을 이여진 학장 혼자서 처리해 나갔다. 국민학교 교육의 중요성을 절감하여 한국신학대학 부설 국민학교를 통해서 새로운 시도를 해 보려고 하던 나는 낭패감이 컸다. 게다가 일찍이 한국신학대학의 학교 경영을 민주적으로 하자고 강조했던 나로서는 이 학장의 그런 태도를 도저히 받아들일 수가 없었다.

나는 당장 학교를 떠나고 싶었지만, 그 무렵 성서 번역 일을 위해 교수직을 떠나 있던 익환 형은 그런 극단적인 행동을 하기 전에 먼저 여러 교수들과 협의하라고 충고했다. 그 충고에 따라, 교수들에게 나의 심정을 토로하고는 나의 거취에 대해 의논했다. 김재준 목사님을 필두로 민주적으로 학교를 운영하는 것이 한국신학대학의 전통인데, 이여진 학장이 학교를 독단적으로 운영하려고 하는 것이 나를 괴롭힌다고 말하면서, 이런 학교에 발을 붙이고 지낼 마음이 없다고 고백했다. 그러자 다른 교수들도 마음에 품

60년대 한신대학교 교수들과 함께. 앞줄 왼쪽부터 조향록, 이우정, 김재준, 김춘배, 이여진, 장하원, 정하은, 뒷줄 왼쪽부터 정웅섭, 박한진, 나, 이장식, 문익환, 주재용.

고 있던 이런저런 불만을 토로했다. 모두가 이여진 학장이 교수들의 의사를 배제하고 독단적으로 일을 처리한 내용들이었다. 특히 이여진 학장이 학교 땅을 팔려고 하고, 학교 예산을 학교 미관을 정리하는 데 먼저 쓰고 학생들의 장학금은 뒷전에 두는 것에 모두가 비판적이었다. 사실 마지막까지 이여진 학장을 지지하고 있던 것은 나였다. 그런데 그러던 내가 사표를 낼 생각이라고 하니 모두 행동을 함께하겠다고 나섰다.

나는 무척 당황했다. 본래 나는 모든 일을 좋게 처리하자는 온정주의자였다. 그런데 항의하는 태도를 취하려니 크게 고민하지 않을 수가 없었다. 그즈음 밤마다 악몽에 시달리곤 했다. 고민 끝에 결단을 내렸다. 민주적이지 않은 교육 현장에는 머물러 있을 이유가 없다고. 그래서 사표를 냈고, 그것이 내 삶에서 또 하나의 전기가 되었다. 옳고 그른 것을 판단하고, 옳은 것을 위해서 과감히 행동하는 삶의 자세를 습득한 것이다.

문제는 나의 사퇴 결정에 따라 다른 교수들까지 다 사표를 제출하는 극단적인 현상이 일어난 것이었다. 일이 그렇게 되자 학생들이 들고 일어나서 학교 땅을 파는 것에 대한 문제 제기와 함께 이여진 학장 퇴진 운동을 했다. 이여진 학장은 주동 학생 두 명을 학교 기물 파손죄로 고발해서 학생들이 구속되었다. 기독교장로회 교단이 발칵 뒤집혔다. 어떻게 학장이 학생을 고발해서 구속시키느냐고! 결국 이여진 학장도 더는 버틸 수가 없어서 사표를 내고 말았다. 그것이 1970년이었다.

그때 일을 떠올리니 마음이 무거웠다. 그리고 이여진 목사에게 미안한 생각이 꼬리에 꼬리를 물었다. 당시 나는 마틴 부버의 대화의 원칙을 교육의 근저로 삼았다. 모든 상충되는 일들은 충분한 대화를 통해서 서로 이해하면 새로운 차원의 합의를 도출할 수 있고, 또 그럼으로써 삶은 더 높은 차원으로 승화될 것이라고 주장하던 터였다. 그랬는데 이 학장과는 그런 대화를 하지 못하고 말았다. 그가 일시 흥분해서 성을 냈다고 해도, 나는 인내심을 가지고 다시 대화하려고 노력했어야 했다. 사실 그때 내가 왜 사표까지 내려고 하는 지경에 이르렀는지도 충분히 설명하지 못했다. 아마 이 학장은 지금도 당시의 내 심정을 이해하지 못하고 있을 것이다.

1970년 한국신학대학에 사표를 낸 나는 일 년 동안 가족을 데리고 미국으로 갔다. 진보적인 신학교인 뉴욕의 유니온신학교에서 교환교수로 머물면서 새로운 신학의 흐름을 만나게 되었다. 아내도 결혼하느라 미뤄 두었던 사회사업 석사학위를 뉴욕의 헌터칼리지에서 끝낼 수 있었다. 나는 그곳에서 세계적인 흑인 신학자인 제임스 콘 교수에게서 남미에서 싹트던 해방신학을 배웠다. 나는 우리나라의 상황과 흡사한 남미의 민중들과 흑인들의 해방신학에 푹 빠져들었다.

일 년 후 한국으로 돌아와 국내에 해방신학을 처음으로 소개했다. 당시 캐나다에서 귀국하지 못하고 있던 김재준 목사님을 기리는 강연회가 경동교회 주최로 매년 열렸는데 1971년 열린 김재준 목사 기념강연회에서 내가 해방신학을 주제로 강연을 했다. 나는 또한 미국에서 파울로 프레이리의 책 『페다고지』를 읽고 큰 감동을 받아 이를 국내에 알렸다. 그 뒤에 프레이리의 교육철학은 민중교육운동을 하는 이들에게 교과서가 되었다. 남미와 흑인의 해방신학은 우리의 민중신학을 정립하는 데에도 적지 않은 영향을 미쳤다.

이여진 학장이 사표를 낸 후 한국신학대학 이사회는 연세대에 있던 김정준 박사를 학장으로 임명했다. 김정준 학장은 미국에 있는 나에게 학교에 복교해 달라는 소식을 보내왔다. 나는 이 초청에 응해야 할지 거절해야 할지 몰랐다. 왜냐하면 사표를 제출했던 대부분의 교수들이 초청을 받지 못한 상태였기 때문이었다. 나는 익환 형과 김상근 목사, 김재준 목사님에게 어떻게 해야 좋을지를 물었다. 형은 혼자서는 복직하지 말라고 충고를 했다. 김재준 목사님과 김상근 목사는 복직을 해서 학교를 다시 바로 세우고 다른 교수들도 복직할 수 있도록 길을 열어야 한다고 충고했다. 결국 나는 복직을 하기로 결심하고 돌아왔다.

겨울 감방

11월 13일에 고등법원 항소심 재판이 있을 거라는 소식이 전해져 왔다. 나는 이 재판에 대해 기대하는 바가 없기에 재판 자체에 대해서는 별 관심이 없었다. 그래도 법정에 나가면 그리운 동지들도 만나고 또 멀리서나마 보고 싶은 얼굴들을 볼 수 있어서 은근히 출정을 기다렸다.

13일 아침 식사를 한 뒤에 교도관에게 이끌려서 출정인들이 기다리는 방으로 갔다. 교도관이 손에 수갑을 채우고 밧줄로 허리를 묶고는 버스 있는 곳으로 나를 데리고 갔다. 비록 묶인 몸이긴 하나 버스를 향해서 걷는 내 발걸음은 가벼웠다. 버스에 올라타자 거기에는 벌써 우리 동지들이 거의 다 와 있었다. 제일 먼저 "문 박사!" 하고 외친 이는 윤반웅 목사였다. 나는 모든 사람과 악수를 하고 인사를 나누었다. 그렇게 좋을 수가 없었다.

법원 정문에 갔더니 전처럼 수백 명이 정문에 서서 기다리고 있다가 우리를 보고 "민주주의 만세!" 하고 외쳤다. 그 우렁찬 소리를 듣자 기운이 용솟음쳐 올랐다. 법정에 들어가니 여전히 경찰들이 두텁게 막고 있었고 그 건너편에서 그립던 동지들이 우리의 이름을 부르면서 손을 흔들었다. 모두가 그렇게 소중하고 아름다울 수가 없었다. 잘나고 못난 것이 문제가 아니었다. 모두 껴안고 볼이라도 비비고 싶었다.

서울 고등법원 제3부가 2심 재판을 맡게 된 것이 9월 25일이었다. 변호인단은 10월 14일에 항소이유서를 제출했다. 사실 제1심에서 변호인단이 변호를 하지 못했기에 이 항소이유서는 우리를 위한 그들의 변론인 셈이었다. 2차 공판은 11월 20일에 시작되어 항소심 공판이 열린 12월 28일까지 일주일에 한 번씩 열렸다.

15분에 걸쳐 낭독된 판결문은 예상했던 대로 검사의 공소사실을 그대로 받아들여 우리 모두에게 유죄 선언이 떨어졌다. 문익환, 김대중, 윤보선, 함석헌은 징역 5년에 자격정지 5년, 정일형, 이태영, 이우정, 이문영, 문동환, 함세웅, 신현봉, 문정현, 윤반웅은 징역 3년에 자격정지 3년, 서남동은 징역 2년 6개월에 자격정지 2년 6개월, 이해동, 안병무, 김승훈은 징역 2년에 자격정지 2년, 장덕필은 징역 일 년에 자격정지 일 년이었다.

항소심 결과 안병무 박사와 이해동 목사, 그리고 장덕필 신부는 집행유

제2심에서 집행유예로 풀려난 안병무 박사(왼쪽)와 이해동 목사(오른쪽)를 이희호 여사가 반기고 있다.

예로 석방되었고, 나머지 열여덟 명은 곧 대법원에 상고했다.

2차 공판이 열리기 시작한 11월에 들어서면서 감방은 싸늘해지기 시작했다. 밖에서 내복과 솜이 든 바지저고리가 들어왔다. 털실로 짠 양말도 들어왔다. 12월 초가 되자 방마다 신문지를 들여보내면서 바깥과 통하는 모든 틈새를 밀봉하라고 했다. 풀을 달라고 했더니 식사 때 들어오는 밥을 짓이겨서 풀로 쓰라고 했다. 먹고 남긴 밥을 짓이겨서 밖과 통하는 모든 틈을 막았다. 방이 제법 포근해진 듯했다. 얼마 있다가 초록색 담요가 들어왔다. 그 담요를 가운데에 구멍을 내어 판초처럼 만들어 뒤집어썼더니 보기에도 그럴듯하고 제법 따뜻했다. 날이 부쩍 추워졌을 때, 따뜻한 물 양동이를 앞에 놓고 앉아 판초 앞자락을 그 위에 덮어 놓았다. 아주 따뜻했다. 그리고 그 위에 책을 놓고 읽으면 책상 구실도 너끈히 했다.

그러나 날이 갈수록 의외의 현상이 생겨났다. 공기가 드나들 틈을 막은 탓에, 내가 내뱉은 숨이 밖으로 빠져나가지 못해 방에 날로 습기가 늘어났다. 점점 늘어난 습기는 날이 추워지자 성에로 얼어붙었다. 문설주에도, 바람벽에도, 천장에도 온통 성에가 꼈다. 나는 겨우내 성에에 갇혀 지내야 했다.

3월이 되어 날씨가 따뜻해지자 그동안 얼어붙어 있던 성에가 녹기 시작했다. 어느 날인가는 아침을 먹는데 밥그릇에 무엇인가 털썩 떨어지는 것이었다. 자세히 보니 천장에 얼어붙어 있던 커다란 성에 덩어리였다. 그 뒤로도 한동안 천장에서 성에가 녹으면서 성에 조각들이 계속 떨어졌다. 잠자리에 누운 내 얼굴에도 떨어지고, 읽고 있는 책 위에도 떨어졌다.

1943년 겨울 만보산에서 살던 일이 떠올랐다.

일본에서 탈출하기 위해 들어갔던 만주 봉천신학교를 한 학기 만에 그만둔 형과 나는 만보산으로 들어갔다. 그곳은 신경(장춘)에서도 걸어서 몇 십리를 가야하는 오지였다. 전라도에서 일제의 탄압과 가난에 쫓겨 온 빈농들이 땅을 개간하여 벼농사를 짓고 있었다. 1943년 2월부터 형은 만보산교회의 전도사로, 나는 소학교 선생으로 일하기 시작했다. 우리는 사람이 오랫동안 살지 않던 낡은 교회 사택에서 지냈다.

만보산에 있으면서 형은 1944년 6월에 결혼했다. 일본신학교 시절에 만난 형수(박용길)의 집에서는 형이 폐병 환자라는 이유로 결혼을 결사반대했다. 친정어머니는 돌아가면서까지 문익환과 결혼하지 말라는 유언을 남기실 정도였다. 사랑하는 사람을 그리워하는 형을 보다 못해 나는 미래의 형수님에게 편지를 썼다. '청개구리는 엄마개구리의 유언에 따라 물가에 묻었다가 후회를 했다. 결국 어머니가 원하시는 것은 자식의 행복이 아니겠느냐?' 라는 내 편지를 받은 형수님은 6개월을 살다가 죽어도 좋다며 결혼을 결심했다.

바루 어저께입니다. 점심 식탁에 할머님, 어머님, 나 그리고 고등여학교에 다니는 누이동생과 어린것들 둘, 이렇게 여섯이 모여 앉아서 수깔을 들기 시작하는데 누이 동생 말이 "오빠, 그 상에 밥을 다 잡수. 아버지 밥

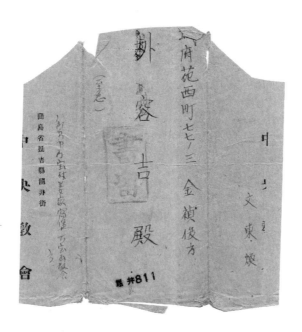

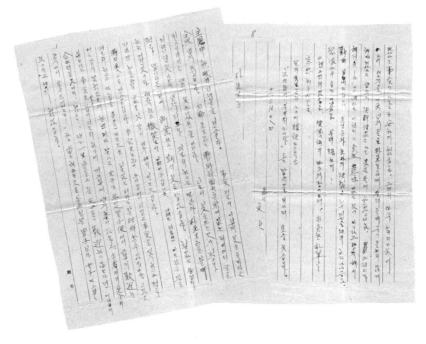

집안의 반대와 오해 때문에 결혼을 주저하는 미래의 형수를 설득하기 위해 나는 장문의 편지를 써 보냈다. 박용길 선생을 용정의 문씨 가족 모두가 얼마나 기다리고 있는지를 보여주는 에피소드를 생생하게 적어 놓고 있다.

은 따로 떠 뒀으니" 하지 않겠습니까? "아니 이걸 혼자서 다 먹으란 말이야" 하면서 나는 우정 놀랜 듯이 눈을 크게 뜨고 마즌 편에 앉은 소학교 일학년에 다니는 동생을 향해서 "얘 영환아 이걸 글쎄 한 혼자 다 먹어야 한다는 구나. 글세 어떡하문 좋니?" 하구 내가 수선을 떨었지요. 그때 크게 벌린 내 입을 멍하니 처다보고 있는 영환이 말이, "야 입두 크다" 하구 선, "먹으라 문 다 먹지. 어떡할 것 있소" 하지 않겠습니까? 그때 할머니가 "엑기놈, 형님 보구 먹으라구 하는 놈이 어디 있어? 잡숩소, 할 것이지" 이 말을 얼른 누이동생이 받아서 "다 잡수십시오, 그래야지." 그때 까지 웃으시면서 보시든 어머님이 "참 말씨들이 모두 그래서 서울 아주머님이 오시면 모두 어떡하겠니?" (우리 집에서는 박선생님의 호칭이 벌써부터 서울 아주머님, 서울 형님, 언니, 서울 색시로 되었습니다.) 이 말에 할머니는 이상한 듯이 "아니 서울말은 다르니?" "그럼요. 특히 여자 말씨야 서울 말 같은 말이 없지요." "야 말마다 그래도 그랬읍 둥, 하구 둥 짜가 있어야 듣기 좋더라." 그래서 모두들 웃는데 영환이란 놈이 "그럼 서울 아주머님 한테서 배우지뭐." 해서 정말 웃음 밭이 되었습니다.

형님네는 부엌에 닿아 있는 아랫방에 살고 나는 윗방에 살았다. 내 방으로 들어가려면 신혼부부의 방을 지나쳐 와야 해서 늘 미안했다. 벽지 안으로 성에가 내 손가락 한마디 정도 얼어 있을 정도로 만보산의 겨울은 용정의 겨울보다 훨씬 더 춥고 을씨년스러웠다. 서울에서 곱게 자란 코스모스 같은 형수님이 얼마나 힘드셨을까?

그 가운데서도 형수가 첫 아이를 임신하셨다. 그런데 마침 동네에 닭 병이 돌아 우리가 키우던 닭들도 잡아야 했다. 형수는 아기 아빠가 살생을 해서는 안 된다며 나에게 닭을 잡으라고 해서, 한꺼번에 닭을 열 마리나 잡는, 모진 살생을 했던 기억이 난다.

내가 소학교에서 맡은 반은 2학년이었다. 첫날 교실에 들어섰을 때 받았던 충격을 지금도 잊을 수가 없다. 한 스무 평쯤 되는 교실에 서른 명가량의 어린이들이 책상 뒤에 웅크리고 앉아 내가 들어오는 것을 지켜보고 있었다. 교단에서 학생들을 둘러보니 아이들 얼굴이 마치 언 감자와도 같았다. 거무칙칙한 얼굴로 나를 쳐다보는 그들의 눈에는 불안한 마음이 여실했다. 새로 온, 키가 큰 선생이 앞으로 저희를 어떻게 대할지 영 불안해 하는 듯이 보였다. 바닥은 마루가 아니라 그냥 진흙 바닥이었고 전날 청소하면서 뿌린 물이 여기저기에 얼어 있었다. 학생들은 대부분 맨발에 짚신을 신고 있었다. 교실 한가운데는 자그마한 난로가 있기는 있는데 석탄이 제대로 타지 않아 연기만 연신 뿜어내고 있었다. 두루 깨어진 유리창에는 신문지를 붙여 놓았으나 그마저 찢어져서 바람에 날리고 있었다. 정말 엉성한 교실이었다.

나는 아이들에게 앞으로 친구처럼 가까이 지내자는 인사말을 하면서 교단에서 내려가 아이들의 머리를 쓰다듬어 주려고 했다. 그랬더니 아이들은 놀란 듯이 내 손을 피하는 것이었다. 마치 때리려는 선생의 손을 피하려는 듯했다. 아이들이 쉬는 시간에 저희끼리 말할 때 마치 싸우는 것처럼 거칠었다.

나는 아이들의 얼굴에 웃음꽃이 피게 만드는 것을 첫째 목표로 정했다. 그래서 가까이 있는 만주의 수도 신경에 가서 아름다운 꽃이 화병에 담긴 그림 한 폭을 사다가 액자에 넣어서 교단 뒤 바람벽에 걸어 놓았다. 그리고 그 아래에다 학급표어를 써 붙였다. "웃음은 얼굴의 꽃. 사랑은 마음의 꽃. 웃읍시다. 사랑합시다." 물론 일본어로 썼다. 그리고 매일 아침 공부를 시작하기 전에 그 표어를 읽었다. 그리고 칠판 옆에다 '자랑-꾸중 한난계(寒暖計)'를 만들어 붙이고는, 내가 학생들을 칭찬하면 빨간 줄이 올라가고, 꾸중을 하게 되면 파란 줄이 올라가게 했다. 물론 아무리 사소한 것이라도 칭찬할 일을 찾아서 되도록 빨간 줄이 더 올라가도록 조종했다. 그러자 학생들은 칭찬받을 일을 열심히 했다. 꾸중 들을 일을 해서 파란 줄이 올라가면 아이들은 다시는 그런 일을 되풀이하지 않으려고 노력했다. 그리고 나는 나대로 학생들을 사랑하고 존경하려고 애썼다. 아이들 얼굴에 웃음꽃이 피기를 바라면서 말이다.

그런데 부임한 처음 일주일 사이에 황당한 일이 잇달아 일어났다. 학생들이 학교에 가져온 월사금이 세 번이나 도난당하는 일이 일어난 것이었다. 몹시나 당황스러웠다. 생각하다 못해서 나는 연극을 꾸몄다. 세 번째 도난 사건이 일어났을 때, "나는 맥박을 짚어 보면 그 사람 마음을 알 수 있어. 자, 모두 오른손을 책상 위에 올려놓아!" 하고는 학생들이 오른손을 책상 위에 올려놓게 하였다. 학생들은 모두 긴장했다. 나는 학생들 얼굴을 둘러보고 나서 한 사람씩 손목을 차례로 꾹꾹 짚어 보면서 얼굴을 주시했다.

학생들의 얼굴 표정에서 단서를 잡으려는 것이었다. 학생들 손목을 다 짚어 보고 나서 교단에 올라가 말했다. "누가 돈을 훔쳐갔는지 알았어. 그 학생은 지금 한 일을 후회하고 있어. 그래서 지금 누구라고 말하지 않을 거야. 대신 내가 학교 사무실에 밤 늦게까지 있을 테니 나를 찾아오도록 해." 그날 밤 11시까지 기다렸다. 그랬더니 과연 한 학생이 사무실로 찾아

허름한 초가 지붕의 만보산 교회와 종탑 앞에 선 익환 형, 형수와 나. 1944년.

왔다. 덕지덕지 긴 때로 피부가 마치 생선비늘로 덮인 듯하고, 학급에서 늘 외톨이로 있는 아이였다. 아이의 이름은 김상봉이었다.

"왜 돈을 훔쳤지?"

"돈을 훔쳐 가면 어머니가 좋아해요."

"어머니가 널 못살게 굴어?"

"예."

"왜 어머니가 너를 못살게 굴지?"

"어머니가 계모야요."

"아버지는?"

"아버지는 별말 하시지 않아요."

"그래도 남의 돈을 훔치면 안 되지. 잃어버린 애도 집에 가면 꾸중을 받게 되잖아?"

"……"

"앞으로 어떻게 할래?"

"다시는 훔치지 않을게요."

"훔치는 것이 버릇이 되면 커서도 나쁜 사람이 돼. 알겠지?"

"예."

"잘못했으면 벌을 받아야지."

"예."

"이것은 앞으로 잊지 말라고 하는 벌이야!"

"예."

나는 그 아이의 종아리를 몇 차례 때려 주었다. 그 뒤로 그런 사건은 다시는 일어나지 않았다. 나는 상봉이의 집을 한 번 찾아갔다. 퍽 가난한 집이었다. 아버지는 밭에 나가 없고 어머니만 집에 계셨다. 나는 상봉이가 날로 더 착해지고 있다고 칭찬하고는, 어린아이를 집에서 잘 돌보아 주어야 커서 좋은 사람이 되니 잘 돌보아 달라고, 그리고 이따금씩 목욕도 시키라고 부탁했다. 그 후 상봉이는 좀 깨끗해졌다.

그런데 학생들에게서 내가 기다리는 웃음꽃은 좀처럼 피어오르지 않았다. 한 달이 지나도 웃는 아이가 없었다. 두 달이 지나도 여전히 얼굴들이 어두웠다. 석 달이 지난 어느 날 앞자리에 앉은 채은순이라는 여자아이가 방긋 웃었다. 그렇게 반가울 수가 없었다. 눈을 들어 교실을 둘러보니 여기저기에 웃음꽃이 피어 있었다. 마치 봄 동산에 진달래꽃이 피어난 듯했다. 그리고 내 얼굴에도 환한 웃음꽃이 피었다.

그 뒤로 학생들은 교실 안에서는 말할 것도 없고 교정에서도 부쩍 활기가 생겼다. 교정에서 나를 마주치면 "선생님!" 하고 달려와서 내 다리를 껴안곤 했다. 국어 시간에 책을 읽는 음성도, 음악 시간의 노랫소리도 힘차고 밝아졌다. 그림 그리는 색깔도 한결 밝아졌다. 몇몇 아이의 그림은 어른인 나도 따라갈 수 없을 만큼 밝고 정교했다. 무엇보다도 놀라운 것은 작문 시간에 아이들이 써 내는 글의 발전이었다. 처음에는 "오늘은 아침 일찍 일어나서 밥 먹고 학교에 왔습니다." 식으로, 가지도 잎도 없는 채로 간단한 줄기밖에 없었다. 소풍을 다녀온 날도 "오늘은 선생님과 같이 강에 소풍을 갔다 왔습니다." 한 줄로 끝이었다. 일어난 일들을 자세히 쓰고 느끼는 것까지 적어 보라고 거듭 말해도 별 변화가 없더니, 웃음꽃이 핀 뒤로는 표현력이 왕성해져서 두 장, 석 장을 쓰는 아이들도 있었다.

아이들이 하루하루 아름답게 피어났다. 내가 한동안 교실을 떠났다가 돌아와 보아도 다들 조용히 제 할 일을 하고 있었다. 우리 반 아이들이 이렇게 변화하자, 다른 선생들도 우리 반 아이들과 놀기를 좋아했다. 사랑의 힘이 얼마나 큰지 새삼 느꼈다.

아이들과 이렇게 보람된 생활을 하는 가운데 한 해가 지나자, 교장선생은 중학교를 신설하고는 나에게 중학교 교육을 맡으라고 했다. 나는 지금 맡고 있는 반을 놓을 수가 없다면서 사양했다. 그러자 교장선생은 나의 교육 정신에 완전히 동의한다면서 자신이 우리 반을 맡을 테니 중학교 교육을 시작해 달라고 간청했다. 사실 중학교 과목을 가르칠 사람은 그때에 나밖에 없었다. 결국 중학교 반을 맡기로 했다. 영어, 수학, 국어, 수신(도덕)은 내가 맡고, 일본 역사나 지리는 교장선생이 가르치기로 했다.

내가 중학교를 담당한 뒤로, 그때는 3학년이 된, 그 전 해에 내가 맡았던 반에 내 마음을 아프게 한 결과가 빚어졌다. 애초에 교장선생이 그 반을 맡기로 했으나 여러 가지 일로 분주한 교장선생이 반을 담당할 수가 없었다. 그래서 다른 선생에게 그 반을 맡겼는데, 그 선생의 교육 방침이 나와 달리 권위적이었다. 자연히 아이들이 선생을 싫어하고 따르지 않았다. 더욱 안타까운 것은, 내가 큰 기대를 걸었던 개성 넘치는 학생들일수록 그 선생을 더 싫어한 것이었다. 학생들이 다시 매질로 다스려지는 것을 보는 나의 마음은 견딜 수 없이 아팠지만 어찌해 볼 수도 없었다.

1945년 초 형수의 출산(7개월 만에 죽은 맏딸 영실)이 임박하자 형은 신경에 있는 중앙교회로 자리를 옮겼다. 나도 학교에 사표를 내고 용정으로 돌아왔다. 해방을 여섯 달 남짓 앞두고 그해 2월에 윤동주가, 3월에는 송몽규가 죽었다는 부고가 일본에서 날아들었다. 아버지가 잇달아 그들의 장례를 집례했다. 절친한 친구였던 형은 물론 우리 가족 모두 충격에 빠졌다.

만보산에서 떠나던 날 어린 학생들이 길에 한 줄로 서서 나를 전송해 주던 모습이 눈에 아른거렸다. 그때 그 아이들의 심정이 어땠을지 생각하자니 그저 안타깝고 미안할 따름이었다.

반독재 운동의 메카가 된 한국신학대학

1977년 3월 22일 오후, 교도관이 문을 따더니 나오라고 했다. 고등법원의 판결을 그대로 인정하는 대법원 판결이 났으니 머리를 깎아야 한다는 것이었다. 드디어 온전한 죄수로 취급받게 된 것이었다. 교도관을 따라서 밖의 넓은 복도로 나갔더니, 푸른 옷을 입은 두 죄수가 형이 확정된 죄수들의 머리를 깎아 주고 있었다. 그곳 빈 의자에 앉으니 한 죄수가 내 머리를 깎기 시작했다. 그동안 수북하게 자란 머리카락이 잘려서 땅에 떨어지는 것을 보자니 기분이 정말 묘했다. 그렇게 머리를 깎고 있자니, 머리를 삭발한 김정준 학장이 결연한 표정으로 한국신학대학교 교기를 칼로 자르던 모습이 생각났다.

1972년 10월 17일 박정희 대통령은 전국에 비상계엄령을 선포했다. 대학 휴교 조치와 학생 제적, 강제 징집, 서클 해체 등으로 학생운동은 꽁꽁 얼어붙었다. 그 후 일 년 가까운 침묵 끝에 1973년 10월 2일 서울대 문리대에서 유신 철폐 시위가 일어났다. 한국신학대학에서도 이창식 학생회장과 김성환 대의원의장이 "신앙의 양심에 비추어 오늘과 같은 상황에서는 안이하게 수업을 계속할 수 없다"고 선언하였고, 학생들은 11월 9일에 열흘 동안 동맹휴업에 들어갔다. 학생들은 채플실에서 예배와 토론으로 신앙적인 결단과 함께 투쟁을 하기 위한 이론적인 무장을 다져 나갔다. 교수들도 강의를 할 수가 없으니 날마다 교수회의실에 모여서 아침기도회를 가지고는 덕담이나 하면서 시간을 보냈다.

며칠 뒤 11월 15일이었다. 평소보다 늦게 학장실로 들어갔더니 커튼을 내린 채 김정준 학장이 머리를 삭발하고 있는 것이었다. 검게 염색한 머리에 이발 기계가 지나간 곳을 따라 하얀 길이 생겨났다. 그의 검은 머리칼이 바닥에 툭 떨어졌다. "도대체 어떻게 된 일이죠? 모두 화계사에 출가라도 하려는 건가요?" 내가 물었다. 알고 보니 안병무 박사의 제의로 교수단 전원이 삭발을 한다는 것이었다. 안 박사의 삭발이 끝나자 내가 그 자리에 앉았다. 장발이었던 내 머리가 싹뚝 잘려져 나갔다. 거울 앞에 선 나는 뒤에서 나를 바라보고 있는 안병무와 눈이 마주쳤다. 그는 "동환아!" 하면서 소리를 질렀다. 거울 속에서 은진중학교 시절의 내 모습을 보았던 것이었다. 나도 "병무야!" 하고 소리를 쳤다. 그 엄중한 순간에 교수들 사이에서 웃음이 터졌다. 10여 명의 교수들이 머리를 삭발하고 나오자 학생들이 동요하기 시작했다. 그날은 마침 학교 근처 이발관이 쉬는 날이어서 성격이 급한 학생들은 가위로 자신의 머리를 싹뚝싹뚝 자르기 시작했다. 수유리 캠퍼스에는 때아닌 '스님'들이 수십 명으로 불어났다. 이 소식을 듣고 며칠 뒤 함석헌 선생님이 학교를 방문하셨다. 그는 머리를 삭발하는 대신 길게 길렀던 하얀 수염을 잘라 우리와 뜻을 같이했다. 장난기 있는 김정준 학장은 잘라 낸 머리카락으로 붓을 만들어 보려고 했는데 실패했다고 했다. 김경재 교수는 학장실에서 자르지 못하고 이발관에서 삭발을 했는데, 이발사가 "고시 공부를 하러 가느냐?"고 물었다고 했다. 교수들에게 그날의 삭발은 참회와 아픔과 자책과 고뇌의 한 표현이었다.

다음 날 학생들은 나흘간 단식에 돌입했다. 단식 마지막 날, 성만찬을 기념하는 예배에서 교수들은 예수가 제자들의 발을 씻겨 준 것처럼 학생들 발을 일일이 씻고 수건으로 닦아 주었다. 학생들과 교수들은 서로 껴안고 울었다. "우리는 한신 가족, 좋다 좋아, 함께 죽고 함께 살자, 좋다 좋아, 무릎 꿇고 살기보다 서서 죽기 원한다, 우린 모두 한신 가족"이라고 개사한 노래를 부를 정도로 우리들은 끈끈한 공동체 의식으로 무장되어 있었다.

그 얼마 뒤에 김정준 학장은 채플실에서 강단 위에 세워져 있는 한신대 교기 앞에서 무릎을 꿇고서 면도칼로 교기를 찢었다. 용기 있는 학생들을

1973년 11월 유신헌법 철폐를 요구하는 학생들의 동맹휴학을 지지하며 한국신학대학교 교수단 전원이 삭발 시위를 감행했다. 오른쪽부터 김정준, 김이곤, 박근원, 안병무.

지켜 주지 못하고 제적시켜야 하는 교수의 무능함과 치욕스러운 심정을 표현한 것이었다. 찢겨진 교기는 학생들이 다시 한 명씩 학교로 돌아올 때 한땀 한땀 다시 꿰맬 것이라고 그는 말했다.

학생들을 제적한 것에 대해 참회하면서 교수들은 머리를 깎고 사표를 제출했지만, 이사회는 사표를 반려했다. 학생들을 이미 제적시킨 뒤에 사표를 냈으니 이사회는 그 사표를 받아 줄 이유가 없었다. 학생들과 교계는 교수들의 뼈아픈 결단을 이해한다고 했지만 학생들을 끝까지 지켜 주지 못한 것이 못내 마음에 걸렸다.

한국신학대학은 이처럼 교수와 학생이 하나가 되어 독재에 강하게 항거함으로써 칠십년대 반유신 운동의 메카로 떠올랐다.

삭발 사건이 일어나기 일 년 전에는 또 이런 일이 있었다.

"본 대학 학생들이 학원 질서를 파괴한 사실이 없다고 판단하여 학적에 의한 제적을 할 수 없음."

1971년 10월16일 교수회의의 분위기는 비장했다. 삼선개헌을 통해 대선에서 김대중 후보에게 간신히 이겨 집권한 박정희 정권은 1971년 들어 대학가에서 교련 반대 등으로 반정부 시위가 격화되자, 10월15일에 위수령을 선포하고 대학에 휴교 조처를 내렸다. 서울. 연세. 고려대 등 주요대학들이 군에 점령됐다. 문교부는 전국적으로 173명의 학생들을 제적시키라는 명단을 만들어 내려보냈다. 한국신학대학에서는 추요한, 이해학, 김성일, 황주석, 이 네 명이 명단에 올랐다.

이해학 등은 위수령이 나기 이틀 전 세종호텔에서 열린 기독교인 국회의원 조찬기도회에서 그들의 각성을 촉구하는 시위를 벌였다. 이 사건이 당시 언론에 크게 보도되며 사회문제로 비화되자, 문교부는 눈엣가시 같던 한국신학대학을 손보려고 마음먹고 나선 것이었다.

전교생이 200명도 채 되지 않는 작은 학교였지만 한국신학대학은 정부에 정면으로 맞섰다. 이미 연세대도 버티고 버티다가 학생들을 제적시킨 뒤였다. 민관식 당시 문교부 장관은 학생들을 제적하라고 여러 차례 전화를 걸었다. 교수들은 문서로 요구하라며 버텼다. 하지만 그들도 자신의 불법성이 기록에 남는 것이 두려웠는지 한 번도 문서로 정식 요청은 하지 못했다. 교수회의는 거듭되는 문교부의 요구에 여섯 차례에 걸쳐 '제적 불가'의 응신을 보냈다. 결국 청와대까지 나섰다. 문교부 쪽은 청와대가 최종적으로 정한 시한이라며 10월 21일 오후 1시를 알려왔다. 대학가와 사회의 관심은 온통 한국신학대학 수유리 캠퍼스로 몰렸다.

10월 21일 교수들은 아침 일찍 연행에 대비해 내복까지 입고 나올 정도로 각오를 하고 학교에 모였다. 안병무 교수가 수사기관에 끌려가서 당하는 인격 모독을 견디는 방법에 대해 일러 주기도 했다. 경찰들은 이미 캠퍼스에 들어왔다. 연세대에 주둔하던 군이 수유리 쪽으로 오고 있다고 시비에스(CBS) 기독교방송이 시간별로 뉴스를 전했다. 우리 교수들이 학장실에 모여서 대책을 강구하고 있는데, 조향록 목사가 찾아와서 절대로 항복해서는 안 된다고 격려했다. 학교 문을 닫아야 한다면 닫으라며, 얼마 가지 않아 다시 열게 될 것이라는 것이었다. 잇달아 다른 여러 동문들이 속속 찾아와서 결코 후퇴하지 말라고 북돋았다.

그때 학교를 출입하던 중앙정보부 요원이 교수실로 밀고 들어와 "교수님들 죄송합니다. 국가 원수의 체면을 세워주십시오."라며 읍소했다. 교수실의 분위기가 서늘해졌다. 김정준 학장이 함태영 전 한국신학대학 학장의 아들인 함병춘 당시 청와대 특보에게 전화해서 청와대 동정을 물었다. 그는 "심각하다."는 짤막한 말로 답했다.

교수회의 침묵을 깬 것은 성북경찰서에서 조사를 받고 나온 이해학과 추요한이 총무과장을 통해 낸 자퇴서였다. 결국 두 사람의 자퇴서를 받기로 하고, 나머지 두 학생은 나타나지 않아 제적 처리를 하기로 결의했다. 교수들은 상을 치며 통곡했다. 학생들은 당황해서 우왕좌왕했다. 정보부원이 다시 들어와 "지금 무전으로 연락을 하려는데 연결이 안 되고 있다."며 "군대가 미아리 고개를 넘어 학교 가까이 오고 있다."고 말했다. 그러면서 군대가 들어오더라도 놀라지 말라고, 당부인지 협박인지 모를 통첩을 했다. 학교는 학생들의 피해를 막으려고 임시 휴업 조치를 하고 교수직 전원은 사임서를 제출했다.

당시 사건 주인공의 한 명인 이해학(성남 주민교회 목사)은 학생 시절에 종종 지각을 했다. 그 이유를 물었더니 아내가 아침에 가게 여는 것을 도와주고 오느라고 늦는다는 것이었다. 그래서 내가 "학교를 가게 옆으로 옮기든지, 가게를 학교 근처로 옮기든지 해야겠군." 하고 농담을 던졌는데, 그는 정말로 학교 근처로 가게를 옮겨, 우리가 자주 찾곤 했다. 그만큼 그는 실행력이 있는 사람이었다. 그는 박형규 목사와 함께 도시산업선교회를 했고 그 뒤에 성남주민교회를 세워 목회를 했다. 그는 길가의 잡초처럼 고생을 하면서 자라서인지 투쟁도 아주 끈질기게 했고, 그리하여 팔십년대 이후 재야운동의 걸출한 지도자로 성장했다. 그의 부인도 옆에서 함께 고생을 많이 했다.

김정준 학장은 폐결핵으로 3년 동안 요양원에서 생활하면서 고난을 극복하고 신앙적인 경건을 찾은 분이었다. 그가 지닌 정신적인 신축성과 열정의 근원은 '고난과 경건'에 있었다. 그러나 나는 그런 전통적인 경건보다는, 독재가 난무하는 20세기에는 역사 안에서 참으로 하나님 뜻대로 바르게 사는 것이 '참 경건'이라고 학생들을 가르쳤다. 그 여파로 학내 분위기가 술렁이자, 교무과장을 맡고 있던 안병무 교수가 나를 찾아왔다. "당신이 오면서 분위기가 달라지고 있는데 도대체 그게 뭐요? 학생들에게 '새로운 경건'을 가르친다며?" 하고 물었다. 그날 나는 은진중학교 동창인 안병무 교수와 진솔한 대화를 나눴다. 안 박사는 "좋다! 나도 자네와 함께 행동하겠네."라고 했고, 우리는 의기투합했다. 안 교수가 설득을 했는지 얼마 되지 않아 김정준 학장도 태도를 바꾸었다. 그 일로 그때 나는 그의 유연함과 인격을 느낄 수 있었다. 안 교수와 내가 마음을 모았고, 젊은 교수들이 한마음으로 따라 주었다.

그 뒤로 한국신학대학은 투쟁의 경험 속에서 수많은 민주화 운동 지도자를 배출했다. 그 바탕에는 물론 한국신학대학 전신인 조선신학원의 설립자이자 한국신학대학에서 학장, 이사장을 역임한 스승 김재준 목사님의 신학교육 이념과 전통이 면면이 작용하고 있었다. 교수진과 학생들이 하나가되어 싸운 것을 안병무는 훗날 '성령의 사건'이었다고 회고하기도 했다.

1973년에 저항의 의미로 스스로의 의지에 따라 삭발한 내가 구치소에서 1년을 지낸 뒤 형이 확정된 결과로 타의에 의해 두 번째 삭발을 하게 된 것이었다. 나는 속으로 중얼거렸다. '첫 번째 삭발은 우습게 끝났지만, 이번 삭발은 진짜야. 이제부터 진정한 수도의 길에 들어서는 삭발인 게야.'

제2부

새벽의 집

목포교도소로

대머리가 되어 방에 돌아오자 교도관이 푸른 수의를 주면서 옷을 바꾸어
입으라고 했다. 흰 한복은 미결수들만 입는 것이고 형이 확정된 이들은 푸
른 수의를 입어야 한다고 했다. 옷을 갈아입자, 짐을 꾸리라고 하면서 커다
란 자루를 주었다. 곧 지방에 있는 교도소로 이감된다는 것이었다. 어디로
가냐고 물으니 자기도 모른다고 했다.

떠나기 전에 식구라도 만나게 해 주면 좋으련만, 그렇게 서둘러서 이감
시킬 줄은 몰랐다. 준비를 마치고 앉아서 출두 명령이 나기를 기다리는 마
음이란 무어라 표현할 길이 없었다. 최종 판결이 나고 이렇게 삭발까지 했
으니 비로소 진짜 감옥살이가 시작된 것이다. 그동안 재판을 하느라고 옥
신각신하면서 사람들도 만나고 가지가지 경험을 했으나, 이제부터는 홀로
시간을 보내야 했다. 수감 생활의 새로운 국면으로 들어선 것이다. 조용히
앉아서 눈을 감았다. 미감수일 때와는 달리 형이 확정되면 면회는 한 달에
한 번만 허락되고, 편지도 한 달에 한 번밖에 쓸 수 없다.

"하느님, 앞으로의 2년 동안도 저와 함께하셔서 이 시련으로 말미암아 제가 새로운 차원으로 승화할 수 있도록 도와주소서."

오후 3시쯤 되자 출발한다고 나오라고 했다. "몸조심 하십시오." 하는 교도관의 인사를 들으면서 보따리를 둘러메고 밖에 나가니 검은 세단 한 대가 대기하고 있었다. 수갑을 차고 두 교도관 사이에 앉자 자동차가 움직이기 시작했다. 어디로 가느냐고 물어도 가는 방향을 알려 주지 않았다.

복잡한 서울 거리를 뒤로 하고 남으로 향해서 달리던 자동차는 대전에서 오른쪽으로 들어서 호남고속도로로 들어섰다. 두어 시간 달리더니 전주도 지나치고, 또 한참을 더 달려 광주도 비껴갔다. 달리는 자동차 안에서 주변에 펼쳐진 넓은 들을 보자니 처량한 심정이 들었다. 전에는 사농공상(士農工商)이라고 하여 농민의 위치가 사회에서 가장 중요한 자리를 차지했는데 지금은 다들 농토를 버리고 도시로 몰려들고, 농군 대신에 장사꾼 세력이 모든 것을 지배하고 있다. 죄다 농토를 버리고 대도시에 몰려들어 장사꾼들이 떨어뜨리는 부스러기를 먹으려고 혈안이 되어 있다. 농촌에 남은 사람이라고는 노인들뿐이다. 이 세상이 앞으로 어떻게 될 것인가?

자동차가 어느새 높은 산을 끼고 돌았다. 이곳은 산과 들이 벌써 파릇파릇하니 봄빛이 완연했다. 마침내 도착한 곳은 목포교도소였다.

목포교도소는 서울구치소보다 규모가 훨씬 작았다. 맨 먼저 눈에 뜨인 것은 살짝 붉은빛을 띤 돌을 다듬어 사람 키의 갑절이나 되게 쌓은 높은 돌담이었다. 안으로 들어가 차에서 내리자 한 교도관이 내 손에서 수갑을 풀고 데리고 들어가 빈 감방으로 안내했다. "여기서 얼마 지내셔야 하겠습니다." 교도관은 문을 잠그고 갔다. 감방이 모두 50개쯤 되어 보였다.

방은 기름한 직사각형이었고, 한쪽 끝으로 변소가 있는데 칸막이가 없었다. 환기가 잘 되는지 변소 냄새는 그다지 나지 않았지만, 그래도 변소가 환히 보이는 것이 썩 유쾌하지는 않았다. 될 수 있으면 그쪽을 보지 않으려고 했다. 감방 출입구 앞에는 복도가 있고, 복도 밖으로 높은 돌담과의 사이에는 나무가 자라고 잔디가 깔린 자그마한 정원이 있었다. 나는 책을 읽을 때나 운동을 할 때나 언제나 그 쪽을 향했다.

도착한 지 얼마 되지 않아 저녁밥을 갖다 주었다. 역시 꽁보리밥이었다. 그러나 두부모 같은 덩어리 밥이 아니라 그릇에 담겨 나와서 한결 나았다. 국도, 김치도 먹을 만했다. 그곳은 돈을 주고 음식을 사 먹는 제도는 없다고 했다. 지방의 교도소에는 돈 있는 죄수들이 별로 없기에 음식 판매를 하지 않는다고 했다.

취침 시간은 똑같이 저녁 8시였다. 취침 시간 전에 역시 소장이 부하들을 거느리고 찾아왔다. "앞으로 불편하시겠지만 잘 모시겠습니다." 하고 소장은 정중히 인사했다. 50대로 보이는 비교적 점잖은 사람이었다.

잠자리에 누워 이 한반도 남단에 혼자 와서 앞으로 2년이나 지낼 일을 생각하니 서글펐다. 옛날에 제주도 같은 곳에 귀양 간 사람들의 심정을 조금은 알 듯했다. 다시 자리에서 일어나 정좌하고는 하느님께 기도했다. 용기를 허락해 달라고, 이 난관을 극복해 빛나는 보석같이 되게 해 달라고, 이 고난이 나와 내 민족의 앞날에 거름이 되게 해 달라고 간절히 기도했다.

다음 날 아침이 밝았다. 조반을 마치고 성서를 읽고 있는데 방 앞으로 죄수들이 반라가 되어 달려가고 달려오곤 했다. 목욕 시간이었다. 한참 있는데 누가 내 방문 앞에 서더니 "문 박사님, 환영합니다." 하고 명랑한 소리로 말했다. 눈을 들어 바라보니 어디서 본 일이 있는 청년이었다. 그러자 그가 "제가 장영달입니다." 하고 자기 소개를 했다. 그러고 보니 과연 기독학생청년회에서 활동하던 장영달이었다. 기독학생청년회에서 반독재 운동을 하다가 여럿이 잡혀갔다고 들은 적이 있었다. 반가운 마음에 일어서서 "장영달 군. 여기서 이렇게……" 하는데, 말도 채 끝내기 전에 교도관이 채근해서 그는 지나가 버렸다. 그래도 그렇게나마 한 사람이라도 아는 사람을 만나니 크게 힘이 되었다. 이렇게 목포교도소 생활이 시작되었다.

목포교도소에서는 아침이 빨리 오는 듯 느껴졌다. 해가 뜰 때 변소 쪽 창으로 햇살이 환하게 비쳐 들어왔을 뿐만 아니라 앞마당의 나무들과 돌담을 눈부시게 밝혔다. 누운 채로 방을 두루 살펴보았다. 서울구치소 감방보다 훨씬 깨끗했다. 지은 지 그리 오래된 것 같지 않았다. 높이 달린 전등에는 삿갓이 제대로 씌워져 있었다. 일어나서 출입문 유리창을 통해서 앞마당에 있는 나무들을 둘러보았다. 소나무, 은행나무, 아까시 나무, 그리고 라일락도 있었다. 모두 파르라니 새싹이 돋을 참이었다. 서울구치소에는 멀리 아까시 나무 몇 그루만 달랑 있었는데.

정 자국이 뚜렷한 연분홍빛 돌담이 아침 햇빛에 더욱 눈부셨다. 앞으로 이 나무들이며 담장과 친해지리라 마음먹었다. 명상을 하려고 자리에 앉자 곧 기상나팔 소리가 들려왔다. 그러자 여기저기에서 인기척이 났다. 비로소 나 혼자가 아니라는 느낌이 들었다.

얼마 있으니 소지가 물 양동이를 들여보내는 것이 서울구치소와 같았다. 이를 닦고 세수를 했다. 그 뜨거운 물에 넣을 계란이 없는 것이 좀 아쉬웠다. 아침밥이 들어왔다. 밥에는 여전히 콩과 보리가 섞였으나, 처음 구치소에 들어왔을 때와는 달리, 아무렇지도 않게 먹었다. 그만큼 감방 생활에 익숙해졌다. 말하자면 성숙한 수인이 되어 가는 것이다.

식사 뒤에 한동안 앞마당의 나무와 돌담을 감상하고 나서 자리에 앉아 성서를 펴 들었다. 구약은 다 읽었고 마태복음서 5장에 있는 산상수훈을 읽을 차례였다.

예수님이 산상에 올라앉으시자 제자들이 그의 앞에 다가앉았다. 누가복음서에는 예수님이 들에서 가르치신 것으로 나오는데, 마태복음서에는 예수님이 산상에서 가르치신 것으로 되어 있다.

마음이 가난한 자는 복되다. 하늘나라가 그들의 것이다.

슬퍼하는 자는 복되다. 그들은 위로를 받을 것이다.

온유한 자는 복되다. 그들은 땅을 차지할 것이다.

옳은 일에 주리고 목마른 자는 복되다. 그들은 만족할 것이다.

자비를 베푸는 자는 복되다. 그들은 자비를 입을 것이다.

마음이 깨끗한 자는 복되다. 그들은 하느님을 뵙게 될 것이다.

평화를 위하여 일하는 자는 복되다. 그들은 하느님의 아들이 될 것이다.

옳은 일을 하다가 박해를 받는 사람은 복되다. 하늘나라가 그들의 것이다.

여기까지 읽고서 잠시 눈을 감았다. 나를 되돌아보지 않을 수가 없었다. 여기에서 예수님이 강조하는 것은 행동이 아니라 마음 자세였다. 마음 바탕이 어떠하냐 하는 것이었다. 모세오경은 행동을 강조했다. 그러나 예수님은 마음 바탕을 문제 삼았다. 마음 바탕이 올발라야만 평화를 이룩하는 삶을 살 수 있다는 말이었다. 하느님의 아들딸이, 하늘나라의 시민이 된다는 말이었다. 그래야 하늘나라의 축복이 무엇인지를 경험한다는 것이다. 외형적으로 율법을 지키는 것을 자랑삼는 바리새파 사람들이 중시하는 것과는 완전히 달랐다. 모세가 명한 것을 참되게 지키는 길이 어떤 것인지를 밝히는 말씀이기도 했다. 마음이 순수해야 하느님의 뜻을 깨닫고 따를 수가 있다는 말이었다.

나 자신을 깊이 반성할 수밖에 없었다. 내 마음이 정말 깨끗하고 순수한가? 정의를 위한다고 하면서 감옥에까지 들어왔으나, 정말 생명을 사랑하고 평화를 희구하는 심정으로 살아왔는가? 감옥 생활을 하는 것을 훈장처럼 여겨서 행동한 것은 아닌가? 정의의 투사가 되었음을 자랑으로 여긴 것은 아닌가? 생각할수록, 나를 들여다볼수록 자신이 없어졌다. 빌립보서 2장에 있는 원시 교회의 신앙고백이 떠올랐다.

여러분은 그리스도 예수께서 지니셨던 마음을 품으십시오!
그리스도 예수는 하느님과 본질이 같은 분이셨지만
굳이 하느님과 동등한 존재가 되려 하시지 않으시고
오히려 당신의 것을 다 내어놓고 종의 신분을 취하셔서
우리와 똑같은 인간이 되셨습니다.
……

그렇다, 마음이 중요하다. 아무리 우리가 자신의 행동을 정당화하려고 해도 마음이 그릇되면 우리의 삶에 열리는 열매란 죽음을 가져오는 역할밖에 하지 못한다. 엉겅퀴에 어찌 무화과가 열리겠는가? 나는 눈을 감고 기도했다. "이런 고도와도 같은 곳에서 외롭게 지내면서 내 마음도 깨끗해지게 하소서."

나는 일어서서 제자리 뜀을 뛰었다. 앞마당의 나무와 돌담도 나와 같이 오르락내리락 운동했다. 내 마음이 자연과 통하기라도 한 것일까?

운동하고 나서 나도 모르게 돌담의 정 자국을 주시하게 되었다. 크고 작은 그 많은 정 자국 위로, 크고 작은 수많은 얼굴들이 떠올랐다. 옆으로, 거꾸로 또는 똑바로 나를 쳐다보고 있었다. 표정도 갖가지였다. 금강산 만물상이 생각났다. 금강산 만물상에서 사람들은 저마다 제 나름대로 어떤 형상들을 발견한다고 했다. 그런데 이 돌담에서 내가 보는 것은 얼굴들뿐이었다. 아무리 다른 모습을 찾아보려 해도 보이는 것은 얼굴뿐이었다. 아마 내 마음이 보고 싶은 것이 사람의 얼굴이기 때문일 터였다. 이 고도와도 같은 곳에서는 성난 얼굴이라도 좋으니 사람을 보고 싶은 것이리라.

나는 그 자리에 주저앉고 말았다. 그리운 얼굴들을 보고 싶어서 견디기가 힘들었다. 눈을 감고 주저앉은 채로 한참 가만히 있었다. 갑자기 복도에서 사람들 발자국 소리가 들려왔다. 눈을 떠 보니 옆방의 수인들이 지나가고 있었다. 운동장에 운동하러 나가는 것이었다.

나는 다시 일어나서 제자리 뜀을 시작했다. 만 보를 뛰기로 했다. 다 뛰고 나서 땀을 닦고 있는데 운동하러 나갔던 수인들이 다시 방으로 돌아가고 있었다. 나는 출입문 가까이 가서 장영달이 나타나기를 기다렸다. 아니나 다를까, 장영달도 내 방을 바라보면서 뛰어오고 있었다. 그가 나를 보더니 "박사님도 운동하십시오!" 하고 손을 흔들었다. "그럼, 나도 만 보를 뛰었어!" 하고 기다렸다는 듯이 대답했다.

그 뒤로 그렇게 하루에 두 번씩 장영달을 만나는 것이 내겐 소중한 기쁨이었다. 그러나 그것도 오래 가지 않았다. 얼마 지나자 장영달도 어디론가 자취를 감추고 말았다. 전방이 아니면 다른 교도소로 옮긴 것이었으리라.

나의 허물을 돌아보다

점심을 먹은 뒤 식곤증으로 낮잠을 자고 있는데 교도관이 누가 면회를 왔다면서 나를 깨웠다. 교도관의 뒤를 따라가면서 누가 벌써 알고 나를 찾아왔는지 궁금했다. 목포에 있는 어느 기독교장로회 목사라도 찾아온 것일까 싶었다.

목포교도소에서의 면회실은 서울구치소와는 완전히 달랐다. 서울구치소에서는 종종 특별 면회로 한 방에 마주 앉아서 면회했다. 그래서 아내와 껴안고 키스까지 할 수 있었다. 그러나 목포교도소는 면회실이 자그마한 유리창을 가운데 두고 마주앉아서 마이크를 통해서 대화하게 되어 있었다. 키스는커녕 손도 잡을 수가 없었다. 게다가 우리의 대화를 기록하는 교도관까지 앉아 있었다.

그런 면회실 창 건너에 나타난 얼굴은 바로 사랑하는 아내의 얼굴이었다. 아내는 유리창을 사이에 두고 나와 마주앉는 것이 안타깝다는 양 이마를 창에 대고 나를 쳐다보고 있었다. 나도 그 창에 이마를 대었다. 그로써 우리는 애정의 키스를 대신했다.

아내는 내가 목포로 왔다는 소식을 듣고 새벽 기차를 타고 내려온 것이었다. 이번 3·1구국선언문 사건으로 함께 형을 받은 동지들을 전국 각지에 분산시켜 수감했는데, 그것은 같은 곳에 있으면 그 부인들이 힘을 합쳐 시위할까 봐 그랬다는 것이었다. 그리고 내가 가장 먼 곳에 수감되었다고 했다. 목포까지 오는 길에 아내의 친한 미국인 친구 수 라이스(Sue Rice)가 동행해 주었다고 했다. 아내는 집안 식구들의 이야기며 교회들의 활동들을 알려 주었다. 카터가 미국 대통령으로 당선되었다는 이야기도 해 주었다. 나는 이곳 감방의 모습과 더불어 장영달을 만난 이야기를 했다. 다행히 교도관은 우리 대화에 끼어들지 않았다. 그러나 10분이 지나자 시간이 다 되었다고 하면서 일어나라고 했다. 방을 나서려다가 뒤돌아보니 아내는 그대로 앉아서 나를 지켜보고 있었다. 나는 손을 입에 대었다가 키스를 날리는 제스처를 했다. 그것이 내가 할 수 있는 유일한 애정 표시였다.

그 먼 길을 달려 찾아왔는데 손 한번 잡아 보지 못하고 돌아가는 아내의 심정이 어떠할까 생각하니 마음이 몹시 아팠다. 그토록 보고 싶던 얼굴을 보았건만 외려 서글프기만 했다. 고개를 떨구고 돌아갈 아내 생각을 하니 그렇게 마음이 쓰라릴 수가 없었다.

마음이 그런지라, 방에 돌아와 자리에 그냥 눕고 말았다. 그러고 있는데 교도관이 책 몇 권을 넣어 주었다. 아내가 차입시킨 책이었다. 자그마한 옷꾸러미도 함께였다. 아내가 넣어준 책은 이기백의 『한국사 신론』과 동학에 관한 책들이었다. 내가 전에 부탁한 것들이었다. 도스토예프스키의 『카라마조프가의 형제들』 영문판도 있었다. 내가 도스토예프스키를 좋아하는 것을 아내가 알고 넣어 준 것이다. 이미 두 번이나 읽은 책이었다. 그러나 성서처럼 몇 번을 읽어도 읽을 때마다 새로운 것을 느끼게 하는 책이기에 퍽 반가웠다.

그러나 아내를 그렇게 보내고 나니 마음이 울적하여 아무것도 하기 싫어 다시 누웠다. 누워서 아내 생각을 하다 보니, 고맙게도 이 먼 길을 아내와 동행해 준 수 라이스 얼굴이 떠올랐다.

수 라이스는 미국 장로교 선교사로, 남편인 랜디 라이스(Randy Rice) 목사와 더불어 한국의 민주화에 많은 관심을 가진 고마운 분이었다. 그분들 말고도 적지 않은 젊은 선교사들이 우리나라의 인권 운동과 민주화 운동에 깊은 관심을 갖고 있었다. 그들은 '월요 저녁 모임(Monday Night Group)'을 결성하여 월요일마다 모여서 서로 정보를 나누고 할 수 있는 일들을 찾아서 한국의 민주화를 위하여 노력해 오고 있었다. 내 아내도 그 모임의 일원이었다.

내가 수 라이스와 가까워진 것은 1972년 가을 왜관에서 가진 '동력 모임(group dynamics)'에서였다. 동력 모임이란 십여 명의 참가자들이 모여서 서로 솔직하게 마음을 열어 놓고 함께 엉겨서 행동하고 대화하는 과정을 통하여 자기 자신을 더 깊이 알게 하고, 아울러 참가자들 사이에서 일어나는 동력으로 자신을 새롭게 하려는, 미국에서 개발된 프로그램이었다. 우리나라에도 이런 운동을 널리 소개하려고 미국에서 전문가가 와서 이 새로운 프로그램을 시도한 것이었다. 참가자는 대부분 미국과 캐나다에서 온 선교사들이었는데 우리 부부도 거기에 참가하게 되었다. 그 모임에는 다양한 프로그램이 있었다. 그중의 하나가 소경을 인도하는 놀이였다. 둘씩 짝을 지어서 한 사람이 눈을 감고 소경노릇을 하면 다른 한 사람은 그를 인도하여 여기저기를 돌아다니기를 교대로 하는 놀이로, 눈을 감고 자기를 완전히 남에게 맡기는 경험을 하게 하는 것이 놀이의 목적이었다.

그 놀이에서 나와 수가 한 조가 된 것이 계기가 되어 수는 우리 부부와 가까운 친구가 되었다. 역시 이 모임을 통해 만난 버그홀더(Miss. Burgholder) 여사는 기독교교육을 전공한 선교사로, 내가 1961년에 한국에 돌아와서 활동한 것을 높이 평가하여 나를 제랄드 하비(Dr. Gerald Harvey)라고 하는 기독교교육 운동가에게 소개한 적이 있었다. 그때에 하비 박사는 아시아에 있는 기독교교육 전문가들을 대상으로 특별 강좌를 열 계획을 가지고 한국을 방문했다. 그 강좌를 위해서 아시아의 교육 전문가 한 사람을 찾던 그는 버그홀더 여사에게 알맞은 사람을 추천해 달라고 부탁했고, 여사는 나를 추천했다.

강좌는 대만에서 열렸다. 일본, 한국, 대만, 필리핀 등에서 약 50여 명의 기독교교육 전문가들이 모였다. 그 강좌를 주최한 하비 박사는 미국 감리교 본부에서 전 세계의 기독교교육을 강화하는 책임을 맡은 이였다. 강사는 나와 미국 시카고에 있는 감리교 개렛신학교의 기독교교육 교수인 윙가이어(Dr. Douglas Wingeir) 박사였다. 그 모임은 교회의 어린이 교육, 청소년 교육, 성인 교육, 그리고 학원 교육에 관심의 초점을 두었다.

하비 박사는 나를 세계기독교교육위원회에 소개했고, 나는 이 위원회에서 아시아를 대표하는 이사가 되었다. 그 뒤로, 세계 여러 나라에서 열리는 이사회와 이사회가 주최하는 교육대회를 통해 나는 견문을 넓히고 기독교교육의 세계적인 흐름을 접했다. 아프리카 중부에 있는 케냐의 수도 나이로비에서 가진 대회에서는 지도자로서 한 그룹을 이끌기도 했다. 그 대회는 인종간의 화해를 위해서 교육이 어떻게 공헌할 것인지를 토의했는데, 남아프리카공화국의 아파르트헤이트(인종차별정책)에 초점을 두었다. 1971년에 남아메리카 페루에서 열린 대회에서는 그 지역 여러 나라의 교육 상황을 시찰하고 나서 학교교육의 개선에 관해서 검토했다. 그리고 라틴아메리카에서 일어난 해방신학 강연과 그에 대한 교육적인 접근에 관한 토의가 있었다. 강연은 페루의 한 신학자가 하고, 이에 대하여 인도에서 온 학자와 내가 코멘트를 했다. 인도에서 온 학자는 인간의 종교성을 강조하면서 해방신학에 비판적인 견해를 밝혔다. 그러나 나는 해방신학의 중요성을 인정함과 동시에 해방신학에서 해방이라는 투쟁성만을 강조할 것이 아니라 해방하는 과정에서 가지는 깊은 친교를 통해서 얻는 새로운 삶의 기쁨과 축복도 강조해야 한다고 제언했다. 해방을 위한 해방이 아니라, 새로운 삶을 위한 해방이어야 한다고 생각해서였다. 이 제언에 청중들이 호응해서 박수갈채를 받았다.

1971년에 세계기독교교육협회와 세계교회협의회가 합치면서 나는 세계교회협의회 교회갱신과 교육위원회 위원이 되어서 계속 세계교회의 교육운동에 접할 수가 있었다. 특히 1971년 스웨덴의 웁살라에서 모인 세계교회대회에 참석한 것은 잊을 수 없는 경험이었다. 이 대회의 주제는 빚더미에서 허덕이는 제3세계를 어떻게 도울까 하는 것이었다. 이를 위해서 각 나라의 교회들은 각 나라 예산의 0.3퍼센트를 제3세계 개발을 위해서 제공하도록 노력하자고 결의했다. 그러나 이 결의를 준수한 것은 스웨덴뿐이었다. 0.18퍼센트를 내던 미국은 그 뒤 오히려 0.15퍼센트로 줄였다.

그때 나에게 크게 도움을 준 것은 예배 설교가 있을 때마다 설교자는 인류가 당면한 심각한 문제들을 '오늘의 물음'이라고 제시한 뒤 그것을 중심으로 하느님의 뜻을 찾는 설교를 한 것이었다. 설교가 그저 막연한 진리의 개진이 아니라 당면 문제에 대한 하느님의 뜻을 풀이하는 것이다. 그 뒤로 나도 설교할 때면 언제나 '오늘의 문제'를 제시하면서 설교하곤 했다.

이렇게 내가 세계무대에서 활동하게 해 준 것이 바로 버그홀더 여사였고, 그런 인연으로 나와 버그홀더 여사는 퍽 가까운 사이가 되었다.

그런데 그 동력 모임을 생각할 때마다 민망한 일이 기억나 나를 괴롭혔다. 그때 그 모임에서 나는 마음이 한없이 부드러운 감리교 여 선교사 버그홀더 여사의 마음에 상처를 주는 말을 내 뱉었고, 그 때문에 우리 사이는 멀어지고 말았기 때문이다.

나는 스스로 내가 성격이 퍽 부드럽다고 생각하고 있었다. 그런데 어떻게 그렇게 날카로운 말을 쏘아붙여서 남에게 상처를 주었는지 모르겠다. 나는 겉으로는 부드러워 보이지만 속에는 날카로운 발톱 같은 것을 숨기고 있었던 것이 아닌가 싶었다. 남을 감싸 주는 부드러운 마음씨가 없지 싶었다. 그러니 마음의 허리띠를 풀어놓았을 때 그런 본성이 드러난 것이 아니겠는가. 그날 저녁 잠자리에 들어서도 그 문제가 나를 괴롭혔다.

조용히 기도를 올렸다.

"하느님. 내 마음속에 도사리고 있는 이 날카로운 발톱을 없애 주십시오. 다른 사람의 마음을 이해하고 따뜻하게 수용하는 인정어린 마음을 주십시오. 그리고 무엇이 나를 이렇게 만드는지 깨우쳐 주십시오."

주변은 무거울 정도로 적막한 가운데 혼자 중얼거렸다.

"여기에서 나가면 버그홀더 여사를 찾아가서 용서를 구하리라."

그러나 뒤에 내가 출소했을 때 그녀는 벌써 고국으로 돌아간 뒤였다. 그리고 이 글을 쓰면서 알아보니 그녀는 벌써 타계하였다.

감옥에 앉아 있다 보니 그동안 살아오면서 나의 부족함으로 상처를 받았던 사람들의 얼굴이 떠올라 괴로웠다. 미국 유학 시절 나를 위해 온갖 정성을 다해 준 스코빌 목사님 내외의 마음을 몹시 아프게 했던 일도 떠올랐다.

미국 유학을 떠나려고 준비하고 있을 때였다. 장학금은 확보되었지만 미국에 가려면 여비가 필요했다. 피난민의 처지로 여비를 구하는 것은 거의 불가능했다. 이 사실을 안 스코빌 목사님은 당신이 시무하던 펜실베이니아 주의 해리스버그 장로교회에서 500달러를 마련해 주셨다.

스코빌 목사님은 우리 아버지가 캐나다에서 석사 학위를 받은 뒤 스코틀랜드의 에딘버러에서 신학 공부를 계속하려고 할 때 알게 된 목사였다. 아버지는 삼촌이 폐병으로 세상을 떠나자 중도에 돌아오셨는데, 그 뒤로도 스코빌 목사님은 아버지에게 『크리스천 센추리(Christian Century)』라는 종교 잡지를 꾸준히 보내 주시는 등, 아버지의 성실한 친구가 되어 주었다. 익환 형이 미국에 공부하러 갔을 때도 당신 집을 부모의 집처럼 생각하라면서 형을 돌봐 주셨다. 그리고 또다시 나에게 여비를 장만해 주신 것이었다.

내가 미국에 갔을 때 스코빌 목사님은 코네티컷에 있는 하트퍼드 시의 한 장로교회를 섬기고 있었다. 형과 나는 방학 때나 휴가 때면 그 집에 찾아가곤 했다. 스코빌 목사님 내외는 우리를 친자식처럼 돌봐 주셨다. 특히 그의 부인은 푸근한 분으로 정말 친어머니 같은 느낌을 주곤 했다. 내가 하트퍼드에 있는 신학원의 기독교교육과를 선택한 것도 스코빌 목사님이 그곳에 계셨기 때문이었다. 정말 그분들의 사랑을 듬뿍 받았다.

그런데 그분들과 나의 관계는 퍽 서글프게 단절되었다. 한국에 계신 부모와 교수들의 반대로 페이와 헤어지기로 마음먹은 나는 스코빌 목사님 댁에 머물렀다. 그때 내 마음은 슬프다 못해 가난하게 위축되어 있었다. 온 세상이 회색으로 보였다. 내 심정을 이해해 주는 이는 아무도 없었다. 스코빌 목사님 내외 역시 내가 미국 여자와 사귀는 것을 마땅하게 생각하지 않으셨다. 한국에 가서 한국 여자와 결혼하라고 하셨다. 우리 둘은 좋아서 결혼하겠다지만 우리 사이에서 태어날 자식들을 생각하라는 것이었다. 스코빌 부인은 그때 "솔직히 나도 내 딸을 너에게 줄 생각을 하지 못하겠다."라고 나에게 고백했다. 두 분은 나를 아끼고 사랑해 주었지만, 가슴 가장 밑바닥에는 극복하기 어려운 인종차별주의가 도사리고 있었던 것이다. 그리고 나는 얼음장 같이 차가운 말로 스코빌 부인에게 상처를 주었다.

페이와 결혼을 하기로 결심하고서 기숙사에 돌아온 뒤 다시는 그 집을 찾아가지 않았다. 그분들도 나의 박사학위 수여식에 오시지 않았다. 어쩌면 내가 초청장을 보내지 않았기 때문일 수도 있었다.

감옥에서 그 분들을 생각할 때마다 가슴이 저려 왔다. 사실 딸을 줄 생각을 하지 못하겠다는 말은 자신의 인종적인 편견을 솔직하게 반성하는 말이었다. 그런데 그때 나는 그렇게 받아들이지 못했던 것이다.

그분들은 감옥에 있는 우리 형제를 위해 편지와 돈을 보내오기도 했다.

존경하는 친구들:

나와 내 아내는 돈 100달러를 수감 중에 있는 문익환 목사와 문동환 목사를 위해서 보냅니다.

나는 1932년 에딘버러에서 이 두 목사의 아버지 문재린 박사와 같이 공부했습니다. 이 두 문 씨 형제는 미국에서 공부할 때 우리 집에 자주 왔습니다. 나는 그들에게 디모데 그리고 스데반이라는 이름을 지어 주기도 했습니다.

이 두 형제와 그들의 가족에게 그들의 미국 아버지와 어머니가 얼마나 그들을 사랑하고 있는지 그리고 그들을 위해서 기도하고 있는지를 알려 주십시오. 우리는 그들이 우리 주님을 위해서 얼마나 용감하게 증언하고 있는지를 생각하고 고맙게 생각합니다. 그들은 1949년 이래로 우리가 목회한 펜실베니아와 코네티컷의 교회에 큰 감명을 주었다는 것도 알려 주십시오.

그리스도 안에서 한 형제가 된 고든 스코빌(Gurdon Scoville)

나는 이 편지를 읽으면서 눈물을 흘리고 말았다. 나는 두 분에게 답장을 쓰면서 훗날 미국에 가게 되면 꼭 스코빌 목사님을 찾아가 다시 그리스도인의 친교를 회복하겠다고 다짐했다.

할 일도 없이 혼자서 우두커니 앉아 있자니, 남에게 상처를 준 크고 작은 일들이 꼬리에 꼬리를 물고 떠올랐다. 중학교 다닐 때 친구들 사이에서, 교회를 섬기면서, 혹은 학교의 교사로 있으면서 많은 사람들에게 여러 가지 상처를 주었다. 미국에 있는 동안에도 그랬다. 해야 할 말은 하지 못했고, 해서는 안 될 말을 해서 남에게 상처를 주었다. 차마 말할 수 없는 여러 가지 실수들도 많았다.

그런 과거사를 생각하느라고 마음이 몹시 보깼었다. 내 사려 없음으로 여러 사람에게 상처를 준 그 일들이 그들의 삶에 어떤 영향을 주었을지 생각하면 두렵기까지 했다. 그런 상처가 그들의 신앙이나 그들의 삶의 자세에 치명적인 영향을 주었을 수도 있지 않겠는가. 그렇다면 그 죄에 대한 책임은 어떻게 져야 하는 것일까? 예수님은 "지극히 작은 자 한 사람이라도 죄를 짓게 하는 자는 그 목에 연자 맷돌을 달고 깊은 바다에 던져 죽는 것이 오히려 나을 것이다."(마 16: 6)라고 말씀하셨는데, 나의 그 많은 과오가 그런 결과를 가져오지 않았으리라고 누가 보장할 수 있을 것인가.

이런 고민으로 마음을 들볶던 중에, 종교개혁자 마틴 루터가 수도사들이 흔히 하는 식탁 담화에서 한 신앙고백이 머릿속에 떠올랐다.

루터는 수도원에서 신앙과 관련된 여러 가지 고민을 하던 당시에 회중들 앞에서 기도할 수도, 강론할 수도 없었다. 회중들 앞에서 기도하거나 강론할 때마다 하느님의 뜻만을 드러내려고 하는 것이 아니라 자기 자신을 드러내려고 하는 자신을 보았기 때문이었다. 그는 이런 자기 자신과 치열하게 싸웠다. 그러나 그럴 때마다 언제나 패배하는 자신을 발견했다. 이런 오만한 행동이 회중에게 끼칠 그릇된 영향을 생각하니 도저히 공중기도와 강론을 할 수 없었다. 그러다가 문득 깨달은 것이 "우리가 하느님 앞에서 완전히 선해야만 구원을 얻는 것이라면, 땅 위에서 구원받을 사람은 하나도 없을 것이다'라는 사실이었다. 우리의 부족함을 위해서 예수님이 십자가에서 돌아가셨고, 그로써 우리의 죄를 사하여 주신 하느님의 한없으신 사랑을 보여 주셨기에 우리는 죄인이지만 구원을 얻는다는 것을, 그는 깨달았다. 예수님을 통해서 용서하시는 하느님을 믿기만 하면 구원을 얻는다는 말이었다. 이것을 깨달은 루터는 "이제부터는 나는 대담하게 죄를 지으리라."는 놀라운 고백을 했다.

예수님이 말씀하신 탕자의 비유가 생각났다. 제 뜻대로 살고 싶어서 아버지 뜻을 거역하고 나가서 허랑방탕하게 살며 아버지의 재산을 낭비한 둘째 아들이 자신의 잘못을 깨닫고 돌아오자 아버지는 아무런 꾸중도 없이 그를 껴안아 주고 잔치를 베풀어 주었다. 그런 아버지 앞에서 돌아온 아들이 계속 과거에 지은 죄 때문에 고민한다면 그 아버지가 어떻게 생각할 것인가. "내가 이미 다 용서했는데 왜 과거사를 껴안고 고민하느냐. 넌 나의 용서를 믿지 못하느냐?" 하고 나무랄 것이다.

그렇다. 사람치고 다른 사람에게 상처를 주지 않는 성자는 있을 수 없다. 우리는 모두 돌아온 탕자인 것이다. 그런 우리를 하느님은 대가 없이 용서하고 당신의 자녀로 삼으셨다. 하느님의 용서하시는 사랑을 믿으면서 그의 자녀로 살려고 최선을 다하는 한 우리의 잘못은 하느님께서 선히 처리해 주신다. 또 이렇게 하느님이 우리를 용서해 주셨듯이 우리도 우리 자신을 용서해 주어야 한다. 하느님이 우리를 용서해 주셨는데 자기의 잘못을 끝없이 꾸짖으며 괴로워하는 것은 하느님의 용서를 받아들이지 않는 불신행위이다. 하느님의 용서하심을 감사하는 마음으로 받아들이고, 하느님의 뜻이 하늘에서 이룬 것 같이 땅에서도 이루어지도록 노력해야 할 따름이다.

이렇게 정 자국이 무수히 난 돌담에서 떠올린 그 많은 얼굴들이 못난 나 자신을 보여 주는 동시에 무한히 용서하시는 하느님의 사랑을 깨닫게 했다. 자리에서 일어나 돌담을 다시 한 번 바라보았다. 놀랍게도 성나서 일그러진 얼굴이 하나도 보이지 않았다. 나는 손을 모아 기도했다.

"하느님. 나로 말미암아 상처를 입은 자들을 껴안아 주시어 그들의 상처를 낫게 해 주소서. 그리고 저에게 겸손하고 온유한 마음을 허락하여 주소서."

청주교도소로

조반 후에 성서를 읽으려고 하는데 교도관이 와서 예의 그 큰 자루를 주면서 소지품을 다 챙기라고 했다. 나는 좀 놀라서 도대체 어쩐 일이냐고 물었다. 교도소를 옮기게 됐다는 것이었다. 목포교도소에 온 지 두 주일도 되지 않았는데 왜 갑자기 옮기느냐고 물었더니 자기들도 모른다고 했다. 어디로 가느냐고 물어도 역시 모른다고 머리를 저었다. 어딘가 좀 꺼림칙한 느낌이 들었다. 더 벽진 곳으로 옮기는 것은 아닐까 싶었다.

새로운 곳에 적응하는 일이 그리 쉬운 일이 아닌 터에, 이제 이곳에 적응하려는 참에 다시 다른 곳으로 옮긴다니 이것이 우리를 못살게 구는 한 방법은 아닌가 싶어 마음이 불편했다. 그러나 나중에 알고 보니 목포는 기독교장로회의 교세가 강해서 내가 목포교도소에 이감해 온 뒤로 교도소 앞에서 교회가 계속 시위를 해서 어쩔 수 없이 나를 다른 곳으로 옮긴 것이었다. 옮겨 간 곳은 청주교도소였다. 청주교도소에는 신현봉 신부가 수감되어 있었는데 청주는 또 가톨릭 교세가 강한 곳이라 천주교가 계속 시위를 한 모양이었다. 그래서 나와 신현봉 신부를 교체해서 이감시킨 것이었다.

청주는 나에게는 퍽 친숙한 곳이다. 한국신학대학 졸업생 중 김원배 목사가 청주 YMCA 총무로 봉사하는 동안 여러 차례 그곳에서 강연도 하고 그곳 사람들과 친교를 나누곤 했다. 나와 생각이 잘 통하는 서도섭 목사도 그곳에서 오래 목회를 했기에 나로서는 목포보다는 청주가 마음을 붙이기에 좋은 곳이었다. 그리고 아내가 찾아오기에도 훨씬 편하겠다고 생각하니 한결 위안이 되었다.

목포에 왔을 때와 같이 검정 세단 뒷좌석에서 두 교도관 사이에 끼어 앉았다. 비록 수갑을 채워 불편하기는 했으나 오래간만에 바깥세상을 보니 마음이 탁 열리는 것 같았다.

점심시간이 좀 지나서 청주교도소에 도착했다. 내가 수감된 방은 굉장히 큰 방이었다. 목포교도소의 감방보다 두 배는 커 보였다. 다만 서둘러 도배를 해서 벽지가 아직 풀이 채 마르지도 않아 엉성해 보였다. 큰 방에 혼자 있으려니 허전한 느낌이 더했다. 점심을 먹은 뒤에 일어나서 동물원 살창 속에 갇힌 호랑이처럼 그 넓은 방을 왔다 갔다 했다. 마음이 영 진정되지 않았다.

어수선한 마음으로 방 안을 왔다 갔다 하는데 방문 유리창에 한 어린 소지의 얼굴이 나타났다.

"이 방에 신 신부님이 계셨어요. 제가 신 신부님을 잘 모셨어요. 무엇이고 부탁할 일이 있으면 말씀하세요."

소년은 이렇게 속삭이고는 사라졌다. 마치 천사의 말을 들은 것 같은 느낌이 들었다. "이 방에 신 신부님이 계셨다고?" 그러자 마치 신 신부님의 영이 그 방에 남아 있는 듯했다. 그리고 문 밖 복도에는 나를 돕겠다는 천사와도 같은 소년이 또 있었다. 부활하신 예수님을 증거하다가 옥에 갇힌 베드로가 생각났다. "하느님. 고맙습니다. 이렇게 돌보아 주시니⋯⋯." 마음이 기쁨으로 가득했다. 방 안을 오가는 발걸음이 한층 더 빨라졌다. 찬송이라도 부르고 싶었다.

그 소년이 다시 나타나더니 "무엇을 해 드릴까요?" 하고 속삭였다. 감사하는 마음으로 들떠 있어서 무엇을 부탁해야 할지 미처 생각하지 못했다. 그런데 내 입에서 나도 모르게 "이쑤시개 하나 만들어 줘." 하는 말이 뛰쳐나왔다. 나는 이가 고르지 않아 음식을 먹으면 음식물들이 이 사이에 잘 끼곤 했다. 목포에 있을 때 대나무를 구해서 이쑤시개를 만들어 보관해 두고서 사용했는데 빠뜨리고 와서 아쉽게 생각하고 있던 참이었다. 소년은 "알겠습니다." 하고는 어디론가 사라졌다.

얼마 있다가 그 소년의 손이 들창 안으로 쑥 들어오더니 무엇인가 떨어뜨렸다. 그러면서 "쓰시고는 감추세요." 하더니 사라졌다. 얼른 가서 그것을 집어 들었다. 대나무로 만든 이쑤시개였다. 세상에서 그렇게 기묘하고 아름다운 이쑤시개는 처음 보았다. 길이가 두 치가량 되는 이쑤시개가 한쪽은 뾰족하고 다른 한쪽은 납작한 것이 정말 예술이었다. 내 눈에 눈물이 글썽거렸다. 그것은 그냥 대나무 이쑤시개가 아니라 사랑의 화신이었다. 나는 눈을 들어 출입구 창을 통해서 소년이 서 있는 쪽을 보았다. 소년은 맞은편 벽에 기대고 서서 나를 보고 빙긋이 웃고 있었다. 나는 손을 들어 머리에 대면서 고맙다는 인사를 날렸다. 소년도 손을 들어서 화답했다. 우리 둘은 사랑과 기가 통했고, 그래서 무한히 기뻤다.

그런데 이 일이 교도관에게 알려진 모양이었다. 다음 날부터 그 소지가 다시는 나타나지 않았다. 나는 가슴이 철렁했다. 이 소년수가 나를 돕다가 어디 가서 크게 벌을 받는 것만 같아서였다. "무엇을 해 드릴까요?" 하던 그 소년의 친절한 목소리가 하루 종일 들리는 듯했다. 소년의 마음은 사랑이 넘치고 부드러웠다. 그러나 전과자라고 해서 세상이 그것을 알아주지 않을 것을 생각하니 못내 안타까웠다.

"무엇을 해 드릴까요?" 하고 다정하게 묻던 소년수가 베풀어 준 것과 같은 그런 따뜻한 정을 교도소 안에서도 자주 경험했다. 조용히 기도했다.

"하느님. 그 소년수가 어디로 갔는지는 모릅니다. 그가 어디로 가든지 그를 지켜 주십시오. 그의 앞에 밝은 날이 전개되게 해 주십시오. 그리고 과부, 고아, 나그네들이 안심하고 살 수 있는 세상이 빨리 오도록 저희를 이끌어 주소서."

모두가 화목하게 사는 새로운 내일이 하루 빨리 이루어지기를 바라는 마음으로 간절히 기도했다.

최제우를 읽다

청주교도소에서 지낸 것이 1977년 4월부터 12월 말까지니 8개월이 넘는다. 그런데 기억에 남는 일은 별로 없다. 특별한 사건이 없어서였다. 지나고 보니, 교도소 생활이란 아코디언과도 같아서, 연주하는 동안에는 길게 늘어나는데 연주가 끝나면 줄어들고 만다. 감옥에 있을 때는 감방 생활이 그렇게 길고 지루할 수가 없었다. 그러나 지나고 보니 자그마한 에피소드에 지나지 않았다. 의미 있는 사건들이 없기 때문이었다. 서울구치소에 있을 때는 그래도 여러 가지 중요한 사건들이 있었지만, 청주 교도소에서 지내는 동안에는 특별한 사건이 없었다.

그러나 그때 아내가 캐나다에 계신 시부모님께 급하게 보낸 편지에 보면 나의 건강 상태와 교도소에서의 생활이 녹록치 않았음을 알 수 있다.

어머니, 아버지께,

한글로 편지를 올리지 못하고 영어로 쓰는 것을 이해해 주세요. 영어로 쓰는 게 훨씬 빠르기 때문입니다. 지난번에 남편에게 보내신 편지 잘 받았다고 합니다. 지난 5월 2일(1977년)에 청주로 남편을 면회하러 갔습니다. 목포에서 청주로 이감되었지만 어머니가 보내 주신 편지는 잘 도착하였습니다. 앞으로는 청주교도소로 편지를 보내 주세요. 주소는 수감번호 33, 청주시 탑동 234 청주교도소입니다.

캐나다에 있는 식구들이 가능하면 자주 편지해 주시기를 부탁드립니다. 남편은 요즘 매우 긴장되어 있고 마음이 불안한 듯합니다. 고혈압과 허리 통증으로 고생을 많이 하고 있어요. 혈압이 220까지 올라가 손과 말소리가 떨릴 정도입니다. 남편은 작은 일로도 화를 심하게 내곤 합니다. 적어도 일주일에 다섯 권 이상 책을 읽어야 하는데 청주교도소에서는 한 달에 세 권 이상은 허락하지 않는다고 합니다. 남편의 방에는 창문이 하나 있는데 너무 높아서 밖을 내다볼 수가 없습니다. 또 방이 음지라서 해가 전혀 들지 않습니다. 병실로 옮겨 달라고 간청했지만 그럴 수 없다고 했습니다. 그리고 하루에 딱 한 번 15분 동안 밖에 나가서 운동을 합니다. 음식은 그런대로 견딜 만하답니다. 아침마다 우유를 마시고 싶지만 돈이 있는데도 사식을 살 수가 없다고 해요.

남편이 4월에 보낸 편지를 받아보지 못했습니다. 남편이 이것에 대해서도 무척 화를 냈습니다. 청주에 있는 목사님들에게 연락을 했으니 앞으로 도움을 받을 수 있겠지요. 미 대사 슈나이더와도 약속이 잡히는 대로 만나 보려고 합니다. 남편의 건강이 많이 약해진 것 같아서 걱정이에요.

저는 혼자서 살아가는 것에 익숙해지려고 노력하고 있습니다. 이것을 하나의 경험으로 받아들이고 성숙해지려고 노력하고 있습니다. 아이들도 아버지에게 자주 편지를 쓰고 있습니다. 기도해 주셔서 감사해요. 이 편

지를 받으시고 너무 걱정하시면 안 될 테지만 정확한 사실을 알려 드리는
게 좋을 것 같아서 씁니다.

앞으로도 우리의 싸움은 오랫동안 지속될 것 같아요. 그렇기에 믿음과 희
망을 가지고 견디어 내려고 합니다. 시골 생활을 마치고 방학동으로 돌아
올 수 있어서 매우 기쁩니다. 가족들에게 안부를 전해 주세요. 남편에게
가능한 자주 편지해 주세요.

1977년 5월 3일

혜림 올림

청주교도소 하면 그나마 먼저 떠오르는 것이 교도소 앞마당에서 들려오
던 테니스 치는 소리였다. 점심 식사가 끝날 무렵이면 어김없이 앞마당에
서 테니스 치는 소리가 들려왔다. 탁구를 좋아한 터라 나는 테니스에도 관
심이 많았다. 흰 유니폼을 입고 여유 있게 날아오는 공을 받아넘기는 것이
아주 멋지게 보였다. 청소년 시절, 만주에서는 테니스는 생활에 여유 있는
사람만이 하는 운동이었다. 가난한 목사의 아들로서는 생각할 수도 없는
운동이었다. 그래서 늘 부러워하며 바라보기만 했을 뿐, 테니스 라켓을 휘
둘러 볼 기회는 별로 없었다. 그러나 테니스가 탁구와 비슷한 운동이어서
테니스 경기를 볼 때마다 게임이 어떻게 멋지게 진행될 것인지 따위를 혼
자 속으로 생각하곤 했다. 그런 나이기에 테니스 공 소리를 듣고 그냥 앉아
있을 수가 없었다. 벌떡 일어나서 공 소리가 나는 앞마당을 내다보았다.

앞마당에서는 교도소 직원들이 테니스를 치고 있었다. 그들은 언제나 점
심시간이면 테니스를 치곤 했다. 자연히 점심시간이면 그들이 테니스를 치
는 것을 구경하는 것이 나의 일과처럼 되었다. 그러나 한동안은 그들의 경기
를 보는 것이 나의 소일거리가 되었지만, 시간이 흐르면서 그들이 즐기는 것
이 나를 괴롭히는 일종의 고문이 되었다. 보면 볼수록 치고 싶은 마음이 커

지는데, 테니스는 도저히 내 손이 닿지 않는 딴 세상의 것이었으니 말이다.

테니스를 즐기는 그들 가운데 중심인물은 재소자를 교화하는 역할을 맡은 교도과장이었다. 교도과장이나 다른 교도관들이나 모두 희희낙락 웃으면서 신나게 테니스를 쳤다. 저들은 그것을 바라보고 있을 우리 재소자들이야 어떻게 느끼든 아랑곳하지 않았다. 처음 서울구치소에 들어올 때부터 느끼던 바이지만, 지배자와 피지배자 사이에는 건널 수 없는 수렁이 있음을 새삼스럽게 절감했다. 한 지붕 밑에 있으나 그 양쪽의 마음은 구만 리나 멀리 떨어져 있었다. 그 간격을 메울 길이란 정말 없을까?

그즈음 동학의 창시자 최제우에 관한 책을 흥미롭게 읽고 있었다. 최제우는 최옥이라고 하는 한 몰락한 양반의 서자로 태어났다. 아버지는 총명하기 그지없는 그에게 유학을 가르쳤다. 남달리 총명한 그는 남들처럼 과거를 보아 출세하고 싶었으나 서자라서 도저히 꿈꿀 수 없는 일이었다. 그런 데에다 불행히도 일찍 부모를 여의게 되어 앞날이 더 캄캄해졌다.

당시 조선 사회는 날로 늘어나는 양반의 수탈에 쪼들리다가 유리방황하는 떠돌이들이 수없이 많았다. 많은 무리가 산 속에 들어가 화전민이 되어 겨우겨우 연명했다. 그들의 일부는 도적떼가 되어 산간에 숨어 있다가 지나가는 장사꾼을 털고 한양으로 조공하러 가는 물품을 빼앗아 연명하기도 했다.

최제우는 비참하기 짝이 없는 민중의 원성을 들으며 가슴 아파하고 또 민중의 염원과 갈망에 감동받기도 했을 것이다. 그리하여 그는 이 병든 세상이 다 지나가고 생명을 소중하게 여기는 인정어린 새로운 세상이 오기를 간절히 꿈꾸었다. 그는 산중에 은거하는 도사들을 만나 그들의 이야기를 듣기도 하고, 항간에 떠도는 서학(西學)의 주장에도 귀를 기울여 보았을 것이다. 그리하여 서른여섯 살이 되어 집에 돌아왔을 때 그는 역사 변천의 문제에 생사를 걸게 되었다. 그리고 결국 사람을 하늘처럼 섬겨야 한다는 사인여천(事人如天) 사상으로써 악이 가득한 상원갑(上元甲)을 끝내고 사람을 하늘처럼 섬기는 새로운 하원갑(下元甲)이 오게 하는 천도의 길을 찾은 것이다.

사실 수천 년 우리 민족의 역사를 보면 그때그때 역사의 발전에 결정적인 역할을 한 것은 민중이었다. 고구려가 망한 것도 타락한 왕조를 향한 민중의 반란 때문이었고, 신라와 고려가 망한 것도 민중의 항쟁 때문이었다. 그때도 민중은 인정이 차고 넘치는 평화로운 세계를 꿈꾸었을 것이다. 아득한 옛날부터 우리 동이(東夷) 사람들은 생명을 사랑하고 평화를 소중히 여겼으니 올바른 가치 판단과 아름다운 꿈을 지녔을 터이다. 다만 조선시대 말에 이르러서야 민중이 그런 의식과 소망을 글과 소리와 극으로써 전해 남긴 것은 바로 민중의 글인 한글이 있었기에 가능한 일이었을 것이다.

테니스 치던 교도소 직원들이 땀을 씻으면서 흩어지고 있었다. 아무 생각 없어 보이는 그들에 대해 오히려 연민이 생겼다. 자신들이 세운 탑이 언젠가는 무너질 것을 그들은 알지 못하고 있기 때문이었다.

대륙에서 돌아온 사나이, 장준하

궂은비가 추적추적 내리던 밤이었다. 잠자리에 들었으나 웬일인지 잠이 오지 않았다. 엎치락뒤치락하면서 잡다한 생각을 하다가 두세 시쯤에 간신히 잠이 들었다. 그러나 잠은 오래 가지 않았다. 꿈에서 무엇인가 호소하는 듯한 장준하의 얼굴을 보고 놀라서 깨어났다.

장준하 형이 서울 명동에 살고 있다는 소식을 들은 것은 1947년 봄이었다. 나는 흥분하여 명동으로 달려갔다. 그의 숙소는 명동성당 부근의 한 건물의 2층에 있는 자그마한 방이었다. 문을 두드리면서 나의 마음은 감개무량했다. 대륙을 방황하던 사나이 장준하가 이 명동 거리에서 살고 있다니 믿어지지 않았다.

장준하 형은 문을 열더니 "아, 이것이 누구야!" 하고 소리를 지르면서 두 팔을 벌렸다.

"준하 형! 살아 있었구면!" 하면서 그를 껴안았다.

"그럼 살아 있고 말고." 그는 예전처럼 환하게 웃었다.

내가 일본신학교에서 장준하 형과 같이 학창 생활을 한 것은 약 4, 5개월 밖에 되지 않는다. 그렇지만 우리 둘 사이는 유달리 가까웠다.

내가 도쿄에 있는 일본신학교 예과에 입학한 것이 1941년 봄이었다. 공부하다가 건강이 나빠서 한 해 쉬고 1943년 3월에 복학했는데, 그 사이에 장준하 형이 일본신학교 예과에 들어와 있었다. 그때 예과 2학년에는 한국 학생이 준하 형과 나뿐이어서 우리 둘은 아주 가까워졌다. 그 무렵 나는 기독교 신앙에 대해 여러 가지 의문이 일어 고민하고 있을 때여서, 우리 둘은 종종 신앙에 관한 토론을

1948년 조선신학교 졸업식 날. 장준하, 송창근 목사, 박봉랑(오른쪽부터).

많이 했다. 준하 형은 그때부터도 남다른 지도력을 발휘해서 학급의 분위기를 주도하고 있었다. 한번은 기숙사 사감이 어느 1학년 한국 학생을 푸대접한 일이 있었다. 그러자 준하 형은 곧바로 사감을 찾아가 항의하여 결국 미안하다는 사과를 받아 냈다.

그러나 준하 형 역시 이따금 심각한 얼굴로 고민하는 모습을 보였다. 어느 날 저녁 식사를 하고 방에 돌아오는데 그의 얼굴이 평소 같지 않았다. 그래서 물었다.

"준하 형. 무슨 고민이라도 있어?"

"그래 고민이 좀 있어!" 준하 형이 다다미에 풀썩 주저앉으며 말했다.

"내가 알면 안 돼?" 나도 마주 앉으며 물었다.

"애인이 있어." 그는 띄엄띄엄 그의 고민을 토로했다. 그는 한 2년 동안 착실한 한 여인을 사랑해 왔다고 했다. 그런데 그 여자가 가톨릭 신자인 데에다, 그녀의 부친이 준하 형이 목사 아들이라서 그들의 교제를 반기지 않는다고 했다. 아버지의 반대 때문에 그녀도 주저하고 있다는 것이었다.

"그 여자가 신교로 개종할 가능성은 없어?"

준하 형은 머리를 흔들었다. 독실한 가톨릭 신자여서 개종할 생각은 전혀 없다고 했다. 그리고 준하 형의 아버지 또한 그들의 사귐을 못마땅하게 생각한다고 했다.

"그렇다고 끊어 버릴 수도 없고?"

"끊어 버릴 수도 없지. 그녀도 나를 몹시 사랑하니까!"

"어떤 여자야?"

"퍽 순수한 여자야. 운동을 좋아해서 테니스 선수이기도 해."

얼마 동안 침묵이 흘렀다. 그러다가 내가 입을 열었다.

"한국에 가서 결혼해. 질질 끌면 좋지 않아. 특히 이렇게 떨어져 있는 것은 좋지 않아."

나는 빨리 결혼을 서두르라고 강력하게 권했다. 그때가 바로 나와 K의 사랑이 파탄이 난 직후라서 더 그랬다. 떨어져 있으면서 질질 끄는 것이 좋지 않음을 이미 경험한 뒤였기 때문이었다. 나는 준하 형에게 K와의 일을 들려주었다. 가만히 듣고 있던 준하 형은 집에 돌아가서 결혼하기로 결단을 내렸다. 나는 준하 형의 과단성을 보고 감탄했다. '나도 저런 과단성이 있었다면' 하는 부러운 마음이 들었다. 사실 그즈음 대동아전쟁이 험상한 상태로 치닫고 있었고 더불어 학병 모집에 관한 이야기가 고개를 들기 시작하던 때라서 공부에 매진할 때가 아니었다. 이래저래 준하 형은 서둘러 귀국했고, 그 몇 달 뒤에 익환 형과 나도 학병으로 징병당하는 것을 피해 도쿄를 떠났다.

만주에 돌아온 나는 장준하 형의 일이 궁금해서 편지 한 통을 보냈다. 편지에서 나도 만주로 돌아왔다고 하면서 결혼했는지를 물었다. 내가 고민하던 신앙 문제에 관해서도 몇 자 적었다. 그러고 한 달쯤 지나서 준하 형의 아버님한테서 편지가 왔다. 준하 형이 결혼하자마자 학병으로 중국에 갔다는 것이었다. 그리고 내가 고민하는 신앙 문제에 대해서는 꾸준히 구하면 하느님이 대답해 주실 것이라며 '한 많은 과부가 불법을 행한 재판관에게 가서 끈질기게 호소한 결과 그 재판관이 마침내 과부의 이야기를 들어 준' 이야기를 상기시키셨다.

그러고 나서는 장준하 형에 대한 소식을 더는 듣지 못했는데, 서울에서 그를 다시 만나니 여간 감격스럽지 않았다.

방에 들어가니 준하 형 뒤에 형처럼 얼굴이 둥그스름하고 복스럽게 생긴 여인이 침대 옆 의자에 앉아 미소를 머금고 있었다. 부인 김희숙이었다.

"아. 형수님이시군요." 내가 인사를 하자, "거기 앉으세요." 하면서 일어나서 방 한쪽 구석에 마련된 취사도구가 있는 곳으로 갔다. 단칸방 살림이었다.

"이 친구가 빨리 결혼하라고 충동한 친구야!" 준하 형이 말하면서 환하게 웃음을 웃었다.

우리는 그동안 지낸 일들을 주고받았다. 준하 형은 도쿄에서 돌아오자마자 전격적으로 결혼하고 나서 학병으로 입대했다고 했다.

"도대체 피하지 않고 왜 입대를 했어?"

"피하려 해도 피할 데도 없었지만, 입대했다가 기회를 보아 탈영해서 광복군에 가담하고 싶었지. 우리 아버지가 요시찰인이라서 피할 수도 없었어. 그래서 자원입대를 한 거지."

학병으로 입대한 뒤 그는 여러 방면으로 노력해서 중국으로 가는 부대에 배치되었다. 그래서 주둔한 곳이 서주였다. 그는 기회를 엿보다가 몇몇 동지와 같이 탈출해서, 중경까지 6천 리 되는 장정을 일곱 달에 걸쳐 성공적으로 수행했다. 먹을 것이 없어서 굶기도 하고 노숙을 밥 먹듯이 하면서 끈질기게 장정을 이어 갔다. 그 뒤 김구 선생을 주석으로 모시는 임시정부에서 이청천 장군의 신임을 받는 독립군으로서 조국의 독립을 위해서 일했다. 『들불』이라는 잡지를 편집하여 독립군의 정신 훈련에 주력하기도 하고, 또 전쟁 막바지에는 한국에 몰래 잠입해 독립운동을 할 특수공작원으로 훈련받고 대기하다가 8·15해방을 맞았다. 그리하여 1945년 11월에 대한민국 임시정부의 일원으로서 김구 선생, 이청천 장군과 함께 귀국했다.

"형, 신학 공부를 하다 말았으니 일단 신학교 졸업은 해 두는 것이 좋을 거야!"

그리하여 내가 조선신학원(한국신학대학 전신)을 졸업할 때 준하 형은 나의 강권으로 조선신학교에 편입했다. 그때 조선신학원 졸업반에는 일본에서 신학을 공부하다가 중단한 박봉랑과 김관석 목사도 있었다. 준하 형은 그들과 동기생으로 공부하여 일 년 뒤에 한국신학대학 동문이 되었다.

준하 형은 맏아들, 맏딸의 결혼식 주례를 나에게 부탁했다. 그런데 맏아들 결혼식에서 내가 큰 실수를 했다. 결혼식이 12시인데 1시로 착각하고서 결혼식장에 늦게 간 것이었다. 뒤늦게 12시인 것을 알고 급히 갔지만 내가 도착했을 때는 나를 대신하여 함석헌 선생의 주례로 결혼식이 끝나고 결혼 사진을 찍고 있었다. 헐레벌떡 들어오는 나를 본 장 형은 환히 웃으면서 어서 와서 같이 사진을 찍자고 손짓했다. 나는 신랑 신부와 그들의 부모에게 미안하다며 사죄했다. 그러나 워낙 건망증이 심해 'absentminded professor(건망증이 심한 교수)'라는 딱지까지 붙은 줄 잘 아는 준하 형은 "본래 우수한 교수란 다 'absentminded professor'인 법이지. 어서 사진이나 같이 찍어." 하면서 너털웃음으로 무마해 주었다.

맏딸의 결혼식은 이화여자대학의 작은 강당에서 치렀는데 그날은 정신을 바짝 차리고 결혼식 30분 전에 식장으로 갔다. 강당 문에 들어서는 것을 본 준하 형의 맏아들이 나를 보더니 "내 결혼식에는 늦게 오시더니 동생 결혼식에는 너무 일찍 오시는군요." 하며 내 손을 잡아 흔들었다. 그러면서 "괜찮아요. 우리가 잘 살고 있으니까요." 하고 커다란 웃음을 웃었다.

한국신학대학을 졸업한 뒤 장준하의 관심은 한국의 정치와 문화에 있었다. 김구 선생을 모시고 광복군에 있을 때 『등불』, 『제단』 같은 잡지를 편집하던 경험을 바탕으로, 장준하는 올바른 정치와 그것을 뒷받침하는 문화 운동을 펼치고자 하여 1953년 4월에 잡지 『사상계』를 창간했다. 『사상계』는 한국의 지식인과 대학생들의 열렬한 호응 속에서 앞으로 한국이 나가야 할 방향을 제시하는 동시에 정치악에 대한 날카로운 비판 기사로써 이승만 독재와 박정희 군사 정권에 항거하는 운동에 크게 공헌했다. 『사상계』는 박정희 군사정권으로부터 탄압받고 고초를 겪다가 1970년 5월호에 김지하의 「오적」을 실은 일로 폐간되었다.

그 얼마 전부터 장준하는 정계에 발을 들여놓았다. 그가 정계에 발을 들여놓게 된 가장 큰 이유는 대통령 박정희를 향한 그의 분노였다. 일본 제국주의에 맞서서 싸운 장준하는 관동군의 장교로서 독립군 토벌에 앞장섰던 박정희가 대한민국의 대통령이 된 것을 도저히 용인할 수가 없었다. 그는 목숨을 내걸고 박정희 타도 운동에 앞장섰다. 그러면서 여러 차례 감옥을 드나들었다. 장준하가 처음 투옥된 것은 1967년 신민당에 입당하여 대통령 선거운동을 하다가 국가원수모독죄로 구속된 일이었다. 그리고 그때 옥중 출마로 국회의원에 당선되었다.

그 뒤에도 민주화와 통일을 위한 그의 투쟁은 여전히 불꽃 튀듯 했다. 그러다가 1974년 긴급조치1호 위반으로 구속되어 투옥되었을 때 지병인 간경화증과 협심증이 악화되어 형집행정지로 석방되었다. 출옥한 뒤 당시 광화문 근방에 있던 백병원에 입원한 그를 병실로 찾아갔다. 본래부터 흰 그의 얼굴은 더욱 새하얘져 있었다.

"준하 형. 본래 심장이 약한데 조심해야지. 너무 무리하지 말아!"

"문 형. 일본군 장교가 되어 독립군 토벌에 앞장을 섰던 자가 해방된 조국의 대통령이 되었는데 어떻게 가만히 있어? 내 간장이 끊어지는 것 같아!"

그는 병상에 누워서도 분노로 흥분을 가누지 못했다.

그는 몸을 좀 추스르자마자 등산으로 몸을 단련하기 시작했다. 그리하여 건강에 어느 정도 자신이 생기자 또 가차 없이 박정희 정권에 맞서 반독재 투쟁을 벌였다. 옷 솔기에 심장이 멎을 때 먹는 약을 비닐봉투에 넣어서 달고 다니면서까지 그랬다. 그 약봉지에는 그가 쓰러지면 그 약을 입에 넣어 달라는 부탁의 글도 함께 들어 있었다.

1975년 7월의 어느 날 기독교교회협의회 총무로 있던 김관석 목사의 사무실에서 그를 만났다.

"문 형, 잘 만났군. 그렇지 않아도 만나려고 했는데."

"이건 뭐지?"

"백만 인 서명 운동이야! 여기 서명해 줘."

"또 감옥에 갈 일을 꾸미는군."

"이번에는 좀 본격적으로 해 보려고 해."

그 종이에는 김관석 목사를 포함하여 일고여덟 사람의 이름이 적혀 있었다. 백만인 서명 운동을 막 시작한 참이었다. 나도 내 이름 석 자를 적어 넣었다. 이 일을 김성재가 돕고 있었다.

그것이 대륙에서 돌아온 사나이와의 마지막 만남이었다. 1975년 8월 18일, 우리가 갈릴리교회를 시작한 일요일, 그가 전날 등산을 하다가 추락사를 했다는 소식이 전해졌다. 내가 한국신학대학에서 밀려난 지 3개월 뒤였다.

그가 죽은 곳은 경기도 포천의 약사봉이라고 했다. 우리는 모두 경악했다. 꾸준히 산에 다녀 제법 등산가가 된 장준하 형이 등산을 갔다가 추락사를 했다니, 믿어지지 않았다. 우리 동지들은 다음 날 그가 등산길에서 추락해 죽었다는 약사봉을 찾아갔다. 문익환 형과 복음동지회의 유관우 형도 함께 갔다. 약사봉은 버스정류장에서 약 한 시간 정도 거리에 있었다. 올라가다 보면 얼마 가지 않아 왼편에 나지막한 산이 있는데 이것이 점점 높아지다가 약사봉에서 한 30미터 정도 높이로 암석 벼랑이 솟았다. 약사봉은 그리 높지 않은 암석 벼랑이었고 소나무며 잡목들이 있었다. 그 뒤 다시 산이 점차 낮아지는데, 등산 코스는 약사봉을 비껴서 한참 가다가 언덕에 오르면 다시 동쪽으로 약사봉 쪽을 향해 오게 되었다. 그런데 등산 코스도 아닌 그곳을 장준하 형이 어떻게 혼자서 올라갔다가 추락했다는 말인지 납득할 수가 없었다. 그때 동행한 등산객이 십여 명 있었는데, 약사봉을 왼쪽으로 끼고 한참 가다가 점심을 먹고 다시 서쪽에 있는 낮은 언덕에 올라 약사봉 쪽으로 가기로 했다는 것이었다. 동행들은 약사봉 아래를 지나 한참 가다가 장준하 형이 없는 것을 보고 이상히 여겨 되돌아가던 길에 그가 약사봉 밑에 시체로 누워 있는 것을 발견했다고 했다.

경찰은 약사봉에서 추락한 것이 사인이라고 발표를 했다. 그러나 함께 등산한 사람들은 추락사로 볼 수 없다고 주장했다. "30미터 높이의 바위산에서 추락했다면 많은 상처가 날 수밖에 없다. 더구나 군데군데 소나무와 잡목들이 있는데 어떻게 밑에까지 굴러 떨어지도록 아무런 상처도 없단 말인가. 게다가 그의 손목시계도 그대로 짤깍짤깍 돌아가고 있었고 그가 메고 있던 마호병(안이 유리로 된 보온병)도 깨어지지 않았다. 도저히 추락사일 수가 없다."는 것이었다. 타살일 수밖에 없었다.

우리는 분개하여 장준하의 집으로 직행했다. 주검을 자세히 조사해 보기 위해서였다. 몸 어디에도 상처가 없고 양 팔꿈치에만 푸른 멍이 들어 있었다. 그리고 왼쪽 귀 뒤에 날카로운 것에 찍힌 듯한 구멍이 있었다. 그 자리가 급소였다. 주검을 살펴본 우리의 의견은 이랬다. "장준하가 가는데 갑자기 정보원 두 사람이 그의 두 팔을 잡고 그를 절벽 밑으로 강제로 끌고 갔을 것이다. 그 과정에서 몸싸움을 해 양쪽 팔꿈치에 멍이 들었다. 그리고 귀밑 급소에 구멍이 뚫린 것이야말로 그가 타살을 당했다는 확실한 증거이다." 유관우 형이 가지고 있던 활동사진기로 주검을 자세히 찍어 그의 부인에게 주었다.

어처구니없이 남편을 잃은 준하 형의 부인은 올 것이 오고야 말았다는 듯이 담담한 심정으로 이 참극을 받아들이고 있었다.

"이런 일이 오고야 말 것을 저는 벌써부터 알고 있었어요. 이번 일을 꾸미면서 남편은 모든 것을 정리했어요. 맨 먼저 저와 그동안 한 번도 같이 미사를 드리지 못한 것이 마음에 걸렸는지, 얼마 전에 그는 가톨릭으로 개종했어요. 신교든 구교든 다를 것이 없다고 했지요. 그리고 그이가 간직하고 있던, 임시정부가 사용하던 태극기를 이화여자대학 박물관에 기증했어요. 얼마 가지 않아 죽으리라고 예측한 것이지요."

그녀는 손수건으로 눈물을 찍더니, "끝까지 자기가 하고 싶어 하는 일을 하다가 갔는데 내가 눈물을 흘리고 있을 수가 없지요." 하며 눈을 내리감았다. 우리는 철저히 나라와 민족을 위해서 산 그 거룩한 삶 앞에서 묵묵히 옷깃을 여몄다.

그의 장례식은 사회장으로 하기로 하고 익환 형이 장례위원장을 맡았다. 장례식은 김수환 추기경이 집전하고 당시 반독재 투쟁에 앞장섰던 김대중, 김영삼을 위시한 많은 정치인과 민주화 동지들 2천여 명이 참석하여 고인의 뜻을 기렸다. 민주화와 평화통일을 위해서 모든 것을 바친 장준하의 시신은 경기도 파주군에 있는 천주교 나사렛 묘지에 안장했는데 운구 행렬이 장엄하기 그지없었다. 운구 뒤에 가족이 따르고, 김수환 추기경을 비롯한 수십 명의 천주교 사제단과 수녀들이 뒤따르고, 정치 지도자, 인권 운동가들 수천 명이 그 뒤를 따랐다. 그 장엄한 운구 행렬은 이 나라 민중의 심정이 어떤 것인지를 분명히 보여 주었다.

장례식이 끝난 뒤 익환 형은 장준하의 영정을 가슴에 품고 집에 돌아와 책상 위에 두었다. 장준하 형의 영이 익환 형을 부추겨 3·1민주구국선언문이라는, 민주화 운동의 한 중요한 계기를 탄생시켰고, 그 덕분에 나도 이렇게 영어의 몸이 되었다.

적막에 사로잡힌 어두운 밤, 추적추적 내리는 밤비 소리가 내 마음을 적시는 것 같았다.

'참 좋은 사람' 최승국

복도에서 오가는 소지들의 발소리에 잠이 깼다. 정신을 차려 창밖을 바라보니 함박눈이 내리고 있었다. 비가 쏟아지는 날에는 마음이 가라앉지만 함박눈이 오는 날은 어쩐지 마음이 들뜨고는 한다. 흔히 아이들과 강아지가 눈이 오면 신난다고 하지만, 나는 나이 들어도 함박눈이 내리는 날이면 마음이 들떠 밖으로 나가고만 싶어졌다. 일어나서 창밖을 내다보니 온 천지가 흰 눈에 덮여 있었다. 교도소 담에 쌓인 눈을 보니 벌써 꽤나 많은 눈이 내린 것 같았다. 아직 아무 발자국도 없는 교도소 마당은 거룩하다고 느낄 만큼 깨끗했다. 담 넘어 멀리 보이는 산과 언덕도 티 없는 백설 천지였다. '우리가 사는 인간 세상도 이렇게 깨끗하다면' 하는 마음이 조수처럼 밀려들었다.

아침을 마치고 나서 다시 창 앞에 다가갔다. 한없이 쏟아져 내리는 눈송이를 바라보는데, 눈이 오면 눈 속에서 뒹굴며 놀곤 하던 어린 내 모습이 선연히 나타났다. 내가 자라던 간도에서는 겨울이면 눈이 엄청나게 많이 왔다. 이렇게 함박눈이 오는 날이면 날씨도 푸근했다. 우리 어린것들은 눈 위에서 마구 뒹굴었다. 눈싸움도 하고 눈사람도 만들고 대야를 가지고 언덕진 곳에 가서 미끄럼질도 했다.

이렇게 옛날 생각에 잠겨 있는데 뒤에서 "편지가 왔습니다." 하는 교도관의 목소리가 들렸다. 봉함편지였다. 겉봉에 적힌 주소를 보니 눈에 익은 아내의 글씨였다. 편지 받는 것이 감옥에서 누리는 큰 즐거움이었다. 그동안 가족에게서는 물론, 국내의 친구들에게서 자주 편지를 받았다. 이따금 외국에서도 편지가 왔다. 내가 공부하던 하트퍼드의 교수들에게서도 편지가 왔다. 편지를 통해서 나를 위해 걱정해 주는 이들과 마음으로 통하는 것이 얼마나 큰 힘이 되었던지.

봉투를 뜯어 내용을 읽기 시작한 나는 뜻밖의 소식에 가슴이 철렁 내려앉았다. 새벽의 집 총무로 있던 최승국이 세상을 떠났다는 것이다. 오랫동안 머리가 아파 고생한다는 이야기는 벌써부터 들어서 알고 있었다. 길에서 넘어지기도 했다는 것이다. 서울대학병원에 가서 진단을 받아 보니 머리에 혹이 생긴 것 같다며 수술을 하자고 했다. 그러나 막상 수술하려고 열어 보니 암 덩어리가 머리에 꽉 차서 손을 댈 수가 없어 그대로 덮어 버렸다는 것이다. 결국 의식도 회복하지 못하고 세상을 떠났다. 아내는 나에게 묘비에 쓸 글을 만들어 보내라고 했다.

최승국이 죽다니. 그렇게 선량하고 성실한 최승국이 죽다니. 옳은 일이면 혼신의 정력을 퍼 붓는 그, 동지들과 그렇게도 잘 화합하여 하는 일을 성공적으로 이끌어 가던 그가 죽다니. 하느님이 참으로 야속하다 싶었다.

최승국의 결혼 사진. 그는 늘 새벽의 집 사진을 도맡아 찍었기에 정작 그가 찍힌 사진은 별로 없다.

최승국은 내가 한국신학대학에 처음 부임한 1961년에 종교교육학과 졸업반으로, 학생회 회장이었다. 학생회는 경남과 호남의 화합을 위해서 경남 출신 최승국을 회장으로, 호남 출신 김상근을 총무로 하여 학생회를 이끌어 가기로 했다. 최승국은 선량하고 폭이 넓어서 사람을 포용하는 힘이 있었고 김상근은 조직적이어서 학생회 일을 빈틈없이 추진해 나갔다. 최승국에 대한 학우들의 평은 한마디로 '참 좋은 사람'이었다.

최승국의 그런 성격은 그 뒤 서울에서 결성된 주일학교연합회에서 일할 때에도 여실히 나타났다. 내가 한국신학대학에서 가르치게 되면서 서울에 주일학교연합회가 생겨서 여름이면 하기학교 교사수련회를 가지곤 했다. 이 일에 한국신학대학 기독교교육과 학생 및 졸업생들이 주역이 되고 이화여자대학 기독교학과가 동참해서 여름마다 4백여 명의 주일학교 교사들이 모여서 수련회를 가지곤 했다. 이 일에 최승국은 있는 힘을 다 쏟아부었다. 이렇게 충성스럽게 일하는 그를 주일학교연합회 회원들이 회장으로 추대하려고 했으나 그는 끝까지 응하지 않았다. "할 일을 하면 됐지 뭣 하러 회장이 되느냐."는 것이 그의 생각이었다. 그는 참으로 겸손했다.

졸업 후 그는 수도교회 청년회와 주일학교를 이끌어 나가고 있었다. 내가 그 교회의 설교 목사로 부임하면서 김상근을 전도사로 끌어들이려고 했을 때 최승국은 전적으로 찬성했다. 사실 그 자신이 전도사의 자리를 원했을 수도 있었다. 그러나 김상근을 끌어들이면 그만큼 교회의 지도력이 강해질 것이라는 생각에서 그는 전적으로 지지한 것이었다. 그리하여 수도교회는 막강한 청년 팀이 이루어졌고 교회는 새로운 모습으로 발전하게 되었다. 그 뒤에 내가 또 새벽의 집을 모색하자 최승국은 다시 여기에 몸을 실어 7년 남짓 공동체 실험을 함께해 왔다.

'최승국' 하면 아내는 언제나 "그 말에도 일리가 있죠." 하던 그의 말버릇을 떠올렸다. 그는 모두의 말에서 숨은 의미를 발견해서 삶을 새로운 차원으로 이끌어 가곤 했다. 우리 집 아이들은 그의 눈처럼 맑고 깨끗한 마음씨를 본능으로 느껴 그를 '명철 형'이라고 부르며 유난히 잘따랐다. 그는 감옥에 간 아버지의 빈자리를 채워주고 있었다. 그 '명철 형'이 우리 곁을 떠났다. 부인 한능자와 아들 호성이를 뒤에 남기고. 허전했다. 그렇게 허전할 수가 없었다.

나는 그의 깨끗한 삶을 생각하면서 묘비문을 적어 나갔다.

너는 걸어갔다.

뒤틀리는 진통으로

아픈 밤에 태어나

새벽을 향해 꾸준히 걸어갔다.

옳은 일엔 언제나 앞장서고

약자에겐 손발이 되어 주고

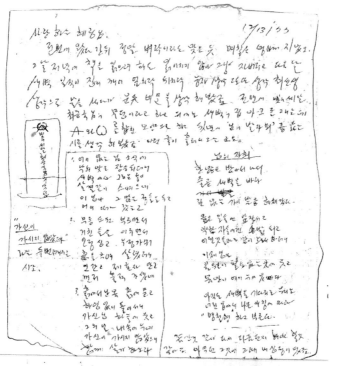

최승국의 사망 소식을 듣고 벼락이라도 맞은 듯 잠을 이루지 못하는 심정과 그의 비문에 들어갈
내용을 적은 특별 편지. 1977년 12월 13일.

어린것들과 같이 뒹굴며

끝없는 가시밭길을

노래를 부르며 너는 잘도 걸어갔다.

이제 너는 해도 달도 필요 없는 나라에 가서

환한 웃음을 날리고 있겠지.

몸만은 여기에 뉘여 두고

아직도 새벽을 기다리는 우리

너의 벗들은

어린 입에서 스스럼없이 흘러나온

너의 애칭을 불러 본다.

"명철 형."

편지를 부쳐 달라고 교도관에게 전하고, 다시 흰 눈이 덮인 언덕을 바라보는 내 눈에는 최승국이 어린것들과 같이 눈썰매를 타고 "와!" 하고 고함을 지르면서 언덕을 미끄러져 내려오는 모습이 보이는 듯했다.

출옥

1977년 12월 30일. 이틀만 지내면 또 한 해가 간다. 감옥에서 한해를 보내는 심정이란 경험해 보지 못한 사람은 이해하기 힘들다. 설이 가까워 오면 아내는 설 준비에 분주하고, 아이들은 집안 어른들에게 세배를 하고 세뱃돈 받을 생각에 들뜨곤 했다. 그리고 여기저기에서 송년회가 있어서 분주하게 돌아다니곤 했다. 그런데 감방에 있는 사람은 설밑이라고 해도 한

가하고, 여느 날과 다를 것도 없다. 다만 누워서 천장을 쳐다보면서 "또 한 해가 지나가는구나." 하며 장탄식을 할 뿐이다. 그날은 날씨까지 흐릿해서 여간 기분이 울적하지가 않았다.

점심 식사 뒤에 낮잠이라도 자 보려고 이부자리를 펴고 길게 누웠다. 그러나 잠이 올 턱이 없었다. 작년 이맘때는 재판이 끝나 머리를 깎고 목포로 이감했다. 감옥 생활이야 그런대로 버티겠지만 홀로 고생할 아내를 생각하면 걱정이 태산 같았다. 앞으로 일 년 남았는데 역시 아내의 일이 가장 걱정되었다.

이불 속에서 이런저런 상념에 시달리고 있는데 교도관이 누가 면회를 왔으니 일어나라고 했다. 연말이라서 아내가 특별히 찾아온 것이리라고 기대하면서 교도관의 뒤를 따랐다. 그런데 면회실 쪽으로 가지 않고 교도소 앞에 있는 한 건물로 가는 것이었다. 어디로 가느냐고 물었더니 교도소 소장실에 누가 와서 면회를 청한다는 것이었다. 의아한 심정으로 소장실에 발을 들여놓자, 박형규 목사와 이우정 선생이 함박꽃 같은 웃음을 지으며 팔을 벌리고서 나를 맞이하는 것이었다. "아이구. 어떻게." 하고 탄성을 올리지 않을 수가 없었다. 감격에 찬 우리는 서로 포옹하면서 인사를 나누었다.

소장도 웃는 얼굴로 나를 소파에 앉으라고 권했다. 나는 도대체 이것이 어쩐 영문인지 몰라서 두 친구의 얼굴을 쳐다보면서 어떻게 이렇게 찾아왔느냐고 물었다. 박형규 목사가 봉투 한 장을 내주었다. 그 봉투에 든 종이 한 장을 꺼내서 펴 보았다. 제일 먼저 눈에 들어온 것은 큼직큼직하게 쓴 윤보선, 함석헌 선생의 서명이었다. 그리고 안병무, 김상근, 이재정, 이우정 등의 서명이 이어졌다. 그 서류에서는 정부와 합의가 되었으니 적당한 서약서를 쓰고 나오도록 하라는 것이었다. 나는 의아한 느낌이 들었다. 두 동지에게 "도대체 어떻게 된 것이죠?" 하고 물었다. 그랬더니 박형규 목사가 "그것은 차차 알게 될 테니 일단 서약서를 쓰는 것이 좋겠다고 모두 합의했습니다." 하면서 '모두'라는 말에 힘을 주었다. 그러자 이우정 선생이 덧붙여 말했다. "서남동 교수를 찾아갔더니 이제 여섯 달만 있으면 나갈 것인데 무엇 때문에 서약서를 쓰느냐고 거절했어요. 그러나 문 박사는 합의할 것이라고 생각해서 먼저 문 박사를 찾아왔어요."

사실 나는 일 년 더 살 것이 여러 가지로 몹시 걱정스러웠던 터라 될 수 있으면 나가는 것이 좋겠다고 생각했다. 게다가 김대중 선생이나 늦봄 문익환은 아직도 여러 해 더 살아야 했으니 더 그랬다.

"도대체 어떤 서약서를 쓰라는 것이죠?" 내가 물었다. 그러자 소장이 종이 한 장을 주면서 "대체로 이런 식이면 어떨까 생각했어요."라고 했다. 종이에는 "앞으로 나라 법에 따라서 사는 시민이 되겠습니다."라고 적혀 있었다. 어처구니가 없었다.

"유신헌법에 따라서 사는 시민이 되겠다고 쓰라는 것인가요? 그것은 안 되지요." 나는 잘라 말했다. 나가고 싶은 마음이야 굴뚝같았지만 이때까지 싸워 오던 유신헌법대로 살겠다고 서약하는 것은 도저히 받아들일 수가 없었다. 김대중 선생이나 익환 형도 이를 받아들일 턱이 없었다.

"일단 나오고 볼 일이 아니겠어요?" 이우정 선생의 말이었다.

"이렇게 쓴다는 것은 백기를 들라는 것인데, 어떻게……." 나는 머리를 흔들었다.

그러자 소장이 물었다.

"그러면 어떤 서약을 할 수 있겠습니까?"

나는 종이와 펜을 받아 이렇게 적었다.

"나는 과거와 같이 이 나라와 민족, 정의와 민주주의를 위해서 살겠습니다."

소장은 그것을 읽어 보더니 어처구니없다는 표정으로 있다가 남산의 중앙정보부에 전화를 걸었다. 내가 적어 준 글을 읽으면서 이것으로도 되겠느냐고 물었다. 나는 응당 안 된다고 할 줄 알았다. 그런데 놀랍게도 중앙정보부에서 허락한 것이었다. 놀라지 않을 수가 없었다. '이놈의 정부가 정말 무슨 궁지에 몰렸구나' 싶었다. 이렇게 해서 나의 출옥이 결정되었다. 소장은 여러 가지 절차를 밟은 뒤에 내일 출소하게 될 것이라고 말했다. 박 목사와 이우정 선생은 이 소식을 가지고 다른 옥중 동지들을 찾아갈 것이라며, 서울에서 만나자고 했다. 그리고 악수를 하고 떠났다.

방에 돌아온 나는 궁금하기 짝이 없었다. 도대체 무엇 때문에 정부가 이렇게까지 후퇴하는 것인지 궁금했다. 한 가지 짐작이 가는 것은 미국의 카터 대통령의 압력이 컸으리라는 것이었다. 그는 대통령 선거를 하면서 인권을 강조했거니와 한국에 대해서도 관심이 많다고 들은 터였다.

다음 날, 그러니까 12월 31일, 나는 가진 것들을 한 꾸러미 싸 가지고 중앙정보부가 마련한 까만 세단에 올라탔다. '이제 집으로 가는 것이다.' 그때 나의 심정은 개선장군과도 같았다. "이때까지 하던 대로 이 나라와 민족을 위해서 계속 살겠다."고 선언하고서 출옥하니 어찌 개선장군 같은 기분이 들지 않았겠는가. 내 양옆에 앉은 형사도 "그동안 수고가 많았습니다." 하면서 나를 정중하게 대해 주었다.

차가 방학동 우리 집 앞에 닿자 현관문이 열리면서 식구들이 달려 나왔다. 창근이와 태근이, 영미가 제일 먼저 뛰어나왔다. 아내와 영

1977년 12월 31일. 22개월 만에 출옥한 나와 딸 영미.

혜가 그 뒤를 따랐다. 한능자, 그리고 김성재와 그의 아내인 미순이도 나타났다. 유독 최승국이 그 자리에 없는 것이 그렇게 서글펐다.

집에 들어가자마자 기념으로 가족사진부터 찍었다. 우리는 햇빛이 밝은 유리창 쪽에 한데 모여서 서로 껴안아 한 몸처럼 하고는 사진을 찍었다. 내 아내는 카메라를 보지 않고 내 얼굴을 똑바로 쳐다보고, 나도 머릴 돌려서 그녀를 보았다. 그 뒤로 내 책상 위에는 언제나 그 사진이 놓여 있다.

그날 저녁 식사 뒤에 나는 정부가 왜 우리를 이렇게 급하게 석방했는지를 물었다. 김성재가 설명했다.

1976년 11월 미국 대통령 선거 과정에서 카터 대통령은 한국의 인권 탄압을 문제 삼으면서 한국 정부가 인권 탄압을 중지하고 민주화를 정상화하지 않는 한 한국의 미국 지상군을 철수시키고 경제원조도 하지 않겠다는 것을 선거 공약으로 내세웠다. 그 무렵 미국 내에서 유신헌법으로 인권을 탄압하는 박 정권을 지원해서는 안 된다는 여론이 강력했기 때문이었다. 따라서 카터가 대통령에 당선되자 카터 정부와 박 정권 사이에 팽팽한 긴장이 생기지 않을 수가 없었다. 박 정권은 박동선이라고 하는 이를 내세워 미국의 현직, 전직 의원 20여 명에게 "잘 봐 달라."고 하면서 50만 달러에서 100만 달러의 뇌물을 주었다. 그런데 그 일이 알려지자 미국 의회는 1977년 2월부터 관련자 조사에 나섰고, 매수에 앞장을 섰던 박동선과 당시 주미 대사 김동조는 급히 귀국하고 말았다. 그러나 미국 의회는 물러서지 않았다. 박동선과 김동조를 미국에 보내 조사에 응하게 하라고 한국 정부에 압력을 넣었다. 물론 한국 정부는 외교관의 특권을 구실로 응하려고 하지 않았다. 그러자 미국 정부는 한국에서 미국 지상군을 철수하고 경제원조를 중단할 것이라고 압력을 넣었다. 이렇게 옥신각신하다가, 카터 대통령이 대안으로 옥에 갇혀 있는 민주 인사들을 석방할 것을 제시했다. 사실 미군을 정말로 철군할 수는 없었기에 카터 대통령은 이런 대안을 내놓은 것이다. 이에 다급해진 박 정권은 1977년 12월 31일자로 우리를 석방시킨 것이다.

내가 짐작했던 대로였다. 그러나 김대중 선생은 서울대학병원에 연금되었다. 저들은 김대중 선생이 그렇게도 무섭고 미운 모양이었다.

그날 저녁 잠자리에 들려고 하는데 우리 아이들이 나에게 몰려들어 그 전처럼 이야기를 해 달라고 했다. 창근이와 태근이는 내 양 옆에, 영미는 내 위에, 미처 자리를 차지하지 못한 영혜는 내 머리 쪽으로 와서 내 머리를 붙잡았다.

"옛날에……." 하고 전처럼 이야기를 시작하려고 했으나 말을 이어 갈 수가 없었다. 이렇게 아버지를 보고 싶어하는 어린것들이 내가 감옥에서 지낸 2년 동안이나 아버지를 그리워했을 것을 생각하니 몹시도 안쓰러웠기 때문이다.

이렇게 1977년이 가고 1978년이 시작되었다.

제**3**부

아내와 나
ⓒ J. Martin Bailey

다시 방학동 집에서

"이젠 일어나요. 날도 밝았는데."

아내의 목소리에 눈을 떴다. 교도관 목소리 대신에 아내의 음성에 눈을 뜨게 되다니 꿈만 같았다. 완전히 다른 세상에 온 것만 같았다. 지난 밤 이 생각 저 생각에 늦게야 잠이 들어서 늦잠을 자고 있었는데, 정다운 아내의 음성에 잠이 깨고 보니 정말 신천지에 온 듯했다. 동쪽 유리창에서 환히 비치는 아침 햇살이 마음을 더욱 밝게 해 주었다. 주섬주섬 옷을 걸쳐 입고 식당으로 나갔다. 식탁에는 김성재 내외와 최승국의 아내 한능자와 내 아내가 앉아서 나를 기다리고 있었다. 아이들은 벌써 다 학교로 간 모양이었다.

식탁에 앉았는데 서글픈 심정이 스며들었다. 날씨는 내가 잡혀가던 날처럼 맑기만 했다. 창 밖에 보이는 백운대도 전과 다름없이 푸른 하늘을 등에 지고 늠름하게 서 있었다. 그런데 식탁에는 보고 싶은 얼굴들이 보이지 않았다. 최승국은 얼마 전에 병으로 세상을 떠났고, 이종헌과 이묘자 내외는 양주에서의 생활을 견디지 못하고 고향인 제주도로 떠났다. 준호네 식구는 양주 생활을 마치면서 그곳에서 가까운 이문영 교수네 땅을 관리하게 되어 떠났다. 전정순은 일찌감치 최승국의 아버지와 결혼해서 경주로 갔다. 권경희도 한참 전에 결혼해서 딴살림을 하게 되었다. 결국 새벽의 집이 뿔뿔이 흩어진 것이다. 그동안 다리 수술을 하려고 새벽의 집에 들어오지 않고 있던 김성재 내외가 돌아오지 않았더라면 한능자 혼자 이 식탁에 앉아 있었으리라.

어제 저녁에 식구들이 하는 말을 듣고 보니, 우리가 농촌에 내려가는 것을 너무 서둘렀다는 생각이 들었다. 처음 새벽의 집을 시작할 때처럼 한 일년 착실히 검토했어야 했다. 더군다나 농사를 지어 본 일이 없는 우리가 준비 없이 농촌에 뛰어들었으니 불감당일 수밖에 없었다. 게다가 우사를 개조한 집에서 생활했는데 그것이 너무 허술해서 더더욱 힘들었다고 했다. 온돌에서 연탄 냄새가 새어 나오고 변소에는 구더기가 번져서 도시 생활을 하던 우리 식구들에겐 이래저래 여간 힘들지 않았다. 어린이들은 자연 속에서 뛰노는 것이 좋아서 비교적 적응을 잘 했지만, 생활을 책임져야 하는 어른들은 모든 것이 쉽지가 않았던 것이다. 아내는 특히나 더 힘들어했다.

우사를 개조해서 만든 집에서 식구들은 일 년 동안 살았다.

이희호 여사의 자동차를 타고 양주에 찾아온 3·1사건 부인들이 소나무 아래서 수박을 먹고 있다.

또 오재길 선생 식구들과 살림을 합쳐 같이 살기로 한 것도 더 힘든 요소로 작용했다. 오 선생 가족의 삶의 방식이 우리와 크게 달랐던 까닭이었다. 우리는 노래를 부르면서 삶을 즐기는 문화를 가졌는데 오 선생 가족의 생활문화는 퍽 경건한 편이었다. 노래하고 춤추기를 좋아하는 우리 식구들을 보면서 도저히 농사지을 사람들이 아니라고 느낀 모양이었다. 그리하여 오 선생 식구들과 우리 식구들 사이의 마음의 거리는 날로 벌어져서 종국에는 갈라지고 말았다.

이런 생각에 잠겨 있는데 내 심정을 감지한 한능자가 입을 열었다.

"식구가 너무 적어서 쓸쓸하지요?"

"모두가 내 책임이야. 내가 너무 조급했어."

나는 이렇게 고백하지 않을 수가 없었다. 농촌에 가자고 서두른 것이 나였기 때문이었다. 일찍부터 산업문화를 죽음의 문화라고 떠들어 대던 내가 학교에서 쫓겨나자 마음이 부쩍 더 농촌으로 치달았다. 농촌에서 이룩할 생명문화가 내 머리를 사로잡았다. 우리 손으로 지은 농산물을 먹고 우리 손으로 지은, 농민의 삶에 어울리는 옷을 입으면서, 생명문화를 기초로 한 새로운 교육을 창출하고 싶었다. 산업문화에서 해방된 새로운 삶을 창출해 보고 싶었다. 나아가 우리 같은 공동체가 여럿 생겨서 저마다 다양한 생산 활동을 하면서 서로 품앗이하는 제도를 갖춘다면 새로운 생명문화를 일구어 볼 수 있으리라고 기대했다.

나는 교육학을 전공한 터라, 농민의 삶을 바탕으로 한 새로운 교육에 대한 꿈이 머릿속에서 꿈틀거렸다. 김성재와 최승국도 교육학을 전공했고, 이종헌도 아카데미하우스에서 새로운 교육 과정을 훈련받은 터였다. 서로 머리를 한데 모으면 새로운 생명교육 과정을 창출할 수 있겠다 싶었다. 게다가 농약을 쓰지 않는 새로운 농사법이 일본에서 개발된 덕분에 농사짓는 법도 혁신할 수 있었다. 오재길 선생이 그 면에 조예가 깊었다. 같이 힘을 모으면 무엇인가 이룩할 수 있다고 나는 확신했다. 식구들에게 그런 생각을 제시했더니 최승국, 김성재, 이종헌 등이 모두 대찬성이었다. 부인들은 다소 회의적인 듯했으나 크게 반대하지는 않았다. 그래서 그 생각을 실현하는 일을 추진했다.

어느 날 갈릴리교회에서 설교할 때 나의 그런 꿈을 이야기했다. 서남동 교수는 퍽 부러워한 반면에, 안병무 박사는 "문 박사가 민주화 운동에 주동 역할을 했는데 그렇게 혼자 훌쩍 떠나면 어떻게 하느냐"고 불평했다. 그래도 나는 이 무모해 보이는 일에 몸을 던졌다. 지나고 나서 생각해 보니, 학교에서 쫓겨난 데에 대한 반동으로 내가 너무 조급하게 일을 서두른 것을 인정하지 않을 수 없었다. 게다가 정작 나 자신은 감옥신세를 지게 되어 내가 해야 할 일을 하지 못했으니, 내 책임이 더욱 컸다.

"이제 앞으로 어떻게 할 생각들이지요?" 내가 물었다.

"당분간 공동체의 원칙을 다소 완화하기로 생각했습니다. 같이 살면서 생활비를 각 가정 식구 수대로 분담하면서 앞일은 천천히 생각해 보면 좋 겠습니다." 김성재가 대답했다. 그럴 수밖에 없을 것이라고 느껴서 머리를 끄덕였다.

그날 저녁 한빛교회에서 송년회를 겸한 출옥 인사들의 환영회가 있었다. 우리 새벽의 집 식구들은 저녁 식사가 끝나는 대로 한빛교회로 갔다. 물론 아이들도 동반했다. 교회에는 벌써 많은 사람들이 모여 있었다. 민주화에 관심 있는 사람들은 거의 다 모인 듯했다. 가톨릭 신부들은 물론 불교 승려 들도 여러 명 있었다. 민주화에 관심 있는 선교사들도 많이 와 있었다. 나 는 여러 사람의 인사를 받으면서 우리를 위해서 마련된 자리로 갔다.

준비된 자리에 앉아 앞에 앉은 사람들의 얼굴들을 둘러보았다. 그토록 보고 싶던 얼굴들이었다. 모두가 한결 같이 정답고 아름다운 얼굴들이었 다. 달려가서 서로 볼이라도 비비면서 얼싸안고 싶었다. 사람들이 모두 언 제나 이렇게 반가울 수 있다면 얼마나 좋으랴. 그런 세상이야말로 하느님 의 나라라는 생각이 들었다.

이해동 목사가 사회를 맡았다. 그리고 교회협의회 총무인 김관석 목사가 환영의 말을 했다. 김 목사는 이렇게 모두 나와서 기쁘기 그지없는데 아직 김대중 선생만은 석방되지 않아 유감천만이라고 개탄하면서, 김 선생을 석 방하지 않는 데서 이 정부가 실은 얼마나 약한지를 알 수 있다고 정부를 향 해서 일침을 가했다. 그 자리에 참석한 이희호 여사의 얼굴에 비감한 표정 이 떠올랐다. 김 목사는 자기도 잠깐 감옥살이를 경험한 적이 있는데, 열심 히 뛰며 활동하던 사람이 감옥 독방에 있는 것이 얼마나 힘든지 겪어 보지 않은 사람은 모른다고 했다. 그러나 이렇게 고생하는 분들이 있기에 교회 와 사회가 각성할 수 있다고 하면서 그동안 교회와 사회가 얼마나 새로워 졌는지를 증언했다.

이어서 출옥 인사들의 경험담이 이어졌다.

조직신학자인 서남동 목사는 역사에 관심이 많아 하나님의 성령이 어떻게 우리나라의 민중의 역사 속에서 임재했는지를 이야기했다. 그는 감옥에서 민중사를 연구했다. 함석헌 선생의 씨알의 소리, 평화시장의 전태일의 분신 사건, 조화순 목사가 여성 노동자들과 함께 한 산업선교 활동 등이 하나님이 실제로 한국에서 일으키신 사건이며, 이러한 민중의 사건과 성서의 해방 메시지가 칠십년대에 와서 비로소 만나게 됐다고 했다.

안병무, 예수교 장로회의 김용복 목사와 더불어 한국의 민중신학을 정립한 대표적인 신학자인 서남동 목사의 별명은 안테나였다. 세계 신학계가 어떻게 돌아가는지를 알려면 그가 최근에 발표한 논문을 읽으면 됐다. 그만큼 그는 세계에서 논의되는 신학의 조류를 민감하게 포착하여 국내에 재빠르게 소개했다. 전남 무안 출산인 서남동은 대구에서 목회를 하는 동안 참신한 설교로 인기가 많았다. 그는 한동안 한국신학대학에서 조직신학을 가르치다가 연세대에서 오랫동안 교수 생활을 했다.

그는 칠십년대 초반에 아프리카에서 열린 세계 신학자교수협의회에 다녀온 적이 있었다. 그런데 그곳에서 모인 신학자 교수들이 한국의 김지하와 그의 시「오적」에 대해 이야기하며 높게 평가하는 것이 아닌가? 그는 정작 한국 사람인 자신은 김지하의「오적」을 읽어 보지도 못했다는 것에 대해 부끄러움을 느꼈다. 그는 아프리카에서 돌아오는 길목에 동경에 며칠 머무르면서 김지하의 시를 구해서 읽었다. 그 시를 읽으며 충격을 받고서 그는 그 때부터 민중신학을 본격적으로 모색하게 되었다.

한국으로 돌아온 뒤 1973년에 서남동 목사는 앞장서서 '한국 그리스도인 선언'을 선포하였다. "우리는 예수 그리스도가 유대 땅에서 눌린 자들, 가난한 자들, 멸시받는 자들과 함께 사신 것처럼 우리도 그들과 운명을 같이하면서 살아가야 한다고 믿는다." 이것은 유신 체제하의 한국 교회의 신앙고백이며, 한국적인 민중신학의 선언이었다.

안병무는 감옥에서 마가복음서를 정독했다고 하면서 마가복음서를 민중신학의 입장에서 새롭게 해석했다. 특히 마가복음에서 자주 쓰이는 군중이라는 단어 '오클로스'를 민중운동과 연결시켜서 해석했다. 그리고 예수는 민중의 무리들을 있는 그대로 용납하고 친구가 되었다는 것을 강조했다. 그는 후에 미국과 독일에서 한국의 민중신학을 소개하는 강연을 여러 차례 하기도 했다.

성서신학자인 안병무가 민중신학에 관심을 갖게 된 것은 전태일의 분신 사건이 계기가 되었다. 전태일의 죽음을 겪으면서 그동안 지나쳤던 민중의 현실에 적극적으로 관심을 기울이기 시작한 것이었다. 1975년 3월 1일, 민청학련 사건으로 구속되었던 김동길, 김찬국 교수의 석방 환영회가 새문안교회에서 열렸을 때 그 자리에서 안병무는 처음으로 〈민족, 민중, 교회〉라는 제목으로 강연했고, 그 뒤로 우리는 민중의 의미를 다양한 각도에서 파고들기 시작했다.

안병무와 서남동이 화산이 폭발하는 장면, 민중이 역사의 주인으로 떨쳐 일어나는 결정적인 시기에 관심을 가졌다면, 교육학자인 나는 그 과정에 관심을 가졌다. 민중이 갖은 고생을 겪는 동안 의식이 점점 고조되어 마침내 때가 무르익게 되는 과정을 정리해서 이야기했다. 평소에는 역사의 주인처럼 보이지 않는 민중이, 오랜 고난을 겪는 과정에서 새 방향으로 나아가는 '득도' 또는 김지하가 말한 '단'을 하게 된다. 예수, 모세, 그리고 예언자 같은 지도자들이 먼저 단을 하고 나면 그에 따라 민중이 집단적으로 깨달음을 얻게 된다는 것이다.

돌이켜 보니, 한국의 신학자들이 가톨릭 평신도였던 젊은 시인 김지하로부터 많은 영향을 받았다.

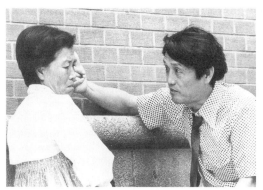
1974년 민청학년 사건으로 투옥된 아들 걱정에 울고 있는 김지하 시인의
어머니 정금성을 위로하고 있다.

나는 개인적으로 김지하와 가깝게 지낼 일은 없었지만 그를 감옥에서 한 번 만난 적은 있었다. 내가 『사물의 영성(Spirituality of Matter)』이라는 책을 읽고 박형규 목사에게 읽으라고 주었고, 그 책이 다시 김지하에게 전달된 적이 있었다. 서대문구치소에 있을 적에 운동하러 나갔다가 김지하와 만났는데 그는 그 책을 잘 보았다며 고마웠다고 했다. 한편, 아들의 옥살이 뒷바라지를 하면서 애를 태우던 그의 어머니(정금성)를 재판장에서, 목요기노회와 농성장에서 늘 만나곤 했다. 구수한 전라도 사투리를 쓰는 전형적인 시골 아줌마 같던 그분도 시위를 하면서 맨 앞에서 싸우는 투사로 바뀌어 갔다.

늦봄 문익환 형은 감옥에서 앞날이 꽉 막힌 죄수들의 한 맺힌 이야기를 들으면서 앞으로 그들을 위해서라도 참된 민주화를 이룩해야겠다고 결의를 다지며 단식까지 해 보았다고 했다. 그리고 앞으로 출옥한 죄수들을 위해 일하고 싶다고 했다. 아울러, 통일을 갈망하는 부모님 이야기를 하면서 갈라진 민족의 통일이야말로 자신의 기원의 핵심이라고 고백했다.

윤반웅 목사는 "감옥에서 불고기가 그렇게도 먹고 싶었다."고 솔직한 말을 해서 폭소를 자아냈다. 그리고 박정희가 천벌을 받을 때까지 꾸준히 투쟁해야 한다고 했다. 그의 독설은 여전했다.

나는 감옥에서 동지들의 사랑의 선물을 받으면서, 또 감옥에 갇힌 우리가 할 수 없던 많은 일들을 밖에서 한다는 소식을 들으면서 그렇게 기쁠 수가 없었다고 했다. 그리고 고생을 하면서도 그리스도인의 삶은 기쁨에 찬 삶임을 경험하게 되면서 '기쁨의 신학'에 대해서 생각하게 되었다고 말했다.

함세웅 신부는 악과 투쟁하는 과정에서 하느님의 임재(臨在)하심을 느꼈을 뿐만 아니라, 신구교는 물론 불교까지 하나로 뭉친 것을 경험하면서 하느님의 하시는 일이 오묘함을 새삼 느꼈다고 신앙고백을 했다.

출옥 인사들의 이야기도 감명적이었지만, 그보다는 이야기하는 사람과 그 이야기를 듣는 청중과의 사이에서 이루어지는 호응이 눈시울을 더 뜨겁게 했다. 같이 아파하기도 하고 더불어 웃기도 하고 때로는 같이 분노하기도 하는, 말하는 이와 듣는 이가 완전히 하나가 된 모습이 나의 마음을 감동으로 사로잡았다. 그곳에 모인 사람들이 그야말로 완전히 한 몸이 되었다. 모두가 기독교 신자인 것도 아니었다. 천주교 신부는 말할 것도 없고 불교 승려도 있었고 종교를 가지지 않은 사람들도 적지 않았다. 그런데 모두가 하나가 되어 어울려서 울고 웃으며 불의에 대해 분노했다. 서로 기(氣)로써 하나로 통하여 새로운 내일을 바라는 영적인 공동체를 이룬 것이었다. 다만 한 가지 크게 섭섭한 것은, 그처럼 아름다운 잔치 자리에 김대중 선생이 함께하지 못한 것이었다.

이날의 저녁 모임은 성내운 교수의 감격적인 시 낭송으로 절정을 이루었다. 성내운 교수는 민주화 투쟁 과정에서 빚어진 진주 같은 여러 시들을 외우고 있다가 기회가 있을 때마다 그 모임에 맞는 시를 낭송하여 깊은 감명을 주곤 했다. 그날 저녁에 그가 낭송한 시는 늦봄 문익환의 〈꿈을 비는 마음〉이었다.

이 감격스러운 모임에서 돌아온 뒤 우리 식구들은 다시 식탁에 둘러앉아 보리차를 마시면서 그날 저녁에 받은 느낌을 주고받았다. 김성재는 민주화

운동이 한 작은 산마루턱에 올라온 느낌을 받았다고 했다. 그와 동시에 앞으로 더 높은 봉우리들이 우리에게 도전하고 있다고 하면서 오늘 저녁 모임은 우리들의 새로운 각오를 불러일으키는 자리가 되었다고 말했다.

남편을 잃은 한능자는 말없이 깊은 사색에 잠겨 있었다. 내 아내도 무엇인가 깊은 생각에 잠겨 있었다. 나는 새벽의 집이 큰 암초에 걸린 것이라고 걱정하다가, '먼저 해야 할 일은 민주화를 이룩하는 일이다. 민주화를 이룩해야 새 문화 창출도 이룰 수 있다'는 사실을 절감했다. 농촌으로 가려고 했을 때 안 박사가 "민주화 운동에 앞장서다가 문 박사 혼자 이렇게 농촌으로 가서야 되는가?" 하던 말이 마음에서 맴돌았다.

"그래. 먼저 민주화를 이룩해야 새 내일을 위한 작업도 할 수 있지. 그래서 하느님은 나를 이 방학동에 머물게 하시는 것이구나."

세배

다음 날 아침 우리는 아이들을 데리고 큰집으로 발걸음을 옮겼다. 몇 년 만에 어머니에게 세배를 드리기 위해서였다.

형의 집에는 벌써 손님이 서너 분 와서 형과 반가운 대화를 나누고 있었다. 현관문을 열고 들어선 내 눈에 보이는 건 수염을 기른 형의 얼굴이었다. 턱에 수염이 두루 뻗어서 보기가 여간 흉하지 않았다.

"아이구. 손님들이 오시기 전에 수염부터 깎아야지 꼴이 말이 아니군요!" 나는 인사도 하기 전에 수염 타령부터 했다.

"수염이 어때? 난 이제부터 수염을 깎지 않기로 했어." 형이 내뱉듯이 말했다.

"우리 문 씨는 수염이 많지 않아서 수염을 기르면 보기 흉해요."

"알아. 그래도 민주주의가 이룩될 때까지 수염을 깍지 않기로 했어."

거기 있는 사람들도 다 모양이 흉하다고 했지만 형의 고집을 돌릴 수는 없었다.

방에 들어선 아내와 나는 먼저 어머니에게 세배부터 올렸다. 정말 오랜만에 어머니에게 세배 드리자니 느낌이 새삼스럽기만 했다.

"어머니가 오셔서 형의 단식을 멈춰 주셔서 정말 다행입니다."

"앞으로 할 일이 많은데 함부로 죽어서야 되겠니. 만주에서 투쟁하던 독립지사들이 단식으로 자살하는 것을 본 일이 없다."

3·1민주구국선언 사건으로 우리 동지들이 감옥에 있을 때였다. 전주교도소에 있던 익환 형이 1977년 5월에 형의 쉰아홉 번째 생일을 앞두고 무기한

전날 출옥한 형을 반기는 식구들. 왼쪽부터 의근, 어머니, 익환 형, 형수, 큰며느리 정은숙.

단식에 들어갔다. 민주 회복과 민족 통일을 위해 죽을 때까지 단식을 하겠다는 결의였다. 가족이 만류하고, 또 밖에 있던 동지들이 아무리 간절히 설득해도 형은 들은 척도 하지 않았다. 아무도 형의 고집을 꺾지 못하고 있었다. 그 소식을 듣고서 캐나다에 계시던 어머니가 달려오셨다. 82세의 노령에 홀로 비행기를 타고 그 먼 길을 날아오신 것이었다.

6월 7일 어머니가 전주교도소에서 형을 만나셨을 때 형은 단식 21일째였다. 어머니는 서울에 오기 전에 만난 김재준 목사님이, "일을 하자면 몸이 건강해야 한다."고 당부했다는 말을 전하면서 아들을 설득하기 시작하셨다. 어머니는 어려서 만주로 넘어가 살던 때의 고난을 이야기하시고는 기독교인들은 그런 숱한 수난을 겪으면서도 정의를 위해서 사는 거라고 말씀하셨다. 감옥 밖에서 또 해외에서도 많은 사람들이 열심히 애쓰고 있으니 곧 자유의 때가 오리라는 희망적인 전망도 말씀하셨다. 그러고는 "이때까지 나는 두 아들을 위해서 따로 기도해 본 일이 없다. 그저 민주주의를 위해서 기도했지."라는 말씀으로 당신이 한낱 사사로운 모정으로 형을 설득하는 게 아님을 은근히 비치기도 하셨다. 어머니는 마지막으로 아버지 문재린 목사의 이야기를 형에게 들려주셨다.

"내가 서울에 올 때 아버지에게 하실 말씀이 있으면 하시라고 했더니 그때 처음 이야기하셨어. 나도 모르던 이야기야. 아버지는 나와 함께 지난해 가을 워싱턴으로 한국의 민주화를 위한 시위를 하러 가셨다. 그런데 시위가 끝나면 할복자살을 하려고 칼을 갈아 품에 넣고 가셨다는 거야. 그러나 가만히 생각해 보니, 온 세계가 한국을 위해서, 민주화와 자유와 통일을 위해서 기도하는데, 내가 왜 이러는가? 혹시 나 혼자 두드러지려고 이러는 건 아닐까? 나 자신이 영광을 받으려고 이러는 건 아닌가? 그런 생각이 들어 그만두셨다고, 그저 그 말만 전해 달라고 하셨다."

그 말을 들은 형은 "아버지는 역시 위대하셔!" 하더니, 그날로 바로 단식

함석헌 옹 댁에 세배 드리러 가서. 왼쪽부 터 문호근, 나, 함석헌, 문익환, 곽분이. 1986 년 신정.

을 멈추었다. 형이 어머니에게 말했다. "아버지 말씀을 듣고 보니 주님의 뜻은 다른 데 있다고 생각되었어요. 모든 사람들이 기도해 주시는데 더 버 티는 것은 내가 찬양받기 위한 것이 되고 그렇게 되면 헛된 죽음이죠."

그 자리에 함께했던 큰조카 호근이가 그때의 이야기를 상세히 들려주었 다. 이야기를 듣는 동안 내 눈이 뜨거워졌다. 옆에 앉은 아내는 내 손을 꼭 잡았다. 그녀의 눈에도 눈물이 글썽거렸다. 누군가가 "어머님이 찾아오셔 서 정말 다행이었습니다."라고 어머니를 쳐다보면서 치하했다. 모두 그렇 다고 머리를 끄덕였다. "다 하느님의 영이 하시는 일이지." 하고 어머니는 약간 뒤로 물러앉으셨다. 그때 어머니의 모습에서 살아 있는 보살을 보는 듯했다.

점심을 먹은 뒤에 형님 내외와 같이 함석헌 선생과 윤보선 대통령에게 세배하러 가려고 일어섰다. 우리는 설이 되면 늘 김재준 목사와 함석헌 선 생에게 세배를 하곤 했다. 그런데 김재준 목사는 캐나다에 계셔서, 윤보선 선생에게 세배하러 가기로 했다.

우리는 택시 한 대에 동승하여 함석헌 선생 댁부터 찾아갔다. 훤한 은색 수염에 흰 두루마기를 입은 함 선생은 신선과도 같았다.

"오래 건강하게 사셔서 남과 북이 하나가 되는 것을 보십시오." 하고 우리 넷이 절을 하자, 함 선생은 "나야 뭐, 여러분들이 몸조심 해야지, 함부로 단식을 해서는 안 돼." 하고 형을 주시하시면서 한마디 하셨다. 형이 무기한 단식을 했을 때 함 선생이 여간 걱정하지 않으셨기 때문이었다.

그 집에서 식혜 한 잔씩 마시고 나서 윤보선 전 대통령 댁을 찾았다.

"새해에도 건강하셔서 민주화 운동의 뒷받침이 되어 주십시오." 하고 절을 하자, "박정희의 태도에는 추호의 변화도 없어. 끈질기게 투쟁해요." 하고 무게 있게 말씀하시며 특히 형을 주시하셨다. 3·1민주구국선언문 사건으로 민주화 운동에서 형의 위치가 중요해졌기 때문이었다. 그러자 공덕귀 여사가 나를 향해 말씀하셨다. "문 박사가 감옥에 들어간 뒤 혜림 씨가 얼마나 열심히 투쟁하고 고생했는지 몰라요. 앞으로 마누라 잘 대접해요." "공덕귀 여사님의 헌신적인 활동에 대해서도 많이 들었습니다. 앞으로도 지도적인 역할을 많이 해 주십시오." 내가 화답했다.

그 집에서 나오면서 우리는 이런 어른들이 배후에 든든하게 서 있다는 것이 얼마나 고마운 일인지 새삼 느꼈다.

아내의 눈물

조잘거리는 참새 소리에 잠이 깼다. 동쪽 유리창으로 들어오는 아침 햇살이 나의 눈을 어지럽혔다. 옆에 누운 아내는 벌써 깨어나서 천장을 바라보고 있었다.

"왜 벌써 깨어났지?" 내가 물었다. 그러나 아무 대답이 없었다.

"언제부터 깨어나 있었어?"

"벌써부터……." 아내의 목소리는 침울하게 가라앉아 있었다.

"왜 그래?"

한참 아무 말이 없던 아내가 말했다. "그제 저녁부터 당신이 사람들한테서 환영받는 것을 보면서 화가 났어요."

"그건 또 무슨 소리야?"

"당신은 그동안 고생했다고 영웅 취급을 받지만 그동안 내가 고생한 것은 누가 알아주기나 해? 당신은 '기쁨의 신학' 운운하면서 신나 하는데 나는 아무도 모르게 죽도록 고생만 했어!" 아내의 목소리는 분노로 떨리고 있었다.

나는 할 말이 없었다.

"나는 당신만 바라보고 이 땅에 왔어요. 그런데 당신은 훌쩍 떠나 감옥에 갇히고 말았어요. 혼자 남은 내 심정이 어떤지 알기나 하세요? 더구나 내 생각은 전혀 하지 않고 농촌으로 가자고 하더니 당신은 사라지고 말았어요. 그 농촌 생활이 어땠는지 알기나 하세요."

아내의 음성은 점점 더 높아만 갔다.

"왜 이래? 고생이야 다 같이 하는 고생인데. 당신 좀 달라졌군요."

"그래요. 난 달라졌어요. 정말 달라졌어요."

아내가 발악하듯이 말하길래, 나도 덩달아 "도대체 무엇이 어떻게 달라졌다는 거요?" 하고 목소리를 높였다.

그러고 있는데 밖에서 아침을 먹으라는 창근이의 목소리가 들렸다. 밖에서 우리가 말다툼하는 것을 들은 모양이었다.

우리는 일어나서 옷을 주워 입고 식탁으로 나갔다. 김성재 내외와 한능자가 우리를 기다리고 있었다. 모두 긴장한 얼굴로 우리를 쳐다보고 있었다. 식탁 분위기가 퍽 거북스러웠다. 식사가 끝나자 김성재 교수가 "두 분이 속리산에라도 함께 가셔서 푹 쉬다 오시지요." 하더니, 방에 가서 돈을 넣은 봉투를 우리에게 건넸다.

그래서 우리는 속리산행 버스를 탔다. 결혼 초에 속리산에 한 번 찾아 온 일이 있어서 낯선 곳이 아니었다. 속리산 법주사 앞에 박정희가 세운 커다란 부처가 서 있었다. 그리고 그곳으로 들어가는 길에는 수령 오랜 나무들이 절의 오랜 역사를 전해 주기나 하듯이 가지를 뻗치고 서 있었다. 대웅전 등 절의 건물들도 볼만했지만, 그 절을 보호라도 하듯이 둘러서 있는 산봉우리들이야말로 '별유천지'라는 느낌을 주었다.

우리가 처음 속리산에 왔을 때는 늦은 봄, 맑은 날이었다. 그러나 아쉽게도 다음 날은 아침부터 날씨가 흐릿했다. 그날 우리는 절 뒤에 있는 가장 높은 봉우리를 정복히기로 했는데 흐린 날씨 때문에 좀 망설였다. 그러나 아직 젊은 나이라서 그대로 모험해 보기로 했다.

우리가 그 산허리쯤에 이르렀을 때 과연 비가 내리기 시작했다. 처음부터 떨어지는 빗방울이 굵어 심상치 않다고 느꼈는데, 아니다 다를까, 얼마 되지 않아 비가 걷잡을 수 없이 쏟아져 옷이 다 젖어 버렸다. 마지막 산정에 오르는 길은 퍽 가팔라서 서로 밀고 당기고 하며 겨우 산정에 이르렀다. 정상에 서 있는데 봉우리 주변으로 굵은 비가 병풍처럼 쏟아졌다. 그 빗줄기의 병풍 저편에 신성한 영이라도 계시는 것처럼 느껴졌다.

흠뻑 젖은 채로 산정에 있는 산장으로 찾아갔다. 산장에는 한 노인이 살고 계셨는데 우리를 보자 "이렇게 비가 오는데 어떻게 찾아오셨어요?" 하면서 방에 이부자리를 펴 주셨다. 감기가 들지도 모르니 어서 옷을 벗어서 자기에게 주고 이부자리 속으로 들어가라고 했다. 잠자리에 든 우리는 밖에서 들려오는 세찬 빗소리를 들으면서 이불 속의 포근함을 즐겼다. 노인은 옷의 물을 짠 다음 널어 두었다가 이튿날 아침에 다리미로 말끔히 말려 주었다.

얼마나 고마웠던지. 우리는 종종 그때 일을 회상하면서 웃음 짓곤 했다.

그 속리산을 다시 찾는 우리의 심정은 그때와는 아주 달랐다. 그때 우리의 마음은 완전히 하나였고 기쁨에 들떠 있었다. 그러나 이번에는 그렇지 않았다. 내 옆에 앉아 있건만 아내는 어딘가 구만 리 저편에 있는 것 같았다. 가슴의 문을 굳게 닫고 웅크리고 있는 것만 같았다. 감옥에서 나올 때의 나의 기대는 이런 것이 아니었다. 정의를 위해서 고생하고 나오는 남편을 긍지를 가지고 환영해 줄 줄로 알았다.

호텔 방에 짐을 풀고 점심을 먹은 뒤 밖에 나와 전망이 좋은 벤치에 앉았다. 겨울 날씨이기는 하나 그날은 날씨도 따뜻하고 청명했다.

"당신 고생한 이야기를 좀 들려줘요!" 내가 말문을 열었다. 우리는 등산 같은 것 대신에 그동안 쌓이고 쌓인 이야기들을 나누기로 했다.

"당신이 잡혀간 뒤 얼마 동안은 그리 힘들지 않았어요."

이렇게 말을 뗀 아내는 그동안의 일을 이야기하기 시작했다.

모두 잡혀간 뒤 구속자 아내들은 토요일마다 종로5가에 모여서 서로 소식을 나누고 여러 가지 묘안을 내어 시위도 하고 찾아오는 손님들과 대화를 나누곤 했다. 말하자면 나름대로 의미 있고 신나는 삶을 살았다. 특히 아내는 농담을 곧잘 해서 모인 사람들의 흥도 돋우어 주면서 잘 지냈다. 그들을 위로하려고 원근 각지에서 온 사람들은 구속자 가족들이 그렇게 활기차게 민주화 운동에 가담하는 것을 보고 오히려 격려를 받고 갔다고 했다. 그 덕분에 아내는 양주에서의 삶이 힘들기는 했으나 하루하루를 견디어 낼수 있었다. 주중에 미군부대에서 술 중독자와 아편 중독자들을 돕는 일로 바쁘게 지내는 것도 의미가 있었고, 토요일마다 처지가 같은 구속자 가족들이 모여 함께 웃으면서 뜻있는 일을 하는 것으로 위로와 격려를 받았다.

"그런데 미군부대에서 정치 활동에 참여하지 말라고 못을 박은 뒤부터 갈등이 커졌어요. 뜻이 맞는 동지들과 함께 시위하는 과정에 사람 사이의 친교를 맛보았고, 보람 있는 일에 참여하는 것에서 힘과 격려를 얻었는데, 그만 그것이 좌절되자 점점 침울해졌어요. 속에서 솟아나는 생수의 근원이 끊어진 것 같았지요. 그뿐만이 아니에요. 한국 사람이 되어 한국의 민주화에 공헌하려고 했는데, 그 일로 나는 한국 사람이 될 수 없다는 사실을 발견했어요. 그렇다고 미국인으로 당당히 설 수도 없었어요. 힘으로 다른 나라를 억누르는 미국의 시민이라는 것도 나에겐 무거운 짐이 되었어요. 그러다 보니, 그렇다면 '나는 도대체 누구인가?' 하는 실존적인 문제에 부대끼게 되었어요."

"그 후로 나는 미군 부대의 우편 체계를 이용하여 국내 민주화 운동과 국외의 후원자들 사이를 연결하는 일을 했어요. 구속자 가족들이 만드는 숄이나 인권 운동에 관한 소식지를 외국에 보내는 일, 그리고 외국에서 한국의 민주화를 위해서 일하는 여러 가지 정보들을 국내로 들여오는 일들을 꾸준히 해 왔어요. 그것만으로도 보람을 찾을 수는 있었지요. 그러나 구속자 가족들과 한데 어울리며 친교를 나누지 못하는 것이 얼마나 큰 타격이 되었는지 몰라요."

"그런데 기가 막힌 것은, 한국 정부의 정보부가 정보원을 파견해서 언제나 나를 감시한다는 거예요. 의정부의 택시 운전사들에게 지시해서 나의 동향을 감시하게 했어요. 어쩌다 밤에 버스를 타고 집 근처에 내리면 거기에 있던 형사가 손전등을 내 얼굴에 비치면서 확인하기도 했어요. 그것이 내게는 고문과도 같았어요. 한 시간도 안심하고 지낼 수가 없었으니까."

아내의 눈에 눈물이 글썽거렸다.

"한번은 이런 우스운 일이 있었어요. 내가 부대 안 내 사무실에 앉아 있는데 웬 한국인이 찾아와서 '여기 미세스 문이 있는 모양인데 어디 있는지 아세요?' 하고 묻는 것이 아니겠어요? 그 자가 형사라는 것을 나는 얼른 알아차리고, '미세스 문은 저 아랫방에서 일하시는데 지금 일이 있어서 의정부 쪽으로 갔어요.' 하고 대답하고는, 그 사람이 사무실을 나가자마자 한국인 형사가 부대에 불법적으로 들어왔으니 색출하라고 보고해서 그를 추방했었지요."

이렇게 말하는 아내의 얼굴에서 쓴웃음이 스쳐 지나갔다.

"이렇게 되니 내 삶이란 것이 비참하기 짝이 없게 느껴졌어요. 농장에서 사는 것도 갈수록 더 힘들어졌어요. 생각을 해 봐요. 냄새나는 변소에 가서 변을 보는데 구더기들이 기어 다닐 때 어떤 기분일지를. 생각해 보셨어요? 나를 이런 처지에 처박아 놓고는 감옥에서 '기쁨의 신학'이니 뭐니 하는 것을 깨달았다니, 어떻게 내가 화가 나지 않겠어요."

아내의 하소연을 듣는 동안 나는 가슴이 꽉 막히는 듯했다. 아내를 위해서 걱정은 했지만 그렇듯이 암담한 골짜기를 거쳤으리라고는 상상하지 못했다.

"감옥에서 당신 생각을 늘 했지만 그런 고생을 했으리라고는 미처 생각하지 못했어. 미안해. 정말 미안해." 나는 아내를 품에 껴안았다.

아내는 내 품에서 한동안 흐느끼고 나서 눈물을 닦으며 말했다.

"저도 지나치게 반발한 것 같기도 해요. 워낙 당신 하나만 의지하면서 살았으니까."

이렇게 서로 속에 있는 것을 털어놓고 나니 마음이 한결 안정되었다. 속리산 절 주변을 돌다가 집에 돌아온 우리는 다시 전처럼 웃음을 지을 수 있었다.

내가 없는 동안에 아내는 혼자 돈을 벌고 아이들을 키우면서 독립적인 여성으로 성장했다. 우리의 관계도 아내가 나를 일방적으로 의지하고 따르기보다는 평등하게 서로를 존중하는 새로운 국면으로 접어들었다.

뜨거운 상봉들

출옥한 우리의 마음을 얼마 동안 들뜨게 한 것은 오랫동안 보고 싶어하던 동지들을 만나서 얼싸안는 일이었고, 그동안 쌓이고 쌓인 회포를 나누는 일이었다. 사과 봉지며 계란 묶음 등을 들고서 고마운 손님들이 집으로 속속 찾아왔다. 여신도연합회 회원, 구속자 가족들, 한빛교회 식구들, 한국신학대학 여자 동창들이 찾아왔고, 심지어 멀리 대구, 광주 등에서도 보고 싶던 얼굴들이 찾아왔다. 그들 얼굴에는 함박꽃 같은 웃음이 가득 피어났다. 아마 내 얼굴도 그랬으리라. 특히 우리보다 먼저 감옥을 들락날락했던 김동완 목사, 권호경 목사, 허병섭 목사, 이해학 목사, 이규상 목사 같은 젊은 동지들이 찾아오면 온 방안에 환희의 교향악이 울려 퍼지는 듯했고 이야기가 끝날 줄을 몰랐다. 그들 젊은이들과 한참 이야기하다 보면 나도 덩달아 젊어지는 것 같아 더 즐거웠다. 더구나 그 젊은이들이 뜻이 맞고 비슷한 경험을 가진 이들이어서 더 그랬다.

방학동 새벽의 집에서만 사람들을 만난 것은 아니었다. 밖에서도 이곳저곳에서 사람들과 상봉할 기회가 있었는데 때로는 집단적으로 이루어지기도 했다. 기독교장로회 총회 인권위원회가 주도해서 남한에 있는 여러 기독교장로회의 노회들에서 우리를 위한 환영회를 개최하기도 했다. 우리가 겪은 이야기들이 선교를 위한 교인들의 의식화에 도움이 될 것이라고 판단해서였으리라. 맨 처음 모인 것은 기장 인권위원회 주최로 열린 대전 집회였다. 각 노회의 인권위원들이 대전에 모여서 우리의 출옥을 축하해 주고 우리의 간증을 들으려고 했다.

문익환, 서남동, 이우정, 안병무, 윤방웅, 이해동, 그리고 나는 인권위원회가 마련한 버스를 타고 대전으로 내려갔다. 서울의 인권위원들도 동승했다. 이렇게 동지들과 같이 버스에 동승해서 고속도로를 달리는 나의 심정은 감격스럽기 그지없었다. 일 년 전에 이 고속도로를 달릴 때는 양옆에 정보부 요원이 앉아 나를 감시하고 있었는데, 지금은 뜻이 같은 동지들과 희희낙락하면서 이 길을 달리고 있지 않은가! 하늘의 별이라도 딸 듯이 호통치던 악의 세력도 정의의 세력한테 굴복하고야 말 것이다!

대전의 어떤 호텔에 도착하여 차에서 내리자 당시 기장의 총회장인 은명기 목사가 우리를 맞이해 주셨다. 은명기 목사는 정의감이 투철하신 분으로 우리가 잡혀 들어갔을 때 같이 잡혀 들어가 취조도 받고 재판 과정에 증언도 해 주셨기에 그분과 손을 맞잡으려니 그렇게 감격스러울 수가 없었다. 호텔 대합실에 정의를 위해서 몸을 바치는 기장의 투사들이 모여 있었다. 호텔 대합실은 이내 환성 소리, 웃음소리, 주고받는 대화 소리로 한동안 벌집을 쑤셔 놓은 듯했다.

이윽고 우리는 준비된 회의실에 들어갔다. 〈어느 민족 누구게나 결단할 때 있나니〉라는 찬송을 부르고 원로목사 한 분이 기도한 뒤, 총회장과 인권위원회 위원장의 인사말이 있었다. 그리고 이어서 우리 출옥 인사들의 경험과 느낌을 말하는 차례가 왔다.

우리의 이야기는 전에 한빛교회 환영회에서 말한 것의 연장선에 있었다.

나는 내가 경험한 기쁨에 관한 이야기를 전보다 좀 더 구체적으로 정리해서 전했다. 곧, 약자들이 정의를 위해서 투쟁하는 과정에 갖가지 고난을 당하지만 그 과정에서 삶의 참된 기쁨을 맛보고 그런 감격스러운 경험을 통해서 사랑의 하느님을 만나게 된다는 것을 예를 들어서 증언했다. 그 고난이란 굶주림과 헐벗음, 일터에서 쫓겨나 할 일이 없는 쓰라림, 아무도 알아주지 않는 고독, 그리고 부자유와 삶에 대한 회의 등인데, 이것을 나는 '먹고파', '입고파', '하고파', '보고파', '날고파', '알고파' 하는, 억눌린 이들의 간절한 욕구라고 보았다. 나 자신이 그것을 절실히 느꼈기 때문이다. '음식다운 음식을 먹고파', '따뜻한 옷을 입고파', '의미 있는 일을 하고파', '사랑하는 사람들을 보고파', '비둘기처럼 자유롭게 날고파', '세상이 어떻게 되는지 알고파' 나는 괴로웠다. 그러나 뜻을 같이 하는 동지들의 사랑과 도움으로 그런 욕구들이 하나하나 해결되어 갔다. 사랑하는 식구와 동지들의 영치금으로 먹는 문제와 입는 문제가 해결되고, 우리가 하고파 하는 일들을 밖의 동지들이 과감히 실행하고, 그 소식이 여러 가지 경로로 우리에게 전달되고, 그 의미가 우리 마음에서 명확히 밝혀지고, 따라서 몸은 매여 있으나 기쁨에 찬 영은 자유롭게 훨훨 나는 것을 경험했다. 그 기쁨은 이루 말할 수가 없었다. 그리하여 하느님과 더불어 새 내일을 창출하려고 일하는 도정이란 일견 괴로운 것처럼 보이나 실상은 남모를 기쁨에 찬 환희의 길임을 경험을 통해서 깨달았다면서, 바울 선생이 감옥에서 "항상 기뻐하라"고 고백한 것을 내가 직접 경험했다는 사실을 증언했다.

한빛교회에서도 그랬지만 마음이 통하는 동지들과 이런 신앙 간증을 하는 자리는 오순절 다락방과도 같은 느낌이었다. 그 자리 뒤에 우리는 호텔방에서 그동안 그들이 밖에서 한 일에 대해 들었고, 그로써 하느님의 영이 우리를 하나로 묶어서 한국의 역사를 새로운 차원으로 이끌었음을 알게 되어 감사의 염으로 가득했다. 결국 하느님의 뜻이 승리하리라는 확신을 다시 한 번 확인하게 되었다.

이와 같은 나눔의 자리를 우리는 여러 곳에서 가졌는데, 특히 기억이 남는 것은 광주와 제주에서 가진 모임이었다. '광주'라는 이름만 들어도 가슴이 울렁거렸다. 일제시대의 광주학생운동에서부터 시작하여 광주는 민족해방 운동과 민주화 운동이 꼬리를 물고 일어난 곳이니 말이다.

광주의 모임은 윤기석 목사가 시무하는 한빛교회에서 이루어졌다. 사회는 강진교회에서 시무하는 강신석 목사가 맡았던 것으로 기억한다. 윤기석 목사나 강신석 목사는 당시 광주의 민주화 운동의 중심에서 일한 분들이었다. 찬송과 기도가 이어진 뒤에 청년 합창대가 나와서 〈산 자여 따르라〉 등

민주화 운동 과정에서 빚어진 노래들을 불러, 그렇지 않아도 들떠 있는 우리의 가슴을 뒤흔들었다.

우리의 이야기는 대전에서와 대체로 대동소이했다. 그러나 모임의 분위기는 한층 더 뜨거웠다. 우리가 이야기하는 동안 무언가가 그들의 마음에 닿을 때마다 박수갈채가 터졌다. 이야기하는 우리 또한 그에 호응하지 않을 수가 없었다. 앞자리에 앉은 홍남순 변호사와 조아라 장로의 얼굴에도 감격이 넘쳐흘렀다.

우리의 이야기가 끝나자 광주의 유명한 농악대가 나와 한바탕 질펀한 놀이마당을 벌인 뒤에 그날 밤의 축제는 마무리되었다.

이렇게 해서 우리의 이야기가 확산되자, 한국에서 활동하는 미국 선교사들까지도 나를 초청했다. 나의 감옥 경험과 기쁨의 신학에 대해서 듣고 싶다는 것이었다. 그리하여 60여 명의 선교사들이 모인 자리에서 내 경험을 이야기해 준 일도 있었다. 그때 자리에 있던 한 사람이 내 이야기를 『크리스천 센추리(Christian Century)』라는 미국 교회 잡지에 「한국 민주화 투쟁이 낳은 기쁨의 신학(Joy Theology from Korea's Democratization Movement)」이라는 제목으로 기고하기도 했다. 말하자면 정의를 위한 투쟁 가운데 점화된 기쁨의 불꽃이 미국에까지 전해진 것이었다.

1978년 민주회복 민족통일을 위한 국민연합

1978년 7월 초, 민주 회복과 민족 통일을 갈망하는 모든 단체들이 윤보선 전 대통령 집에 모여들었다. 민주회복과 민족통일을 위한 국민연합을 발족시키기 위함이었다. 카터 대통령의 압력으로 3·1민주구국선언 관계로 투옥되었던 인사를 비롯해서 많은 구속자들이 석방된 뒤로, 종교인, 학생, 노동자들 사이에서 민주화 운동이 거세게 일어났다. 자연히 이에 대한 정부의 억압이 심해지자, 민주화와 민족 통일을 위해 일하는 단체들이 다시 하나로 모이게 되었다.

이 일에 주도적인 역할을 한 사람은 윤보선과 문익환이었다. 그리고 한국인권협의회, 한국교회사회선교협의회, 한국 천주교정의구현전국사제단, 자유실천문인협회, 해직자교수협의회, 기독자교수협의회, 민주청년인권협의회, 동아언론수호투쟁협의회, 조선언론수호투쟁협의회, 민주회복구속자협의회, 양심범가족협의회, 전국노동자인권위원회, 전국농민인권협의회 같은 단체들이 모였다. 나는 해직자교수협의회 부의장으로 이에 참석했다.

윤보선 전 대통령의 집 앞마당 나무 그늘 밑에 선 익환 형은 "민주화가 이룩되지 않고는 통일을 이룩할 수 없고, 통일을 이룩한다고 해도 민주화가 되지 않으면 그 통일은 무의미하다. 민주 통일을 이룩하는 데 힘을 한데 묶자."고 외침으로써 그 모임의 뜻을 돋우었다. 그날 모임에서 윤보선, 함석헌, 김대중을 공동의장으로 모시고, 모든 것을 이 세 분의 결정에 따라서 집행하기로 했다. 그리고 7월 5일에 기독교회관 강당에서 발기대회를 하고 성명서를 발표하기로 했다.

그날 모임은 마치 잔치와도 같았다. 오래간만에 뜻을 같이하는 동지들이 모였고, 아내가 샴페인 몇 병을 가지고 와 분위기를 한층 더 돋우어 주었다. 우리는 민주 회복과 민족 통일을 외치면서 샴페인을 터뜨렸다. 술잔을 서로 마주치면서 우리는 마치 민주 회복을 이미 이루기나 한 듯이 기뻐했다.

그러나 우리 국민연합의 앞날은 험궂었다. 7월 4일 저녁부터 40여 명의 주도자들 옆에 각각 네댓 명의 형사가 밀착해서 아무것도 할 수 없게 만들었다. 그리고 명단에 있는 사람들은 다 연행하여 조사했다. 그 와중에 익환 형이 7월 6일 다시 구속되어 행방불명되었다. 그러자 구속자가족협의회 회원들은 방학동에 있는 새벽의 집 유치원 강당에 와서 단식투쟁에 들어갔다. 일생을 책과 더불어 살아온 안병무 박사는 공부할 책들을 가지고 와서 새벽의 집 유치원 방에 자리를 잡고 앉았다. 필요한 연구를 하면서 단식에 참여하겠다는 것이었다. 이렇게 해서 새벽의 집은 민주화 운동의 요새가

1978년 7월 새벽의 집 유치원에서 농성을 하는 윤보선, 공덕귀, 이희호, 김홍일, 김상현, 뒤에 나.

양심수 부인과 어머니들. 왼쪽부터 이해동 부인 이종옥. 김관석 부인, 한 명 건너 양성우 부인, 한 명 건너 박형규 부인 조정하, 한 명 건너 어머니 김신묵, 이태영 변호사.

되었다. 한편, 지방에서는 많은 사람들이 성명서를 소지한 것만으로도 긴급조치9호를 어겼다고 구속되기까지 했다. 다행히 익환 형은 7월 19일에 석방되었다. 그와 더불어 단식 농성은 종결되었다.

8월 3일에는 김대중을 위시한 구속자들의 석방을 위한 단식투쟁이 다시 새벽의 집 유치원 강당에서 시작되었다. 양심수들의 이름을 써 붙이고 현수막을 내걸고 단식을 시작했다. 역시 구속자 가족들이 앞장섰다. 그 가운데서 김지하의 어머니, 전태일의 어머니, 서광태의 어머니 그리고 우리 어머니가 끝까지 버티다가 병원에 입원하기까지 했다.

그 뒤에 우리가 할 수 있는 일들은 대부분 선언서를 제작해서 반포하는 일이었다.

8월 15일에는 "잃어버린 국민의 주권을 되찾고 민주주의를 이루려면 국내외를 망라해서 연대 투쟁을 해야 한다. 우리의 운동은 민족의 존엄성과 자주를 되찾기 위한 해방운동이며 갈라진 국토와 민족을 통일하기 위한 민중의 통일운동이다."라는 취지의 성명을 발표했다.

같은 해 12월 12일에는 유신헌법 아래에서 치러진 총선을 비판하는 글을 발표했다. 그 선거에서 표를 38.7퍼센트를 얻은 여당이 국회의 2/3 의석을 차지하고, 그보다 훨씬 더 많은 42.7퍼센트를 받은 야당은 국회에서 1/3 의석밖에 차지하지 못하는 기가 막힌 모순이 벌어졌다. 통일주체국민회의라는 어용 조직이 국회의원의 50퍼센트를 차지한 탓이었다. 이런 말도 되지 않는 반민주적인 처사를 지적하여 국민들의 올바른 비판 의식을 일깨우려고 한 일로 문익환, 박형규, 조화순, 윤반웅 목사가 다시 구속되었다.

1978년 12월 28일에 마침내 김대중 선생이 형집행정지로 석방되었다. 그 다음 해 3·1절에 국민연합은 당시 공동의장으로 있던 윤보선, 함석헌, 김대중 세 분의 이름으로 특별성명을 발표해 국민들의 각성을 불러일으키려 했다. 본래 3월 1일에 발표하기로 한 것을 당국의 방해로 3월 4일에 발표했다. 그 일로 그 세 분은 가택 연금에 처해졌다. 특히 김대중 선생은 그 뒤로도 오랫동안 수십 명의 경찰들이 집을 둘러싸고 가족 외엔 아무도 드나들 수 없는 채로 지내야 했다. 그리고 익환 형이 다시 구속되었다.

1979년 6월 23일 카터 대통령이 한국을 방문할 것이라는 소식이 발표되자, 국내의 모든 인권 단체는 한결같이 카터의 방한을 반대하는 성명을 냈다. 인권을 선거공약으로 내세운 대통령이 어떻게 인권을 철저하게 억압하고 있는 한국의 대통령을 만나러 온다는 말이냐고 비판하는 성명서들이었다. 그러나 당일 6월 23일에는 민주 인사들의 집을 철저히 봉쇄하여 아무도 거리로 나올 수 없게 했다. 내 아내의 경우는 부대에서 외출금지 통지가 날아왔다. 문정현 신부는 장례식에도 참석할 수 없었고, 김상근 목사는 결혼 주례도 할 수 없었다.

그런 가운데에서도 윤보선, 함석헌을 위시하여 몇몇 정치인과 해직 교수 및 문인들 20여 명이 화신백화점 앞에서 모여 시위를 벌였다. 나도 집 뒷문으로 빠져나와 뒷산을 넘어서 시위장으로 갔다. 다른 사람들은 전날 밤 밖에서 자고 화신백화점 앞으로 모였다. 우리와 같이 시위하는 청년과 시민들이 적지 않았다. 경찰들은 최루탄을 마구 쏘아 댔고, 결국 우리를 붙잡아 종로경찰서에 구류시켰다. 구류당한 사람은 서남동, 이우정, 김병걸, 안재웅, 이석표, 박태순, 김규동, 고은, 금영균 등이었다. 그날 밤 이우정 선생도 경찰서 유치장에서 우리와 같이 잠을 잤다. 그 일로 뒷날 서남동 교수는 "나는 이우정 선생과 하룻밤 같이 잤다."는 우스갯소리로 모두를 웃기기도 했다. 그날 함석헌 선생이 끌려가던 장면이 인상적이었다. 경찰들이 함석헌 선생을 억지로 차에 태우려고 하자 함 선생은 경찰들을 발길로 세차게 걷어차시는 것이었다. 그것을 본 우리는 다들 웃지 않을 수가 없었다. 비폭력주의자인 함 선생이 폭력을 쓰시는 것을 처음 보았기 때문이었다. 뒤에 함 선생에게 비폭력주의는 어떻게 된 것이냐고 짓궂게 물었더니 반사적으로 나오는 행동을 어떻게 하겠느냐고 하면서 선생도 껄껄 웃으셨다.

이렇게 철통같이 봉쇄된 서울에 카터 대통령이 찾아왔다. 정부는 일곱 개의 아치, 열한 개의 기념탑, 마흔두 개의 초상화로 장식해서 그의 방한을 환영했다. 29일에 서울에 도착한 카터는 다음 날 박정희 대통령을 두 차례 만나고 이어서 야당 당수인 김영삼을 만났다. 7월 1일에는 미 대사관에서 교계 지도자 열두 명을 만났다. 이 과정에서 그가 한 일이란 그동안 대립 관계에 있던 박정희 정권과의 관계를 완화시킨 것이었다. 그동안 주장해 오던, 미군 철수 계획을 철회하고, 인권 문제에 대해서는 "한국의 정치 성장 과정이 한국의 경제 및 사회 성장에 상응해야 한다."는 그의 희망을 발표한 정도였다. 그 말은 다시 말하면 한국의 경제와 사회 성장이 아직 미진한 만큼 어느 정도의 인권 억압은 가능하다는 말로도 해석할 수 있는 말이었다.

케네디 상원의원이 한국을 방문하는 카터에게 "한국민의 안정과 복지에 대한 미국의 강력하고 지속적인 공약을 강조하는 한편, 미국이 박 정권의 탄압 정책과 관계 맺는 것을 끊고 또 한국에서의 인권과 민주주의에 대한 깊고도 지속적인 자신의 관심을 천명할 것"을 요구하며, 서울에 머무는 동안 "정치범의 전원 석방, 긴급조치의 해제, 반독재 반정부 민주 인사와 인권 운동가들과의 회담"을 요청할 것을 당부했다. 그랬건만 실제로 카터가 한 일은 우리에게 실망만 안겨 주었다.

그 무렵에 있었던 재미있는 일화가 있다. 3·1절에 가택 연금을 받았을 때였다.

아침 햇살에 눈을 뜬 나는 기지개를 켜면서 일어나 앞마당 대문 쪽을 보았더니 대문 밖에 형사가 셋씩이나 서 있었다. 외출을 막기 위해서 파견된 형사들임에 틀림없었다. 그중 하나는 나를 늘 지키는 이 형사요, 다른 한 사람은 이 형사의 윗자리에 있는 자로서 이 형사가 일을 제대로 하는지 감시하는 자였다. 제3의 인물은 중앙정보부에서 나온 사람인 듯했다. 아내를 깨워서 대문 있는 쪽을 보라고 했다.

"아니. 어쩌자고 세 사람씩이나 와 있어?" 아내가 놀라서 말했다.

"오늘이 3·1절 아니야? 우리를 못 나가게 하려고 셋씩이나 감시를 하고 있지."

"한 사람이면 되지 왜 세 사람씩이나?"

"서로 믿지 못해서 그렇지."

우리는 옷을 차려입고 식탁으로 갔다. 김성재 내외와 한능자가 나와 있었다.

"박사님. 대문에 세 사람씩이나 와서 지키는군요." 한능자의 말이었다.

"도대체 왜 세 사람씩이나 와서 지키나요?" 김성재의 아내 미순이가 말했다.

"수사, 정보기관들이 서로 믿지 못하고 충성 경쟁 하느라고 그렇지!" 김성재가 대답했다.

아침 식사 후 커피를 마시면서 언제까지 이런 희비극이 이어질 것인지 한탄하고 있었다. 그때 아내가 "우리 뒷문으로 빠져나가서 산을 넘어 큰집에 갑시다." 하고 제안했다. 아내의 눈은 장난기로 빛나고 있었다. 식탁에 둘러앉은 식구들은 모두 좋은 생각이라며 그렇게 하자고 했다. 산기슭에 지어진 우리 집에서 뒷문으로 나가 산을 넘으면 의정부와 통하는 길이었다. 우리는 곧 옷을 두툼하게 입고 털모자를 쓰고 뒷문으로 빠져나갔다. 며칠 전에 온 눈이 아직 녹지 않았고 날씨도 몹시 추웠지만 우리는 그리 힘들이지 않고 산을 넘어 의정부로 가는 길로 나왔다.

얼마 있다가 빈 택시가 오는 것이 보였다. 우리가 손을 들었더니 택시는 '끼익' 소리를 내면서 급정거했다. 생각지도 않은 데서 손님을 만난 기사는

"어떻게 여기서 택시를 타십니까?" 하고 의아해 하며 물었다. 수유리 형의 집에 다다르니 그곳도 집 앞 골목 입구에서 형사 셋이 서 있었다. 우리는 그 작은 골목 앞에 택시를 댔다. 형사들이 택시 옆으로 비켜 선 틈에 우리는 얼른 차에서 내려 골목길로 들어섰다. 뒤에서 형사들이 "저게 문 박사가 아니야?" 하고 소리를 질렀지만 들은 척도 하지 않고 큰집 대문을 열고 안으로 들어갔다.

현관문을 열고 들어서는 우리를 본 형수님은 "아니, 그 집도 지키고 섰을 텐데 어떻게?" 하며 놀라서 물었다. "뒷문으로 빠져나와 산을 넘어서 왔지요." 아내가 신난 듯이 대답했다. "아이고 신통해라. 어떻게 그런 생각을 다해!" 어머니가 기특하다는 듯이 말씀하셨다. "우리가 들어가 있는 동안 부인들이 여러 가지 아이디어로 데모를 했다더니 머리들이 정말 발달되었군." 형도 빙그레 웃으며 거들었다.

우리는 차와 과일을 들면서 두세 시간 담화를 즐기다가 점심까지 얻어먹고 나서 일어섰다. 집으로 돌아가려고 큰집 대문을 열고 나서니 그곳에 우리를 지키던 형사 세 명이 와서 기다리고 있는 것이었다. 아마 그 쪽으로 연락이 간 모양이었다. 우리가 대문을 나서자 이 형사가 나서면서 "이렇게 하시면 어떻게 합니까? 우리가 혼납니다." 하는 것이었다. "그러면 형사 일을 집어치우면 되잖아!" 하고 내가 튕기듯이 말했다. "그게 어디 그렇게 간단합니까!" 하면서 이 형사가 자동차 문을 열었다. "어서 타십시오. 모셔다 드리겠습니다."

우리는 당연하다는 듯이 차에 올라탔다. 우리의 재미있는 촌극은 그렇게 끝났다.

그런데 이야기는 거기에서 끝나지 않았다. 다음 날 아침에 일어나니 온 동리가 야단법석이었다. 우리 집 바로 뒤에 커다란 나무가 있는데 그 나무 밑에 있는, 무당이 사용하는 짚으로 만든 서낭당이 있었다. 동네에서 굿을 할 때는 언제나 이 나무 밑에 와서 돼지 머리를 놓고 막걸리를 뿌리며 마지막 의식을 거행했다. 그런데 그 서낭당이 불타 버린 것이었다.

알고 보니, 어제의 외출 사건이 있은 뒤로 형사 두 사람이 더 와서 우리 집 뒤까지 감시하게 되었는데, 그들이 밤새 추위를 면하려고 그 서낭당의 짚을 가져다가 불을 피운 것이었다. 그러니 동네 사람들이 가만히 있을 리 없었다. 결국 경찰들이 미안하다고 사과하여 문제는 무마되었으나, 그 뒤부터 동네 사람들은 우리 편이 되었다.

이 형사는 얼마 있다가 형사 일을 집어치우고 의정부에 가서 복덕방을 열었다.

1978년 7월 아내와 영혜의 생일잔치. 방학동 집 앞마당. 캐나다에서 잠시 귀국하신 아버지와 나와 형(뒷모습)이 신명나게 춤을 추고 있다.

동일방직에서 YH사건으로

1978년 2월 24일 오래간만에 금요기도회에 참석하기 위해 종로5가행 버스를 탔다. 우리가 감옥에 있는 동안 목요기도회가 금요기도회로 바뀌었다. 목요기도회가 당국의 강요로 얼마 동안 중단되었다가 우리가 재판을 받게 되면서 금요기도회로 바뀌어 다시 시작됐다. 버스가 서울대학병원을 지나갈 때 며칠 전에 서울대학 앞에서 시위하던 생각에 가슴이 뭉클했다. 우리가 석방된 뒤로도 계속 갇혀 계시던 김대중 선생을, 국민들의 아우성과 미국 정부의 끈질긴 추궁에 못 이겨, 저들은 일단 서울대학병원으로 옮겼다. 그러자 민주 인사들이 서울대학병원 앞마당에 모여서 면회를 허락하라고 고함을 지르면서 시위했다. 그때 누구보다도 더 거세게 고함을 지르던 함석헌 선생의 모습이 눈앞에 보이는 듯했다.

종로5가 2층 강당은 벌써 민주 인사들로 가득 차 있었다. 모인 사람들은 종교를 떠나 모두 한마음이 되어 있었다. 며칠 전 김대중 선생을 위해 시위하면서 격앙된 느낌이 그대로 남아 있는 것 같았다. 그러나 그날 정작에 우리를 흥분으로 몰아넣은 것은 예배가 끝난 다음에 있었던, 동일방직 노조원들의 울음 섞인 호소였다.

동일방직 여자 노조원 다섯 명이 등단했다. '어용노조 물러가라', '똥을 먹고 살 수 없다'라고 쓴 플래카드를 두 명씩 들고 단 양옆에 서고, 한 사람이 강단에 서더니 그동안 그들이 겪은 억울한 일들을 눈물 섞인 음성으로 호소했다.

해방 후 동일방직에는 정규 노조가 발족되어 노동조건과 임금이 퍽 양호하게 개선되어 왔다. 그러다 5·16군사정변이 일어나면서 산업별 노동조합만이 허용되어 노동조건이 날로 악화되어 갔다. 1966년 조화순 목사가 산업선교사로 파송되어 소그룹 운동을 하면서 여성 노동자들의 의식이 높아지기 시작했다. 그 결과 1972년에 처음으로 첫 여성 지부장이 당선되어 노동운동의 분위기가 달라지기 시작했다. 흔히 권력욕에 사로잡힌 남성들과는 달리 여성들은 성실하게 노동자의 권익을 위해서 일했기 때문이다. 1971년에 순사한 전태일 열사의 영향도 크게 작용했다.

1975년 이영숙 지부장이 당선되자, 회사 측은 그를 밀어내고 남자 지부장을 세울 계획을 짰다. 1976년 7월 지부장 선거를 앞두고 회사 측은 남자 노조원을 동원하여 회사 기숙사 문에 못을 박고 이영숙 지부장을 구속한 뒤 회사 측 노동자들만으로 새 지부장을 선출했다. 이에 여자 노조원들은 "이영숙을 석방하라. 자율적 노조 간섭 말라."고 외치면서 시위를 시작했다. 저녁 무렵 당국은 경찰 버스를 대기시키고 노조원들을 강제로 해산시키려고 했다. 여공들은 격분하여 반나체로 경찰과 대결했다. 그렇게 하면 경찰들이 차마 손을 대지 못하리라고 생각한 것이었다. 그러나 그것은 순진한 생각이었다. 경찰들은 반나체가 된 여공들을 때리고 발로 차고 젖가슴을 만지면서 그들을 경찰 버스에 실어 마포경찰서로 데리고 갔다. 연행된 여공들의 수는 72명. 그 과정에서 부상당한 이가 7명, 졸도한 사람이 5명이나 되었다. 그리고 결국 김영태라고 하는 남자를 노조지부장으로 선출했다. 그 뒤 노조원들은 어용 지부장의 부당성을 대내외에 알리면서 투쟁을 계속하다가, 1977년 다시 이총각을 그들의 지부장으로 선출하면서 투쟁에서 이겼다고 생각했다.

그러나 1978년 2월 21일 정기총회를 위한 대의원 선거에 즈음하여 회사 측은 실로 야만적인 계획을 세웠다. 여성 노조원들이 투표장에 모여들자, 고무장갑을 낀 대여섯 명의 남자들이 양동이에 똥을 가득 담아들고는 여공들의 얼굴과 옷에 똥칠을 하고 젖가슴에 똥을 집어넣는 만행을 저질렀다. 놀란 여공들은 "아무리 가난해도 똥을 먹으면서 살지는 않았다."고 아우성

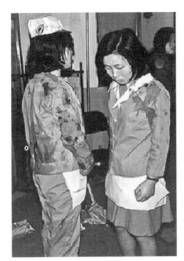

1978년 동일방직 노동조합에 대한 탄압사건으로 반유신체제 운동은 절정을 향해 치달았다. 그해 2월 여성 노동자들이 회사 측이 끼얹은 똥물을 뒤집어쓴 모습.

을 치면서 몸부림쳤다. 출동한 경찰들은 이것을 말리기는커녕 오히려 여공들을 향해 욕을 해댔다. 그리고 어용 노조는 동일방직을 사고 지부로 처리하고 노조원들을 집단 해고시켰다. 그것으로 끝나지 않았다. 저들은 노조원의 명단을 전국의 회사에 발송하여 동일방직 노동자들의 취업 길을 완전히 막아 버렸다.

노조원들은 이 원통한 일을 전국에 알려야 한다고 생각해 제일 먼저 금요 기도회에 와서 이를 호소한 것이었다. 그 뒤에 그들은 정부의 3·1절 행사에 뛰어들어 "어용노조 지부장 김영태는 물러나라! 동일 방직 문제를 해결하라!"는 구호를 외치면서 시위해, 3·1절 행사가 일시 중단되게 하기도 했다. 12일에는 인천 탑동성당에서 신구교 합동 노동절 예배를 드려 다시 그들의 억울함을 천하에 호소하고 정의로운 하느님의 심판이 내려지기를 기원했다. 예수교장로회의 인명진 목사의 사회로 진행된 이 예배에서 내가 설교를 하고, 조화순 목사가 노조원들의 억울한 사연을 보고하고, 고은 시인이 「똥」이라는 시를 목청 높여 낭송했다.

나는 "애굽에 있는 모든 맏아들이 죽게 되리라"고 선포하는 출애굽기 11장 4절에서 8절까지의 성경 말씀을 중심으로, "해방 운동이 강하게 일어날 때에는 애굽의 바로 왕처럼 악한 통치자는 날로 더 악해지지만, 그러다가 결국 하느님의 심판을 받게 된다."는 취지의 설교를 했다. "애굽의 바로 왕이 그랬고, 예수님을 십자가에 못 박은 유대교 지도자들이 그랬다. 예수님이 하느님의 화신으로 억눌린 자들에게 새로운 삶의 길을 열어 주자 유대교의 바리새파 사람들이 이를 못마땅하게 여기다가, 예수님의 운동이 더 널리 확산되자 예루살렘의 율법학자들이 내려와 이를 저지하려고 했다. 마지막에는 예루살렘에 있는 대사제와 로마 총독이 합세하여 예수를 십자가 형틀에 매달아 죽게 했다. 그리고 저들은 저희 뜻대로 일이 성공했다고 자처했다. 그러나 사흘째 날 예수님은 무덤을 깨고 부활하시고, 종국에는 예수님의 운동이 지중해를 뒤덮게 되었다. 악이 아무리 기세를 부려도 결국 진리가 이기는 것이 하느님이 주관하시는 역사의 원칙이다. 그러니 낙심하지 말고 끝까지 우리가 가는 길에서 용맹정진하자." 이렇게 외치자, 모인 자들이 다 "아멘." 하고 호응을 했다.

그 후 3월 21일에는 신·구교 성직자들을 위시한 노동계, 해직교수회, 민주청년회, 해직언론인회, 자유실천문인회, 여성단체, 법조계 등을 망라한 동일방직 대책위원회가 조직되었다. 그리고 26일에는 그 대책위원회가 주최하는 기도회를 종로5가 기독교협의회 회관에서 가진 뒤 함석헌 선생 댁에서 농성을 하기도 했다.

1978년 5월에 교회협의회는 산업선교를 위한 대책위원회를 구성하여 동일방직 문제를 본격적으로 검토하고 이 사건의 본질을 규명했다. 그리하여 "정부, 노총, 회사가 합작해서 산업 선교와 관련된 민주 노동운동을 완전히 분쇄하려 한다."고 결론을 내려, 교회협의회 이름으로 정부에 항의하는 한편, 해고자들의 생계 대책을 마련하기 위하여 모금 운동을 시작했다. 이 운동에서 교회 여성연합회가 가장 중요한 역할을 했다.

이 과정에서 신·구교가 연합하여 한국기독교사회선교협의회를 탄생시켰다. 지학순 주교가 이 협의회의 위원장을 맡고, 내가 신교를 대표하는 부위원장이 되었다. 그즈음 정부가 도시산업선교회를 용공으로 몰고 있었기에, 도시산업선교회와 직접적인 관련이 없는 사람을 찾아 원주의 지학순 주교와 내가 기용된 것이었다. 지학순 주교는 원주에 계셨기 때문에 문제가 발생하면 내가 일선에 설 수밖에 없었다.

1979년에 또 다른 사건이 터졌다. 1979년 3월 9일 크리스천아카데미 사회선교 간사로 있던 한명숙 씨가, 13일에는 농촌선교위원장인 이우재 씨가, 그리고 황한식, 장상환, 산업사회 간사 김세균, 신인령 씨가 중앙정보부에 연행되었다. 그리고 당국은 그들의 집을 수색해서 사회주의와 관련이 있다고 생각되는 책과 서류들을 몰수해 갔다. 15일에는 그들과 협력한 정창열 교수, 김병태 교수, 유병묵 교수가 연행되고, 연수원 프로그램에 참석했던 삼십여 명의 농민들도 연행되었다. 그뿐만 아니라 강원룡 목사도 참고인으로 연행되었다. 그 뒤에 석방된 몇몇 농민들 이야기에 따르면 이들은 말 못할 여러 가지 고문을 당했다. 그 일로 교회협의회가 있는 종로5가는 벌집을 쑤셔 놓은 것처럼 난리가 났다.

중앙정보부는 이 사건은 공산주의자들을 문제 삼는 것이니 교회는 간섭하지 말라고 했지만, 가만히 있을 일이 아니었다. 김관석 총무와 인권위원회 위원장이 중앙정보부 정보국장을 면담했다. 23일에는 구속자 가족들이 금요기도회에 와서 눈물로 호소해서 사람들의 눈물을 자아냈다. 그 다음날 기장 여신도회가 주최한 기도회에서 크리스천아카데미에서 교육받은 원풍모방 노조원들의 눈물어린 호소가 있었다. 그 모임 뒤에 참석자들은 경동교회를 찾아가서 우리가 이 일에 적극적으로 참여할 터이니 교인들에게 용기를 내라고 했다. 그러나 연행되어 갔다가 풀려난 강원룡 목사는 이일에 외부 세력이 가담하는 것을 원하지 않았다.

그러나 3월 31일 교회와사회위원회는 크리스천아카데미 운동을 용공으로 모는 것은 교회의 선교 운동을 탄압하는 것이라는 항의문을 김재규 중앙정보부 부장에게 보냈다. 그러나 정보부는 이번 사건은 이우재를 중심으로 한 사회주의자들의 비밀 조직을 문제 삼는 것이지, 교회의 선교 탄압이 아니라고 주장했다. 그러나 크리스천아카데미가 그동안 한 일은 날로 양극화되는 사회에 대화를 추진함으로써 사회의 질서와 평화를 가져오려는 중간집단의 운동이었기에, 정보부의 주장은 날조된 조작이라고 보아, 교회협의회는 물론, 가톨릭농민회, 정의구현사제단까지 성명을 내어 중앙정보부의 처사를 규탄했다. 그리고 4월 3일에는 조사대책위원회를 조직하여 사건을 면밀히 조사한 뒤 대책을 세우기로 했다 이 대책위원회 위원장으로는 당시 기독교교수협의회 회장 이문영과 기독교사회선교협의회 부의장 문동환, 가톨릭농민회 전국 지도신부 이종창, 그리고 기장 여신도회 전국회장인 이우정이 선정되었다. 대책위원회는 사실에 대한 면밀한 검토를 바탕으로 다음과 같은 요지의 성명서를 발표했다.

1) 아카데미하우스는 중간집단 모임으로서, 공산주의를 극복하기 위한 연구를 한 것이지 공산주의를 확산하기 위한 모임이 아니다.
2) 아카데미하우스는 자유, 평등, 인간화를 위한 일들을 한다.
3) 이런 기독교적인 선교 모임에게는 공산권을 연구할 수 있는 자유가 주어져야 한다.
4) 국제적인 긴장 완화의 때에 해묵은 냉전 논리를 구사하는 것은 역사에 역행하는 일이다.

대책위원회는 5월 15일에 구속자 가택 연금에 대해서도 규탄했다. 독일 개신교 총회에서도 교회의 선교 활동을 용공화해서는 안 된다는 항의문을 한국 정부에 보냈다.

제1차 판결은 9월 22일에, 그리고 대법원 판결은 한참 뒤인 1980년 5월

27일에야 나왔다. 그리하여 장상환은 1981년 4월에, 한명숙은 1981년 8월 15일에, 이우재는 1982년 8월 1일에 석방되었다.

이런 와중에 정부는 1978년 5월 통일주체국민회의 선거를 실시하여 99.9퍼센트의 득표로 박정희가 다시 대통령으로 선출됨으로써 세계적인 웃음거리가 되었다. 이에 학생들과 민주화 단체들이 다시 들고 일어나 "국민의 뜻에 의하지 않은 대통령은 물러나라"고 거세게 시위했다. 이 과정에서 익환 형은 다시 영어의 몸이 되었다. 그러다가 박정희를 궁지에 몰아넣은 일이 벌어지니, 이른바 와이에이치(YH) 노조 사건이 그것이다.

YH무역은 1966년 재미교포 장용호라는 사람이 자기의 이름을 따서 설립한 회사였다. 이 회사는 정부로부터 막대한 후원을 얻어 칠십년대에는 직원을 4천 명이나 거느린 국내 최대의 가발 제조업체로 성장했다. 그러나 장용호는 기업을 동서에게 맡기고 자기는 미국으로 가서 백화점 사업을 벌이면서 한국의 YH무역이 가발 수출로 번 돈을 빼돌렸다. 한편, 그의 동서도 무역회사에서 번 돈으로 YH해운을 설립하고 그 과정에서 조흥은행으로부터 막대한 돈을 얻어 오리온전자를 인수하더니 결국 회사의 기계까지 몰래 팔아먹는 어처구니없는 일을 저질렀다.

이렇게 되자 YH 여공들은 1975년 5월에 전국섬유노조 YH지부를 조직하고 투쟁에 들어갔고, 그것이 처음에는 어느 정도 효과가 있었다. 그러나 회사는 1977년에 가발과를 충북 청산 두메골로 분산시키고 그 과정에서 500여 명의 직원을 강제로 해직시켰다. 이에 분노한 조합이 1978년에 제3차 정기 대의원회의를 열고 강력하게 항의했다. 이때 노동청 관계자의 입회 아래 위장 휴업과 공장 이전은 노사 합의에 따를 것이며 인원이 감소되면 즉각 충원한다는 약속을 받아 냈다. 그랬는데, 아닌 밤중의 홍두깨라고, 1979년 3월에 회사는 갑자기 폐업 공고를 써 붙였다. 조흥은행에 진 막대한 빚 때문에 회사 땅과 건물을 경매에 붙일 수밖에 없다는 것이었다. 여공들은 그동안 뼈 빠지게 일해 남 좋은 일만 하고 정작 자신들은 거리에 나앉게 되었다.

그러다가 7일에 기숙사와 식당을 폐쇄한다는 회사 측의 전갈이 왔다. 그리고 8일에는 경찰이 노조원들을 체포하여 그들을 강제로 고향으로 추방한다는 소식이 들려왔다. 분노와 좌절감에 사로잡힌 노조원들은 마지막으로 신민당 당사에 가서 농성을 계속하기로 결정을 내렸다. 그리고 기독교사회선교협의회에 신민당 당사에서 투쟁을 계속할 수 있도록 교섭해 달라고 부탁했다. 그때까지만 해도 YH 노조는 기독교산업선교협의회에 지원을 요청할 생각이 없었다. 왜냐면 정부가 도시산업선교회를 용공으로 몰아붙였기 때문이었다.

8월 8일 새벽, 전화벨이 울려서 수화기를 드니 사회선교협의회 총무인 서경석이었다. YH 노조가 막바지에 부닥쳐서 협조를 구하니 빨리 기장 선교교육원에 오라는 것이었다. 나는 아침도 거르고 황급히 교육원으로 갔다. 이문영 교수, 고은 시인, 인명진 목사와 서경석 총무가 기다리고 있었다. 서경석 총무가 일의 전말을 자세히 설명했다. 우리는 신민당의 지원이 필요하다고 판단하여, 상도동에 있는 김영삼 총재의 집으로 찾아갔다. 김영삼 총재는 우리가 왔다는 소식을 듣고 현관까지 나와 반가이 맞아 주었다. 이문영 교수가 우리가 찾아온 취지를 설명하며 YH 노조원들이 공장에서 쫓겨나 갈 곳이 없으니 신민당 당사에서 좀 받아 달라고 부탁했다. 김총재는 기꺼이 이를 수락했다.

이렇게 해서 8월 9일 아침부터 YH 노조원들은 두세 명씩 조를 지어서 신민당 당사로 모여들었다. 그날 10시쯤 이문영 교수와 나는 마포에 있는 신민당사로 찾아갔다. 노조원들이 농성하고 있는 강당은 4층에 있었다. 강당에 들어가니 오륙십 명의 노조원들이 줄을 지어 앉아 주먹을 흔들면서 노래를 부르고 있었다. 오랜 투쟁에 지쳤을 텐데도 생기가 넘치는 모습이었다. 그들이 부르는 노래는 유행가 곡조에 자신들의 한스런 사연을 가지고 개사하여 붙인 노조가였다. 감동을 받은 나는 그 가사를 적어 달라고 부탁했다. 그랬더니 그 노트는 손에서 손으로 전해져 맨 끝까지 갔다. 아무도 노래 가사를 적을 만한 한글 실력이 없었던 것이다. 초등학교 교육도 제대로 받지 못한 이 여성들이 이렇게 단결하여 끝까지 투쟁한다니 놀라웠다. 그들의 모습은 참으로 열정적이고 아름다웠다.

다음 날이었다. 감옥 경험에 관한 글을 쓰느라고 원고지와 씨름을 하고 있는데, 두 남자가 현관에 들어서더니 "미안하지만 우리와 같이 잠깐 같이 가셔야겠습니다." 하는 것이었다.

"당신들은 누구요?"

"시경에서 왔습니다."

"보아하니 나를 체포하러 온 모양인데 영장은 가지고 왔나요?"

"체포가 아닙니다. 잠깐 무엇을 여쭈어 보려는 것입니다."

"물어 볼 것이 있으면 여기에서 물어 보시오."

"저희는 그럴 만한 처지가 못 됩니다. 그냥 모시고 오라고 했습니다."

"나는 영장이 없으면 자진 동행은 하지 않습니다."

버텨 보아야 쓸데없는 일인 줄 알면서도 버텨 본 것이었다. 한참 실랑이를 하다가 그들과 같이 집을 나섰다. 끌려간 곳은 남산 어딘가에 있는 임시 건물 같은 곳이었다. 방들이 줄 지어 있는 것을 보니 취조실임에 틀림이 없었다. 그 가운데 한 방에 끌려들어갔다.

조사관이 이름, 나이, 주소, 직업들을 묻더니 "도대체 점잖은 분이 왜 데모하는 공녀(工女)들의 문제에 개입하시죠?" 하고 물었다.

"그들이 억울하다고, 신민당에 가서 호소하겠다고 해서 소개해 준 것뿐이오."

1979년 8월 10일 오전 YH 노조의 신민당사 농성 진압 하루 전, 나는 방학동 집으로 들이닥친 경찰들에게 연행 당했다. 3·1사건 때 미처 사진을 찍지 못했다며 벼르고 있어서 카메라를 준비했던 아들이 사진을 찍었다. 뒤에는 영미와 김성재가 뛰어나오고 있다.

"사태가 심상치 않은 때에 노동자들을 정치하는 이들과 관련지어 주어서야 됩니까?"

"정치란 국민을 위해서 하는 것인데 노동자들이 정치가들에게 자기들의 사정을 호소할 수 없는 것인가요?"

조사관은 이렇게 몇 마디 묻고 나서 혼잣말로 "이런 것을 케이스로 만들라니, 정말 한심하군." 하더니 방에서 나가 버렸다.

옆방에서 호통 치는 소리가 들려왔다. "이 사람이! 정말 한번 혼나 봐야 하겠군!" 그러자 누군가가 따지는 목소리로 뭐라고 대답했고, 이어서 '쾅' 하고 책상을 두드리며 예의 그 호통 소리가 들렸다. "지금이 어떤 때인데 그런 소리를 하고 있어!"

나중에 알아보니 옆방에서는 이문영 박사가 조사받고 있었다. 이 박사의 조리 있는 반격에 조사관이 그렇게 폭발했던 것이다.

이렇게 김빠진 조사 끝에 우리는 저녁에 다시 서울구치소 신세를 지게 되었다. 정말 우스운 일이 아닐 수 없었다. 조사관까지 우리를 붙잡아 넣을 근거가 없다고 개탄하면서 제대로 조사도 하지 않은 사건으로 구치소 신세를 지게 되었으니 말이다. 그런 모습을 보면서 정권의 종말이 다가오고 있음을 감지했다.

유신 정권에 내린 역사의 심판

내가 다시 수감된 방은 서울구치소 4동이었다. 감방의 생활 조건은 전과 비슷했다. 수감 생활을 한 2년 했기에 방이 그리 낯설지 않았다. 그러나 다시 그 작은 방에 갇혀 홀로 무료한 시간을 보낸다는 것은 결코 유쾌한 일이 아니었다. 간디가 "정의와 평화를 위해서는 감옥 드나들기를 신방에 드나들 듯이 하라."고 했다지만 말이다.

다음 날 아내는 한복과 성서 그리고 돈을 차입해 주었고, 그 뒤로 일주일에 한 번씩 찾아왔다. 다시 아내에게 수고를 끼쳐 미안한 생각이 들었지만, 이렇게 며칠 있다가 나가게 되겠지 하고 느슨하게 생각했다. 아내도 그렇게 생각하는 것 같았다. 다만 계속 내 마음을 괴롭히는 것은 이 고약한 세상이 앞으로 어떻게 될 것인가 하는 문제였다. 날이 갈수록 점점 더 악화되는 정국이 어디로 갈지 몰라서 답답하기만 했다. 정당하게 노조운동을 하는 젊은 여성들에게 똥을 먹이고 그들을 야만적으로 짓밟지를 않나, 노사를 화해시키는 역할을 하는 아카데미하우스에 철퇴를 가하지를 않나, 그러더니 악랄한 기업주의 횡포로부터 보호해 달라고 아우성치는 힘없는 여성 노동자들을 강제로 해산시키려 하고, 또 죄목도 붙일 수 없는 우리를 감옥에 집어넣으니 말이다.

1979년 10월 27일 오전, 아내가 면회하러 왔는데 아무래도 표정이 좀 미묘했다.

"그동안 별 일 없었어요?" 나는 그저 무심히 물었다.

"별일이 있었지요."

그러면서 아내는 창문턱에 놓았던 핸드백을 살짝 옆으로 옮겨 놓았다. 그러자 그 밑에 접어놓은 신문지가 보였고, "박정희 대통령 암살당하다."라는 헤드라인이 눈에 들어왔다. 머리를 한 대 얻어맞은 듯 놀랐다. "누가?" 하고 내가 속삭였다. 아내는 손가락으로 신문지를 다시 가리켰다. "정보부장 김재규가 연회장에서 권총으로"라고 적혀 있었다. 아내는 얼른 신문지를 접어서 핸드백 안에 집어넣었다.

내 감방이 있는 4동으로 돌아온 나는 커다란 목소리로 외쳤다. "박정희가 암살을 당했단다!" 이 방 저 방에서 사람들이 방문 쪽으로 바짝 다가와서는 "어떻게 그렇게 되었느냐"고 물었다. 나는 "중앙정보부 부장 김재규가 암살했대!" 하고 큰소리로 대답했다. 교도관이 와서 나를 저지하려고 했지만, "대통령이 암살을 당했는데 모두 알아야지!" 하고는 교도관을 밀어 버렸다. 교도관은 기가 죽은 듯이 별 말을 하지 못했다. 세상이 바뀌었는데 이제 누가 전처럼 충성을 다하려고 할 것인가. 방에 들어와 앉아서 밖을 내다보니 교도소 마당에 높이 세운 국기게양대의 태극기도 반쯤 내려와 있었다. 도대체 어떻게 이런 일이 일어났는지 궁금했다. 대통령의 수족과도 같은 정보부장이 대통령을 암살했다니, 도저히 상상할 수 없는 일이었다.

어느 날 저녁 자기 전이었다. 예전에 찾아왔던 동교동과도 가깝다는 교도관이 찾아와서 "세상이 변했어요!" 하면서 신문지 조각을 한 장 주고 사라졌다. 나는 변소에 가서 달빛에 그 신문 기사를 읽었다. 김재규가 박정희를 암살한 사건 전말을 적은 기사였다.

우리가 감옥에 들어온 뒤 경찰과 시위 진압 특공대가 신민당 당사를 둘러싸고 있다가 그날 밤 자정이 넘어서 당사를 습격했다. 한편, YH 노조원들은 토의 끝에 그들의 권익과 민주화를 위해서 목숨을 내걸기로 결의했다. 그들은 두 조로 나누어, 한 조는 유리창에서 매달려 있다가 경찰이 쳐들어오면 유리창에서 뛰어내려 자살을 감행하기로 하고, 다른 한 조는 유리병 조각으로 자살하기로 했다. 그랬는데, 신민당의 젊은 당원들이 깨어진 유리 조각으로 자기들의 배에 금을 그으면서 그들이 목숨을 걸고 여공들을 보호할 테니 안심하고 좀 쉬라고 설득했다. 신민당원의 그 같은 행동에 감명을 받은 여공들은 일단 빈속에 설렁탕 한 그릇씩 먹었다. 그들이 식곤증으로 해이해졌을 때, 경찰이 들이닥쳤다. 경찰은 신민당 간부들이며 신문 기자들까지 곤봉으로 때리고 발로 차면서 난폭하게 당사로 진입했다. 그리고 여공들을 강제로 끌어내어 경찰차에 실어서 데려갔다. 그 과정에서 노조 간부인 김경숙 양이 사망했다. 왼쪽 팔 동맥이 끊어진 김경숙은 당사 3층 아래 지하실 입구에서 사체로 발견되었다. 유리창에서 떨어졌다는 이야기도 있고, 계단으로 끌려 내려가는 도중에 사망했다는 설도 있었다. 고 김경숙의 유골과 초등학교 시절의 일기장과 옷가지가 마석 모란공원에 안치되었다. 그녀의 묘비에는 고은 시인의 시 한 편이 적혀 있다.

저 악독한 유신 팟쇼에 끝장난 바
한 떨기 백합꽃 김경숙 아가씨여
조국의 아픔 가운데 그대의 아픔 함께 있으니
이른바 고도성장의 그늘이 얼마나 거짓으로 가득 찼던가
이에 그대와 그대 동지들이 뭉쳐

70년대 그 모순과 그 죄과를 깡그리 물리치는

빈주먹 싸움으로 나서매

거기 YH 노동조합 투쟁의 역사 찬연하여라…….

정부는 10월 4일 김영삼 총재에게 YH 노조 사건의 책임을 물어 국회의 원직을 박탈했다. 그러자 신민당 의원 66명이 총사퇴하고, 이것이 부산을 중심으로 한 경남 시민들을 자극하여 10월 17일 부산 동아대학 학생 7천 명이 "군사정권 물러가고 김영삼을 석방하라!"고 외치면서 시위를 벌였다. 시위는 마산, 창원으로 확산되더니 부산에선 시민들까지 가담하기에 이르렀다. 부마항쟁이 터진 것이었다. 정부는 경남 지역에 위수령을 선포하고 탱크까지 동원하여 이를 진압하려고 했고, 이 소식이 전국에 퍼지자 국민들의 분위기는 더욱 험악해졌다. 특히 광주와 서울은 일촉즉발의 상태였다. 상황이 이렇게 돌아가자 김재규는 나라의 혼란을 막는 길은 박정희를 제거하는 길밖에 없다고 생각하여, 박정희와 그의 심복 차지철을 안가에 청하여 술상을 벌인 뒤 살해한 것이었다. 그것이 1979년 10월 26일이었다.

그날 밤 잠자리에 들었으나 잠이 올 턱이 없었다. 천하를 한 손에 잡은 듯이 날뛰던 박정희가 충복의 손에 의해 저렇게 비참하게 죽으리라고 누가 상상이나 했을 것인가.

박정희가 죽은 뒤 당시 국무총리였던 최규하가 그 뒤를 이어서 12월 6일 임시 대통령으로 취임했다. 최규하는 라디오를 통해서 국민에게 약속했다. 민주적인 헌법 절차에 따라서 곧 민주 정부를 수립할 것이라고. 따라서 나는 곧 석방되리라고 기대했다. 그런데 한 주일이 지나고 두 주일이 지나도 아무 소식이 없었다. 무엇인가 잘못되고 있음을 느꼈다.

그 뒤에 들리는 소리가, 당시 국군 보안사령관으로서 김재규를 체포하여 조사하던 전두환이 12월 12일 참모총장이자 계엄사령관인 정승화를 체포하려고 했다는 것이었다. 국방부 장관의 승인도 없이 말이다. 혐의는 그가 김재규와 공모해서 박정희를 암살했다는 것이다. 물론 정승화를 제거하고 자기가 전권을 잡으려는 속셈이었다. 그러자 육군본부는 정병주 특전사령관과 장태완 수도경비사령관을 불러 병력을 집결했고, 그에 대응하여 전두환을 위시한 '하나회' 신군부 세력이 또 군을 동원하여, 두 진영은 일촉즉발의 위기를 조성했다. 신군부 측은 38선을 지키고 있던 노태우 사령관이 휘하 군을 이끌고 서울로 들어와 국방이 흔들리는 어이없는 일까지 자행했다. 결국 하나회는 국방장관의 승낙도 없이 정승화 장군을 체포했다. 신군부가 등장한 것이다.

나는 1979년 크리스마스 직전에 석방되었다. 내가 그때쯤 석방될 것을 미리 짐작했던 아내는 감방에 있는 동안 한능자에게 줄 크리스마스 선물을 준비하라고 귀뜸했다. 새벽의 집에서는 크리스마스를 앞두고 제비를 뽑아서 한 사람이 다른 한 사람에게 일정한 금액의 선물을 비밀리에 준비하곤 했는데, 그해에는 내가 선물을 주어야 할 대상이 한능자라는 것이었다. 그러나 감옥에서 무슨 선물을 준비한다는 말인가? 생각하던 끝에 비누 두 장을 구해 가지고 마리아와 요셉의 흉상(胸像)을 만들기로 했다. 생전 처음 해 보는 조각은 쉽지 않았다. 그림이라도 있으면 따라 하련만. 나는 내 얼굴을 더듬어 보면서 머리 모양을 먼저 만들었다. 웃음 띤 입 표

1979년 크리스마스 직전에 감옥에서 석방된 날 택시를 타고 왔다.

정을 살려내려니 그렇게나 힘들었다. 그래도 애써서 한동안 만지작거리니 놀랍게도 거기에 웃는 모습의 입술이 나타나는 것이 아닌가. 그리하여 서툴기 짝이 없는 솜씨이지만 갖은 정성을 다해 마침내 마리아와 요셉의 흉상을 만들었다. 고맙게도, 비누 조각 선물을 만드는 동안은 박정희와 전두환을 내 머리에서 완전히 쫓아낼 수가 있었다.

집에 와서 그 흉상을 한능자에게 주었더니 모두 그 선물이 제일이라고들 했다. 이렇게 따뜻한 새벽의 집 품에 다시 안기면서, 이런 따뜻한 봄바람이 한국 사회에 널리 확산되면 얼마나 좋을까 싶었다.

YWCA 위장결혼사건과 김병걸 교수

내가 감옥에서 있는 동안 YWCA위장결혼사건으로 함석헌, 김병걸 교수 등 많은 재야인사들과 학생들이 갇혔다는 것을 뒤늦게 알게 되었다. 박정희가 죽은 뒤에 대통령 대행이 된 최규하는 유신 때와 마찬가지로 통일주체국민회의를 통해 대통령을 선출하겠다고 발표했다. 이는 민주주의의 퇴보가 될 것이라며 이에 반대하는 집회를 서울 YWCA에서 11월 24일에 열었다. 모든 집회가 금지된 계엄 상태에서 민청협의 홍성엽을 신랑으로 내세워 결혼식으로 위장을 하고 하객들을 초대해 집회를 가진 것이었다. 집회를 마치고 500여 명의 시위대가 밀물처럼 거리로 쏟아져 나갔다. 광화문에 이르자 이미 대기하고 있던, 철모를 쓴 전투경찰들이 시위대를 향해 최루탄을 쏘면서 무지막지하게 진압했다. 이날 140명이 연행이 되고 14명이 구속되었다. 악명 높은 군 보안사에 끌려간 이들은 온갖 고문과 구타를 당했다. 저들은 심지어 함석헌 선생의 수염을 잡아 뜯으면서 수모를 주었다고 했다. 함석헌 선생은 이 사건의 준비위원장으로 이름이 올라 있었으나 사실은 결혼식의 하객으로 왔을 뿐 전혀 아는 바가 없었다. 서울대 해직교수로 나와 가까이 지내던 김병걸 교수도 이때 당한 고문 후유증으로 고생하다가 돌아가셨다. 문학평론가였던 그는 부드럽고 겸손한 성품으로 우리 집 가까이에 살아서 자주 놀러오곤 했다. 그의 온화한 성품 때문에 아내는 나의 친구들 가운데 김병걸 교수를 가장 좋아했다. 말년에 그는 한빛교회에 다니면서 친교를 나누기도 했다.

김병걸 교수가 석방된 뒤 우리는 그에게서 그때의 일을 자세히 들을 수 있었다. 김 교수의 얼굴에는 언제나 그랬듯이 밝은 미소가 감돌고 있었다.

"얼마나 고생하셨소!"

나는 김병걸 교수의 손을 잡았다.

"우리가 붙잡혀 간 것은 남산에 있는 중앙정보부 아래층이었지요. 들어가자마자 저들은 내 옷을 벗기고 군복을 입히는 것이었어요. 그러고는 방 가운에 있는 의자에 앉게 하고 밧줄로 동여매는 것이 아니겠어요. 그들은 아무 말도 하지 않고 두 사람이 뒤에서 몽둥이로 때리기 시작했어요. 뼈가 부서지는 것 같았지요. 뒤에서 때리니 언제 매가 떨어질지 몰라서 더 공포스러웠어요. 그렇게 한 30분 정도 때리더니 옆방에 데려가는 것이었어요. 거기에서 약 30분 동안 쉬게 하더니, 다시 끌어내어 의자에 동여매고 때리는 것이었어요. 이것을 시간당 고문이라고 하는데, 30분 때리고 30분 쉬게 하고 다시 30분 때리는 것이에요. 이렇게 되면 매 맞는 때보다 쉬는 시간이 더 처참해요. 시간이 지날수록 다시 매 맞는 시간이 가까워 오니까요." 여기까지 말하더니 김 교수는 잠깐 쉬고 나서 말을 이었다.

"이렇게 한 이삼 일 매를 맞고 보니 나 자신이 신발 밑에 묻은 개똥보다도 못하다는 느낌이었어요. 인간성이 완전히 짓밟힌 거죠. 결국 자포자기하게 되더군요. 그래서 그들이 하라는 대로, 쓰라는 대로 자술서를 썼죠. 자술서를 쓰고 나서 서울구치소로 와 자리에 누우니 더할 수 없는 서러움이 복받쳐 오는 것이었어요. 3·1운동 때 유관순이 끝까지 버텼다는 것이 얼마나 놀라운 일이었는지 새삼 느꼈지요. 그 뒤로 모든 생명에 대한 느낌이 달라졌어요. 감옥에서는 청결이라는 것이 아주 중요하지요. 병이라도 걸리면 그것은 교도관의 책임이니까요. 그래서 방은 언제나 깨끗이 해야 하고, 방마다 파리채가 있어서 파리가 나타나면 바로 잡아야 해요. 그런데 하루는 파리가 '윙!' 하고 날길래 무의식적으로 파리채를 들었어요. 그런데 그 파리를 때릴 수가 없었어요. 내가 매 맞던 생각을 하니 그 파리를 때릴 수가 없었어요."

김 교수의 눈에는 눈물이 글썽거렸다. 그것이 바로 어제 일처럼 느껴지는 모양이었다. 함께 이야기를 듣던 사람들도 모두 숙연해졌다.

"그 YWCA 결혼식을 허용한 것은 보안사령부의 작전이었어요. 그렇게 해서 문제를 크게 만들어 국민들 사이에 불안감을 조성해 놓고는 새로운 쿠데타를 감행할 구실로 만든 것이죠. 정말 그놈들이 하는 수작을 당해 낼 재간이 없어요."

김 교수의 얼굴은 어느새 차돌처럼 굳어졌다.

안타까운 것은 이 사건이 처음부터 신군부 세력에 의해 꾸며졌다는 것이었다. 윤보선 전 대통령은 보안사령부의 고위층한테서 연락받았다고 하면서 시내 중심가에서 크게 시위를 벌이라고 했다. 시위를 해도 군은 막지 않을 것이며, 그래야 통치권의 민간 이양이 빨리 이루어질 수 있을 것이라고 했다. 이런 소식을 들은 기독교계 일부에서는 그 집회를 반대했다. 또 일부는 함석헌 선생처럼 동의가 되지 않은 상태에서 참여하기도 했다. 결국 신군부는 이 집회를 빌미로 12.12쿠데타를 일으켰다. 이 사건으로 많은 운동권 인사들이 고초를 당했을 뿐 아니라, 내부의 분열을 겪었다.

아내는 내가 YH사건으로 감옥에 있었기에 YWCA 위장결혼 사건으로 잡혀 들어가지 않아서 오히려 다행이라고 생각했다. 그만큼 이 사건 관계자들이 받은 고문은 혹독했다.

도상의 친교

출소한 지 얼마 지나지 않은 날이었다. 전화가 왔다.

"문 박사님. 저 최영순이에요." 쾌활한 여성의 목소리였다.

"최영순? YH 노조의 최영순?" 나는 놀라서 물었다.

"그럼요. 박사님, 건강은 어떠세요?"

"내 건강은 문제없어. 영순이는 어때?"

"저야 아직 젊은데요, 뭐."

"다른 동지들은 다 별고 없는가?" 최영순의 목소리를 들은 나는 기뻐서 큰소리로 다시 물었다.

"다들 잘 지내요."

이렇게 해서 YH 노조의 여성 노동자들과의 친교가 다시 시작되었다. 최영순은 다가오는 토요일 저녁 7시에 천주교 강당에서 YH 노조 회원들의 모임이 있으니 나와 달라고 했다. 신민당 당사에서 농성할 때 잠시 보기는 했으나 이렇게 다시 만날 줄이야. 그렇게 반가울 수가 없었다. 그날 이문영 교수와 같이 천주교 강당으로 찾아갔다. 택시를 타고 명동으로 달려갔다.

강당 문을 열고 들어서자 노조 회장 최영순과 열대여섯 명의 노조원이 우리를 맞았다. 고은 시인도 와 있었다. 우리는 서로 포옹하면서 인사했다. 모두들 날개 쳐 날아오르는 종달새처럼 기뻐했다. 우리를 박해하던 박정희는 자기 심복의 총탄에 맞아 비참하게 쓰러지고, 우리는 이렇게 반갑게 다시 만나게 되니 기쁘지 않을 수가 없었다. 얼마 있다가 인명진 목사, 서경석 총무도 왔다. 그리고 YH 노조 회원들도 속속 도착했다. 새로운 얼굴이 도착할 때마다 반갑게 인사하고 안부를 물으며 야단법석을 떨었다. 그 밝고 명랑한 분위기가 정말 승자들의 잔칫집이었다.

모두 서른 명쯤 모였다. 우리는 원을 그리며 둘러앉아서 농성 때 부르던 YH 노조가와 그들의 억울한 사연을 유행가 곡조에 맞춰서 부른 사연가를 함께 불렀다. 그리고 돌아가면서 그동안 어떻게 지냈는지를 짤막하게 이야기했다. 다른 곳에 취직한 사람은 그리 많지 않았다. 대부분 일자리를 찾지 못해 고향에 돌아가 있었다. 그러나 세월이 바뀌었으니 앞으로는 취직할 수 있을 것이라고들 기대하고 있었다.

그런 뒤 그들은 조를 나누어서 그들이 그동안 투쟁했던 이야기를 주고받았다. 그러다가 더러 잊을 수 없는 장면에 이르러서는 극적으로 재현하곤 했다. 특히 노동청에 가서 억울한 이야기를 하면서 문제를 해결해 달라고 요청하다가 거절당한 장면, 조흥은행에 가서 은행이 기업을 인수해서 경영해 달라고 요청하던 장면, 그리고 신민당 당사에서 농성하다가 경찰이 폭력으로 그들을 끌어내는 장면 들을 감격스럽게 연출했다. 그들은 김경숙을 생각하면서 앞으로 민주화가 이룩될 때까지 결혼을 하지 않기로 했다. 그리고 자주 모여서 서로 소식을 전하고 친교를 가지기로 결정한 뒤 모두 어깨를 걸고 노조가를 부르고 흩어졌다.

나는 일생 동안 이처럼 뜨거운 친교를 본 일이 없었다. 흔히 교회를 예수님의 몸이 된 아가페의 친교라고 하지만 이 여성들의 친교와는 비길 바가 못 되었다. 그들 한사람 한사람이 내 눈에는 천사와도 같았다.

그날 저녁 잠자리에 들었으나 잠이 오지 않았다. 헤어지기 섭섭해서 서로 부둥켜안고 눈물짓던 YH 노조원들의 모습이 내 안막에서 사라지지 않아서였다.

　그날의 모임 이후로도 나는 YH 노조원의 모임에 자주 참석했고 우리 집에도 초대했다. 그리고 그들은 서로 다짐한 대로 정말 민주화가 이루어지기까지 결혼을 하지 않았다. 그러다가 김영삼 정권이 들어서자 하나둘씩 결혼하기 시작했다. 한번은 음악회에서 예전에 YH 노조의 총무로 있던 여성을 만났는데, 그녀는 자기 남편을 나에게 소개하면서 김영삼 대통령이 당선된 뒤에 결혼식을 올렸다고 했다. 자랑스러운 얼굴로 남편을 소개하는 그녀의 얼굴엔 장미꽃과 같은 웃음이 활짝 피었다. 그녀의 얼굴에 핀 밝은 웃음처럼 민주화도 활짝 피어나기를 기원했다.

도쿄에서 발길을 돌려

　1979년 12월 25일에 서울구치소에서 나온 뒤로 이문영, 예춘호, 한완상, 박종태와 같이 김대중 선생과 가까이 지냈다. 우리는 그가 앞으로 대통령이 되어야 한다고 믿어 그를 위하여 할 수 있는 일은 다 하려고 했다. 특히 이문영과 예춘호가 김대중 선생과 가까이 지냈다. 예춘호는 본래 박정희의 공화당에서 사무총장까지 지낸 유능한 정치가였다. 그러나 삼선개헌 때 박정희에게 반기를 들어 박종태와 같이 공화당을 탈퇴하고는 김대중 진영으로 들어왔다. 김대중 선생은 예춘호를 높이 평가해서 그에게 비서실장이 되어 달라고 부탁했다. 그러나 예춘호는 김대중 선생 주변에는 이미 오랫동안 같이 일한 측근들이 많은데 혼자 들어가서는 효율적으로 일할 수 없을 것이라고 판단해 그 제안을 사양했다. 그러자 김대중 선생은 그에게 다시 민주제도연구소 이사장직을 맡아 달라고 했고, 그는 이를 수락했다. 예춘호는 이문영 교수에게 그 연구소의 소장을 맡겼다. 우리는 그들을 중심으로 여러 가지의 안건을 협의하곤 했다.

내가 김대중 선생을 소중하게 여기는 데는 세 가지 이유가 있다. 첫째는 그의 명석한 두뇌와 박력 있는 설득력에 감탄했기 때문이었다. 1969년 삼선개헌 반대 운동이 한창이던 때였다. 한번은 장충단 공원에서 삼선개헌 반대 강연회가 있었다. 강사는 야당의 삼총사라고 하는 김대중, 김영삼, 이철승과 새로 정치계에 발을 들여놓은 장준하였다. 그 네 분의 연설 중에서 김대중 선생의 연설이 월등하게 설득력이 있었다. 김영삼, 이철승의 연설은 말이 조리도 없고 설득력도 없었다. 장준하 형의 연설은 박력은 있었으나 정치에 발을 들여놓은 지 얼마 되지 않은 터라 내용이 충분하지 않았다. 그런데 김대중 선생의 연설은 그 내용에 있어서나 그 전개에 있어서나 그 구변에 있어서나 단연 탁월하였다. 그때 나는 이분이야말로 대통령 자격이 있다고 평가했다.

둘째, 우리가 학교에서 추방당했을 때 그는 우리의 심정을 헤아려서 자주 위로해 주고 격려해 주었다. 직접 찾아와서 위로해 주기도 하고 비서들을 시켜서 금전적으로도 도움을 주기도 했다. 우리는 당시 그런 그를 정치적인 목회자라고 불렀다.

셋째, 그가 우리와 더불어 3·1민주구국선언에 동참하고 함께 감옥에 간 동지이기에 그를 돕는 것은 아주 자연스러운 일이었다. 따라서 우리는 그의 정치 활동을 위해 도울 수 있는 일이 있다면 도와야 한다고들 생각했다. 실제로 우리는 몇 달 동안 동교동을 중심으로 많은 시간을 보냈다.

그러다가 1980년 3월 1일 제적학생 373명이 복교되고 해직 교수 23명이 복직되었다. 나도 그중의 하나였다. 김대중 선생은 우리가 그와 더불어 정치를 하기를 바랐다. 그러나 학교에서 학생들과 정을 나누던 우리로서는 삶의 본고장인 학원에 대한 애정을 끊을 수가 없었다. 그뿐만 아니라 정치 세계는 너무나 낯설었고 성격에도 맞지 않았다.

며칠 후 나는 가방을 챙겨 들고 수유리 한신대학(한국신학대학에서 한신대학으로 명칭 변경)에 가려고 버스를 탔다. 차 안에서 가방을 메고 학교로 가는 젊은이들을 보는 느낌이 얼마나 새삼스러웠던지! 내 마음은 1961년 처음 한국신학대학에 출근하던 때와는 완전히 달랐다. 과거에는 가르치는 교수로서 젊은이들과 대화를 나누게 되는구나 하는 기대감과 더불어 불안 같은 것이 뒤섞여 있었다. 그러나 이번에는 달랐다. 나를 학교에서 추방한 독재자가 역사의 심판을 받았고, 나는 당당한 승리자로서 교단으로 돌아가는 것이었다. 이제는 그냥 서구에서 배운 학문을 소개하는 것이 아니라, 내가 체험으로 깨달은 것들을 학생들에게 나누어 주면서 앞으로 우리가 해야 할 일, 나아길 길을 더불어 생각하는 소중한 시간을 가지게 될 터였다.

학교 정문에서 교문을 지키던 정 집사가 "문 박사님, 다시 돌아오셔서 반갑습니다." 하고 반가이 맞았다. 정 집사는 학교 건물과 교정을 돌보는 일을 하는, 정말 성실한 분이었다. 그의 손을 맞잡는데 나도 모르게 눈에 눈물이 돌았다. 교정에 들어서니 여기저기에서 학생들이 "문 박사님, 환영합니다." 하면서 뛰어와선 손을 잡아 주었다. 오랫동안 이야기만 무성히 듣던 사람을 직접 만나는 것이 그렇게도 반가운 모양이었다. 서무실과 교무실의 직원들도 환히 웃는 얼굴로 환영했다. 박근원, 김경재, 정웅섭, 장일조 등 젊은 교수들도 반갑게 맞이해 주었다.

조향록 목사에게 인사를 드리려고 학장실에 갔는데 방은 텅 비어 있었다. 당시 학생들이 "어용 교수들은 물러나라."라는 구호를 외치면서 군사정권에 협조했던 교수를 배척하는 운동이 일어나 조 목사의 입장이 곤란하게 된 모양이었다. 강원룡 목사와 조향록 목사가 전두환의 자문위원이 되었기 때문이었다. 그리고 얼마 지나지 않아 조향록 목사는 학장 자리에서 물러나고 말았다.

나의 첫 강의는 '민중신학과 교육'이라는 대학원 학생들을 중심으로 한 세미나였다. 약 10여 명의 학생들이 나를 중심으로 둘러앉았다. 무엇인가 새로운 것을 기대하는 모습이었다. 내 가슴도 학생들만큼 설레었다. 내가 그동안 생각했던 것을 학생들과 나누면서 민중 교육에 관해서 대화를 나누어 보려고 마음먹었다. 나의 목적은 학생들로 하여금 민중의 내적인 세계를 이해하도록 돕는 동시에 어떻게 하면 민중이 역사의 주역이 되도록 그들을 도울 수 있을지를 생각하게 하는 것이었다. 물론 감옥 경험을 통한, 민중에 대한 나의 경험을 토대로 하게 될 것이었다.

나는 나의 감옥생활이 민중에 대한 이해를 심화시켰다고 하면서, 감옥생활의 일면을 소개했다. 특히 민중에게는 두 틀의 눈이 있어서 그들을 정말 이해하기가 힘들다는 점을 강조했다. 강자들을 볼 때의 눈과 자기와 같은 무리를 볼 때의 눈이 다르다는 나의 경험을 전하면서 민중을 정말 이해하는 것은 여간 힘든 일이 아니라고 말한 뒤, 먼저 민중에 대한 바른 이해에 대해 생각해 보자고 했다.

이야기하는 과정에서 몇몇 학생들은 자기가 나날이 만나는 민중은 결코 그런 혁명을 이룩할 수 있을 것으로 보이지 않는다고 이의를 제기했다. 그들이야말로 자기 앞만 보고 잘 살기 위해서는 수단 방법을 가리지 않는 것 같다는 것이었다. 그 말에 "그런데 왜 민중신학자들은 그들을 역사의 주체라고 주장하는 걸까요?" 하고 묻자, 역시 다른 학생들이 말한 대로 출애굽 사건이나 예수 사건을 보아서 알 수 있다고들 했다. 물론 한국의 동학운동도 예로 들었다.

학생들의 이야기를 듣고 나서 나는 그들에게 과제를 제시했다.

"언뜻 보기에는 이기적이고 저만 잘살기 위해서 수단과 방법을 가리지 않는 민중이지만 결국은 그들이 역사의 주인이 되는데, 어떻게 해서 그렇게 되는지 그 과정을 알아보는 것이 앞으로 우리가 풀어야 할 과제이다. 지금까지의 민중신학자들은 출애굽이나 예수 사건과 같은 대단한 사건들을 보고 민중이 역사의 주역이라고 했다. 그러나 여기에 모인 학생들은 장차 교육을 펼치려는 분들이니, 그들이 어떻게 해서 역사의 주체가 되는지 그 구체적인 과정을 밝혀야 한다. 교육이라는 것이 변화 과정을 돕는 일이기 때문이다. 그리고 그 과정을 알려면 민중과 더불어 살면서 그들의 의식이 어떻게 변화하는지를 살펴보아야 한다. 우리 신학자들은 서재에서 민중신학을 연구했기 때문에 그 과정을 추적할 수가 없었다. 나 역시 마찬가지였지만, 다행히 감옥에 들어가서 그들과 접촉해 보고 또 그 뒤에 노동자들과도 자주 접촉하면서 그들을 좀 더 이해하게 되었다. 말하자면 감옥에서 신학을 다시 하게 된 것이다. 그러니 여러분도 신학교를 졸업하기 전에 한 일 년쯤 감옥생활을 해 보도록 방안을 강구해 보라."

학교에 돌아와 보니, 예전에 김정준 박사 시절에 꿈꾸기 시작한, 종합대학에 관한 계획이 한창 진전되고 있었다. 조향록 학장이 서둘러서 오산에다 이미 적지 않은 야산을 교지로 사 놓은 터라, 이제 본격적으로 어떻게 대학을 발전시킬 것인지를 구상해야 할 단계였다. 이를 위해서 우리 교수단은 우이동에 있는 호텔에 가서 1박 2일의 퇴수회를 가졌다.

21세기를 눈앞에 두고 기독교장로회가 가져야 할 선교 방향을 설정하기 위해서는, 21세기에 대한 종합적인 검토가 먼저 본격적으로 이루어져야 하고, 이를 위해서는 종합대학을 설립하여 앞으로의 역사와 사회의 변화를 바르게 진단해야 하는 바, 그래야 미래를 향한 선교 정책을 바르게 설정할 수 있다는 것이 교수단의 공통된 생각이었다. 그런데, 그 자리에서, 조 학장은 자기가 잠정적으로 학장직을 맡았으나 변화한 한국 정세에서 계속 학장으로 있을 수 없어 곧 사임하려고 하니 후임을 선정해야 한다고 선언했다. 한신대학은 전통적으로 교수회가 학장 후보를 선정해 이사회에 제청해 왔다. 그래서 조 학장이 그 문제를 교수회에서 꺼낸 것이었다. 토의 끝에 다들 내가 학장직을 맡아야 한다고 했다. 그런 결정에 마음이 무거워졌다. 나는 행정에 능한 사람이 아니기 때문이었다. 그러나 학원의 미래에 대한 꿈을 제시한 사람 중의 하나로서 무턱대고 거절하기도 어려웠다. 나는 앞으로 이 문제를 깊이 검토해 보기로 했다.

그러다가 4월에 세계교회협의회가 주관하는 '예배와 교육위원회'가 있어서 그 회의에 참석하러 유럽으로 가게 되었다. 박정희 정권 시절에 여권을 받을 수 없어서 한동안 참석하지 못했는데, 세상이 변하면서 여권을 얻어 오래간만에 외유를 하게 되었다.

비행기는 동남아 상공을 경유해서 인도의 캘커타에 잠시 머물렀다가 네덜란드 암스테르담 가까이에 있는 유트레히트까지 날아갔다. 유트레히트에서 '예배와 교육위원회'에 참석했다. 그 자리에서는 주로 어린이들의 성찬 참여에 관해 토의를 했다. 어린이들도 교회라고 하는, 예수님의 몸 된 공동체의 일원이므로 그들도 성찬에 참여하게 함으로써 어려서부터 예수님의 몸 된 교회의 일원임을 느끼도록 해야 한다는 것이었다. 성찬에 함부로 참여해서는 안 된다는 전통적인 생각에 젖어 있던 나에게는 어린이들의 성찬 참여란 정말 뜻밖의 일이었다. 그러나 어린이도 그리스도의 몸 된 교회의 일원이라는 것을 경험하게 해야 한다는 주장에 공감할 수는 있었다. 십여 년 동안 이런 회합에 참여하지 못한 탓에 세계적인 흐름에서 많이 뒤떨어졌음을 새삼 실감했다.

그 회의가 끝난 다음 '교회와 사회위원회'가 있었는데 이왕 온 김에 그 회의에도 참석했다. 이 회의에서는 날로 분열되는 산업사회에서 교회가 어떻게 하면 좀 더 공고한 공동체를 이룩할 것인지에 대해서 토의했다. 이를 위해서는 성만찬을 자주 하고, 교회의 프로그램에 교인들이 주체적으로 참여하게 할 뿐만 아니라, 교인들이 그 주변 공동체의 삶에 적극적으로 참여하여 서로 화합하는 분위기를 이루도록 노력해야 한다는 점들을 강조했다. 그런 주장은 나에게는 하나도 새롭지가 않았다. 그동안 한국 교회는 민주화 운동을 위해서 그렇게 살아왔기 때문이었다. 그리고 한신대학이 대학 설치를 통하여 꿈꾸는 21세기 비전도 바로 그러한 것이었다.

돌아오는 길에 로마에 있는 구삼열의 집에 들러서 로마 구경을 하기로 했다. 구삼열은 형수 박용길의 조카이자 첼로를 연주하는 정명화의 남편이기도 했다. 운이 좋게도 그곳에 있는 총영사 부인이 안내해 주어서 로마 구경을 착실히 할 수 있었다.

그런데 로마에 있는 내 귀에 갑자기 청천벽력과도 같은 소식이 들려왔다. 전두환이 민주화를 요구하는 광주에 병력을 투입하여 수천의 인명 피해를 입혔다는 소식이었다. 믿어지지가 않았거니와 있을 수도 없는 일이었다. 이제 비로소 민주화를 이루나 보다 하고 기대했는데 다시 군화가 국민들을 짓밟다니, 어찌 이럴 수가 있단 말인가!

나는 당장 도쿄까지 날아갔다. 그곳에서 집에 전화를 걸었더니 아내의 말이 김대중 선생과 익환 형을 비롯한 동지들이 다 감옥에 들어갔다는 것이었다. 그리고 김대중을 중심으로 혁명을 모의했으며 광주가 김대중의 선동으로 폭동을 일으켜서 군을 투입했다고 정부가 선전한다는 것이었다. 아내는 나더러 서울에 돌아와서 감옥에 들어가기보다는 차라리 미국에 가서 한국의 민주화를 위해 원격 사격을 하라고 했다.

정말 원통하기 그지없었다. 하나회를 중심으로 한 신군부가 12·12사건이라는 군사 반란을 통해 집권하려 한다는 의혹은 가졌지만, 국민을 무참히 학살하는, 반민족적이고 반민중적인 만행으로 집권하리라고까지는 생각하지 못했다. 김대중 선생을 광주 사건의 배후 조종자라고 조작한다는 이야기를 들으니 사태의 심각성이 느껴졌다. 박정희도 그의 야심을 위해서 김대중을 죽이려고 했는데 전두환도 똑같이 하고 있는 것이었다. 결국 나는 도쿄에 있는 이인하 목사와 의논한 끝에 발걸음을 돌이켜 미국으로 가기로 했다.

미국 대사관에 가서 비자 신청을 했으나 비자를 내주려고 하지 않았다. 옆에서 지켜보던 이인하 목사가 나서서 워싱턴의 하비 목사에게 연락해 겨우 비자를 얻을 수 있었다. 하비 목사는 미국 교회의 지원으로 형성된 '한국 인권운동을 위한 북미주연합(North American Coalition for Human Rights in Korea)'의 간사로서 워싱턴에서 로비를 하는 동지였다. 그의 주선 덕분에 미국 국무성이 도쿄의 미국대사관에 긴급 연락을 한 것이었다. 나는 한 달가량 일본에서 기다렸다. 결국 영사관에서 정치적인 망명을 허용해 특별 입국 허가를 내주었다.

모처럼 학교에 복귀했는데 다시 한신대학을 떠나게 되었다. 그 쓸쓸함이란 이루 말로 할 수가 없었다. 미국에 도착하자 식구들도 이미 뉴욕에 와 있었다. 아내는 나와 일본에서 전화 통화를 한 뒤에 곧바로 어린 것들을 데리고 미국행 비행기를 탄 것이었다. 이렇게 해서 1980년 봄부터 타의 반, 자의 반의 망명 생활이 시작되었다.

제**4**부

리버사이드교회에서

뉴욕에서 일어난 회오리바람

태평양을 가로질러 뉴욕으로 가는 비행기 안에서 내 마음은 몹시 괴로웠다. 광주에서는 젊은이들이 아우성치면서 죽어 가고 있고 동지들이 다 감옥에 들어가 고초를 겪고 있는데, 나 홀로 미국으로 도피해 가고 있다는 데서 오는 죄책감이 컸다. 로마에서 광주 소식을 듣고 곧바로 귀국하려고 했다. 그러나 아내는 귀국하지 말고 미국으로 가서 민주화를 위해 싸우라고 말했다. 어머니도 절대로 한국으로 들어오지 말라고 하셨다. 일제 때부터 남편이 감옥에 들락거린 경험을 하신 어머니는 사태가 심각함을 꿰뚫어보신 것이었다. 어머니는 또다시 두 아들이 감옥에 가게 되면 견뎌 내지 못하실 것이었다.

독일의 젊은 신학자 본회퍼는 뉴욕의 유니온신학교에서 강의를 하다가 고국에서 히틀러의 파쇼 정치에 항거하는 동지들을 생각하고는, 미국에서 편안하게 있을 수가 없어 독일에 돌아갔다. 그리고 동지들과 같이 히틀러 암살을 꾀하다 사형을 당했다. 그처럼 나 또한 돌아서서 한국으로 돌아가야 하는 것이 아닐까? 구약성서의 요나 생각이 났다. 요나는 하느님이 가라고 한 니느웨에 가지 않고 다시스로 가다가 풍랑을 만나서 고래의 뱃속에 들어가서야 회개했다는데, 내 앞날은 어찌 될 것인가? 하느님이 나에게 원하시는 것이 무엇인가?

이런 저런 생각을 하다 보니 어느새 뉴욕 케네디공항에 도착했다. 마중 나온 아내를 따라 코네티컷 주 길포드에 있는 처가에 일단 짐을 풀었다.

다음 날 아내와 나는 뉴욕에 있는 동지들로부터 호출을 받았다. 그곳의 교회협의회를 찾아가니 박상증, 이승만, 손명걸, 구춘회 등이 나를 기다리고 있었다. 박상증은 세계교회협의회에서 아시아 담당 총무로 있다가 대학원 공부를 하려고 미국에 와 있었고, 이승만은 미국 연합장로교의 아시아 담당 총무로서, 손명걸은 미국 연합감리교의 선교 총무로서 저마다 뉴욕에 사무실을 가지고 있었다. 일본 도쿄에 사무실을 둔 아시아기독청년연합회 총무인 오재식, 일본 교단의 이인하 목사 등이 한국교회연합회 총무인 김관석 목사와 긴밀하게 연락하면서 한국의 민주화를 위해 애쓰고 있었다. 그들은 한국 교회가 박정희 군사독재에 항거하여 투쟁하는 것을 보면서 '한국의 민주주의를 위한 세계적인 연대(World Coordination for the Democracy in Korea)'를 조직하여, 한국 안에서 일어나는 일들을 세계교회와 미국, 캐나다, 일본, 독일, 호주 등에 있는 교회들에 알려서 한국의 민주화와 인권 운동을 지원하고 있었다.

또한 '한국의 인권을 위한 연대(Coalition for Human Rights in Korea)'라는 조직을 만들어서 한국의 민주화를 위하여 애쓰는 페기 빌링스(Peggy Billings), 패트 패터슨(Pat Paterson), 패리스 하비(Phares Harvey) 등도 나를 기다리고 있었다. 이 조직에서는 페기 빌링스가 위원장, 이상철 목사가 부위원장이었다. 그리고 김재준 목사님이 명예회장이었다. 페기 빌링스는 젊은 시절 한국에 선교사로 왔던 유능한 여성 지도자였다. 이 조직은 여러 교단에서 지원을 받아 하비 목사를 워싱턴의 로비 책임자로 파송했다. 하비 목사는 언변이 뛰어나고 외교에 능하여 한국의 민주화를 위해 많은 공헌을 했다. 그 밖에 한승인, 김윤철 등 뉴욕에서 목요기도회를 계속하고 있는 동지들도 만났다. 그들은 그날 저녁 뉴욕에 있는 리버사이드교회에서 광주 사건에 대한 긴급 강연회를 계획했다고 하면서 나에게 서둘러 강연 준비를 하라고 했다. 나는 아내의 도움을 받으면서 영어로 강연 원고를 작성하였다. 저녁을 먹고 리버사이드교회로 갔다. 리버사이드교회는 뉴욕에서 가장 크고 또 진보적인 교회다. 미국의 대공황 시절에 록펠러의 후원으로 지은 곳으로 허드슨 강변에 있는 아름다운 교회였다. 도착해서 보니 그 넓은 교회당에 청중들이 가득했다. 뉴욕에 있는 교인들이 한국에서 일어나고 있는 참극에 그토록 큰 관심을 가지고 있다는 것이 놀랍기도 했지만 무엇보다 고맙고 또 고마웠다.

사회자인 박상증 목사가 능숙한 영어로 한국에서 일어나고 있는 일을 설명하면서 나를 소개했다. 소개를 받고 나가, 높은 강대상에 서서 수없이 많은 얼굴들이 나를 주시하는 것을 보면서 말할 수 없는 감격을 느꼈다. 그동안 외국의 많은 기독교인들이 한국을 찾아와서 격려해 주는 것을 보면서 비록 피부색과 언어는 달라도 주 안에서 한 형제임을 실감하곤 했지만, 갑자기 준비한 모임에 그렇게나 많은 사람이 참석한 것을 보자 전에 없이 용기를 얻었다. 그들의 열의에 힘입어 나는 침착하게 내 메시지를 전했다.

조선이 쇠퇴하여 일본 제국주의자들의 손에 유린되기 시작했을 때 미국에서 기독교 선교사들이 와서 복음으로 민족을 깨우친 것에 대하여 감사하다는 말로 이야기를 시작했다. 나는 미국이 한국의 역사에 미친 영향에 대해 말하기 시작했다. 20세기 초 미국 정부는 미국의 국익을 위해서 일본의 한국 통치를 인정했다. 2차 대전이 끝난 뒤에도 미국의 국익을 위해 한반도에 38선을 그음으로써 민족을 갈라놓고 말할 수 없는 참극을 겪게 했다. 그 뒤에는 인권과 민주화를 짓밟는 독재 정권을 지원해 주었다. 그뿐 아니라 민주화를 위해 평화적으로 시위하는 광주의 젊은이들을 진압하기 위해서 군대가 이동할 수 있었던 것은 미군 사령부가 이를 묵인했기 때문에 가능하였다는 사실을 자세히 설명했다. 이처럼 한국의 비극에는 미국의 책임이 지대하니, 미국의 양심적인 기독교인들은 책임을 느끼고, 한국의 민주화를 위해서 목숨을 걸고 투쟁하는 한국의 기독교인과 민주 동지들을 지원해 주기를 바란다고 호소했다.

그 자리에서 나는 한국의 불행한 사태를 생각하면서 나도 모르게 극도로 흥분하여 평소에 미국에 대해 생각하던 것을 과격하게 내뱉었다.

이야기가 끝난 뒤에 리버사이드교회 목회자인 윌리엄 슬론 코핀 주니어 박사가 나에게 다음 주일 설교를 부탁했다. 나는 미국의 목회자들도 오르기 힘든 강단에 서서 영어로 설교를 해야 한다는 것이 부담스러웠지만 한국에서 고생하는 동지들을 생각하면서 용기를 냈다.

나의 설교 제목은 〈회개하라!〉였다. 성서의 '광야에서 외친 세례자 요한

뉴욕의 리버사이드교회에서 주일 예배 설교를 하고 있는 나. 1980년.

356

의 이야기'를 끌어들여 시작한 설교는 미국에 대한 신랄한 비판으로 이어졌다. "미국의 역사를 보면 청교도들이 신앙의 자유를 찾아서 이 신대륙에 왔다. 하지만, 그 넓은 대륙을 보고 탐욕이 생겨서 본토인을 학살하고 뒤이어 흑인들을 노예로 학대하였다. 나라의 힘이 커지자 자본과 무력으로 주변 국가들을 수탈하고 있다. 20세기에 들어서서 한국이 겪은 고난도 미국의 국익 때문에 비롯되었다. 미국이 이대로 나가다가는 하느님의 심판을 받을 수

미국의 감리교 잡지 『Response』에서 아내와 나의 사진을 표지에 싣고 〈정의를 지키는 자〉라는 제목의 기사로 내 삶을 소개하였다.

밖에 없다."고 세례자 요한이 광야에서 외친 것처럼 말했다.

훗날 생각해 보니 좀 심했다 싶지만, 그때의 나의 심정으로는 그럴 수밖에 없었다. 설교가 끝나자 몇몇 젊은이들이 예배당 뒤에서 뛰쳐나와 세례 요한이 광야에서 외치던 장면을 극화하여 내가 한 말을 부각시켰다. 예배가 끝난 다음 그 교회 장로 한 분이, 어떤 사람이 익명으로 우리가 하는 일에 보태어 쓰라고 수표 한 장을 보내주었다면서 봉투를 내밀었다. 열어 보니 놀랍게도 일만 달러의 수표가 들어 있었다. 이렇게 돕는 분들이 있음을 알게 되면서 더욱 용기를 얻었다.

그 뒤에 유니온신학교 학생들이 민중신학에 관한 이야기를 해 달라고 부탁했다. 그 자리에 해방신학을 연구하는 제임스 콘 박사와 기독교교육 담당교수인 윌리엄 케네디 박사와 유니온신학교의 학장인 도널드 스미스 박사도 함께했다.

나는 한국에서 민주화 운동을 하는 길 위에서 민중신학이 태어나게 된 과정을 설명하였다. 민중이란 자기 몸밖에 가진 것이 없는 이들로서 약육 강식이 횡행하는 경쟁 사회에서 자기의 생존권을 위해서 몸으로 투쟁하는 존재라고 정의했다. 그리고 그들이 간절히 바라는 꿈은 인간으로서의 권리를 인정받는 정의롭고 평등한 사회를 이룩하는 것인 바, 그것을 위해서 끝까지 몸을 바쳐 투쟁할 사람은 기실 그들밖에 없다는 사실을, 성서의 역사와 한국사의 실례를 들어 설명했다. 민중들을 깨우치려면 논리적인 설명보다는 이야기 화법이 가장 좋은 방법이라는 이야기도 곁들였다.

뒤이어 케네디 교수가 내가 강조한 이야기 화법의 효과에 대하여 교육학적으로 설명했다. 콘 박사는 민중 신학을 공부하는 학생들에게 좋은 협력자가 왔다고 기뻐했다. 한 학생이 "우리 미국인들에게 한 마디 충고를 한다면 무엇이겠습니까?" 하고 질문했다. 그 질문에 나는 "회개."라는 말로 대답하고 나서, 이대로 계속 나간다면 미국이 어떻게 될 것인지를 직시하여 지금 서 있는 자리에서 돌아서는 것밖에 미국을 구할 길은 없다고 했다. 예수님 앞에 나왔던 부자 청년의 예를 보아도, 그것은 정말 하기 힘든 일이지만, 그러나 불가능한 일은 아니니, 겸허한 자세로 할 수 있는 데까지 노력을 다해야 할 것이라고 덧붙였다.

미국 연합장로교회의 청년대회에 연사로 초청받기도 했다. 미국 연합장로교회의 아시아 선교부 책임자로 있는 이승만 박사가 나를 강사로 추천했다. 이 대회에 나와 같이 연사로 초대된 다른 강사는 카터 정부의 유엔 대표로 있는 앤드루 영 목사였다. 이승만 박사가 내게 귀띔하기를, 강연을 마치고 돌아가는 길에 앤드루 영 목사와 같이 비행기를 탈 터이니 그때 전두환 정부에 압력을 넣어 한국의 민주화가 촉진되도록 그를 설득하라고 했다.

강당은 오륙백 명의 청년들로 가득 차 있었다. 사회자가 나를 소개하자 청중은 우레와 같은 박수로 나를 맞았다. 내가 강단에 나서자 청중이 있는 쪽은 불을 꺼 버렸다. 청중이 갑자기 어둠 속에 잠겨 버리자 나는 마치 홀로 공중에 떠오른 듯한 느낌을 받고 당황했다. 그러나 그런 사소한 불편함이 대수이겠는가. 나는 힘차게 이야기를 시작해 나갔다.

우리의 대학생들이 이룩한 4·19의거에서부터 시작해서 내가 가르치던 한신대 학생들이 민주화를 위해서 투쟁하던 이야기, 평화시장의 전태일 열사 이야기, 그리고 한국의 노동자 농민들이 어떻게 목숨을 걸고 투쟁해 왔는지를 죽 이야기했다. 그러고 나서 1960년대에 미국의 청년들이 미국을 새롭게 하려고 분연히 일어섰듯이, 이 자리의 학생들도 이 강대한 나라가 정의의 길을 걸어가도록 손에 손을 잡고 전진해 주기를 바란다는 격려의 말로 연설을 끝마쳤다. 이 마지막 당부는 미국의 젊은이들을 향한 내 솔직한 심정이었다.

이야기가 끝나자 청년들은 기립박수로 응답해 주었다. 그런 뜨거운 격려가 참으로 힘이 되었음은 말할 것도 없다.

돌아오는 길에 비행기에서 앤드루 영 목사와 대화할 기회가 자연스럽게 생겼다. 그는 퍽 명랑했고, 화술이 부드러웠다. 나는 먼저 카터 대통령의 협조로 감옥에서 풀려나오게 된 사연을 이야기하였다. 그리고 오늘의 한국 상황을 이야기하면서 카터 정부가 한국의 민주화를 위해서 특별히 유의해 주기를 부탁했다. 그랬더니 영 목사는 카터가 재선이 되면 한국의 민주화를 위해서 특별한 관심을 가지도록 하겠다고 약속했다. 그해는 바로 대통령 선거가 진행되고 있을 때였다. 그러나 불행히도 카터는 선거에서 패배하고 말았다.

그 얼마 뒤에 뉴욕에 있는 한인 교인들 앞에서 이야기할 기회를 갖게 되었다. 〈제2일〉이라는 제목으로 강연을 했다.

"억눌린 사람들에게 기쁨에 찬 새로운 세계를 열어 주신 예수님이 돌아가신 뒤, '제2일'은 캄캄하기만 했다. 유대의 지도자들은 전투에서 승리한 양 사기가 충천했으나, 제자들은 방에 둘러앉아서 떨고 있었다. 어디를 보아도 소망이 없는 듯했다. 그러나 제3일이 되자 예수님이 부활하시고 그러면서 세상이 완전히 바뀌었다." 나는 "지금 우리는 제2일에 있다"고 하면서 한국에서 일어나고 있는 참상들을 이야기했다. 그러나 "머잖아 제3일이 곧 올 것이니 결코 실망하지 말고 우리의 할 일을 하자"고 격려하는 말로 강연을 맺었다.

그 뒤로도 계속해서 최효섭 목사가 목회하는 뉴욕한인교회, 유태영 목사가 목회하는 브롱스 한인교회, 박석모 목사가 목회하는 뉴욕한국인교회, 안중식 목사가 목회하는 롱아일랜드 장로교회 등에서 잇달아 설교했다. 그런 한편, 뉴욕에서 꾸준히 이어지고 있는 목요기도회에서도 한국 사정을 이야기하며 깊은 대화를 나누었다.

그때쯤에는 광주민주화운동과 관련하여 처참한 가운데에서도 아름다운 이야기들이 속속 전해져, 듣는 사람들에게 감동을 주었다. 목숨을 내걸고 투쟁하는 청년들이 트럭을 타고 지나갈 때 부인들이 김밥을 만들어 전해 준다느니, 가게를 지키는 사람이 없는데도 훔치는 사람이 없다느니, 식료품을 사갈 때도 다른 사람을 생각해서 대량으로 매점하는 일이 없이 꼭 자기가 쓸 만큼씩 사간다느니 하는 이야기들이 들려왔다. 집 없는 거리의 고아들이 대학생들에게 '교육받은 당신들은 앞으로 할 일이 많으니 위험한 일들은 우리에게 맡겨 달라'고 했다는 이야기도 있었다. 그런 아름다운 청년들이 권력욕에 눈먼 자들의 총칼에 희생당한 것은, 예수님이 자기의 기득권을 지키기에만 급급했던 대제사장들에게 희생당한 일처럼 마음이 아팠다. 정말 캄캄한 '제2일'이었다. 그러나 선한 목자이신 예수님이 부활하여 새로운 세계를 활짝 열어 주신 것처럼, 광주의 거룩한 희생 역시 우리에

1980년 광주민주화운동 이후 미국으로 망명하였지만 나의 마음은 늘 고국의 동지들과 함께 있었다. 스토니 포인트 사택 앞에서. 왼쪽부터 영혜, 영미, 아내, 태근, 나, 그리고 창근.

게 새로운 세계를 열어 주리라는 것이 나의 확신이기도 했다.

그 후 우리는 뉴욕에서 허드슨 강을 끼고 북쪽으로 약 한 시간가량 올라간 곳에 있는 스토니 포인트(Stony Point)라고 하는, 미국 연합장로교회의 연수원 사택에다 거처를 정했다. 나는 그곳에서 일 년 동안 그 연수원의 프로그램을 도우면서, 미국의 방방곡곡은 물론 캐나다, 일본, 유럽까지 돌아다니면서 전두환 정권을 비판하고 한국에서 민주화를 위해서 투쟁하는 사람들의 이야기를 널리 전파했다. 그리고 기회가 닿는 대로 워싱턴에 가서 미국 국회의원들에게 한국의 민주화를 도와달라고 호소했다. 이렇게 미국에서도 내가 할 일이 산적해 있는 덕분에 나는 죄책감을 얼마쯤 덜며 위로를 받을 수 있었다.

뉴욕의 목요기도회

허드슨 강을 가로지르는 조지 워싱턴 다리는 언제 보아도 아름다웠다. 그 멋진 다리를 건너 브로드웨이 방향으로 내려가다가 125번가에서 오른쪽으로 틀었다. 그리고 가파른 내리막길을 따라 리버사이드공원 쪽으로 내려갔다. 뉴욕한인교회의 목요기도회에 참여하러 온 것이었다.

뉴욕한인교회는 내가 태어나던 1921년에 설립되었다. 서재필 박사의 주선으로 1919년 3·1 독립 선언을 기념하는 모임을 가진 뒤 한국인 교회를 설립하기로 결정함으로써 이태 뒤에 뉴욕한인교회가 태어났다. 당시 뉴욕에는 한국인 학생들이 많았고 날로 이민 오는 이들이 늘어나 그들을 돌볼 교회가 필요했다. 뉴욕한인교회는 그와 더불어 조국의 국권 회복을 위한 운동에도 깊은 관심을 기울였다.

뉴욕한인교회는 박정희의 군사독재가 시작되자 조국의 민주화 운동을 위하여 적극적으로 나섰다. 특히 서울의 목요기도회가 민주화 운동에서 중요한 역할을 하게 되자, 뉴욕에서도 목요기도회를 창설하여 그때까지 꾸준히 이어 오고 있었다. 그들은 매월 첫 목요일에 모여서 기도회를 가지고 아울러 한국에서 일어나는 일에 관하여 정보를 주고받았다. 이따금 필요에 따라 모금을 하여 고국의 민주화 운동을 돕기도 했다. 이 일에 한승인 장로가 중심이 되었고 김윤철 장로와 임순만 목사가 기둥 역할을 했다. 내가 뉴욕에 왔을 즈음에는 이에 적극적으로 가담한 분들로 이승만, 박상증, 손명걸, 김병서, 안중식, 유태영, 박성모 목사들과 김윤국, 김정순, 김홍준, 김마태 장로들이 있다. 그리고 '코올리션(Coalition)'에서 일하던 구춘회 선생도 그들의 가족까지 동원하여 힘과 정성을 다해서 조국의 민주화를 위해 애쓰고 있었다.

우리가 교회에 도착했을 때는 벌써 열성적인 사람들이 지하실에 모여 있었다. 기독교 세계교회여성연합회에 참석하러 온 이우정 선생과 구춘회 선생도 그 자리에 동참했다.

구춘회 선생은 본래 한국교회여성연합회 총무로 일하다가 1977년에 미국으로 건너왔다. 그가 한국에서 교회여성연합회 총무로 있을 때 종로5가에 있는 그의 사무실은 민주화 운동을 하는 사람들의 연락처나 다름없었다. 언제나 구속자 가족 회원들로 들끓었고 무슨 사건이 벌어지면 제일 먼저 소식을 전파하는 역할을 했다. 자연히 중앙정보부가 가장 미워하는 사무실이기도 했다. 구 선생은 미국에 온 뒤 맨해튼에 있는 교회연합 건물에 있는 세계교회여성연합회 사무실에 자리를 얻어서 한국 교회와 연락하는 일을 하는 코올리션의 서기 일을 보고 계셨다. 그리고 내가 미국에 온 뒤로 나의 순회강연 프로그램을 조정하는 일도 맡아 주셨다.

그날 저녁, 먼저 모임에서 늘 부르는, 김재준 목사가 가사를 쓰신 〈어둔 밤 마음에 잠겨〉와 〈어느 민족 누구게나 결단할 때 있나니〉라는 찬송을 불렀다. 마치 서울 종로5가의 목요기도회에 온 듯한 느낌이었다. 두어 분이 기도한 다음에 나에게 한국에서 일어나고 있는 일에 관해서 이야기하라고 했다. 나는 출애굽기 3장에 있는 야훼 하느님이 떨기나무 불꽃 속에서 모세에게 나타나신 이야기를 본문으로 택하여, 비참하기 짝이 없는 한국 민중의 현실에서부터 사회 정의와 민주화를 위해 꽃다운 목숨을 바친 청년들에 이르기까지 증언하고, 그런 아우성을 듣고서 하느님이 역사의 심판을 내리신다고 간증했다.

기도회가 끝난 뒤에 다 같이 식사를 나누면서 그동안 나라 밖에서 한국의 민주화를 위해 활동한 일들에 관해 들었다. 그 이야기들이 다른 무엇보다도 내 마음을 뜨겁게 했다. 꾸준히 이어져 온 목요기도회도 아름다웠지만, 특히 기독학자협의회, 한국 민주화를 위한 북미주 연합, 한국 인권을 위한 북미주 연합(North American Coalition for Human Rights in Korea), 그리고 한국의 민주화를 위한 세계연합(World Coalition for Democracy in Korea)의 활동들은 눈부셨고 감동적이었다.

'기독학자협의회'는 1970년에 내가 유니온신학교에 방문교수로 왔을 때 김용복 박사의 주도로 시작되었다. 뒤에는 손명걸 목사가 이 일을 뒷받침해 주었다. 그는 이 운동을 위해서 미국 교회들로부터 재정적인 원조를 얻어 내는 데 탁월한 능력을 발휘했다. 이 모임은, 한국에서 군사독재가 공고해지자, 자유로운 그들의 처지를 십분 활용하여 고국의 민주화와 통일을 위해서 연구하는 일에 열중함으로써 한국의 상황을 측면 지원해 왔다.

'한국 민주화를 위한 북미주 연합'은 한국에서 유신 정권이 뿌리내리는 것을 걱정하여 미국에 있는 민주 인사들이 창설했는데, 나의 스승인 김재준 목사와 아버지인 문재린 목사, 김상돈 장로, 한승인 장로, 김윤철 장로, 이상철 목사, 차상달 선생, 이승만 목사, 이재현 교수, 이하전 교수, 그리고 김동건, 이근팔, 김용성 같은 분들이 그 활동에 앞장섰다. 이 모임은 조국의 민주화를 위하여 미국의 여러 주요 도시에서 강연회도 하고 국회에 가서 의원들을 만나 로비를 하기도 했다. 특히 3·1민주구국선언 사건으로 종교 지도자들이 옥고를 치를 때 김재준 목사님을 위시하여 나이 많은 어른들이 죄수복을 입고 또 가슴에는 투옥된 사람들의 이름을 써 붙이고서 백악관과 한국 대사관 앞에서 시위한 일을 비롯하여, 기념비적인 시위 활동을 많이 벌였다.

세계의 기독교인들이 한국의 민주화를 위해 성심껏 노력하는 것을 보면서 인류의 평화를 위해서 교회가 맡은 사명이 얼마나 큰지를 새삼 느꼈다. 목요 기도회에 참석하고 나서 돌아오는 내 마음에는 내내 따뜻한 기운이 감돌았다.

3·1사건으로 구속된 두 아들의 석방을 위해 워싱턴에서 시위를 벌이는 아버지. 아버지는 문익환의 이름을 단 죄수복을 입었고, 이승만 박사가 내 이름을 단 죄수복을 입었다. 1976년.

예수님이 탄생하셨을 때 천군 천사들이 나타나서 들에 양을 치는 목자들에게 노래한 천군천사들의 합창소리가 내 귀에 들리는 듯 했다.

지극히 높은 곳에서는 하느님께 영광,
땅에서는 그의 기뻐하심을 받는 자들에게 평화.

토론토 방문

구춘회 선생한테서 전화가 왔다.
"캐나다에서 박사님을 초청합니다. 이번 토요일에 오시라고 비행기 표도 왔어요! 이상철 목사에게 전화해 보세요."

곧바로 이상철 목사에게 전화하니, 토요일에 토론토에 있는 교포들에게 한국에 관한 강연을 하고, 다음 날 주일 아침에 그가 목회하는 교회에서 설교를 하라고 했다. 이렇게 해서 나의 순회강연이 시작되었다.

캐나다 토론토는 그때까지 가 본 적은 없었지만 내게는 퍽 친숙한 고장이었다. 어렸을 때 아버지가 그곳에 유학을 가셔서 우리는 늘 캐나다 토론토라는 이름을 귀에 못이 박히도록 들었다. 그때만 해도 캐나다는 멀고도 먼 별세계였다. 그러나 지금 그곳에는 아버지가 계시고 동생 선희네와 영환이네, 그리고 조카 영금이네도 살고 있다. 물론 나의 스승인 김재준 목사도 계신다. 그들 외에도 용정에서 이민 오신 분들도 제법 있다고 하니, 고향에라도 가는 듯한 마음이었다.

비행기가 국경을 넘을 때 아래를 내려다보았더니 대지는 푸른 수목으로 뒤덮였고 태양 빛에 번쩍이는 온타리오 호수는 바다 같이 넓었다. 경이롭기 그지없었다. 그리고 한 곳에서는 수증기가 피어오르는데 그곳이 바로 저 유명한 나이아가라 폭포라고 했다. 전에 미국에서 공부하는 동안에는 방학이면 학비를 벌기에 바빠 그 흔한 나이아가라 폭포 관광도 해 본 일이 없었는데 이번에는 한번 가 보리라고 다짐했다.

토론토 비행장에 내린 것은 오후 서너 시쯤이었다. 미국 영주권 덕분에 별 문제 없이 이민국과 세관을 통과했다. 그 조그마한 카드의 위력이 얼마나 큰지 새삼 느꼈다.

내가 미국 영주권을 얻는 일이 순조롭지만은 않았다. 뉴욕에 도착하자마자 아내와 같이 영주권 신청을 해 놓고, 일주일 뒤에 이민국에서 보내온 통지서를 가지고 이민국으로 갔다. 아내가 미국인이라서 영주권을 받는 데 아무 문제가 없을 줄 알았다. 그러나, 웬걸, 생각지도 못했던 복병이 숨어 있었다.

"당신의 배경을 보니 전과자이군요. 전과자에게는 영주권을 줄 수가 없어요." 이민국 여직원이 이렇게 딱 잘라 말하는 것이었다. 기가 막혔다.

"나는 독재 정권에 저항하여 인권과 민주화를 위해서 투쟁하다가 체포되어 억울하게 투옥된 것입니다."

"그래도 전과자는 받아들일 수가 없어요."

"지금 미국의 대통령은 인권 대통령이라고 하던데, 그래도……."

"그래도 안 돼요." 그 여자가 내 말을 가로챘다.

"이제라도 한국 정부에서 아무 혐의가 없다는 증명을 받아 오면 가능해요." 이렇게 말하면서 그 여자는 서류들을 정리해서 파일함에 넣고 말았다.

밖에 나와서 친구들에게 그 말을 전했더니 모두 말도 안된다고 야단들이었다.

"인권과 민주주의의 챔피언이라고 자처하는 나라가 어떻게 이럴 수가 있담."

"카터 대통령의 압력으로 석방된 인권 투사를 몰라보다니."

"미국 정부가 독재자를 후원하는 정책이 여기에서도 보이는군."

그때 미국 연합장로교회의 사회정의위원회가 뉴욕에서 모였는데, 내가 거기에서 한국 이야기를 하게 됐다. 이야기를 하는 가운데 미국 정부가 어떻게 독재자들을 지원하고 있는지 설명하는 과정에서 내 영주권 신청이 거절당했다는 이야기를 했다. 그랬더니 참석자들 사이에서 일대 소동이 일어났다. 민주화를 위해 투쟁한 인사를 이렇게 대할 수가 있느냐고 야단들이었다. 결국 이 소식이 연합장로교 총회장에게까지 전해져 그의 도움으로 영주권을 받을 수가 있었다.

공항 대합실에서 이상철 목사가 와서 기다리고 있었다. "캐나다 방문을 환영합니다." 하면서 손을 내미는 이상철 목사는 여전히 인상이 명랑하고 부드러웠다. 동생 영환이도 나와 있었다. 외지에서 형을 만나서인지 영환이는 시종 싱글벙글 웃는 얼굴이었다.

"먼저 한국 식당에 가서 저녁도 먹고 오랜 친구도 만나도록 합시다." 이상철 목사의 차는 어딘가를 향해 달렸다. 거리는 지하철 공사가 한창이어서 복잡했지만, 건물들은 말끔하고 그리 높지 않아 친근해 보였다. 고층 건물들 사이로 사람들이 홍수처럼 밀려다니는 뉴욕 거리와는 완전히 딴판이었다.

우리가 찾아간 한국 식당은 조금 후미진 곳에 있었다. 불고기 광고가 붙은 식당 문을 열고 들어서니 낯익은 얼굴들이 웃으며 나를 맞이했다. 먼저 내 손을 잡아 준 사람은 전동림 장로였다. 그는 아버지가 섬기던 용정 중앙교회 전택부 장로의 맏아들이자 형의 친구였다. 언제나 자신 있게 행동하는 분이었다. 그의 동생 전항림도 자기 아내 한분옥과 같이 와 있었다. 항림의 아내 분옥은 내가 지도한 교회 중등부 학생이었을 뿐만 아니라 해방 뒤에 내가 근무하던 명신여자중학교 제자이기도 했다. 그것도 퍽 가깝게 지낸 제자였다. 항림이와 결혼한 것도 모르고 있다가 이렇게 외지에서 둘을 함께 보니 무척이나 반가웠다. 동림과 항림 사이에 웅림이 있었는데 나와 아주 가까이 지내던 친구였다. 웅림은 해방 뒤에 한 번도 만나지 못했는데, 공산군이 서울에 쳐들어왔을 때 붙잡혀서 그만 사형을 당했다.

전택균 장로님도 계셨다. 전 장로님도 용정 중앙교회의 집사였다. 그들 사이를 헤치며 웃는 얼굴로 나서는 김인혜는 내 외사촌 누나의 딸이니 조카뻘이다. 그 외사촌 누나는 우리가 어렸을 때 〈옥례, 뽕례, 모긴례〉라는 무서운 이야기도 즐겨 해준 데다 우리를 늘 따뜻이 대해 주어서 우리가 퍽 좋아했다. 인혜의 웃는 얼굴에서 누나의 웃음이 느껴졌다. 인혜는 연합군이 서울을 폭격했을 때 불행하게도 부모님을 여의고 고아가 되었는데 그 뒤에 목사와 결혼해 캐나다에 왔다고 했다. 정말 반가웠다.

영환의 아내 예학, 동생 선희와 그의 남편 강달현도 있었다. 아버지도 뒤에 서서 빙그레 웃으면서 나를 보고 계셨다. 내가 앞에 가서 두 손을 내밀자 "얼마나 고생 했니! 건강은 별고 없고?" 하시면서 내 손을 잡으셨다.

"캐나다에 온 줄 알았는데 와서 보니 용정이군요!" 내가 감격에 겨워 말했다. 그러자 "저는 용정에서 오지 않았습니다." 하며 키가 큰 사람이 나서면서 손을 내밀었다. "여기서 민중신문을 만드는 정철기 선생입니다." 이상철 목사가 그를 소개했다. "한국의 민주화 운동을 위해서도 적극적으로 활동하고 있어요."

"나도 용정에서 오지 않았어요." 민혜기였다. 그녀 뒤에서 남편 정동석도 웃으며 손을 내밀었다. 민혜기와 정동석은 내가 한신대 초기에 가르치던 학생들로, 내가 기독교교육 연구서를 만들 때 연구원으로 일했던 제자들이다. 캐나다로 이민 온 것을 알고는 있었지만 이렇게 뜻밖에 만나니 반갑기 그지없었다.

식사를 하는 동안 내내 우리는 그동안 지내 온 이야기를 주고받느라고 시간 가는 줄 몰랐다. 많은 사람들의 다채로운 이야기가 식탁을 더욱 풍성하게 만들었다. 그 중에서도 이상철 목사의 이야기가 특히 인상적이었다.

이상철 목사는 용정의 은진학교를 졸업한 동창이다. 그는 용정 중앙교회의 야학에서 가르치기도 했다. 그때 우리 어머니는 배급을 받으려면 일본어를 배워야 한다고 해서 이상철에게서 한동안 일본어를 배우기도 했다. 어머니는 아들뻘인 그를 "선생님"이라고 불렀다.

이상철 목사는 김재준 목사님의 맏딸 김신자와 결혼해서 1960년 경 캐나다 밴쿠버로 유학을 왔다. 그는 공부하는 동안 그곳에 있는 일본인 교회를 돌보았는데, 1967년부터 한국 이민들이 몰려들자 한인 교회를 만들어서 이민자들의 정착을 위해서 정신없이 뛰어다녔다. 1969년에 토론토에 있는 한인 교회 목회자가 되었는데, 그곳에 정착하자마자 박정희가 3선 개

토론토의 동지들. 캐나다에서 한국의 민주화를 위해 함께 뛰던 김재준 목사(가운데)와 이상철 목사(오른쪽)가 수유리 집에 찾아와 아버지와 대화하고 있다. 1980년대.

헌을 단행하고, 몇 해 뒤에는 유신헌법을 만들어 영구 집권을 현실화하는 사태가 빚어졌다. 그 때문에 수많은 민주 인사들이 감옥에 들락날락하게 되는 것을 보고, 그는 가만히 있을 수가 없어서 동지들을 모아 성명서를 내는가 하면 설교할 때도 정의를 부르짖는 예언자 같은 발언을 하기 일쑤였다. 결국 그는 한국 영사관의 요시찰 대상이 되었다. 그뿐만 아니라 교인 가운데에서도 그에게 시비를 걸어오는 사람들이 생겼다. 그래도 이 목사는 소신을 굽히지 않고 박정희 정권의 잘못을 지적하면서 뜻이 하늘에서 이루어진 것처럼 땅에서도 이루어지도록 해야 한다고 목소리를 높였다.

그러던 중 그는 세계교회협의회에서 일하는 박상증 목사, 일본에서 기독청년 운동을 한 오재식 선생, 그리고 미국장로교총회에서 아시아 선교를 담당한 이승만 등과 더불어 한국의 민주화를 위한 연계 조직을 만들어 활약하기 시작했다. 그리고 한국 민주화에 관심이 지대한 페기 빌링스, 하비 목사 같은 미국인 동지들과도 뜻을 같이하게 되었다. 뒤에 김재준 목사와 문재린 목사가 캐나다에 오면서 '한국의 민주화를 위한 북미주 연합기구' 라는 조직이 탄생하자 그 일에도 전적으로 나섰다. 그는 내가 3·1민주구국 선언 사건으로 감옥에 들어갔을 때에도 캐나다 교회 대표로서 우리나라를 방문하기도 했다. 그는 캐나다 교회로부터도 존경을 받아 캐나다연합교회 총회장과 토론토대 명예 총장을 지냈다.

저녁을 마친 우리는 다시 차를 타고 이상철 목사가 목회하는 토론토 한 인교회로 갔다. 그곳에는 벌써 많은 한국인들이 몰려와 있었다. 특히 존경 하는 김재준 목사 내외께서 와 계셨다. 내가 은진중학교 학생이었을 때 교 장이었던 부례수 선생(Mr. George F. Bruce) 내외와, 한신대에서 같이 가 르치던 어윈 목사(Rev. Irwin) 내외도 오셨다. 전동림 장로의 사촌인 전충 림 장로 내외의 모습도 보였다. 전충림 장로는 북한과 친밀하다는 이유로 이상철 목사가 인도하는 민주화 동지들과는 소원한 사이라고 했다.

나는 내가 어릴 적 독립군 이야기를 들으면서 자라던 일과 용정 은진중 학교에서 명희조 선생에게서 민족사를 배우던 이야기로 강연을 시작했다. 나라와 민족을 위해 바치지 않는 삶이란 헛된 것이라던, 당시 어른들의 말 씀을 되새기고 나서, 미국에서 공부를 마치고 고국에 돌아갈 때 조국의 민 주화와 통일을 위해서 미약하나마 일해 보고 싶었다는 이야기를 서론 삼아 했다. 나는 감옥에서 민중을 만나면서 "내가 그들을 도왔다기보다 오히려 그들이 나를 좀 더 사람다운 사람이 되게 했다."고 고백했다.

그 주일 오후에는 영환이가 나가는 교회에서 설교를 했다. 그리고 그날 저녁에는 다시 이상철 목사의 교회에서 민중신학에 관한 이야기를 했다. 내 이야기의 핵심이 민중신학이어서 민중신학에 관한 이야기를 해 달라는 요 청이 잦았다. 민중신문을 만드는 정철기씨는 내 이야기가 그대로 한 편의 논문이라고 하면서 이야기 전체를 민중신문에 실어주었다.

그날 저녁 동생 선희네 집에서 잤다. 선희는 1974년에 남편과 같이 캐나다로 건너와서 토론토 연합교회 총회 사무실에서 한국 교회와의 연락 사무를 보고 있었다. 조카 영금이도 같은 해 2월에 이민을 왔고, 영환네도 1967년에 이미 와 있었다. 객지에서지만 집안 사람들이 서로 단란하게 지내고 있었다. 다음날 아침 식사는 김인혜네에서 했다. 인혜보다 나이가 훨씬 많은 그녀 남편은 보수 교단 신학교를 졸업한 목사였다. 장차 소련으로 선교하러 갈 예정이라고 했다.

아침 식사 뒤에 영환이가 차를 몰아 함께 나이아가라 폭포에 갔다. 차를 몰고 한 시간쯤 달리니, 멀리서 우렁찬 폭포 소리가 들려왔다. 그리고 수증기가 하늘로 치솟는 것이 보였다. 그 광경에 벌써부터 마음이 울렁거렸다. 가까이 갈수록 폭포 소리는 커져만 갔다. 마치 어떤 신비경에라도 들어가는 것 같았다. 차에서 내려 폭포 앞 난간을 붙잡고 서 있자니 놀라운 자연의 힘에 억눌리는 느낌이었다.

"어쩌면 저렇게 엄청나게 많은 물이 계속 쏟아지는 것이지?" 하고 중얼거리자, 동생은 "커다란 호수 하나가 다른 호수로 쏟아지는 것이니 그럴 수밖에." 하고 대답했다.

"저 물이 떨어지는 뒤로 가 봅시다." 동생이 내 손을 이끌었다. 우리는 노란색 우의를 입고서 폭포가 쏟아져 내리는 물 안쪽으로 들어갔다. 오른쪽으로는 물에 젖은 높은 바위, 왼쪽으로는 끝없이 쏟아지는 엄청난 폭포가 대단한 장관을 그리고 있었다. 그 엄청난 광경을 보고 있자니 1951년 9월 샌프란시스코에서 기차를 타고 대륙을 횡단하던 때가 문득 떠올랐다. 그때 그 빠른 기차가 달리고 또 달려도 끝없이 전개되는 미국 대륙의 평야를 보면서 "야, 이 나라는 정말 엄청나게 넓구나." 하고 감탄했다. 나이아가라 폭포를 보니 그때의 느낌이 되살아났다.

중학교를 졸업할 때 수학여행으로 금강산을 여행한 일이 있었다. 그때 구룡폭포를 보고 얼마나 감탄했던가. 그러나 이 나이아가라 폭포에 견주니 구룡폭포는 아이들 장난감 같았다. 미국 대륙을 기차로 횡단할 때도 그랬다. 그 넓은 땅에 한반도를 떠 옮겨 놓아도 표도 나지 않을 것만 같았다. 이 큰 땅덩어리를 서양에서 온 백인이 통째로 삼키고는 마치 저희가 선해서 하느님이 주신 축복인 듯이 큰소리를 치고 있다. 이 땅에서 얻은 부와 엄청난 자원을 약소국들과 나누어야 할 터이건만, 오히려 그것도 부족하다며 세계로 손을 뻗어 수탈하고 있으니, 인간의 욕심은 정말 끝이 없음을 새삼 느꼈다. 어쩌면 이 엄청난 폭포를 보면서 미국인들은 저희도 알지 못하는 사이에 힘의 철학에 사로잡혀 온 것일는지도 모르겠다는 생각이 들었다. 그 시절 나는 순수한 자연경관까지도 그렇게 해석하고 있었다.

스토니 포인트에서 만난 식구들

우리 가족이 일 년 동안 머물게 된 스토니 포인트는 미국 연합 장로교회의 연수원이었다. 그곳에는 널따란 잔디밭이 깔려 있었고, 커다란 나무들 사이사이에 고풍스러운 주택과 손님들이 머무는 숙소가 배치되어 있었다. 우리 집은 칠십년대에 지어진 아담한 사택이었다. 사실 갑작스럽게 미국에 오게 된 우리 가족은 아내의 친정에 얹혀사는 방법 외에는 달리 갈 곳이 없었다. 그야말로 난민이 된 우리가 스토니 포인트에서 머물 수 있게 된 것은 큰 행운이었다. 원장은 필리핀에 선교사로 오래 가 있던 짐 팜(Jim Palm)이라는 분이었다. 그곳에는 우리 말고도 필리핀, 인도, 파키스탄, 칠레 등에서 온 가족들이 머물고 있었다. 미국에 갓 도착한 우리 아이들은 다양한 나라에서 온 친구들을 만나 미국 생활에 잘 적응할 수 있었다. 이승만 박사의 아버지도 이곳에 살면서 채소를 길러서 식당에 공급하고 계셨다.

나는 스토니 포인트에서 회합이 있을 때 주로 성서 공부를 지도했다. 그리고 한국에 관한 이야기를 할 기회가 많았다. 성서 공부를 할 때 한국에서 경험한 것을 예로 들면서 하니까 미국에 있는 사람들에게는 새로웠다. 한번은 청년 수련회였는데 아브라함의 이야기에서 시작해서 출애굽까지 공부하는 동안 내가 감옥에서 겪은 경험을 가지고 이야기했다. 그 자리에 참석한 짐 팜의 아들 카비가 글썽거리는 눈으로 내 손을 잡더니 그렇게 감명 깊은 이야기는 처음 들었다고 했다. 그러면서 앞으로 신학교에 가겠다고 고백했다. 그 후 카비는 말한 대로 유니온신학교에 갔고 목사가 되었다.

그곳에서는 한 달에 한번씩 『제3세계에서 들려오는 복음』이라는 자그마한 잡지를 만들어서 제3세계에 관심이 있는 사람들에게 돌렸다. 나도 그 잡지에 한 달에 한 편씩 설교를 썼다. 한국에서의 경험을 바탕으로 한 내 설교에서 독자들은 신선한 느낌을 받는 듯했다.

우리가 스토니 포인트에 자리를 잡자 캐나다에 사는 가족들이 우리를 만나러 왔다. 영금이네 가족이 우리 아버지를 모시고 먼 길을 운전해서 온 것이었다. 스토니 포인트를 이곳 저곳 구경도 하며 며칠 지낸 뒤에 영금이네는 돌아가고, 아버지는 남아서 한동안 우리와 함께 지내셨다. 어머니는 형의 단식 때문에 한국에 가 계셨다.

그동안 부모님은 언제나 익환 형과 함께 지내셔서 우리가 모실 기회가 없었는데, 그때 잠시나마 아버지를 모실 수 있어 기뻤다. 아버지는 나와 한국 상황에 관해 이야기를 나누기도 하고, 연수원을 산책하기도 하며 소일했다. 우리 집 앞마당의 작은 텃밭도 가꾸셨다. 그리고 늘 하시는 대로 일기를 쓰셨다. 또 우리 집 꼬마 영혜와 더러 카드놀이도 하셨는데 한평생 일만 하며 분주하게 살아온 아버지가 카드놀이를 아실 까닭이 없었다. 그래서 영혜가 할아버지에게 일일이 가르치면서 카드놀이를 했다. 할아버지는 어린 손녀와 카드놀이를 하는 것이 퍽 즐거우신 모양이었다. 노인과 어린이들이 잘 어울린다는 말을 듣기는 했지만, 팔순이 넘은 아버지와 열 살도 되지 않은 영혜가 그렇게 다정하게 카드놀이를 하는 모습이 몹시나 아름다워 보였다. 먼 이국땅에서 짧게나마 아버지를 모시면서 아버지와 좀 더 가까워진 것이 그렇게 기꺼울 수가 없었다.

이듬해 그러니까 1981년 5월 5일은 내 환갑이었다. 옛날 같지 않아서 이제는 예순 나이가 예사로워 그냥 지나가려고 했다. 그런데 캐나다에서 선희네와 조카 영금이네까지 온다고 하는 바람에 별 수 없이 환갑 잔치를 열기로 했다. 조카 의근이의 처가 될 성심이도 마침 뉴욕 근처에 오게 되어 자리를 함께했다. 두 시간 거리에 사시는 장모님과 처남 가족까지 오고 보니 제법 그럴듯한 환갑 잔치가 되었다. 잔치라야 늘 먹는 불고기와 김치에

스토니 포인트에 오신 아버지와 영금이의 식구들. 뒷줄 왼쪽부터 성수, 영미, 나, 장모님, 아버지, 영금, 태근, 그 앞에 아내와 문철, 영혜.

1981년 5월 5일. 내 환갑 잔치에 모인 가족들.

나물과 잡채를 넉넉히 장만하여 나누어 먹고 아내의 장기인 애플파이에 촛불을 켜고 생일 축가를 부른 정도였지만, 많은 식구들이 모인 덕분에 훈훈하게 잔치를 치를 수 있었다.

그때 나보다 나이가 다섯 살 어리고 몸이 불편한 선희와의 대화가 지금까지도 기억에 생생하다. 선희는 이 연수원을 한국 사람들도 사용하는지 물었다. 그래서 그 얼마 전에 한국인 기독학자회의에서 연수원을 빌려서 신학 토론을 한 일을 들려주었다.

그때 나는 민중신학 강의를 부탁받았다. 그 자리에 김재준 목사도 오셨고 로스앤젤레스에 있는 김상돈 장로도 왔다. 그리고 선우학원 선생과 홍동근 목사도 왔는데, 특히 홍 목사가 민중신학에 깊은 관심을 보였다. 그는 새벽의 집에도 관심이 많아 나와 많은 이야기를 주고받았다. 내 강의가 끝난 뒤에 우리는 민중의 개념, 민중이 어떻게 역사의 주체가 되느냐에 관한 문제, 그리고 민중이 아닌 우리가 해야 할 일은 무엇이겠느냐 등의 문제를 놓고 토론했다.

그 회합에 다른 나라의 신학생들도 있었다. 회합이 끝날 즈음 프린스턴 신학교에서 박사 논문을 쓴다는 한 일본 청년이 손을 들더니, 일본에는 이젠 민중이 없어서 그들에게는 민중신학이 무의미하다고 말했다. 노동자, 농민도 모두 중산층 생활을 하고 있으니 민중이 더는 없다는 것이었다. 어이가 없었다. 어떻게 자본주의가 판을 치고 있는 오늘날에 세상에 민중이 없는 사회가 가능하단 말인가? 다른 것은 제쳐 놓더라도, 일본 사회에서 철저히 소외당하고 있는 부라꾸민(부락민)들이 있지 않은가. 그리고 일본이 천대하는 재일 동포 역시 민중이건만, 어떻게 그런 현실을 보지 못할 수 있는지 이해할 수 없었다. 정말 위에 앉은 지배자들이란 보아도 보지 못하고 들어도 듣지 못한다고 한 예수님의 말씀을 실감했다.

흥분해서 토해내는 내 이야기를 경청하던 선희가 조용히 말했다.

"생각하면 우리도 다 눈뜬 소경이지요. 어디 보아야 할 것을 다 보나요?"

그 말에 나는 한 대 얻어맞은 것 같았다. 마치 도통한 듯이 잘난 척하며 말한 내가 부끄럽기 짝이 없었다. 나는 조용한 음성으로 고백했다.

"네 말이 맞아. 그 누구도 보아야 할 것을 다 보고 들어야 할 것을 다 듣는다고 자신할 수가 없지. 노동자들과 같이 지내고 감옥에 들락날락하면서 좀 의식화되기는 했지만 나 역시 보아야 할 것을 다 보고 느껴야 할 것을 다 느낀다고 자신할 수가 없지."

선희를 통해서 소중한 깨달음을 얻은 것이 무엇보다 소중한 환갑 선물인 듯해서 고맙기 이를 데 없었다.

고국에서 온 눈물겨운 소식들

"문 박사님! 서울에서 새로운 소식이 왔습니다. 보내드립니다." 구춘회 선생이 그동안 서울에서 온 성명서와 신문 기사들을 전해 주었다. 덕분에 내가 서울을 떠난 뒤에 일어난 놀라운 사건들을 비교적 자세히 알게 되었다. 광주에서 일어난 거룩하고도 끔찍한 사건을 읽는 동안 내 가슴은 찢어지는 것 같았다.

내가 떠날 때 서울은 정말 모든 것이 새롭게 될 것이라는 소망이 가득 찼다. 대학가가 특히 그랬다. 그래서 '서울의 봄'이라고도 했다. 18년 동안이나 총부리로 무자비하게 국민들의 인권을 짓밟던 박정희 정권이 무너졌으니, 그동안 목숨을 걸고 투쟁하던 젊은 학생들이 의기충천하지 않을 수가 없었다. 학생들은 학원에서 민주적인 학생회를 부활시키고 학원 내의 어용 세력들을 추방하는 동시에 학원의 민주화를 위해서 목청을 높였다. 내가 한신대에 복교했을 때 한신대 학생들도 봄날의 생기에 찬 초목처럼 활기차게 움직이고 있었다. 그러나 대통령 대행인 최규하는 민주적인 절차를 통해서 새 정부를 수립하겠다고 언명은 했으나 계엄령조차 풀지 않고 있었다. 그리고 민주화를 위한 일정도 발표하지 않았다. 최규하가 통일주체국민회의를 통해서 대통령직에 취임했으나 그가 그 자리에 주저앉으리라고 믿는 사람은 아무도 없었다. 국회는 직선제와 소선거구제를 틀로 하는 헌법을 제정하려고 하는데 정부는 이원집정제 헌법을 연구한다는 소식이 들려왔다. 무엇이 어떻게 될지 아무도 예측할 수가 없었다. 말 그대로 안개 정국이었다. 그러던 차에 기껏 들려온 소식은 육군보안사령관인 전두환이 4월 14일 정보부장 서리까지 겸임하게 되었다는 것이었다. 정보부 법에도 위반되는 그런 처사는 12·12사건으로 실질적인 제2의 쿠데타를 일으킨 신군부의 노골적인 야욕을 드러낸 것이었다.

학생들은 가만히 있을 수가 없었다. 특히 민주화 운동을 하다가 학원에서 추방되었던 복학생들은 더욱 그랬다. 총학생회는 신중론을 폈으나 그동안 투쟁에 몸을 바친 복학생들은 다시 거리로 나가야 한다고 주장했다. 이런 안개 정국을 깨뜨릴 사람은 젊은 학생들밖에 없다고 생각한 것이었다.

5월이 되어 고려대학에서 5월 축제가 벌어지면서 그들의 목소리가 분위기를 좌우하게 되었다. 국회에서도 새로운 움직임이 나타났다. 결국 5월 13일 연세대학을 중심으로 여섯 개 대학의 복학생 2,500명이 거리로 쏟아져 나왔다. 조수와도 같이 밀려나오는 그들의 기세에 시민들도 합세하여 커다란 세력을 이루었다. 대기하고 있던 전투경찰이 그들을 막으려고 했으나 한껏 부풀어 오른 그들의 기세 앞에서 전경도 어떻게 할 수 없었다. 학생들은 광화문 네거리에 모여 "계엄령을 철폐하라, 유신헌법 철폐하라, 전두환은 물러나라."고 외쳤다. 그러자 총학생회도 이에 동참하여 14일에는 수만을 헤아리는 학생들이 운집하여 광화문 네거리는 완전히 마비 상태에 이르렀다. 15일에는 수십만의 시민들까지 합세하여 광화문에서 서울역에 이르기까지 "계엄령 철폐", "전두환 퇴진", "민주헌법 제정" 등을 외쳤다. 당시 고가도로에 올라가서 그 광경을 참관한 사람들은 하나같이 '인산인해'라는 말을 비로소 실감했다고 했다.

그 과정에 수백 명이 연행되고 부상자도 적지 않게 발생했다. 이때 광화문 일대에는 탱크들이 진주해 있었고 곧 계엄군이 쳐들어올 것이라는 소식이 들려왔다. 말하자면 '서울 사태'가 벌어질 것이라는 것이었다.

군부의 야심을 아는 김대중 선생과 같은 생각 있는 정치인들은 이와 같은 상황을 지켜보면서 걱정이 태산 같았다. 군은 혼란이 극대화되어 국민들이 불안을 느끼게 되기를 기다렸다가 이를 제압할 것임을 짐작했기 때문이었다. 특히 북쪽에 호시탐탐하는 공산군이 있다는 점을 활용할 것임에 틀림없기 때문이었다. 그리하여 그들은 총학생회 간부들을 설득하기 시작했고, 결국 학생 지도부는 회군 결정을 내렸다. 그만하면 학생들의 뜻이 충분히 표시되었고 자칫하면 계엄군이 들이닥칠지도 모른다는 것이었다. 시위대 중에는 왜 회군해야 하느냐고 항의하는 사람들도 많았으나 지휘부의 지시에 따를 수밖에 없어서 모두 돌아가고, 서울역 앞은 상인이 철수한 시장처럼 찢어진 신문 조각들만이 바람에 휘날렸다.

다음 날 16일에 전국 55개 총학생회 회장들이 이화여자대학에 모여서 이 문제를 진지하게 토의했다. 그들은 당분간 시위를 중단하고 정국을 살피면서 학생들의 대오를 정비하기로 했다. 군이 엄존하고 있을 뿐만 아니라 구세력들이 여전히 똬리를 틀고 있는데 학생들의 세력은 아직 제대로 정비되어 있지 않았기 때문이다.

사태가 이렇게 진정되었는데도 계엄사령관 이희성은 17일 오후 6시에 계엄령을 전국으로 확산한다는 성명을 발표하고, 이화여대에 모여 있는 학생 대표들을 체포하고, 합동수사본부의 요원들이 학생 간부와 복학생들의 집을 급습하여 이른바 '불온분자'들 체포에 나섰다. 그들은 나아가 '3김'을 위시한 정치 지도자와 민주 인사들, 법조인들, 언론인들을 체포했다. 그 기회를 놓칠 수가 없다고 생각한 것이었다. 이렇게 해서 체포된 인사의 수가 170명에 이르렀다. 이렇게 서울의 봄은 그 종지부를 찍었다.

그러나 이것으로 사태가 정리된 것이 아니었다. 광주에서 일어난 학생들은 계엄령을 무시하고 투쟁을 계속했다. 그리하여 '광주민중항쟁'이 일어나고야 말았다. 김대중 선생이 체포되었다는 소식에 그들은 더욱 분노했다. 광주에서는 14일, 15일 계속해서 전남대, 조선대, 광주대가 주동이 되어 격렬하게 시위했다. 교수들까지 합세하여 "비상계엄 해제", "유신 잔당 퇴진", "정치 일정 단축", "김대중 석방" 등을 외치면서 도청 앞에서 시위했다. 그들은 휴교령이 내릴 것을 예측하여, 교문 앞에서 시위하다가 휴교령이 내리면 도청 앞으로 집합할 것을 미리 공고했다. 16일에는 아홉 개 대학

3만여 명이 도청 앞에 모여서 시위했고, 저녁에는 횃불 시위로 이어졌다. 그 세력이 엄청난 데에다 동시에 평화적이어서 경찰도 그에 협력하여 교통 정리를 해 주기까지 했다. 이화여대에서 학생 지도부가 검거되었다는 소식이 들렸으나 그들은 여전히 강력하게 시위를 이어 갔다.

17일 비상계엄이 전국적으로 확대되고, 18일에는 진압 훈련을 받은 공수부대가 동원되면서 검거 선풍이 불기 시작했다. 학생들은 약속한 대로 도청 앞 광장에 모이기 시작했다. 시위 학생들의 세가 급속히 불어나자 경찰은 태도를 바꾸어 최루탄을 발사하면서 시위 진압에 나섰다.

오후 4시가 되면서 사태가 급변했다. 군이 전면에 나서면서 폭력적으로 진압하기 시작한 것이었다. 쇠못이 박힌 무거운 곤봉을 든 군인들이 도망치는 시민들을 추격하면서 사정없이 곤봉을 휘둘러 거리는 피투성이가 되었다. 집으로 피하려고 도망가는 사람들까지 쫓아가서 곤봉으로 때리고 팔을 묶어서 끌고 갔다. 심지어 결혼식을 끝마치고 신혼여행을 떠나려는 신혼부부까지도 곤봉 세례를 받고, 아기를 임신한 여인까지도 구타를 당해서 병원 신세를 졌다.

이에 시민들은 말할 수 없이 격분했다. 그들도 분연히 떨치고 나서서 몽둥이, 쇠 곤봉 등을 들고 역습하기 시작했다. 마지막에는 트럭이나 버스 운전사들이 대형 자동차를 몰고 진격하여 군을 곤경에 몰아넣었다. 그때 시위대에 가세한 시민의 수효가 3만 명을 넘었다고 한다. 그렇게 되자 오히려 수세에 몰린 군이 바리케이드를 치고 자기 방어를 하기에 이르렀다.

시민들을 더욱 분노하게 한 것은 한국방송과 문화방송의 왜곡 방송이었다. 군의 무자비한 폭행에 대해서는 일언반구도 없고 시민들이 공산주의자들의 조종을 받아서 폭도로 변했다고만 선전했기 때문이었다. 시민들은 그같은 허위 보도를 일삼는 언론사 건물들에 불을 놓아 밤하늘에 불기둥이 치솟기도 했다.

이 같은 대결은 21일에 극에 달했다. 도청 앞 분수대를 중심으로 시민들이 10만여 명이 집결했다. 아시아자동차 회사가 50여 대의 차량을 제공해 주자 시민들의 기세가 한층 더 커져, 공수부대는 뒤로 퇴각하지 않을 수 없었다. 그런데 오후 1시쯤 확성기를 통해서 애국가가 방송되더니 군이 시민들을 향해서 발포하기 시작했다. 차량들이 진격하다가 운전사가 총에 맞아 죽기도 하고 뒤이어 학생들이 태극기를 흔들면서 대여섯 명씩 돌격하다가 총탄에 죽었다. 시민들의 분노는 하늘을 찔렀다. 분노한 시민들에 밀려 공수부대는 전남대와 조선대로 후퇴하였다. 그것이 21일 밤이었다.

시민들의 힘으로 광주가 해방되자, 사람들은 곧 시가지를 깨끗하게 청소하고 교통을 정리했다. 그리고 쌀 같은 식료품을 공정하게 분배하여 매점매석하는 일이 없게 하고, 슈퍼나 음식점에서는 음료수를 내놓고, 주부들은 김밥을 만들어서 투쟁하는 젊은이들에게 제공하는 등 눈물겨운 장면들이 전개되었다. 한쪽에서는 공수부대의 손에 죽임을 당한 사람들 가족의 비장한 울음소리가 시민들의 마음을 찢었다.

공수부대가 후퇴했다고 해서 상황이 끝난 것이 아님은 말할 것도 없었다. 저들은 군을 더 증강하고 계획을 더 치밀하게 짜서 다시 진격해 들어올 터였다. 시민들은 광주 시내의 경찰서는 물론 그 주변에 있는 무기고들을 습격해서 무기를 손에 넣었다. 장갑차 여러 대와 심지어는 다이너마이트까지 손에 넣었다. 젊은이들이 무기를 나누어 가지자, 군 경험이 있는 재향군인들이 나와 그들에게 무기를 사용하는 법과 시가전 방법을 지도하여 시민군을 형성했다.

광주의 종교 지도자, 민주화 운동가, 뜻있는 교수들이 수습위원회를 만들어서 평화적인 해결을 시도하려고 했다. 그들은 군 지휘관을 만나서 설득했다. "시민들에게 과잉 진압을 사과하고 사상자들에게 보상하고 평화롭게 철군하라. 그러면 시민들은 모든 무기를 반납하고 각자의 일자리로 돌아갈 것이다." 이에 대하여, 군은 "시민들이 먼저 무기를 반납하고 제자리로 돌아가면 철수하겠다."고 했다. 그래서 한동안 무기를 반납하는 절차를 가지려고 했으나 많은 시민들이 이에 응할 수 없다고 항거하여 수습안도 무위로 돌아가고 말았다.

목포를 위시한 전남의 크고 작은 도시들도 들고 일어나서 시위를 벌이기 시작했다. 대부분의 경찰들이 광주로 몰렸기 때문에 주변의 다른 도시에서는 시민들이 주도권을 장악했다.

공수부대는 광주와 지방 도시를 잇는 도로들을 완전히 장악하여 광주를 고립시켰다. 시간이 갈수록 광주 시민들은 필요한 생필품을 구할 수 없게 되었다. 이렇게 공수부대가 광주를 봉쇄한 동안 신군부는 미국이 저희의 편을 들어주기를 기다렸고, 마침내 미국이 이에 응하였다. 위컴이 그의 휘하 군을 풀어 공수부대를 지원했고, 미국은 북한의 침략 위험이 있다는 구실로 항공모함을 한국 근해에 배치시킴으로써 신군부의 만행을 지원했다. 그리고 광주의 '폭도'들은 김대중을 중심으로 한 공산당의 사주로 일어난 위험천만한 반란군이라고 선전했다.

이렇게 배경을 든든히 한 다음, 신군부는 공수부대로 하여금 27일 이른

광주항쟁 소식을 들은 일본의 화가 토미야마 타이코(Tomiyama Taeko)가 만든 판화.

새벽부터 재진격하게 했다. 2만 명의 군인들이 야음을 타고 시내로 진격하였다. 쓰는 법도 모르는 경무기를 든, 훈련받지 못한 시민들은, 전차를 앞세우고 중무기로 무장한 공수부대를 당해 낼 재간이 없었다. 마지막 도청에서 벌어진 전투는 그야말로 처절하기 짝이 없었다. 군은 17명만이 목숨을 잃은 모범적인 작전이라고 하지만, 실제로 그 자리에 있었던 사람들 이야기를 들으면, 처음에 도청 근방에 포진한 시민의 수효는 500명가량이었는데 남은 자의 수는 200명도 채 되지 않았다고 한다. 그때 사살당한 사람들 가운데는 고아원 출신의 젊은이들과 집 없이 거리를 방황하는 부랑인들이 많았다고 한다. 아, 이럴 수가!

감명 깊은 워싱턴 방문

우리를 태운 비행기가 착륙을 하려고 워싱턴 상공을 선회하기 시작했다. 아래를 내려다보니 웅장한 국회의사당과 그 옆에 펼쳐진 넓고 화려한 녹지대가 보이고 그 가운에 우뚝 솟은 워싱턴 기념탑, 그리고 링컨 기념관이 한눈에 보였다. 하늘에서 그 모습을 내려다보려니 문득 1963년 8월에 그 유명한 워싱턴 행진에 참여했던 일이 주마등처럼 떠올랐다.

그때 나는 코네티컷 주 길포드에 있는 처가에 와 있었다. 장인어른이 갑자기 별세해서 학장의 승낙을 얻어 처가에 왔다가, 사회조사 방법을 배우기 위하여 일 년 휴가를 얻어 뉴잉튼 대학에서 사회조사법을 배우고 있었다. 마침 둘째 아들 태근이의 출산일이 얼마 남지 않았기에 아내도 친정에 머물러 있기를 원했다.

그 무렵 마틴 루터 킹 목사를 중심으로 한 흑인 해방 운동이 불같이 일어나서 신문과 방송이 이를 경쟁적으로 보도하고 있었다. 8월 28일에 흑인 해방을 위해서 워싱턴에서 대규모 시위를 할 예정이라는 기사가 보도되자 사람들이 크게 술렁거렸다. 나도 시위에 참석하겠다고 하자, 만류하는 사람들도 더러 있었다. 그즈음 시카고, 뉴어크 등에서 흑인들의 폭력적인 시위가 잇달아 일어나서 크게 물의를 일으킨 일이 있었는데, 이번 시위 역시 큰 폭동으로 발전하게 되면 많은 사상자가 발생할 것이니 함부로 가서는 안 된다는 것이었다. 그러나 나는 이 역사적인 시위에 꼭 참석하고 싶었다. 때마침 길포드에 와 있던, 아내의 형부 두엣 파라비(Duett Farabee) 목사가 나와 동참하겠다고 해서 우리 둘은 비행기를 타고 워싱턴을 향해서 떠났다. 나의 첫 워싱턴 방문은 이렇게 이루어졌다.

워싱턴 공항에 내리자 우리는 시위에 참여하려고 모여든 인파에 휩싸여 버렸다. 그들과 같이 지하철을 타고 워싱턴 중앙 녹지대에 와 보니 벌써 수천의 남녀노소가 모여 인산인해를 이루고 있었다. 흑인, 백인, 히스패닉 등 다양한 인종이 한데 모여 마치 인종박람회와도 같았다. 군데군데 동양 사람들도 보였다. 인파는 링컨 기념관을 향해서 조수처럼 서서히 모여들고 있었다. 어린이의 손을 잡은 어머니, 아기를 등에 업은 아버지, 휠체어에 앉아서 손으로 바퀴를 돌리는 장애인……, 정말 가지각색이었다. 가는 도중에 이곳저곳에서 확성기를 들고 연설하는 사람들도 보였다. 색소폰을 들고 흑인영가를 연주하는 음악인들도 있었다. 군중 속에서는 흑인영가 〈우리 승리하리라(We Shall Overcome)〉가 바람을 타고 퍼져갔다. 남들은 폭력이 일어날 것이라고 걱정했지만, 그날 그곳에 모인 군중은 평화로웠고 또 화해의 분위기로 뜨겁기만 했다.

두어 시간 걸려서 군중은 링컨 기념관 앞에 운집했다. 나와 파라비 목사는 링컨 기념관 바로 앞에 자리를 잡았다. 우리 뒤로는 워싱턴 기념탑과 링컨 기념관 사이에 길고 아름다운 연못이 있는데 그 연못 좌우에도 군중이 가득했다.

시간이 되자 50여 명의 주최 측 인사들이 링컨 기념관 앞에 설치한 커다란 무대에 나타났다. 내가 알 수 있는 얼굴이라고는 킹 목사, 앤드루 영, 제시 잭슨 목사, 그리고 케네디 상원의원 정도였다. 먼저 한 흑인 여성이 나와서 멋진 목소리로 미국 국가를 불렀다. 여러 인사들이 나와 피를 토하듯 그들의 소신을 폈다. 맨 마지막에 킹 목사가 나와서 그 유명한 〈나에게는 꿈이 있습니다〉라는 연설을 했다.

> 나에게는 꿈이 있습니다.
> 언젠가는 나의 어린 네 자식이
> 그들의 피부 빛깔로써가 아니라
> 그들의 성품이 어떠냐 하는 것으로써 평가받는
> 나라에 살게 되리라는 것입니다.
>
> 나에게는 꿈이 있습니다.
> 언젠가는 미시시피의 거리에서
> 흑인들의 자녀들과 백인들의 자녀들이
> 손에 손을 잡고 춤추듯이 노는 날이 올 것입니다.

박력 있는 그의 목소리가 짤막짤막하게 끊어지는 말투로 나팔소리같이 워싱턴의 녹지대에 울려 퍼졌다. 감격한 청중들은 그의 연설 마디마디마다 "옳소!" "그렇고 말고!" 하면서 박수를 쳤다. 그의 쩌렁쩌렁한 목소리가 워싱턴 녹지대를 뒤덮자 청중은 새 내일을 향한 소망으로 가득 찼다. 그의 연설을 들은 청중은 돌아가는 길에 기어이 새 내일을 창조하리라고 다짐했을 터이다. 나 역시 그날의 감격은 잊을 수가 없었다.

워싱턴을 두 번째 방문하려니 그날의 킹 목사의 목소리가 다시 들리는 듯했다. 그리고 이 기억이 나에게 적지 않은 힘을 불어넣어 주었다. 사실 온 세계를 주무르는 나라의 의원을 만나러 가는 내 마음에 막연한 불안감이 없잖아 있던 터였다. 그러나 킹 목사의 그 감격적인 연설을 생각해 내고는 그에 힘입어 마음을 다질 수 있었다.

공항 대합실에는 하비 목사가 보낸 사람이 나를 기다리고 있었다. 그의 차를 타고 의사당 가까이에 있는 하비 목사의 사무실에 가니 하비 목사와 그의 아내가 나를 맞이했다. 마침 점심시간이라서 우리는 상원의원들이 식사하는 식당에 갔다. 흰 콩으로 만든 수프를 주문해서 먹었다. 음식이 퍽 검소하면서도 실속 있었다. 미국의 상원의원들의 점심 식사가 이렇게 간소한 것에 은근히 놀랐다.

식사가 끝난 뒤 하비 목사와 나는 케네디 상원의원과 또 다른 상원의원 한 사람, 그리고 하원의원 두 사람을 만났다. 나는 그들에게 박정희가 했던 일, 그리고 전두환이 저지르고 있는 일들을 얘기하고 동시에 한국 민중이 얼마나 민주주의를 갈망하고 있는지를 설명했다. 그러면서 미국 정부가 박정희는 물론 전두환까지 지원하고 있다는 사실에 한국인들이 분노하고 있다는 말에 특히 힘을 주었다. 옆에서 하비 목사가 그동안 나와 익환 형 등이 한 일들을 설명하면서 내 말을 뒷받침해 주었다. 케네디 상원의원은 머리를 끄덕이면서 "잘 알고 있다."고 내 말에 응답했다. 그러면서 당시 진행되고 있는 대통령 선거에서 카터 대통령이 다시 당선되면 일을 바로잡아 보도록 하겠다고 말했다.

그들을 만난 뒤 하비 목사는 국회의사당을 구경시켜 주었다. 그림에서 보기는 했지만 실제로 보니 의사당 건물은 정말 웅장하고 아름다웠다. 입구로 들어가는 어마어마하게 큰 돌계단에는 많은 사람들이 자유롭게 들락 날락했다. 시위 진압 경찰로 둘러싸여 있는 한국의 국회와 크게 대조적이 었다. 모름지기 민주 국가라면 정치인들과 국민들 사이가 이처럼 문턱이 없이 친숙해야 한다는 생각이 새삼 들었다. 안에 들어가 보았다. 낭하와 복 도에는 전직 대통령들의 초상화와 흉상들이 전시되어 있었다. 겨우 200년 밖에 되지 않는 역사를 그들이 얼마나 소중하게 여기는지를 느끼게 했다. 좀 뜻밖이다 싶은 것은, 미국의 정치를 주무르는 하원과 상원의 회의실이 생각보다 그리 크지 않다는 것이었다. 특히 상원의 회의실은 퍽 좁아 보였 다. 다만 회의실 뒤의 일반 관람객이 앉는 난간만은 제법 넓어서 많은 사람 들이 참관할 수 있게 되어 있었다. 여기에서도 국민을 위한 정치가 되어야 한다는 민주주의의 정신을 엿볼 수 있었다.

국회 건물을 둘러보고 하비 목사의 사무실로 돌아오니 한국인 두 사람이 나를 기다리고 있었다. 하비 목사가 한국의 민주화를 위해서 열심히 노력 하는 사람들 중에서도 대표적인 인물들이라고 두 사람을 소개했다. 김응태 와 심기섭이었다. 그들은 앞으로 내가 더불어 일할 사람들이었다. 심기섭 이 운전하는 차를 타고 한국 식당으로 갔다. 그곳에서 일고여덟 명의 한국 인들이 나를 기다리고 있었다. 신대식 목사와, 그로부터 2년 뒤에 내가 워 싱턴에서 목회를 시작할 때 같이 참여한 서유웅, 하경남, 이용진, 박백선, 박문규 등이었다. 모두 일가견을 가진 분들이어서 식사를 하는 동안 활발 한 대화가 오갔다. 이들은 특히 민중신학에 관심을 가지고 있었다. 앞으로 나를 통해 민중신학을 더 깊이 있게 배우고 싶다고 말해 나는 마음이 흐뭇 해졌다.

저녁 식사 뒤에 예정된 집회 장소에 갔더니 이미 많은 사람들이 모여서 우리를 기다리고 있었다. 김대중 선생과 긴밀하게 일하는 이근팔 선생도 만났다. 이근팔 선생은 본래 대사관 직원이었는데, 1970년 초 김대중 선생이 이곳에 왔을 때 대사관을 그만두고 김대중 선생을 가까이에서 모셨을 뿐더러 김 선생이 떠난 뒤에도 김 선생이 세운 인권위원회 사무실을 성실하게 지킨 분이라며, 심기섭이 입에 침이 마르도록 그를 칭찬했다. 강연회가 시작될 때쯤 오륙십 명의 사람이 작은 강당을 가득 채웠다. 워싱턴에는 정용철 목사가 오래 목회를 해 온 덕분에 의식 있는 교인들이 적지 않았다.

다음 날 심기섭과 김응태가 워싱턴 관광을 시켜 주었다. 주로 포토맥 강근교에 있는 정부 청사, 기념탑, 기념관들을 보여 주었다. 링컨 기념관 안에 정좌하고 앉아 있는 링컨 대통령의 사려 깊은 얼굴 표정과 그 곳 벽에 적혀 있는 게티즈버그의 연설문에서 특별히 감명을 받았다.

"이곳에 묻힌 희생자들의 죽음이 헛되지 않기 위해서 우리는 결단해야 합니다. 이 정부는 하느님의 뜻 안에서 새로운 정부로 태어나야 합니다. 이 정부는 국민의 정부, 국민을 위한 정부, 국민으로 말미암는 정부가 되어 길이 역사에 남아야 합니다."

간명하면서도 민주주의의 요체를 보여 주는 글이었다.

토마스 제퍼슨 기념관 벽에는 미국의 독립선언문이 새겨져 있었다. 그 첫머리의 선언이 뇌리에 박혀서 사라지지 않는다.

우리에게 한 가지 자명한 원칙이 있다. 그것은 모든 인간은 동등하게 창조되었다는 사실이다. 창조주는 인류에게 똑같이 생존, 자유, 행복 추구의 권리를 주었다. 정부는 국민들의 동의를 얻어서 존재할 수 있다. 어떤 정부든 이 원칙에 위배될 때는 국민들이 이를 시정하거나 제거할 권리가 있다. 그리고 국민들의 권리를 수호하는 정부를 수립할 수 있다.

영국에 의해 권리를 짓밟히던 끝에 자기들이 이룩한 정부의 정당성을 주장하기 위해 쓴 그 선언문은 민주주의의 원칙을 명확하게 천명하고 있다. 그 앞에 서서 현재 미국이 이 대륙의 본토인들이나 흑인들에게 행하는 불공정한 정책이나 세계 약소민족들에게 하는 일들을 생각하니 씁쓸한 심정을 금할 수 없었다. 아무리 좋은 생각을 갖고 있어도 권력을 잡으면 자기중심적으로 되기 쉽다는 사실을 마음에 새겼다.

비행기를 타고 뉴욕으로 돌아오는 동안 링컨과 제퍼슨이 한 말들이 레코드판처럼 머리에서 맴돌았다. 인류는 다 하느님의 아들인데, 모두가 똑같이 인간답게 살 날은 언제나 올 것인가. 그러나 희망을 어찌 저버리랴.

"나에게는 꿈이 있다."고 외치던 킹 목사의 음성이 내 귓가에 되살아났다. "그날이 어서 오소서."

미국에서 만난 동지들

"문 박사님. 보스턴에도 오셔야죠?" 홍근수 목사의 수수한 목소리였다. "문 박사를 만나고 싶어하는 사람들이 많아요!"
"그럼 가고말고요!"

보스턴 공항에 내리자 홍근수 목사와 그의 아내 김영 목사가 나와 있었다. "보스턴에 오신 걸 환영합니다. 얼마나 고생하셨습니까?" 하면서 홍 목사가 손을 내밀었다. "아이구, 선생님. 여전하시군요." 김영이 두 손으로 내 손을 잡았다. 김영은 이대 치과대학에서 공부하다가 한신대에 와서 기독교교육을 전공한 명랑하고 똑똑한 학생이었다. 홍근수 목사는 그 뒤에 귀국하여 향린교회에서 목회를 하며 통일 운동에 헌신했다.

우리가 간 한국 식당에서 생각지도 않은 두 친구를 만났다. 먼저 내 손을 잡은 것은 박요수아 장로였다. 그는 내가 서울역 앞에 있는 성남교회에서 주일학교와 찬양대를 도울 때 나를 지극히 아껴 주던 분이었다. 함경도 출신으로 병원에서 의사 조수로 일하면서 독학으로 공부해 의사가 된 분이었다. 환자들한테 얼마나 잘했던지 환자들이 그의 병원에 발만 들여놓아도 병이 낫는 것 같다고들 했다. 그는 로드아일랜드에 와서 병원을 성공적으로 운영하다가 은퇴한 뒤 보스턴대학 신학부에서 공부하고 있다고 했다. 박요수아 장로다운 일이었다. 다른 한 사람은 존 베이커(John Baker)였다. 그는 미 하원 외교분과위원장으로 활약한 도널드 프레이저 의원 밑에서 일하다가, 보스턴대학에서 정치학 박사 과정을 밟고 있었다. 그는 대학 시절 한국에 풀브라이트 장학생으로 다녀온 뒤로 한국에 대해 깊은 관심을 가지게 된 좋은 친구였다. 그 자리에는 그밖에도 한국 청년들 몇 사람이 더 있었다. 모두들 그렇게 반가울 수가 없었다. 그날 저녁 50여 명의 교포들이 모인 자리에서 한국 이야기를 했다.

다음 날은 주일이었다. 나는 홍 목사가 목회하는 보스턴 한인교회에서 설교했다. 제목은 〈갈릴리로 가라〉였다. 예배에 모인 사람이 앞날을 준비하고 있는 학생들이 대부분이었기에, 그릇된 제도에서 한자리 하려고 하지 말고 부활하신 예수님이 명하신 대로 고통받는 민중들이 있는 곳으로 가야 한다고 권했다. 민중에게로 가면 오늘도 살아 계시는 부활하신 예수님이 역사를 새롭게 하시는 것을 보게 될 것이라고 증언했다. 그날 저녁에는 젊은 청년들과 대담하는 시간을 가졌다.

다음날 보스턴에서 국제 앰네스티(Amnesty International) 대회가 있었다. 존 베이커의 안내로 대회에 참석하여 한국에서 벌어지고 있는 일들을 설명했다. 내 말이 끝나자 한 여대생이 나에게 오더니 한국 민중이 발휘한 저력이 놀랍다며 민중이 어떻게 그런 힘을 얻느냐고 물었다. 나는 "사람의 영이란 하느님의 영과 통하는 법이다. 악에 짓밟힌 영이 한으로 가득 차게 될 때, 그래서 사람다운 삶을 갈구하게 될 때, 하느님의 영과 통하게 되어 놀라운 힘을 발휘하게 된다.'고 대답했다. 서구에는 '한'의 개념이 없어서 그 백인 여대생이 내 말을 알아들었을는지는 확신할 수 없었다.

그날 오후 나는 놀라운 기록영화 한 편을 보았다. 그것은 미국 CIA가 하는 짓을 폭로하는 기록영화로서, 고문 전문가들을 짐승처럼 훈련시키는 방법을 보여주는 영화였다. 고문 전문가들을 악마나 짐승처럼 만드는 방법이란 다름이 아니라, 그들을 먼저 끔찍한 고문을 받게 하는 것이었다. 매 맞고 물고문을 당하고 전기 고문을 당하는 과정을 통해 고문의 효과를 몸으로 직접 알게 할 뿐만 아니라 그들 속에 분노가 가득 차게 하여 그 분풀이로 다른 사람을 더 악랄하게 고문하게 만드는 것이었다. 악이 악을 만들어내는 이런 일에 대해 말할 수 없는 분노와 함께 걱정이 밀물처럼 밀려들었다. 그러면서 혼자 중얼거렸다. '악랄한 짓이 악한 문화를 창조하는 도구가 되는 것이라면 선한 문화를 창조하기 위해선 어디까지나 선한 풍토를 창출해야 하겠구나!'

로스앤젤레스에 사시는 김상돈 장로님이 그곳을 한번 방문해 달라고 전화를 걸어 왔다. 4·19 뒤에 초대 민선 서울시장을 지냈던 김상돈 장로님은 김재준 목사님과 함께 고국의 민주화를 위하여 열심히 활동하는 분이라는 얘기를 들어서 그렇지 않아도 한번 찾아가야겠다고 생각하던 참이었다. 로스앤젤레스까지 가는 데 비행기로도 다섯 시간이나 걸렸다. 미국이 얼마나 넓은지.

공항에는 김상돈 장로님과 그의 막내아들이 나와 있었다. 홍동근 목사도 나와 있었다. 홍 목사는 스토니 포인트에서 있었던 기독자교수회의에서 만난 적이 있었다. 50대 중반 쯤 되는 수수한 옷차림을 한 분이 다가오면서 손을 내밀었다. 그분은 차상달이라고 하는 퀘이커 교도로서 로스앤젤레스

민주당에서 큰 역할을 하는 유지였다.

"뭐 이렇게 여러 분들이 나오십니까?" 하고 나는 놀람을 표시하지 않을 수가 없었다.

"워싱턴과 뉴욕에서 가슴에 그 이름을 써 붙이고 시위하던 영웅이 오는데 나오지 않을 수가 있어!" 하고 김상돈 장로님이 너털웃음을 웃었다.

저녁에 홍동근 목사가 목회하는 교회에서 모임을 가졌다. 이곳에서도 역시 한국의 민주화 운동을 이야기하면서 노동자, 농민과 같은 민중의 희생적 노력과 그들의 삶에서 민중신학을 발견하게 된 이야기를 했다.

주일날 설교는 새벽의 집을 중심으로 이야기했다. 산업사회에서는 개인주의, 물질주의, 권력주의가 횡행하는데 교회마저 이에 물들어 온갖 추태를 일삼고 있음을 지적하고, 이런 문제를 해결하기 위해서는 뜻을 같이하는 그리스도의 제자들이 더불어 지내면서 서로 격려하면서 공동체를 이룩해서 살아야 한다고 생각하여 새벽의 집을 시작했다고 설명했다.

그날 저녁에는 홍 목사 집에서 하룻밤 묵었는데, 저녁에 교인 중 적지 않은 사람들이 모여서 새벽의 집 생활에 대해 구체적인 것들을 물어 왔다. 그들은 개인주의가 만연한 사회에서 용감하게 그런 삶을 사는 것에 대하여 감탄했다. 나는 군사독재 치하에서 공동체 생활을 하는 것이 참으로 힘들다는 것을 솔직히 인정하면서, 앞으로는 우선적으로 민주화 운동에 전력을 집중할 것이라고 고백했다. 마르크시즘에 공감하고 있는 홍 목사는 그 누구보다도 공동체 생활에 깊은 관심을 보이면서 새벽의 집이야말로 소중한 실험이니 역사에 남도록 그 경험을 글로 쓰라고 권했다. 훗날 큰딸 영미가 새벽의 집에서의 경험을 책으로 펴냈다.

차상달 선생은 나에게 월요일 아침에 민주당 위원회가 모이는데 그곳에 와서 한국에 대해 이야기해 달라고 부탁했다. 나는 미국 젊은이들에게 한국 사정을 자세히 알렸다. 차 선생은 미국인들 사이에서도 높은 평가를 받는 듯했다.

뉴욕으로 돌아오자, 이번에는 시애틀에서 초청하는 전화가 왔다고 구춘회 선생이 일러 주었다. 시애틀에 살며 민주화를 위해서 헌신적으로 노력하는 김동건 선생과 그의 아내 김진숙이라는 분이 나를 청한다는 것이었다. 그 부부는 두 사람 모두 한신대 출신으로, 식품점을 운영했는데 그곳의 영사관이 교포들에게 악선전을 해서 문을 닫을 수밖에 없었다고 했다.

그 다음 주말에 나는 다시 비행기에 몸을 싣고 서부로 향했다. 비행기가 고도를 낮추자 웅장한 로키산맥의 자태가 한눈에 들어왔다. 명당자리처럼 두 개의 반도에 둘러싸인 아름다운 항구가 그림처럼 내 눈에 들어왔다. 비행기가 항구 주변을 빙빙 돌며 아래로 내리자 넓은 항구에는 수많은 배들이 흰 꼬리를 그리면서 달리고 있고 돛단배들이 유유히 미끄러지는 것이 보였다. 로스앤젤레스나 샌프란시스코와는 달리 이곳은 산과 언덕에 수목이 울창했다.

공항에 내리자 김동건 씨 내외가 함박웃음을 지으면서 맞아 주었다. 처음 만났는데도 오랜 친구와도 같은 느낌을 주는 분들이었다. 김동건 씨는 그가 김대중을 지지한다고 해서 별의별 고난을 겪던 끝에 사업까지 망하게 된 일을 자세히 설명했다. 박정희에 대한 분노가 이만저만이 아니었다.

그날 저녁 모임에 그곳 교포들 30여 명이 모여 함께 한국 이야기를 나누었다. 다음 날에는 그들이 다니는 미국인 교회에서 예배를 드렸다. 한인 교회도 있지만 보수적이어서 한신대 출신이나 민주화 운동을 하는 사람들은 발을 붙일 수가 없다고 했다. 오후에 수령이 백 년도 넘는 나무들이 웅장하게 들어선 수목원을 구경하고, 저녁에는 시애틀 대학의 브루스 커밍스(Bruce Cummings) 박사와 그의 동료인 진 피올라(Jean Piolas) 박사 내외를 초청해서 가든파티를 했다. 커밍스 박사는 6·25전쟁의 책임이 미국에 있다는 책을 써서 파문을 일으킨 학자로, 일찍이 평화봉사단으로 한국에 왔다가 한국 여자와 결혼한 한국통이다. 내가 민주화를 위해서 고생한 것을 소중히 여겨서 이렇게 찾아와 준 것이었다. 그 다음날 아침에 그의 클래스에 가서 한국 이야기를 하기도 했다. 클래스에는 한국 학생도 두어 명 있어서 대화가 더욱 흥미로웠다.

김동건 씨 부부와 브루스 커밍스와의 추억이 있는 곳, 그리고 아름드리 나무가 우거진 수목원이 생각나는 시애틀은 한번쯤 살아 보고 싶다는 생각이 불쑥 불쑥 나는 곳이다.

유럽의 교포 교회와 대성당들

프랑크푸르트에서 목회하는, 한신대 출신의 손규태 목사가 유럽에 교회 지도자 세미나가 있으니 와 달라고 초청했다.

프랑크푸르트 공항은 굉장히 넓었다. 과연 유럽 금융과 교통의 중심지다웠다. 출구로 나오니 손규태 목사가 나를 기다리고 있었다. 손 목사는 한신대에서 학생회 회장을 해서 당시 학생과장이던 나와 퍽 가까웠다. 그의 아내 김윤옥도 한신대 출신인데, 학생 시절에 둘은 소문난 연애를 했다. 손 목사의 사택에 도착하자 김윤옥이 언제나처럼 활짝 웃는 얼굴로 나를 반겼다. 다시 그 얼굴들을 만나니 반갑기 그지없었다.

손 목사 내외로부터 독일에 있는 교포들 이야기를 들을 수 있었다. 일찍이 광부와 간호사로 이민 와서 밑바닥 생활을 하던 그들 중에는 뒤늦게 대학에 들어가서 공부하는 사람들도 적지 않다고 했다. 근년에는 독일에 공부하러 온 유학생들도 많지만, 교회에 나오는 사람은 대부분 광부나 간호사로 왔던 사람들이라고 했다. 그런 얘기 끝에 손 목사가, 고맙게도, 루터가 신성로마제국의 황제 앞에서 종교재판을 받던 보름스(Worms)를 구경시켜 주겠다고 했다.

　다음 날 유럽 각지에 있는 한국인 지도자들이 모여서 한국 사정을 듣고 그들이 해야 할 일을 협의하자는 자리가 있었다. 간단하게 짐을 싸서 나오려고 하는데 김윤옥이 독일은 날씨가 서늘하다면서 깨끗한 카키색 버버리코트를 챙겨 주었다. 그렇지 않아도 좀 쌀쌀하다고 느끼던 터라 아주 고맙게 받아 입었다. 사실 그 코트는 지금 이 글을 쓰는 오늘까지도 즐겨 입고 있다.

　수양관은 아담했고 나무가 우거진 숲 속에 있었다. 그곳에 모인 사람들은 대부분 공부하는 젊은 학생들이었다. 나는 아무도 건드릴 수 없다고 생각했던 박정희의 유신 정권이 결국은 노동자, 농민, 도시 빈민, 그리고 그들의 젊은 자녀들의 아우성 소리에 무너졌다고 이야기했다. 또한 교회와 지식인들도 그들의 함성에 눈을 떠서 그 운동에 가담했다는 것을 강조했다. 지식인들을 사람다운 사람으로 만든 것은 전태일을 위시한 젊은 민중들이었으며, 이 역사의 가르침을 깨닫지 못한 전두환이 다시 폭력으로 정권을 잡았지만 정의로운 한국의 민중들이 이를 허용하지 않을 것이라고 단언했다. 그러자 유럽에 있는 교포들이 해야 할 일은 무엇이겠느냐는 질문이 쏟아져 나왔다.

　그 다음 날은 손 목사의 교회에서 설교를 했다. 나는 요한복음 2장에 있는 가나의 혼인 잔치 이야기와 예수님이 성전을 숙청하신 본문을 중심으로 이야기 했다. 예수님이 땅 위에서 하신 일이란 술이 떨어진 잔치 집과도 같은 이 세상을 사랑으로 흥이 나게 만드시는 것이라고 했다.

　예배가 끝나고 나서 뜻밖의 사람을 만났다. 바로 이수자였다. 이수자는 서울에서 우리 이웃에 살았는데 여러 해 동안 내 아내를 도와주는 일을 했다. 어찌나 착하고 성실했던지 우리는 이수자를 딸처럼 여겨 야간 고등학교와 간호대학을 마치도록 도우기도 했다. 이수자는 그 뒤 독일로 건너와 간호사로 일하다가 독일 대학원 학생과 연애결혼을 해서, 대학 교수인 남편과의 사이에 딸 둘을 두고 있었다. 내가 그곳에서 설교한다는 것을 알고 가족과 함께 찾아온 것이었다. 더없이 반갑고 기뻤다.

그 다음 날에는 루터가 종교재판을 받은 보름스에 갔다. 프랑크푸르트에서 남쪽으로 그리 멀지 않은 곳에 있는 작은 도시 보름스는 한가운데 우뚝 선 루터의 동상이 있고 그 주변으로 고전적인 성당과 건물들이 둘러싸고 있어서 신비로운 느낌을 풍겼다.

거무스름하게 녹이 슨 루터의 동상은 내 키의 두 배쯤 되는데 돌로 쌓은 탑 위에 세워져 아득하게 올려다봐야 했다. 동상은 사뭇 진지하게 표현된 얼굴이 그가 어떤 사람이었는지를 잘 묘사했다. 교황 무오류설을 거부하고, 성서의 권위를 로마교황청의 전통보다 더 중요시하고, 누구나 성서를 읽고 해석할 수 있다는 만인사제론을 선언하여 교황에게서 파문당하게 된 그가 신성로마제국 황제 앞에서 재판을 받았으니 표정이 부드러울 수는 없었을 것이다. 그리고 그동안의 그의 저술들을 부정하라는 황제의 명을 받자 그는 잠깐 침묵한 뒤에 "성서를 통해서나 올바른 이성적인 논리를 통해서 내 주장이 그릇되었음을 증명하기 전에는 나는 이를 부정할 수 없습니다. 나 이제 이 자리에 섰습니다. 하느님 도와주십시오." 하고 대답하여 황제를 놀라게 하지 않았던가. 루터의 신앙적인 결단에 새삼 경의를 표하지 않을 수가 없었다.

그 주변에 있는 대성당들을 둘러보았다. 그 성당들은 정말 웅장했다. 하늘에 닿을 듯이 돌을 쌓아 올린 건물들은 보기만 해도 머리가 숙여졌다. 사원 내부는 건물 천정을 떠받친 돌기둥들이 높게 치솟아 있고 붉고 푸른 아름다운 스테인드글라스가 신비경에 들어온 듯한 느낌을 자아냈다. 아득하게 높이 보이는 강대상, 그 뒤의 휘황찬란한 스테인드글라스, 그리고 천군천사의 노랫소리처럼 사람을 압도하는 파이프 오르간은 당시의 사람들이 얼마나 하느님을 높이 찬양했는지를 짐작하게 했다. 그러나 그 강대상 밑에 고인들이 앉은 의자들은 그 웅대한 강대상에 비해서는 성냥개비와도 같이 보잘것없었다. 그것은 하느님만을 높이 칭송하고 사람은 만물의 때와도 같다고 천대하던 당시의 신학의 반영임을 알 수 있었다.

성당의 지하실에는 거대한 관들이 줄지어 있었다. 그 건물들을 지을 때의 황제, 장군들, 고관대작들의 관이었다. 그들의 관을 성당 지하실에 안치한 까닭은 예수님이 오실 때 누구보다도 먼저 그들이 부활해서 하느님 나라에 들어가겠다는 뜻에서였다. 이 세상의 복락과 내세의 복락을 다 받겠다는 그 이기적인 욕심에 그저 혀를 내두를 수밖에 없었다. 게다가 대체로 몇 백 년씩 걸린 그 성당을 짓느라고 인근 마을의 농민들이 뼈가 부서지게 일한 것을 생각하니 더욱 가관이다 싶었다. 농민들을 그렇게 혹사하고 착취한 황제와 고관대작들이 남보다 먼저 부활해서 하늘나라에 들어가려고 한 것이다. 그런 자들이 만들어 낸 신학이 오랫동안 교회의 삶을 지배해 온 것도 역사적 사실이다.

그리고 생각해 보니 신앙에 대해 그렇게 진지하게 고민하던 끝에 종교개혁을 이룩한 루터도, 비록 로마 교황청에서는 탈피했으나, 이 강자 중심의 신앙의 자세에서 벗어나지 못했다는 데에 생각이 미쳤다. 그는 자신의 주장을 강요하는 종파를 만들고, 또 농민의 권익을 주장한 뮌처(Thomas Munzer)의 운동을 봉건 영주들이 지닌 무력을 동원해서 박살내 버린 과오를 범하기도 했다. 루터 자신이 프리드리히(Elector Frederick) 선제후 같은 지방장관의 힘에 기대어 개혁을 이룩했기에, 낮은 곳에 있는 사람들의 뜻과 주장을 제대로 알거나 이해할 수 없었던 것이다. 루터뿐만이 아니라 장로교를 창설한 캘빈이나 감리교를 건설한 영국의 웨슬리 등도 근본적으로 서양 사상의 터전 위에서 종교개혁을 했다는 한계를 지닌 개혁가들이었다.

다시 말해, 그들은 모두 이원론적인 사고방식에서 탈피하지 못했다.

그러고 보니, 제2차 세계대전 뒤에, 세계 곳곳에서 그동안 식민지 치하에서 신음하던 나라들이 새로운 해방 투쟁을 하면서 성서의 근본 정신을 다시 탐구하려고 노력한 것이 이해가 되었다. 미국의 신자본주의에 항거한 남아메리카에서 태어난 해방신학, 그리고 일본 제국주의 밑에서 훈련받은 군사독재자에게 저항하며 몸부림친 한국 민중 속에서 싹튼 민중신학이야말로 서양의 틀을 벗어 버린 새로운 신학이다. 그들은 한결같이 "뜻이 하늘에서 이루어진 것처럼 땅 위에서도 이루어져야 한다."고 외쳤다. 그들은 하느님은 강자의 편이 아니라, 강자에게 수탈당하는 이들 편에 계신다고 믿은 것이다.

제5부

제퍼슨 기념관 앞에서

워싱턴에 둥지를 틀다

스토니 포인트 장로교 연수원에서 한 해 동안 신세를 진 뒤 우리는 위싱턴으로 이사했다. 아내가 하비 목사가 일하는 '한국의 인권을 위한 북미주연합'에서 일하게 되어서였다. 창근이는 이미 플로리다에 있는 항공대학에 입학하였고, 태근이는 고등학교 졸업반이라서 스토니 포인트에 남겨 두고, 두 딸만을 데리고 위싱턴에 왔다.

우리가 정착한 동네는 몬로 가(Monroe Street) 1809번지로 도시 한복판이었다. 찾아오는 이들마다 왜 이런 곳에서 사느냐며 놀라곤 했다. 도시 한복판은 위험한 곳이라고 생각해서였다. 한국인들은 대체로 교외의 안전한 곳에 살았다. 우리가 사는 곳은 흑인과 남미계와 백인들이 섞여서 사는 곳이었다. 그런 곳에 한국 가정이 하나 더 목록을 더한 것이었다. 그러나 언뜻 보기에는 불안한 곳으로 보였지만 실제로는 퍽 안전한 곳이었다. 한때 도심을 떠나 살던 사람들이 다시 도시로 모이는 경향이 시작되던 때였는데 그렇게 모여드는 사람들이 다 양식 있는 사람들이었다.

2층과 3층에 각각 침실이 둘씩 있고 1층은 거실, 식당, 부엌으로 쓰이는 삼층집에서 우리는 하비 목사 사무실에서 일하는 데이비드 더버(David Thurber) 부부와 한솥밥을 먹으면서 공동생활을 했다. 공동체 생활을 다시 하게 된 것이었다. 데이비드는 아주 착실하고 유능할 뿐만 아니라 손재주가 좋아서 무엇이든 고장이 나면 연장통을 들고 가서 금방 고치곤 했다. 그의 아내 선애는 재일교포로 피아노를 잘해서 한 해 뒤에 내가 워싱턴 수도교회를 시작했을 때 피아노 반주를 맡았다.

아내는 하비 목사 사무실에서 한동안 일을 하다가 그만두고, 자기의 전공을 살려 한국 이민자를, 특히 노인을 돕는 일을 했다. 나는 여전히 여러 곳을 다니면서 전두환 군사정권을 비판하는 강연을 주 업무로 삼았다. 동시에 민중신학을 중심으로 한 집회도 부지런히 가졌다. 그 중에서 가장 뜻깊은 집회는 세인트루이스에 있었던, '추방자의 신학교'란 뜻을 지닌 '세미넥스(Seminex: Seminary in Exile)'에서의 강의였다.

세미넥스는 미주리 주 세인트루이스에 있는 콘콜디아신학교에서 새로운 신학을 한다고 해서 쫓겨난 교수들이 그들의 뜻을 굽히지 않고 세운 신학교였다. 콘콜디아신학교는 미국에서 가장 큰 신학교의 하나로, 본래 진보적인 신학을 바탕으로 한 학교였다. 그랬는데 보수적인 감독이 부임하더니 사람들을 선동해 신학교 교수들이 성서에 역사적인 비판을 가한다고 해서 학장을 비롯하여 몇몇 신학자들을 쫓아냈다. 그러자 50여 명의 교수들 중 45명이 들고 일어나 신학교에서 스스로 탈퇴한 뒤에, 마틴 샬레만(Martin Schaleman) 교수를 주임교수로 하여 세미넥스를 조직했다. 그때 콘콜디아신학교 학생들도 대부분이 그 교수들을 따라 세미넥스로 학적을 옮겼다.

세미넥스는 나에게 일주일에 걸쳐 민중신학 강의를 해 달라고 했다. 그들은 한신대가 자기들처럼 성서 해석에서 역사적인 비판을 하다가 정통 장로교에서 소외되었다는 것을 알고 있었다. 나 역시 그들에게서 동질감을 느껴 기꺼이 수락했다.

　가서 보니 과연 그곳의 분위기는 김재준 목사 등이 이단으로 몰려 쫓겨난 뒤 기독교장로회를 조직하여 새 출발을 할 때와 비슷했다. 그들에게서 곧 동지애를 느꼈다. 나는 한신대학의 전통을 이야기하고, 아울러 한신대를 중심으로 해서 민중신학이 어떻게 탄생하게 되었는지부터 설명했다. 내 강의의 요점은 이랬다.

> 한신대는 수적으로 약한 약자의 입장에서 출발한 학교로서, 세계의 신학과 대화하면서 삶과 직결된 신학을 발전시켜 왔다. 그렇기에 성서를 역사적인 비판을 통해 해석하고 억눌린 자들에게 관심을 가질 수밖에 없었다. 따라서 군사독재에 항거하고 억압받는 노동자, 농민들과 같이 호흡해 온 것은 자연스러운 결과였다. 그처럼 낮은 곳의 민중과 어울리면서 성서를 읽다 보니 성서의 핵심이 서구에서 당연시하는 이원론과는 완전히 다름을 또한 깨닫게 되었다. 그런 과정에서 많은 신학자들이 학교에서 추방당하고 그 중의 적지 않은 신학자들이 투옥되어 감옥생활을 하는 쓰라린 경험을 겪기도 했다. 감옥에서의 만남을 통해 밑바닥 민중의 아픔을 더 깊게 이해하게 되었고, 그에 따라 민중의 아픔을 같이 나누시는 하느님에 대한 이해도 깊어졌다.

　내 말이 끝나자 라틴아메리카의 해방신학과 한국의 민중신학의 차이는 무엇이냐는 질문이 날아왔다. 나는 그 질문에 대해 해방신학의 초점은 '하느님은 억압받는 약자들을 해방시키는 분'이라는 점을 강조하는데, 민중신학은 '하느님은 오랜 고난을 통해서 민중을 각성시켜서 역사 갱신의 주체가 되게 하는 것'이라고 말했다. 이를 성서의 출애굽 사건과 예수 사건을 들어 설명했다.

강좌에 교수들도 모두 참석했는데 대체로 나의 강의에 공감을 표시했다. 특히 교회사 교수는 내 손을 잡으면서 앞으로 교회사를 밑바닥 민중의 시점에서 다시 보아야 하겠다고 흥분한 음성으로 다짐했다. 미국에서 이렇게 우리의 민중신학에 크게 공감하는 신학자들을 만난 것은 처음이었다. 강자의 억압에서 출애굽을 하려는 사람들끼리라서 확실히 통하는 것이 있었다.

태국에 가서 동남아의 기독교교육 학자들에게 민중신학에 의한 교육원리를 강연한 일도 퍽 인상적인 경험이었다. 그때는 박상증 목사가 동남아교회협의회 총무로 있을 때였다. 박 목사는 나에게 동남아 기독교교육 지도자들에게 교육의 신학적 근거에 대해서 이야기해 달라고 했다.

모임은 방콕에서 좀 떨어진 어떤 신중에 있는 퇴수원에서 있었다. 그곳에 모인 사람은 인근의 여러 나라에서 온 교회교육 지도자들이었다. 나는 민중신학이 어떻게 탄생되었는지를 설명했다. 이어서 "기독교교육은 민중을 깨우쳐 역사를 새롭게 하시려는 하느님의 일에 협력하는 일이다. 교회교육을 맡은 이의 사명은 오늘도 역사 속에서 일하시는 하느님을 교육받는 이들에게 노출(Exposure)시키고, 그 하느님을 만나는(Encounter) 경험을 가지도록 하고, 그런 경험의 의미를 대화(Dialogue)를 통해서 깨닫도록 돕는 것이다. 더 나아가 그 깨달은 무리가 부름을 받은 공동체(Mission community)를 형성해서 하느님의 창조 대업에 동참하게 하는 것이다. 또한 몸으로 경험한 하느님 나라의 도래를 온 천하에 선포하게 해야 한다"고 역설했다.

그러고 나서 참가자들이 서로의 경험에 대해 이야기를 나누는 시간을 가졌다. 뉴질랜드에서 온 한 원주민 여성 대표가 흥분한 음성으로 나의 증언이 자기들의 경험과 일치한다고 증언하면서, 나의 증언을 통해서 많은 것을 깨달았다고 고백했다. 도시로 팔려가는 가난한 태국의 농촌 여성의 현실에 대해서도 들을 수 있었다.

태국에서 돌아오는 길에 내 마음은 무겁기만 했다. 언제나 온 세계의 민중들이 각성해서 인류 역사를 새롭게 할 수 있을 것인지 안타까웠다. 무엇보다도 답답한 것은, 어디를 가나 대부분의 교회가 그런 민중의 질곡에 대해서는 무관심하다는 사실이었다.

"하느님, 어떻게 하면 이 잠든 교회를 깨우칠 수가 있습니까?"

워싱턴에서는 한민통 미주 본부와 국민연합 미주 본부가 있어 저마다 한국의 민주화를 위해 오랫동안 노력해 왔는데, 전두환의 등장에 즈음해 한국에서 온 민주 인사들을 영입하여 두 단체가 하나로 힘을 합쳐 '한국민주회복 통일추진국민회의 미주본부'로 다시 태어나 한국의 민주화를 위해 새로이 각오를 다졌다. 이를 위한 준비회의가 1982년 2월 28일부터 3월 1일까지 필라델피아에서 있었고, 규약 기초위원으로 문동환, 정의순, 동원모, 유시홍, 김경재, 임병균, 한완상을 선정했다. 규약을 새롭게 준비하고, 1982년 8월 13일에서 15일까지 버지니아 근교에 있는 내셔널 호텔에서 모임을 개최했다. 이 모임에서 내가 회장으로, 한완상 박사와 정의순, 김윤철세 분이 부회장으로 선임되었다. 사무총장에 최성일, 고문에 김재준, 김상돈, 한승인, 실행위원에 문동환, 한완상, 최성일, 이상철, 이재현, 김정순, 김경 등이 선출되었다. 한국에서 민주화 운동을 하던 일꾼들이 미국에서 민주화 운동에 불을 질러 달라는 것이리라.

우리는 1982년 부산 미국문화원 방화 사건이 일어났을 때 백악관 뒤에서 시위를 하며 한국 정치에 미국이 간섭하지 말라고 외쳤다. 그리고 1983년 미얀마 아웅산에서 폭발 사건이 일어나 부총리 등 17명이 사망했을 때에는 분노에 가득 차 한국 대사관 앞에서 시위했다. 그때 아웅산에 동행할 예정이던 전두환 대통령이 불참했으며, 당시 참사를 당한 각료들이 전두환과 갈등을 빚던 이들이었다. 이런 사실들을 고려할 때 그 사건은 전두환의 음모일 것이라는 풍문이 강력하게 퍼졌다. 그리고 1983년 5월에 김영삼 민주당 총재가 민주화를 위해서 결연히 단식 투쟁을 할 때에도 가두시위를 벌였다. 그때 김대중 선생은 뉴욕타임스에 "미국은 군사 정권을 지원해서는 안 된다"는 글을 기고했다. 민족 통일을 위한 심포지엄을 열기도 했다.

그러나 미국에서의 민주화 운동은 지역이 너무 광대해서 한국에서처럼 뜨겁게 타오르지는 못했다.

워싱턴 수도장로교회

"목사님. 목요기도회를 시작합시다."

내가 워싱턴에 온 지 얼마 되지 않은 어느 날 저녁 김응태, 심기섭, 박문규 등이 우리 집에 와서 말했다. 민주화 운동을 하는데 그에 대한 신학적, 철학적인 기반이 없다는 것이었다. 그리하여 우리는 목요일 저녁마다 워싱턴 제4장로교회의 강당을 빌려서 목요기도회를 가졌다. 김응태, 심기섭, 박문규, 서유응, 하경남, 박백선, 이영진 등이 주축을 이루어 부인들을 데리고 나왔다. 워싱턴 갈릴리교회에서 목회하는 신대식 목사 내외와 샌프란시스코에서 박사학위를 받고 워싱턴의 한 자그마한 교회에서 목회하는 강요섭 목사 내외도 나왔다. 한신대에서 기독교교육을 전공한 곽분이도 나왔다. 그밖에 오랜 친구인 박원호 목사 내외와 그의 동생인 고 박원봉 목사의 아내인 김순덕 장로, 그리고 곽명운 씨 내외 등도 가담해 30명가량이 모였다. 찬송가를 몇 곡 부르고 몇몇 사람이 기도를 한 뒤에 내가 민중신학을 중심으로 창세기에서 시작해서 복음서에 이르기까지 성서 공부를 이끌었다. 동지들의 생일잔치도 함께하고 교회의 절기는 물론 추석과 설날 같은 우리 민족의 명절도 함께 나누었다. 그리고 필요할 때마다 한국의 민주화를 위해서 백악관 뒤에서 시위를 했다. 그 과정에서 강요섭 목사가 나를 적지 않게 도와주었다. 그는 기독교 서점에서 나에게 도움이 될 새 책을 사 주기도 했다.

그렇게 약 여섯 달을 보내고 나니 1981년 연말께부터 목요기도회를 중심으로 교회를 세우자는 의견들이 대두되었다. 민중신학을 바탕으로 그리스도의 참 제자 노릇을 하는 새로운 교회를 만들자는 것이었다. 김응태, 심기섭, 서유응, 하경남, 박문규, 곽명운, 이용진 등이 그 일에 앞장섰다. 그러나 이 모임의 주축들이 주로 민주화 운동으로 알려진 사람들이어서 여기에 동참하기를 망설일 사람들이 많았다. 실제로 우리 동지들의 부인들도 나를 '정치 목사'로 오해하여 주저하는 분들도 있었다.

하루는 김응태 씨의 부인 이재정 씨가 나에게 "목사님은 구원을 믿으십니까?" 하고 물어 왔다. 나는 놀라며 "구원을 믿지 않는 목사가 어디 있겠어요?" 하고 대답했다. 그러자 "그러면 됐어요." 하고 긴 한숨을 쉬더니 "내가 다니는 교회의 교인들이 목사님은 구원을 믿지 않는 정치 목사래요." 하는 것이었다.

이재정 씨는 육십년대 한국에서 왈순아지매 역할을 했던 배우로 교회의 주춧돌 역할을 했다. 그녀는 워싱턴 수도교회에 나오기 시작한 지 1년 정도가 지났을 때 나에게 와서 "목사님, 이제 구원이 뭔지 알겠습니다." 하고 신앙고백을 했다. 이날은 마침 미국 무기 회사들이 워싱턴에서 세계를 대상으로 무기 전시회를 하는 날이었다. 워싱턴의 교회협의회는 음식을 장만해서 전시회에 나가 무료로 나눠 주면서 "온 세계에 굶어죽어 가는 사람들이 수억 명인데 무기 판매는 죄를 짓는 행위이다!"라고 항의 시위를 했다.

1982년 워싱턴 수도교회를 세워 목회활동을 했다. 그해 겨울 교인들과 친교 시간에 아내 문혜림과 춤을 추었다.

이재정 씨를 비롯한 우리 교회 여신도들도 음식을 나눠 주며 시위를 했다. 그는 시위의 현장에서 구원의 기쁨을 느꼈던 것이다. 그는 미국 생활을 정리하고 한국으로 돌아와 다시 연기를 시작했다가 화재 사고로 안타깝게도 그만 목숨을 잃고 말았다.

우리는 교회 이름을 '워싱턴 수도장로교회'라고 부르기로 했다. 서울의 수도교회와 마찬가지로 워싱턴도 미국의 수도이었기 때문에 그렇게 이름을 지었다. 첫 번째 예배는 김응태 씨의 집에서 가졌고, 곧 워싱턴 제4장로교회와 교섭해서 그 교회당에서 오후에 예배를 드렸다. 그리고 워싱턴 시장로교 노회와 교섭해서 교회 설립을 위한 재정적인 협조도 받게 되었다.

첫 예배에 김응태의 매부인 손승식 박사 내외도 참석했다. 손 박사는 시신을 조사해서 사인을 밝히는 법의학 전문의로, 기성 교회에 대해 의문을 품고 있던 터에 우리 교회의 취지에 동의해서 참여한 것이었다. 그는 곧 교회의 중진 장로가 되었다. 그밖에 박원호 목사의 가정과 그의 제수인 김순덕의 가정, 그리고 메릴랜드대학에서 공부하는 유영재와 김기봉 내외가 새로 참여했다. 유영재와 조미애는 서울 새문안교회 청년회에서 활동하던 분

410

으로 착실한 지도력을 가진 분이었다. 김기봉은 불교 가정에서 태어났으나 이우정 선생의 조카딸 이복기와 결혼하면서부터 교회에 나오기 시작했다. 그리고 북으로 납치된 최인규 영화감독의 아내인 김신재 씨와 그의 며느리 방정자도 교회에 참여했다. 방정자는 어린이 주일학교를 적극적으로 도왔다. 내 제자인 곽분이는 비서 역할을 하였고, 미국인과 결혼한 미스 글로리도 적극적으로 도왔다. 우리와 한 집에서 사는 데이비드 더버의 부인 선애는 피아노 반주자로 교회를 도왔다. 정동채 씨 내외와 이신범 씨 내외도 나중에 교회의 일원이 되었다. 얼마 있다가 신재민 씨 가족도 참여했다. 신 선생은 밑바닥 민중 출신으로 생각과 삶의 자세가 건실해서 후에 수도교회의 장로가 되어서 교회 일에 크게 공헌했다. 교회의 구성은 모두 의식 있는 사람들로서, 교인 수는 그리 늘지 않았으나 이 세상을 향한 선교 운동에 전적으로 가담하는 교회로 자리를 잡아 갔다.

예배 형식과 순서는 서울 수도교회에서 사용했던 것을 거의 그대로 사용했다. 워싱턴에서 내가 수도교회를 시작했다는 소식을 들은 서울의 수도교회는 서울 수도교회의 상징인, 깨어진 지구를 짊어진 지게를 조각한 걸개를 보내 주었다. 깨어진 지구를 올려놓은 지게는 20세기의 십자가를 상징했다.

우리는 노숙자들에게 식사를 제공하는 '수프 키친'(Soup Kitchen)에 교대로 찾아가 돕기도 하고, 백악관 앞에서 약소민족을 위한 시위에 참여하곤 했다. 우리는 주로 한국의 민주주의를 위한 시위에 참여했지만 대만의 독립과 필리핀의 민주화를 위한 시위에도 연대하곤 했다. 이 세 그룹은 서로 협조하며 시위를 하는 과정에서 서로의 시야를 넓혀 갔다.

한번은 웃지 못 할 일이 생겼다. 필리핀의 민주화를 위한 시위에서 격려 연설을 하고 내려왔을 때였다. 웬 흑인이 내 앞에서 넙죽 절을 하는 것이 아닌가? 그러고는 "문 목사님, 이렇게 만나 뵙게 되어 영광입니다." 라고 했다. 알고 보니 그는 나를 통일교의 문선명 목사로 착각한 것이었다. 미국에서는 몇 번 이런 오해를 사기도 했다.

또 한 가지 기억나는 일을 꼽자면, 1983년 3월에 열린 '워싱턴 대행진 20주년 기념행사'였다. 마틴 루터 킹 목사가 "나에게는 꿈이 있습니다(I have a dream)"라는 잊을 수 없는 연설을 했던 그 대행진의 기념행사는 20년 전 1963년 3월의 대행진을 똑같이 재연하는 것이었다. 20년 전처럼 많은 대중이 여기에 참여했다. 물론 20년 전과 같은 긴장감은 없었다. 그동안 많은 악법들이 개정되고 흑인들도 동등한 자격으로 살 수 있게 되었기 때문이었다. 그래도 여전히 흑인들을 천시하는 경향이 남아 있고 흑인들은 여전히 사회의 밑바닥에서 헤어나지 못하고 있었기에 이에 대한 개선책을 촉구하는 외침이 사회 곳곳에서 들려오고 있었다. 이 대회에서는 킹 목사의 쩌렁쩌렁한 목소리는 없었지만, 달리는 말에 채찍질을 하는 듯한 지도자들의 음성이 운집한 대중의 마음을 움직였다.

내가 수도장로교회를 섬기는 동안 워싱턴의 노회에서 많은 지원을 받았다. 우리는 워싱턴 노회에 가입하기 위한 절차를 밟았다. 노회에 가입하려면 먼저 교회 담임목사가 신앙고백서를 만들어서 위원회에 제출하고 위원회에 가서 대화를 나누어야 했다. 후보자의 신앙고백이 미국 연합장로교의 신앙고백과 일치하는지를 알기 위해서였다. 그 고백서에서 나는 "예수가 하느님의 뜻을 몸과 마음으로 확실히 깨닫고 그 뜻대로 산 갈릴리 민중의 한 사람"이라고 적었다. 노회 위원회에서는 나의 신앙고백이 아무 문제 없이 통과되었다. 그런데 노회 석상에서 문제가 되었다. 나의 신앙고백서를 읽은 한 젊은 목사가 손을 들더니 "앞으로 우리와 같이 일할 목사의 예수에 대한 이해가 이렇게 우리와 달라서야 말이 됩니까?" 하고 반문했다. 회의장에는 순간 얼음장 같은 긴장감이 감돌았다. 그때 다른 한 목사가 일어나 말했다. "예수님은 한편으로는 인간이기도 하기에, 하느님의 뜻을 완전히 체득하고 그대로 살았다는 것이 문제가 될 수 없습니다. 그대로 받기로 동의합니다!" 곧이어 재청이 뒤따르고 나는 워싱턴 수도노회의 일원이 되었다. 이 일을 통해 나는 미국 장로교회에도 열린 시각의 목사들이 많아서 소망이 있다고 느꼈다.

나는 노회에서 '민족 간의 화합' 분과에 소속되어, 미국 내에서의 민족 간의 화합은 물론 전 세계에서 일어나는 민족 간의 갈등을 연구하면서 인류 화합을 위하여 일하는 운동에 협조하고 이를 다시 교회들에 알리는 일을 했다. 노회의 총무인 조지 화이트 목사(Rev. George White)는 내가 한국에서 한 일을 잘 알아서 나를 적극적으로 후원해 주었고, 참여한 지 얼마 되지도 않는 나를 그해 로스앤젤레스에서 모인 장로교 총회에 노회의 총대로 파송했다. 덕분에 총회에서 많은 것을 느끼고 배울 수 있었다.

장로교 교회 제도에서 민주주의 정치 제도가 나왔다는 말은 들었지만, 총회 진행이 그렇게도 질서정연하고 민주적인 것을 보고 나는 자못 놀랐다. 새 총회장을 뽑는 선거가 있었는데 그 진행이 얼마나 민주적이고 순조로웠는지 아름답게까지 느껴졌다. 총회장 후보로 추천받은 네 사람이 총대들 앞에서 각각 5분씩 발언하고 나서 총대들로부터 질문을 받는 시간을 가졌다. 그때 문득 한 질문이 머리에 떠올라 손을 들고 질문했다.

"나는 아시아에서 온 목사입니다. 지금은 아시아에서 미국 사람들을 '추한 미국인'이라고 부릅니다. 총회장이 되시면 총회장의 직위로서 이 일에 어떻게 대처하시겠습니까?"

그렇게 질문하자 다른 대표들이 일제히 박수를 쳤다. 그들도 같은 고민을 하고 있다는 것을 반증한 셈이었다.

"복음의 진수는 인류가 같은 형제자매라는 것입니다. 하느님은 특히 약한 자 편에 계십니다. 힘 있는 자들은 약한 자들 편에 서서 그들을 존경하고 도와야 합니다. 미국이 겸손하게 서서 약한 자들을 존경하고 돕도록 권장할 것이며, 가능한 한 제3세계를 방문하여 그들의 아픔을 나눌 것입니다." 대부분의 후보들이 이런 취지의 말을 했다.

나는 또 전두환 대통령의 독재와 만행을 규탄하는 성명서를 발표해 달라고 선교위원회를 통해서 미국 장로교 총회에 요청했다. 이 일에 당시 아시아 선교 총무로 있던 이승만 박사가 적극적으로 협조해 주었다. 그런데 그때 마침 총회에 참석한 한국의 예수교장로회 총회장과 총무, 그리고 선교위원장이 이에 항의서를 냈다. 한국 교회의 선교에 지장이 있다는 것이 반대 사유였다. 그 문제로 위원회가 소집되었고, 위원회에서 당시 한국교회협의회 회장이었던 이영찬 목사와 킹슬러 주니어 박사 그리고 내가 발언을 했다. 이영찬 목사는 한국교회협의회에서 전두환 대통령의 만행에 항의하는 성명서를 발표했으며, 예장도 이 협의회 회원이기에 문제 될 것이 없다고 했다. 킹슬러 목사도 악에 항의하는 것이 그리스도의 제자가 할 일이기에 총회가 관심을 보이는 것은 아주 적절하다고 발언했다. 결국 전두환 대통령의 학정을 비판하는 선언서는 통과되었다.

최성일과 나

최성일 박사는 6·25전쟁이 끝날 때 북쪽으로 끌려간 최인규 영화감독의 아들로 뉴욕 주 제네바에 있는 호바트 윌리엄 스미스 대학(Hobart-William Smith College) 정치학과 전임교수였다. 그는 천재적인 어학 능력을 가진 젊은 교수였다. 영어는 미국 사람들보다 더 잘하고 독일어, 프랑스어, 스페인어, 일본어, 중국어까지 하는 놀라운 능력을 가졌다. 학생들 사이에서도 인기가 퍽 좋았다. 그러나 그는 미국 대학에서 가르치는 것에 만족을 느끼지 못했다. 그는 미국 대학은 한국에서처럼 교수와 학생들 사이에 끈끈한 인격적인 유대 관계를 갖게 되지 않아 섭섭하다고 한탄했다. 학생들이 돈을 지불하고 그 대가로 지식만 따먹고 가 버리니 학문을 가르치는 일이 상업적인 거래나 다름없어서 정이 떨어진다고 했다. 그는 한국의 민주화 운동을 위해서 뛰는 것이 더 보람 있다고 고백했다.

나는 뉴욕 시에 있는 교회협의회 회관에서 최성일 박사와 인연을 맺었다. 그곳에 모임이 있어서 찾아갔는데 하루는 박상증 목사가 키가 자그마한 청년을 소개했다. 청바지에 낡은 군화를 신은 그의 차림새는 히피 같은 모습이었다. 박상증 목사는 그를 아주 유망한 정치학 교수라고 소개했다.

우리는 기독교회관 아래층에 있는 찻집에서 커피를 앞에 두고 마주 앉았다. 최성일이 말했다.

"목사님, 지금 미국에서 우리가 해야 할 중요한 일 가운데 하나가 미국 지식인들에게 한국 사정을 바르게 전하는 일입니다. 미국 신문에 한국 이야기가 별로 보도되지도 않고 보도되는 것도 극히 피상적이어서 미국인들은 한국을 제대로 이해하지 못합니다. 특히 여론을 바르게 이끌어야 할 지성인들에게 바른 정보를 제공하는 것이 매우 중요합니다. 제가 대학에 있어서 이것을 절실히 느낍니다."

"나도 잘 압니다. 내가 펜실베이니아 주에서 한 달 동안 '제3세계에서 온 선교사' 역할을 해 본 적이 있는데 저들은 정말 한국에 대해 모르더군요."

스토니 포인트에 있을 때 장로교 선교부에 있는 마가렛 플로리(Miss Margret Flory)가 나에게 제3세계에서 온 선교사로서 펜실베이니아에 가서 한 달 동안 그곳에 있는 교인들에게 한국 이야기를 하라고 권했다. 나는 미국인들에게 한국 이야기를 할 수 있는 좋은 기회라고 생각해서 한 달 동안 펜실베이니아 주에 있는 장로교회를 두루 돌면서 우리나라 사정을 이야기했다. 그러면서 놀란 것은 농촌 지역에 있는 교회들은 세계의 다른 곳에서 일어나는 일에 대해서는 완전히 무지하다는 점이었다. 그곳의 신문은 이웃집 강아지가 죽은 이야기는 소개하면서 세계에서 일어나는 일에 대해서는 담을 쌓고 있었다. 그들의 한국에 대한 지식이란 것은 6·25전쟁 때 미국 병사들이 참전해서 한국을 위해서 죽었다는 것이 고작이었다. 한반도를 갈라놓은 것이 미국이라거나, 혹은 6·25전쟁이 일어난 것은 미군을 한국에서 철군시키면서 국무장관 딘 애치슨이 "한국은 미국의 방위선에서 제외되었다."고 선언한 것이 계기가 되었다는 것 등을 내가 이야기하면, 그들은 나를 배은망덕한 사람이라며 분노했다. 그런 과정에서 내가 느낀 것은 미국은 땅덩어리가 크고 풍요롭다 보니 세계에서 일어나는 문제에 대해서는 별반 관심을 두지 않는다는 것이었다.

내 말을 들은 최 박사는 "그래서 제가 하고 싶은 것은 한국 문제를 정확하게 전달하는 소식지를 만들어서 국회 도서관을 위시해 각 도시의 큰 도서관과 중요한 대학 도서관에 배부하는 일입니다. 이를 위해서 『한국의 벗(Friends of Korea)』이라는 소식지를 계획하고 있습니다. 그 책임자로 문 박사님과 미국 하원의 외교 분과위원회 위원장으로 계셨던 도널드 프레이저 의원을 모시려고 합니다. 그래야 권위가 서니까요." 하고 그의 생각을 쏟아 놓았다.

나는 프레이저 의원의 승낙을 받을 수 있겠냐고 반문했다. 그랬더니 이미 승낙을 받았다는 것이었다.

"어떻게 프레이저 의원을 설득했지요?" 허름한 차림새를 한 젊은이가 도널드 프레이저 의원을 설득했다는 것이 상상하기가 어려웠다. 그랬더니 최 박사는 프레이저 의원의 보좌관들을 잘 안다고 했다. 그들이 풀브라이트 장학생으로 한국에 와 있을 때 가깝게 지냈다는 것이었다. 김대중 선생을 잘 아는 에드워드 베이커(Edward Baker)도 그 중의 한 사람이었다. 그

우수한 청년들이 다 최성일 교수의 가까운 친구들이었다.

"재정은 어떻게 하지요?" 내가 물었다. 그랬더니 그런 것은 다 자기가 책임을 질 테니 걱정하지 말라고 했다. 뒤에 알고 보니, 그는 자기 월급으로 비용을 충당하고 부족한 것은 때때로 애틀랜틱 시티에 있는 카지노에서 돈을 마련했다. '확률의 원리'를 잘 이용하면 5~600달러 정도의 돈은 얼마든지 딸 수 있다고 그는 장담했다. 나는 결국 그에게 내 이름을 빌려 주었고, 그 뒤로 그와 자주 만나면서 퍽 친근한 관계가 되었다. 아버지가 없는 그는 나를 아버지처럼 여겼고, 우리 집을 자기 집처럼 허물없이 드나들었다. 그는 자동차에 필요한 것들을 다 가지고 돌아다니며 차에서 살다시피했다. 음악을 좋아하는 그는 오페라 테이프를 크게 틀어 놓고 하루 종일 드라이브하면 마치 신선이 된 기분이라고 했다. 그는 예술가인 아버지를 닮아서인지 자유분방하고 개성이 강했다.

김대중 선생이 미국에 오셨을 때 나는 그를 김 선생의 통역관으로 추천했다. 나는 목회 일 때문에 김 선생을 늘 따라다닐 수도 없었지만, 무엇보다 최성일의 어학 능력이 탁월했고 또 한국의 민주화를 위한 그의 정열이 대단해서였다. 김대중 선생도 최 박사를 퍽 소중히 여겼다. 그처럼 재치 있는 통역관은 쉽게 찾을 수 없었기 때문이다.

한 가지 문제가 있다면 그것은 최 박사의 차림새였다. 그의 차림새가 정치인과는 잘 맞지 않았다. 결국 최 박사는 청바지 대신 일반 바지에 깨끗한 셔츠를 입고 구두도 군화 대신 신사화를 신었다. 그래도 끝끝내 넥타이나 슈트는 착용하지 않았다. 그런 그가 하루는 신사복을 제대로 갖춰 입고 넥타이까지 매고 나타났다. 어떻게 된 일이냐고 물었더니, "김대중 선생께서 워싱턴의 기자 클럽에서 연설하게 되어서 오래간만에 신사복을 입었는데 도무지 거북하기 짝이 없군요." 하고 커다란 웃음을 터뜨렸다.

최 박사는 김대중 선생이 영어를 제법 하는 것을 보자 그만하면 통역 없이 기자회견 같은 것은 해도 된다고 주장했다. 미국 사람들은 들을 가치가 있는 것은 영어가 서툴러도 경청해서 듣는다는 것이었다. 그래서 김 선생은 이따금씩 기자회견 같은 것은 통역 없이 하곤 했다. 한번은 테드 카플 (Ted Copple)과의 심야 대화를 통역 없이 농담도 섞어 가면서 멋있게 마친 적도 있었는데, 그날 테드 카플이 대화를 마치려고 하자, 김 선생은 손을 들어 한마디 더 할 말이 있다고 요청해서 자기주장을 더 전개한 적도 있었다. 이렇게 김 선생의 영어는 장족의 발전을 이루어 갔다.

그로부터 한참 뒤, 내가 평민당에 입당한 1988년 경 서울에서 나는 다시 최성일을 만났다.

"갬블링을 하면서 한국 소식을 인쇄해서 도서관에 나눠 주는 일을 하던 때가 제일 행복했던 것 같아요."

그가 말했다. 그는 말기암으로 투병하는 중이라며 마지막으로 친구들을 만나러 한국에 나왔다고 했다.

얼마 뒤 그가 세상을 떠났다는 소식이 들려왔다. 아까운 친구⋯⋯. 깨끗하고 열정적으로 살다가 젊은 나이에 아깝게 떠난 최성일을 나는 결코 잊을 수가 없다.

반가운 손님들

워싱턴은 미국의 수도여서 반가운 손님을 맞는 일이 제법 자주 있었다. 그 가운데 잊을 수 없는 손님들이 몇 사람 있다.

맨 먼저 생각나는 사람은 정상복 목사다. 정 목사는 젊은 감리교 목사로 기독청년 운동에 열정적으로 헌신하는 일꾼이었다. 워싱턴에 있는 감리교 신학교에 잠시 공부하러 와 있는 동안 그는 내가 하는 일을 많이 도와주었고 특히 우리 교회 청년들과 잘 어울려서 자연스럽게 그들을 지도해 주었다. 그리고 또 잊을 수 없는 젊은 동지로 강요섭 목사가 있다. 그는 내가 한신대에서 가르칠 때 공부하던 퍽 유망한 학생이었다. 그는 샌프란시스코 신학대학에서 신약신학 전공으로 박사학위를 딴 뒤에 한신대에서 가르치기를 원했으나 자리가 없어서 결국 케냐에 있는 신학교에 가서 교편을 잡다가 모스크바에 있는 대학으로 옮겨 갔다. 그런 착실한 학자가 한국에서 가르칠 기회를 얻지 못한 것이 정말 아쉬웠다.

광주민주화운동 당시에 지도부로 활약하다가 피신해 배를 타고 미국으로 왔던 윤한봉 씨도 워싱턴 우리 집에 한동안 머물렀다. 그를 통해 광주의 소식을 더 생생하게 전해 들을 수 있었다.

한국의 민주화 바람을 휘몰아 워싱턴을 방문한 또 다른 인물로 이문영 교수가 있다. 한국에서 김대중 선생을 중심으로 함께 민주화 운동을 하면서 온갖 고난을 함께한 동지를 미국에서 만나니 여간 감격스럽지 않았다. 그는 생각과 행동이 명확한 사람으로, 가는 곳마다 적지 않은 파문을 일으켰다. 그는 워싱턴에 도착하자마자 그때 마침 미국에 머물고 있던 김대중 선생을 만나러 갔다.

김대중 선생은 감옥에 있으며 재판받을 때 조사관이 대통령 출마를 포기하면 많은 것을 보장해 주겠다고 회유하던 일 등을 들려주었다. 그리고 사형에서 종신형으로 감형받은 뒤 신병 치료차 미국으로 가라고 권하는 것을, 한국을 떠나서는 자기의 앞날이 무의미하게 되겠기에, 한국에서 치료받겠다며 거절했는데, 주치의가 미국에 가서 치료하지 않으면 다리를 쓸 수 없게 된다고 해서, 어쩔 수 없이 미국에 오게 되었다고 했다.

이문영 교수는 감옥에서 먼저 나온 뒤 김대중 선생의 앞날을 위해서 크게 걱정했다면서 김 선생에게 가장 중요한 것은 신변의 안전이니 군사독재를 밀어낼 때까지는 미국에 머물러야 한다고 말했다. 그러나 김 선생은 머리를 흔들면서, 정치가는 민중과 같이 고생해야 한다고 조용하면서도 확고하게 말했다. 미국에 오래 머물 뜻이 없음을 짐작할 수 있었다.

이문영 교수는 내가 시무하는 워싱턴 수도교회에 와서 설교도 하고 목요기도회에서 강연도 했다. 그가 강조한 것은 우리 한민족은 오랜 역사에서 정의와 평화를 위한 전통을 강하게 쌓아 왔으니 언젠가는 평화적인 민주화를 이룩할 것이며, 이에 기독교가 크게 공헌할 것이라고 힘주어 말했다. 그리고 몸을 던져 싸우는 민중의 역할도 크고 중요하지만, 지성인들이 할 일도 많다고 강조했다.

이문영 교수가 온 것을 계기로, 이미 미국에 와 있던 한완상, 이우정 들을 소집하여 김대중 선생과 더불어 앞으로 한국의 민주화를 위하여 무엇을 해야 할지 협의하는 간담회를 가진 것도 뜻 깊은 일이었다.

서남동 목사. 젊은 시절 연세대 교정에서.

1984년 4월에는 민중신학 창출에 중요한 역할을 한 서남동 목사가 워싱턴으로 찾아왔다. 그는 그가 공부한 적이 있는 캐나다 토론토 임마누엘대학에서 명예박사학위를 받았다. 민중신학을 주창한 사람의 하나로 온갖 고난을 겪으면서 민주화에 공헌했기에 그것을 기려 수여한 명예박사학위였다. 그 뒤 그는 캐나다의 여러 도시를 돌아다니면서 강연을 했고 보스턴, 뉴욕을 거쳐서 워싱턴을 방문했다. 그가 워싱턴에 도착하자 우리 교회의 교인들과 워싱턴의 민주화 동지들은 두 손을 들어 그를 환영했다. 교인들은 나를 통해서 그가 주장한 민중신학 이야기를 들었고 또 그가 민주화를 위해서 감옥살이도 한 것을 잘 알고 있었기에 그를 진심으로 환영했다.

그날 저녁 그는 워싱턴에 있는 교포들을 위해서 강연을 했다. 주제는 〈한민족의 자기 이해〉로, 민중신학을 바탕으로 한, 한국 민중들에 대한 새로운 이해를 열어 보였다. 그는 이기백의 한국사 신론에 의거하여 이야기를 풀어 갔다. "단군조선 시대에는 권력이 부족장들의 회합에 있었다. 그것이 점차로 중앙으로 집중되다가 신라시대에 와서는 성골 김 씨에게 집중되었다. 이에 대한 민중의 항쟁으로 말미암아 고려시대에는 신흥 귀족층으로 확대되었다. 조선시대에 와서 양반들에게로 확대되더니, 조선시대 말에 이르러 양반들에게 수탈당하던 민중이 각성해서 주체성을 주장하게 되었고, 마침내 그것이 동학이라고 하는 숭고한 민중 종교로 꽃피게 되었다"고 설명했다. 그리고 그 정신이 3·1독립만세운동과 해방 뒤의 민주화 운동으로 이어졌음을 상세히 이야기했다.

다음날 주일에는 그가 워싱턴 수도장로교회에서 설교를 했다.

"사랑하는 동지인 문 목사가 목회하는 교회에 와서 같이 예배를 드리는 것만 해도 내 마음은 기쁨이 차고 넘칩니다. 그리고 지금까지의 예배 순서에서 이미 나는 깊은 은혜를 받았습니다."라는 인사말로 시작한 서 목사는 전날의 강연에 비해서 퍽 편안하고 부드럽게 이야기를 엮어 나갔다.

그날 그가 한 설교의 주제는 〈하느님이 하시는 일〉이었다. 그는 하느님이 노예로 고생하는 히브리인들을 해방시킨 일과, 로마제국과 변질된 유대교의 사슬에서 천대받던 이스라엘 백성들을 해방시킨 야훼 하느님의 크신 사랑을 이야기했다. 이어서 그 하느님이 오랫동안 천대를 받아 오던 민중을 불러서 역사를 새로운 차원으로 승화시키는 역사의 주체로 만드셨음을 강조했다. 마지막으로 우리가 약소민족이라는 열등의식을 벗어던지고 역사 재창출의 주역이 되어야 한다는 그의 민중신학 주제를 감동적으로 설파했다.

서 목사는 그날 저녁 다시 토론토에 갔다가 한국으로 돌아갔는데 귀국한 지 얼마 지나지 않아서 심장마비로 타계하고 말았다. 본격적으로 민중신학 이론을 발전시켜야 할 때에 갑자기 타계하여 여간 안타깝지 않았다. 그때 그가 주고 간 『한국신학의 탐구』라는 책을 펼쳐 읽노라면 늘 진지하던 그의 모습이 눈에 선하다.

출옥한 뒤에 가족들과 함께 독일에 머물던 이해동 목사도 워싱턴을 방문했다. 그 또한 수도교회에 와서 설교를 하며 사람들과 친교를 나누었다.

누구보다도 우리를 기쁘게 한 방문객은 어머니였다. 1983년 여름 어머니는 캐나다에 있는 동생의 가정 문제를 도우려고 여든아홉의 늙은 몸을 이끌고 혼자서 캐나다로 오셨다가 그 길로 워싱턴의 우리한테도 들르셨다. 어머니를 모실 기회가 거의 없던 우리는 어머니가 그 먼 길을 마다하지 않고 찾아와 주신 것이 무척이나 고마웠다. 누구보다 더 기뻐한 것은 아내였다. 아내가 말도 통하지 않는 이국땅에 시집와서 적응하느라고 고생할 때 어머니는 말은 통하지 않아도 늘 찾아오셔서 여러 가지로 도와주셨다. 어머니가 잘 알아듣지도 못하는 며느리에게 함경도 사투리로 계속 말씀하셔서 아내의 한국말에는 이따금씩 함경도 사투리가 튀어나오곤 했다. 그 시절에 아내가 수유시장에 나가면 시장 아주머니들이 "아이구, 저 미국 여자가 함경도 사투리를 쓰네." 하고 놀라곤 했다.

아내가 어머니를 위해 애플파이를 만들었다. 어머니는 아내가 만든 애플파이를 무척 좋아하셨다. 마침 추수감사주일이라서 우리는 칠면조를 구웠다. 어머니는 아내가 만든 부드럽고 자극적이지 않은 양식을 즐기시는 편이었다. 그래서 신혼 초에 수유리 캠퍼스에 살 때 일주일에 한 번씩 꼭 양식을 요리해 부모님을 대접하곤 했다. 추수감사주일이라서 마침 대학에 가 있던 창근이와 태근이도 집에 와서 할머니를 만날 수 있었다.

어머니는 서울에서 캐나다까지 비행기 여행을 하면서 고생하신 일을 들려주셨다. 영어도 일어도 모르는 어머니는 "I am going to Toronto, Canada(캐나다 토론토에 갑니다)."라고 쓴 종이쪽지 한 장에 의지하여 길을 떠나셨다. 가장 큰 난관은 도쿄에서 비행기를 갈아타는 일이었다. 비행기에서 옆에 앉은 사람에게 그 쪽지를 보였더니 자기도 캐나다에 간다며 자기를 따라오라고 손짓해서 그를 따라 비행기에서 내리셨는데 그가 갑자기 사라져 버리고 말았다. 당황한 어머니는 항공회사 직원에게 다시 종이쪽지를 보여 주셨다. 그랬더니 자기가 데려다 줄 터이니 거기 앉아 있으라고 역시 손짓으로 말했다. 그런데 그 직원은 분주한 듯이 이곳저곳으로 돌아다니면서 좀처럼 어머니를 안내하지 않아서, 어머니는 불안해서 어쩔 줄 몰랐다. 결국 무사히 비행기를 타기는 했지

워싱턴 우리 집에 오신 어머니를 위해 구운 칠면조를 자르고 있는 나와 어머니, 큰아들 창근.

만, 기다리는 동안 여간 마음을 졸이지 않았다며 다시는 혼자 여행을 하지 않겠다고 머리를 흔드셨다.

다음날 아내와 나는 어머니를 모시고 워싱턴 관광에 나섰다. 어머니가 나이 많으신 것을 고려해서 아내는 휠체어를 구했다. 어머니는 "필요 없다"고 한참을 거절하시다가 결국은 타셨다.

먼저 워싱턴 녹지대로 갔다. 어머니는 "저 높은 탑은 무엇이지?" 하고 물으셨다. "조지 워싱턴 기념탑입니다."라고 아내가 대답하자, 어머니는 "어쩌자고 저렇게 높이 치솟기만 했지, 동상도 없이?" 하셨다. "모두 그를 높이 쳐다보라고 그랬겠지요." 내가 객쩍은 소리로 중얼거렸다. 링컨 기념관

어머니를 모시고 워싱턴의 제퍼슨 기념관을 방문하였다. 맨 뒤에 태근, 아내, 영미, 나, 어머니와 영혜.

을 돌아보시던 어머니는 "링컨이 못생겼다고 하더니만 정말 못생겼구나. 그래도 어딘가 위엄은 있어." 하시면서 링컨 동상을 한참 쳐다보셨다.

그리고 토마스 제퍼슨 기념관에 갔다. 나는 그 기념관 벽에 새겨진 독립 선언문의 첫 부분을 번역해서 읽어 드렸다.

"창조주는 모든 사람들에게 생존, 자유, 그리고 행복을 추구할 권리를 주셨다.……이를 위하여 정부가 있는 것이니 어떤 정부든 이 목적에 위배되게 할 때에는 국민들은 그 정부를 없애고 그들을 위한 정부를 세울 권리가 있다."

이 글을 들으시더니 어머니는 한참 동안 아무 말씀 없이 무엇인가 깊이 생각하셨다. 내가 제퍼슨 대통령 집에도 흑인 노예가 백여 명이나 있었다는 이야기를 해 드리자, "그럼, 미국 정부도 뒤집어엎어야 하겠군. 지금도 흑인들이 천대받고 있으니까."라면서 쓴웃음을 지으셨다. 그러고는 "정말 평등이라는 것은 힘든 일이지." 하고 탄식하듯이 말씀하셨다.

우리는 한국 식당에서 점심을 먹은 뒤, 조지 워싱턴 대통령의 저택을 찾기로 했다. 그 저택은 마운트 버논(Mount Vernon)이라고 불리는데 워싱턴 시에서 남쪽으로 26킬로미터쯤 떨어진 곳에 있었다. 3층으로 된 그 거대한 저택은 주변에 1천만 평이나 되는 거대한 농장을 거느리고 있었다. 저택은 여러 개의 침실, 식당, 부엌, 거실, 서재, 오락실, 신발 만드는 방 등 가지각색의 방들로 구성되어 있었다. 3층 유리창을 통해서 본, 주변에 펼쳐진 농장은 끝 간 데를 알 수 없었다.

"도대체 이렇게 큰 농장을 어떻게 다 관할했지?"

"그래서 노예가 필요했겠지요."

"그 많은 노예들을 관리한다는 것 역시 쉬운 일은 아니었을 것이야."

"그 노예들을 부리는 백인들의 행패가 이만저만한 게 아니었지요."

우리는 저택에서 나와 저택 뜰 한쪽에 있는, 노예들이 살던 곳으로 발길을 옮겼다. 노예들이 살았다는 거처는 나무로 조잡하게 지은, 빈약하기 짝이 없는 집들이었다. 돌아오는 길에 어머니는 "조지 워싱턴 대통령도 다 예수를 믿는 사람이었을 텐데 어떻게 노예들을 그렇게 천대할 수 있었담. 자기들은 그렇게 좋은 집에서 살면서 말이지……." 하면서 화를 버럭 내셨다. "이때까지 워싱턴을 존경했는데, 차라리 보지 않을 걸 그랬어!"

고령에도 민첩하게 돌아가는 어머니의 머리에 나는 감탄했다. 그리고 워싱턴과 같은 이름난 지도자의 과거 이야기를 들으면서 개탄하시는 어머니의 민감한 민주주의 의식에 숙연함을 느꼈다.

어머니는 우리 집에 한동안 묵으신 뒤에 다시 토론토로 돌아가셨다. 그사이에 교인들과도 친교를 나누시고 아이들이 모두 늠름하게 자라는 것을 흐뭇한 심정으로 바라보셨다. 어머니는 토론토와 캘거리에서 가족과 친지들을 방문하시고는 한국으로 돌아가셨다.

김대중 선생, 미국에 오다

워싱턴에서 맞이한 손님으로 가장 중요한 사람은 1982년 12월 23일에 오신 김대중 선생이었다. 그에게 사형선고까지 내렸던 전두환은 국제적인 여론 압박과 레이건 미국 대통령의 압력으로 어쩔 수 없이 그를 무기징역으로 감형한 뒤에 신병 치료를 위해서라는 명목으로 그의 미국행을 허용했다. 김대중 선생의 워싱턴 방문은 미국 전역에 일대 광풍이라도 몰고 온 듯이 이목을 집중시켰다.

나와 동지들은 비행기 도착시간이 저녁 9시 30분이었지만 그 훨씬 전부터 공항에서 기다리고 있었다. 여러 동지들과 미국인 기자들이 속속 모여

들었다.

　이런저런 이야기를 주고받으면서 출구를 주시하던 우리의 눈에 마침내 김대중 선생이 불편한 다리로 힘들게 걸어 나오는 모습이 보였다. 퍽 피곤해 보였다. 옆에는 김 선생의 팔을 붙잡은 이희호 여사가 있었다. 웃음을 띠고 있었지만 얼굴에서 긴장감이 느껴졌다. 이희호 여사 옆에는 김 선생의 처남인 이성호 씨가 있었고 그 뒤로 김 선생의 둘째아들 홍업이와 막내 홍걸이가 뒤따라 나왔다. 누군가가 "김대중 만세!"를 선창했고 우리도 모두 이에 호응해서 "김대중 만세!" 하고 외쳤다. 우리는 복받쳐 오르는 감동에 눈물을 글썽였다. 민주화운동의 상징인 김대중 선생이 다시 한 번 악마와 같은 군사 독재자의 손에서 벗어나 이곳 워싱턴에 왔으니 어찌 감격스럽지 않으랴.

　내가 한국민주회복통일추진연합의 위원장 자격으로 간단한 환영사를 했다. "다니엘을 사자굴 속에서 건지신 하느님은 김대중 선생을 악랄한 독재자 전두환의 손에서 건지셨습니다. 그것은 앞으로 김 선생께서 한국의 민주화와 통일에 큰 역할을 하셔야 하기 때문입니다. 이곳을 찾아오신 김 선생을 모시고 우리 모두의 염원인 민주화와 통일의 길에 나섭시다."라는 요지의 환영사였다.

　김 선생 일행은 며칠 뒤에 닉슨 대통령의 도청 사건으로 유명해진 워터게이트 아파트에 거처를 정했다.

　김대중 선생이 아파트에 정착하고 나서 점심을 같이 하자고 연락해 왔다. 가서 보니 가족끼리의 점심 식사였다. 오래간만에 한 식탁에 둘러앉은 그들 가족의 얼굴에서는 모처럼만에 봄 동산과도 같은 안온한 평화의 분위기가 감돌았다. 얼마나 고생하셨느냐고 내가 묻자, 김 선생은 한동안 아무 말도 하지 않다가 대답했다. "하느님을 믿는 신앙이 나의 정신 건강을 지켜 주었지요." 그러고선 또 한참 있더니 "원수까지 용서하라는 예수님의 말씀을 잊지 않으려고 노력했지요." 하고는 입을 닫았다. "주변에서 기도하고 격려해 주신 동지들의 따뜻한 마음이 큰 도움이 되었어요." 이희호 여사가 말했다. 얼마 있다가 김 선생은 다음과 같은 잊지 못할 이야기를 들려주었다.

"처음에는 우리가 왜 붙잡혀 들어갔는지를 알 수가 없었어요. 광주에서 그런 놀라운 사건이 일어났는지도 몰랐고요. 재판이 끝날 즈음에 하루는 취조관이 나보고 대통령에만 출마하지 않으면 어떤 자리라도 줄 수 있으니 그 약속만 해 달라는 것이었어요. 그러지 않으면 사형이라면서 말이죠. 결국 군사독재에 협력하고 한 자리 하는 것과 죽음 중에서 하나를 택하라는 것이었죠."

잠시 멈추었다가 김 선생은 목소리를 낮추어 다시 말을 이었다.

"그것을 받아들인다면 내 양심을 속이는 것이요, 역사의 반역자로 남는 것이지요. 민주화를 위해서 목숨을 바친 수많은 청년들이 생각나더군요. 그래서 단호하게 거부했더니 그 취조관이 나가면서 '지독한 사람이군.' 하고 중얼거렸어요. 그러자 군인 한 사람이 나에게 신문 한 장을 보여주는 거예요. 그 신문에 대서특필된 기사 제목을 보고서야 그들의 계획이 무엇인지를 짐작할 수 있었어요. 광주에서 일어난 시위 배후에는 남파된 공산당 프락치가 있고 그 배후에 내가 있다는 것이었지요. 말도 안 되는 이야기죠. 철통같이 지키고 있는데 광주가 떠들썩하게 일어났다고 무슨 성공을 하겠어요. 만일 그것이 북의 조작이라면 광주가 일어났을 때 북이 쳐들어왔겠죠. 휴전선에서 아무 일도 없지 않았어요?"

"고문은 당하지 않으셨나요?"

"육체적인 고문은 당하지 않았어요. 육체적인 고문으로는 나를 회유할 수 없다는 것을 저들은 알고 있었으니까요. 그러나 정신적인 고문이야 아주 심했지요. 나의 생명을 위협하고 있었으니까요."

점심이 끝나자 김 선생은 오후 2시에 아시아 문제 전문가인 샐리그 해리슨(Selig S. Harrison) 씨가 인터뷰하려고 오니 통역을 부탁한다고 했다. 해리슨 씨는 박정희의 유신 정치에 대한 김 선생의 평가를 들으려고 했다. 특히 박정희의 경제 정책을 어떻게 생각하는지, 그의 정치가 남북통일에 어떤 영향을 주는지, 그리고 전두환의 광주 학살을 어떻게 보는지를 물었다. 그에 대한 김대중 선생의 답변 요지는 다음과 같았다.

> 박정희 정권이 한국의 산업 발전에서 괄목할 만한 성과를 거두긴 했으나 농촌 경제가 피폐해졌다. 뿐만 아니라 친정부 자본가들에게 특혜를 줌으로써 빈부 격차가 날로 심해지고 정권을 잡은 자들이 막대한 정치자금을 독점하게 되어 공정한 민주화를 이룩할 수 없다. 게다가 그는 남과 북의 관계를 걷잡을 수 없이 악화시켰다. 그는 자신의 독재 정권을 정당화하는 구실로 삼으려고 북의 위협을 과장하고, 또 그것을 빌미로 민주화 운동을 탄압했기 때문이다.

또 미국에 있는 동안 어떻게 할 계획이냐는 질문을 받자, 김 선생은 이렇게 대답했다. "본래 미국에 올 때 미국에서 정치적인 행동은 하지 않겠다고 약속했으나, 내가 어떻게 정치적인 행동을 하지 않을 수가 있겠는가. 군사 독재가 저지른 악랄한 일들을 속속들이 아는 내가 어떻게 가만히 있을 수가 있겠는가?"

그 뒤로도 여러 미국 정치가들과 언론인들이 김 선생을 찾아와서 대화를 나누었고 그럴 때마다 나도 동석하여 대화를 도왔다. 그중에 가장 기억에 남는 것이 에드워드 케네디 상원의원과 하원 외교위원회의 위원장이었던 도널드 프레이저 의원이었다. 그들은 한국 정치와 김 선생의 고난스러웠던 정치 생활에 대하여 여러 가지를 질문했고, 김 선생도 그들에게 미국의 정치 상황에 대해서 물었다.

한국인들도 김 선생을 많이 찾아왔다. 그중에서도 김 선생을 자주 찾아온 분은 동아일보 편집국장을 역임했던 박권상 선생이었다. 조용한 지성인이란 느낌을 주는 박 선생은 김 선생과 기가 잘 통하는 듯했다. 그처럼 김 선생과 기가 잘 통하는 사람이 찾아올 때면 우리는 속에 있는 것을 솔직하게 털어놓고 이야기하곤 했다. 덕분에 김 선생의 인간적인 면모를 잘 볼 수 있었다.

김 선생은 선거 연설을 하면서 전국을 돌아다니던 이야기를 즐겨 했다. 선거운동이 본격화되면 잠을 잘 시간도 없어서 이 도시에서 저 도시로 이동하는 동안 자동차 안에서 새우잠으로 겨우 때우곤 했는데, 아무리 피곤해도 청중을 만나면 생기가 놀았다고 했다. 우스갯소리로 청중을 웃기고, 정적의 약점을 찔러서 청중을 분노케 하고, 새로운 꿈을 제시해서 청중을 흥분하게 하면 그렇게 신명이 나곤 했단다. 초선 의원 시절에 한번은 국회에서 여당이 제시한 안을 막기 위해서 혼자서 5시간 19분 동안 그 안건에 대해 쉬지 않고 연설해(필리버스터) 회기를 넘기는 데 성공한 적이 있었다고 했다. 어떻게 그렇게 오랜 시간 말할 수가 있느냐고 하니, 생각나는 것을 다 끄집어내어 그것을 안건과 두루 연계를 시켜 가면서 이야기를 이어 갔는데, 힘든 줄도 몰랐고 오히려 신명이 났다고 했다.

또 한 가지 인상적인 이야기는, 정치를 하자면 돈을 만들 줄을 알아야 한다는 것이었다. 정치는 돈이 없으면 할 수 없는 것이니 돈을 만들 줄 모르면 정치할 생각도 말라고 했다. 그리고 김 선생처럼 독재 정권이 자기를 죽이려고 눈을 크게 뜨고 지켜보는 사람의 경우는 털어도 먼지 하나 나지 않게 걸릴 것 없는 돈을 만드는 것이 중요하다고 했다. 사실 김 선생은 돈 거래 이야기가 밖으로 흘러나가지 않게 철저히 직접 관리했다.

김대중 선생의 열정과 정력은 대단했다. 그의 삶은 하루 스물네 시간 정치에 집중하였다. 정치 외에는 아무 것에도 관심을 보이지 않았다. 워싱턴은 봄이면 아름다운 꽃과 수목이 도시를 별천지로 만들고, 특히 메릴랜드 쪽에 가면 기막히게 아름다운 식물원이 있었다. 우리는 김 선생이 바람도 쐴 겸해서 그 식물원에 가게 하려고 온갖 애를 다 써 보았지만 실패했다. 언제나 중요한 할 일이 있다며 사양했다. 딱 한 번 우리의 유도 작전이 성공한 예가 있는데 그것은 간디의 일생을 그린 영화 관람이었다. 간디가 인도의 평화운동뿐만 아니라 전 세계의 평화운동에 막대한 영향을 준 사람이 아니었다면 그것도 불가능했을 것이다. 김대중 선생은 한마디로 정치에 완전히 신들린 사람이었다.

그러나 김 선생은 실내에서 꽃을 기르는 데에는 크게 정성을 기울였다. 수십 개의 화분에 여러 가지 꽃을 심어서 아름답게 길렀는데 정말 정성이 대단했다. 거친 정치 생활을 하는 사람이 그렇게 섬세하게 꽃을 기르는 것은 의외의 일이었다. 어떻게 꽃을 기르는 취미를 가지게 되었냐고 물었더니, 1980년 광주 사건으로 감옥에 있는 동안 소장에게서 특별 승낙을 받아 옥사 앞 자그마한 화단에서 화초를 길렀는데 죽음의 검은 그림자를 늘 등에 업고 사는 그에게 화단에서 자라는 꽃을 보는 것이 정말 큰 위로가 되었다고 했다. 땅을 뚫고 나온 싹이 자라 줄기가 되고 잎이 나오고 봉오리가 맺혔다가 꽃이 피는 그 생명의 신비가 그를 사로잡았다는 것이었다.

나는 사사로운 자리에서는 자주 미국 정부의 그릇된 면을 지적하곤 했다. 미국의 국내 정치도 오로지 중산층 이상을 위한 정치요, 국제적으로도 약소국들을 수탈하는 신제국주의라고 비판하곤 했다. 그러면 김 선생은 "문 박사, 그렇게 미국을 욕하기만 하면 안 돼. 한국에 이롭지 않아!" 하고 충고했다. 그럴 때면 나는 번번이 "김 선생께서는 정치가이니 그렇게 말씀하시면 안 되지만, 저는 목사이니 옳은 것은 옳다, 그른 것은 그르다 해야 합니다. 그래서 사람들로 하여금 사물을 바르게 인식하도록 해야 합니다."라고 대답하곤 했다. 한번은 김 선생도 내 말에 동조해 주었다. "미국은 국내 정치는 민주적으로 깔끔하게 하지만 국제 정치에서는 엉망이야. 정의라는 것이 없어. 국익을 위해서는 못하는 짓이 없으니까!"

김대중 선생은 미국의 여러 도시에 다니면서 연설하는 데에 많은 시간을 할애했다. 워싱턴을 비롯한 미국의 큰 도시에 사는 한국인들이 거의 다 김 선생을 모시고 이야기를 들으려고 했기 때문이다. 비단 한국인들뿐만이 아니었다. 미국의 정치인들, 언론인들, 대학들도 김 선생을 초대해서 그의 정견과 경험을 듣고 싶어 했다.

김 선생이 미국에 도착한 다음 해 봄 나는 김대중 선생이 에모리대학에서 명예 박사학위를 받게 해야겠다고 생각하고 그 대학 총장인 짐 레니 박사에게 편지를 썼다. 레니 박사는 연세대학교에 풀브라이트 장학생으로 일 년 동안 와 있을 때 가까이 지냈던 이로, 내 둘째 아들 태근에게도 장학금을 주고 있었다. 레니 박사는 곧 승낙하는 회답을 주어서 김 선생은 1983년 5월 16일 에모리 대학에서 정치학 명예박사 학위를 받았다. 그때 나를 포함해 수십 명의 동지들이 모여서 그를 축하했다.

같은 해 9월부터 김 선생은 하버드대학 정치학과 객원연구원으로 초청을 받아 갔다. 그곳에서 연구도 하고 강의도 했다. 하버드대학은 김 선생이 쓴 「민중경제론」을 번역해서 도서관에 보관하기도 했다. 그곳에 있는 동안 필리핀의 상원의원이었던 베니그노 아키노(Benigno Acquino) 상원의원 부부와 아주 가깝게 지냈다. 아키노 의원이 고국으로 돌아갈 때 그가 쓰던 타자기를 김 선생에게 선물로 주기도 했다. 그 아키노 상원의원이 마닐라 공항에서 암살당했을 때 김 선생은 자기 일처럼 가슴 아파했다.

서울에서 김영삼 민주통일국민회의 공동의장이 단식투쟁을 시작했을 때, 김대중 선생은 김영삼 선생의 단식투쟁을 지지하는 뜻에서 뉴욕과 워

김홍업과 결혼을 하게 된 신부 신선련의 부친(신현수)은 당시 전두환 정권의 감사원 감사위원으로 결혼식 참석이 어려워 내가 그를 대신하여 아버지 역할을 했다.

싱턴 시가지에서 민주 동지들과 같이 시위도 했고, 또 자진해서 『뉴욕타임스』지에 글을 기고하기도 했다.

그 시절에 김 선생의 둘째 아들 홍업 씨가 워싱턴에서 결혼식을 치렀다. 결혼식 주례는 워싱턴에 있는 한국인 신부가 맡았는데, 문제는 신부를 식장에 데리고 들어갈 사람이 없다는 것이었다. 신부의 아버지가 전두환 대통령과 가까운 사이여서 결혼식에 참석할 수가 없었던 것이다. 그래서 임시로 신부 아버지 대행을 할 사람이 필요했는데, 결국 김 선생과 가장 가까이에 있는 내가 신부의 아버지 역할을 했다. '땜장이'라는 별명을 가진 내가 그 결혼식에서도 땜장이 노릇을 한 것이다.

1984년 말부터 김 선생은 본국에 돌아가겠다는 뜻을 비쳤다.

"얼마 전에 필리핀의 아키노 의원도 마닐라 공항에서 암살당했는데 전두환이 김 선생의 귀국을 그대로 보고만 있겠어요?" 나는 걱정스런 눈으로 그를 쳐다보았다.

"그래도 나는 가야 해요. 꼭 가야 돼요." 김 선생은 무엇인가 깊은 각오를 한 것 같았다.

"그래도 너무 위험해요."

"여러 가지 방도를 구해야죠." 김 선생은 이렇게 말하고는 입을 다물었다.

그 후 얼마 있다가 그는 한국으로 돌아간다고 선포했다. 그리고 한국 정부에다 귀국 통고를 했다. 한국 정부는 그의 귀국에 대해 동의하지 않았다. 그래도 김 선생이 귀국 의사를 철회하지 않자 곧 있을 총선이 끝난 뒤에는 귀국을 허용하겠다고 했다. 총선에 영향을 끼칠 것을 두려워한 것이었다. 그러나 김 선생은 여전히 귀국을 주장했다.

그러자 미국 국무성도 김 선생의 귀국을 만류했다. 또다시 아키노와 같은 상황이 벌어질 것을 우려해서였다. 그러나 김 선생의 귀국 의지를 막을 길이 없다는 것을 알고서 국무성은 김 선생의 안전한 귀국을 보장하라고 한국 정부에 압력을 넣었다. 만일 그의 안전 귀국을 보장할 수 없다면 전두환 대통령의 방미도 허락할 수 없다고 언명했다. 당시 전두환은 2차 미국 방문을 계획하고 있던 터였다. 그와 더불어, 국무성은 김 선생에게 국무성에 와서 국무성 직원을 상대로 한국 사정에 대하여 강연해 달라고 부탁했다. 미국 국무성이 김 선생의 안전한 귀국을 얼마나 중요하게 여기는지를 보이기 위해서였다. 강연회에는 국무성 직원이 약 200명이나 참석했고 그들이 열띤 호응을 보여 즐거운 강연이 되었다고 했다. 국무성은 그것만으로는 마음이 놓이지 않아, 김 선생이 귀국하는 비행기에 많은 국회의원과 중요 인사들을 동행시키기로 했다.

결국 김대중 선생은 2월에 귀국하기로 결정을 내렸다. 그리하여 우리는 2월 3일 뉴욕의 매디슨스퀘어가든에서 송별회를 가졌다. 그날 저녁 그 넓은 광장은 인파로 가득했다. 송별사를 하려고 단에 올라선 나의 심정은 몹시 울렁거렸다.

"김 선생을 보내는 저의 심정은 화산이 터지는 시내산으로 올라가는 모세를 보는 심정입니다." 이렇게 말을 시작한 나는 "터지는 화산이 언제 김 선생을 삼켜 버릴지 모릅니다. 그러나 하느님은 이미 김 선생을 세 번씩이나 사지에서 구출하셨습니다. 이 한 많은 민족의 아우성 소리를 들으시는 하느님은 기어이 김 선생을 지켜 내어서 우리 민족의 새 내일을 위해서 귀하게 쓰실 것입니다. 우리는 이것을 믿으면서 김 선생을 보냅시다. 그리고 하느님의 능력의 손이 그를 이끄실 것을 기원합니다."라고 환송사를 마쳤다. 필리핀의 아키노 전 상원의원의 동생은 그 자리에서 "우리 형은 암살당했지만 김대중 선생은 꼭 살아서 귀국하셔야 한다."고 외쳤다. 김 선생은 "이 몸은 민족의 민주화와 통일을 위해서 바쳐진 것, 하느님의 전능하신 손과 여러분의 기원에 의지하면서 끝까지 행동하는 양심으로 살 것입니다."라는 취지의 답사를 하고 손을 흔들었다. 그러자 "김대중, 김대중!" 하고 연호하는 소리가 강당을 뒤흔들었다.

김 선생은 1985년 2월 8일에 서울로 가는 노스웨스트 비행기에 몸을 실었다. 많은 한국 사람들이 자진해서 동행했고, 또 필라델피아의 민주당 국회의원 토마스 폴리기에타(Rep. Foligietta), 오하이오 주의 에드워드 페이언 의원(Rep. Edward Feighan), 매사추세츠 주의 에드워드 마키 의원(Rep. Edward Markey), 전 엘살바도르 대사 로버트 화이트(Mr. Robert White), 미 국무부 인권 부장관인 패트리샤 데리안(Ms Patricia Derian), 국제 법률가협의회 회장 윌리엄 버틀러(Mr. William Butler), 워싱턴대학의 브루스 커밍스 교수(Prof. Bruce Commings), 한국 인권을 위한 북미주연합의 실행총무인 패리스 하비 목사(Rev. Phares Harvey) 등 27명의 미국인이 김 선생과 동행했다. 물론 수많은 기자들도 그 비행기에 동승했다. 이렇게 저명한 미국 지도자들이 동행하자 전두환 정부는 크게 당황했다.

비행기가 김포공항에 도착하자 일대 활극이 벌어졌다. 김 선생 내외가 비행기에서 내리자 60여 명의 보안경찰들이 달려들어 김 선생을 동행한 사람들로부터 떼어 내려고 일대 난투극을 벌였다. 그들은 김 선생 옆에 서 있던 패트리샤 데리안 여사, 로버트 화이트 대사, 에드워드 페이언 의원을 내동댕이치고 발로 차는 등 폭력을 주저 없이 자행한 끝에 결국 김대중 선생을 억지로 떼어 내어 엘리베이터에 태웠다. 그러고는 항의하는 김 선생을 발로 차고 주먹으로 때렸다. 그리고 그 길로 김 선생을 차에 태운 뒤 경찰차를 앞세우고 쏜살같이 달려서 동교동 김 선생 자택에 가두고 말았다.

그들이 그렇게 한 까닭은 김 선생이 도착한다는 소식을 전해들은 이민우 신한민주당 당수를 비롯한 민주 인사와 수십만의 대학생과 민중들이 양화대교에서 김포공항까지의 길을 가득 메웠기 때문이었다. 김대중 선생이 그 인파와 하나가 될 때 어떤 일이 일어날지 알 수 없어 두려웠기 때문이었다. 이렇게 해서 김 선생이 서울에 도착한 것은 1985년 2월 12일에 있을 국회의원 선거 나흘 전이었다.

그의 귀국은 한국 정치에 막대한 영향을 끼쳤다. 12대 국회의원 총선거에서 신한민주당이 109석을 얻어 제1야당이 되었다. 신한민주당은 그때 민추협을 중심으로 1984년 12월 20일에 겨우 창당하여 선거 준비도 제대로 하지 못한 상태였는데, 김대중 선생의 귀국이 일으킨 바람을 타고 크게 성공했다. 한국 정치의 중심이라고 일컫는 종로구에서는 신민당의 이민우 의원이 당선되었다. 이렇게 해서 한국의 민주 동지들은 다시 힘을 얻어 악랄한 군사독재에 항거하기 시작했다. 김 선생이 위험을 무릅쓰고 귀국한 것은 오로지 이와 같은 민주 진영의 재기를 위해서였다.

제6부

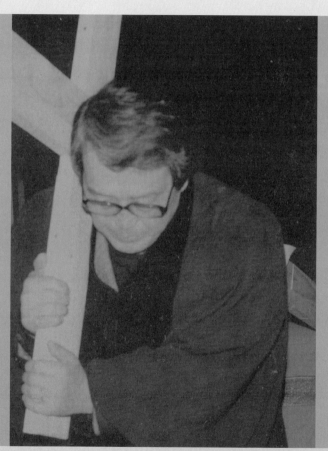

고난주일에 십자가를 등에 지고

다시 고국으로

한참 설교 준비를 하고 있는데 전화벨이 울렸다. 수화기를 통해 귀에 익은 김성재 교수의 음성이 들려왔다. 한국에 있는 사람이 갑자기 전화한 까닭이 무엇일지 몰라 의아했다. "무슨 일이 있나요?"

"한 가지 좋은 소식이 있습니다. 전두환 대통령이 민심 수습을 위해서 모든 해직 교수들에게 복직을 허용했습니다. 문 박사님, 돌아오셔야 되겠습니다." 그의 목소리는 흥분에 들떠 있었다. 1984년 봄이었다.

나는 적지 않게 당황했다. 전혀 예측하지 못했던 일이었다. 그리고 이곳에서 목회를 시작한 지 얼마 되지도 않았는데 이곳을 떠난다는 것이 무책임하게 느껴졌다.

"그래? 전두환도 민심이 중요한 것은 아는 모양이군. 그래도 곧 나가는 것은 힘들 것 같은데. 좀 생각해 봐야겠어."

"그래도 나오셔야 합니다. 모두 기다리고 있습니다." 김성재 교수는 억양을 높여서 말했다.

다시 교단에 설 수 있다는 것을 생각하니 마음이 설레기는 했지만 교회 일도 그렇고 또 아내가 쉽게 동의해 줄 것 같지 않았다. 낯선 한국 땅에 가서 20여 년 동안 고생하며 지내다가 이제 고국에 돌아와서 자기 전공을 살려 사회복지 일을 신나게 하고 있는데 다 집어치우고 한국으로 돌아가려고 할 것 같지 않았다. 아이들도 다 이곳 대학에 다니고 있었다. 당시 창근이는 플로리다 주 데이토나 비치에 있는 앰브리 리틀 항공대학(Ambry Little Aeronautic College)에서, 태근이는 에모리대학(Emory University) 정치학과에서, 영미는 뉴욕에 있는 파슨스 미술대학(Parson's School of Design)에서 공부하고 있었다. 영혜는 아직 중학교에 다니고 있었다.

나는 주저하다가 저녁 식사가 끝난 뒤 아내에게 이 소식을 전했다. 아내는 내 얼굴을 빤히 쳐다보기만 할 뿐 얼마 동안 아무 말도 하지 않았다. 나도 할 말이 없었다. 얼마 있다가 아내가 입을 열었다.

"당신 마음은 내가 잘 알아요. 몸은 여기 있어도 마음은 언제나 한국에 있었으니까." 이렇게 말하고는 잠시 멈추었다가 다시 말을 이었다. "그러나 내 입장을 생각해 봐요. 당신은 학교에 돌아가도 앞으로 일 년 반 뒤면 은퇴하지만, 나는 이제 내가 공부한 일을 본격적으로 시작했단 말예요. 다시 당신의 1년 반을 위해서 나의 일을 희생한다는 것은 너무 억울해요." 그러고는 입을 닫고 말았다.

"나도 알아. 그래서 강요할 수가 없어." 나도 입을 다물었다.

얼마 있다가 아내가 다시 입을 열었다.

"이제 아이들도 다 컸으니 나도 할 일을 좀 해야 되지 않아요? 그렇지만 한국에 가서 내가 무슨 일을 하겠어요? 한국의 사회복지 일은 한국 사람들이 해야 하고 그리고 나보다는 그들이 더 잘할 수가 있고……." 하더니 부엌으로 나가 버렸다.

한참 있다가 나는 부엌으로 가서 아내의 어깨를 껴안으면서 "나도 그렇게 생각했어. 다시 이 이야기는 하지 말자."

그날은 이렇게 이야기가 끝나고 말았다. 다음 날 아침 식사가 끝나자 아내가 다시 이야기를 꺼냈다.

"당신이 얼마나 한국에 가고 싶어하는지 잘 알아요. 그래서 가지 말라고 하기도 힘들어요. 한 일 년 반 동안 헤어져서 사는 것도 생각해 볼 수 있지 않아요? 방학에 만나고. 그럼 어때요? 단 은퇴 후에는 미국에 돌아온다는 전제로."

"그것도 생각해 볼 만한 일이기는 하지만, 그리 쉽지 않을 걸. 아무튼 시간을 두고 생각해 보기로 하자고." 이렇게 우리의 이야기는 일단락되었다.

얼마 지나서 아내는 나에게 한국에 한번 가서 형편을 좀 보고 오라고 했다. 그렇게 해서라도 내 원을 좀 풀어 주고 싶은 모양이었다. 1984년 늦가을에 한국에 와 보니 사회가 몹시 술렁거리고 있었다.

9월 초 전두환은 한일 간의 새로운 시대를 연다고 하면서 일본을 방문할 것이라고 발표했다. 일본을 끌어들여 자기의 입지를 공고히 하려는 의도였다. 재야의 지도자들은 가만히 있지 않았다. 함석헌, 홍남순, 송건호 등과 신·구교의 성직자들, 문화예술인들, 해직 언론인들, 노동자와 농민 지도자들, 청년 운동가들 20여 명이 오장동 제일교회에 모여, '일본의 재침략 저지 민족운동대회'를 열고서 전두환 대통령의 방일은 나라를 다시 식민지화하는 매국 행위라고 맹렬히 비판하는 성명서를 발표했다. 문익환 형이 대회장이 되었다. 그리고 한 달 뒤에 '민주통일국민회'를 탄생시켜 민주화와 통일을 염원하는 세력을 규합하였다.

내가 도착하자 김상근, 김성재, 이우정, 황성규, 이해동 등의 동지들이 안병무 교수의 집에 모였다. 그들은 나에게 빨리 와서 복직하라고 채근했다. 나는 우리 부부 사이의 저간의 사정을 이야기했다. 안 박사는 본래 한신대학을 종합대학으로 만들려고 하던 때의 꿈을 이야기하면서 한신대가 지금 그 길로 가지 못하고 있으니, 내가 와서 다시 그 꿈을 되살려야 한다고 강조했다. 김성재 교수가 기획실장으로 열심히 하고 있으니 내가 나와서 총장을 해야 종합대학으로서의 한신대학교 창설의 꿈을 실현할 수 있다는 것이었다. 이야기가 달라졌다. 교수가 아니라 총장이 되라는 것이었다. 그렇게 되면 1년 반으로 은퇴하는 것이 아니라 앞으로 7년은 더 머물러야 할지도 몰랐다. 교수직은 65세에 끝나지만 총장은 70세까지 할 수 있기 때문이다. 나는 더 고민스러웠다.

나는 그렇다면 이사회가 나를 총장으로 선정할 때까지는 그냥 미국에 있는 것이 좋지 않겠냐고 제안했다. 정대위 박사의 총장 임기가 앞으로 2년이나 남았으니까 그동안 미국에 있으면서 천천히 생각해 보는 것이 좋겠다 싶었다. 사실 이사회가 나를 총장으로 선출할지 여부도 알 수 없었다. 그러나 안 박사는 반대했다. 먼저 한국에 와서 실정을 알아야 한다는 것이었다. 교수들 사이가 몹시 복잡해졌다고 했다. 나는 확답을 미루었다. 그리고 새로 자리를 잡은 학교 캠퍼스에 가 보았다.

새 캠퍼스는 수원 남쪽에 있는 병점이라는 곳에 있었다. 조향록 목사가 총장으로 있을 때 이곳을 선정한 모양이었다. 한신대가 서울을 떠나서는 안 된다고 주장한 교수들도 있었으나 조 목사가 학교 이전을 강행했다. 새 캠퍼스에는 서북향으로 솟아 있는 언덕에 서너 채의 건물들이 우중충하게 서 있었다. 아직 나무도 별로 없어서 그런지 스산했다. 장공관이라고 불리는 본관에 안내되어 갔다. 거기에 총장실과 서무실이 있었다. 건물에 들어서자 서무과장이 나와서 인사를 했다. 그의 안내로 총장실에 들어섰다. 그러자 부드러운 웃음을 띤 정대위 총장이 "오, 문 박사. 참 오래간만이군요. 환영합니다." 하면서 두 손으로 내 손을 잡아주셨다. 그의 부드러운 마음이 나를 품어 주었다. 정 박사와는 정말 오랜 친분을 가지고 있었다. 그가 해방되기 1년 전 아버지가 목회하시던 용정 중앙교회의 부목사로 계실 때부터 가까이 지냈을 뿐만 아니라, 명동에서 처음으로 신학문을 가르치고 온 마을을 기독교로 개종시킨 그의 아버지 정재면 선생은 우리 어머니와 아버지의 스승이셨다. 해방 뒤에 내가 한신대에서 공부할 때에 정대위 박사는 신약을 가르치셨다. 우리는 차를 마시면서 서로 지나온 일을 주고받으면서 흐뭇한 시간을 가졌다.

그리고 나서 바로 옆에 있는 필헌관(必獻館)으로 갔다. 필헌관은 한신대학교가 창설되었을 때 사재를 다 바쳐 새로운 신학 운동을 가능하게 해 준 김대현 장로님을 기념하는 건물로, 교수들의 연구실이 있었다. 그곳에서 기독교교육학 교수들을 만나 인사를 나누었다. 김성재 교수는 점심시간 뒤에 기독교교육 전공 학생들을 상대로 앞으로의 기독교교육이 나아갈 길에 대해서 강연해 달라고 부탁을 했다. 학생들이 모두 내 이야기를 듣고 싶어 한다는 것이었다.

나는 〈민중교육의 세계적인 차원〉이라는 주제로 강연을 했다. "자본주의가 확산될수록 세계적으로 수탈당하는 민중의 아우성 소리가 높아질 것"이라고 하고는 그럴 수밖에 없는 현재의 자본주의 구조를 설명한 뒤에, "앞으로의 새 세계는 민중이 모든 경계를 뛰어넘어 서로 손을 잡고 더불어 새 내일을 창출하는 데 협력해야 한다."는 점을 강조했다. 태국에서 기독교교육 지도자들이 모인 자리에서 민중교육에 대해서 강연한 경험을 이야기하면서 한신대에 '제3세계 민중교육 연구소'가 설립되기를 바란다고 했다.

학교 캠퍼스에서 교수와 학생들을 만나자 그냥 그대로 주저앉아서 다시 가르치고 싶다는 심정이 굴뚝처럼 솟아올랐다.

집에 돌아와서 아내에게 이 모든 이야기를 들려주었다. 아내는 더욱 곤혹스러워했다. 나에게 이런 중요한 기회가 주어졌는데 자기가 내 발목을 잡는다는 것이 아내에게 크게 부담이 되는 모양이었다. 아내는 한참 생각하던 끝에 말했다. "그럼 내년 봄에 가 보세요. 나도 생각을 좀 더 해 볼게요." 나는 아내에게 아직 시간이 있으니 좀 더 생각을 해 보자고 했다.

그 후 이상철 목사나 구춘회 선생과 의논하고 나서 나는 일단 교회를 사임하고 한국에 들어가기로 결심했다. 나는 1985년 봄 학기에 혼자 귀국해 한 과목을 가르쳤다. 그러고는 다시 미국으로 돌아와 교회의 후임자를 선정하였다. 교인들은 언젠가는 이런 날이 올 것을 각오하고 있었다면서 한국에 들어가서 큰일을 하라고 했다. 나는 몇몇 분과 접촉해 보다가 로스앤젤레스에 있는 박승화 목사를 추천했다. 나한테서 기독교교육을 배운 그는 생각이 좋고 재주가 뛰어난 목사였다.

그 해 8월에 식구들을 뒤에 두고 서울로 돌아가기 위해 짐을 쌌다. 그동안 정이 든 교우들을 떠나려니 여간 섭섭하지가 않았다. 교우들도 아마 같은 심정이었을 것이다. 떠나기 전 어느 토요일 저녁 교우들이 모여서 성대한 송별식을 해 주었다.

한국으로 돌아가는 길에 다행히도 영미가 동행했다. 영미는 연세대학 국제교육부에서 일 년 동안 교환학생으로 공부하기로 했다. 중학교 때 한국을 떠나온 영미는 한국에서 대학교 생활을 해 보고 싶어했다. 우리를 전송하려고 공항에 나온 아내와 교우들을 뒤에 두고 영미와 같이 비행기를 탄 나는 알지 못할 꿈나라에라도 날아가는 듯한 마음이었다.

아버지는 돌아가셨지만

내가 한국으로 다시 돌아온 그 해, 1985년 12월 29일 아버지는 고요히 웃는 얼굴로 서거하셨다. 그 몇 해 전 1982년 여름에 의자에 올라서서 선반에서 무엇인가 꺼내려다가 넘어지셔서 뇌출혈이 일어난 것이 아버지의 건강에 결정적인 타격이 되었다. 그 뒤로 늘 머리가 아프다고 불평하셨는데 12월 들어서면서 인사불성이 되어 서울대학병원에 입원하셨다. 그때 몹시 위독해서 당시 안양교도소에 수감 중이던 형이 임시로 출감하여 병중에 계시는 아버지를 방문하기도 했다. 아버지는 그때 기적적으로 회복되어 어머니와 형과 더불어 만주에서 일어난 역사에 관한 것을 녹음하시기도 하고, 만년에 심혈을 기울이던 평신도회를 위한 회가도 지으셨다. 그 회가를 보면 아버지의 교회관이 뚜렷이 알 수 있다.

우리는 주의 형제 반갑고 고마워라
뜨거운 사랑으로 하나가 되었네
그 사랑 흘러넘쳐 즐거운 낙원을
이 땅에 이루시려 부르심 받았네

우리는 주의 정병 반갑고 미더워라
드높은 큰 뜻으로 하나가 되었네
십자가 등에 지고 빛나는 천국을
이 땅에 세우려고 몸 바쳐 싸우리

우리는 주의 일꾼 반갑고 미더워라
평화의 복음으로 하나가 되었네
나누인 이 겨레가 한 마음 한 몸 되어
온 누리 땅 끝까지 평화를 이루리

그 뒤로도 아버지는 두 번이나 낙상을 하셨다. 한번은 돌계단을 내려가

다가 넘어지셔서 머리에 다섯 바늘이나 꿰매는 상처를 입기도 했고, 화장실에서 넘어지셔서 갈비뼈가 부러지기도 했다. 그러다가 1985년 9월 29일 추석에 교회에 다녀오신 뒤 갑자기 몸을 가누지 못하시더니 혼수상태가 되었다. 곧 서울대학병원에 가서 진단을 한 결과 소변 독이 전신에 퍼져서 그렇게 되었다고 했다. 고무호스를 방광에 연결해 소변을 뽑아내자 정신이 들었지만 상태가 계속 좋지 않아 혼수상태로 들락날락하셨다. 한번은 혼수상태에서 "의정부는 지났지, 동두천도 지났지? 평양은 아직 멀었지?" 하시는 것이었다. 정신이 없는 가운데에서도 통일을 염원하신 것이었다.

그러다가 불규칙적인 고열이 들락날락하면서 눈에 띄게 기력이 쇠잔해지기 시작했다. 천수가 다한 것이라고 느껴서 우리는 가까운 이들에게 알렸다. 가까이 사는 안병무 박사 내외가 제일 먼저 왔다. 그 다음 정대위 박사, 김재준 박사, 이권찬 목사, 정관빈 장로 등이 찾아오셨다. 김대중 선생, 계훈제 선생, 김춘섭 선생 등도 다녀가고, 양심수 가족들도 찾아왔다.

12월 6일 밤 아버지는 숨이 끊어질 듯했다. 식구들을 다 불러 모았다. 우리는 찬송과 기도를 번갈아 하면서 기다리는데 아버지가 갑자기 눈을 번쩍 뜨시면서 봄 하늘과도 같은 따뜻한 웃음을 지으셨다. 우리는 가시기 전에 반짝 피어나는 것이라고 생각하고 어머니에게 마지막 말씀을 하시라고 했다.

"당신은 행복한 분이에요. 일생 소신을 굽히지 않고 사셨고, 자손들도 그 뜻을 따라 다들 나름대로 살아가고 있고요. 그러니 안심하고 가십시오."

어머니의 마지막 작별 인사였다. 우리도 돌아가면서 한 마디씩 작별의 말을 했다.

그러나 아버지는 얼마 뒤에 다시 기운을 회복하셨다. 만주에 있는 일가친척들에게 소식을 전하시기도 하고, 돌아가시면 연락할 사람들의 주소도 정리해 주셨다. 하루는 형에게 "나를 살리려고 네가 애를 쓴다마는 이젠 안 되겠다. 건강할 때 실컷 일하거라." 하고 유언 삼아 말씀하셨다.

그러다가 아버지가 자연스럽게 소변을 보는 것을 보고 우리는 이제 괜찮구나 생각하고 집에서 가까이에 있는 의사를 불러서 방광의 호스를 빼냈다. 그랬더니 다음날부터 열이 천정부지로 오르는 것이었다. 놀란 우리는 아버지를 다시 병원으로 모시고 갔다. 의사는 다시 방광에 호스를 연결했다. 수술실에서 기다리는 동안 몹시 추우셨던지 아버지는 폐렴에 걸리셨다. 아버지는 이 폐렴과도 억세게 투병하셨다. 얼마나 힘드시냐고 물으면 언제나 그냥 머리를 흔드셨다. 도통 아픈 기색을 나타내시지 않았다. 하루는 내가 밤새 간병하면서 아버지의 손을 잡고 정말 아픈 데가 없으시냐고 물었더니 "왜 아프지 않겠니. 안 아픈 데가 없다." 하셨다. 아버지는 오로지 정신력으로 그 고통을 참으신 것이었다. 내 마음이 송곳에라도 찔린 듯이 아팠다. 그러다가 결국 아버지는 12월 29일, 1985년이 거의 끝나 가던 날 향년 90세로 영면하셨다.

아버지는 본래부터 당신이 죽으면 장기 중에 쓸 만한 것은 다 다른 사람에게 나누어 주고 뼈는 의학도들의 연구 자료로 제공하고 나머지는 신학교 마당에 묻고 그 위에 잣나무를 심어 달라고 하셨다. 그러나 아버지가 돌아가셨을 때 연로하셔서 안막밖에 다른 것은 남에게 줄 수가 없었다. 아버지의 안막은 스물일곱 살의 한 청년과 예순세 살의 여인에게 기증되었다. 아버지는 꿈에도 소원이던 통일을 직접 보지 못하고 돌아가셨지만, 아버지의 안막을 받은 두 사람을 통해서 통일된 세상을 보실 수 있게 되리라 생각하니 우리 형제들의 마음은 한결 흐뭇했다.

교회 측에서는 장례식을 노회장으로 하자고 했지만, 아버지의 삶은 교회의 울타리를 뛰어넘는 것이었기에 교회와 교회 밖의 인사들을 장례위원으로 모시기로 했다. 그리하여 장례위원장으로는 김재준 목사님을, 부위원장으로는 김소영 한국교회협의회 총무, 김승훈 신부, 그리고 계훈제 선생을 모시기로 했다. 장지는 아버지와 어머니를 모시기 위해서 형이 사 놓은, 경기도 양주군 동두천 상봉암리 소요산 중턱 경원선이 굽어보이는 곳이었다.

빈소에 찾아오신 조객이 679명이었고, 한국신학대학 강당에서 장례식을 거행할 때 또 천 명이 넘는 조객들이 왔다. 그날 설교하신 김재준 목사님은 죽음을 뛰어넘는 삶의 의미를 밝히셨다. 안병무 박사는 아버지의 약력을 소개하여 그 삶의 얼을 되새기게 하고, 정대위 박사는 조사에서 아버지를 민족 열사로 소개하고, 계훈제 선생의 조사는 아버지의 삶을 오늘의 민족사의 빛 아래서 밝혀 주었다. 장례식 날은 그 해가 다가는 그믐날이었고 또 날씨가 몹시 추웠지만 조객 300여 명이 장지까지 와 주었다.

아버지의 빈소는 마치 민주 인사들의 송년회 자리 같았다. 장례식 전날

1978년 7월 방학동 집 마당에서 모처럼 두 아들을 앞에 두고 즐거운 시간을 보내는 아버지. 그의 웃음이 백목련 같다.

밤에는 〈애국가〉와 〈선구자〉, 그리고 통일의 노래를 부르기도 하고, 박형규 목사의 선창으로 "민중해방 만세", "민주주의 만세", "민족 통일 만세"를 온 건물이 뒤흔들리도록 크게 외쳐 돌아가신 분의 영을 환송했다.

장례식을 치르는 동안 나는 아버지의 그 깨끗하고 순수한 영이 나를 감싸는 것을 느꼈다. 인간적인 약점은 다 사라지고 아버지의 순수한 영만 내 마음속에서 다시 살아나는 듯했다. 유대의 전통에서 "부모들의 삶은 자식들 속에서 이어 간다"는 말이 바로 이것이구나 싶었다. 예수님의 부활도 그가 돌아가신 뒤 그의 영이 제자들 속에서 다시 생생하게 살아난 것이라고 생각했다. 내가 사는 날 동안 아버님이 내 속에서 살아 계셔서 나를 이끌고 격려하실 것이라고 생각하니, 밝은 새벽을 맞이하는 것처럼 내 마음이 밝아졌다.

다시 교단으로

아침을 먹은 뒤 영미는 주섬주섬 책 한두 권을 들고 서둘러 학교로 향했다. 한국어가 서툴렀지만 스스로 열심히 한국에 다시 적응하려고 애쓰는 것이 무척 고마웠다.

영미가 나가고 나서 얼마 있다가 나는 학교에서 보내 준 자동차에 몸을 실었다. 병점에 있는 한신대학으로 출근하는 것이었다. 정말 감개무량했다. 1975년 학교에서 쫓겨난 지 벌써 10년이나 되었다. '서울의 봄'이라고 불린 1980년 3월에 잠깐 복직했으나 전두환의 발길에 채여 곧 쫓겨났으니 본격적으로 가르치기란 10년 만의 일인 것이다. 원로교수라고 해서 나와 안 박사에게 차를 보내 주어 편하게 출근할 수 있도록 정대위 총장이 마음을 써 주었다.

차가 쌍문동을 지나 수유리로 들어서자 문득 20년 전 처음 학교 강당에서 학생들을 만났을 때의 감회가 사무쳤다.

수유리 교사 2층에 있는 강당이었다. 학생들은 아마 칠팔십 명쯤 되었으리라. 그때 박정희가 금방 정권을 잡았을 때라서 심사가 적잖이 울적했다. 나라가 외세로 말미암아 둘로 갈라졌는데 남쪽에는 군사정권이 들어섰으니 앞날이 캄캄하게 느껴졌다. 언제 군사정권을 물리치고 민주화를 이룩하여 남과 북이 서로 교류해서 통일을 이룩할 것인지 앞날이 암담했다. 나는 이미 그때부터 자본주의와 개인주의를 신랄하게 비판해 왔다. 새벽의 집 공동체를 시작한 것도 이와 같은 생각에서였다. 공동체적인 삶을 꿈꾸는 나를 그때 학생들은 이상주의자라고 했다.

그런데 팔십년대의 학생들은 자본주의 제도를 신랄하게 비판하면서 통일된 새 내일을 꿈꾸고 있었다. 심지어는 마르크스의 사상을 연구하는 것도 주저하지 않았다. 우리 젊은이들은 새로운 사회에 대한 대안을 찾고 있었다.

이런 저런 생각을 하는 동안 차는 한강철교를 지나 수원 쪽으로 달리고 있었다. 주변의 농지에서는 여기 저기 농민들이 밭을 갈고 있었다.

시간이 되어 책 십여 권을 안고 세미나실에 들어갔더니 학생 여덟 명이 급히 책상에서 일어나서 내가 들고 있는 책을 받아 들었다. 학생들 중 세 명만이 기독교교육 전공자요, 다섯 명은 신학과 학생들이었다. 어떻게 신학생들이 기독교교육 세미나에 들어왔냐고 했더니, 내 소문을 듣고 강의를 듣고 싶어서 왔다고 했다. 그 소문이란 것은 주로 내 건망증에 관한 이야기들이 과장되어 전해진 것이었다. 나부터 배꼽을 쥐고 웃을 이야기들이었다. 장준하 선생의 아들 결혼식 주례를 맡고서 시간을 착각해 예식이 다 끝난 뒤에 간 이야기며, 어느 교회 여신도회 헌신예배 설교를 맡았는데 예정한 날 일주일 전에 가서 그곳 교인들을 당황하게 했다느니, 식당에서 식사를 마치고 계산을 하느라고 딸 영미를 웨이터에게 맡기고는 그냥 나가서 웨이터가 당황했다느니 하는 이야기들이었다. 내가 감옥에 들락날락한 바람에 학생들의 관심을 끌어 소문이 소문을 타고 퍼지는 사이에 이야기는 제멋대로 과장되고 바뀌었다. 이것만 보아도 구전으로 전해진 성서를 글자 그대로 믿을 수 없음을 입증한 셈이라고 할까?! 아무튼 우리는 모두 덕분에 한바탕 웃고 나서 세미나를 시작했다.

교단을 떠나는 심정

나의 서울 재적응은 아내가 1985년 늦가을에 서울로 돌아옴으로써 완전히 안정을 이루었다. 아내는 지난 5월 내 생일에 잠시 귀국하여 얼마 동안 머물면서 한국에 다시 돌아올지를 고민하였다. 한국에 시집오기 전까지 아내는 해변을 좋아했는데 서울에서 사는 동안 주변을 둘러싼 산에 깊은 애착을 느끼게 되었다. "서울처럼 아름다운 산으로 둘러싸인 수도가 어디 있어?" 하고 아내는 늘 감탄하면서 주말마다 친구들과 함께 산에 오르곤 했다. 다시 방학동에 와서 그리워하던 산을 보니 그렇게 좋을 수가 없다고 했다. 그래서 다시 서울에 오기로 결심하게 되었다고 했다.

"아니, 내가 좋아서 서울에 오는 것이 아니라 산이 좋아서 온다고?" 하고 내가 농담 삼아 반문했더니 "그거야 '개골이 운동장'(만주 학창 시절에 '물론' 대신에 쓰던 은어로, 물 있는 논이 개구리 운동장이라는 뜻)이지, 말해서 뭘

해! 당신 옆에 있고 싶은데 산까지 좋으니 올 수밖에!" 하고 응수했다. 아내는 "얌전한 고양이가 부뚜막에 먼저 올라간다."느니 "개똥도 약에 쓰려면 보이지 않는다."는 등의 한국의 속담이나 농담을 즐겨 사용해 사람들을 웃기곤 했다.

그러나 이번에는 한국에서 그냥 문동환의 아내로서가 아니라 자기 자신이 무엇이고 의미 있는 일을 해야겠다고 아내는 결심했다. 아내는 의정부와 동두천에서 미군들을 상대하는 기지촌 여성들을 떠올렸다. 한국 사회에서 버림받은 그녀들은 미국 군인들에게서 새로운 살 길을 기대하여 미군들과 접촉하지만 그녀들을 돕는 사람은 없었다. 말도 잘 통하지 않고 문화도 달라서 미군들과 온전하게 사귈 수도 없었다. 여지없이 이용당하고서도 호소할 곳도 없었다. 아무도 그들을 소중히 여기며 도와주려고 하지 않았다. 아내는 칠십년대에 미군 부대에서 알콜 중독자와 마약 중독자들을 돕는 일을 하면서 그녀들의 상황을 알게 되었다.

아내는 미국으로 들어가는 대로 미국 연합장로교의 아세아 선교 담당인 이승만 박사와 의논하여, 자기를 선교사로 보내 주면 기지촌 여성들을 돕는 일을 하겠다고 했다. 이승만 박사는 이 제의를 좋게 받아들여 아내를 선교사로 한국에 파송했다. 그리고 한국의 기독교장로회의 여신도회가 아내의 뜻을 받아들여 기장 여신도회 프로그램으로 채택했다. 이렇게 해서 나의 아내는 의정부에 방을 얻어 '두레방'이라는 이름으로 선교를 시작했다. 게다가 다행스럽게도 한국신학대학을 나온 유능한 동역자 유복님을 찾아 신나게 일을 시작했다. 기지촌의 여성들도 아내의 일에 호응을 보여 아내는 크게 보람을 느끼며 지냈다.

그러나 한신대에서의 나의 교수 생활은 수유리 동산에서처럼 보람찬 것이 아니었다.

1986년 세운 의정부 두레방 사무실 앞에서 아내와 유복님 간사. 아내는 한국 사람들은 접근조차 두려워했던 기지촌으로 들어가 미 군사주의와 매매춘의 심각성을 우리 사회에 알렸다.

단과대학이었던 신학교를 종합대학으로 만들면서 우리가 꿈꾸던 것은 전혀 실천되지 않았다. 본래 계획은 여러 학과 교수들을 동원해서 21세기를 내다보며 연구하고 그 결과를 중심으로 해서 교회의 21세기 선교 정책을 세우려고 했다. 그리고 이에 따라 신학교 교육을 재정비하려고 했다. 그런데 그것이 실현되지 않았다. 그것을 위한 아무런 계획도 없었고 그 꿈을 이루려는 아무런 시도도 없었다. 결국 일반 대학과 다른 것이 하나도 없었다. 각 과들은 나름의 계획을 세워서 서로 경쟁을 했다. 그리고 학생 수에 비해서 신학과가 더 많은 교수진과 재정을 독점한다고 불평했다. 한번은 내가 신학과 교수회의에서 우리의 앞날에 대해 문제를 제기했다. 그랬더니 김경재 교수가 그 문제를 토의하기 위한 교수 퇴수회를 가지자고 제의했다. 나에게 주제 발표가 맡겨졌다.

21세기는 세계화의 풍조에 따라서 나라마다 더욱 산업화되어 외적으로는 발전하는 것처럼 보일 것이다. 그러나 실제로는 빈부 격차가 날로 늘어나 사회 불만이 점증할 것이요. 환경 파괴도 점점 더 심화될 것이다. 결국 가난한 이들의 반란으로 자본주의적인 산업문화에 큰 혼란이 생길 것이다. 그리고 북극해의 얼음이 녹아 해수면이 높아질 뿐만 아니라 기후에도 큰 변화가 올 것이다. 따라서 생태계의 현상 유지를 보장하는 산업 발전의 문제가 크게 부각될 것이다. 세계교회협의회에서도 '지속가능한 발전(sustainable development)'이라는 것을 큰 과제로 삼고 있다. 동시에 한반도에는 통일에 관한 열의가 비등할 것이다. 따라서 생명을 살리는 새로운 문화가 요청될 것이다. 우리 학교는 이에 대응할 수가 있어야 하고 교회는 이에 대한 선교적 사명이 무엇인가를 찾아야 한다.

이것은 내가 그동안 틈틈이 주장해 오던 것이었다. 이에 대하여 신학과에서는 주재용 교수가, 일반 학과에서는 경제학과 정운영 교수가 패널로 응답하기로 했다. 주재용 교수는 "세계교회협의회(WCC)에서도 이것을 문제 삼는다면 응당 문제시되어야 할 것이다."라고 했다. 경제학과 정 교수는 "사내대장부가 한 번 칼을 뺐으면 썩은 호박이라도 자르고 칼을 도로 꽂아야지." 하면서 오랫동안 그가 품어 온, 학교에 대한 불만을 토로했다. 내가 제시한 주제와는 아무 관계도 없는 이야기를 장광설로 늘어놓았다. 그러나 아무도 그의 말에 대해 대응하지 못했다. 이럴 수가!

문제는 교수들 사이에 전혀 대화가 이루어지고 있지 않다는 것이었다. 그것은 신학과 교수들 사이에서도 마찬가지였다. 전에는 우리 신학교 교수들 사이에는 언제나 진지한 대화가 이루어져 영적인 동력이 있었는데 지금은 그마저 사라졌다. 그렇게 된 결정적인 이유는, 신학대학원은 여전히 수유리 캠퍼스에 있고 신학과와 기독교교육학과 학부는 병점에 있어서 교수들이 두 곳을 오가느라고 서로 여유 있게 만나서 대화할 기회들이 없다는 점이었다. 이렇게 교수들 사이에 끈끈한 연대가 없으니 대학에 활기가 있을 턱이 없었다.

나는 곧 '제3세계 문화연구소'를 창설했다. 세계 방방곡곡에서 민중의 아우성 소리가 날로 높아 가고 있는 오늘날에 제3세계의 민중들의 삶에 대해 천착해 봄으로써 21세기를 점검해 보고, 이에 대한 신학과 교육의 대안을 생각해 보자는 것이었다. 이를 위해서 수도교회의 최태섭 장로가 재정적인 지원을 해 주었다. 덕분에 여러 차례의 연구 발표가 이루어졌다. 그러나 이를 위해서는 좀 더 본격적인 재정 원조가 필요했고, 나도 곧 은퇴하게 되어 이 연구소도 결국 흐지부지하게 되고 말았다.

다시 부임하여 한 일 년 반 동안 교수로 일하다가 1986년 여름에 은퇴했

한신대에 두 번째 복직한 이듬해인 1986년 4월. 예수의 수난을 재연하는 고난주간 예배에서 내가 십자가를 진 채 행진을 하고 있다. 한신대 수원 캠퍼스.

다. 학교는 은퇴하는 나와 이장식 박사에게 명예교수직을 수여했다. 은퇴식은 수유리 캠퍼스 강당에서 이루어졌다. 그 자리에서 나는 말했다.

"21세기가 우리에게 제시할 도전은 엄청나게 클 것이다. 한신대학과 기독교장로회의 일차적인 과제는 이에 응하는 것이다. 학교에 복직할 때의 나의 소망은 이에 조금이라도 응하려는 것이었는데, 생각해 보니 과욕이었던 것 같다. 아직 마음은 젊지만, 넘을 수 없는 한계를 느낀다. 그러니 부디 부탁한다. 아직 몸과 마음에 힘이 넘치는 젊은 후배들이 그 일들을 해 주기를……."

이 부탁에 그 자리의 청중들은 박수를 보냈다. 나는 젊은 교수들의 앞날에 하느님의 이끄심이 있기를 기대하면서 은퇴를 고했다.

피로 하나가 된 민중의 파도

1987년 1월 중앙정보부에서 조사를 받다가 갑자기 죽은 서울대학생 박종철 군이 물고문을 받다가 죽었다는 사실이 드러났다. 그러자 대학생들은 물론 온 도시가 들고 일어났다. 이 사실을 정부는 조사관이 "탁" 하고 책상을 치니 "억" 하고 쓰러져 죽었다고 거짓으로 은폐해 왔다. 그랬는데, 이 사실을 그때 감옥에 있던 이부영 전 동아일보 기자가 알아채고 휴지에다 깨알처럼 적어서 밖에 내보낸 것이 김승훈 신부의 손에 들어가게 되었다. 김승훈 신부는 이 사실을 발표했고, 국민들의 분노는 하늘까지 치솟았다. 그렇지 않아도 김근태 고문 사건으로 분노를 느끼고 있던 시민은 마침내 거리로 달려 나가고야 말았다. 2월 3일에 서울에서 대규모 규탄 집회가 열렸다.

아내와 나는 그대로 집에 앉아 있을 수가 없었다. 지하철을 타고 종로5

가에서 내리니 최루탄 냄새가 코를 찔렀다. 거리를 뒤덮은 최루탄 때문에 눈은 따갑고 숨도 쉬기가 힘들었다. 광화문 쪽으로 걸어가는 시민들은 너 나없이 마스크를 끼고 있었다. 우리도 마스크를 사서 쓰고 종로3가 쪽으로 걸어갔다. 숨 쉬는 것은 한결 나아졌으나 눈은 여전히 맵고 따가워 눈물이 계속 흘렀다. 눈물을 닦으려는데 한 학생이 달려오더니 "눈을 비비면 안 됩니다. 이것을 눈썹에 바르십시오. 이것을 바르면 훨씬 편해집니다." 하면서 치약을 건네주었다. 우리는 그것을 얼른 눈썹에 발랐다. 시원한게 한결 견디기 쉬웠다. 얼마를 가다가 우리는 뒷골목으로 피해 다방에 들어갔다. 도저히 그대로 계속 갈 수가 없어서였다.

커피 한 잔씩 청하고 자리에 앉아 아내를 보니 몰골이 말이 아니었다. 눈썹에 바른 치약이 두루 뭉개져서 보기에 망측했다. "당신도 얼굴이 말이 아니에요." 아내가 나에게서 손수건을 빼앗아 내 얼굴을 닦아 주었다. 주변을 살펴보니 여기저기에 시위하다가 들어온 사람들이 우리처럼 눈물을 닦으면서 폭소들을 터뜨리고 있었다.

그러고 있는데 "문 박사님." 하고 우리 앞에 나서는 사람이 있었다. 김병걸 교수였다.

"아! 사모님도 나오셨군요. 사모님, 한국에 시집오신 덕분에 이런 활극을 다 구경하십니다. 비디오카메라가 있었더라면 치약을 바르고 앉아 있는 두 분의 모습을 찍어야 하는 건데. 그랬더라면 영화의 좋은 장면이 되었을 텐데요."

우리는 모두 웃음을 터뜨렸다. 김 교수도 커피 한 잔을 시켜 마신 뒤 우리는 명동성당에 가려고 청계천 쪽으로 빠져나갔다. 청계천 쪽에도 사람들은 많았으나 시위를 막는 경찰은 없었다. 청계천을 지나 을지로 쪽으로 갔더니 그곳에도 적지 않은 사람들이 몰려 있었다. 을지로 입구에서는 시위대가 경찰과 대치하고 있는지, 고함 소리와 최루탄 터지는 소리들이 들렸

1987년 2월 전국적으로 벌어진, 군부 정권의 고문으로 숨진 서울대생 박종철 군 추모와 규탄 시위에 참가한 아내 문혜림, 나 그리고 형수 박용길 씨가 종로 거리에서 입마개를 쓴 채 최루가스를 견디고 있다.

다. 우리는 다시 을지로를 넘어서 명동 쪽으로 발걸음을 옮기려고 했다. 그러나 쉽지 않았다. 명동성당 쪽은 벌써 사람들로 인산인해를 이루고 있었는데, 명동성당으로 들어가려는 사람들과 이를 막으려는 경찰관들 사이에 몸싸움이 일어나고 있었다. 그때 갑자기 하늘에서 흰 가루가 쏟아져 내렸다. 알고 보니 거리 좌우에 있는 높은 건물들 유리창에서 잘게 썬 흰 종잇조각들을 뿌리고 있었다. 그리고 그 건물들에서 고함 소리도 들렸다. "군사 독재 물러가라", "국민투표 실시하라", "폭력 경찰 처벌하라" 등등. 마침내 시위가 일반 시민들에게까지 확산되었다. 말하자면 '넥타이 부대'까지 민주화 운동에 가담한 것이었다. 김 교수는 "정말 비디오카메라가 있어서 이런 장면을 찍으면 좋은 역사적인 기록이 될 텐데."라고 중얼거렸다. "이렇게 넥타이 부대까지 합세했으니 역사는 변하고야 말 것입니다."라고 나는 상기된 목소리로 김 교수에게 말했다.

우리는 결국 명동성당으로 가려던 발걸음을 돌리고 말았다. 도저히 명동성당 쪽으로 들어갈 수가 없었다.

전두환 정권의 '4·13 호헌 조치'에 반대하여 "호헌 철폐!"를 외치는 시위는 계속되어 6월에 접어들었다. 가장 치열한 시위는 연세대학 캠퍼스에서 있었다. 학생들의 연합 투쟁은 흔히 연세대학에서 이루어졌다. 연세대학 캠퍼스 구조가 경찰이 막고 있어도 학생들이 들어가기에 좋기 때문이었다.

6월 9일, 연세대학의 이한열 군이 경찰의 최루탄에 맞아 쓰러지는 사건이 벌어졌다. 최루탄에 맞은 이한열 군이 피를 흘리며 친구에게 안겨 있는 처참한 사진이 신문에 나자, 마치 휘발유에 불씨를 던진 것과도 같이, 반독재 운동의 불길은 걷잡을 수 없이 확산되었다. 서울뿐만 아니라 전국의 도시 도시마다 "군사독재는 물러나라."는 격렬한 시위가 전개되었다.

연세대학 강당에 설치된 분향소에는 추모하러 오는 사람들이 줄을 이었다. 전국에서 모여드는 추모객은 날이 갈수록 더 늘어만 갔다. 강당 전면에 커다랗게 그려진 친구의 품에 안긴 이한열 군의 걸개그림이 오는 조객들을 맞이해 주었다.

다음날 우리 동지들이 종로5가 기독교회관 2층 강당에 모였다. 이돈명 변호사, 성내운 교수, 이문영 교수, 이우정, 이해동, 김상근, 이상수 변호사 등이 모였다. 우리의 관심은 사태가 이렇게 격변하는데 이를 이끌고 갈 운동 주체가 없다는 것이었다. 그동안 민통련이 주도했는데 민통련이 해체되고 말았으니 새로운 운동 주체가 태어나야 한다고 입을 모았다. 그리고 전두환 정권이 여전히 헌법 개정을 반대하고 있으니, 운동의 초점은 민주 헌법 쟁취에 두어야 한다고 생각했다. 그래야 운동이 새로운 차원으로 발전할 것이라고 판단했다. 우리는 새로운 조직 운동체로서 '민주헌법쟁취 국민운동본부'를 결성하기로 했다. 그리고 익환 형이 감옥에 있으니 내가 형

을 이어 의장을 맡으라고들 했다. 나는 다소 주저했으나 누군가는 책임을
져야 할 일이기에 끝내는 받아들였다. 그리고 이상수 변호사가 대변인을
맡았다.

시위는 곧 전국으로 확산되어 6월 26일에는 전국 37개 도시에서 백만여
명이 시위에 참석했다. 그동안 나는 주로 연세대학 학생회관에서 살았다.

이렇게 되자 미국 정부도 당황하여 한국 문제를 위한 특별 모임을 가지
게 되었다. 이 민중운동이 반미 운동으로 발전될 것을 두려워해서였다. 그
리고 결국 한국 정부에 직선제를 받아들이라는 통첩을 보냈고, 결국 전두
환 정권은 더는 버틸 수 없어 노태우를 시켜서 직선제를 실시할 것이라는
6·29선언을 발표하게 했다. 뒤이어 민주 인사들이 줄줄이 석방되었다. 나
의 형 문익환 목사도 7월 9일 형집행정지로 풀려났다.

이한열 열사의 장례식이 치러진 7월 9일은 결코 잊을 수 없는 날이었다.
아침 일찍부터 조객들이 모여들어 연세대학교 캠퍼스는 발 들여놓을 자리
도 없었다. 그날 아침에 전주교도소에서 출감한 형은 곧장 장례식장으로
달려왔다.

김대중, 김영삼과 같은 정치 지도자들의 조사에 이어, 마지막으로 익환
형이 연단에 올라섰다. 그는 얼마 동안 말문을 열지 못하더니 몸을 추슬러
세우고는 혼신의 힘을 모아 "전태일 열사여! 이상진 열사여! 김세진 열사
여……!" 하고 모두 26명의 열사의 이름을 목이 찢어져라 외쳤다. 그 넓은
연세 동산에 울리는 열사들의 이름에 그곳에 모인 조객들의 마음은 찢어지
는 듯했다. 그들 열사들의 죽음을 딛고서 역사의 새 장이 펼쳐지고 있었다.
그들이 흘린 피가 그곳에 모인 사람들의 몸과 마음을 두루 적셨다.

한열이의 영정과 운구차가 움직이기 시작했다. 그 뒤로 유가족이 따르고
조객들이 뒤따랐다. 색색가지 만장을 든 학생들이 그 뒤를 따랐다. 평소에

이한열이 좋아하던 〈떠나가는 배〉와 〈산자여 따르라〉가 울려 퍼졌다. 우리는 동지들과 손을 잡고 연세대학에서 시청 앞까지 묵묵히 걸어갔다. 그때 시청 앞을 가득 메운 사람의 바다를 보면서, 그들이야말로 '역사를 새 차원으로 올릴 거룩한 백성'이라고 느꼈다. 피로 말미암아 하나가 된 이 민중의 파도를 막을 자가 없다는, 감동에 찬 확신이 솟구쳤다.

학생회관에 걸렸던 대형 걸개그림 〈한열이를 살려내라!〉가 만들어지기 전 가슴에 다는 수건으로 제작되었던 최병수의 판화.

이한열의 시신을 실은 운구차가 광주로 가기 위해서 을지로를 향해서 떠나는 것을 보고 있는데 민통련의 이해찬 동지가 나타나더니 내 손을 꼭 잡으며 감격에 차서 말했다.

"문 박사님. 역사는 기어이 바뀌고야 마는군요."

멀어져 가는 운구 행렬을 바라보면서 마음속으로 기원했다.

'홍해를 건너기는 했으나 앞으로 가나안 복지에 이르기까지는 머나먼 길이 있습니다. 하느님. 불기둥과 구름 기둥으로 인도해 주십시오.'

제7부

최규하 전 대통령의 광주청문회 출석 거부

평민당 창당과 대선 참패

이한열 열사의 장례식 기억이 아직 생생하게 살아 있던 10월 27일, 대통령 직선제와 5년 단임제를 골간으로 하는 민주 헌법이 국민투표로 결정되었다. 우리의 심정은 날개를 펼쳐 창공을 나는 독수리와도 같았다. 그 뒤 어느 날 우리 동지들은 수유리에 있는 안병무 박사의 집에 모였다. 모인 사람은 나와 서남동, 문익환, 이문영, 이우정, 이해동, 김상근, 박세경, 한승헌, 예춘호 등이었다. 안 박사의 부인인 박영숙 선생도 있었다. 다들 김대중 선생과 뜻을 같이 해 왔고, 김대중 선생을 소중히 여기는 사람들이었다. 좀 늦게 도착한 김대중 선생은 이제 새날이 동텄으니 이제부터는 정말 진지하게 민주 건설을 해야 할 때라고 말문을 열었다. 그는 민주당을 떠나서 뜻이 맞는 민주 동지들과 같이 새로운 정당을 만들고 싶다는 그의 심정을 토로했다. 김영삼과는 도저히 정치를 같이 할 수 없다는 것이었다.

방 안은 일시에 분위기가 무거워졌다. 얼마 동안 아무도 입을 여는 사람이 없었다.

이윽고 박세경 변호사가 입을 열었다.

"김영삼과 같이 정치를 같이 하지 못하겠다는 말은 이해가 됩니다. 그러나 새 정당을 만든다는 것이 어디 그리 쉽겠습니까? 앞으로 노태우에 대항하는 선거도 있는데."

"노태우를 물리쳐야 하는데 야당이 갈라져서야 되겠습니까?" 문익환 목사도 거들었다.

"설사 이번 선거에 이기지 못하더라도 정말 이념적인 야당이 태어나는 것이 중요하다고 봅니다. 그래야 참된 민주주의를 이룩할 수 있습니다. 우리 국민이 그것을 간절히 바라고 있다고 생각합니다." 이렇게 김대중 선생이 말하자, 그 말에는 모두 동의하는 듯했다.

"여러분처럼 민주화를 갈망하는 분들이 주동하는 정당이 생겨야 이 민족의 앞날에 희망이 있다고 생각합니다." 이렇게 말하는 김 선생의 눈빛에는 그동안 같이 투쟁했던 민주 인사들을 그의 우군으로 삼으려는 마음이 역력히 드러났다.

박세경 변호사가 새 정당의 이름을 '평화민주당'이라고 하면 좋겠다고 제안했다.

"그것 참 좋은 생각이군요. '평화'라는 말과 '민주'라는 말을 합친 것보다 더 좋은 이름이 어디 있겠습니까?" 김 선생은 아주 마음에 들어 하며 그 이름을 받아들였다. 그래서 새로 탄생할 정당의 이름이 안 박사 집에서 결정되었다.

아무튼 이렇게 그날 모인 사람들은 대체로 새 정당을 만드는 데 동의했고, 그리하여 평민당이 탄생했다.

그러나 다시 재건된 민통련에서는 이 문제를 그렇게 간단히 받아들일 수 없었다. 두 지도자가 갈라진다는 것은 노태우를 대통령으로 만드는 결과를 가져올 수밖에 없어서였다. 문익환 목사를 중심으로 한 민통련은 두 김 씨와 계속 대화하면서 호양(互讓)의 정신으로 단일 후보를 내게 하려고 애썼다. 그러나 두 김 씨는 서로 자기가 대통령이 되어야 한다고 믿어 도저히 양보하려고 하지 않았다.

사실 이런 논의는 예전부터도 우리 사이에서 오갔다. 1982년 전두환 정권이 김대중 선생을 미국으로 보냈을 때 나와 같이 미국에 체류하던 한완상 박사는, 김대중 선생이 더 성숙하고 철학을 가진 분이니 '지사'로 남고 김영삼 선생이 대통령이 되는 것이 옳지 않겠느냐고 나에게 제언한 적이 있었다. 그때 나는 "김대중 선생은 지사라기보다 정치가시죠."라고 대답했다. 한국에 돌아오자 대전에서 회의를 하고 돌아오는 버스 안에서 박형규 목사도 같은 얘기를 했다. 내 대답은 여전했다.

결국 민통련에서는 두 분에게 질문을 해서 누가 앞으로 정국을 더 생산적으로 이끌 지도자인지 점검하는 과정을 거친 뒤 누구를 지지할 것인지를 투표로 결정하기로 했다. 그리하여 여러 가지 정치 과제를 제시하고 그 과제들을 어떻게 풀어 나갈 것인지를 묻는 질문서를 만들어 두 지도자에게 전했다. 답변을 들은 뒤 결국 민통련 간부들은 거의 모두 김대중 선생의 정견이 더 우수하다는 결론을 내렸다. 그러나 김영삼 총재는 민통련의 이 판단을 받아들이지 않았고, 이부영, 장기표, 이재오 등은 김대중 지지를 거부하고 다시 두 후보를 단일화시켜야 한다고 주장했다.

그때 형은 나를 보고 이렇게 한탄했다.

"이렇게 되니 도저히 성사되지 않을 단일화 때문에 시간을 보낼 수도 없고. 그대로 김대중 선생을 지지하자니 우리들 사이까지 갈라지겠고……."

"땅 위에서 절대적인 것이 있을 수가 없는 것 아니겠어요?"

"그래서 비판적인 지지를 하기로 했지."

민통련은 김대중 선생에게 비판적 지지를 보내기로 했다. 앞으로 정치를 할 때 언제나 시시비비를 가려 비판할 것이라는 것이다.

마침내 12월 16일에 대통령 선거가 실시되었다. 대통령 후보는 노태우, 김종필, 김영삼, 김대중 그리고 백기완 이렇게 다섯이었다가 백기완 씨는 중간에 사퇴했다.

선거 분위기는 매우 긴장됐다. 노태우를 앞세운 군부독재 세력 등 구세력들은 절대로 정권을 놓지 않으려고 안간힘을 썼다. 물론 김대중, 김영삼도 필사의 노력을 했다. 정부는 야당의 집권을 저지하려고 11월 29일 발생한 대한항공기 추락 사건을 활용하여 북한에 대한 공포심을 조장했다. 사태는 김대중 후보에게 불리하게 전개되었다. 노태우는 어린이를 안고 있는 부드러운 사진을 실은 포스터를 내걸고 군 장성의 이미지를 완화하려고 하는 한편 돈을 마구 뿌리면서 시민들을 그의 유세장으로 끌었다.

선거 유세 기간이 끝날 때쯤 김대중의 인기는 그 절정에 이르는 듯했다. 형과 나는 이곳저곳으로 유세를 다니면서 김대중에 대한 국민들의 뜨거운 사랑을 느꼈다. 우리는 틀림없이 김대중 선생이 이길 것으로 믿었다. 마지막 날, 나는 해남에서 선거 유세를 하느라고 참석하지 못했지만, 200만여명이 넘는 대중이 운집한 보라매공원 집회의 열기는 북악산의 바위들까지도 녹일 듯했다고 형은 말했다. 그리고 나서 "김대중 대통령!"을 외치면서 도심으로 행진한 사람들은 김대중의 당선을 당연한 일로 느꼈다.

그날 저녁 우리 동지들은 동교동 김대중 선생 댁에 모여서 어떻게 할 것인지 의논했다. 이제라도 김대중 후보가 사퇴를 해서 노태우가 당선되는 것을 막아야 하는 것이 아니냐는 마지막 검토였다. 우리 중에 몇몇은 사퇴해야 한다고 주장했다. 그러나 대부분은 김대중 후보가 이길 것이라고 믿었다. 보라매공원의 열기를 본 사람들은 대부분 그렇게 느꼈다. 김대중 후보도 그를 돕는 참모들도 그렇게 생각을 했다.

그러나 선거 결과 발표는 우리의 생각을 완전히 뒤엎었다. 노태우가 36퍼센트의 표를 얻어 당선되었다. 그 뒤를 이어 김영삼, 김대중 순으로 득표했다.

투표 부정 의혹도 제기됐다. 일례로, 선거일인 16일 오전 11시 29분께 이상한 봉고차 두 대가 구로구청 마당에 서 있었다. 시민들은 그 봉고차를 의아하게 생각하여 지켜보았다. 얼마 있으려니 어떤 사람들이 전경의 보호를 받으면서 투표함 비슷한 것을 봉고차에 실었다. 이것을 본 시민들은 곧 공정선거감시단에 이를 알리고 봉고차 앞을 가로막았다. 공정선거감시단이 도착해서 조사해 보니 투표함 네 개가 빵, 우유, 과자들로 덮여 있는 것이 발견되었다. 그리고 거기에는 부정 투표용지가 가득 들어 있었다. 어느새 그곳은 시민들로 가득했고, 시민들은 그 투표함을 증거로 보관하려고 갖은 노력을 다 했다. 이 소식을 듣고 민통련 간부들은 말할 것도 없고 김대중 선거본부에서도 달려왔다. 그러자 얼마 안 있어 이른바 '백골단'이라고 불리는 경찰기동대 수백 명이 어디선가 나타나 쇠 파이프를 휘두르면서 시민들에게 달려들었다. 당황한 시민들은 구청 건물 옥상으로 올라가 바리케이드를 치고 방어하려고 했으니 당할 길이 없었다. 결국 여러 사람이 옥상에서 떨어져 크게 부상을 입기도 했다. 이런 혼란 속에서 그 문제의 투표함은 자취를 감추고 말았다.

개표 과정에도 시비가 있었다. 야권은 이를 컴퓨터 개표 부정이라고 문제를 삼았고, 이 문제는 한동안 논란거리가 되었다.

노태우가 대통령으로 당선되자, 김대중 후보의 책임론이 대두되었다. 김대중을 지지했던 우리는 비감했다. 특히 민통련 의장으로서 비판적인 지지를 표명했던 문익환 목사의 울분은 컸다. 그는 후보 단일화를 이룩하지 못한 것에 대해 책임을 지고 무기한 단식에 들어갔다. 5·16 때 장면 박사가 은신했던 혜화동 보나벨뚜라 수도원에 들어가 단식기도를 했다. 군사독재 세력을 제거하려던 민주 인사들의 심정은 다 똑같았다. 김대중 후보도 마

지막 순간에 사퇴하지 않은 것을 후회했다. 엄청난 선거 부정이 있었다고
는 하나, 자기가 양보하지 않음으로써 선거에 패배했다는 세론을 어떻게
할 수 없었기 때문이었다.

정치, 그 미지의 세계로

대선에서 승리한 노태우 후보와 민정당은 국민들을 향해서 권위주의를
배제한 민주적인 화합의 정치를 할 것이라고 선전하기 시작했다. 그리고
광주의 원한을 풀어 주는 일도 조속히 이루겠다고 약속하며 민주화합추진
위를 설립했다. 88올림픽이 끝난 뒤 국민투표를 실시하여 국민들이 원한다
면 대통령직에서 물러날 용의도 있다고 선언했다. 그리고 2월 중에 총선을
실시하겠다고 선포했다.

대선에 패배한 야권은 총선에 어떻게 대처하느냐 하는 것이 지상의 과제
가 되었다. 분열로 쓰라린 경험을 한 재야인사들은 앞으로 야당이 하나가
되어야 한다고 목소리를 높였다. 먼저 목청을 높인 것은 야당 단합을 주장
했던 홍사덕, 조순형, 박찬종, 허경구, 이철 등의 정치인들이었다. 그들은 1
월 5일 김대중, 김영삼 '양 김 씨'는 범민주세력을 통합하는 연합 기구를
만들어야 한다고 요구했다. 1월 16일에는 이돈명, 조남기, 성내운, 이우정,
이문영, 박용길, 그리고 나를 포함한 재야인사 53명이 종로5가 기독교회관
에 모여 '범민주정치세력통합추진협의회'를 구성하라는 성명서를 냈다.
그 이튿날 박형규, 계훈제를 위시한 재야인사 10명도 신구 세력이 하나가
되는 야권 통합을 하라고 목소리를 높였다. 그와 동시에, 통합을 위해서는
두 김 씨를 배제해야 한다는 소리가 정치인과 재야인사 사이에서 불거졌

다. 그러나 현실적으로 실질적인 정치력을 가지고 있는 그 둘을 배제한 정당이나 통합은 불가능한 일이었다.

민주당은 새로운 세력을 포섭하여 당을 새롭게 정비하기 위해서 김 총재의 직계인 박용만, 최형우, 김동영 등이 부총재 선거에 출마하지 않기로 했다. 평민당에서도 재야인사를 영입하기 위해서 박영숙 부총재를 제외한 모든 부총재들이 사의를 표명했다. 결국 어느 당이 더 참신한 정치 세력을 흡수하느냐를 두고 경쟁하기에 이르렀다.

어느 날, 아침 이른 시간에 전화가 왔다. 놀란 나는 걱정스런 마음으로 전화기를 들었다. 그런 시간에 걸려오는 전화란 흔히 좋지 않은 소식을 전하는 경우가 많아서였다. 수화기에서 들려온 목소리는 이택돈 변호사의 목소리였다.

"너무 일찍 전화를 걸어서 미안합니다."

"아니, 무슨 일이 있나요?"

"무슨 일이 있는 게 아니라……, 좀 의논할 일이 있어서요. 종로5가에 나와서 아침이나 같이 합시다."

"뭐 이렇게 아침 일찍부터……."

"여기 예춘호 선생과 성내운 교수도 오실 건데 모두 바쁜 분들이어서 이렇게 아침 일찍 모이기로 했습니다. 문 박사님이 꼭 나오셔야 되겠습니다. 종로5가 교회협의회 강당에 붙어 있는 식당으로 나오십시오."

나는 주섬주섬 옷을 차려입고 지하철을 타고 종로5가로 달려갔다. 그것이 아마 1월 20일께였던 듯하다. 그들은 마치 내가 무슨 중요한 인사이기나 한 것처럼 나를 기다리고 있었다. 식사를 주문하고 나서 이돈명 변호사가 입을 열었다.

"아무래도 야당 통합은 불가능한 것 같으니 이젠 평민당을 미는 수밖에 없지 않겠습니까?"

"사태가 그렇게 돌아가는 것 같군요."

"그렇다면 우리 민주 인사들도 입당을 해야 한다고 생각합니다." 그러고는 그는 내 얼굴을 바라보았다.

"법을 아는 이 변호사나 정치에 경험이 있는 예춘호 선생 같은 분들이 앞장서서 입당해야죠." 나는 당연하다는 듯 말했다.

"아니오. 문동환 박사님 같이 순수한 분들이 앞장서야 합니다." 예춘호 선생이 끼어들었다.

"요즈음 사회에서 두 분 문 목사에 대한 존경이 대단합니다. 문 박사님이 앞장서야 합니다." 성내운 교수도 거들었다.

"너무 뜻밖이군요. 나는 고지식하고 직설적이어서 정치에는 도저히 맞지 않는 사람인데 어찌 정치의 세계로 들어갑니까?" 나는 머리를 흔들었다.

"김대중 선생이 문 박사를 먼저 생각하고 계십니다. 미국에서도 가깝게 지내셔서 신임을 하는 모양입니다." 예춘호 선생이 김대중 선생의 이름을 들먹이면서 나의 결단을 촉구했다.

김대중 선생이 나를 원한다니 믿어지지 않았다. 미국에서 같이 있을 때 언제나 내가 너무 솔직하다고 충고하던 그였다. 그리고, 그 자리에서 말은 하지 않았지만, 한신대 총장 물망에 올라 있는 때에 정계에 들어간다는 것은 생각할 수가 없었다.

"김 선생이야말로 내가 정치적이지 못한 것을 잘 아시는 분입니다. 그런 분이 그렇게 말했을 까닭이 없습니다."

나는 완강히 부정했다. 예춘호 선생은 여전히 그것이 김 선생의 뜻이라고 강조했다.

"이렇게 아닌 밤중에 홍두깨처럼 무리한 제언을 하니 내가 어떻게 응합니까?"

내가 마침내 목소리를 높이자 이돈명 변호사가 성급하게 결론을 내리지 말고 시간을 두고 생각해 보라고 했다.

돌아오는 길에 형이 단식기도를 하고 있는 혜화동 보나벨뚜라 수녀원에 들렀다. 그 일을 의논하기 위해서였다. 형은 자그마한 방에 이부자리를 펴고 누워 있다가 내가 들어오는 것을 보고 일어나 앉으면서 "어때? 벌써 3주 넘게 단식했는데도 아무렇지 않아!" 하면서 팔의 근육을 자랑했다. 이처럼 형에게는 마치 어린 소년과도 같은 천진한 면이 있었다. "그래도 물을 많이 마시고 귤 같은 것이라도 계속 드셔야 해요." 말해 봤자 소용없는 충고를 하고 나서 이돈명 변호사에게서 들은 이야기를 했다. 내 말을 듣고 나서 형은 말했다. "이미 몸을 더럽힌 내가 알아서 할 테니 너는 몸을 더럽히지 마라!"

형의 말에 마음이 한결 가벼워져 더 생각해 볼 것도 없다고 마음먹었다.

그러나 그 문제는 그리 간단하게 끝나지 않았다. 이틀 뒤에 김상근 목사가 나를 만나자고 했다. 우리는 종로5가에 있는 어떤 한식집에서 만났다. 김 목사는 주저주저하다가 말을 꺼냈다.

"어제 한신대 이사회가 새 총장으로 주재용 박사를 모시기로 결정을 했답니다. 어처구니가 없습니다. 이사들에게서 문 박사를 총장으로 모신다는 약속을 받았는데 실제 투표에서는 그 약속이 지켜지지 않았어요." 김 목사는 미안하다는 듯이 말했다. "주재용 박사 쪽에서 문 박사를 꿈만 꾸는 이상주의자라고 역선전을 한 모양이에요."

"그럴지도 모르지. 모든 것을 잘 맺는 주 박사가 잘하겠지."

말은 그렇게 했지만 속으로는 어이가 없었다. 나는 한신대의 미래에 대해 많은 꿈을 가지고 있었기에 적지 않게 실망했다. 맥이 탁 풀렸다.

'안 될 것이면 진작 내 이름을 철회했어야지.'

조금 있다가 김 목사는 자세를 바꾸더니 "문 박사님, 평민당에 들어가시면 어떻겠어요?" 하는 것이었다. 나는 놀랐다. 나를 누구보다도 잘 아는 김 목사 입에서 평민당 이야기가 나오리라고는 생각도 못했기 때문이다.

"그건 안 돼. 내가 정치할 사람이 아니잖아?" 나는 머리를 흔들었다.

"왜 안 돼요? 김 선생 옆에 문 박사와 같은 사람이 있어서 필요한 충고를 해야 합니다."

나는 더 놀랐다. 김대중 선생이 김상근 목사와도 그런 이야기를 나누었 다는 것이 아닌가.

"안 돼. 나는 안 돼."

이야기는 그렇게 끝났다.

며칠 뒤 갑자기 안병무 박사가 우리 집에 찾아왔다.

소파에 앉아서 차와 과일을 들던 안 박사는 "그래 문 박사, 앞으로 무엇 을 할 거요?" 하고 물었다. 한신대 총장 후보에서 떨어졌으니 이제 무엇을 할 거냐는 질문이었다. 묘한 심정이 들었다.

"하기는 무엇을 해. 책이나 읽고 글이나 쓰고, 명예교수가 되었으니 강의 한두 가지 하고 그러지. 별거 있어?"

"이제 그런 것이 뭐 그렇게 중요해? 그보다는 평민당에 들어가 봐!"

정말 놀랐다. 안 박사까지 나를 정계에 들어가라고 하다니! 내가 얼마나 물정에 어두운 사람인지는 안 박사가 누구보다도 더 잘 알았다. 그러고 보니 안 박사의 부인 박영숙 여사가 평민당에 들어가 김대중 선생과 가깝다는 사 실이 생각났다. 결국 김 선생이 박영숙 여사를 통해서 안 박사에게 나를 설득 할 것을 부탁한 것이었다. 김 선생이 정말 나를 원하고 있음을 알 수 있었다. 그러나 나는 응할 수 없어 안 박사에게 속 시원한 대답을 줄 수가 없었다.

안 박사를 보내고 나서 생각해 보니 좀 이상했다. 어떻게 안 박사까지 나 를 평민당에 가라고 하는 것일까? 그는 얼마 전까지만 해도 내가 한신대 총장이 되어야 한다고 했던 사람인데, 내가 총장이 되지 못한 것을 섭섭해

하는 눈치는 전혀 없이 평민당에 들어가라고만 하니 이상한 일이 아닐 수 없었다. 그러고 보니 김상근 목사도 그랬다. 나를 총장으로 미는 작업을 해야 할 사람이 나를 정당에 들어가라고 회유하기 바빴으니 말이었다. 어딘가 의심쩍은 데가 있었다. 과연, 후에 알고 보니, 나의 동지들이 안 박사 집에 모여서 나를 학교가 아니라 평민당에 들어가게 하기로 생각을 모았던 것이다. 그 이야기를 듣자 은근히 화가 났다. 당사자인 나와는 아무런 의논 없이 그런 결정을 한 것도 그러려니와, 그렇다면 애초에 총장으로 추천하지도 말았어야 했다. 총장 자리에서 떨어지게 하고는 꼼짝없이 정당으로 들어가라고 하다니, 내 기분이 좋을 리가 없었다.

안 박사가 왔다 간 며칠 뒤 민통련의 젊은 실력자인 이해찬 동지가 나를 찾아와 또다시 나를 설득하려고 했다. 그러면서 하는 말이 민통련의 많은 동지들이 평민당으로 들어가는데 어른이 있어야 하기에 나를 모시고 들어가겠다는 것이었다. 그 말에 나는 적이 놀라지 않을 수가 없었다. 왜 하필 내가 들어가야겠냐는 말에 김대중 선생이 나를 모시고 들어오라고 했다는 것이었다. 아마도 김대중 선생은 워싱턴에서 가까이 지내는 동안 나를 신뢰하게 된 것 같았다. 나는 그래도 망설여졌다. 이해찬 동지가 말했다. "문 박사님. 이것은 우리가 하고 있는 민주화 운동의 연장입니다. 누가 자격이 있어서 민주화 운동을 했습니까? 해야 할 일이니 했지요." 그 말이 무척 설득력 있게 들렸다. 그래도 나는 결단을 내리지 못했다.

그 뒤로 나는 죄책감을 느꼈다. 내가 필요하다고 하는데 웅크리고 앉아 응하지 못하고 있으니 마음이 편할 리가 없었다. 그렇다고 내 성정에 맞지 않는 정계에 들어간다는 것 또한 쉽게 받아들일 수가 없었다.

그렇게 고민하던 어느 날, 새벽에 이상한 환상을 보았다. 이른 새벽, 잠에서 일찍 깬 나는 자리에 누운 채로 이 생각 저 생각 하고 있었다. 그랬는데 갑자기 눈앞에 박영숙 선생의 얼굴이 나타나는 것이었다. 슬픔이 감도는 얼굴이었다. 조금 있다가 그녀의 모습이 사라지고 수천만의 민중들이 한데 엉켜서 아우성을 치는 것이었다. 놀라 깨어난 나는 알지 못할 신비한 느낌에 휩싸였다. 비몽사몽간에 일어난 일이었다. 그리고 다시 잠이 들었는데 이번에는 김대중 선생의 얼굴이 나타났다. 역시 몹시 슬픈 표정이었다. 그러더니 다시 수천만의 민중이 아우성치는 장면이 나를 압도했다. 잠에서 깨어난 나는 가슴이 울렁거리는 것을 참을 길이 없었다. '한국의 민중들이 나를 나오라고 하는구나. 박영숙 선생이나 김대중 선생이 그 민중들의 요청을 나에게 전달하는 것이구나.' 가슴이 한층 더 울렁거렸다. '민중들이 나오라는데, 그렇다면 할 수 없지. 나가야지.' 어떤 강렬한 힘에 이끌려 가는 듯했다. 그렇게 해서 나는 결국 그 미지의 세계에 발을 들여놓기로 결심했다.

내가 평민당에 들어가기를 거듭 거절했을 때였다. 김대중 선생은 박영숙 선생에게 "이젠 정치를 다 집어치워야 하겠군요. 문 박사가 젊은 동지들을 이끌고 들어와야 하는데 기어이 들어오지 않는다면 이젠 재기의 가능성이 없으니까!"라고 한탄했다고 했다. 평민당에 들어간 뒤에 김대중 선생한테서 직접 들은 이야기였다.

이렇게 해서 나는 또다시 하느님의 발길에 차여, 내 성정에도 맞지 않는 '정치'라고 하는 미지의 세계에 발을 들여놓게 되었다.

1987년의 대선 참패는 깊고도 큰 후유증을 남겼다. 같은 뜻으로, 옥고를 함께 치르며, 민중의 고난 현장에 뛰어들었던 동지들이 대선 때 맺힌 감정의 응어리들을 풀지 못하고 서로 등을 돌렸다. 나는 그 쓰라림을 해결하지 못한 것이 한이 되었다. 설움 받는 민중의 아픔을 어떻게 역사 속에서 대변할 수 있을 것인가를 고민했다. 평민당 입당은 민중을 위해 싸울 수 있는, 당시 상황에서는 유일한 선택이었다. 그리고 대선 실패의 책임을 누구에게 전가하

1988년 2월 1일 평민당 입당식. 나는 하느님의 발길에 차여, 동료들의 떠밀림에 성격에도 맞지 않는 정치판에 뛰어들었다.

기보다는 나 자신이 스스로 걸머져야 한다는 생각이 앞섰다. 신학자로서, 목사로서 인간다운 삶을 영위할 수 있도록, 목회하는 마음으로 정치를 해야겠다고 마음먹었다. 또 나 같은 사람이 정치에 뛰어듦으로써 그동안 피나는 고생을 해 온 많은 후배 동지들에게 길을 열어 줄 수 있으리라고 믿었다. 사실 더러운 흙탕물이라고 해서 정치를 정치인들에게만 맡길 일은 아니라고 생각했다. 그것은 역사의 방관자가 되는 것일 뿐이니 말이었다. 이렇게 결단을 하고 나니 주변의 오해나 비난 같은 것은 별로 문제가 되지 않았다.

입당 절차

"문 박사님 계십니까?" 현관에서 소리가 들려왔다.
"장영달 선생님, 어서 오세요." 아내의 목소리였다.

"문 박사님을 모시고 가려고 왔습니다."

1988년 1월 20일 언저리였다. 민통련 사무실에서 동지들과 만나기로 되어 있었다. 목포 감옥에서 같이 지낸 인연이 있는 장영달이었다.

"문 박사님. 우리와 같이 평민당에 들어가기로 결심해 주셔서 정말 고맙습니다."

우리는 서로 손을 잡고 반가워했다. 택시를 타고 종로3가에 있는 민통련 사무실로 갔다.

"문 박사님. 정말 고맙습니다. 우리가 입당하면서 어른 한 분을 모시고 들어가려고 이렇게 문 박사님께 부탁했는데 허락해 주셔서 정말 고맙습니다." 민통련의 지도급 인사이자 나중에 국회의장까지 지낸 임채정 씨가 말했다. 평민당과 협의해서 입당 조건들을 합의해야 하니 오늘 그에 대해서 의논해야 한다고 했다.

그 조건들은 대체로 이런 것들이었다. 첫째로 총재단을 다섯 명으로 하되 그 중 두 명은 재야 측에 주고 당무회의의 경우도 재야가 절반이 되도록 하고, 지역구 출마 후보를 정하는 위원회에도 재야인사가 절반이 되도록 하자는 것이었다. 그때까지는 총재단 안에 관한 것만 합의를 이루고 나머지는 합의하지 못했다고 했다. 그날 점심 세실레스토랑에서 평민당 간부들과 최종 회합을 가질 예정이라고 했다. 평민당에 가담하는 사람은 모두 80명 남짓했다.

시간이 되어 세실레스토랑으로 향했다. 세실레스토랑은 민주화 운동을 하는 사람들에게는 매우 각별한 곳이었다. 그동안 이곳에서 온갖 회합을 해 왔다. 그곳에 도착하니 이길재, 이해찬 같은 젊은 동지들이 와 있었고, 최영근, 김영배, 한광옥, 박종태 의원 등 평민당 간부들도 뒤이어 들어왔다. 서로 인사를 나눈 뒤 식사를 하면서 우리가 원하는 조건들을 제시했다. 그들은 대체로 받아들이는 데에 무리가 없다고 생각하지만 당무회의의 승인을 받아야 한다고 했다. 우리는 점심을 먹으면서 함께 민주화를 위해서 싸우던 이야기를 하다가 헤어졌다. 헤어질 때 최영근 의원이 우리에게 오더니 "원하는 것을 주저하지 말고 이야기하십시오." 하고 격려했다. 우리가 입당하는 것을 전적으로 지원하는 모습이었다. 얼마 뒤 우리의 요구를 다 받아들인다는 소식이 왔다. 그리고 나를 수석부총재로 임명하기로 합의했다고 전했다.

이렇게 되자, 이번에는 거꾸로 내가 이돈명 변호사, 성내운 교수를 불러 식사를 하면서 당에 같이 들어가자고 강력히 권했다. 그런데 야속하게도 자신들은 정치를 할 사람이 아니라고 하면서 기어이 꼬리를 빼는 것이 아닌가. 참 야속했다. 나만 집어넣고 저희는 빠지다니.

그 후 27일에는 입당하기로 한 동지들이 한 자리에 모여 최종적으로 입당할 사람의 명단을 작성하였다. 모두 87명이었다. 박상천도 그 중의 한 사람이었다. 그리고 당무위원에 추천할 사람과 국회의원 입후보자 선정위원이 될 사람을 선정했다. 나와 박영숙 선생이 최고위원이 되고, 당무위원에는 나와 박영숙을 위시하여 임채정, 장영달, 이길재, 이상수, 박석무, 이해찬, 서경원, 조승형 등이 선정되었다. 국회의원 후보 선정을 위한 위원회에는 임채정, 이길재, 이해찬을 추천하기로 했다. 그 자리에서 우리는 중요한 한 가지를 더 결정했다. 그것은 이렇게 같이 정치의 세계에 들어가는 우리가 계속 한 덩어리가 되어서 평민당에 기여하기 위하여 평민연이라는 조직을 만들기로 한 것이었다. 나와 박영숙 선생이 평민연 의장을 맡고 임채정이 총무를 맡았다.

입당식은 2월 1일 오전 10시였다. 그날 아침 김대중 총재가 마련해 준 소형 승용차가 나를 데리러 왔다. 자동차가 한강 다리를 건널 때 멀리 있는 국회의사당을 바라보자니 감개무량했다. "물정 모르는 내가 정치가가 되다니……." 하고 생각하니 소도 웃을 것만 같았다. 함석헌 선생이 말하듯이

평민연 현판식. 재야 운동권에서 함께 입당한 동지들은 여의도에 사무실을 마련하여 정치 현안에 대해 함께 고민하였다.

정말 하느님의 발길에 차인 것이 틀림없다 싶었다.

평민당 당사에 들어서자 당원들이 나를 맞이해 주었다. 엘리베이터를 타고 7층에 올라가니 벌써 많은 사람들이 모여 있었다. 박영숙 선생, 일전에 만났던 최영근 의원, 그리고 임채정 동지를 비롯한 적지 않은 동지들이 모여 있었다. 그들과 인사를 나누기에 바빴다. 아직 김대중 총재는 보이지 않았다. 그 뒤로도 김 총재는 언제나 마지막 순간에 나타났다. 지도자로서의 그의 권위를 은연중에 시위하는 것이지 싶었다.

시간이 되어 김대중 선생이 나타나자 모두 준비한 자리에 앉았다. 전면에 마련된 긴 좌석에는 김대중 총재와 내가 가운데에 앉고 그 오른쪽으로 당 간부들이, 왼쪽으로 재야 중진 인사들이 차례로 앉았다. 문익환 형과 조남기 목사도 함께 자리했다. 그리고 회의실 왼쪽에는 입당할 사람들이, 오른쪽에는 당의 국회의원들이 앉았다.

시간이 되자 김대중 총재가 일어나서 군사독재를 물리치고 다시 민주주의의 깃발을 올리게 된 것은 정의와 평등을 위해서 몸부림친 수많은 민중과 그들 앞에 서서 몸을 바친 지도자들의 투쟁 덕분이었다고 말했다. 그리고 재야의 민주 세력이 평민당과 합세하게 된 것이야말로 평민당의 영광인 동시에 앞으로 평민당이 해야 할 과제가 무엇인지를 명확히 말해 준다고 힘을 주어 말했다. 따라서 앞으로 평화민주당이 이룩해야 할 일들이 중차대하기에 지혜와 힘을 한데 모아 이 과업을 이룩하자고 다짐했다. 나에게 입당하는 동지들을 대신해서 한마디 해 달라고 했다.

"정치를 한다는 것은 꿈에도 생각해 본 적이 없는 제가 평화민주당의 수석부총재가 된다는 것은 도무지 격에 맞지 않습니다."라고 입을 열었다. 이어서 "나는 어려서 간도에서 자랄 때부터 나라와 민족을 위해 바치지 않은 삶이란 무의미한 것이라는 가르침을 귀에 못이 박히도록 들으면서 자랐습니다. 그렇기에 그동안 민주화와 통일을 위해서 목숨을 걸고 뛰던 젊은 동지들이 나라와 민족을 위해서 평민당에 함께 들어가야 한다는 것을 거역할 수가 없어서 이 자리에 서게 됐습니다."라고 말했다. 그러면서 앞으로 "김대중 총재를 위시한 정치 선배들의 지도를 받으면서 우리가 가진 모든 것을 이 나라의 민주화와 통일을 위해서 바칠 것"이라고 했다.

그런 다음에 문익환 목사의 축사가 있었다. 형은 "외세로 말미암아 남과 북으로 갈라진 지 40여 년이 넘도록 하나가 되지 못한 것을 생각할 때 부끄러움을 금할 길이 없다"고 하면서 "이제 민주화를 이룩하게 되었으니 빨리 국론을 바로잡아 통일의 대로에 들어서야 한다. 평민당은 이것을 사명으로 알아 있는 힘을 다 모아 주기를 바란다. 우리도 뒤에서 있는 힘을 다 바쳐서 이를 도울 것이다"라고 간절한 심정을 털어놓았다. 그곳에 모인 사람들도 다 같은 심정이었으리라.

입당식이 끝난 다음 나는 별실에 모인 당원들에게 인사말을 하게 되었다. 입당하기를 주저하다가 입당을 결단하게 한 신비한 꿈 이야기를 하면서, 외세로 말미암아 민족이 서로 갈라져 갖가지 고생을 겪은 데에다 군사 독재 밑에서 서러움을 받아 온 민중들의 아우성 소리에 응하지 않을 수가 없어서 입당을 결심했으니, 모두 한 마음으로 민족의 숙원을 이룩하도록 노력하자고 당부했다. 그 모든 절차가 끝난 뒤에 새로 입당한 평민연 동지들끼리 따로 모여 서로 격려의 말을 나누었다. 모두들 눈이 샛별처럼 빛났다. 나는 마치 벌써 민주화와 통일을 이룬 것 같은 느낌에 잠겼다.

형과 같이 차를 타고 집으로 돌아오는 나는 마치 꿈속을 헤매는 것과 같은 심정이었다. 동시에 형이 서야 할 자리에 내가 섰다는 송구한 느낌도 금할 길이 없었다. 그러자 옆에 있던 형이 "전에는 네가 나에게 솔직한 충고

평생을 동지이자 친구처럼 지내온 익환 형과 나. 그는 내가 정치권에 들어가는 것을 환영하였고, 그 후에도 솔직한 충고를 해 주었다. 가운데 있는 이가 장영달 동지.

를 해 주었는데 이제부터는 내가 너에게 솔직한 충고를 할 터이니 그렇게 알아!" 그러면서 형은 "무엇보다도 통일에 관심을 가져야 해!" 하고 내 무릎을 탁 쳤다. 하긴 형과 나는 언제나 솔직히 대화를 나누고 충고를 서슴지 않는 사이였다. "잘 부탁해요." 이렇게 대답하면서 나는 이런 형을 둔 것을 무한히 고맙게 생각했다.

첫 임무

날씨는 쌀쌀했으나 청명한 날이어서 기분은 상쾌했다. 평민당의 당무회의에 두 번째로 참석하는 날, 나는 소형 승용차를 타고 출근했다. 여름이 되면 차에 에어컨이 없어서 창문을 열어 놓고 달린 탓에 국회에 도착했을 때 내 머리는 바람에 날려 엉망이 되곤 했다. 김대중 선생은 나를 보고는 옷차림과 머리를 단정하게 하면 좋겠다고 지적하기도 했다. 정치인이 되기 위해서는 외모까지도 신경을 써야 했다. 그런데 국회의원 가운데 소형차를 탄 사람이 나밖에 없다 보니 신문기자들이 특별한 관심을 보였다. 동아일보의 어떤 기자는 나에게 큰 차로 바꾸지 말고 계속 그 차를 타라고 조언하기도 했다.

차는 서울 시가지를 물고기가 날쌔게 헤엄쳐 나가듯이 빠져나갔다. 며칠 전의 첫 번째 당무회의 때 일이 머리에 떠올랐다.

그날 이야기의 중심은 앞으로 평민당이 나아가야 할 방향에 관한 것이었다. 그때 대학에 있다가 온 지 얼마 안 된 정대철 박사가 앞으로 평민당은 이념 정당이 되어야 한다고 강하게 주장했다. 그러면서 한국의 정당은 여당 야당 할 것 없이 이념이 없는 정치 클럽과도 같다고 그는 비판했다. 그의 강한 발언에 모두가 어안이 벙벙해져 얼마 동안 아무도 아무런 반응을 하지 않았다. 그래서 내가 입을 열었다.

"그 말은 아주 중요한 말입니다. 그러나 그렇게 간단하게 말할 수는 없을 것 같습니다. 지금 여당인 민정당은 가진 자들을 지원하는 정당임에 틀림이 없으니 우익인 것이 확실하고, 우리 평민당은 중산층 이하의 민중을 위한 정당임에 틀림없으니 중도좌파입니다. 문제는 우리가 얼마나 실질적으로 중산층 이하를 위한 정치를 추구하느냐 하는 것일 뿐입니다."

그러자 조순승 박사가 "그 말이 맞습니다. 그렇게 표방은 하지 않았으나 우리는 이념 정당입니다. 그러기에 앞으로 우리의 이념에 맞는 정책을 세우는 데 있는 힘을 다해야 합니다." 하고 내 말에 동의했다.

당무회의가 끝난 뒤에 한 중진 의원이 내게 "정치에 금방 들어오신 분이 어떻게 그렇게 정확하게 보십니까?" 하고 경탄하는 것이었다. 그렇게 반응하는 그가 나는 도리어 이상했다. 당연한 이야기를 했을 뿐인데 그것에 놀라는 것을 보면, 그동안 정치를 해 온 사람들의 사고가 어떠했는지 짐작할 수가 있었다.

이런저런 생각을 하면서 당사에 도착하니 많은 당무위원들이 벌써 와 있었다. 평민연 동지들도 있었다. 회의실 옆에 있는, 부총재들이 사용하는 자그마한 방에는 최영근, 이중재, 박영숙, 박영록, 김영배 등 당 간부들이 이미 와 있었다. 그 방의 터줏대감은 김대중 선생과 오랜 연분이 있는 박영록 의원이었다. 그는 언제나 그 방을 지켰다.

시간이 되기를 기다리면서 서로 대화를 주고받는데 손에 문서를 든 한 의원이 전화를 하려고 그 방에 들어왔다. 그런데 그는 자신이 직접 전화를 걸지 않고 비서에게 시키는 것이었다. 나는 좀 놀랐다. 자기 전화를 자기가 걸지 않고 비서에게 시키는 행동이 몹시 권위주의적으로 느껴졌다. 나중에 보니 국회의원은 누구나 다 그렇게 비서들을 시켰다. 한 자리 하면 저도 모르는 사이에 그렇게 되는 법이리라. 그런 모습을 보면서 나는 비서를 그런 식으로 쓰지 않으리라 다짐했다. 그리하여 꼭 필요한 경우가 아니면 결코 비서를 대동하고 다니지 않고, 그들이 사무실에서 필요한 일을 하게 했다. 나는 국회의원의 권위의식에 물들지 않으려고 의식적으로 노력했다. 공항이나 역의 귀빈실도 되도록 사용하지 않고, 짐은 내 손으로 들고 다녔다.

시간이 되어 김대중 총재가 들어오자 모두 회의실에 들어가 제자리에 앉았다. 당무위원은 40명가량이었다. 모두 자리에 앉자 사무총장 김영배 의원이 그날 회의 의제들을 발표했다. 첫째는 곧 있을 국회의원 선거를 앞두고 후보자 선정을 어떻게 할 것인가, 둘째는 야당들이 통합해야 한다는 재야의 강력한 요구를 어떻게 하느냐 하는 것이었다.

그 다음으로 두 정당의 합당에 관한 문제에 대해서는 여러 가지 의견들이 나왔다. 도저히 합당이 되지 않을 것을 시간만 끌 필요가 있겠느냐는 의견이 먼저 대두되었다. 총선이 5월이라서 시간이 얼마 없기 때문이었다. 적지 않은 사람들이 그렇게 느끼는 것 같았다. 야당끼리 나뉘어 경쟁하게 되면 질 수밖에 없으니 두 당이 연합공천을 하는 것이 좋을 것이라는 의견이 뒤이어 나왔다. 그러나 그것은 합당이 되지 않을 경우에 이야기할 문제라서, 현재 합당을 해야 한다고 재야가 아우성치는 마당에 이에 응하지 않으면 국민들이 평민당을 지지하지 않을 것이 아니냐는 주장이 힘을 얻게 되었다. 결국 합당 교섭을 위한 위원을 선정하기로 결론을 내렸다. 그 위원 선정은 총재단에 일임하기로 했다. 이렇게 생각을 집합하게 하는 김대중 총재의 회의 방법이 퍽 흥미로웠다. 그는 당무위원들이 충분히 토론하게 하여 다양한 의견들을 내면 그것을 정리하면서 결론을 내렸다.

이어서 가진 총재단 회의에서 국회의원 후보 선정을 위한 위원을 선정했다. 평민연에서는 임채정, 이길재, 이해찬 동지가 선정되었다. 그리고 합당을 위한 협상위원으로 이중재, 조세형, 김영배, 임채정, 허경만, 신기하, 한광옥, 박상천을 선정했다. 협상위원이 결정되자 김대중 총재는 나에게 위원장을 맡으라고 했다. 당에 갓 들어온 나로서는 그런 중책이 부담스럽긴 했지만 기꺼이 맡기로 했다. 위원장은 회의를 진행하면서 위원들의 생각을 잘 정리해서 결론을 도출하는 회의 절차만 잘하면 된다고 생각했기 때문이다. 아마도 내가 재야에 있을 때 민주 인사들과 함께 두 당의 통합을 요청한 일이 있었고, 또 나의 형 문익환 목사가 이 일에 적극적이기에 김 총재가 나에게 그 일을 맡긴 것이리라.

회합은 2월 5일부터 시작되었다. 민주당의 위원장은 김수한 의원이었다. 우리 둘은 번갈아 회의 진행을 주재했다. 우리가 해결해야 할 과제는 크게 두 가지였다. 첫째가 선거구제의 문제였다. 민주당은 중선거구제를 주장했고 평민당은 소선거구제를 주장했다. 민주당이 중선거구제를 주장한 것은 경상도 일대에서는 중선거구제를 해야 각 지역에서 한 자리씩을 나누어 가질 수가 있고 또 다른 지역에서도 자기들에게 유리하다고 생각해서였다. 그러나 평민당이 중선거구제를 반대한 까닭은 중선거구제가 여당에 유리하기 때문이었다. 그리고 재야인사를 영입하는 문제에 대해서 민주당은 먼저 당을 통합한 다음에 고려하자고 했고, 평민당은 통합 시부터 재야와 더불어 3자 통합을 해야 한다고 주장했다. 재야인사에게도 같은 권한을 줘야 한다고 생각해서였다.

그러던 중 2월 8일 김영삼 총재가 갑자기 민주당 총재직을 사퇴하고 설악산으로 가 버렸다. 두 당의 통합을 위해서 사퇴한다는 것이었다. 그러면서 평민당 김대중 총재도 사퇴하기를 종용했다. 김대중 총재를 향한 사퇴 압박은 갈수록 더 심해졌다. 김대중 총재를 정계에서 물러나게 하려는 것이었다. 김대중 총재는 합당이 되면 총재직에서 물러날 수가 있다는 의사를 발표했다. 복잡한 합당 과정을 실력자가 조종해야 한다고 생각해서였다.

2월 14일 외교구락부에서 가진 협의회에서 통합을 위한 4개 항의 합의가 이루어졌다. 첫째로 야권 대통합 원칙에 합의한다. 둘째로 민주당은 평민당에서 주장하는 소선거구제를 수용한다. 셋째로 합동의원총회를 15일에 열어 원내 대책을 논의한다. 넷째로 당명, 당헌 등을 위한 소위를 구성한다.

얼른 보기에는 통합에 대한 합의가 다 이루어진 듯했다. 언론들은 민주당이 소선거구제를 받아들임으로써 통합을 위하여 크게 양보했다고 논평했다. 그러나 당론을 변경하기 위해서는 당 공식 기구의 결정을 얻어야 한다면서 이에 대한 최종적인 확답은 피했다. 그리고 재야를 영입하는 문제에서도 여전히 생각이 달랐다. 재야를 독립된 주체로 인정해 3자 통합의 절차를 밟자는 평민당과 달리, 민주당은 재야 문제는 통합 뒤에 생각하자는 주장에서 한 치도 물러서지 않았다. 평민당은 민주당이 소선거구제를 확실히 수용하기 전에는 통합을 생각할 수 없다고 주장했고, 민주당은 소선거구제에 대해서는 확답하지 않은 채 평민당이 참여하지 않아도 15일에 참여하는 의원들 중심으로 통합 절차를 진행하겠다고 주장했다.

2월 29일 마침내 민주당이 소선거구제를 수용하겠다고 함으로써 통합이 일보 전진하게 되었다. 그날 외교구락부에서 모인 회합에서 민주당은 소선거구제를 받아들이기로 하고 이를 위한 소위를 구성하여 29일에 국회에 제출하기로 했다. 그리고 당헌, 당규 등 여러 소위를 구성하여 구체적으로 통합을 추진하기로 했다. 그리고 양당은 29일까지 정무회의 혹은 통합을 위한 수임 기구를 결성하여 통합을 합법화하기로 결정했다. 두 김 씨의 합의가 협의의 진전을 가져온 것이다.

그러나 당 지도 체제에 대해서는 의견이 대립되었다. 평민당은 두 김 씨가 공동대표가 되는 체제를 주장했다. 실질적으로 두 김 씨가 손을 잡지 않으면 아무것도 이루어질 수 없기 때문이었다. 그러나 민주당에서는 단일 대표제를 주장했다. 두 김 씨가 물러나고 제3자가 당 대표를 맡아야 한다는 것이었다. 사실 이것은 박형규 목사와 계훈제 선생의 주장이요, 통합을 주장하는 조순형, 박찬종 의원 등의 견해이기도 했다. 무게의 중심은 김대중 총재를 정계에서 물러나게 하는 것이었다.

김대중 총재는 총선 전에 후선으로 물러서는 것은 지혜로운 일이 아니라고 생각했다. 두 김 씨가 손을 잡고 총선을 위해서 유세를 하면 놀라울 정도의 효과가 있으리라고 주장했다. "통합이 되면 제2선으로 물러나겠다고 약속하지 않았느냐?"는 기자들의 질문에 김대중 총재는 총선이 끝나면 후선으로 물러설 것이라고 대답했다. 그러나 김대중 총재에 대한 사퇴 압력은 가속되었다.

그러던 어느 날 김대중 총재는 박영숙, 최영근 부총재와 나를 사택에 불러서 자기가 총재직에서 물러 날 수밖에 없겠다는 결론을 피력했다. 그러면서 이중재 의원의 주장을 우리에게 전했다. 이중재 의원은 그동안 민주당 인사들과 접촉했던 모양으로, 김 총재가 사퇴하면 틀림없이 통합이 이룩될 것이라고 장담했다는 것이다. 그리고 문익환 형도 사퇴를 강하게 권했다고 했다. 김 총재는 "문 목사도 내가 사퇴하지 않으면 민통련 관련자들을 다 회수하겠답니다."라면서 나를 주시했다. 사실 민통련이 정계에 가담할 때 통합을 전제로 한 조건부 참여에 합의했던 터였다. 따라서 김 총재는 더는 버틸 수가 없어서 사퇴하기로 결심했다는 것이었다. 이렇게 말하는 김 총재의 표정은 퍽 심각했다. 우리는 할 말이 없었다. 김대중 총재는 그러면서 나에게 총재직을 맡으라고 했다. 나는 당황했다. 형이 그렇게 강하게 사퇴하라고 했는데 내가 총재직을 맡는다는 것은 생각할 수가 없었다. 그래서 할 수 없다고 했더니, 최영근 부총재가 "그러면 박영숙 부총재가 총재직을 맡아야

평민연의 핵심 일꾼으로 평민당에 같이 입당한 임채정 의원과 박영숙 부총재.

죠!" 해서 박영숙 선생이 얼마 동안 총재직을 맡았다.

이런 사태를 보면서 나는 속으로 통합은 불가능하다고 판단했다. 민주당 편에서는 기어이 김대중 총재를 밀어낸 뒤에 김영삼을 다시 총재로 추대하려고 할 것이고, 그렇게 되면 당은 다시 분열될 것이었다. 결국 저마다 자기 정당이 통합에 더 적극적임을 국민들에게 보임으로써 총선에서 유리한 입장을 획득하려는 것으로밖에 보이지 않았다. 그 면에서 민주당이 한 수 더 높았다. 중선거구제를 양보했고, 김영삼 총재가 먼저 총재직에서 물러나려고 했으니 훨씬 더 성의가 있어 보였다.

3월 19일 양당의 통합 소위가 서교호텔에서 최종 회합을 가지려고 했다. 그랬는데 전대협 학생들과 완력패들이 호텔을 급습하여 민주당 대표들을 연금하고 민주당을 규탄하는 사건이 벌어졌다. 민주당은 이것을 평민당의 책동이라고 여겨, 그 같은 평민당과는 통합할 수 없다고 통합 논의 중단을 공식적으로 선언했다. 한편 평민당에서는 그런 일을 꾸민 일이 없기에 그 사실을 강력히 부인하면서, "그런 불미스러운 일이 일어났다 해도 통합의 중요성을 생각하고 이를 계속 추진해야 마땅한데 이를 빌미로 통합 논의를 중단한다는 것은 처음부터 통합 의지가 없었음을 명확히 드러낸 것이니 대단히 유감스럽다".라는 성명을 냈다. 이렇게 해서 두 당의 통합 논의는 깨지고 말았다.

이런 정치 각축전을 옆에서 지켜본 나는 허탈하기 짝이 없었다. 통합이 그렇게 중요하다면 무슨 일이 있어도 통합해야 하는 것이지 이렇게 서로를 비난하면서 갈라지다니 정말 기가 막혔다.

일이 이렇게 되자 누구보다도 입지가 곤란하게 된 것은 이중재 의원이었다. 그는 두 당이 하나가 되어야 한다고 믿었고, 김대중 총재가 뒤로 물러서면 합당이 된다고 주장했는데, 김 총재가 후퇴했는데도 합당은 성사되지 않았으니 말이었다. 김대중 총재 측근들의 그에 대한 반감은 대단했다. 이중재 의원은 얼마 동안 고민하던 끝에 평민당에서 나가기로 결정했다. 그가 당에 출근한 마지막 날 당사에서 나가려고 엘리베이터를 기다리고 있을 때 그에게 반감을 가진 당원들이 그를 에워싸고 마구 비난했다. 그는 대의를 위해 노력하고 그에 따라 소신을 피력했을 뿐인데, 그것을 존중할 줄 모르는 풍토가 나는 서글펐다. 이렇게 나의 첫 번 임무는 실패로 끝을 맺고 말았다.

여소야대의 정국

총선 날짜는 4월 26일. 후보를 결정하고 총선에 임하자면 날짜가 얼마 없었다. 평민당은 서둘러 후보자 신청을 받으면서 후보선정위원회를 구성하였다.

그런데 종로구 당원들이 나에게 종로구에 출마하라고 권유했다. 내 이름이 알려져 있으니 당선이 어렵지 않다는 것이었다. 그러면서 선거 운동에 필요한 재정은 자기들이 준비한다고 했다. 김대중 총재도 내가 종로구에 출마하기를 원했다. 종로구는 서울에서 가장 중요한 선거구였다. 그 다음으로 중요한 중구는 정일형 의원이 계속 당선되던 곳이어서 그 아들 정대철 박사가 그 지역에 입후보하면 무난히 당선될 것으로 기대했다. 그러니 만일 내가 종로구에 출마해서 당선된다면, 평민당이 상징적으로 서울을 독점한 것과 같은 결과가 되는 것이었다. 그런 이유로 나에게 종로구 출마를 끈질기게 요청했다.

그러나 나는 이에 응할 수가 없었다. 나는 본래 민통련을 중심으로 한 젊은 민주 인사들이 정계에 진출하는 것을 돕기 위해 입당했거니와, 일 년 정도만 당에 몸을 싣고 있다가 떠날 계획이었다. 그러니 앞으로 본격적으로 정치 활동을 할 유망한 사람이 출마해야 한다고 생각했다. 나와 가까운 재야 동지들도 지역구를 맡지 말라고 충고했다. 나는 전국구 후보가 되기로 했다.

전국구 후보를 공천하는 일은 김대중 총재가 전담했다. 그 무렵 야당에게는 전국구 후보가 곧 선거 자금원이었다. 다시 말해 전국구 후보는 대체로 선거 자금을 댈 수 있는 재력가여야 했다. 다만 몇몇 예외적인 경우가 있는데, 박영숙 선생과 나 같은 사람이 그랬다. 전국구 의석수는 지역구에서의 당선자 수에 따라 결정되므로, 어느 당이나 당의 총재가 전국구 후보 명단의 첫 번째 자리를 차지하는 것이 관행이었다. 그런데 김대중 총재는 자기 이름을 후보 명단의 열 번째에 두었다. 그런 모험을 감행한 것은, 총재의 당선을 위해서라도 지역구 선거에서 더욱 열심히 뛰게 하려는 뜻이었다. 그러니 나도 내 이름을 김대중 총재 다음 순위에 둘 수밖에 없었다. 그리하여 박영숙 부총재가 평민당 전국구 명단의 첫 번째 자리를 차지했다.

나는 여러 후보들을 위해서 전국을 돌아다니며 연설했다. 특히 평민연 출신 후보들의 지역구를 더욱 부지런히 찾았다. 강진의 김영진, 전남 무안의 박석무, 광주의 정상용, 서울 성북의 이철용, 서울 관악의 이해찬, 서울 중랑의 이상수, 서울 노원의 임채정을 지원하기 위해 정말 동분서주했다. 선거 막바지에는 김대중 총재와 더불어 서울 지역의 중요한 후보들을 돕는 데 헌신했다. 유신 독재정권의 극악함을 폭로하면서 우리가 꿈꿔 온 정의로운 사회, 모든 사람의 인권이 존중받는 새 내일을 그리면서 목청을 높일 때면 청중들은 환호하였다.

선거운동을 하면서 새삼 느낀 것은 생각과 구변이 좋은 정치가들은 자칫 잘못하면 영웅주의에 빠지기 쉽겠다는 것이었다. 유세장에 모인 사람들을 향하여 새로운 내일에 대한 청사진을 목청 높여 그려 보이면 군중은 하늘이 무너지라고 아우성치며 호응을 보인다. 그러다 보면 연설가는 저도 모르는 사이에 자기가 그들의 꿈을 실현시켜 줄 수 있는 영웅이라고 착각하게 되는 것이다. 이것이야말로 경계할 일이었다. 실제로 그 꿈의 실현이라는 것이 쉬운 일이 아니기 때문이다.

아무튼 이렇게 동분서주한 결과 우리는 예상 밖의 결실을 얻었다. 평민당은 77석으로 일약 제1야당이 되었고 그 가운데 평민연 후보가 무려 20명이나 되었다. 일단은 정계 입문의 명분을 얻은 셈이었다. 민주당은 47명이 당선되었고 전국구 13석을 보태 60석의 제2야당이 되었다. 그리고 자민련은 27명 당선에 전국구 8석을 보태 35석을 차지했다. 무소속 8명까지 합치면 야당이 전체 299석의 과반수가 넘는 174석을 차지하는 결과를 가져왔다. 125석 대 174석이라는 '여소야대' 정국을 만든 것이다. 여당에게 일방적으로 유리한 선거법 아래에서 정말 놀라운 성과를 거둔 것이었다. 이 같은 선거 결과는 국민들이 원하는 것이 무엇인지를 확실히 입증한 셈이었다.

또 하나의 특징은 여야 할 것 없이 중진들이 대거 낙선했다는 사실이었다. 민정당은 장성만 국회부의장, 최영철 전 국회부의장, 임방현 중앙위의장, 이대순 원내총무, 고기남 국책연구소장, 유흥수 제1사무차장, 이세기전 총무, 고건 전 내무장관, 강경식 전 재무장관, 그리고 군사정권에서 득세한 허삼수, 유기정 등이 고배를 마셨다. 민주당에서는 김상현 부총재, 김현규 원내총무, 조홍래 정책심의회의 의장, 그리고 당의 중진인 김수한, 고원영, 박일, 유제연, 권오태 등이 낙선했다. 그리고 민한당의 유치송, 국민당의 이만섭, 신민당의 이철승 등도 정계 재진출에 실패했다.

그동안 유신 체제와 더불어 정치활동을 폈던 구세력은 거의 다 제거되고 새 세대가 전면에 나타난 것이었다. 새로운 정치를 갈망하는 국민들의 뜻이 그토록 거세었다. 이로써 대통령 선거에서 노태우가 당선된 것이 결코 민의가 아니었음도 명확히 드러났다. 더불어 그동안 민주화 운동을 하다가 정계에 발을 들여놓은 우리의 어깨는 더욱 무거워졌다.

순진한 제언들

1988년 7월 중순쯤이었으리라. 당사로 출근하는 길이었다. 한강을 건너는데, 집을 나서는 나를 전송하던 아내가 "정치에 좋은 공헌을 해요!"라고 하던 말이 문득 떠올랐다. '정치에 공헌을? 내가 무슨 공헌을 할 수 있단 말인가?' 정말 코웃음이라도 나올 것 같았다. 정치 초년생인 내가 무슨 공헌을 할 수 있다는 말인가? 산 사람 눈도 빼 먹을 만큼 교활한 정치판에서 물정 모르는 신학도가 무슨 공헌을 할 수 있다는 말인가? 2선, 3선쯤 돼야 정치가 돌아가는 것을 겨우 알 수 있을 테니 말이었다. '그래도 재야에서 민주화 운동을 하던 젊은 동지들, 내가 야당에 접목시킨 그 젊은 동지들이 앞으로 훌륭한 정치가가 된다면 그것이 공헌이겠지. 아니, 우리의 입당으로 평민당이 제1야당이 되었으니 이미 적지 않은 공헌을 한 셈이지…….'

당사에 도착한 뒤 곧 당무회의가 시작됐다. 당무회의를 시작한다는 선언이 있은 뒤에 사무총장이 그날 의논할 안건을 제시하려고 일어섰다. 모두 그날의 토의 의제가 무엇일까 궁금해 하면서 사무총장을 바라보았다. 그것을 보면서 '의제를 미리 알려 줘야지 미리 충분히 생각을 해서 생산적인 토의가 가능할 텐데.' 하는 생각이 들었다. 그래서 그날 회의가 끝나고 산회하기 전에 앞으로 의제를 미리 알려주어 충분히 생각하고 임할 수 있게 하자고 제안했다. 김대중 총재가 좋은 생각이라며 사무총장에게 앞으로는 의제를 미리 알리도록 하라고 지시했다. 이렇게 총재가 내 제의를 받아들이는 것을 본 한 당무위원은 나에게, 총재기 문 수석부총재의 말을 잘 들으니 앞으로 좋은 제의를 많이 해달라고 부탁했다. 그 말을 듣자, '그래, 이런 식으로 회의 절차에라도 도움을 줄 수 있으니 다행이다.' 싶었다. 그러나 나의 제언이 실제로는 별 효과가 없었다. 다음 당무회의 때 사무총장은 회의에 앞서 회의 순서를 인쇄해서 당무위원들에게 나누어 주었을 뿐이었다.

비슷한 일은 또 있었다. 한번은 어떤 안건을 토의할 일이 있어서 당원들이 국회 회의실에 모여 난상토의를 한 일이 있었다. 당시 원내총무인 김영배 의원이 사회를 보면서 젊은 의원들에게 적극적인 발언을 부탁했다. 그리고 토의 진행은 조세형 의원에게 맡겼다. 조 의원의 훌륭한 진행에 따라 회의가 한 시간쯤 이어졌다. 적지 않은 의원들이 열심히 발언했지만 그래도 발언자는 전체의 10퍼센트밖에 되지 않았다. 토의가 끝나고 산회를 하려는데 김대중 총재가 갑자기 나에게 그 모임에 대해 평가해 달라고 했다.

갑자기 회중 앞에 나선 나는 "젊은 의원들이 많이 발언하라고 했는데 나이 많은 내가 또 앞에 서게 되어 미안하다."는 말로 청중을 웃긴 뒤, "한국

정당사에서 의원들이 이렇게 모여서 공개적으로 안건을 토의한 일은 아마 없을 겁니다. 그리고 조 의원의 토의 진행도 퍽 효과적이었습니다. 다른 의원의 발언을 경청하는 자세도 모두들 좋았습니다." 하고 느낀 대로 말했다. 이어서 이런 코멘트를 곁들였다. "이렇게 중대한 안건에 대해 의원들의 생각을 들으려면, 지금처럼 전체가 모인 공개적인 자리에서 하는 것보다는 소그룹으로 나누어서 의견을 듣고 그것을 종합하는 것이 더 효과적일 것입니다. 그러면 의원 모두가 자기의 생각을 좀 더 솔직하게 발언할 수 있을 겁니다. 앞으로는 그렇게 하면 좋겠습니다."

끝나고 나오는데 김대중 총재가 나를 부르더니 "참 좋은 코멘트"라고 칭찬했다. 나는 그런 식으로 당에 얼마쯤 공헌한다 싶었다. 그러나 그것으로 끝이었다. 그 뒤에 그런 모임은 전혀 열리지 않았다.

내가 평민당에 들어간 1988년에는 고르바초프의 '개방정책(Glagsnost)'과 '개혁정치(perestroika)'가 널리 알려져서 화두가 되곤 했다. 나도 그 책을 읽고 세계 역사가 새로운 방향으로 나가는구나 하고 감격했다. 나는 김대중 총재에게 유능한 정치학 교수를 불러다가 고르바초프의 정치사상과 그 의미를 듣는 기회를 마련하면 좋겠다고 제안했다. 나는 보좌관을 시켜서 서울대학의 정치학과 교수를 초청해서 고르바초프에 관한 강연을 마련했다.

강의 내용은 고르바초프가 어떻게 소련의 서기장이 되었는지, 그가 글라스노스트(개방) 정책으로 언론 자유를 허용하고 정치범을 석방하고 정부를 당의 전횡에서 해방시키고 국회를 독립시켜서 민주제도를 확립하였다는 것과, 동시에 페레스트로이카(개혁) 정책으로 소련을 알콜 중독에서 해방시키려 했고(그 정책은 실패했다), 기업의 협동화를 추진했고, 유럽의 나라들과 무역 관계를 재개했고, 1986년에는 미국의 레이건 대통령과 중거리핵미사일동결조약을 맺고, 1988년에는 아프가니스탄에서 소련군을 철수

했으며, 브레즈네프 독트린을 폐기하여 동구권 나라에 대한 내정간섭에서 손을 뗐다(이로 말미암아 동유럽의 공산권이 몰락하게 되었고 그 지긋지긋하던 냉전이 종식하게 되었다)는 설명으로 이어졌다. 그러면서 강사는 앞으로 우리의 외교는 소련을 포함하는 것이 되어야 한다고 역설했다.

강의가 끝난 뒤 질문할 것이 있으면 질문하라고 했으나 질문하는 사람이 아무도 없었다. 사람들은 그 강의에서 그다지 흥미나 감동을 받은 것 같지 않았다. 이런 강의가 학자나 학생들에게는 흥미로워도 정치인들에겐 별 의미도, 흥미도 없는 것 같았다. 국정을 이끌려면 그런 지식이 필요하다고 판단한 내가 결국은 미련했거나 순진했던 셈이었다.

여러 달을 지나면서 나는 평민당 역시 한국 정당의 매너리즘에 묶여 있음을 절감했다. 모든 것이 총재의 지시로 이루어질 뿐, 낭원들이 창조적으로 당에 기여하는 법이 없었다. 그런 식으로는 당에 비전이 있을 수가 없다고 판단해서, 하루는 총재에게 평가단을 만들어서 당의 운영을 철저히 객관적으로 평가해서 새로운 민주 정당으로 거듭나게 해야겠다고 제안했다. 김 총재는 이를 쾌히 승낙하고 나에게 평가단을 구성해서 당을 평가하는 일을 추진하라고 허락했다.

나는 이문영, 박종화, 신정일 세 교수에게 당의 조직과 운영을 평가해 달라고 부탁했다. 세 사람은 약 두 주일 동안 당에 나와서 여러 가지 각도에서 당의 조직과 운영을 조사하여 결과를 보고했다. 조사 결과, 당이 지나치게 총재 중심이어서 각 기능이 제대로 능력을 발휘하지 못하고 있는데, 각 조직이 자주적으로 활동하게 해야 그 기능을 제대로 발휘할 수 있고, 일을 나누어 맡겨서 모두가 당에 공헌할 수 있게 해야 하며, 여론을 존중하고 특히 공천 과정을 공정하게 해야 한다는 것이었다.

그 보고서를 총재에게 제출했다. 총재는 "자세히 조사해서 고맙다"고 했을 뿐, 그것에 대해 아무런 질문이나 의논도 없었다. 그런 총재의 반응에서 나는 조사 결과가 당 운영에 적용되지 않으리라는 느낌을 받았다. 적어도 총재단 회의에서라도 검토해 봐야 할 텐데, 그런 절차도 없이 평가단의 조사보고서는 그냥 사장되고 말았다. 사실 조사하는 과정에서도 당원들은 웬 서생들이 와서 기웃거리느냐는 식의 반응을 보일 뿐 제대로 협력하는 것 같지도 않았다.

뒤늦게 생각해 보니, 한 개인의 생각과 사고방식을 바꾸는 것도 힘든 일인데, 오랫동안 매너리즘에 빠져 권위주의적 관습으로 굳어진 정당을 바꾸어 보겠다고 마음먹은 내가 순진했다고 할 수밖에 없었다.

성서 고발자와 국회 조찬기도회

비가 부슬부슬 내리던 날이었다. 차에서 내려 우산을 쓰고 국회 의원회관으로 들어가는데 누가 뒤에서 "문 목사님!" 하고 불렀다. 국회에서는 다들 '문 의원님' 아니면 '부총재님' 하고 부르기에 나와 가까운 기독교인이려니 생각하면서 뒤를 돌아보았다. 나와 같이 평민당에 들어온 김영진 의원이었다. 그는 의논할 일이 있다고 하면서 내 사무실로 따라 들어왔다. 차를 한 모금 마시고 나서 그가 말했다. "국회의원들의 조찬기도회가 시작됩니다."

"김 의원이 조찬기도회 회장인가?"

"저는 총무입니다. 회장은 민정당의 이진우 의원입니다. 그는 예장의 장로이기도 합니다. 이번 첫 번 기도회에서 목사님께서 설교를 해 주시기를 부탁드립니다."

내가 조찬기도회에 대하여 별로 달갑게 생각하지 않는다는 것을 감지한 그가 이어서 말했다.

"그래도 이 조찬기도회를 유용하게 활용해 봐야죠. 제가 총무이니까 잘 지도해 주십시오."

"언제부터 시작하나요?" 거절할 수 없어서 물었다.

"다음 월요일 새벽부터입니다. 한 달에 한 번씩 모입니다. 아침 일곱 시입니다."

이렇게 해서 나는 국회의원 조찬기도회에서 첫 설교를 했다.

그날 아침, 나는 주기도문을 중심으로 기독교인이 해야 할 일을 이야기했다.

"예수를 믿는다는 것은 예수님의 뒤를 따라 그가 사신 대로 사는 것을 말합니다. 우리는 예수님을 우리의 구주라고 신앙고백을 하는 신자이기보다는 그가 사신 대로 사는 제자가 되어야 합니다. 마태복음서 28장 끝에 부활하신 예수님이 갈릴리에서 제자들을 만나서 마지막 부탁하신 말씀이 바로 그것을 말해 줍니다. '너희는 땅 끝까지 이르러 모든 사람을 나의 제자로 삼아서 내가 너희에게 가르친 것을 다 지키게 하라.'고 하셨습니다." 이렇게 말을 꺼낸 나는 주님이 가르쳐 주신 기도문이 바로 그것을 말해 준다는 말로 설교를 시작했다.

"하늘에 계신 우리 아버지": 천지를 창조하신 초자연적인 하느님은 '나' 의 하느님이 아니라 '우리' 의 아버지이시다. 우리는 흔히 하느님을 나 개인의 하느님으로 생각한다.

"하느님 이름에 영광이 돌아가게 하시옵소서": 이기주의 철학으로 사는 인류는 하느님의 이름에 욕을 돌리고 있다. 우리는 하느님의 이름에 영광을 돌리는 삶을 살아야 한다.

"나라가 임하옵시며, 뜻이 하늘에서 이룬 것 같이 땅에서도 이루어지이
다": 하느님의 이름에 영광을 돌리려면 하느님의 뜻이 땅 위에서도 이루
어지는 아름답고 평화로운 세상이 되어야 한다.

"우리에게 일용할 양식을 주옵시며": 하느님의 뜻이란 물질을 골고루 나
누어가지게 됨으로써 아무도 일용할 양식에 대하여 걱정할 필요가 없게
하는 것이다. 다시 말해, 빈부 격차가 있어서는 안 된다는 말이다.

"우리의 죄를 용서하신 것처럼 우리도 서로 용서하게 하옵시며": 먹을 것
을 골고루 나누어 먹을 뿐만 아니라 사랑으로 서로 용서하면서 아름답고
평화로운 공동체를 이룩해야 한다.

"우리를 시험에 들지 말게 하옵시며": 자기 배 채우는 것만을 생각하여
힘을 오용하며 약육강식을 일삼는 사람들처럼 되어서는 안 된다.

"악에서 구하옵소서": 이렇게 예수님의 뒤를 따르려면 박해가 올 것이다.
그러니 그런 악에서 구해 달라고 기도하라.

이 기도는 예수님의 삶이 어떤 것이었는지를 말해 준다. 예수님은 일찍부
터 이런 기도를 드리면서 사셨다. 그러기에 우리는 민주당, 민정당, 평민
당원이기 이전에 먼저 예수님의 제자라는 것을 잊어서는 안 된다.

그날 많은 국회의원들이 참석했다. 김대중 총재, 김종필 대표도 참석했
다. 그들 앞에서 이런 설교를 하기가 다소 쑥스럽기는 했지만 그들도 진지
하게 듣는 듯했다. 그날 이진우 의원은 의원들의 이름을 금박으로 새긴 찬
송가를 기념으로 나누어 주었다.

기도회가 있은 지 사나흘 지난 어느 날, 뜻밖에도 이진우 의원이 좀 쑥스
러운 표정으로 내 방으로 들어왔다. 그는 자리에 앉더니, "설교가 무척 감
명 깊었습니다." 하면서 몇몇 국회의원들이 나와 함께 성경 공부를 하고 싶
어한다고 말을 꺼냈다. 나는 적지 않게 놀랐다. 예장의 장로가, 또 민정당

국회의원이 내 설교에 감명을 받았다고 하면서 성경 공부를 같이 하자는 것이 아닌가. 나는 은근히 신이 났다. 국회에 들어와서 목사로서, 신학자로서 할 일이 생겼다니 기분이 나쁘지 않았다.

"몇 명이나 됩니까?"

"한 일고여덟 명은 될 것입니다."

"언제가 좋을지……."

"첫 월요일에는 기도회를 가지니 셋째 월요일 새벽이면 어떨까요."

이렇게 이야기가 정리되자, 그가 몸을 한 번 추스르더니 말했다.

"한 가지 솔직히 말씀드릴 것이 있습니다."

"……."

"제가 성경을 고발했던 검사입니다."

"네?"

"청주에서 인명진 목사가 설교하면서 읽은 성경 본문을, 거기에 갔던 형사가 인 목사님이 하신 말씀으로 착각하고 보고했고, 그 사건을 고발했던 검사가 바로 접니다."

그의 고백에 나는 어이가 없어 한참 그를 바라보았다.

1978년 3월 15일부터 정진동 목사가 이끄는 청주산업선교회 사무실에서 한 맺힌 노동자들의 가족 10여 명이 단식 농성을 하고 있었다. 10여 년 일하고도 퇴직금을 받지 못한 노동자, 땅을 빼앗기고 폭행치사로 아버지까지 잃은 농민, 부당 해고를 당한 노동자들, 교통사고로 불구가 되고도 피해 보상을 받지 못한 사람 등이 모여서 단식을 하면서 그들의 억울함을 호소하고 있었다. 정진동 목사와 조순형 전도사도 그들과 같이 단식을 하면서 하느님께 그들의 억울함을 호소하는 기도를 올리고 있었다. 단식 23일 만에 일부 피해자들의 문제는 해결되었다. 그러나 정 목사는 나머지 사람들의 문제가 다 해결되기까지 단식을 계속했다. 나도 그때 그곳을 찾아간 적이 있었다.

4월 17일에 인명진 목사가 그곳에 와서 설교를 했다. 성경 본문은 미가서 2장 1절에서 4절까지를 읽었다. 그 본문의 첫 두 구절은 이랬다.

> 망할 것들,
> 권력이나 쥐었다고
> 자리에 들면 못된 일만 꾸몄다가
> 아침 밝기가 무섭게 해치우고 마는 악당들아.
> 탐나는 밭이 있으면 빼앗고
> 탐나는 집이 있으면 제 것으로 만들어
> 그 집과 함께 임자도 종으로 삼고
> 밭과 함께 밭주인도 부려먹는구나.

그런데 어처구니없게도 그곳에 있던 한 형사가 그것이 성경 구절인 줄 모르고 인명진 목사가 박정희 정권을 매도한 것이라고 보고한 것이었다(사실 그렇기도 했지만). 그리하여 인명진 목사를 긴급조치9호 위반으로 고소했다. 법정에서 변호사가 성서를 들고 그 대목을 읽고 나서 검사가 성서를 고발했다고 직격탄을 쏘았다. 그때 그 일로 검사가 크게 망신을 당한 것은 말할 것도 없다. 그 검사가 바로 이진우 의원이라는 것이다.

그때 인명진 목사는 그 성경 구절을 본문으로 삼아 설교하면서 실제로 박정희 일당을 신랄하게 고발했다. '유전무죄, 무전유죄'라고, 이 사회는 기득권자들이 권력으로 온갖 악행을 저질러 치부를 해도 그들은 밖에서 활보하고 다니는데, 배가 고파서 빵을 훔친 사람은 몇 달씩 옥살이를 하는 사회라며 박정희 정권을 신랄하게 규탄했던 것이다.

나는 이진우 의원의 솔직한 고백을 듣고서 그가 진정으로 뉘우치고 있다고 생각했다.

그 뒤 우리는 한 달에 한 번씩 함께 성서 공부를 했다. 대여섯 명이 세 번째 수요일 아침 7시에 모여서 마가복음서를 공부했다. 마가복음서에서 예수님이 어떻게 갈릴리에 있는 천민과 그 주변의 이방인들을 대상으로 그들의 아픈 데를 어루만져 주면서 하늘나라의 복음을 전했는지, 그리고 이에 호응하는 민중들과 어떻게 더불어 지냈는지 살펴보았다. 그리고 예수님의 뒤를 따른다는 것이 어떤 것이며, 그렇게 할 때 어떤 반대에 부딪치게 되는지를 밝혀 설명했다.

그러던 어느 날이었다. 이진우 의원이 국회 단상에 올라가서 법령을 제의하는데, 부자들이 애용하는 사치품 세금이 지나치게 높으니 그 세금을 낮추자는 내용이었다. 기가 막혔다. 내 설교가 감명 깊었다고 하면서 나와 성서 공부를 같이 하자던 사람이 어찌 부자들의 주머니를 지켜 주기 위해서 사치품 세금을 낮추자는 법령을 제의한다는 말인가? 예수님이 씨 뿌리는 것을 두고 말한 비유가 생각났다. 길 가에 떨어진 씨란 바로 이런 자들을 말하는 게 아닐까? 그들이 누리는 특권이 자신들의 귀를 멀게 하고 마음을 돌처럼 차갑게 만든 것이었다.

그 뒤로 나는 조찬기도회에도 성서 공부 마당에도 나가지 않았다. 그러나 김영진 의원은 그 뒤에도 꾸준히 조찬기도회에 나갔고, 몇 해 뒤에는 조찬기도회의 책임자가 되었다. 내가 국회를 떠난 뒤, 미국 국회의 조찬기도회와 공동 행사를 갖기도 했다. 나는 그의 그런 꾸준함에 감탄하면서 혹시 내가 잘못한 것이 아닌가 하고 반성하기도 했다. 때를 얻거나 얻지 못하거나 끊임없이 복음을 전하라는 성구가 떠올랐다.

광주민주화운동 진상조사특위

1988년 7월 27일, 국회는 5공 시절의 갖가지 부정과 실책을 규명할 일곱 개의 특별위원회 설치를 결정했다. 이것을 결정하기까지 야당의 기세는 등등했고 여당은 마지못해 끌려오는 모습이었다. 일곱 개 특별위원회는 민주 발전을 위한 법률 개정 특별위원회, 통일정책 특별위원회, 지역감정 해소 특별위원회, 제5공화국 정치권력형비리 조사특별위원회, 양대 선거 부정 조사 특별위원회, 5·18광주민주화운동 진상조사특별위원회, 양심수 등의 석방 및 수배 해제를 위한 특별위원회였다.

이 가운데 국민의 관심이 집중된 것은 5·18광주민주화운동 진상조사특별위원회와 제5공화국정치권력형비리 조사특별위원회였다. 5·18광주민주화운동 진상조사특위 위원장은 평민당에서 선출하고, 제5공화국정치권력형비리 조사특위의 위원장은 민주당에서 맡기로 했다.

다음 날 열린 평민당의 총재단 회의에서 김대중 총재는 나에게 5·18광주민주화운동 진상조사특위의 위원장을 맡으라고 했다. 민주화 운동에 전적으로 가담했던 내가 책임을 지는 것이 좋겠다는 것이었다. 김 총재는 제일 먼저 자기를 증인으로 세우면 세계의 주목을 끌 것이고, 조사는 바른 궤도에 오를 것이라고 했다. 광주에서 일대 참극이 벌어졌을 때 한국에 없어 진상을 잘 몰랐고, 또 이 문제가 중대한 만큼 경험 많은 국회의원이 하는 것이 더 좋지 않을까 하는 생각도 없지는 않았지만, 나는 이를 선선히 받아들였다. 무엇보다 이 중대한 업무를 회피해서는 안 된다고 생각해서였다. 그날 나는 몹시 흥분했다. 세상이 완전히 뒤집어지는 느낌이었다.

그 뒤 4년 동안 정치를 하면서 가장 기억에 남는 일은 아무래도 '광주청문회'일 것이다. 지금도 택시를 타면 기사들은 내 얼굴이 아니라 목소리만으로 "광주청문회 위원장 하시던 분이 아니냐."며 반가워할 정도이니 말이다. 그만큼 광주청문회에는 온 국민의 관심이 쏠려 있었다. 내 말투가 어눌하고 느리다며 답답해 하는 이들도 있었다. 비서진들은 내가 원고를 읽는 속도가 너무 느려 남들이 읽는 원고의 1/3 정도의 길이로 원고를 만들어주어야 한다고 했다.

노태우 정권은 민심 수습을 위해 나라의 유력 인사들로 국민대표회의를 구성하였는데 회의에서 광주 사건을 '민주화 운동'이라고 정의했다. 그리하여 '공산주의자들의 배후 조종에 의한 내란'이라고 했던 신군부의 판정을 뒤엎고 광주민중항쟁은 민주화 운동으로 규정되었다.

이제 남은 일은 군부가 계엄군을 동원한 폭력 진압으로 수많은 인명을 살상한 5·18광주민주화운동의 진상을 철저하게 밝히는 것이었다.

광주민주회운동 진상조사특위는 1979년 12월 12일에 전두환 등이 거사한 하극상의 반란 행위의 동기가 무엇인지, 광주민중항쟁의 동기는 무엇인지를 밝혀야 했다. 민주주의를 위한 평화적인 시위를 탱크를 앞세워 군이 폭력으로 진압하게 만든 책임자는 누구며, 특히 발포 명령을 내려 많은 생명을 살상한 책임자는 누구인지, 또 김대중 평민당 총재가 정치적인 야망으로 광주민중항쟁을 배후에서 사주했다며 사형을 언도하기까지의 진상은 어떤 것인지를 밝혀야 했다. 그리고 한 가지 더, 특수 훈련을 받은 공수부대에 의해 시민들이 비참하게 학살당한 광주의 참상을 국민들에게 밝히 보여 주는 일도 병행함으로써, 오도된 한국의 역사를 바로잡아 앞으로 우리나라의 역사가 올바른 방향으로 발전해 나가게 해야 했다.

이 광주 특위에 배정된 국회의원은 민정당 12명, 평민당 7명, 민주당 5명, 신민당 3명, 무소속 1명 해서 모두 28명이었다. 특위를 열어 조사를 시작한 것은 1988년 11월 18일이었고, 3개월의 조사 기간이 주어졌다. 그리고 조사를 위한 증인들은 각 정당에서 요청하여 각 정당의 간사들이 모여서 결정하도록 하였다. 민정당의 간사는 이민섭 의원, 평민당의 간사는 신기하 의원, 민주당 간사는 오경의 의원, 신민당 간사는 김인곤 의원이었다.

특위의 첫 번 준비회의에서 내가 개회사를 시작했다. "8년 전 광주에서 계엄을 해제하고 민주화를 이룩하라고 외치던 민주 시민들을 이 나라의 군인들이 군화로 짓밟은 참사가 벌어졌습니다."라고 말을 떼자, 민정당 소속 특위 위원들이 벌떼처럼 들고 일어나 소리를 질렀다. 조사도 해 보지 않고 군인들을 그렇게 정죄할 수 있냐는 것이었다. 그에 평민당 특위 위원들이 "실제로 짓밟은 것이 사실이 아니냐?" "국민대표회의에서도 광주 사건을 민주화운동이라고 하지 않았느냐?" 하고 맞대응했다. 결국 민정당 위원들은 광주민주화운동의 진상을 밝히려는 것이 아니라 그 참극을 오히려 은폐하려는 의도임이 환히 드러났다. 나는 "군인들이 광주 시민들을 해친 사실위에서 그 책임이 어디에 있는지를 바르게 파악하려는 것이 본 특위의 목적이다. 전개된 사실은 사실대로 인정하고 그 원인을 규명하는 것이 우리의 책임이다."라는 말로써 일단 무마시켰다. 그리하여 준비회의에서 채택한 중요한 증인은 12·12사건 당시 대통령이었던 최규하, 보안사령관으로서 정보부장 서리를 겸임하고 국보위 상임위원장 자리까지 차지했던 전두환, 광

국회 5·18광주민주화운동 진상조사특별위원회의 기자회견. 광주특위 간사를 맡았던 신기하 의원과 함께 광주에서.

주 폭동의 배후 선동자로 사형 선고까지 받은 김대중, 12·12사건 당시 국무총리였던 신현확, 문교부 장관이었던 김옥길, 계엄총사령관이었던 정승화, 그 뒤를 이어 계엄사령관이 된 이희성, 국방장관이었던 주영복, 그리고 광주 학살을 실제로 지휘한 것으로 알려진 정호용 특전사령관 등이었다.

1988년 11월 18일에 시작해서 1989년 12월 30일에 끝나기까지, 특위에서 일어난 일들을 일일이 다 이야기할 수는 없으나, 당시 특위의 중요한 증인 심문 과정에서 특기할 만한 이야기를 간추려 소개하려 한다.

11월 18일, 위원장 석에 앉은 나는 다소 흥분한 음성으로 개회사를 했다. 그 내용을 요약하면 이랬다.

> 5·18광주민주화운동은 4·19에 버금가는 중요한 민주화 운동이다. 이 사건의 참상을 바르게 이해하고 그 원인을 명확히 찾아 국민 모두가 이를 바르게 이해하게 하고, 역사를 바르게 정리할 수 있게 하고, 책임을 져야 할 자에게는 책임을 지게 해야 한다. 그리고 명예 회복 및 보상이 필요한 이들에게는 보상을 해야만 이 나라의 역사가 올바르게 전개될 수 있다. 그래야 세계만방을 향해서도 우리 스스로 정의로운 나라라는 것을 밝히는 일이 된다. 따라서 특위 위원들은 정당을 초월해서 전개된 일들을 밝히고 그 시시비비를 가려 주기를 바란다.

그런 뒤 조사를 집행하는 절차에 관해 설명하고 조사에 착수했다.

광주특위는 수많은 증인들을 불러내, 광주의 참상과 당시 신군부의 만행을 폭로하는 데 큰 기여를 했으나, 안타깝게도 당시 핵심 증인들의 불성실한 증언과 거부로 발포 명령과 같은 결정적 사안들을 확인하지 못했다. 또 시간이 갈수록 핵심 증인들의 증언 거부로 특위는 교착 상태에 빠지면서 정치적인 흥정물로 변하고 말았다.

먼저 증인으로 나온 김대중 총재는 묻는 말들에 짧고 명확하게 대답했다.

심명보 위원부터 시작된 민정당 위원들의 심문은 군사정권 시절에 법정에서 검사가 제시하고 판사가 판결문에서 열거한 내용을 앵무새처럼 그대로 다시 묻는 것이었다. "복권된 뒤 한신대 등 대학에 돌아다니면서 강연을 한 것은 학생들을 선동하기 위한 것이 아니냐?" "이문영을 소장으로 한 정치갱신문제연구소를 만든 것도 대권을 위한 것이 아니냐?" "복학생 정동년에게 돈 500만 원을 줘서 광주의 학생들을 충동하지 않았느냐?" "미국이 개입했다고 말했는데 무슨 증거가 있는가?" "일본에 있는, 북한과 관계가 있는 한민통과 접선한 것이 사실이 아니냐?" 이런 질문들이 되풀이되었다.

김대중 증인은 "학생들에게는 군이 쿠데타를 일으킬 구실을 찾고 있으니 교외 시위를 삼가고 20일 국회가 모여서 계엄을 해제시키려고 하니 자중하라고 권했다.……전국적으로 조직을 만든 것은 될 수 있는 대로 빨리 민주화를 이룩하려는 것이었다.……정치 연구소를 만든 것은 세상이 바르게 된 뒤 바른 정치를 하기 위한 준비였다."고 하였고, 이어서 "정동년에게 돈을 줬다는 것은 말도 되지 않는다. 조사받는 과정에 그의 이름을 처음 들었고, 조사받는 과정에서는 물론 재판 도중에도 대질 심문을 요청했지만 응해 주지 않아 석방되기까지 그를 만나 본 일도 없다."고 했다. 그리고 일본에 있는 북과 관련이 있는 자들과 접촉했다는 것은 사실이 아니라고 부정하고, 민단과 더불어 민통련을 만들려고 하다가 일이 여의치 않아 미국으로 돌아갔다고 했다. 한편, "미군이 개입했다는 것은 노태우가 지휘하는 9사단이 일선에서 서울로 회군하여 12·12사건에 개입했는데, 그것은 미군 사령부의 승낙 없이는 불가능한 일이고, 광주에 투입한 20사단 역시 유엔군 사령부 휘하에 있는 부대이다. 그리고 광주 시민들이 미국 대사에게 중재의 역할을 해 달라고 했는데도 이에 불응한 것은 미국이 전두환의 쿠데타를 도와준 것이라고 볼 수밖에 없다."고 단언했다.

　김대중 평민당 총재를 심문하는 과정에서 김상현과 정동년도 같이 심문을 받았다. 정창화 위원이 김상현에게 "조사받는 과정에서 김대중의 지시로 정동년에게 돈을 주었다는 말을 17회나 했는데 어찌 그것을 부정하느냐?"라고 묻자, 김상현은 기가 차다는 얼굴로 정 위원을 직시하면서 "정 의원은 고문을 받아 본 일이 없는 모양인데, 정보부에 가서 고문을 받으면 천하의 장수라도 견딜 수가 없다."고 대답했다. 그 자리의 청중도 다들 공감하는 표정이었다. 같은 질문을 받은 정동년은, 고문으로 허위 자백을 한 뒤 그것이 사실과 들어맞지 않자 다시 쓰게 하고 또 다시 쓰게 해서 모두 15차례나 다시 썼다고 하면서, 극심한 고문을 받으면 일단 그들이 쓰라는 대로 쓸 수밖에 없다고 고백했다.

　다음 증인은 최규하 밑에서 국무총리를 한 신현확이었다. 그는 본래 비상계엄을 빨리 종결하고 개헌 역시 빨리 하자고 대통령에게 제언했고, 5월 16일에는 학생들에게 학원에 돌아가면 민주화 계획도 앞당기도록 하겠다고 약속했음을 인정했다. 그리고 전두환 보안사령관이 정보부 서리가 되려는 것에도 반대했고, 헌법에도 없는 국보위 설치도 필요 없다고 반대했다고 하면서 온건한 모습을 보이려고 노력했다. 그러나 5월 16일 학생들이 모두 학교로 돌아갔는데 비상계엄을 전국으로 확대한 이유는 무엇이냐는 질문에, 학생들이 20일에 다시 대규모 시위를 한다고 발표해서 그렇게 되었다고 대답했다. 학생들이 요구한 대로 20일까지 계엄을 해제하고 개헌을 실시한다면 학생들이 시위를 할 까닭이 없지 않느냐는 물음에는 묵묵부답이었다. 계엄을 확대한 국무회의 때 군인들이 복도에까지 들어와서 삼엄하게 지킨 것을 어떻게 생각하느냐는 질문에 자기는 몰랐다고 했다. 비상계엄을 전국으로 확대한 것에 동의한 진짜 이유가 무엇이었냐고 다시 묻자,

자기 힘으로는 사태를 수습할 수가 없어서 그랬다고 했다. 그것은 정권을 잡으려는 군 장성들의 압력에 어쩔 수가 없었음을 인정한 것이었다.

다음 증인은 박정희 대통령이 암살당했을 당시 계엄총사령관이었던 정승화였다. 그는 김재규가 박정희를 암살했을 당시 궁정동 근방에 있었다고 해서 정권 탈취를 위해서 김재규와 공모했다고 조사받은 뒤 계엄총사령관 자리에서 물러났다. 그는 이 공모설을 부인하면서 자기가 그런 공모를 했다면 군을 동원해서 자기가 실권을 잡으려고 했을 것인데, 그런 대책을 전혀 세우지 않은 것을 보아도 그것은 조작된 것이라고 당시의 혐의를 부인했다. 그리고 노태우 9사단 사령관이 연합사령관의 승인 없이 탱크를 몰고 서울로 이동한 것은 군의 방위협약을 위반한 것일 뿐만 아니라 반란 행위이며, 12·12사건 때 6,000명의 군을 동원하여 나라의 실권을 잡으려 한 전두환 등의 행동이야말로 용서할 수 없는 반란죄라고 증언했다. 그리고 군부 안에 하나회라고 하는 사조직을 형성한 것 또한 용서할 수 없는 행위라고 단언했다. 물론 이 모든 일들은 그의 지휘권을 박탈하려고 한 행위이기에 자기는 전혀 알지 못했다고 했다. 그의 증언으로 하나회가 한 일은 법에 위배되는 하극상이요, 국가 반란죄임이 명백해졌다.

12·12사건 때 국방부 장관을 지낸 주영복 증인이 증인석에 앉았다. 주영복은 12·12사건 뒤에 국방장관이 되었기에 12·12사건에 관한 것은 전혀 알지 못한다고 발뺌했다. 5월 17일 비상계엄을 전국으로 확대한 뒤 군이 국회를 점령한 사실도 그때는 몰랐으나 후에 국가기관을 보호하기 위한 것이라고 들었다고 했다. 국회의원 배지를 단 국회의원들이 국회의사당에 들어가려는 것을 막은 것도 국가기관을 지키려는 것이었느냐고 묻자, 그랬다면 그것은 잘못이라고 인정했다. 군이 그렇게 국회를 점령하고 국회의원들이 들어오는 것을 막은 것은 용서할 수 없는 반란죄가 아니냐고 묻자 묵

묵부답이었고, 그런 반란을 일으킨 자들을 이제라도 처벌해야 하는 것이 아니냐고 묻자 역시 묵묵부답이었다.

신기하 의원이 "광주에 폭도들이 있다고 국방부는 발표했는데 누가 폭도냐?"고 하자, 주영복 증인은 "광주 시민이 다 폭도가 아니라 총기를 든 자들이 폭도"라고 했다. 신기하 의원이 다시 "내 옆에 있는 정용섭 의원도 총을 들었고 나도 총을 들었는데 그러면 우리가 다 폭도냐?" 하고 묻자, 증인은 황급하게 "여러분은 아니고……"라고 했다. "아니, 우리가 다 총을 들었는데, 그리고 정상용 의원은 시민군의 지휘관이었는데?" 하고 재차 묻자, "그래도 여러분은 아니고……"라고 해서 폭소가 터졌다.

다음은 김영진 의원이 질문했다. '충무공 훈장'이란 작전에 참여하여 생명의 위협을 무릅쓰고 혁혁한 공을 세운 군인에게 주는 것인데, 이 훈장을 정호용, 박준병, 최세창에게 주고 시위를 평화적으로 유도한 현지 사령관인 정웅과 소준열 장군에게는 왜 아무런 상을 주지 않았느냐고 물으며, 특히 정호용은 광주 진압작전에 전혀 참여하지 않았다는데 어떻게 그에게 충무공 훈장을 주었는지 물었다. 주영복 증인은 군은 부하가 공을 세우면 상관도 상을 받을 수가 있다고 대답했다. "군이 평화적으로 시위하는 시민을 과잉 진압하여 많은 사상자가 생겼는데 그것이 무슨 공이냐?"고 묻자, "폭도들이 무기를 들고 위협했기 때문에 자위행위라고 보고받았다."고 했다. 김영진 의원이 일반 시민들이 학살당한 지역의 지도와 사진을 보이면서 이래도 이것이 자위행위냐고 묻자, "그렇다면 그것은 자위행위가 아니지요."라고 낮은 목소리로 대답을 했다. 그렇다면 당시 국방부 장관으로서 광주 시민들에게 사죄해야 하는 것이 아니냐고 반문하자, 한참 주저하던 증인은 기어들어가는 소리로 "대단히 죄송합니다."라고 중얼거렸다.

정호용 증인의 자세는 오만불손했다. 그는 자주 광주를 찾아와 부하들의 전투를 도와주고 지시까지 했다는 광주 시민들의 증언을 모두 부인했다.

부하가 광주에 갔기에 몇 차례 찾아갔으나 보고만 들었을 뿐 아무 지시도 하지 않았다고 시종일관으로 주장했다. 국무총리 서리가 광주에 와서 지휘관 회의에 참석했을 때, 정호용 장군이 "싹쓸이 해!", "본때를 보여 줘!" 하고 말한 것을 그 회의에 참석한 정웅 장군이 극구 반대해서 부결되었으며, 이것을 정웅 장군과 그 자리에 같이 있었던 신호식 장군도 증언했다고 추궁했지만, 정호용은 그 회의에 자기는 늦게 가서 당시 상황을 뒤늦게 보고받았을 뿐이라고 발뺌했다. 공수부대가 광주 시민을 학살했다는 사실에 대해서는 그럴 수가 없다고 강력히 반발했다. 대한민국의 국군이 그럴 수가 없다는 것이었다. 그리고 전투에 관여하지 않은 증인이 어떻게 충무공 훈장을 받았냐는 질문에, 앞사람들과 똑같이, 부하가 공을 세우면 상관이 받을 수 있는 것이 군의 상례라고 했다. 군이 양민을 학살한 것이 어찌 공이냐고 묻자, 그는 다시 군이 양민을 학살했다는 것은 믿을 수가 없다고 잘라말했다. 시종여일하게 아니라고 하니 조사권이 없는 청문회로서는 난감했다. 듣는 국민들이 바른 판단을 해 주기를 바랄 뿐이었다.

무엇보다도 실망스러운 것은 김옥길 문교부 장관의 증언이었다. 비상계엄령 확대를 결정한 국무회의에서 일어난 일을 상세히 증언해 주기를 기대했건만, 그는 시종일관 묵비권을 행사해서 우리를 크게 실망시켰다. 김옥길 전 장관만큼은 제대로 증언을 해 주기를 기대했기 때문에 더욱 실망이 컸다. 제대로 증언을 하면 좋지 않을 것이라는 위협이라도 있었던 것이 아니냐는 의심이 들 수밖에 없었다.

그밖에 광주에서 참상을 겪고 불구자가 되어 휠체어를 타고 나온 사람의 증언, 자식을 잃은 부모들의 애타는 증언, 금방 결혼한 내외가 학살을 당하는 것을 본 목격자의 흥분어린 증언 등, 무수히 많은 시민 증인들의 애타는 증언들은 국민의 분노를 자아내기에 충분했다.

1988년 12월16일 최규하 전 대통령(가운데)의 '광주 청문회' 증언을 요구하고자 서울 서교동 자택을 방문한 나 (오른쪽)와 국회 특위 관계자들이 '출석 거부' 답변만 듣고 집을 나서고 있다. 맨 뒤쪽으로 신현확 전 총리의 모습이 보인다.

그러나 청문회는 끝을 맺을 수가 없었다. 최규하와 전두환 전 대통령이 응하지 않았기 때문이었다. 국회 청문회는 강권으로 출석하게 할 권한이 없었다. 최규하 전 대통령에게 민주당 간사 오경의 의원이 직접 찾아가서까지 증언해 달라고 부탁했으나 소용이 없었다. 나중에는 위원장인 나까지 찾아갔다. 한국의 민주 역사에 큰 오점을 남긴 이 광주민중항쟁 사건이 밝혀져야 하는데 당시 대통령이었던 최규하 대통령이 증언해 주지 않는다는 것은 역사에 죄를 두 번 짓는 일이니 꼭 나와 달라고 간청했다. 그러나 그는 "전직 대통령으로서 국사에 관한 비밀을 발설하는 전례를 남길 수가 없다."고 잘라 말하고는 꿈쩍도 하지 않았다. "나라를 바르게 이끌어 가야 하는 대통령직에 있던 분으로서 옳고 그른 것을 밝히는 선례를 역사에 남겨야 하는 것이 아니냐?"고 재차 다그쳐도, 자기는 그럴 수 없다는 말만 되풀이하면서 요지부동이었다. 최규하 전 대통령 바로 옆에 비서가 대동하고 있었는데 그 비서가 그를 조종하는 임무를 맡고 있다는 느낌을 받았다. 하는 수 없어, "최 대통령은 역사가 뒤바뀌는 때에 해야 할 일을 바르게 하지 못했을 뿐만 아니라 이를 역사에 밝히는 일마저 하지 못한 비겁한 대통령으로 역사에 기록될 것입니다."라는 말을 뒤에 남기고 나왔다.

전두환 증인은 백담사에서 수행 중(?)이어서 나올 수가 없었다.

특위는 계속 지연되다가 1989년 말에 4당 총재들이 모여 연말이 되기 전에 전두환 전 대통령의 증언을 마지막으로 청문회를 끝마치기로 합의했다. 이 증언을 통해서 군 자위권 발동의 책임자를 밝히려고 했다. 우리 당은 자위권 발동 명령은 당연히 전두환 보안사령관이 내렸을 것이라고 생각했다. 이에 특위는 백담사에 있는 전두환 전 대통령에게 51개의 질문서를 전달했고, 전두환은 청문회에 나와서 이에 답변을 하게 되었다. 그러나 증인으로 나온 전두환은 이 질문의 많은 부분은 완전히 무시한 채 자기를 정당화하는 궤변을 늘어놓았고, 그러자 야당 의원들이 그에 크게 반발하여 청문회가 여러 차례 중단되기도 했다.

이렇게 허위 증언을 하는 것을 본 나는 그의 증언이 거의 끝나 갈 무렵 심문을 중단시키고 4당 간사들과 더불어 어떻게 전두환 증인에 대한 심문을 좀 더 의미 있게 할 것인지 의논했다. 나는 전국에서 청문회를 경청하는 국민들이 어떤 질문에 대해 그가 그런 위증을 하고 있는지를 알게 하고 싶었다. 그래서 먼저 질문들을 국민에게 들려준 다음, 전두환 증인의 답변을 듣게 하려고 했다. 그러나 여당의 전적인 반대로 그 의견은 실행에 옮길 수가 없었다. 그렇다면 차라리 특위가 전두환의 증언을 거부함으로써 그의 불성실을 천하에 알리는 것이 낫겠다 싶었다.

전두환에게 보낸 질문의 첫 조목인, 1979년 10월 26일에서 12월 12일

사이에 일어난 일에 관한 질문 열한 가지만 아래에 소개한다. 그리고 그것을 그가 어떻게 무시했는지도 간단히 정리해 소개한다.

1. 10·26 당시 김재규를 체포한 경위를 말하라.

2. 10·26 당시 최규하 대통령은 군부의 입장을 반영하고 정승화 계엄사령관은 이에 반대했다는데 그것이 사실인가?

3. 10·26 이후 시국은 안정적이었는데 증인을 중심으로 한 군 지휘관들은 이에 반대했다는데 사실인가?

4. 10·26 이후 헌법에도 없는 합동수사본부를 만들고 증인이 그 책임자가 되었는데 그것은 반헌법적인 것이 아닌가?

5. 11월 26일 소위 YWCA사건 때 윤보선 전 대통령을 위시한 96명을 체포하여 고문했다는데 대통령에게 이것을 보고했는가?

6. 1979년 11월에 김재규 사건 전모를 발표하면서 이것은 김재규의 단독 범행이라고 했는데 왜 12·12사태를 일으켜 정승화 계엄사령관을 체포했는가?

7. 유신헌법 조기 철폐 반대를 주도하면서 합수본부장으로서 지나치게 행동한다고 해서 노재현 국방부 장관과 정승화 계엄사령관이 증인을 동해경비사단장으로 전보 발령을 하려고 한 것을 증인은 알았는가?

8. 1979년 12월 12일에 경복궁 30경비단장실에서 가진 회합의 초청 대상자 및 연락 책임자는 누구이며 그 목적은 무엇인가?

9. 대통령에게서 계엄사령관 체포에 관한 허락도 받지 않고 참모총장 공관으로 체포반을 파송하기로 결정한 것은 증인의 단독 행위인가? 아니면 결정에 동참한 사람이 있는가? 있다면 누구인가?

10. 증인 등은 전방에 있는 9사단 병력을 아무 허락도 없이 수도 일원으로 이동하여 국방을 위험하게 했는데 이것은 반란 행위가 아닌가?

11. 미군 측도 이것은 반란 행위라고 명확히 말했는데 증인의 생각은?

1989년 12월 30일 전직 대통령인 전두환을 소환하여 국회에서 청문회를 개최하였다.

이와 같은 질문에 증인이 대답한 요지란 "김재규를 체포하여 조사하는 과정에서 정승화 계엄사령관도 이에 동조했다는 의심이 짙어져서 동료 장성들의 의견을 듣고 체포했다. 합동수사본부장은 대통령의 승인 없이도 체포할 수 있다."라는 것이었다. 그밖의 다른 모든 질문은 무시되고 말았다.

전두환은 광주에 공수부대를 파송한 것이나 거기에서 일어난 일들에 대해서는 자기가 지시한 일도, 간섭한 일도 없다고 했다. 자위권 발동에도 자기는 아무 관계가 없다고 했다. 오히려 광주시민을 해치는 과격한 행위는 하지 않는 것이 좋겠다는 의사를 전달했다는 것이었다. 그리고 12·12사건이 자기가 집권하기 위한 쿠데타라는 주장에 대해서 "그것이 사실이라면 그때 대통령이 되었을 것이 아니냐?"라는 말로 자기를 정당화했다. 이것은 일찍이 정승화 계엄사령관이 한 말과 같았다. 곧, 전두환이 정승화를 체포하면서 그가 '김재규와 공모하여 집권하려고 했다'라고 주장했는데, "그것이 사실이었다면 내가 대통령이 되도록 일을 꾸몄을 것이 아니냐?"라고 반문한 바 있었다. 전두환 증인의 터무니없는 답변에 관해서 미국 대사관도 반박 성명을 냈다. 미 국무성의 답변에서 "미국은 '북측의 움직임이 위험하다는 아무런 징후가 없다.'고 여러 차례 한국 정부에 말했다."고 한 데에 대해, 전두환은 "그것은 사실이 아니다. 확실히 위험하다고 한국 정부에 말해 왔다."라고 증언했기 때문이었다.

야당 의원들의 반발로 여러 차례 청문회가 중단되기도 했다. 이렇게 되자 차라리 전두환의 증언 청취를 거부함으로써 그의 불성실함을 천하에 알리는 것이 낫겠다는 심정이었다. 약속한 12시가 점점 다가오고 있었다. 이때 울분에 찬 모습으로 노무현 의원이 명패를 던지면서 항의했다. 또한 민중 출신의 국회의원 이철용이 증인석으로 뛰쳐나와 "전두환 살인마! 증언 제대로 해!" 하며 손가락질을 해댔다. 초등학교밖에 다니지 못하고 장돌뱅이처럼 살아온 이철용 의원만이 할 수 있는 통쾌한 행동이었다. 결국 밤 12시가 넘어서 전두환의 증언은 중단되고 말았다.

나는 "민중이 스스로 말하게 하라." 했던 프레이리의 말대로, 민중 출신이 국회에 많이 들어와야 한다고 생각했기에 이문영 교수와 함께 이철용 의원이 공천될 수 있도록 했다. 그는 장애인이기도 하여 장애인고용촉진법 등의 통과를 위해서도 온몸으로 싸웠다. 나는 국회에서 그를 만날 때면 "민중의 승리야." 하며 어깨를 두드려 주곤 했다.

이철용은 내가 아끼는 제자 중의 하나인 허병섭 목사가 빈민촌에 들어가 현장에서 키워 낸 일꾼으로서, 『꼬방동네 사람들』이란 자신의 소설로 빈민의 삶을 세상에 널리 알리기도 했다. 그는 뒷골목에서 뒹굴며 자라나 감옥에도 들락날락한 전력이 있는, 차돌멩이같이 의지가 강한 친구였다. 허 목사 역시 의지할 데 없던 젊은이로 한신대 식당에서 일하고 있었는데, 기장 여신도회에서 그에게 장학금을 주어 학교에 다니도록 해 주었다. 허병섭은 빈민 현장으로 들어가 동월교회를 세웠으며 빈민 운동에 헌신했다. 그 뒤 그는 목사직을 반납하고 일용직 노동자들과 같이 건축 일을 하는 공동체를 만들기도 했으며 시골에 내려가 생명대학을 꾸리기도 했다.

그 뒤 특위 청문회는 증인으로 출석하기를 거부한 최규하 대통령을 국회법 위반죄로 고소했으나 법원이 이를 기각하여 뜻을 이루지 못했고, 결국 최규하 전 대통령은 아무것도 증언해 주지 않은 채로 그 뒤에 타계했다. 그로써 그 모든 것을 풀 수 있는 기회는 상실되고 말았다.

청문회는 그동안 청취한 것을 정리하여 발표하려고 했으나 아무것도 합의된 것이 없다는 이유로 여당이 거부해서 보고서를 만들 수가 없었다. 결국 특위는 용두사미로 끝나고 말았다. 다만 조사하는 과정에서 일반 국민들은 그때 광주에서 무엇이 어떻게 일어났는지 자세히 알게 되었으니, 그 정도로 만족할 수밖에 없었다.(5·18광주민주화운동 과거사위는 2007년 7월 24일에 광주민주화운동 당시 전두환 보안사령관이 자위권 발동을 주장했다는 사실이 밝혀졌다고 발표했다.)

형의 평양 방문

1989년 정월 초하루는 날씨가 춥기는 했지만 햇빛이 환히 비치는 청명한 날씨였다. 나는 가족들과 어머니에게 세배를 드리려고 큰집을 찾아갔다. 세배가 끝나고 둘러앉아서 다과를 먹는데 형이 나를 옆방으로 오라고 했다.

"이 시를 읽어 봐. 지난밤 잠도 자지 못하고 쓴 것이야." 형은 두 장에 걸쳐 쓴 장시 한 편을 건네주었다. 시 제목은 「잠꼬대 아닌 잠꼬대」였다.

그 시의 주요 구절만 옮기면 다음과 같았다.

난 올해 안으로 평양으로 갈 거야.
기어코 가고야 말 거야. 이건
잠꼬대가 아니라고. 농담이 아니라고.

이것은 진담이라고.

……

난 걸어서라도 갈 테니까.

임진강을 헤엄쳐서라도 갈 테니까.

그러다가 총에 맞아서 죽는 날이면

그야 하는 수 없지.

구름처럼 바람처럼 넋으로 가는 거지.

김구 선생처럼 북에 꼭 가보고 싶다고 입버릇처럼 말하던 형의 심정이 시에 그대로 드러났다. 민통련 동지들이 정당에 들어간 뒤 마음이 허전해진 형의 심중에 통일에 관한 생각이 더 간절해진 듯했다. 시를 읽고 나서 "통일에 관한 형의 심정이 잘 그려졌군요." 하고 말했다. 형은 "난 올해 안에 꼭 가볼 거야. 김일성 주석의 초청장도 왔고."라며 흥분한 어조로 말했다.

"4당 총재들은 가지 않기로 했다는데?"

"그래도 나는 갈 거야."

사실 새해 들어 김일성 주석이 라디오를 통해 4당 총재와 김수환 추기경, 문익환, 백기완에게 방북 초청을 했고 조선평화통일위원회 허담 위원장이 통일원을 통해서 실제로 초청장을 보내오기도 했다. 당시 분위기는 남과 북에 새로운 전기가 형성되는 듯했다. 노태우 대통령이 7·7선언을 통해서 북은 적국이 아니라 동반자라고 선언하고 앞으로 남과 북이 긴밀한 교류를 하자고 제언한 뒤였다. 그뿐만 아니라 해외에 있는 교포는 영사관에 신청하면 북한을 방문할 수 있다고 발표했다. 어디 그뿐이랴. 10월 18일 노태우 대통령이 유엔총회에서의 연설을 통해서, 앞으로 남과 북이 불가침조약을 맺어 평화적인 교류를 할 뿐만 아니라 비무장지대에 평화도시를 세우고 동북아 6개국 사이의 평화회의를 열겠다고 했다. 이를 위해 남북 정상회의를 할 의사도 있다고 선언하여 국제적으로 좋은 인상을 주기도 했다. 북의 김일성 주석은 그전에 이미 남과 북의 정상회의를 제언했다. 그런데도 4당 총재는 가지 않기로 결정을 내렸다. 그러나 형은 북으로 가고 싶은 심정이 굴뚝과도 같았고, 북에 가서 김일성 주석과 대화를 해 보고 싶은 마음을 금할 수가 없었던 것이다.

"도대체 어떻게 간다는 말입니까?"

"방도를 생각하고 있어. 아직 아무에게도 말하지 마."

나중에 알아보니, 형은 도쿄에 있는 옛 친구 정경모를 통해서 북으로 갈 길을 모색하고 있었다.

집에 돌아온 나의 심정은 몹시 복잡했다. 통일을 강조하는 것은 좋으나 먼저 민주화를 정착시켜야 하는데, 모두 통일에만 열중하면 민주화를 정착시키는 데 지장이 올 것이다 싶기도 했다. 정계에 들어와 그 내막을 들여다보면서 민주화를 향한 정치 과정과 그 역학이 그렇게 간단하지 않음을 느꼈기 때문이었다.

그즈음 여소야대의 정국을 일구어 놓은 국민들은 이제 민주화가 다 이루어졌다고 생각하고 있었다. 학생들과 민주인사들은 이제부터는 통일로 매진해야 한다고 목청을 높였다. 드디어 여소야대가 되었으니 국회에서 민주적인 법안을 만들어 가면 된다고 생각했다. 그러나 실제 정치판은 이야기가 완전히 달랐다. 여소야대라고 하지만, 김종필이 주도하는 자민련은 중요한 안건에서는 매번 여당 편을 들었다. 군사독재 시대에 만든 평통, 또는 새마을운동 같은 것을 폐지하자고 하면 펄쩍 뛰면서 반대했다. 국가보안법은 더 말할 것도 없었다. 그뿐만이 아니었다. 세 야당이 합의하여 통과시킨 노동3권을 보장하는 법안이나 국민의 건강을 위하여 만든 의료보험법 같은 경우는 대통령이 거부권을 행사했다. 그런 경우에 대통령의 거부권을 번복시키려면 국회의원의 3분의 2의 표를 얻어야 하는데 그것은 거의 불가능했다. 심지어 대통령 선거 때 노 대통령이 공약으로 내세운 양심수 석방도 제대로 이루어지지 않았다.

이렇게 되면 국민들이 지켜보고 있다가 정부에 압력을 넣어야 한다. 국회의원들이나 대통령이 약속한 것을 그대로 이행하는지 주시하다가 약속대로 이행하지 않으면 그것을 비판하고 반박하는 여론을 조성해야 한다. 그것이 민이 정치의 주인이 되는 길이다.

정부는 이것을 역이용했다. 이를테면, 봄 학기에는 다가올 여름에 남과 북의 학생들이 상봉하는 것을 고려할 것이라는 암시를 흘린다. 그러면 학생들은 봄 학기 초부터 북의 학생들과 만날 준비에 여념이 없게 된다. 그러느라고 다른 정치 문제에는 미처 관심을 갓지 못한다. 그러다가 정부는 6월쯤에 만날 수 없다는 정책을 흘린다. 그러면 학원마다 불꽃이 터지듯 항의의 소리를 높게 되고, 8·15가 가까워지면 일대 혼란이 일어난다. 연세대 교정에 수천 명의 학생들이 모여서 불꽃 튀는 대 정부 성토를 결행한다. 자연히 신문은 학생들의 투쟁에 관한 이야기로 도배를 한다. 그 바람에 국회에서 일어나는 일은 어느 한 구석에 작은 글자로 겨우 실릴 뿐이다. 그러니 국민들은 무엇이 어떻게 돌아가는지를 알 길이 없게 된다.

나는 여러 차례 연세대학을 찾아가서 학생들에게 이것을 설명하면서 국회에 야당 의석수가 많다고 민주화가 다 이루어진 것이 아니라, 야당의 정책이 통과되도록 압력을 넣고 여론을 형성해야 한다고, 그래야 통일도 이룩될 수 있다고 설득했다. 그러면 학생들은 그 말을 이해하지만 "지금은 어떻게 할 수 없다."고만 했다. 기실 그렇기도 했다. 이미 일이 이렇게 벌어졌는데 어떻게 되돌릴 수 있겠는가. 그렇다고 해서 다음 해에는 좀 달라지거나 나아지는 것도 아니었다. 학생회가 새 지도부로 바뀌면서 같은 일이 또 되풀이됐다.

나는 종로5가에 가서 이런 상황에 대해 여러 차례 이야기했다. 그러니 먼저 민주화에 전력을 기울여야 한다고 했다. 그러나 학생들과 재야에서 불붙은 통일 운동을 막을 길은 없었다. 이런 이야기는 형의 귀에도 먹히지 않았다.

3월 9일 출근하는 길에 형의 집을 찾아갔다. 형이 김대중 선생에게 보낼 편지가 있다고 해서였다. 곧 일본에 가게 되었는데 의논할 일이 있다는 것이었다. 이렇게 해서 김대중 선생과 형이 3월 11일에 자하문 밖에 있는 매리어트 호텔에서 만났다. 나도 그 자리에 참석했다.

"김일성 주석을 만날 약속이 이루어져 곧 떠나게 됩니다. 한 나라의 정상을 만나면 어떻게 대해야 하는 것인지 지혜를 빌려 주십시오." 형이 말머리를 꺼냈다.

"어떻게 해야 하는 것인지는 그 쪽 비서들이 잘 안내해 줄 것입니다." 이렇게 대답한 김대중 총재는 "김일성 주석을 만나서 무슨 이야기를 할 것입니까?" 하고 물었다.

"그의 통일 방안을 듣고, 앞으로 어떻게 진행할 것인지를 묻고 대화하는 것이죠. 남쪽의 이 열기도 알려 주고요."

"문 목사나 내가 주장하는 연방제나 정부가 말하는 체제연합도 근본에 있어서는 같은 것이니, 근본적으로 그것이 같다는 것을 납득시키면 큰 성공일 것입니다." 이렇게 말한 김 총재는 이어서 조언했다. "그러나 정부의 승낙 없이 북에 가면 후유증이 있을 걸요. 정부의 승낙을 얻고 가야 합니다. 그래야 뒤에 가려고 하는 사람들에게도 도움이 되죠."

"승낙을 얻을라치면 아예 가지 못하는 것 아니겠어요? 그냥 모험을 하는 것이지요."

"그럼 도쿄에 가서 거기 있는 한국 영사관에 북에 가려고 한다는 신청을 해 보시죠. 그렇게 해서 이곳에서 문동환 의원이 국토통일원 이홍구 장관에게 가서 허락해 주도록 요청해 보는 것이 좋을 것 같습니다."

이것이 김대중 평민당 총재의 충고였다. 우리는 그렇게 하기로 하고 헤어졌다.

형이 서울을 떠난 것은 3월 20일이었다. 정경모 씨가 일본교회협의회 총무 나까지마의 초청장을 얻어 주어서 가능했다. 그러나 도쿄에 도착했을 때는 형이 북으로 가려고 한다는 것이 이미 알려져서 영사관에 양해를 구하는 것은 생각할 수 없었다. 형은 서둘러서 북경을 경유하여 평양에 갔다. 평양에 도착한 날은 25일이었다.

그 뒤 신문에 보도된 것을 보면, 형은 도착하는 대로 도착 성명을 해야 한다고 해서 비행기 안에서 도착성명서를 작성했다. "김구 선생이 찾아왔던 평양을 김구 선생과는 달리 북경을 통해서 오긴 했으나 그렇게 오고 싶었던 평양에 발을 딛게 되었으니 감개무량하다. 존경하는 김일성 주석을 만나 조국의 평화통일에 대하여 대화를 나누어 조국 통일에 자그마한 기여라도 하고 싶다."는 취지의 성명이었다.

26일 봉수교회에서 예배를 드리고 통일은 민족의 부활이라는 인사말을 했다. 그날 오후에 조국평화통일위원회 환영연에 참석해 "성숙해 가는 통일의 새 기운을 놓쳐서는 안 된다.……소아를 버리고 대아를 잡아야 한다."는 취지의 인사말을 했다.

3월 27일, 형은 김 주석과 오찬을 하면서 대화를 나누었다. 그 뒤 4월 1일 김 주석이 형이 머물고 있는 숙소로 찾아가, 정치, 군사 문제의 선결로 남북 철도를 열어 금강산을 공동 개발하고 정치 문화 교류를 나누어야 한다고 강조했다. 형은 이에 동조하면서 민간 차원의 대화가 활발히 진행되어야 남북 정부나 국회의 대화도 활성화할 수 있다고 강조했다. 이렇게 해서 두 사람은 모두 여덟 시간에 걸쳐 대화를 나누었다.

그리고 4월 2일에 다시 조국평화통일위원회와 대화하고 7개 항의 공동 성명서를 발표했다. 그중 제4항과 제6항이 특히 중요했다. 4항의 내용은 이랬다. "누가 누구를 먹거나 누구에게 먹히지 않고 압도하거나 압도당하지 않는 공존의 원칙에서 연방제 방식으로 통일을 하는 것이 필연적이고 합리적이며 그 구체적인 실현 방안도 한꺼번에 할 수도 있고 점차적으로 할 수도 있다." 여기에서 익환 형이 주장한 것은 '점차적으로' 해야 한다는 것이었다. 다른 이념과 제도 하에서 오랜 세월을 지낸 집단이 단번에 통일을 한다는 것은 혼란만을 조장할 터이기 때문이었다. 그리고 6항에서는 익환 형은 교차승인, 교차접촉에 대한 북의 거부 입장과 동시에 통일 의지를 확인하고, 조국평화통일위원회는 형이 주장하는 "남북 교류와 점진적인 연방제 통일 방안이 두 개의 조선을 지향하는 것이 아님을 확인하고 이를 긍정적으로 평가했다."라고 했다. 여기에서 중요한 것은 북이 남쪽에서 주장하는 점진적인 통일 방안을 긍정적으로 평가했다는 것이다.

형은 이것을 자신의 방북의 착실한 열매로 평가했다. 귀국 성명에서 밝힌 대로, 김 주석은 단일 국가로 유엔에 가입한다는 전제 하에 "협상을 통한 단계적인 통일"이라는 표현으로 "정치·군사회담과 병행해서 그 외의 모든 협상과 교류를 동시에 추진해야 한다는 우리 정부의 주장을 수락하기에 이르렀다."고 했다. 형은 귀국하는 대로 이것에 대해서 노 대통령 및 각 정당 대표들과 대화하려고 했다.

그러나 이 소식을 들은 남쪽의 정계에는 일대 혼란이 빚어졌다. 정부의 승낙 없이 방북한 것에 대한 법적인 절차와, "김일성을 존경한다."고 해 보안법을 위반한 것 등을 문제 삼았다. 동시에 신문에서마다 문익환 목사를 "소영웅주의, 환상가, 스스로를 김구와 동등시하려는 망상가" 따위로 규탄했다. 정부는 익환 형이 귀국하는 대로 실정법 위반죄로 구속할 것이라고 언명했다.

정부는 4월 13일 형을 태운 비행기가 김포공항에 도착하자 기내에서 그를 체포했다. 김대중 평민당 총재가 "민주화를 위해서 감옥에 들락날락한 민주인사를 구속하는 것은 옳지 않다. 이렇게 된 것은 북을 적이 아니라 동반자라고 선언한 정부가 그 뒤 후속 조치를 취하지 않은 것이 문제다."라는 취지의 성명을 냈으나 정부는 그것을 완전히 무시했다. 그리고 13개 대학 총학생회가 형의 귀환을 환영하려고 한 계획도 다 원천봉쇄했다.

형이 수감된 지 며칠 뒤 수원에 있는 구치소로 찾아갔다. 흰 한복을 입고 교도관의 안내로 면회실로 들어온 형의 얼굴은 그리 밝지 않았다.

"형. 정말 수고를 많이 했군요."

"수고는 무슨 수고. 다 해야 할 일이니 한 것뿐이지."

"퍽 피곤하시죠?"

"푹 쉬는 중이야."

나는 김대중 총재가 구속을 반대했다는 것에서부터 각 대학 총학생회는 물론 한신대 교수들도 반대했고 KNCC나 기장 총회도 구속반대 선언을 냈다는 이야기를 전했다. 그랬더니 형은 그가 북에 가서 느낀 소감과 더불어 얻어 낸 성과를 이야기해 주었다. 특히 김일성 주석이 그를 숙소에까지 찾아와서 단일 국가로 유엔에 가입하는 것을 전제로 남쪽 정부의 점진적인 통합 방안을 수락했다는 것을 힘주어 설명했다. 형은 그것을 기점으로 해서 남과 북이 본격적으로 대화할 수 있다고 생각해서 노태우 대통령을 만나 이를 보고하려고 했는데 이렇게 수감되어 어처구니가 없다면서, 노 대통령에게 자세한 편지를 쓰고 있다고 했다. 그러면서 김 주석과의 에피소드를 들려주었다.

김 주석과의 인사가 끝나고 나서 형이 말했다. "노 대통령과 대화를 하겠다고 하시면서 노 대통령을 '대통령'이라고 부르시지 않으면 됩니까? 대통령이라고 부르셔야지요."

그 말에 김 주석은 얼마 침묵을 지키더니 입을 열었다. "그렇군요, 문 목사 말이 옳아요. 내가 노 대통령이라고 부르기로 하지요."

"그리고 미군이 철수해야 본격적인 대화를 하겠다고 하셨는데 그것은 대화를 하지 않겠다는 말이 아닙니까? 큰 이변이 없는 한, 미국은 철군을 하지 않을 테니까요. 대화를 해서 통일을 추진하셔야 우리도 미군 철수를 강력하게 말할 수 있습니다. 그 점에 대해서는 제가 확언할 수 있습니다. 통일이 가시권에 들어오면 남쪽의 민중들이 미군이 철수하지 않고는 못 배기게 할 것입니다."

"그 말도 옳군요. 앞으로 미군이 철수할 것을 전제로 대화를 추진하도록 하지요."

"한 가지만 더 말씀드리고 싶습니다. 김 주석께서 주체사상을 강조하시는데 그 주체의 주인공은 북에서 말하는 인민이 아니겠습니까? 그런데 어저께 주석님의 동상이 서 있는데 가 보았더니 북쪽의 인민들이 그 동상 앞에 와서 절을 하면서 눈물을 흘리고 있더군요. 그래 가지고서야 인민이 주체가 됩니까?"

이렇게 말하자 그 방에 있던 비서가 펄쩍 뛰어 일어나면서 "문 목사님, 그것은……." 하고 변명을 하려고 했다. 그랬더니 김 주석이 손을 들어 비서를 앉으라고 하면서 말했다.

"문 목사의 말에 일리가 있어. 앞으로 그 점을 고려하지요. 문 목사, 솔직한 이야기를 해 주어 고맙소."

형은 이 이야기를 들려주더니 "그 양반이 폭이 넓어." 하고 너털웃음을 웃었다.

"아무튼 내가 보낸 편지에 노 대통령이 어떻게 응하는지를 보아야지."

이 말에 나는 아무 말도 하지 못했다. 노 대통령은 통일에 대한 화두는 정부가 주도해서 자기의 이름을 남기려고 할 뿐, 형의 말을 들을 리가 없기 때문이었다. 사실 그 편지가 노 대통령의 책상 위에 놓일 리도 없을 것이라는 생각이 들었다. 문익환 형은 순수한 이상주의자요 시인이었다.

그럼에도 불구하고 형의 방북은 남한의 학생들과 민중, 그리고 지성인들에게 일대 광풍을 불러일으켰다. 전에는 '통일'이라는 말 자체도 함부로 할 수 없었는데, 이제는 통일이라는 말이 각계각층에서 홍수처럼 터져 나왔다. 무모한 듯한 시인의 행동이 역사를 한 차원 새롭게 끌어올린 것이었다.

회오리바람

퇴근하려고 하는데 동교동에서 들렀다 가라는 전갈이 왔다. 전두환 전 대통령이나 최규하 전 대통령이 증언하지 않아 광주특위 청문회도, 5공특위 청문회도 결말을 지을 수가 없어서 지지부진하고 있던 중이었다. 형이 북에 다녀오고 6월에는 임수경이 북한에 다녀옴으로써 여당과 언론이 떠들썩하는 바람에 마음을 가라앉힐 수가 없던 때였다. 그런 때에 김대중 총재가 의논할 일이 있다고 하니 어쩐지 걱정부터 앞섰다.

김대중 총재 거실에 들어가니 김원기 원내총무도 와 있었다. 자리에 앉자 김원기 총무가 먼저 입을 열었다.

"문 의원님. 서경원 의원이 몰래 북에 갔다 왔답니다. 문 의원님에게도 아무 언질이 없었지요?"

"뭐요? 서경원 의원이? 어떻게?"

나는 깜짝 놀라지 않을 수가 없었다. 서 의원은 돌출 행위를 잘 하는 의원으로 알려져 있지만 북에 갔다 올 줄이야 생각하지도 못하던 일이었다. 그는 함평 고구마사건 때 농민들을 동원해서 한바탕 신나게 시위하여 널리 알려진 가톨릭 농민운동가 출신으로, 우리가 평민당에 들어올 때 같이 들어온 동지였다.

"유럽에 갔다가 북과 통하는 어떤 목사의 소개로 체코를 통해서 북에 갔다 왔다는 것입니다. 문 목사의 방북에 뒤이어 평민연 소속 회원이 또 북에 갔다 와서 후유증이 적지 않을 것 같습니다."

나는 어안이 벙벙했다.

"북에 가서 무엇을 했는데요?"

"허담 위원장의 소개로 김일성 주석과도 면담했다는 것 같습니다."

"문 목사가 다녀온 뒤 임수경 학생까지 방북해서 공안 정국을 만들었는데, 서 의원까지 북에 갔다 왔다니 정부와 여당에서는 큰 호재를 얻었다고 떠들어 대겠군요." 이렇게 말한 김 총재의 얼굴은 퍽 굳어 보였다. 나는 정말 할 말이 없었다.

김원기 총무가 다시 입을 열었다.

"저와 문 의원이 책임을 지는 모습을 보여야 할 것 같습니다. 저는 원내총무를 사퇴하고 문 의원은 수석부총재직에서 물러나셔야 할 것 같습니다. 서 의원이 평민연 회원이었으니까요."

내가 오기 전에 두 사람이 벌써 이렇게 결론을 내린 것 같았다.

"그것이 도움이 된다면 그렇게 해야죠." 나는 주저 없이 이를 받아들였다.

"얼마 있다가 다시 수석부총재로 재임하도록 하죠." 김 총재는 나를 주시하면서 이렇게 말했다.

사실 재야 출신들이 평민당에 들어올 때 민주화 운동을 하던 동지들이 김대중 총재와 합의한 것이 있었다. 그것은 재야의 수장 격인 사람과 김대중 선생이 공동 총재가 되어야 한다는 것이었다. 그러나 여러 가지 면에서 나와 김 총재가 공동 총재가 된다는 것은 생각할 수 없는 일이어서 내가 수석부총재가 되는 선에서 마무리했다. 그런 사정이 있기에 나를 수석부총재 직에서 물러나게 하는 것은 김 총재로서도 말하기 힘든 일이었으리라. 그러나 사태가 너무 복잡하게 되었고, 나의 경우는 수석부총재 자리에서 물러나는 것이 그리 큰 문제가 아니어서 쉽게 받아들였다.

우리는 서경원 의원을 자진해서 검찰에 출두시키기로 결정했다. 그래야 후유증이 덜할 것이라고 판단했다.

9월 초가 되면서 평민당에 불똥이 튀기 시작했다. 서경원 의원이 조사 과정에서 북에서 받은 미화 1만 달러를 김대중 총재에게 정치자금으로 전달했다고 자백했다는 것이다. 김대중 총재가 검찰에 소환되어 조사를 받게 되었다. 나도 김 총새와 힘께 검찰에 출두하여 조사를 받았다. 그밖에도 평민연의 총무이자 대외협력위원회 위원장인 이길재 의원을 중심으로 한 몇몇 평민연 회원들도 조사를 받게 되었다.

8월 1일 늦은 밤에 안기부로부터 다음날 구인 집행을 할 것이라는 통보를 전화로 받았다. 당사 소파에서 밤을 지샌 김대중 총재와 나는 2일 아침 7시 15분쯤에 구인되었다. 당사는 당원들이 입추의 여지가 없이 가득했다. 우리가 검찰에 가려고 당사를 나서자, 당원들은 무리를 지어 "김대중! 김대중!"을 외치면서 한참 뒤를 따랐다.

우리가 도착한 곳은 중부경찰서였다. 약 200여 명의 평민당원들과 지지자들이 중부서 앞 도로에서 연좌농성을 벌이고 있었다. 그 주변에는 천여명이 넘는 경찰이 배치되어 있었다. 적지 않은 경찰들이 둘러싼 가운데 나와 김대중 선생은 각기 다른 방으로 안내되었다. 조사관이 나를 정중히 맞이해 큰 책상 앞 의자에 앉게 했다. 그리고 마주앉은 그의 옆에 젊은 서기가 배석을 했다.

"이렇게 오시라고 해서 죄송합니다." 조사관은 정중히 인사하고 나서 심문을 시작했다.

"문익환 형님이 김대중 총재를 만나려고 했을 때 무슨 일 때문인지 아셨습니까?"

"평양에 가는 문제를 의논하려는 것이라고는 알았습니다만……."

"만나서 무슨 의논을 했습니까?"

"김일성 주석을 만났을 때 의전을 어떻게 해야 하느냐고 물었죠."

"그래서 김 총재는 무어라고 했어요?"

"그것은 그 쪽에서 알아서 할 테니 걱정하지 말라고 했어요."

"그 다음에 다른 이야기는 없었나요?"

"김 총재가 도대체 무엇 때문에 가느냐고 물었지요."

"그에 대한 문익환 목사의 대답은?"

나는 두 분이 주고받은 이야기를 요약해서 말했다.

"김 총재가 금전적인 협조는 하지 않았나요?"

"김 총재가 민주화 운동을 한 동지들에게 이따금씩 생활에 도움을 주시곤 했죠. 그날도 아마 봉투를……."

이야기를 하면서 나는 '아차, 내가 해서는 안 될 이야기를 했구나.' 하고 후회했다. 이것이 김 총재에게 폐가 되면 어떻게 하나 몹시 걱정이 되었다.

서경원 의원에 관해서는 이야기가 별로 길지 않았다. 내가 아는 바가 없기 때문이었다.

나에 대한 조사는 이렇게 간단하게 끝났다. 그러나 김대중 총재에 대한 조사는 적지 않은 시간이 걸렸다. 애초에 저녁 7시 정도면 끝날 예정이었으나 자정을 넘기면서 까지 계속되었다. 나는 그 방에 있는 소파에 앉아 김 총재에 대한 조사가 끝날 때까지 아무것도 걸린 것이 없는 흰 바람벽을 바라보면서 시간을 보냈다.

경관이 나오라고 해서 나가는데, 김 총재가 차에 타는 모습이 보였다. 나를 태운 자동차도 그 뒤를 따라 당사에까지 왔다.

당사에는 당원들과 신문기자들이 우리를 기다리고 있었다. 우리가 차에서 내리자 기자들이 김 총재를 둘러쌌다. 김 총재는 무어라고 간단히 이야기하고는 총재실에 들어갔다. 나도 뒤따라서 총재실에 들어갔다. 총재실에는 다른 부총재들이 기다리고 있었다.

김 총재가 자리에 앉자 "왜 돈 이야기를 했어요!" 하고 나를 보면서 언짢은 음성으로 말했다. 그렇잖아도 그것이 마음에 걸렸는데 그 말을 들으니 민망하기 짝이 없었다.

"말하고 곧 실수했다는 것을 느껴 미안하기 그지없었습니다. 그것 때문

노태우 공안정권 종식을 위한 규탄 농성장에서.

530

에 몹시 힘들었습니까?"

"별 일은 없었지만 좀 시끄러웠지요. 문제는 서경원 의원의 방북인데, 내가 서경원을 북에 보내서 북과 밀약을 하고 그 대가로 서경원을 통해서 미화 일만 달러를 받았다고 조작하는 것이었어요. 서경원 의원이 그렇게 말했다는 것이에요. 물론 고문으로 그런 자백을 받아 냈겠지만. 정말 어처구니가 없어서. 서경원이 북에 간 것을 알면서도 알리지 않았다는 불고지 죄까지 뒤집어씌우는 것은 말할 것도 없고요."

이 말을 듣는 부총재들은 모두 숙연해졌다. 그렇지 않아도 문익환 형이 북에 갔다 온 뒤 임수경 학생까지 북에 다녀오는 바람에 3월부터 정부는 공안수사본부를 설치하고 사태를 험악하게 만들어 가고 있었다. 그랬는데 6월에 서경원 의원까지 북에 갔다 왔으니, 정부로서는 일을 크게 벌일 호기를 만난 것이었다. 5공 청산, 광주민주화운동 조사 특위 등으로 정부와 여당이 밀리고 있던 참이었는데, 그들에게는 정세를 뒤집을 좋은 빌미를 얻은 것이다. 서경원 의원이 일만 달러를 김 총재에게 주었다는 자백은 법정에서 서 의원이 심한 고문 때문에 할 수 없이 인정한 것이라고 말함으로써 무효가 되었으나, 불고지죄는 여전히 풀리지 않았다.

이 무렵 우리 부부는 괌에 사는 아들의 결혼 문제를 의논하기 위해 급하게 출국할 일이 있었다. 우리는 7월 2일에 김포공항으로 나갔다가 공항에서 저지당했다. 문익환 목사와 서경원 의원의 방북 사건으로 법무부로부터 출국 금지 조치를 당한 것이었다. 당시 조선일보를 비롯한 신문에서는 내가 외국으로 몰래 도피하려고 했다면서 우리 부부가 짐을 들고 있는 사진을 찍어 왜곡 보도를 하기도 했다.

연말이 되면서 여당에서 5공특위나 광주민주화운동조사특위 등의 문제를 1989년이 지나기 전에 처리하자고 제의해 왔다. 총재단 회의에서 김 총재는 이 기회를 이용해서 공안정국을 풀 겸 몇 가지 제언을 했다. 전두환 대통령이 5공특위와 광주민주화특위에 나와서 증언을 할 것, 남녀 평등의 정신을 살리는 가족법과 지방자치제법을 국회에서 통과시킬 것을 요청했다. 이에 대하여 여당은 대통령의 중간평가를 실시하지 않을 것을 제안해 왔고 김 총재는 이를 수락했다. 이렇게 해서 여야 간의 대타협이 이루어졌다. 김 총재가 이렇게 결단한 것은 5공특위와 광주민주화운동특위 등도 검찰과 같은 조사권이 없는 한 어찌해 볼 수 없는 일인 데다, 여당도 전적으로 반대하니 그 비리를 온 세상에 폭로하는 것으로 만족할 수밖에 없다고 생각해서였다. 그리고 가족법과 지방자치제야말로 평민당이 아주 중요한 법안으로 여겨 통과시키려고 애썼던 법안이었다. 노 대통령 중간평가도 88올림픽으로 나라의 위상이 올라간 뒤라 중간평가로 법석을 떠는 것이 지혜로운 일이 아니라고 생각했다.

그 덕분에 복잡했던 1989년의 공안 정국이 해소되었다. 생각지도 않은 회오리바람에 시달리던 나는 겨우 한숨을 내쉬게 되었다. 그리고 수석부총재직을 내놓고 나니 앞으로 좀 편하게 지내리라는 안도감이 찾아들었다.

민의를 거스른 '3당 합당'

"정말 어처구니가 없군. 도대체 이런 법이 어디 있어!" 굳은 얼굴로 김대중 총재가 말을 내뱉었다.

"그동안 반 군사독재를 위해서 투쟁해 온 김영삼이 어떻게 노태우와 손을 잡을 수가 있어!" 오랫동안 김대중 총재와 손을 맞잡고 민주화 운동을 해온 최영근 수석부총재가 역시 심각한 음성으로 김 총재의 말에 응했다.

"결국 역사의 심판을 받을 것입니다." 얼마 있다가 새로 원내총무 직을 맡은 김영배 의원이 단호한 음성으로 말했다.

1990년 1월 22일에 발표된 3당 합당 소식이 대문짝만큼 크게 실린 조간 신문을 본 부총재들은 총재실에 모였다. 민정당과 민주당과 공화당이 남북 통일과 경제 발전을 위해서 하나가 된다고 하면서 민주자유당이라는 간판 을 걸고 현판식을 하는 사진이 크게 신문에 실렸다. 어떻게 이런 일이!

"국민의 뜻을 저버리고 군사독재자와 손을 잡으면서 그것을 하느님의 뜻이라고 하니……" 하고 내가 입을 열자, 누군가 "김종필은 그것을 '구 국의 결단이다.'라고 뻔뻔스럽게 말하지 않아요!" 하고 이어 받았다.

잠시 후 김대중 총재는 1989년 말에 노태우 대통령이 이미 자기에게 합 당을 하자는 제의를 한 적이 있다는 말을 꺼냈다. 이것을 김 총재는 국민이 만들어 준 여소야대 정국을 깨뜨릴 수 없다며 거절했다고 했다.

당시 청와대에서 세 야당 총재를 초대해 다 같이 국정에 대하여 의논하 고 헤어지는데, 노 대통령이 김대중 총재에게 할 말이 있으니 남아 달라고 했다. 그러더니 김 총재에게 그동안 고생을 많이 했으니 이제 민정당과 합 당해서 멋진 정치를 펼쳐 보자고 제안했다는 것이다. 김 총재는 그 말을 듣 고 처음엔 어이가 없어 한참 아무 말도 못 하다가 이윽고 대답했다.

"노 대통령 자신이 이 여소야대의 정국을 이상적인 정국이라고 말하지 않았습니까. 그런데 어찌 이를 깰 수가 있습니까. 국민이 만들어 준 정국을 나는 파괴할 수가 없습니다." 그리고 덧붙여 말했다. "여당이 어느 야당과 합당하려고 한다는 이야기가 들리는데 그렇게 해서는 안 됩니다. 국민의 뜻으로 만들어진 정국을 깨는 일은 도저히 용납할 수가 없습니다."

김 총재가 그렇게 대답하자 노 대통령은 더는 아무 말도 하지 못했다.

그때 김 총재는 과반수가 되지 못한 여당이 그들과 생각이 통하는 공화당과 합당하여 과반수를 만들 것으로 생각했지, 민주당까지 민정당의 합당 파트너가 될 줄은 꿈에도 생각하지 못했다고 했다.

"그 뒤에 나는 김영삼 총재를 만나서 솔직하게 이야기해 주었어요. '당신이 3당 합당으로 어떤 이익을 얻을지 모르겠으나 이것은 옳은 일이 아닙니다. 역사가 이것을 심판할 것입니다.' 라고 말입니다."

그러면서 김 총재는 그동안의 일을 들려주었다.

노태우 대통령이 이렇게 3당 합당을 추진한 이유는 통일을 위한 것도, 경제 발전을 위한 것도 아님을 생각 있는 사람들은 다 알고 있었다. 그것은 프랑스와 같은 내각제로 헌법을 고쳐서 자기가 계속해서 대통령 자리를 유지해 보려는 속셈이었다. 원칙대로 하면 그는 1991년 말이면 대통령 자리에서 물러나야 했다. 그러나 프랑스처럼 이원집정제로 하면 자기가 계속 대통령이 될 수도 있었다. 사실 그날 민정당, 민주당, 자민련의 세 당수들이 모여 합당하기로 결정했을 때 이원집정제로 헌법을 고치자고 약속을 한 터였다.

이렇게 3당 합당을 한 뒤, 여소야대로 고생하던 여당은 국회의원 299석 중 218석을 차지하는 거대 여당이 되었다. 총선이 있기 전 7월, 서울 종로구 관훈동 민자당 서울지부에서 도난 사건이 일어났는데, 그 금액이 자그마치 4억4천만 원이나 되었다. 그 중에 5백만 원짜리 자기앞수표가 36장, 백만 원짜리 수표가 180장이나 있었다는 것이다. 그것은 김영삼 총재가 추석을 앞두고 시내 위원장과 간부 등에게 격려금으로 나누어 주라고 보내 준 돈이었다. 서울지부 한 곳이 그러니 전국적으로 얼마나 많은 돈을 뿌렸을는지는 얼추 헤아릴 수 있는 일이었다. 이렇게 해서 압도적인 다수를 차지한 여당은 국회에서 모든 안건을 자기들이 하고 싶은 대로 마음대로 처리했다. 야당은 속수무책이었다. 이에 분개한 평민당과 합당에 반대한 민주당 의원, 그리고 무소속 의원 등 80여 명이 국회의장에게 집단 사표를 제출했다. 그리고 사표를 낸 평민당 의원들은 국회의사당에 모여 집단 농성에 들어갔다.

당시 우리의 분노는 이루 말할 수가 없었다. 다들 모여 앉아 서로 울분에 찬 심정을 주고받고 있는데, 김 총재가 나에게 기도를 해 달라고 부탁했다. 나는 당황했다. 의원 중에는 신자가 아닌 사람도 적지 않았기 때문이었다. 나는 손을 저어 사양하는 표시를 했다. 총재는 그래도 기도하라고 했다. 몇몇 국회의원도 기도하라고 했다. 결국 나는 기도하기로 했다. 모두의 심정이 다 같이 간절하니 이것을 '한울님'께 아뢰는 것이 안 될 일은 아니라고 생각했다.

"한울님. 우리는 정말 억울합니다. 우리가 그렇게 원하던 민주화가 진전되는가 했더니 또 이런 어처구니없는 일이 벌어졌습니다. 우리와 같이 민주화 운동을 하던 동지들까지 이런 반민주적인 행동을 강행하고 있습니다. 민중의 살 권리를 위해서 일어났던 동학도들을 생각합니다. 3·1독립선언을 하고 고생했던 선현들을 생각합니다. 4·19에 떨쳐 일어섰던 학생들, 군사독재가 횡포하기 시작한 때부터 투쟁해 온 학생들, 노동자, 농민들, 많은 민주인사들을 생각합니다. 당신은 그들과 같이 계셨습니다. 이제 민주주의가 다시 후퇴하는 것을 보고 안타까워하는 저희와도 함께해 주십시오. 민주주의가 다시 힘 있게 전진하게 해 주십시오. 한울님, 간절히 빕니다."

나는 우리 민족이 의지해 온 '한울님'을 향해서 기도했다.

의원직을 내던진 나는 국회에 있는 사무실의 짐을 정리했다. 그동안 헌신적으로 일한 유종성 보좌관과 김형완, 김선애 비서도 다 해산시켰다. 정리를 마친 마지막 날, 우리 사무실에서 일하던 직원들과 함께 한강으로 소풍을 나갔다. 한강변을 따라 운전하다가 즉흥적으로 나온 생각이었다. 우리는 워커힐 아래쪽으로 내려가 모터보트를 타고 한강을 달렸다. 벌건 대낮에 전직 국회의원과 비서진들이 때아닌 뱃놀이를 한 것이다. 이렇게라도 허무한 마음을 달래고 싶었던 걸까? 나중에 알고 보니 사표를 냈던 다른 국회의원들은 밖에 사무실을 차려 놓고 일을 진행하고 있었다. 하지만 순수한 마음으로 의원직을 사퇴한 나는 다시 돌아간다는 생각은 하지도 못했다.

10월 8일 우리는 국회의사당을 나와 총재실에 모여 앉았다. 모두 무거운 심정으로 아무 말이 없었다. 얼마 있으려니 김대중 총재가 이렇게 선언했다.

"나는 앞으로 무기한 단식을 하겠습니다. 역사를 이렇게 그릇되게 끌고 가는 것을 보고 그대로 있을 수가 없습니다. 김 총무는 성명서를 곧 작성해 주십시오. 3당 합당은 민의에 역행하는 행위라는 것, 이것은 프랑스식 내각제를 하려는 것이기에 이에 반대한다는 것, 그리고 보안사를 해체해야 한다는 내용으로 해 주십시오. 내가 없는 동안 문 박사가 내 대행을 해 주십시오."

나는 순간 당황했다. 최영근 수석부총재가 있는데 나보고 총재 대행을 하라니 난처했다. 그것을 밝혀 따지자니 최영근 의원이 있는 자리라서 더 거북해지기 십상이었다. 말도 못 하고 엉거주춤해 있는데 김 총재는 자리에서 일어나 나가 버렸다.

우리는 남아서 총재단 회의를 열었다.

"이제 우리가 해야 할 일이 무엇일까요?" 내가 물었다.

"우리도 단식을 해야지요." 박영숙 부총재가 말했다.

모두 찬성했다.

"우리도 무기한 단식을 해야 하나요?" 내가 다시 물었다.

"우리는 여러 가지 해야 할 일들이 있으니 무기한 단식은 할 수 없지요. 일주일 정도 하는 것이 좋을 것 같습니다." 김영배 원내총무가 말했다.

모두 이에 합의했다.

"그 밖에 다른 일은 할 것이 없을까요?" 내가 다시 묻자, "성명서 외에 우리의 주장을 밝히는 당보를 만들어 거리에서 배포하도록 합시다."라고 박영숙 부총재가 제의했다. 모두 동의했다.

바로 그날 오후부터 부총재를 비롯한 몇몇 당원들이 단식을 시작했다. 흰 한복을 입고 당무회의실 책상과 의자들을 한 쪽으로 몰아 놓고 둘러앉아서 단식에 들어갔다.

시간이 지나자 재야인사들이 김 총재에게 찾아와 단식을 중단할 것을 권했다. 할 일이 많은데 건강을 해쳐서는 안 된다는 것이었다. 당원들도 단식을 풀 것을 간청했다. 그러나 김 총재의 단식은 계속되었다. 그러다가, 10월 20일, 지자체 선거를 1990년 초에 실시하기로 여당이 합의해 오자, 김대중 총재는 13일 동안 이어 온 단식을 비로소 멈추었다. 지방자치제는 김 총재

1990년 10월 20일 세브란스 병원. 13일간의 단식투쟁을 마친 김대중 선생. 옆에서 내가 기도하고 있다.

가 참으로 오랫동안 추진해 오던 사안이었다. 김 총재가 단식을 끝내기로 했다는 소식을 듣고 우리 총재단은 신촌 세브란스 병원을 방문했다. 우리가 병실에 들어서자 김 총재는 눈에 띄게 수척해진 모습으로 우리를 맞았다.

그즈음 거대 여당인 민자당 안에서는 노태우 대통령과 김영삼 최고위원 사이에 투쟁이 벌어졌다. 노 대통령의 민정계와 김종필의 공화당계가 이원집정제를 추진하는 것에 김영삼 계가 반발한 것이었다. 이원집정제가 되면 김영삼이 대권을 잡을 수가 없게 되기 때문이었다. 김영삼은 이원집정제 개헌에 반대하여 10월 29일 당무를 거부하고 개헌을 저지할 것을 밝혔다. 3당 합당을 선포했을 때 이미 합의해 놓은 일이었는데 말이다. 그러자 노 대통령은 할 수 없이 개헌안을 철회할 수밖에 없었다. 정말 앙천대소할 일이었다.

그 이듬해 3월에 치른 지자체 선거에서 야당은 크게 실패했다. 중소도시와 구, 군의 선거에서 민자당은 50퍼센트, 평민당은 겨우 18퍼센트를 얻었다.

1991년 4월에 평민당과 이른바 '꼬마 민주당' 잔류 의원이 합당하여 신민주주의연합당(신민당)으로 새롭게 출발했다. 그러나 그러고도 6월 20일에 치른 대도시의 시의원과 도의회 선거에서도 신민당은 19퍼센트를 얻어 대패했다. 지방선거란 시민들이 그들에게 더 큰 이익을 줄 정당을 찍느라고 대체로 여당 편으로 가는 모양이었다. 그렇게 바라던 지방선거가 야당에게 참패를 안겨주어 섭섭하기 이를 데 없었다. 그러나 이런 과정을 통하여 민주 시민으로 성장하는 것이라고 우리는 자위할 수밖에 없었다.

환희의 장례식

고열에 시달리시는 어머니가 진단을 받으러 영동중앙병원에 입원하셨다. 그런데 진단을 받는 과정에서 불상사가 일어났다. 형수님이 밤에 병실을 지키다가 잠든 사이에, 어머니가 침대에서 떨어지면서 머리에 심한 타격을 입으신 것이었다. 그런 뒤로 어머니는 정상이 아니었다. "내가 왜 여기 있어. 집에 가야지!" 하면서 복도로 걸어 나가시고는, 복도 문 앞에 앉아 "용길아, 어서 집에 가자!" 하면서 며느리를 독촉하셨다.

"도대체 어떻게 침대에서 떨어집니까?" 화가 난 내가 물으면서 침대를 보니, 침대 양쪽을 막는 난간이 중간은 비어 있었다. 그래서 그리로 떨어지신 것이었다. 그것을 보더니 호근이는 어떻게 그럴 수가 있냐고 의사에게 항의했다.

한동안 집에 돌아와 계시던 어머니는 다시 상태가 악화되었다. 우리는 9월 10일에 가까이에 있는 한일병원에 어머니를 입원시켰다. 연세가 아흔다섯이나 되신 데에다, 우리나라의 민주화를 위해 마음을 많이 쓰시던 터에, 근래에 형이 북에 다녀온 일로 감옥에 계시니 기진맥진하실 수밖에 없었다. 사실 큰집이나 우리 집이나 어머니를 안정적으로 모시기에 적절하지 않았다. 민주화 운동으로 사람들이 늘 들락날락하기 때문이었다.

우리는 순번을 짜서 어머니 병 수발을 했다. 어머니는 기력이 날로 쇠약해져서 링거 주사를 맞으셔야 했다. 그러다가 숨이 차다고 하셔서 산소호흡기까지 끼셔야 했다. 아무래도 너무 노쇠해서 회복하시기 힘들 것 같았다. 의사에게 회복 가능성이 있겠느냐고 솔직히 물었다. 의사의 말은 모든 기관이 쇠약해져서 회복이 힘들 것 같다고 했다.

"그렇다면 감옥에 계시는 제 형을 임시라도 나오게 해서 돌아가시기 전에 만나시게 해야 하지 않겠습니까?"

"아직은 그렇게 임박한 것은 아니니 좀 기다려 봅시다. 급하게 되면 알려 드리겠습니다."

우리는 며칠을 더 기다렸다. 그런데 문제는 어머니가 허리가 그렇게 아프시다는 것이었다. 그러면서 나더러 뒤에 앉아서 허리를 안아 달라고 했다. 용정에서 할머니가 임종하실 때 허리가 아프다고 하셔서 내가 뒤에서 안아 드렸더니 그렇게 편할 수가 없다고 하셨단다. 어머니는 그 이야기를 여러 번 말씀하셨다. 어머니는 그 생각을 떠올리신 것이었다. 그래서 내가 침대에 올라앉아 어머니의 허리를 안아 보았다. 그러나 온돌방에서 안아 드리는 것과 푹신푹신한 침대에서 안아 드리는 것과는 완전히 달랐다. 내가 안아 드려도 그냥 아프시다는 것이었다. 의사에게 부탁해 진통제를 놓아 드렸다. 그렇게 해서 아픈 것은 사라졌지만 어머니의 기력은 눈에 띄게 쇠약해져 갔다. 어머니가 섬기시던 한빛교회 목사님과 가까운 교인들과 친척들이 병실로 찾아왔다. 어머니는 그들을 반가이 맞으셨다. 나는 병원 원장과 상의 끝에, 내무부장관에게 연락해서 형의 가석방을 허락받았다. 그것이 1990년 9월 14일이었다.

어머니와 형의 만남은 정말 감격스러웠다. 병실에 들어온 형은 어머니의 손을 잡고 글썽거리는 눈으로 말했다.

"어머니, 제가 왔어요!"

어머니는 눈을 조용히 뜨시고는 "네가 왔구나. 익환이 네가 왔구나!" 하시더니 형을 보고 말씀하셨다. "너를 보지 못하고 죽는 줄 알았더니 네가 왔구나! 이제 통일도 다 되었고 너도 나왔으니 나는 기쁘고 감사한 마음으로 간다. 너희도 기쁘고 감사한 마음으로 보내다오……"

"어머니, 돌아가시면 안 돼요. 통일을 보고 돌아가셔야죠."

"이젠 안 되겠어. 나날이 기력이 더 빠져나가니……" 하고는 눈을 감으셨다.

"안돼요. 제가 기를 넣어 드리겠어요!" 하더니 형은 어머니의 오른손을 잡고 그 가운데 손가락과 형의 가운데 손가락을 맞대고는 눈을 감았다. 형의 기운을 어머니에게 주입시키는 것이었다.

형이 감옥에서 기맥을 짚는 법을 배워, 몸이 불편한 사람들의 기맥에 파스를 잘라 붙여서 병을 낫게 하는 기술을 개발해서 많은 사람을 도와주곤 했다. 그러나 다른 사람에게 기를 불어넣는다는 말은 들은 적이 없었다.

형의 행동을 방에 있던 사람들은 놀란 눈으로 주시했다. 얼마 있더니 어머니가 눈을 뜨면서 말씀하셨다.

"힘이 좀 나는 것 같구나. 네가 정말 무슨 비결을 배운 것 같구나."

"그럼요. 내가 요가를 하면서 기를 조절하는 법을 닦았어요. 조금만 더 기다리세요. 내가 어머니를 회복시킬게요."

그러더니 형은 한 30분 동안 눈을 감고 어머니에게 기를 불어넣었다. 그러자 어머니는 전보다 훨씬 더 기운이 회복되어서 사람들과 이야기도 나누실 정도가 되었다. 형은 그날 밤 몇 차례 더 그것을 반복했다. 다음날 아침 의사가 진단해 보더니 맥박이 훨씬 좋아졌다고 감탄했다.

14일 저녁, 식구들이 다 모이자 어머니는 이렇게 말씀하셨다.

"모두들 나라와 민주화를 위해서 싸우다가 불에 타 죽고 고문당해 죽고 했는데 그 어머니들의 아픈 마음을 누가 다 헤아리겠니?……나는 남편이 세 번이나 감옥에 갔고 아들 둘이 합해서 일곱 번이나 감옥에 갔지만, 살아서 싸우고 있으니 나처럼 행복한 사람이 어디 있겠니?……모두 화목하게 지내고 교회 생활을 충실하게 하여라. 내가 죽거든 울지 말고 기쁘게 박수 치면서 보내다오."

그러고 있는데, 병실에 들락거리던 안기부 직원이 경찰 몇 명을 데리고 와서는 "병이 많이 나아졌기에 문 목사의 가석방이 취소되었다고 상부에서 지시가 내려왔습니다."라는 것이 아닌가.

"어머니의 기력이 회복된 것은 내가 기를 넣어 드려서 그런 것이니 며칠 더 계속해야 해요." 하고 형이 항의했다.

그러나 안기부 직원은 "저는 몰라요. 저는 상부에서 하라는 대로 할 뿐이에요." 하고 형을 데리고 나가 수갑을 채워서 이번에는 의정부에 있는 교도소로 데리고 갔다.

어머니가 형을 찾으시면 가족들은 화장실에 갔다는 식으로 둘러댔다. 나중에 어머니는 눈치를 채신 듯했다. 어머니는 다시 기운을 잃으셨다. 이따금씩 눈을 떠서 방에 있는 사람들을 돌아보다가는 눈을 감으셨다. 때때로 무의식 상태에 빠지시곤 했다. 우리가 다시 형을 병실로 오게 해 달라고 해도 정부 당국은 들어주지 않았다. 정말 안타까웠다.

그러다가 18일 새벽에 어머니는 이렇게 기도하시고 눈을 감으셨다.

"주님, 나를 붙들어 주소서. 저는 약합니다. 저는 죄인입니다. 예수님의 이름으로 기도합니다. 아멘."

그렇게 되자 비로소 경찰은 형을 데리러 의정부로 갔다. 그러는 동안 병원 의사들은 심장에 크게 자극을 주어 어머니의 맥박이 뛰게 하려고 했다. 형이 올 때까지만이라도 생명을 유지시켜 보려고 했다. 얼마 있다가 형이 방문을 박차고 들어왔다. 들어오자마자 형은 어머니의 맥박을 짚어 보았다. 아직 몸이 식지 않았으니 소망이 있다고 생각하고 다시 기를 불어넣으려고 했으나, 이미 때는 늦었다.

"아직도 어머니의 의식이 있을 것이야. 모두 한 마디씩 어머니에게 마지막 말들을 해."

그리고는 형이 먼저 어머니의 귀에 대고 말했다.

"어머니 말씀대로 통일은 다 되었습니다. 남과 북의 민중들이 열화같이 통일을 열망하고 있으니 통일은 된 것이죠. 이제 우리는 정성껏 그것을 마무리하겠습니다."

방에 있는 사람들이 돌아가며 다 한마디씩 했다. 그 가운데 지금도 잊을 수 없는 것은 영미의 말이었다.

"할머니, 이제부터는 교회에 잘 나가겠어요. 약속해요."

영미는 많은 대학생들이 그랬듯이 그동안 교회에 잘 다니지 않았다. 그러나 할머니가 아름답게 운명하시는 순간을 보면서 느낀 것이 많았던 것이다. 게다가 할머니가 마지막으로 교회 생활을 잘하라고 당부했으니 그런 결단을 한 모양이었다. 그 뒤로 영미는 성실하게 교회 생활을 하고 있다.

어머니는 돌아가신 뒤 아버지와 마찬가지로 안막을 남에게 주시었다.

어머니의 장례식은 정말 감격스러웠다. 장례식장 정면에 모신 영정 사진 속에서 어머니는 시원한 웃음꽃을 활짝 피우고 계셨다. 장례식은 한빛교회 유원규 목사가 집례했지만, 그밖의 순서는 모두 여성 지도자가 진행하기로 했다. 첫 기도는 한빛교회의 여성 장로인 안계희 장로가 하셨고, 어머니의 약력 낭독은 이화여대 이효재 교수가 하셨고, 설교는 이우정 선생이, 조사는 박영숙 선생이 했다. 남자로는 형과 같이 민주화 운동을 한 이창복 선생과 이기형 시인이 조사를 했다.

이우정 선생은 〈민족의 어머니〉라는 설교 제목으로 어머니를 묘사했다. 사실이 그랬다. 어머니의 일생은 민족을 위한 삶이었다. 젊어서부터 돌아가실 때까지 민족을 껴안고 사셨다. 박정희 독재와 싸울 때는 정의를 위해 몸을 던진 젊은이들의 이름을 잠시도 잊지 않고 부르시면서 기도하셨다. 민주화 투쟁으로 자식을 잃은 어머니들은 우리 어머니를 자신들의 어머니처럼 여겼다. 장례식에서 가장 많이 운 분들은 민가협 식구들이었다. 평소에 눈물이 없는 내 아내도 그렇게 울 수가 없었다. 정작 자기의 친부모가 돌아가셨을 때도 그렇게 울지 않았는데 말이다. 고부간 정이 그토록 깊었다.

장례식에서 부른 찬송 역시 특이했다. 첫 찬송은 해방이 되면서 김재준

4.19묘지에서의 노제. 감옥에서 나온 형이 인사말을 하고 있고 큰조카 호근이가 영정을 들었다. "박수치며 보내 달라."는 어머니의 유언에 따라 우리는 환하게 웃는 사진을 영정사진으로 썼다.

노제에서 노래를 부르고 있는 가족과 친지들. 앞에 조카 영금의 딸 문숙, 그 뒤에 박용길 형수, 아내, 나, 뒤로 전태일 열사의 어머니 이소선 여사.

목사가 작사한 것으로, 교회에서 민주화 운동을 할 때 늘 부르던 노래였다.

> 어둔 밤 마음에 잠겨 역사의 어둠 짙었을 때에
> 계명성 동쪽에 밝아 이 나라 여명이 왔다.
> 고요한 아침의 나라. 빛 속에 새롭다.
> 이 빛 삶 속에 얽혀 이 땅에 생명탑 놓아간다.

소요산 기슭에 있는 묘지로 가는 도중에 4·19묘역에서 노제 순서를 가졌다. 지선 스님과 고은 시인이 조시를 낭독했다.

9월 하늘은 맑고 시원했다. 장지에 함께 온 많은 조객들은 이 맑은 하늘과 같은 시원한 미래가 오기를 염원했다. 여러 해 전에 묻힌 아버지와 합장해 드렸다. 산 아래 철원을 지나 원산으로 가는 선로가 보이는 곳이었다. 그곳에서 우리 동족들이 마음대로 금강산과 원산으로 가는 것을 보시라고 그곳에 자리를 잡은 것이었다.

어머니의 장례식은 밝고 명랑했다. 환히 웃는 영정에서 뻗어나는 밝은 분위기 속에서 어머니의 신나고 아름다운 삶을 되새기는 자리였기 때문이다. 돌아오는 길에 안병무 박사가 버스 안에서 "오늘 저녁 소요산에 산불이 나겠군." 하자, 버스 속의 조객들이 "와!" 하고 웃음을 터뜨렸다. 어디 신나는 놀이에라도 다녀오는 것 같았다.

아내가 받은 감사패

1991년 12월 12일 아내를 데리러 가려고 방학동으로 차를 몰았다. 김대중 총재가 우리를 위해 송별연을 준비했다고 연락해 왔다. 12월 크리스마스가 지나면 우리는 미국으로 가기로 되어 있었다. 나는 1985년에 다시 한국으로 나올 때 아내에게 약속했다. 학교에서 정년 퇴임을 하면 아내의 고향으로 돌아와 살기로 말이다. 그런데 정치판에 뛰어들면서 아내는 6년이라는 세월을 한국에서 더 보냈다. 나이가 들어 가면서 아내는 고향을 점점 더 그리워하게 되었다. 1961년 12월에 한국으로 시집온 때로부터 정확히 30년이 지났다.

사실 그 자리는 우리의 송별연이기보다는 내 아내에게 감사패를 주는 자리라고 하는 것이 정확한 표현이었다. 김 총재 부부는 예전부터 내 아내에 대해 큰 호감을 갖고 있었다. 김 선생은 내 아내가 한국에 와서 한국 사람처럼 사는 것에 대하여 늘 경의를 표했다. 한번은 국회의원 선거 때문에 같은 차를 타고 이곳저곳 순방한 일이 있었는데, 그때 김 총재는 나에게 어떻

김대중, 이희호 선생이 손수 써준 기념패를 받는 문혜림. 1991년 12월 12일.

게 미국인 부인이 그렇게 한국에 잘 적응할 수 있냐고 물었다. 내가 "사랑 때문이죠."라고 말했더니 "아무리 사랑한다고 해도, 한국과 같은 나라에 와서 정착한다는 것이 쉬운 일이 아닌데."라며 감탄했다. 그러면서 주변에 한국에 돌아오고 싶어도 부인이 원하지 않아서 고민하는 사람들이 여럿 있다고 말했다.

사실 그랬다. 아내가 처음 한국에 왔던 1961년은 한국이 아직 경제적으로 발전되기 전이라서 사는 것이 여간 고달프지 않았다. 우리가 처음 자리 잡고 산 학교의 관사는 수도 장치도 난방 장치도 제대로 되지 않은 집이었다. 현대적 주거 환경에서 살던 스물다섯 살 미국 아가씨가 그런 집에서 연탄불을 피우면서 살기란 여간 힘든 일이 아니었다. 게다가 말도 통하지 않았으니 더욱 힘들었다. 그랬는데 내 아내는 정말 용케 그 모든 어려움을 극복하고 한국에 정착했다.

사실 아내는 한국의 민주화 운동을 위해서도 많은 일을 했다. 내가 감옥에 가기 전부터 아내는 한국의 정치 상황에 관심을 가지고 있었던 까닭에 이는 자연스러운 일이었다. 그녀는 어려서부터 인권 운동과 흑인 평등 운동에 남달리 관심이 많았다. 아내는 3·1사건 부인들과 함께 앞장서서 시위를 했고, 미군부대 우편을 통해 한국의 민주화 투쟁과 탄압 소식을 전 세계에 알리는 '비밀 전령'으로도 활약했다. 그러니 김대중 총재가 아내를 높이 평가할 만도 했다. 이희호 여사는 우리가 감옥에 갔을 때 밖에서 아내와 같이 시위를 하면서 서로 아주 친해졌다. 그리고 새벽의 집이 양주로 이사 갔을 때 아내가 농촌에서 고생하는 것을 보고는 크게 감탄했다고 말한 적도 있었다. 그런 인연으로 우리가 미국으로 간다고 하자 송별회를 열어 준 것이다. 사실 나는 아내에게 주려고 감사패를 만드는 것을 미리 보았지만 그 이야기를 아내에게 하지 않았다. 나도 당을 그만두게 되었기에 우리 둘의 송별회라고만 일러 두었다.

차를 몰고 식당으로 가는 도중에 아내가 우리 둘만 초대한 것이냐고 물었다. 나는 모른다고 시치미를 뗐다. 이윽고 우리가 약속된 장소에 도착하자 아내는 깜짝 놀랐다. 그곳에는 형수님을 비롯해 3·1민주구국선언문 사건 식구들과 아내와 친하게 지냈던 선교사들과 친지들이 모두 모여 있었던 것이다. 모두들 아내를 맞이하면서 한국에 와서 고생하고 민주화를 위해서 노력한 것을 치하했다.

김대중 총재와 이희호 여사도 나와서 아내를 마중하면서 준비된 상석에 앉혔다.

김 총재는 감사패를 들고서 거기에 적힌 글을 낭독했다.

"여사께서는 문동환 박사와 결혼하신 후 근 30년 간 한국에 거주하시면서 우리 동포를 애정으로 사랑하고 아껴주셨습니다. 그리고 한국의 인권 운동을 위해 선두에서 많은 공을 세우셨습니다. 또 고통 받는 사람들, 특히 불우한 여성들을 위하여 선교의 정신으로 모든 것을 바치고 뜨거운 사랑을 베풀어 봉사하셨습니다. 이 모든 것은 여사의 깊은 신앙과 인류애에 기인한 것이라고 우리는 믿습니다. 이제 여사가 고국으로 돌아가시는데 우리 내외는 한없는 석별의 정을 느끼면서 그동안 여사께서 베푸신 커다란 헌신과 공헌에 감사하는 뜻으로 이 패를 드립니다. 앞으로 더욱 건강하시고 하느님의 크신 축복이 있기를 빕니다."

그러고는 감사패를 아내에게 전했다. 이희호 여사도 한마디 거들었다. 같이 시위하면서 한국말로 농담을 잘해서 모두를 웃기던 일을 이야기하며 찬사를 보냈다.

아내는 몸 둘 바를 몰라 하면서, 왜 미리 알려주지 않았냐고 나를 나무랐다. 모두 답사로 한마디 하라고 청하니 아내는 조금 망설이다가 말했다. 한국에 와서 모두 자기를 따뜻하게 대해주어서 고생은 했지만 즐겁게 지냈다고 말했다. "의정부와 동두천에서 불행한 여성들과 같이 일하는 동안 오히려 그들에게서 감동을 받았다. 기지촌 여성들은 인정이 많아 그들을 만나는 것이 마치 예수님을 만나는 것과도 같았다"고 했다.

집으로 돌아오는 길에 우리는 여러 가지 감회를 주고받았다. 아내는 두레방에서 일하던 일을 이야기했다. 의정부와 동두천에서 미군을 상대로 고생하는 여성들을 도우려고 두레방을 시작하기는 했으나, 처음에는 퍽 힘들었다고 했다. 그들은 처음엔 자기들에게 예수를 믿으라고 전도하는 것으로 오해해서 응하지 않다가, 영어와 미국 음식을 만드는 법을 가르친다고 하자 한두 명씩 오기 시작했다. 그렇게 하나둘씩 모이기 시작해 따뜻한 공동체를 이루게 되었다며 감회에 젖었다. 아내는 그들을 돕는다고 나섰지만 때로 그들 사이에 오가는 인정이 더없이 따뜻해서 오히려 깊은 감명을 받았다고 했다. 나이가 많아서 미군을 상대로 일할 수 없게 된 여성들을 위해서 빵 공장을 만들어서 일터를 마련해 주기도 했고, 그들 사이에 결혼식이 있을 때 우리 부부가 같이 주례를 한 적도 있었다. 그러다가 미국에 가서 살게 된 여성들은 이따금씩 편지를 보내 왔다.

"미국에 가면 그들을 꼭 만나 보고 싶어." 그러더니 아내는 입을 다물었다. 한국을 떠나려고 하니 그 누구보다도 두레방에서 그동안 정을 쌓은 그 여성들이 가장 가슴에 사무치는 듯했다.

아내와 나는 1992년 1월 2일 비행기로 아내가 자란 코네티컷 주 길포드에 돌아갔다. 우리는 뉴욕 가까운 곳에 자리 잡기로 했다. 아무래도 나는 한국인들과 가까이 지내야 했기 때문이다. 친구들과 의논을 한 뒤 우리는 뉴욕 맨해튼에서 가까운 뉴저지에 정착하기로 했다. 그리고 블룸필드 타운의 한 자그마한 아파트를 빌려서 짐을 풀었다. 그곳은 맨해튼으로 들어가는 기차와 버스도 있고 또 뉴어크 비행장도 가까운 곳이었다. 한국에 자주 드나들어야 해서 공항이 가깝다는 입지가 퍽 중요했다.

한 달 동안 아내와 같이 그 작은 아파트를 정리하면서 나는 어쩐지 공중에 붕 떠 있는 기분이었다. 마음은 아직 한국에 뿌리박고 있는데 멀리 이곳 미국 땅에 와서 산다는 것이 실감이 나지 않았다. 뿌리가 뽑힌 나무 같았다. 그리고 그곳에서 어떻게 삶을 펴 나갈 것인지도 막연했다. 아내도 은근히 그것이 걱정이 되는 모양이었다. "한국 목사님들을 만나 보시죠." "당신이 한국에 돌아가 있는 사이에 정원이 있는 집을 구해 볼게요. 당신 좋아하는 피아노도 한 대 사 놓고." 이런저런 말로 나를 걱정하고 위로했다.

나는 아내에게 걱정 말라고 하고는 다시 나머지 몇 달 동안의 국회의원으로서의 임무를 다하기 위해서 서울로 돌아갔다. 나는 1992년 7월 총선까지 당에 남아서 돕다가 미국으로 돌아갔다.

제8부

용정시가 내려다 보이는 일송정에서

미국 정착

내가 국회 임기를 마치고 뉴욕에 도착한 다음 날 아침이었다. 아내는 그 동안 막내딸 영혜와 함께 우리가 살 수 있는 조그만 집을 한 채 봐 두었다고 했다. 몇 십 년 만에 미국에 다시 정착하느라고 아내는 퍽 흥분해 있었다. 그때 영혜는 아델파이(Adelfi) 대학 졸업반이었다.

아내가 봐 둔 집은 우리 둘이 살기에 외롭지 않을 자그맣고 아담한 2층 집이었다. 집 앞에는 내가 좋아하는 층층나무(Korean dogwood)가 서 있었다. 집 뒤에는 백 평쯤 되는 잘 정돈된 잔디밭이 나지막한 생나무 울타리로 둘러싸여 있었다. 그 한쪽을 뒤엎으면 채소밭을 만들 수 있겠다 싶었다. 볕도 잘 들었다.

우리는 바로 복덕방과 계약하고 이사를 했다. 그런 뒤 나는 목공 기구와 목재를 사다가 내 책장과 책상을 만들었다.

"은퇴하더니 예수님처럼 목수가 되었군요." 아내가 놀라운 듯이 말했다. 그 뒤 아내는 내 목공 작품을 손님들에게 자랑하곤 했다. 사실 나는 은퇴한 다음에는 목수 일도 하고 정원도 가꾸면서 삶을 즐기고 싶었다. 피아노도 좀 더 치고 싶고, 젊어서 폐병요양원에서 잠시 배운 수채화와 도예도 다시 시작해 보고 싶었다.

아내는 길포드에 가서 친정어머니가 쓰던 소파와 의자, 식탁과 접시 등 적지 않은 살림살이를 가져왔고, 나는 아내의 책상과 자그마한 책장 그리고 이부자리를 넣을 장을 만들었다. 그렇게 살림살이를 갖추고 나서 우리는 집들이를 했다.

아래층에 모인 이웃들은 서로를 소개하며 좀 어색해 했다. 새로 이사 와서 이렇게 집들이 하는 일이 별로 없었던 모양이었다. 그 중에 가장 어색하게 앉아 있는, 일흔쯤 돼 보이는 '비니'라는 덩치 큰 남자를 이웃들은 이 동네 '시장'이라고 놀리듯이 말했다. 그는 미국에 온 지 50여 년이 되는데도 아직 영어를 제대로 하지 못하는 이탈리아 출신 노동자였다. 동네를 두루 살피면서 동네 일을 환히 꿰고 있어서 동네 시장이라는 별칭을 얻은 것이었다. 수줍음이 많으나 마음이 이진 분이었다. 그 뒤로 우리는 그와 아주 가까운 사이가 되었다.

2층에는 한국의 민주화를 위해서 열심히 일해 온 목요기도회 회원들이 자리를 차지하고 있었다. 안중식 목사는 재미기독학자회의에서 많은 역할을 하신 분이었다. 유태영 목사는 광나루 신학교 출신이면서도 한신대 출신이라고 자처하면서 민주화 운동과 통일 운동에 열심인 분이었다. 박성모 목사는 혼자 힘으로 『민중신학』이라는 잡지를 발간하며 설교를 통해 교인들에게 진보적인 자기 신학을 끈질기게 전하는 목사로 알려진 분이었다. 나에게 설교를 부탁하는 교회는 그들이 목회하는 교회뿐이다시피 했다. 임순만 목사는 사회 밑바닥에 있는 미국의 원주민과 일본의 부라꾸민 등을 연구하는 성실한 학자였다. 그의 아내도 대학 교수였다. 손명걸 목사는 미국 연합감리교의 국내선교부 총무로서, 재미기독자교회협회를 뒤에서 지원하고 있었다. 그즈음 목요기도회를 이끌고 있던 한성수 목사는 성실한 목회자로서 문익환 형을 지극히 존경해서 유니온신학교에서 형에 관한 연구로 석사 학위를 받은 분이었다. 김민웅 목사는 유니온신학교에서 박사 과정을 밟고 있었고 미국의 정치 문제에 정통한 분으로서 길벗교회의 젊은 목회자였다. 김윤철 장로는 뉴욕 한인교회의 원로 장로로 민주화에 앞장서신 분이었다. 김마태 장로 역시 한국의 민주화 운동에 여러 가지로 도움을 준 분이었다. 그의 아내 전재금은 내가 미국에 가기 전에 서울역 앞에 있는 성남교회에서 교회를 같이 섬기던 김말봉 씨의 딸이었다. 조동호 선생은 한신대 대학원 졸업생으로 당시 종교 문제를 사회학적인 관점에서 연구하는 박사 과정에 있는 젊은이로서 특히 기타를 치면서 노래를 잘 불러 모일 때마다 노래잔치를 벌이곤 했다. 그들 밖에, 내가 팔십년대에 미국에 와서 전두환을 규탄하며 다닐 때 나의 일정 등을 맡아서 돌봐 준 구춘회 선생도 있었다. 나는 이런 동지들과 하나가 되어 미국에서의 삶에 의미와 생기를 불어넣고 싶었다. 미국에 마음이 맞는 동지들이 있다는 게 정말 고맙게 느껴졌다. 그런 동지들, 그리고 그들과 함께 나눈 시간과 이야기들은 이국땅에서의 외로움을 느끼던 나에게는 모두 소중한 기억으로 남아 있다.

동지들은 나에게 앞으로 은퇴 생활을 어떻게 할 것이냐고 물었다. 나는 학생들에게 늘 늘그막에는 삶을 간소하게 꾸려야 한다고 강조했다고 말하면서, 정원이나 가꾸고 수채화 그리기나 도자기 굽는 일 같은 것을 하면서 삶을 즐기고 싶다고 했다. 그리고 예수님처럼 목수 일도 하고 싶다고 했다. 그러나 한가로운 취미 생활로 시간을 보낸 것도 한동안이었다.

그러나 내심 한 가지 더 하고 싶은 것이 있었다. 민중신학을 교회 교육의 측면에서 재검토해 보는 일이었다. 그동안은 민주화 운동, 인권 운동을 위해 뛰어다니면서 민중신학을 연구했다. 그래서 나는 그것을 '뛰어다니는 신학(Theology on the Run)'이라고 불렀다. 그러나 은퇴한 뒤에는 차분히 앉아서 교회의 민중 교육에 관해 연구해 보고 싶었다. 특히 한 맺힌 민중들이 어떻게 역사의 주인으로 승화할 것인지를 생각해 보고 싶었다. 안병무나 서남동은 민중을 역사의 주인이라고 선언했다. 실제로 역사에 결정적인 변화가 있을 때에는 언제나 민중들이 주역이었다. 그러나 우리가 일상의 삶에서 접하는 민중을 보면 그들을 역사의 주인으로 보기가 어려웠다. 모두 자기의 존명에 급급하여 비겁하게 아부도 하고 타협도 했다. 그런 민중들이 어떻게 역사의 주역이 될 수 있을까? 그에 대해, 고난의 골짜기를 통과하는 과정에서 그들이 의식화되다가 때가 이르면 봉화처럼 타올라서 역사를 새로운 차원으로 끌어올린다고 생각했다. 이것을 성서의 역사와 한국민중사, 그리고 교회사를 통해서 검토해 보고 싶었다. 그리고 이런 민중의 변화 과정을 어떻게 교육적인 차원에서 이해할 것인지도 연구해 보고 싶었다. 그 성과로서 『생명공동체와 기화교육』이라는 책을 쓰기도 했다.

얼마 뒤 내가 박사학위를 받은 하트퍼드신학교 대학원에서 나에게 생각하지도 않은 환영의 손을 내밀었다. 그 대학원에는 '특별한 공헌을 한 동창상(Distinguished Alumni Award)'이라는 프로그램이 있는데 해마다 졸업식 때 일선에서 두드러진 공헌을 한 동문을 찾아 그들에게 표창장을 수여하는 것이었다. 그런데 내가 은퇴하고 돌아온 1992년에 나와 내 아내에게 그 표창장을 주겠다는 것이었다. 하트퍼드신학교 대학원 동문회 회장이 그와 잘 아는 내 처남을 통해서 우리 부부가 한국에서 한 일을 자세히 듣고 우리에게 그 상을 주기로 결정한 것이었다. 그 소식을 들으니 정말 고마운 생각이 들었다. 하트퍼드신학대학원에서 민주적인 학교 운영의 모델을 배운 덕분에 한신대학교에서 그런 교육 프로그램을 적용하려고 했는데, 오히려 나에게 표창장을 준다니 감격하지 않을 수가 없었다.

졸업식 전날 아내와 나는 하트퍼드신학교로 갔다. 우리는 내 논문 지도

교수 중의 한 분인 맥아더 박사의 집에서 하룻밤 묵었다. 그는 신약학과 교수로 내가 요양원에서 수술할 때 헌혈 운동에 앞장섰던 분이다.

수상 소감으로 나는 하트퍼드신학교 대학원에서의 삶 자체가 내 삶에 결정적인 영향을 끼쳤음을 고백하고, 아내는 자기가 불우한 여성을 도왔다고는 하지만 사실 바르게 살려는 그 여성들의 삶에서 오히려 예수님의 모습을 보았다고 이야기했다. 졸업식이 끝난 뒤에 맥아더 교수는 우리의 증언을 퍽 뜻깊게 들었다고 하면서 내 손을 따뜻하게 잡아 주었다.

미국에서 다시 삶을 시작한 우리의 첫걸음은 이렇게 따뜻하고 희망찬 것이었다.

통일의 꿈을 안고 떠난 형의 장례식

1994년 1월 18일 새벽, 전화벨 소리에 놀라 깼다. 형님이 심장마비로 돌아가셨다는 영미의 다급한 음성이 전화기를 타고 들려왔다. 너무나 갑작스럽고 뜻밖이어서 믿어지지 않았다. 건강하던 사람이 도대체 어쩌다 돌아가셨단 말인가! 어찌 된 일이냐고 물었다.

형은 민족 통일을 촉진하려고 조직한 범민련의 남쪽 준비위원장으로 활약하던 중이었다. 통일 운동을 오랫동안 해온 형은 이 운동이 북과 가까운 운동권만의 독점물이 아니라, 이때까지 통일 운동에 참여하지 않은 중도 혹은 우익의 유력 인사들까지 포함하는 폭넓은 운동이 되어야 한다고 생각했다. 남과 북이 하나가 되자고 하는 마당에, 남에 있는 중도와 우익 사람들과 하나가 되는 운동부터 해야 한다고 생각한 것이었다. 그래서 그는 아직 통일 운동에 적극적으로 가담하지 않은 한완상 박사와 손을 잡자고 제안했다. 그랬더니 범민련에 동참한 친북파 중의 몇 사람이 이에 크게 반발했다. 그들은 문익환이 운동권을 배신하여 한국 정보부와 손을 잡으려고 한다는 정보를 북쪽에 보냈고, 이것이 노동신문에 게재됐다. 이에 형은 크게 충격을 받고, 사무실에서 이에 대한 해명서를 작성했다. 그것이 바로 어제, 17일이었다. 그러고 나서 점심에 식당으로 갔는데 마치 체한 것처럼 명치끝이 아파 왔다는 것이다. 형은 그럴 때 늘 하듯이 요가를 해 보았으나 아무 효과가 없었다. 그래서 세브란스병원의 응급실에 갔는데 들것에 들려 온 환자들이 줄을 지어 있어서 그냥 집으로 돌아왔다. 병원까지 걸어서 온 사람이 들것에 실려 온 사람들을 제치고 진단받는 것은 옳지 않다고 생각한 것이다. 집에 돌아온 형은 곧 가까이에 있는 백병원에 의사의 왕진을 요청했다. 그 의사는 체했으니 오늘 밤을 지내면 나을 것이라고 하고 갔는데, 그날 돌아가신 것이었다. 결국 같이 일하던 동지가 형이 배신했다고 말한 것에 충격을 받아서 갑작스럽게 돌아가신 것이었다.

우리는 부랴부랴 여행사에 연락해서 19일 밤 비행기로 출발했다. 서울에 도착한 것은 20일 저녁이었다. 형수님을 보려고 허겁지겁 큰집부터 갔다. 큰집에는 전태일의 어머니 등 구속자 가족 식구들과 영금이가 있었다. 그런데 형수님을 돌보는 다른 사람들 얼굴에는 안쓰러워하는 표정들이 역력한데, 형수님 얼굴은 놀라울 정도로 담담하니 무표정했다. 마치 남편이 볼일 보러 출장이라도 간 것처럼 느끼시는 것 같았다. 어쩌면 갑작스러운 죽음을 실감하지 못하고 계시는 것일는지도 몰랐다. 아니, 어쩌면 잠시 육신은 떨어져 있어도 영은 하나가 되어 있어서 그랬을는지도 몰랐다. 이런 신비한 심정으로 인사를 나누고 수유리 한신대에 설치된 빈소로 달려갔다.

한신대학교 교정에 들어서자 두 팔을 크게 벌리고 멀리 앞을 내다보는 형의 걸개그림이 건물 벽에 걸려 있고 그 앞에는 수많은 조문객들이 두루 엉켜 있었다. 빈소가 있는 2층 강당에는 호근이, 의근이, 성근이가 상주로

서 조문객을 맞이하고 있었다. 날씨가 몹시 춥건만 전국에서 조객들이 밀물처럼 몰려들었다. 노동자, 농민, 학생들은 말할 것도 없고 심지어 십대 소년소녀들도 찾아와서 영정 앞에서 절을 했다.

조문객의 발길은 그 다음 날도 하루 종일 끊임없이 몰려왔다. 영전에서 목을 놓아 우는 사람들도 적지 않았다. 그들은 민주화 운동에 자녀들을 잃은 부모들임에 틀림없으리라. 그들이 그 비극적인 슬픔을 당했을 때 형이 그들을 껴안고 같이 울었을 것이다. 형은 그들의 아픈 마음을 껴안아 주고, 또 몸이 아프면 형이 개발한 파스 요법으로 치료도 해 주며 부모자식처럼 지내던 터였다. 그리고 노동자, 농민, 학생 할 것 없이 불의 앞에서 아우성치면서 시위하는 곳마다 찾아가서 같이 부둥켜안고 같이 투쟁하곤 했다.

22일 장례식 날은 유난히 추웠다. 두터운 외투를 껴입고 목도리를 둘러도 추위가 뼛속으로 파고들었다. 김상근 목사가 장례식 사회를 보았다. 기

1994년 1월 22일 한신대 교정에서 치른 문익환의 장례식.

도는 김승훈 신부가 했고, 약력은 지선 스님이 읽었다. 성경 말씀은 조화순 목사가 봉독했다. 정명화 여사의 그윽한 첼로 연주에 이어, 삶의 의미를 생각하게 하는 조용술 목사의 설교가 있었다. 그리고 김대중 선생과 박순경 박사의 조사가 이어졌다. 형의 삶을 간략히 되돌아보는 조사는 그대로 우리나라의 근현대사요, 우리가 살아온 시대였다.

장례식이 끝나자, 수십 명의 어깨에 들린 관구를 위시한 운구 행렬이 교문을 떠나 대학로를 향해 움직였다. 운구 틀 위에는 커다란 형의 초상화가 모셔졌고, 수십 개의 만장이 관구 앞과 뒤를 호위했다. 그리고 장례식에 참석했던 수백 명의 조객이 그 뒤를 따랐다. 모두가 혹독한 추위 따위는 아랑곳하지 않았다. 지나가던 사람들이 발을 멈추고 이를 바라보았고, 교통경

대학로에서 열린 노제에서 가족들을 대신하여 인사를 하는 나. 그곳에 모인 수많은 조문객들을 통해 형님이자 동지를 잃은 나는 마음에 위로를 받았다.

찰들이 이 도도히 흐르는 행진을 자발적으로 도왔다.

대학로에는 높고 넓은 대가 준비되어 있었다. 그 대에 형의 관구를 모시고 노제가 시작되었다. 당시 통일시대민주주의 국민회의 의장인 김근태의 사회로 시작된 노제는 청년들의 인상 깊은 노래와 이애주 교수의 혼이 담긴 춤으로 형의 삶을 되새겼다. 조사를 하러 나온 고은 시인은, 형이 이한열 장례식에서 했던 것처럼 '문익환'이라는 이름을 목청이 터져라 외쳤다. 마치 형이 다시 살아나 외치는 듯했다. 이어서 내가 가족을 대표하여 인사를 했다. 높은 대에 올라서서 그곳에 모인 수백 명의 얼굴들을 보자니, 마치 2천 년 전 부활 승천하는 예수님을 쳐다보는 갈릴리 민중들 같았다.

"형님이 돌아가셨다는 급보를 듣고 비행기를 타고 날아오면서 도대체 이런 급변을 당하신 형수님을 어떻게 위로할까 몹시 걱정했습니다. 그러나 지금 여러분의 얼굴을 보는 제 마음에는 형님은 결코 돌아가시지 않았다는 확신이 생겼습니다. 형님은 틀림없이 여러분과 같이 계십니다. 여러분과 같이 계셔서 이 땅의 민주화와 통일을 이룩하실 것입니다. 형수님도 분명히 그렇게 느끼고 계실 것입니다. 그러기에 새삼스럽게 위로의 말을 할 필요가 없습니다. 이제 우리 형과 같이 전진합시다. 우리가 그렇게 바라는 민주화와 통일을 위해서 전진합시다. 그것이 형님이 우리에게 바라는 소원일 것입니다. 그리고 그것이 형을 우리 사이에 모시는 유일한 길입니다."

그리고 나서 조객들과 같이 "민주화 만세! 통일 만세!"를 외쳤다.

노제를 마치고 나서 우리는 버스를 타고 경기도에 있는 모란공원 장지로 갔다. 긴 일정 때문에 이미 어두워진 뒤였다. 하관예배를 드리며 나는 형의 뜻을 이어 민주화와 통일을 이루리라고 다짐했다.

제도 교회를 한탄하다

미국 땅에서 잘 먹고 잘 입고 편히 살고 있으면서도, 마음은 늘 마치 음식이 목에 걸린 듯이 힘들기만 했다. 가도 가도 끝이 보이지 않는 터널을 하염없이 걸어가는 것만 같았다. 내가 섬겨 온 교회들은 완전히 산업문화에 병들어 버렸고 교회를 섬기는 목사들도 기진맥진해 있었다.

미국에 있는 한인 교회 신자들은 90퍼센트 이상이 한국의 보수 신학에 물든 사람들이다. 그들은 교회에 나옴으로써 땅 위에서 축복받고 살고 사후에 천국에 갈 수 있다는 생각에서 헤어나지 못한다. 정치에 관한 이야기라도 할라치면 정치 목사라고 하며 귀를 막고 들으려고도 하지 않는다. 또 그들은 아메리칸 드림에 사로잡혀 자식들을 일류 대학에 보내고 돈을 모아 교외에다 큰 집을 사서 멋있게 살기에 여념이 없다. 그들은 일주일에 엿새 동안 새벽부터 밤늦게까지 힘들게 일한다. 그러다가 주일 하루 교회에서 시간을 보낸다. 교회에서의 친교가 이국땅에서의 일주일 동안의 스트레스를 푸는 유일한 길이다. 그런 교인들에게 사회 참여니, 정의니 하는 설교는 먹히지 않는다. 그런 설교를 하는 교회에는 교인들이 모이지도 않는다. 그러니 어쩔 것인가. 목사들이 신자들의 구미에 맞는 설교를 할 밖에. 어쨌든 목사는 그들 교회의 신자들을 어루만지고 껴안아 주어야 한다. 그러니 목사들은 이른바 '3박자 설교'를 하면서 그들의 구미에 맞출 수밖에 없다.

나와 가까운 목사들은 그래도 바른 설교를 하려고 노력했다. 그러나 그들 중 누구도 자기 교회 교인을 목요기도회에 데리고 나오지는 못했다. 그런 까닭에 그들의 고민은 여간 크지 않았다. 결국 미국에서의 목요기도회도, 목사 동지들의 모임도 흐지부지되고 말았다. 이것이 이곳 미국에 사는 우리의 슬픈 현실이었다.

나는 1995년부터 2000년까지 이병규 목사가 학장으로 있는 뉴욕의 플러싱에 있는 장로교신학교에서 한 4년 동안 민중신학, 이민신학, 교회교육을 가르쳤다. 이 신학교는 한국 예장의 전통을 이어받기는 했지만 개방적인 자세를 취하는 학교로서 그 방향이 건전했다. 그 학교의 기둥 역할을 하는 사람은 최양선 박사였다. 그는 김재준 목사가 박해를 받으면서도 그의 신학 노선을 지킨 것을 존경한다면서 자기들도 그분을 본받아 진취적인 신학교를 이루려고 노력하고 있으며, 그런 태도 때문에 비판을 받기도 한다고 했다. 나는 그들의 그런 열린 자세를 고맙게 생각해 기꺼이 협조하기로 했다.

그런데 문제는 학생들이 지나치게 수동적이라는 점이었다. 주는 것을 그대로 받아들이기만 하고 주체적으로 사고하지 않았다. 도대체 강의를 어떻게 받아들이는지 알 길이 없었다. 내 강의가 그들이 그때까지 배워 온 전통적인 종교관과는 완전히 달랐을 텐데도 질문하는 학생이 하나도 없었다. 목사의 설교를 그대로 받아들이기만 하라는 한국 교회의 전통 속에서 훈련을 받았으니 그럴 수밖에 없었을 것이다. 또한 내 강의가 그들이 지금까지 믿어 온 것과 너무나 달라서 감당하지 못하는 듯도 했다. 자연히 가르치는 것에 보람을 느낄 수가 없었다. 결국 4년쯤 봉사하다가 가르치는 것을 중단하고 말았다. 나이가 많아 멀리 플러싱까지 자동차 운전을 하기 힘든 것도 한 원인이었다.

그 뒤 맨해튼에 있는 선한목자장로교회에서 2001년 6월부터 3년 동안 강단을 맡았다. 그 교회는 신성국 목사가 개척한 교회로 제법 역사가 오래된 장로교회였다. 신성국 목사 후임으로 조덕현 목사가 목회하다가 일부 교인들을 데리고 풀러싱으로 옮겨 가자, 나머지 교인들이 미국인 교회인 선한목자장로교회(Goodshepherd Presbyterian Church)에 가담하여 한국인들을 위한 한국어 예배를 드리게 되었다. 말하자면 선한목자교회의 한국

미주장로회신학대학에서의 신학 공개강좌. 1999년 12월.

인 예배부가 된 것이다. 그런데 이 교회를 맡은 한국인 목사들이 무책임하게 교회를 떠나게 되면서 강단이 비어 새 목사를 구할 때까지 내가 임시로 강단을 맡은 것이었다. 많은 교인들이 떠난 뒤라 교인 수는 그리 많지 않다. 그런 데에다 교회의 몇몇 장로들은 미국인 회중과 잘 화합하지 못해 긴장 관계에 있었고, 엎친 데 덮친 격으로 장로들은 두 파로 갈라져 갈등을 빚고 있었다.

그 교회가 나에게 강단을 맡긴 까닭은 내 설교가 마음에 들어서라고 했다. 그리고 내가 나이와 경험도 많아 복잡한 교회 문제를 잘 풀어 줄 것이라고 기대했던 듯, 소신껏 교회를 이끌어 달라고 부탁했다.

나는 3년 동안 강단을 맡아서 설교를 하고 화해를 이루려고 했지만 헛수고였다. 나는 이 교회에서 서로 싸우고 갈라지는 이민자 교회의 현실을 뼈저리게 체험했다.

교포들이 다니는 한인 교회들은 사회 문제에 적극적인 관심을 가지고 동참해야 한다는 나의 비판적인 설교를 별로 달가워하지 않았다. 이른바 '세계화'의 입김으로 개인주의적인 산업문화가 온 세계를 뒤덮고 있는데도, 교회는 여전히 그저 숫자놀음에만 미쳐 있었다. 심지어 어떤 목사는 자기가 이룩한 초대형 교회를 마치 재벌이 기업을 자손에게 넘기듯 자기 아들에게 물려준다고도 했다. 이런 제도 교회가 무슨 의미가 있단 말인가? 유대의 기득권자들이 바알 신을 섬기는 문화에 젖어 있다가 로마제국의 천하가 되자 다시 그들과 손을 잡아 저희 배만 채우려고 했던 것과 무엇이 다른가? 생명을 살리는 생명운동은 이제 예수님처럼 이 제도 종교에서 '출애굽'을 해야 하는 것은 아닐까?

이런저런 일을 보고 겪으면서 나는 한 가지 중요한 것을 깨달았다. 그것은 하느님이 하시는 생명운동이 제도화되면 그 생명력을 잃고 만다는 것이었다. 성서도 그것을 명확히 보여 주고 있었다.

모세가 출애굽을 했을 때 그들은 하느님과 맺은 약속의 비를 법궤에 넣고 전진했다. 가나안 땅에 정착한 후에도 그 법궤를 성전에 가두지 않았다. 문제가 있는 곳마다 그 법궤를 모시고 갔다. 말하자면 역사의 주인이신 하느님은 문제가 있는 곳에 임재해야 한다는 것이었다.

그러던 것이, 다윗이 정치적인 목적으로 법궤를 예루살렘에 모셔다가 성전 안에 가두면서부터 문제가 비롯되었다. 예루살렘을 점령하고 그곳에서 왕위에 오른 다윗은 사울 왕의 통치 하에 있던, 출애굽 전통을 소중히 여기는 북쪽의 열 개 지파를 자기 휘하에 두고 싶었다. 바로 그런 목적으로 다윗은 그들의 삶의 핵이 되는 법궤를 예루살렘에 모셔온 것이다. 그리고 성전을 지어 그 속에 법궤를 가두었다. 이렇게 되면서 북쪽 열 지파에 속한 무리들은 야훼께 예배드리기 위해서는 예루살렘으로 올 수밖에 없었다. 성전 안에 야훼가 계신다고 믿었기 때문이다. 그 과정에서 생명공동체를 인도하신 하느님의 운동은 성전 종교, 다시 말해, 제도 종교가 되고 말았다.

그 뒤로 이스라엘 백성들은 예루살렘 성전에 가야만 하느님께 예배를 드린다고 생각했다. 일주일 동안 제멋대로 살다가 안식일 날 예루살렘 성전에 와서 속죄 제물을 드림으로써 죄를 다 용서받았다고 생각했다. 그리고 일상생활에서는 농경민족이 섬기는 바알 신을 섬기면서 하느님의 선민으로서는 해서는 안 되는 일들을 했다. 이렇게 성전은 기득권자들의 사유물이 되고 말았다.

이에 예언자들은 크게 분노하여 이와 같은 성전 종교에 저항했다. 이사야 1장에 기록된 "너희들이 드리는 제물에는 구역질이 난다.……초하루와 안식일과 축제의 마지막 날에 모여서 하는 짓을 나는 더 이상 견딜 수가 없다."라는 이사야 선지자의 외침이 그것을 분명히 보여 준다. 그리고 그는 호소했다. "몸을 씻어 정결케 해라. 깨끗이 악에서 손을 떼라. 착한 길을 익히고 바른 삶을 찾아라. 억눌린 자를 풀어주고 고아의 인권을 찾아 주며 과부를 두둔해 주어라." 그것은 성전 종교를 탈피하여 삶의 운동으로 발전시키라는 메시지였다.

출애굽 전통을 이어받은 예레미야는 누구보다도 더 거세게 성전 종교를 비판했다. 요시아 왕이 성전을 개축하고 종교 개혁을 한다고는 했으나 여전히 곁길로 가는 유대의 백성들을 보면서 분노에 찬 예레미야는 성전 문을 가로막고 이렇게 외쳤다. "'이것이 야훼의 성전이다, 야훼의 성전이다, 야훼의 성전이다' 한다마는, 그런 빈말을 믿어 안심하지 말고 너희의 생활 태도를 깨끗이 고쳐라. 너희 사이에 억울한 일이 없도록 하여라. 유랑인과 고아와 과부를 억누르지 마라.……그래야 너희 조상에게 길이 살라고 준 이 땅에서 너희를 살게 하리라."

예레미아의 외침 역시 성전 종교에서 '탈피'하라는 것이다.

예수님의 삶과 가르침은 이것을 더욱 더 명확히 보여 준다. 예수님은 탐욕에 사로잡혀서 율법과 성전, 그리고 하느님의 이름까지 오용하고 심지어는 로마와 손을 잡고 민중을 억누르고 수탈하는 당시의 제사장을 위시한 유대교 지도자들을 "강도의 무리들"이라고 외치면서 채찍을 들었다. 그리고 예수님을 따르는 무리들은 서로 나누고 용서하는 생명운동을 전개했다. 한마디로 '탈 제도화' 한 것이다.

어떤 운동이든 커지다 보면 제도화된 형식을 갖기 마련이다. 그러나 제도에 얽매이지 않고 언제나 탈 제도화하는 길을 걸으려고 힘써야 할 것이다. 교회가 건강한 운동체로서 지속되려면 끊임없이 탈 제도화해야 하는데, 그 가능한 방법은 무엇일까? 그 물음이 계속 내 마음속에서 맴돌았다.

부활하신 예수님이 마지막으로 제자들에게 부탁하신 말씀이 마태복음서 28장 16절에서 20절 사이에 나온다. 거기에 보면 부활하신 예수님이 갈릴리의 산에서 열한 제자들에게 나타나서서 이렇게 말씀하셨다.

나는 하늘과 땅의 모든 권한을 받았다. 그러므로 너희는 이 세상 모든 사람들로 내 제자를 삼아 아버지와 아들과 성령의 이름으로 그들에게 세례를 베풀고 내가 너희에게 명한 모든 것을 지키도록 가르쳐라. 내가 세상 끝날까지 항상 너희와 같이 있겠다.

마태복음서는 기원후 90년 무렵에 쓰인 기록이다. 당시에는 교회원이 되려면 아버지와 아들과 성령의 이름으로 세례를 받아야 했다. 그러나 사실 예수님은 교회를 설립하시지도 않았고, 세례를 베푸시지도 않았다. 그는 갈 바를 알지 못하는 떠돌이들 사이에서 생명을 살리는 생명운동을 하셨을 따름이었다. 그것을 '하느님나라' 운동이라고 하셨다. 예수님이 "모든 사람들로 내 제자를 삼아서 내 삶과 말로 가르친 것을 지키도록 하라."고 말씀하신 것을 바로 그런 의미로 받아들여야 한다. 예수님은 구름을 타고 하늘에 올라가서 우리를 내려다보시는 것이 아니라, 세상 끝날까지 하느님 나라 운동을 하는 우리와 함께 계신다고 하셨다. 그러니 예수님의 제자라면 '같이 계시는' 주님을 모시고 그가 사신 것처럼 살아야 마땅하다. 그것이 예수님의 뜻이다.

이것은 예수님이 하늘에 올라가 하느님 오른쪽에 앉아 계신다는 누가복음서나 사도행전의 전통과는 완전히 다르다. 이것은 마가복음서의 빈 무덤 전통과 직결된다. 마가복음서에 따르면, 예수님을 묻은 무덤을 찾은 여인들에게 거기에 있던 한 젊은이가 "가서 제자들에게 일러라. 예수님은 본래 말씀하셨던 것처럼 갈릴리에 가셨으니 거기에 가서 다시 사신 예수님을 만나라." 하고 일렀다. 고난 받는 땅 갈릴리로 가면 거기에서 부활하신 예수님을 만나게 될 것이니, 그와 더불어 다시 생명을 살리는 하느님나라 운동을 하라는 말이었다.

예수님은 요한복음서 2장에 있는 사마리아 여인의 이야기에서도 같은 취지의 말씀을 하셨다. 사마리아 여인이 "정말 예배할 곳이 예루살렘입니까? 아니면 그리심 산입니까?" 하고 물었을 때에도, 예수님은 "예루살렘도 그리심 산도 아니다. 진정한 예배란 영과 진리로 사는 것이다."라고 말씀하셨다. 착한 사마리아 사람의 이야기에서도 마찬가지였다. 성전에서 제사를 드리는 제사장이나 레위 사람이 아니라, 나귀에서 내려 골짜기를 내려가서 강도 만난 사람을 살린, 유대인들이 천시하는 사마리아 사람이 구원을 받을 것이라고 했다.

그런데 요즈음 제도 교회의 예배는 의식적인 예배에 그치고, 삶으로 드리는 예배는 보기가 힘들다. 사람들은 주일마다 교회에 나가서 예배를 드리고 십일조를 드리기만 하면 구원을 얻는다고들 생각한다. 그 구원이라는 것도 죽어서 영혼이 천당으로 가는 것이라고 생각한다. 이런 예배야말로 일찍이 이사야가 말한 "구역질 나는 제사"가 아니고 무엇이겠는가. 제도 교회는 또한 교인 수가 더 많아지고 교회 건물을 더욱 크고 화려하게 짓는 것을 목회의 성공이라고 생각한다. 이것이야 말로 하느님의 뜻에 역행하는 것이고 예수님이 우리에게 유언하신 것을 완전히 무시하는 것이다. 그래서 나는 요즈음 정말 간절한 마음으로 〈신자가 아니라 제자가 되라〉라는 설교를 즐겨 한다.

물론 제도라는 것이 없을 수는 없다. 그러나 그 제도는 일을 위한 것이 되어야지, 제도 자체가 주가 되어서는 안 된다. 만일 제도가 주가 되어 우선시된다면 그 제도는 우상일 따름이다. 그렇다면 교회의 제도는 어떤 것이어야 할까? 생명을 더욱 풍성하게 하는 하느님나라 운동에 도움이 되는 제도란 어떤 것이어야 하는가?

사회 문제에는 무관심한 채 숫자 놀음에만 신경을 쓰는 이런 제도 교회들의 문제를 극복한 〈새 교회란 어떤 것인가?〉라는 주제는 은퇴 이후 나의 가장 큰 화두 중 하나가 됐다.

어느 날 은퇴한 박성모 목사가 나를 찾아와서 교회 갱신에 관한 이야기를 함께 나누었다. 박 목사는 관심 있는 사람들을 모아서 이 문제를 좀 더 진지하게 토의해 보자고 했다. 이렇게 해서 2006년 11월 15일에 박성모, 함성국, 차원태, 이승문, 황남덕, 조동호 등이 맨해튼에 있는 교회연합 건물에서 모였다. 우리는 새 교회란 어때야 하며, 새 교회의 창출을 위해서는 어떻게 접근해야 할 것인지를 중심으로 대화를 나누었다. 우리는 현실 교회의 문제점들에 대해 서로 공감했다.

교회들은 지나치게 양적인 증가에만 전력하고 있다. 그리고 개교회주의가 심한데 이 때문에 교회와 교단 사이의 경쟁이 날로 큰 문제를 일으키고 있다. 목사와 장로들의 권위주의도 문제였다. 그런가 하면, 목사들은 저희의 말을 하느님의 말씀이라고 절대화하여 교인들에게 그대로 믿으라고 강요함으로써 교인들이 자주적으로 생각할 수 없게 한다. 목사들의 재교육과 평신도들의 교육의 필요성이 제기되었다.

박 목사는 그가 섬기던 교회에서 은퇴한 뒤 '새누리선교회'라는 조직을 만들었다. 주일 오후에 예배를 드리고 그 예배에서 모인 헌금을 선교하는 일에 쓰고자 했다. 몇몇 은퇴한 목사들이 무보수로 설교하고, 교인들의 헌금은 전부 선교하는 일에 쓰자는 것이었다. 박 목사는 새로운 형태의 교회를 시작하며 나에게 매달 한 번씩 설교를 해 달라고 했다. 그의 부탁대로 달마다 한 번씩 설교를 하고 있다.

그밖에도 나는 뉴욕의 몇몇 교회에 자주 초빙되어 설교를 하고 있다. 맨해튼에 있는 한인교회(1921년 설립된 뉴욕의 첫 한인교회), 유태영 목사가 목회하던 브롱스 장로교회, 박성모 목사가 목회하던 뉴욕 한인교회, 안중식 목사가 목회하는 롱아일랜드 한인장로교회, 그리고 김민웅 목사가 목회하던 길벗교회 들로, 그 교회 목사들은 다 인권을 소중히 여겨 한국의 민주화운동에 적극적으로 참여한 목사들이다.

김대중 대통령의 취임식

1998년 1월 중순, 2월 25일에 있을 김대중 대통령의 취임식에 참석해 달라는 초청장이 왔다. 5년 전 김대중 선생이 정계에서 떠나겠다고 하던 때가 생각났다. '담담한 심정으로 정계에서 은퇴하기로 결정했고, 다시 정계로 돌아온다는 것이 쉽지는 않았을 텐데 어떻게 결정하셨을까?' 혼자 중얼거렸다.

취임식이 있던 2월 25일은 날씨가 비교적 따뜻했다. 식장은 국회의사당 앞 광장이었다. 자리를 찾아가는 길에 보니 그동안 보고 싶었던 많은 동지들이 모여 서로 반갑게 인사를 나누고 있었다. 서로 손을 맞잡으며 인사를 주고받는 우리의 심정은 그야말로 감격스러웠다. 존경하는 김대중 선생이 오늘 드디어 한국의 대통령이 된다니 어찌 아니 기쁘고 감격스러우랴.

시간이 되자 높은 연단 위에 특별 초청된 사람들이 나타나기 시작했다. 기가 막힌 것은 전두환과 노태우 두 인물이 당당하게 나타나 그 자리에 앉는 것이었다. 온갖 만행을 다 저지른 죄인들이 그래도 전직 대통령이라고 버젓이 단에 올라앉는 것을 보니 그 뻔뻔스러움에 혀를 내두르지 않을 수 없었다. 물론 그들이 그렇게 나타날 수 있는 것은 김대중 후보가 대통령에 당선되면서 그들에게 면죄부를 주었기 때문이다. 오랜 세월 같이 민주화운동을 했던 김영삼 전 대통령은 초청을 받고도 나타나지 않았다.

취임식이 끝난 뒤 우리는 버스를 타고 축하연이 준비된 세종문화회관으로 향했다. 가는 도중에 옆자리 이인하 목사와 "정치적인 민주화와 경제적인 민주화를 동시에 이룩한다는 것은 도저히 이룰 수 없는 약속이다."라는 말을 주고받았다. 국제적인 경쟁이 심한 세계화 시대에 어쩔 수 없이 대기업을 밀어 주어야 할 터이고 따라서 빈부 격차가 일어나기 마련인데 어떻게 경제적인 민주화를 이룩할 것인지, 또 오늘의 정치는 돈이 따라야 하며 그 돈은 결국 가진 자들로부터 나오는 것인데 정치적인 민주화를 어떻게 기할 수 있다는 말인가? 그러나 평화적인 남북통일을 위하여 노력하겠다는 말에는 큰 의미가 있다고 봤다. 김대중 대통령이야말로 평화통일에 기여할 수 있는 분이기 때문이었다. 그리고 그가 평화통일에 크게 기여한다면 그것은 한국 역사에 높게 평가될 일일 터였다. 세종문화예술회관에 마련된 축하연에는 수백을 헤아리는 축하객들이 모여들어 서로 인사를 나누기에도 힘이 들 지경이었다.

다음 날 해외에서 활동하는 사람들이 청와대로 초청되었다. 먼저 패리스 하비 목사가 일어나서 축하의 말을 했다. 말솜씨 좋은 하비 목사는 분위기에 맞게 축하의 말을 멋있게 했다. 하비 목사의 말이 끝나자 김 대통령은 우리를 한번 둘러보시면서 "다른 분은 할 말이 없으십니까?" 하고 묻더니 나를 보고 한마디 하라고 했다. 평민당에 있을 때에도 자주 벼락 연설을 시키더니 또 그러는 것이었다.

"우리는 너무나 오랫동안 춥고 어두운 밤을 지내오며 고생했습니다. 그러면서 새벽 동이 트기를 기다렸습니다. 이제 김 선생이 대통령이 됨으로써 마침내 새벽이 동터 왔습니다. 김 선생이야말로 누구보다도 더 어두운 침침칠야(沈沈漆夜)를 걸어오신 분이십니다. 그런 가운데에서도 늘 이 나라와 민족의 앞날을 위해 꿈을 꾸어 오셨음은 다들 아는 바입니다. 이제 앞으로 그 꿈을 잘 가꾸어 나가 나라와 민족에게 새로운 소망을 주시기 바랍니다. 우리도 그것을 위하여 기도하면서 힘닿는 대로 도울 것입니다."

나는 김대중 대통령을 통해서 한국 역사에 새로운 장이 펼쳐지기를 진심으로 기도했다.

김대중 선생이 대통령으로 봉직하던 때 나는 한국으로 돌아가서 일할지 말지를 두고 고민했다. 한국에 와서 같이 일하자는 제안을 받았기 때문이었다. 사실 몸은 미국에 와 있었지만 마음은 늘 한국에 가 있었다.

그 일로 결정을 내리지 못하던 어느 날 밤 꿈을 꾸었다.

아담한 정원에 자그마한 호수가 있는데 그 가운데 엄청나게 큰 바위가 있었다. 어둑한 정원에는 오리들이 무리지어 있었다. 나는 호숫가에서 작은 오리 한 마리를 잡았다. 잡고 보니 몸에 고무줄이 칭칭 감겨 있었다. 안

됐다는 마음이 들어 가위로 그 고무줄을 다 끊어 주었다. 그러자 그 아기 오리는 비로소 날개를 펴서 어미에게 날아가면서 "어머니, 나를 묶고 있던 고무줄이 끊어져서 이젠 마음대로 날아갈 수 있어요." 하는 것이었다. 그런데 아기 오리를 향해서 오는 어미 오리를 보니, 이럴 수가, 그 어미 오리에게도 고무줄이 두루 엉켜 있었다. 어쩐 일로 오리들한테 이렇게 고무줄이 감겨 있는가 하면서 어미 오리의 고무줄도 끊어 주다가 꿈을 깼다.

꿈에서 깨어나니 기분이 몹시 께름칙했다. 꿈 이야기를 옆에 있는 아내에게 들려주었다. 그랬더니 아내는 "당신이 한국에 가고 싶어하는데 나 때문에 가지 못해서 그런 꿈을 다 꾸었군요!" 하면서 "정말 미안해요." 하는 것이었다.

그 뒤로 나는 다시는 한국에 간다느니 하는 이야기를 아내에게 하지 않았다. 아내가 30여 년 동안 한국에서 고생하면서 살아 준 것을 생각해서, 더는 한국에서의 손짓에 흔들리지 않기로 결심했다. 게다가 아내는 미국으로 돌아온 뒤로 우울증을 앓아서 혼자 두고 떠날 수도 없는 상황이었다. 그리고 사실 내가 아니라도 일을 할 사람은 한국에 얼마든지 있지 않겠는가!

금강산에서의 팔순 잔치

2001년 5월 5일, 내 여든 살 생일 기념으로 금강산으로 가족 여행을 가기로 했다. 금강산은 내가 용정의 은진중학교를 졸업하던 1938년에 졸업반 수학여행으로 3박 4일의 일정으로 구경한 일이 있었다. 그때 수학여행의 노정은 길림-장춘-하얼빈-봉천-여순-대련-평양-서울-금강산-청진-용정이었으니 그때로서는 상당한 장도였다. 그 수학여행을 위해 우리

금강산 만물상 앞에서. 나의 아내는 한국의 산을 유난히 좋아했다.

는 1학년부터 차곡차곡 돈을 모아야 했다. 열일곱 살 나이에 수학여행으로 금강산을 찾았으니 그때의 신명이란 이루 말로 할 수 없었다. 그러나 지금 생각해 보면 수박 겉핥기였음을 인정할 수밖에 없다. 금강산을 오르면서도 산 높고 물 맑으니 그저 신났을 뿐이었다. 그러나 내금강을 거쳐 비로봉 산 정에서 하룻밤을 자고 새벽에 동해에서 해 뜨는 것을 보던 감격은 지금도 잊을 수가 없다. 그리고 물줄기가 세차게 떨어지는 구룡연 폭포의 위용을 무척 인상 깊게 바라보던 것도 기억에 새록새록했다. 아무리 그래도 천하에 아름답기로 소문난 그 명산을 충분히 음미했다고는 말할 수 없다. 그랬는데, 남과 북이 갈라진 지 오랜 지금, 민간 기업인 현대가 북과 교섭하여 금강산을 개방하여 누구나 여행할 수 있게 했으니 그것 자체도 감격스럽고, 한편으로는 더 늙기 전에 한번 다시 가보고 싶었다. 그리고 아내에게도 금강산을 보여 주고 싶었다.

자식들에게 그 이야기를 하니 참 좋은 생각이지만 팔순 나이에 금강산을 오를 수 있겠느냐고 걱정부터 앞세우는 것이었다. 나는 "아직 아흔도 되지 않았는데 그게 무슨 말이냐!"고 짐짓 호통 치면서, 누가 우리와 같이 금강산에 가겠냐고 물었다. 막내딸 영혜 내외와 한국에 사는 영미가 같이 가겠다고 했다.

영혜의 남편 로버트는 그전에도 우리와 함께 한국을 방문한 적이 있었다. 1989년에 내가 김대중 대통령이 세운 인권위원회에서 인권상을 받을 때였다. 그때 그는 서울을 둘러싼 백운대, 도봉산 같은 아름다운 산들과 또 산 속 여기저기 경치 좋은 곳에 자리 잡고 있는 불교 사찰에 매료되어 한국에 반했다. 그리고 청와대에서 열린 인권상 수상자를 위한 축하연에서 김 대통령과 악수하기도 했으니 이래저래 좋은 추억을 가진 터였다.

서울에 오니 김상근 목사와 김성재 교수가 내 팔순 잔치를 수도교회에서 갖기로 했다고 전했다. 십 년 전 내가 국회에 있을 때 그들은 내 고희연도 성대히 치러 주었는데, 후배들의 그런 성심이 무한히 고마웠다. 변함없는 사랑을 베푸는 수도교회 신도들에게도 고마운 마음뿐이었다. 서울에 도착한 다음 날 김성재 교수가 나를 데리고 일류 양복점에 가서 내가 일찍이 입어 본 적 없는 고급 신사복을 마련해 주고, 아내에게도 연초록색의 아름다운 드레스를 마련해 주었다. 우리가 금강산에 다녀온 뒤에 수도교회에서 가진 생일 축하 잔치에서 박형규 목사가 설교를 겸하여 축하의 말씀을 하면서, "한국의 민중신학이 죽어 간다고 하는데 여든이 된 문동환 목사는 여전히 민중신학에 몰두하여 요즈음에는 그것을 '떠돌이신학'으로 발전시키고 있습니다."라고 나를 치켜세워 주었다.

그 축하 행사를 준비하는 동안에 우리 가족은 금강산에 다녀왔다. 우리는 속초에서 금강산으로 가는 유람선을 탔다. 아직 온정리에 호텔이 생기기 전이라서 그 배는 우리의 호텔 역할도 했다. 속초에서 자동차로 30분이면 가는 거리를 배를 타고 돌아가야 한다는 것이 못내 아쉬웠다. 언제나 남과 북이 서로 화합하여 마음대로 왔다 갔다 할 수 있을까 생각하니 서글픈 마음을 금할 길이 없었다. 유람선은 동쪽으로 멀리 공해에 나가서 새벽이 되도록 기다렸다가 다시 온정리 쪽을 향해서 서서히 움직였다.

그 다음 날 10시경에 유람선은 온정리 가까이에 있는 항구에 도착했다. 갑판에 나와서 온정리 서쪽을 병풍처럼 두르고 있는 금강산을 바라보자 가슴이 벅차올랐다. 드디어 북녘 땅 금강산에 발을 들여놓게 된 것이다.

버스를 타고 온정리를 향해 달렸다. 길 양쪽 50미터쯤 되는 곳에는 철조망이 쳐져 아무도 들어오지 못하게 되어 있었다. 그 길은 남쪽에서 오는 관광객을 위한 특수 지역이었다. 철조망 저편으로 작은 부락들이 있는데 길에서 자전거를 타고 달리는 몇 사람 외에는 인기척이 없었다. 해변 가까운 곳에는 금강산 계곡에서 내려오는 물로 논농사를 하는 곳이 더러 있었으나 대부분은 언덕진 곳의 전답들이었다. 모두 어떻게 살아내는지 보기에 안쓰러웠다. 버스 안내원 아가씨의 이야기에 따르면, 해가 짧은 겨울에는 저녁 어두움을 타고 버스가 가는 때가 많은데 그럴 때 보면 불을 켠 집이 거의 없고 굴뚝에서 연기가 나는 집도 보기가 힘들다고 했다. 그렇게 가난하다는 것이다. 가슴이 에는 듯했다.

다음날 조반을 마친 뒤 구룡연 폭포부터 찾기로 했다. 안내원은 구룡연으로 가는 계곡은 춤을 추듯이 흐르는 부드러운 느낌이 금강산의 여성적인 면모를 보여 주고, 만물상이 있는 외금강은 남성적인 느낌을 준다고 설명했다. 조금 더 가다가 안내원이 우리를 세우더니 계곡에 흐르는 맑은 물을 가르치면서 '삼록수'라고 일러 주었다. 그 물은 산삼과 녹용이 녹아서 내리는 물이라서 "올라가면서 한 잔 마시면 10년이 젊어지고 내려오면서 다시

576

구룡연 폭포 앞에서 찍은 가족사진. 왼쪽부터 막내 사위 로버트, 영혜, 아내, 나와 영미다.

마시면 또 10년이 젊어진다."는 것이었다. 그러나 욕심을 부리고 계속 마시면 어머니 뱃속으로 들어가게 되니 조심하라고 경고하여 모두 폭소를 터뜨렸다. 아무튼 우리는 모두 내려가서 그 맑은 물을 한 잔씩 마셨다.

그런 뒤 마치 별천지로 들어가는 입구와도 같은 느낌을 주는, 묘하게 놓인 큰 바윗돌로 된 금강문을 지나자 눈앞에는 빼어난 산으로 둘러싸인 아름다운 계곡이 전개되었다. 옥류동이라고 했다.

마침내 오늘의 목적지인 구룡연에 도착했다. 구룡폭포는 높이 140미터나 되는 높은 암벽에서 떨어져 내려오는 폭포로, 아름다운 봉우리에 둘러싸인 커다란 암벽을 배경으로 흘러내려오는 것이 신비스런 느낌을 주었다. 거센 물줄기에 패여 자연스럽게 이루어진 구룡연은 깊이가 13미터나 되는데, 옛날 금강산을 지키던 아홉 마리의 용이 이 소에 살았다고 해서 이 소를 구룡연이라고 부른다고 했다. 구룡폭포를 바라보는 전망대는 폭포에서 300미터나 떨어진 곳인데도 우리는 폭포에서 솟아오르는 수증기에 휩싸여서 서늘한 느낌을 받았다.

그곳에 이르기까지 약 세 시간이 걸렸는데 길이 그리 험하지 않아 나도 수월하게 올랐고, 덕분에 오래간만에 보는 금강산의 절경을 마음껏 즐길 수가 있었다.

온정리에 돌아온 우리는 그 유명한 온정리의 야외 온천에 들어갔다. 어려서 수학여행을 왔을 때는 자연 그대로의 온천이었는데, 지금은 인공이 많이 가미되어 편리하기는 하나 대자연 속에 있다는 풍류는 느낄 수 없었다. 이 온천을 가장 좋아한 것은 로버트였다. 미국에서는 경험하지 못한 것이기 때문이다.

그 다음 날의 목적지는 외금강 만물상이었다. 병풍과도 같이 펼쳐신 산봉우리를 전망하는 만상정에서부터 외금강 만물상을 전망하는 천선대까지만 네 시간이 걸린다고 했다. 그리고 그 길은 몹시 가파르고 험준했다. 일행들이 모두 내가 천선대까지 올라갈 수 있을지 걱정했다. 그래서 산을 안내하는 두 남자 안내원이 나와 같이 걸었는데 내가 문익환 목사의 동생이라고 소개하자 매우 반가워했다.

제일 먼저 발을 멈춘 곳은 삼선암이었다. 날카롭게 솟은 세 바위가 나란히 서 있는데 구름이 끼면 마치 신선이 춤을 추는 것 같다고 해서 삼선암이라고 했다. 내가 자라던 만주 명동의 선바위를 연상시켰다. 얼마 더 올라가니 높은 바위에 험상궂은 사람의 머리가 얹힌 듯한 귀면암이 나왔다. 내가 소년 시절에 본 인상 그대로였다. 금강산의 숱한 절경 중에서도 특히 유명한 이 귀면암을 북한은 천연기념물 제224호로 지정해 놓았다.

얼마 더 가니 길이 갑자기 거의 60도 정도나 되게 몹시 가파르게 치솟았다. 그 길을 힘들여 한참 올라가니 마치 낙타등과도 같은 편히 쉴 수 있는 지점이 나왔다. 안심대였다. 경사가 심한 오르막을 한참 올라온 끝에 비로소 안심하여 큰 숨을 내쉬게 된다는 곳이었다.

피곤한 다리를 뻗고 얼마쯤 쉬다가 안심대 반대쪽의 가파른 길을 내려갔다. 시간이 부족해서 망양대는 포기하고 천선대로 향했다. 쇠 난간을 잡고 한 100미터쯤 올라가니 그 산봉우리에 샘물이 솟아오르고 있는 것이 아닌가. 물맛이 정말 달고 싱그러웠다. 안내원이 설명하기를, 이 물을 마시면 힘이 부쩍 솟아서 지팡이를 짚고 올라온 사람들이 지팡이를 집어던진다고 해서 망장천(忘杖泉)이라고 부른다는 것이다. 우리는 다시 암석을 껴안으면서 천선대로 올라갔다. 천선대는 만물상 한가운데 우뚝 솟은 날카로운 봉우리로 선녀들이 내려와 놀던 곳이라고 했다. 그곳 역시 쇠 난간을 둘렀는데 바람이 어찌나 심한지 자칫 잘못하면 넘어질 것 같았다. 만물상을 환히 둘러볼 수 있는 천선대에는 사람이 서너 명밖에 설 수 없어 줄을 서서 기다리는 사람들 때문에 오래 머무를 수가 없었다. 저마다 2, 3분씩 만물상을 바라보고 서둘러 내려와야 했다. 천선대까지 오르고 나니 정말 만세라도 부르고 싶은 심정이었다.

올라가는 것보다 내려오는 것이 훨씬 더 힘들었다. 다리가 후들후들 떨리고 균형을 잡기가 힘들었다. 조심조심 내려오다가 귀면암 가까이에 이르러 나는 푹 주저앉고 말았다. 도저히 서 있기도 힘들었다. 옆에 있던 아내가 어쩔 줄 몰라 했다. 그러자 어디에선가 안내원 두 사람이 번개같이 나타나서 나를 부축해 주었다. 놀랍기도 했고 고맙기도 했다. 그들의 부축을 받으면서 무사히 만상정까지 내려올 수 있었다.

버스에 오르자 아내가 감탄했다. "여보, 당신 금강산 산정에까지 올라갔다 내려왔네요. 정말 대단해요." 나는 늘 하는 농담으로 응수했다. "아직 아흔도 되지 않았는데, 뭐."

이렇게 금강산의 아름답고 신비로운 절경을 실컷 누리면서 나의 여든 살 생일을 기념했다.

열일곱의 나이에 이곳 금강산을 올랐던 게 어제 같은데 벌써 53년이 흘렀다. 〈그리운 금강산〉이라는 가곡을 부르며 오랫동안 멀리서 그리워하던 금강산을 이렇게 찾았으니 감개무량하지 않을 수 없었다. 어서 남과 북이 서로 화합하여 서로 자유롭게 여행할 수 있는 날이 오기를 바라는 마음 간절했다.

평화통일운동에 말려들다

"문 목사님, 이 일은 꼭 맡아 주셔야 합니다." 2005년 초 뉴욕에서 고국의 민주화 운동을 펼쳐 온 이행우 선생이 전화를 해 왔다. 6·15 실천을 위한 남·북·해외 공동 행사 준비위원회를 만들고 있는데 나더러 미주위원회 위원장을 맡아 달라고 간청했다.

나는 주저했다. 내 나이 이미 팔순을 넘어 '노욕을 부리지 말자'는 생각인 데에다, 통일 운동에는 섣불리 참가하지 않아 오던 터였다. 특히나 미국에서는 북과 가까워 보이면 활동에 지장이 생길 수도 있었다. 또 익환 형이 앞장서서 큰 몫을 했는데 나까지 나설 필요는 없다고 생각했다. 민간 차원의 기구여서 한 해에 두 번씩 한국과 북한을 다녀오는 경비를 감당하기도 은퇴한 처지에는 부담스러웠다.

그런데, 5년 전 김대중 대통령과 김정일 위원장이 마주 잡은 손을 함께 올리며 6·15선언을 발표하던 장면이 다시 떠올랐다. 평민당 시절 김 총재와 늘 이야기하던 일이 현실이 된 순간을 뉴저지의 집에서 텔레비전으로 지켜보면서 나는 춤을 출 듯이 기뻤다. 그 순간 형이 함께 있었더라면 같이 덩실덩실 껴안고 춤을 추었을 텐데……. 그리고 꿈속에서도 통일을 고대하던 부모님은 또 얼마나 기뻐하셨을까! 6·15공동선언은 정말 대단한 사건이었다. 서로 총을 들고 적이 되어 싸우던 한 민족이 오십여 년 만에 평화에 합의했으니 말이다. '빨갱이'라고 매도당하던 김대중 선생이 김정일 위원장과 악수를 했는데도 돌팔매가 아니라 환호를 받았다. 비로소 우리 민족이 얼마나 통일을 갈망하고 있는지를 알 수 있었다.

나는 미주위원회 위원들이 모인 자리에서 조건부로 그 제안을 받아들였다. "앞으로 이 운동이 교포들 사이에 널리 확장되어야 한다. 그래야 미국 정부에도 영향을 줄 수 있다. 그리고 이 운동이 교포들 사이에 확산되게 하려면 그동안 북과 가까이 지내던 사람들은 당분간 후선에 물러서 있어야 한다." 나의 이 같은 제안에 모두 합의함과 더불어 나는 미주위원회 위원장이 되었다.

내가 해외공동위원장이 된 과정은 몹시 미묘했다. 해외위원회를 중국 심양에서 결성했는데 이 결성식에서부터 동경 사무국이 일을 추진하는 방식이 완전히 일방적이었다. 동경 사무국이 해외위원회 규약과 인선까지를 다 만들어 가지고 와서 이를 일방적으로 통과시킨 것이었다. 동경 사무국에서 조정한 안에는 일본에 있는 곽동의 씨를 해외위원회 위원장으로 모시기로 하고 금강산 창립총회에서 이 안을 제안했다. 그러나 남쪽에서는 그를 해외공동위원장으로 받아들이는 것은 곤란하다고 주장했다. 그가 북쪽과 가깝다고 해서 일본의 민단이 6·15공동위원회에 참여하기를 거부했기 때문이었다. 그런 분이 해외위원장이 되면 이 운동에 해외로 확산이 될 수 없다고 본 것이다.

이 문제로 밤늦게까지 대결하다가 나를 공동위원장으로 위촉한다는 조

2005년 첫 번째 6·15공동선언 실천을 위한 남북, 해외 공동행사 참석 차 평양을 방문하였다. 북측 준비위원장 안경호 위원장(가운데), 김영남 최고인민회의 상임위원장과 악수하고 있다. 남쪽 준비위원장 백낙청 선생(왼쪽).

건으로 합의를 보았다. "통일을 위해 마지막으로 조금이나마 기여할 수 있다면 그것으로 족하다."는 것이 나의 솔직한 심정이었다. 2005년 미주 대표로서 재일 한국민주통일연합 곽동의 상임고문과 함께 공동해외위원장을 맡은 뒤로 해마다 6·15와 8·15에 귀국해 남북 공동 행사를 치르는 일을 도왔다. 마침 남쪽 위원장은 백낙청 교수가 맡아 반가웠다. 1975년 그가 서울대에서 해직됐을 때 우리는 해직교수협의회에서 만났다. 그때 우리는 각각 회장과 부회장을 맡았으나 내가 곧바로 투옥되는 바람에 거의 함께 활동하지는 못했다. 그 뒤 30년 만에 다시 만났지만 우리는 뜻이 잘 통했다.

첫 번째 6·15공동행사를 위해 평양 비행장에 도착했을 때 분단 이후 처음으로 평양 땅을 밟는 감회로 가슴이 두근거렸다. 비행장에는 안경호 위원장을 비롯한 북쪽 대표들이 나와서 우리를 영접했다. 안 위원장은 내 손을 꼭 쥐면서 형이 북에 왔을 때도 자기가 안내를 했다고 인사했다. 3박 4일의 일정을 무사히 마치고 폐막식에서 내가 마지막 연설을 했는데, 지금까지 연설해 오던 중에 그 같은 열렬한 호응은 처음이었다. 특히 "김정일 위원장의 지도 하에 따뜻한 접대를 받았다."고 말하는 대목에서는 우레와 같은 박수가 터져 나왔다. 또 마지막 대목에서 "우리가 손을 잡고 6·15정신을 계승하면서 전진하면 앞으로 우리 앞에 밝은 태양이 나타날 것이다."라고 했을 때에도 행사장이 떠나갈 듯한 환호가 쏟아졌다. 처음에는 내 연설이 그렇게 감동적인가 하고 잠시 의아했는데, 나중에 알고 보니, 북에서는 '태양'이 김일성을 상징한다고 해서 내심 난감했다.

나라 밖에서 6·15정신을 계승하는 운동을 펼치려니 난관이 하나둘이 아니었다. 나는 처음부터 이 운동이 통일 운동에 기여하고 미국 정부의 태도에도 영향을 끼치려면 되도록 많은 재미 동포들이 참여해야 한다고 못 박았다. 그래서 나는 오랫동안 통일 운동을 해 온, 이른바 '친북 인사'들은 될 수 있으면 뒤에서 조용히 후원해 주기를 부탁했다. 우리는 미국 동부의 뉴욕, 필라델피아, 워싱턴, 코네티컷에 지부를 만들어 동포들의 참여를 유도했다. 그러나 칠십년대 전후에 이민 온 동포들은 대부분 북한을 여전히 빨갱이 집단으로 인식하고 있었다. 내가 '6·15'를 위해 일한다는 것만으로 '빨갱이 목사'라고 부르는 이들도 있었다. 한인 매체들은 극히 보수적이어서 고국에서 일어나는 변화를 전혀 감지하지 못하고 있었다. 더구나 생업에 지친 이들을 통일 운동에 참여시키는 일이란 쉽지 않았다.

무엇보다도 어려웠던 점은 동경 사무국이 친북적인 일본의 조총련과 유럽과 만주의 범민련, 그리고 미국의 동포연합을 한데 묶어서 매사를 북의 지시에 따라서 집행하려는 것이었다. 동경 사무국은 곽동의 위원장의 이름으로 일을 마음대로 처리해 나갔다. 유럽에서도 이 운동을 교포들에게 확산시키려고 노력한 박소은 위원장을 밀어내 버렸다. 미국에서도 범민련이 주도하도록 조종하여 6·15정신으로 통일을 하려는 운동이 둘로 갈라져 버리고 마는 안타까운 사태가 벌어졌다. 호주와 중남미 위원회도 이에 강하게 반발했다. 나와 곽동의 위원장, 그리고 동경 사무국과의 사이에는 보이지 않는 담이 날로 더 높아 갔다. 애초에는 6·15를 전 지구적인 축제로 만들고자 해서 해외 동포들이 같이 모인 것이었다. 그런데 해외 동포들이 저마다 갈라져 오히려 남북의 화해를 방해할 지경에 이르렀다. 말도 안되는 신경전으로 서로 대립할 때면 참담한 심정이 들기도 했다.

결국 나는 6·15 실천 운동은 남과 북이 주도를 하고 재외 동포들은 손님으로 참가하는 것이 바람직하다는 결론을 내렸다. 60여 년 동안 다른 이념과 제도 아래에서 살아온 우리가 하나가 된다는 것은 결코 쉬운 일이 아님을 실감했다. 무한한 인내력을 가지고 서로의 입장을 이해하면서 협력해 나가는 태도가 참으로 아쉬웠다.

이렇게 4년이 지난 뒤 남한의 위원장인 백낙청 위원장은 2년 임기를 두번 연임한 뒤 사임하게 되었다. 나도 4년이나 했으니 물러나는 것이 지혜로운 일이라고 생각했다. 나이가 아흔이 가까운 내가 물러나고 젊은 사람이 이 일을 맡아야 한다고 생각했다. 나는 사표를 내면서 해외에도 임기의 연한이 있어야 한다고 제언했다.

"앞으로 새로운 위원장의 역할로 해외가 하나가 되기를 간절히 바라는 마음이다. 그리고 사무국은 미국에 있는 것이 지혜롭다고 생각한다. 미국 정부에 영향력이 미쳐야 하기 때문이다.

날로 후퇴해 가는 대북 정책을 바라보는 심정은 답답하기만 하다. 6·15의 의미는 '상생의 진리'이다. 서로 총을 들고 싸우면 '공멸'밖에 없음을 인식해 '평화'에 합의한 것은 인류사에서 흔치 않은 일이다. 로마제국의 예에서 보듯, 승자가 힘으로 지배하는 일방적인 평화는 오래 가지 못하는 법, '네가 살아야 나도 산다'는 상생의 진리, 예수님의 가르침이 한반도에서 시작된 것이다. 교류의 끈을 놓지 말아야 한다."

떠돌이에서 떠돌이로

"목사님. 안녕하세요? 저 유영님이에요." 맑은 목소리가 전화기를 통해 들려왔다.

"유영님……?"

내가 누구인지를 금방 알아차리지 못하자, 그쪽에서 먼저 말했다. "저, 사모님이 시작하신 두레방 책임을 맡고 있는 유영님이에요. 유복님의 언니……."

그 말에 비로소 생각났다. 유복님은 내 아내와 같이 두레방을 시작한 한신대 졸업생이요. 그 언니 유영님은 역시 한신대 졸업생으로 지금 두레방 원장으로 있다. 한두 번 만나 본 일이 있었는데 금방 생각해 내지 못한 것이다. 나이 탓이다.

"오 그래. 그동안 활동이 여간 아니라고 들었는데……."

"뭘요. 그냥 애쓰고 있죠. 저, 목사님을 한번 뵙고 싶은데요. 의논드릴 일이 있어서요."

이렇게 해서 유영님 원장과 장빈 목사를 만났다. 나는 6·15공동선언실천을 위한 평양 축제에서 돌아와 영미네 집에서 며칠 묵고 있던 참이었다. 장빈 목사는 한신대 졸업생으로 동광교회에서 목회하면서 두레방 운영위원장을 맡아 유영님 원장을 적극적으로 돕는 목사였다. 목소리가 부드럽고 얼굴도 명랑하여 인상이 퍽 좋았다.

"목사님, 내년 2006년이면 두레방이 시작된 지 20년이 되어요. 그래서 20주년 행사를 하려고 해요."

"벌써 그렇게 되었나?"

"내년에는 사모님도 꼭 모시고 나오셔야 되요."

"그래야 되는데, 건강이 좋지 않아서 어떨지……."

"목사님이 특별 기념 강연을 해 주셔야 하겠어요."

"참, 목사님. 요즈음 떠돌이신학을 하신다고 들었어요."

"그래요, 나는 요즈음 민중신학을 떠돌이신학이라는 각도에서 생각하고 있지."

"그날 강연은 그 떠돌이신학의 관점에서 말씀해 주세요. 우리가 도우려고 하는 여성들이 다 떠돌이들이니까요."

유영님 원장은 지난 10여 년 동안 기지촌에서 일어난 변화에 대해서 이야기했다. 한국 여성들이 대부분이던 기지촌에 이제 필리핀 여성들이 그 자리를 채우고 있다는 것이었다.

"그 떠돌이신학이 어떤 것인지 듣고 싶습니다."

장빈 목사의 청에 따라, 내가 떠돌이신학을 하게 된 과정에 대해 이야기했다.

그동안 나는 민중신학을 하면서 민중이라는 개념이 좀 모호하다고 생각해 왔다. 독재 정권에서 억압을 받은 이들은 다 민중이라고 생각하는 이들도 있었으니 말이다. 대학에서 해직된 한 교수는 자기도 소외당했으니 민중이라고 주장하기도 했다. 나는 자기가 살던 땅에서 쫓겨나 자기 한 몸밖에는 가진 것이 없는 민중이야말로 역사를 새롭게 할 수 있는 민중이라고 주장했다.

미국에 와서 전 세계적으로 자기 땅에서 밀려난 떠돌이들이 수억이나 된다는 사실을 알고 가슴이 에이는 듯했다. 그들이야말로 21세기의 오늘 하느님의 마음을 아프게 하는 민중이라고 생각했다. 신자유주의라는 이름 아래 전 세계로 횡행하면서 자기 배만 채우는 다국적기업들의 횡포로 수억의 무리들이 자기들이 살던 고향에서 밀려나서 살 길을 찾아서 유리방황하는 것이었다. 미국에도 해마다 1,200만 명이 넘는 떠돌이들(2000년도 통계)이 들어오고 있다. 매일 수십만 명이 목숨을 걸고 멕시코 국경을 넘어 미국으로 들어오고 있다. 유럽도 마찬가지다. 지중해를 건너 스페인으로 들어오는 아프리카인들, 위험을 무릅쓰고 캄캄한 밤중에 흑해를 건너 북유럽으로 들어오는 무슬림교도 등, 전 세계를 정처 없이 떠돌아다니는 이주민들의 수는 헤아릴 수조차 없다. 다국적기업들은 가는 곳에서마다 빈부 격차를 심화시키고 가난한 농부들을 농토에서 추방하고 있다. 그들은 저임금 노예로, 혹은 성매매 여성으로 팔려 가고 있다. 아시아에서도 저개발국에서 살 길을 찾아서 좀 더 부유한 나라로 숨어드는 무리가 나날이 늘고 있고, 한국만 해도 불법 이주민들이 23만 명(2007년)이나 된다.

나는 성서를 정독하면서 새롭게 발견한 사실들을 설명했다.

먼저 떠돌이들이 역사의 주체가 되는 과정을 살펴보았다. 민중신학의 창시자인 안병무와 서남동은 성서와 한국 역사를 정독하면서 민중이 역사의 주체임을 밝혔다. 이것은 실로 중대한 발견이었다. 그러나 떠돌이로 정처 없이 두루 방황하던 그들이 어떻게 역사의 주체가 되었는지를 밝히지는 못했다. 교육을 전공하는 나에게는 이 변화 과정이 무엇보다도 중요했다. 그런 문제의식을 가지고 출애굽 사건을 다시 정독해 보니 그들이 어떻게 역사의 주체가 되었는지, 그 과정이 또렷하게 보였다. 그 과정은 실로 길고 쓰라린 고난의 과정이었다. 그들은 지긋지긋한 고난의 골짜기를 통과하면서 악이 무엇인지를 몸으로 겪었다. 얼마 동안은 목숨을 부지하기 위해서 참고 견디어 냈다. 장차 사태가 변하기를 바라면서 말이다. 그러나 날이 갈수록 사태는 더 악화되어 갔다. 마침내 저들은 가만히 있지 않고 아우성을 치게 되었다. 다 같이 악의 정체를 깨달은 것이다. 집단적인 각(覺)을 한 것이다. 그 과정에서 그들은 주체성을 확립해 갔다.

야훼 하느님은 그들이 고생하는 것을 보면서 마음 아파하셨다고 성서는 증언한다. 그러나 그들이 스스로 주체성을 가지고 아우성을 치기까지는 야훼도 어떻게 하실 수가 없었다. 그들이 주체성을 확립한 후에야 그들의 영과 하느님의 영이 서로 통하여 출애굽의 기적이 일어난 것이다.

출애굽의 기적에 특별한 역할을 한 선각자가 있다. 바로 모세다. 그는 노예의 아들로 태어나 나일 강에 버려졌던 기구한 운명의 소유자다. 그러나 그는 바로의 궁궐에서 살면서 바로의 정체를 일찍 간파할 수 있는 기회를 가졌다. 그는 애굽 제국의 힘과 영화가 노예들의 피땀으로 이룩되고 있음을 보았다. 청년 모세는 이에 항거하려고 했다. 그러나 혼자서 행동하는 것은 무모한 일일 뿐이었다. 그 뒤 그는 미디안 광야에 가서 40년의 긴 세월 동안 그의 동족들이 겪는 쓰라린 고난을 반추하면서 새 내일을 향한 가능성을 추구했다. 그렇게 아파하는 모세의 영과 하느님의 영이 고난을 상징하는 떨기나무 불꽃 속에서 만났다. 이 만남을 통해 모세는 애굽의 고난을 밝히는 열 가지의 악의 정체를 깨닫게 되었고, 하비루(떠돌이)들의 탈출을 보장받았다.

이렇게 야훼 하느님에게서 파송을 받은 모세가 애굽으로 돌아왔다. 그를 배척하던 하비루들이 그가 전하는 야훼 하느님의 약속을 듣고서 그에 호응하여 출애굽의 기적을 이뤄 냈다.

홍해를 건너 시내산에 다다른 저들은 하느님과 계약을 맺는다. 애굽에서 겪었던 열 가지 악을 그들이 이룩할 새 공동체에서는 절대로 용인하지 않을 것이라는 내용이었다. 그들은 가나안 땅에 들어가서 그곳에 있는 다른 하비루들과 임금이 없는 이들, 과부, 고아, 떠돌이들이 안심하고 살 수 있는 공동체를 이루었다.

여기에서 나는 떠돌이들이 역사의 주체가 되어 신천지를 창출하는 과정을 밝히 알게 되었다. 그것은 예수님 공동체의 경우도 마찬가지였다.

갈릴리에 예수라고 하는 한 청년이 있었다. 그의 아버지는 목수였다. 당시 깨끗한 수공업을 하는 자는 중산층에 속했다. 대부분의 바리새파 사람들이 그런 자들이다. 바울이 장막을 짓는 자라는 것이 그것을 말해준다. 예수는 어려서 예언서며 율법을 공부할 만큼 여유로운 삶을 살았다. 랍비라고 불림을 받았고 성전에 가면 율법서를 읽고 증언을 하기도 했다. 그는 매우 감수성이 예민한 청년으로 어려서부터 수탈을 당하여 허덕이는 갈릴리의 농민과 삶의 터전에서 쫓겨난 떠돌이들을 보면서 아파했다.

마태복음서와 누가복음서에 따르면, 세례를 받은 예수님이 광야에 가서 40일 동안 금식을 하면서 앞으로 그가 해야 할 일을 찾고 있었다. 그러자 사탄이 그에게 와서 세 가지 시험을 했다. 그것은 물질을 많이 소유하려는 탐욕, 힘을 자기 뜻대로 행사하려는 권력욕, 탐욕과 권력을 위해서는 종교도 활용하려는 유혹이었다. 당시 유대 사회를 비참하게 만든 악은 다 이 세 가지 유혹에서 비롯되었다. 그러나 예수님은 이 악의 근원을 명확히 보시고 이를 물리치셨다.

사탄의 유혹을 물리치신 예수님은 그에 대치되는 새로운 하느님나라 건설을 꿈꾸셨다. 탐욕 대신 나눔의 공동체를, 권좌에 앉는 것 대신에 아래로 내려가서 형제의 발을 씻는 섬김의 모습을 보여 주셨다. 하느님의 이름을 오용하지 않고, 이웃을 자기 몸처럼 사랑하여 뜻이 하늘에서 이루어진 것처럼 땅에서도 이루어지는 공동체를 이룩하셨다.

그가 외친 "회개하라!"는 외침은 기득권자들에게는 마이동풍이었다. 기득권자들은 그들이 누리고 있는 특권을 버리고 싶지 않았기 때문이다. 그러나 그들에게 짓밟혀 살아온 밑바닥 떠돌이들에게는 기쁜 소식이 아닐 수가 없었다. 그들은 돌아서서 예수님의 뒤를 따르게 되었다.

내 이야기를 듣고 나서 유영님은 떠돌이신학의 시각으로 기지촌 여성들의 문제를 풀이해 달라고 부탁을 했다.

2006년 3월에 나는 아내를 미국에 두고 혼자 서울에 나와 두레방 20주년 기념식에 참석했다. 아내를 대신해서 감사패를 받고, 그 자리에서 내가 생각하고 있는 떠돌이신학을 미군에게 기대어 살길을 찾아보려는 기지촌 여성들의 문제에 초점을 맞추어 이야기했다. 그 자리에 참석한 사람들은 대체로 가난 때문에 몸을 팔고 있는 이들 떠돌이 여성들에게 관심을 가진 분들이어서 내 이야기에 큰 호응을 보였다.

다행스럽게도 나는 사회의 밑바닥에서 아무런 법적인 보장도 없이 허덕이는 떠돌이들에게 관심을 쏟는 기독교인들이 적지 않음을 발견했다. 2007

두레방 20주년 기념강연을 마치고 난 후 한신여동문회 제자들과 대화의 시간을 가졌다.

년 여름과 가을에 그들을 찾아보았다. 처음 찾아간 곳은 김해성 목사가 운영하는 '외국인노동자의 집'과 최이팔 목사가 운영하는 '서울외국인노동자센터'였다. 그들은 불법 이민자들이 부딪치는 온갖 문제들을 해결해 주는 프로그램을 본격적으로 운영하고 있었다. 그리고 그들에게 꼭 필요한, 법적인 제도를 보완하는 일에서 이미 크게 공헌하고 있었다. 김해성 목사의 경우는 여러 나라 말로 예배를 드리는 교회도 운영하고, 외국인 노동자들을 위해 병원을 설립했을 뿐만 아니라, 그들을 위한 신학교까지 운영하고 있었다.

박찬웅 목사가 하는 '안산이주민센터'는 여러 나라에서 온 이주민들을 한데 어우르는 코라시안(Korean-Asian) 센터를 통해 국경 없는 마을을 만들어 다양한 문화를 한데 어우르는 새로운 시도를 꾀하고 있었다. 그리고 김현수 목사가 창설하여 키운 '들꽃 피는 마을' 운동은 가출 청소년들을 20여 개의 그룹 홈으로 나누어 수용해서 교육도 베풀며 앞길을 열어 주는 운동을 벌이고 있었다. 그곳 역시 이민자의 청소년들까지 아우르는 운동으로 발전시켜 나가려고 하고 있다. 김종수 목사 부부가 하는, 아동들의 힘으로 나라를 바로잡자는 '아힘나' 교육 프로그램도 퍽 의미가 있었다. 아동들을 문제가 있는 곳에 노출시킴으로써 아이들이 문제의식을 가지게 하고 그것을 해결하기 위해서 생각하게 하는 교육 방법이었다. 역시 이 프로그램도 불법 이주자들의 어린이들을 포함해서 국경을 넘는 일꾼을 만들어 보려고 하고 있다.

그들 모두가 제도 교회의 틀을 벗어나서 하는 운동들이었다. 다만 아쉬운 점이 있다면, 이 프로그램들은 모두 '우리가 직면하고 있는 그 비극들이 왜 일어나는가?'에 대한 근본적인 문제에는 천착하지 못하고 있다는 점이었다. 아마도 매일 같이 터지는 이주민들의 급박한 문제들을 해결하기에만도 바빠서 그럴 여유를 가질 수 없었을 것이다. 모든 문제의 근원이 되는, 다국적기업을 선두에 세운 자본주의 산업문화의 문제점을 밝히 통찰하고 이에 도전해야 할 텐데, 그러지는 못하고 있었다. 진정으로 떠돌이들을 도우려면, 민중들로 하여금 그들의 삶을 비참하게 만든 악의 뿌리가 무엇인지를 정확히 직시하고 그것을 거부할 수 있도록 이끌어야 하며, 아울러 이에 대치되는 새 하늘, 새 땅을 꿈꾸게 해야 한다.

앞으로 이런 운동을 개발해 세계적으로 확산시켜 나가는 일이 무엇보다 중요하다고 생각한다. 그러니 나는 앞으로 이 문제와 씨름하지 않을 수가 없다.

최근 나의 마음을 기쁘게 하는 젊은 목사들과의 모임을 소개하고 싶다. 지난 정초에 인터넷 신문 '뉴스앤조이'에 내가 꿈꾸고 있는 떠돌이신학에 관한 이야기가 실렸다. 이 기사를 읽은 십여 명의 젊은 목사들이 나와 같이 성서 공부를 하기를 원했다. 그리하여 지난 2월부터 떠돌이신학을 뼈대로 함께 싱시를 공부하고 있다. 서로 흉금을 열고 대화를 가지는 가운데 나도 여러 가지 새로운 깨달음을 얻었고, 젊은 목사들도 새로운 꿈을 가지게 되었다.

그러고 보면 내 삶 역시 떠돌이의 삶이었다. 일제를 피해 고국을 떠나 만주로 밀려난 떠돌이들의 후예로 태어나 독립군의 이야기를 들으며 자라났다. 북간도에서 아브라함처럼 유리방랑하는 떠돌이들을 위해 일생을 바친 김약연 목사를 보며 목사가 되기로 꿈을 꾸었다. 고향인 북간도에서 억지로 떠밀려 나와 서울에서 또다시 떠돌이 생활을 했고, 유학 시절 10년을 미국에서 이방인으로 살았다. 그리고 다시 구순을 바라보는 나이에 미국 땅에서 고국을 그리워하며 떠돌이로 살아가고 있는 것이다. 이런 시각으로 다시 읽어 보니 성경의 주인공들도 떠돌이들이었다. 그리고 하나님이 이룩하려는 뜻은 다른 민족이 서로 축복을 하면서 사는 세상을 만들려는 것이었다. 21세기 우리의 소명은 이 떠돌이 문제를 해결하는 것이 아닐까? 앞

노년에 미국에서. 아내의 오빠가 사는 버몬트 주를 방문했을 때.

으로 이 문제를 성서적으로 더 깊이 파헤치고 심층적으로 연구하면서 역사의 새 내일을 탐구해 보고 싶은 것이 나의 간절한 꿈이다.

1940년대 초 일본 도쿄 신학교에 다닐 적에 최승희의 춤 공연을 본 기억이 지금도 생생하다. 세계 순회공연을 마치고 돌아온 최승희가 도쿄에서 특유의 한국 춤을 선보인다고 하기에 나도 보러 갔었다. 검무, 미륵불춤, 장구춤 등 그만의 독창적이고 한국적인 가락과 춤사위는 관객들을 흥분의 도가니에 빠지게 했다. 그중에서도 특히 '심불로'란 춤이 잊히지 않는다. 어떤 노인이 긴 담뱃대를 입에 물고 젊은 시절부터 적어왔던 일기를 뒤적인다. 어느 대목에 이르자 그는 넘실넘실 춤을 춘다. 젊었던 시절의 신나는 장면을 읽은 것이다. 노인은 어깨춤을 추다가 금세 지쳐 자리에 주저앉고 긴 한숨을 내쉰다. 마음은 아직 젊은데 몸이 말을 듣지 않는 것이다. 그 춤이 나이 많은 사람들의 심정을 그렇게도 실감 나게 표현해서, 그때 갓 스물이 넘은 나도 깊은 감명을 받았다.

이 책을 쓰면서 나는 심불로에 나오는 노인처럼 파란만장했던 내 지난 일들을 곱씹어 보게 되었다. 때로는 새삼스레 신명이 나기도 했고, 내 부족함 때문에 상처를 받은 이들의 얼굴이 떠오르기도 했다. 누구의 삶이든 눈여겨 들여다보면 놀라운 의미를 발견할 수 있을 것이다. 몸은 비록 기력을 잃어 가고 있지만, 마음은 아직도 청춘이다. 내게 던져진 화두를 놓지 않고, 다가올 내일을 꿈꿀 것이다. 바라건대 아직 몸과 마음에 힘이 차 넘치는 젊은 후배들이 내가 못 다한 일들을 해 주기를 간절히 바란다.

사진으로 남은 이야기

아버지 문재린 목사가 재임하던 시절의 명동교회. 맨 앞에 흰 두루마기를 입은 분이 김약연 장로. 그로부터 오른쪽 네 번째 앞줄에 앉은 이가 나의 아버지다. 1910년대.

나의 외할아버지 김하규는 꼿꼿한 실학자였으며 동학운동에도 가담했다.

나의 어머니 김신묵(32세 때). 그의 가장 오래된 사진으로 배신여자성경학교 졸업식 사진에서 따온 것이다. 1927년 용정.

1938년 3월. 일본 유학을 앞둔 형과 중앙교회 친구들과 함께. 뒷줄 왼쪽에서 두 번째가 김약연 목사의 손자 김중섭, 나와 동갑이어서 친하게 지냈다. 앞줄 안경 쓴 이가 문익환 형, 맨 오른쪽이 나.

1938년 은진중학교 17회 졸업식. 눈 내리는 교정에서 졸업장을 받아들고 있다.

598

명신 여자 중고등학교 교사 시절에 찍은 사진. 1946년.

담임을 맡은 명신여자중학교 1학년 여학생들과. 1946년 3월.

프린스턴대학에서 석사학위를 받고자 공부할 때 익환 형과 함께. 1954년.

아버지의 친구인 고든 스코빌 부부. 나와 형의 유학 시절 부모님처럼 돌봐주신 분들이다.

스코빌 목사와 함께 강단에 선 나. 1955년.

피츠버그에서 공부하던 동생 선희가 하트퍼드신학교로 찾아왔다.

1952년 시카고에서 Ministers in Industry라는 프로그램으로 공장에서 노동을 체험하는 프로그램에 참석했다. 왼쪽은 여성신학자 이선애의 오빠.

결혼식장으로 들어가고 있는 아내 문혜림, 나의 친구이자 들러리인 박봉랑과 드레스를 만들어준 조카 인혜.

1961년 12월 16일 서울 경동교회에서 올린 나의 결혼식. 앞쪽에 있는 꼬마가 배우 문성근이다.

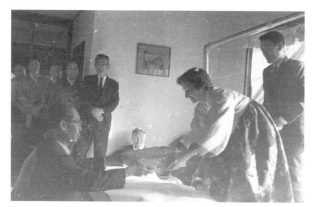

수유리 집에서 시아버지에게 결혼 선물을 전달하는 아내. 아내는 한국 풍습을 잘 몰라 미국에서 내복을 사왔다. 아버지는 처음에는 서양 며느리를 반대했지만 나중에는 며느리 중에 가장 한국적이라며 아내를 사랑해 주셨다.

결혼식이 끝나고 하객과 인사를 나누고 있다.

수유리 한신대 캠퍼스에 모인 형제와 가족들. 익환 형, 선희네, 영환이네, 은희, 그리고 우리 가족. 1964년.

1967년 한신대 옥상에서. 익환 형 내외와 함께. 태근이와 영미.

캐나다로 이민 가는 영환이 부부를 환송하러 김포공항에 나간 우리 가족.
1968년 11월 4일. 왼쪽부터 창근, 태근, 영미.

부모님의 결혼 60주년 기념행사. 부모님은 이 행사 후 캐나다로 이민 가셨다. 1971년.

수유리 익환 형의 집에서 가족들이 모여 생일잔치를 하곤 했다. 맨 왼쪽이 장발의 성근, 오른쪽부터 호근과 의근. 1975년.

같은 날 영미와 함께 노래하며 춤추는 나.

1968년 12월 16일. 일곱 번째 결혼기념일을 맞아 인수봉에 올랐다.

늘 노래와 춤이 끊이지 않았던 새벽의 집. 장난감 기타를 치며 노래를 부르는 나.

새벽의 집 마당을 온 동네에 개방해 아이들의 놀이터가 되었다. 동네 아이들을 위한 유치원과 주일학교를 열기도 했다. 1970년대 초.

돼지머리 앞에서 절하는 나. 추석 잔치에 무세중 선생을 모시고 탈춤을 배우고, 고사를 지냈다.

추석 잔치에서 빨랫골 아줌마가 제문을 읽고 있다. 오른쪽 끝에 동네를 한 바퀴 돌고 온 사자탈도 보인다.

김재준 목사가 쓴 새 인류 새 공동체라는 표구 앞에 모인 새벽의 집 식구들. 나는 한신대 교수들과 함께 삭발한 상태.

동네 아줌마들과 장구회를 조직해 소풍을 나와서 즐거운 한때.

새벽의 집이 시골로 들어갔을 때. 경기도 양주군에서 함께 살던 준호네 가족과 최승국. 1976년.

3.1민주구국선언문 사건으로 재판할 당시 보라색 한복을 입고 시위하는 부인들. 오른쪽부터 이종옥, 문혜림, 박용길.

갈릴리교회 첫돌 기념. 왼쪽부터 나. 이문영, 서남동, 문익환.

새벽의 집 유치원에서 구속자 석방 농성을 벌이는 민주인사들. 1978년 여름.

1978년 9월. 김대중 선생의 석방을 요구하며 한빛교회에서 단식농성을 벌였다.

YH사건으로 투옥되었다가 석방되어
태근이와. 1979년 12월 24일.

같은 날. 새벽의 집 식구들, 경희, 동진, 미순과 반가운 포옹.

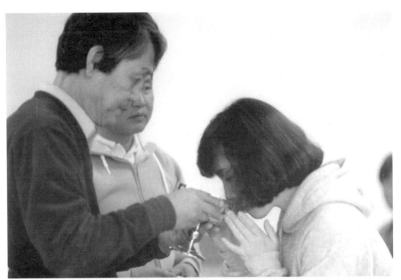

1982년에 시작한 워싱턴 수도교회에서 성찬식을 집례하고 있다. 이복기 집사.

워싱턴 수도교회 식당에서 점심을 준비하는 여성들. 맨 오른쪽은 모처럼 방문하신 장모님.

1987년 1월 31일 박종 철 고문치사 사건이 일 어나 전두환 정권에 대 한 반독재 투쟁이 고조 되던 때 한 시국집회에 서. 왼쪽 김대중, 가운 데 안병무, 오른쪽 나.

1988년 평민연을 결성 해 평민당에 입당한 후 에 5월 30일에 김대중 총재와 4·19 묘지 참배.

1990년 4월 19일. 4·19 묘지 가까이에 사는 안병무 교수의 집에서 동지들이 함께 모였다.

같은 날. 김대중 선생과 함께.

고희를 맞아 방학동 집 앞에서 찍은 가족사진. 1990년.

제자들이 고희기념 논문집을 펴내 주었다. 『평화교육과 민중교육』의 출판기념회에서. 오른쪽부터 이해학 목사 부부, 안병무 박사 부부, 박형규 목사 부부와 맨 왼쪽은 김병걸 교수.

아버지와 어머니 소요산 묘소에 비석을 세우고 나서. 외가 식구들과 함께.

오랜만에 귀국하여 옛 동지들과 함께. 1997년 7월 23일.
뒷줄 왼쪽부터 윤수경, 나, 오재식, 김관석, 이재정, 박경서, 김동완, 김관석 처, 권호경, 가운뎃줄 왼쪽부터 박형규,
오충일, 김상근, 강문규, 앞줄 왼쪽부터 이우정, 이상철, 한 명 건너 박용길.

2001년 5월 수도교회에서 마련해준 팔순잔치에서 가족과 함께.

변함없는 사랑을 베풀어 준 수도교회 식구들과.

2002년 가족들과 함께 명동촌을 방문해 선바위 앞에서.

용정에서 우리 가족이 살던 사택 자리에서. 그곳에서 어린시절을 보냈던 은희, 영환, 나 그리고 형수(맨 왼쪽).

동거우로 올라가는 길목. 내가 뛰어놀던 개울과 김정우 시인의 생가만 남아 있다.

동거우 집터에서. 1914년 여기에 열두 칸 집을 짓고서, 용정으로 떠날 때까지 살았다. 그 뒤 문화혁명 때 온 마을이 사라지는 바람에 담배밭이 되어 있었다. 집 뒤에 있던 느티나무 그루터기를 알아본 내가 가족들에게 자리를 잡아 주고, 집터를 표시해 보았다.

영혜의 결혼식에서 들러
리를 선 아이들. 왼쪽부터
조이, 하늘, 맥스와 서원.

막내딸 영혜의 결혼식. 2002년 가을.

영혜와 사위 로버트. 그들의 아들 리암이 돌을 맞아 한복을 입고 있다.

2009년 여름 손녀 서영이와 여행하며.

동환에게.

1949년 11월. 먼저 미국으로 유학 간 익환 형이 나에게 보낸 편지. 형제는 떨어져 있는 기간 동안에 늘 편지를 주고받을 정도로 각별한 사이였다.

아버님 앞에

그동안도 많은 식구들을 거느리시느라 얼마나 수고하십니까? 가을 내 심방을 끝 맞으셨나이까? 포리도 날마다 자라가는 줄 믿습니다. 장수리는 어찌 되었으며 겨울 나무 장만은 어찌 되었나이까? 김장도 지금쯤은 한 철이 겠지요? 그곳 기후는 어떠한지는 모르나 이곳은 찬으로 따뜻합니다. 작년도 예기 없이 더웠다는데 금년도 unusuall 하다들 합니다.

저는 몸 건강히 공부하고 있습니다. Hebrew, Greek은 당연 선두에서 달릴 자신이 있는데 다른 강의 들은 찬으로 힘이 듭니다. O.T. Biblical Theology는 매우 바르딱 시간에는 한 주일 동안 읽은 것을 보고해야 하며 11 월 3 일 까지 term paper를 써 어야 하는 데 상당히 공부해야 할 것 같습니다. O.T의 우라난 하나님의 이름에 대한 것을 공부하나 이 term paper를 써 볼려 합니다. Study of Bible 과 Methods of Bible Study는 찬 날 영어를 잘해야 하는 학과 이기 때문에 Auditor로 변경했습니다. 실용적인, 조선에서 대소리를 우두 가면서 공부하는 냉실 어려 강의 이하고 처음 보나 훨씬 나아 젔습니다. 다음 학기 좀 녹음을 돼서 Note도 할 수 있을 것 같은 데 봐야 할겠지요?

미국 유학 초기 1950년대 초에 피츠버그시 웨스턴신학교에서. 문동환이 아버지에게 보내는 편지. 가족 걱정과 신학교 공부에 적응해가고 있다는 내용을 담고 있다.

새벽의 집

첫 돌 예배

1973. 11 25

새아침의 노래

밝아 오는 하늘을 외면하고
넘어져 갔는 지평선 위로
하늘 땅을 지으신 손끝이
구름에 밀릴 듯 하며
부풀어 오른다

황금빛 햇살은
닫힌 대문 고리에서 부서지고……
그 소리에
작은 가슴들은 와락 부둥켜 안는다.

뜨거워진 가슴들
한 불덩어리로 밀고 올라
햇살처럼 부서지며
역사의 뒤안길에 흩날린다.
다들 빛의 씨알로

— 문익환 지음 —

-1-

1973년 11월 25일. 새벽의 집 첫돌 예배 순서지 표지.

WORLD COUNCIL OF CHURCHES

PROGRAMME UNIT
EDUCATION AND RENEWAL

/chc

March 21st 1978

TO WHOM IT MAY CONCERN

This is to certify that Dr. Tong Whan Moon of Mt. 6-1 Banghak Dong, Sungbook-ku, Seoul, Korea, was elected a member of the Working Group on Education of the World Council of Churches, on the occasion of the WCC Central Committee meeting in Geneva, August 1976.

The Working Group of the World Council of Churches' Sub-unit on Education will meet at Stony Point, State of New York, USA during the period August 27th to September 5th, 1977, and will be followed by visits to USA churches from September 5th to 10th. It is of the utmost importance for the Sub-unit on Education that Dr. Tong Whan Moon should participate in these meetings.

It is further certified that all expenses relating to travel, as well as those incurred for board, lodging and out of pocket expenses during his sojourn in the USA for the purpose described above, will be met by the World Council of Churches and the USA host Committee in non-Korean currency.

Assistance in providing Dr. Tong Whan Moon with the requisite papers so that he may travel to the USA in order to fulfil the function described above will be highly appreciated by the Programme Unit on Education and Renewal of the World Council of Churches, and in particular by the Sub-unit on Education, of whose Working Group Dr. Moon has been elected a member.

위의 사실을 확인함
Confirmed by the Korean Embassy
in Switzerland on 28. MÄR. 1978

No. 78-2-55

78. 3. 28
No. 1-578

Ulrich Becker (Prof. Dr.)
Director
WCC Sub-unit on Education

세계교회협의회(WCC)의 교회교육위원회의 위원으로 선출되어 1978년 8~9월에 미국에서 열리는 회의에 문동환을 초대하는 초청장이다. 그러나 박정희 정권이 여권을 내주지 않아 참석할 수 없었다.

아빠에게
안녕?
오늘 지은이네엄마한테 미술 배우러
가서 그림을 그렸어
이제 쭉 그림 배우러 갈꺼야
참, 큰아버지 단식하는것 그만두었어
어제 할머니가 단식하는것을 말릴
려고 와서 단식을 그만뒀나봐
7월에는 아빠 면회할꺼야
이불펜은 할머니가 사주신거야
할머니가 빠빠서 선물 조금 사왔지
만 나는 이해할수있어
앵두가 요즈음 익고있어
내가 따먹어 봤더니 맛있더라.
어제 태능국제수영장에 가서
수영했어. 몸건강히안녕
6월 7일 영미

우편엽서

3 1 0 - □□
충북청주시 남동
234 청주교도소
문동환   #333
9

1 3 2 - □□
서울시
도봉구
방학동 산61
영미
우리마을 새마을 집집마다 체신저축

큰딸 영미의 엽서. 할머니가 캐나다에서 오셔서 문익환 큰아버지 단식을 그만두게 하셨다는 이야기. 1977년 6월 8일.

아빠 에게.

아빠 그동안 안녕하셨어요.
그저께 할머니께서 우리집에 오셔서 그날 밤
나오셨을 때 주무셨어요.
그날 할머니가 6.25 이야기를 해주었는데
할머니는 상처 ? 은 것은 없었고 우리 식구
들도 한명도 다치지 않아서 다행이야.
할머니의 이야기도 재미 있지만 할머니의
이야기 하는 모습이 더욱 재미 있었어요.
그리고 그전에는 삼제 형과 이야기를 했는데
공부는 열심히 해야 한다는 이야기 라든지
삼제형의 태릉 시절 이야기 등을 해
주었는데 그중에서도 태릉 시절 의. 아빠
에게 또 더듬 번 ? 이야기 < 여학생 둘과
술을 먹고 여학생들이 도쳤 다? 는 이야기 를
해주었는데 다행이 아빠에게 들키지 않아
? 나지 않았는데 그럼 오늘 엄마가 ? ?
ice cream 을 사왔어 커피 아이스크림
이야. 또 창근 이가 운동까를 사와서 오늘은
운동을 하고 있어요. 그럼 몸건강히
안녕! 1977년 6월 14일
윤태근 올림.

우 편 엽 서

3 1 0 - □□

234 번지

? 동환 (아버지) 에게.

1977 6. 14

서울시 도봉구 방학동 산6-1
7 3 2 - 67 윤태근 올림

우리마을 새마을 집집마다 체신저축

작은아들 태근의 엽서. 할머니가 6.25 이야기를 해 주었다는 이야기. 1977년 6월 14일.

아빠께

아빠 안녕하세요.

저도 잘있읍니다.

어제는 미국 갔다고 좀도못잤어요

지금은 기분이 이상하고, 심심해요

아빠 빛사인빨 있으면 미국행 비행기미

됩니다.

아빠, 보통미때 감에서 비행장에 나오시겠

죠? 그래서 지금은 2렇지 할수없어요.

아빠 오늘 점심은 내8크단 에서 먹을거예요

참 아빠, 오늘 제가 다니는학교의 1학년

학생 (보이스카웃)중의 큰반이 미국으로 이뻐가요

그러며 저는 2시 55분발 north west비

기를 타지만 저는 2시 50분발 K.A.L

비행기를타다요 그럼 안녕히 계세요.

1977. 7. 28. 윤창근

큰아들 창근의 엽서. 1977년 7월 28일.

우편엽서

310-□□

청주시. 탑동 234번지

청주 교도소

윤동환 (333번)

서울시 오봉구 방학동 산어

새별약국

윤창근

132-01

우리마을 새마을 집집마다 저축저축

630

아빠, 안영하시는지요? 8/19
단식을 한다는 말을 듣고
깜작놀랐읍니다. 혈압이
높은데다가 단식을 하면
어떻게 견디실려고요,
미국에다 전화하고 대사관
에서도 알아봐주었읍니다.
창태끈이가 24일 밤에
도착할겁니다. 미국에서
수영, water sking, 파티
하고 아주 재미있게
놀고 있데요. 가나다에
가기로 햇읍니다,
     당신 8월 편지가 아직
못 받아는데 어떻게 됩니까?
영미가 자기 생일날 하시
겠지요 하고 기다립니다.
     사랑하는 아내 혜림.

우편엽서

3 1 0 - □ □

탑동 234

교도소

환 박사님

310-□□

서울 도봉구
방학동 산6
혜림

132-01

우리마을 새마을 집집마다 체신저축

아내 혜림이 쓴 엽서. 남편의 고혈압과 단식
때문에 애끓는 심정이 담겨 있다.

아빠께
아빠 안녕?
오늘 내 생일 파아티를 해서 친구들도 왔
었고 또 여러 분이 오셨어

할 머 니   독서의 계절 명이 짧어
         그 명이 읽으시고 하세요
박사님   큰엄마
제 결을 몰제 걱정 마세요
         식수사정이 많이 좋아졌습니다
3일에 면회 갑니다   정글도전글입요
오는 식수이 (많이) 모니 아주화송
좋아니다. 생각이 더많이 나는 군요(해자)
창.태근이가 늘 형들보다 더
커질 것 같습니다   건강을 ·····
  영미 어머니   아근 1일모
식구들이 함께 Puzzle 하는것 응을 하고
있지요. 참 이뻐요. 1일모.
         문영혜

우편엽서

3 1 0 - □□

□주시 탑동 234

□주 교도소

□동환 박사님
333

방학동
산 64
문혜경

1 3 2 - 0 4

우리마을 새마을 집집마다 체신저축

큰딸 영미 생일에 모인 가족들이 함께 쓴
엽서. 어머니, 형수(박용길) 최승국, 한능
자, 김성재, 문의근, 문성근, 문영혜.
1977년 8월.

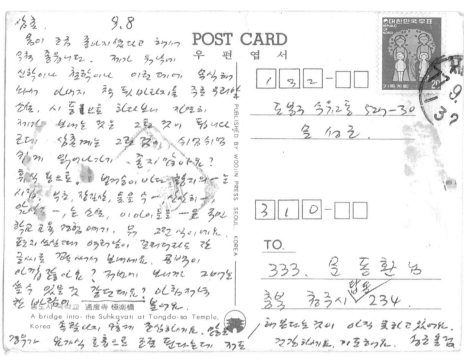

조카 문성근이 쓴 엽서. 황지우 시집, 『장길산』 등의 책을 넣어 준 이야기와 편지를 한 달에 한 번밖에 못 쓰니 빽빽하게 쓰시라는 내용이 재미있다. 1977년 9월 8일.

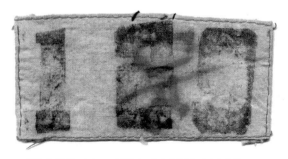

1979년 8월. YH사건으로 서울구치소에 수감되었을 때의 수감번호 129.

DEFENDER OF JUSTICE: A PROFILE OF STEPHEN MOON

by BETTY GRAY

Moon Tong Hwan, a 59-year-old professor who has twice been imprisoned and placed in solitary confinement by his government, is a wanted man in the Republic of Korea.

Dr. Stephen Moon, a 59-year-old Christian educator who has earned degrees in theology and Christian education at Princeton University and Hartford Theological Seminary, is a "wanted" man in the United States. Moon Tong Hwan and Dr. Stephen Moon are the same man. In Korea he is viewed as an enemy by the government; in the United States he is welcomed as a defender of the Christian faith and of democratic policies. He and his American wife, Faye, are presently in the United States with their four children as refugees from a military government.

In religious annals, Stephen Moon is one of the contemporary band of saints and martyrs emerging around the world as citizens confront repressive governments. He might deny the role if asked, but the events of his life read like those of other well remembered Christians.

Moon Tong Hwan (Stephen is an adopted Western name of convenience) was born May 5, 1921, in Young Jung, Manchuria some five or ten miles above the Korean border of that time. China was administering the area which attracted a large community of Koreans seeking political and religious freedom from Japanese invaders.

The Moon family was one of four influential families who went together to Manchuria with the purpose of following their faith and preserving the future of Korea despite the Japanese annexation of the country in 1910.

Dr. Moon's paternal grandfather had become a Christian in the district of Korea administered by the Canadian Presbyterian Church. His family followed him in his new belief. Dr. Moon's maternal grandfather was a Confucian scholar who for many years could not accept the idea that Jesus was a son of God. Eventually he settled the question and became an elder of the church.

Chairin Moon, Stephen's father, now 85 and living in exile in Canada, is a minister of the church. Stephen's mother, Shin Mook Moon, 86, has remained in Korea near a son and daughter. In 1910, this close knit community in Manchuria filled the lives of the children with stories of the need to oppose the Japanese and the duty to contribute to the Korean culture and to its people. "These were the same to us as cowboy stories and songs are to young Americans," Dr. Moon said. "Patriotism was very important."

The four families established a community school and a church. They called a Christian minister and provided religious training in school, at church and at home. When the Japanese influence held sway, the teachers used Japanese text books, but translated them orally in the classroom into Korean.

When World War I ended, the Koreans went home. They listened with favor to the League of Nations' call for free government, and responded by electing a delegate which the League refused to seat. These aspirations spawned the demonstrations of March 1, 1919, to celebrate the defeat of the Japanese. They started in Seoul and spread over Korea. They were

미국의 감리교회 잡지 『Response』에 실린 문동환에 대한 기사. '정의를 지키는 자' 라는 제목으로 감옥 경험과 망명하게 된 이야기를 소개하고 있다. 1980년 7, 8월호.

형님

너무 오랫동안 자주 쓰지 못하여 죄송합니다.
...

1982년에 감옥에 있는 익환 형에게 보낸 편지로 워싱턴 수도교회 창립에 관한 내용을 담고 있다.

고희 기념 논문집에 실린 이철수 화백의 판화.

문동환 연보

1921. 5. 5.	문재린과 김신묵의 둘째 아들로 만주 북간도 명동촌에서 출생
1934	용정 광명소학교(6년제) 졸업
1938	은진중학교 졸업
1940	일본으로 유학
1943	일본 동경 일본신학교 예과(어학+인문)를 태평양전쟁으로 중단
1944~1945	만주 만보산 만보산초등학교 교사
1943. 9.~1946. 5.	용정 명신여자중고등학교 교사
1946~1947	조선신학교 졸업
1947. 9.~1948. 6.	경기도 장단의 장단중학교 교사
1948. 9.~1949. 6.	서울 대광중고등학교 교사
1950. 1.~1951. 8.	경남 거제도 아양리교회 시무
1951~1953	미국 펜실베이니아 주 피츠버그 시 웨스턴신학교 졸업(B.D.학위)
1953~1955	미국 뉴저지 주 프린스턴신학교 졸업(Th. M.학위)
1955~1956	미국 코네티컷 주 하트퍼드신학대학원 종교교육학 석사학위(M.A.)
1958~1959	미국 코네티컷 주 게일로드 폐병 요양소에서 치료
1956~1961	미국 코네티컷 주 하트퍼드신학대학원 종교교육학 박사학위 (Ed.R.D.)
1956. 10.~1960. 5.	미국 코네티컷 주 맨체스터감리교회 기독교교육 목사
1960. 6.~1961. 8.	미국 미주리 주 모빌리에서 농촌교회 연구목회
1961. 12. 16.	해리엇 페이 핀치벡(Harriett Faye Pinchbeck, 문혜림)과 결혼
1961~1975	한국신학대학 신학과 교수
1967~1974	한국기독교장로회 수도교회 목사
1975~1979	한국신학대학 교수 해직 후 한국기독교장로회 선교교육원 교수

1976. 3. 1.	명동 3·1 민주구국선언 사건으로 투옥 (22개월 복역)
1975~1980	갈릴리교회 공동목회
1978~1980	한국기독교민중교육연구소 소장
1979. 8.~1980.12.24.	와이에이치(YH) 사건으로 투옥(5개월)
1980. 3.	한신대학 복직
1980. 5.	한신대학 해직, 미국 망명
1982~1985. 8.	미국 워싱턴 한인 수도장로교회 목사
1985. 9.	한신대학 복직
1985. 10.~1986. 8.	한신대학 부설 제3세계문화연구소 소장
1986. 8.	한신대학 은퇴, 명예교수
1987. 6.	민주쟁취국민운동본부 위원장
1988. 3.	평화민주당 수석부총재
1988. 3.	평화민주통일연구회 이사장
1988. 5.	국회의원, 국회외무통일위원회 위원
1988. 6.	국회 5·18광주민주화운동 진상조사특별위원회 위원장
1995~2000	뉴욕 장로교신학교 교수
2001~2004	뉴욕 선한목자장로교회 설교 목사
현재	한신대학교 명예교수
2005~2008	6.15 민족공동위원회 해외공동위원장
그 외	한국기독교장로회 총회 교육위원, 고시위원
	세계기독교교육협회 위원
	세계교회협의회 예배 및 교육 위원회 위원
	대한기독교교육협회 이사
	수도권 특수지역 선교위원회 부위원장 등 역임

저서와 논문

- 저서
『교회교육지침서』, 1969.
『자아확립(기독교서회)』, 1972.
『인간해방과 기독교교육』, 한신대 자유문고, 1976.
『아리랑고개의 교육』, 한국신학연구소, 1986.
『어둠이 빛을 이겨본 적이 없다』, 종로서적, 1987.
『생명공동체와 기화교육』, 한국신학연구소, 1997.

- 논문
『신학연구』
「교회교육을 위한 합동찬송가 평가」, 1965. 9.
「현대 기독교교육의 동향」, 1966. 12.
「떡잎을 보면서」, 1974.
「웁쌀라 대회와 기독교교육」, 1975.
「새 공동체 회복과 기독교교육」, 1975. 5.
「한국인의 가치관과 기독교교육」, 1976. 2.

『세계와 선교』
「교육의 위기와 교회」, 1971. 10.6., 20호
「P. Freire의 교육이론과 한국교회」, 1971. 12. 15., 21호
「인간해방과 기독교교육」, 1972. 6. 30., 24호~37호
「인간해방의 신학」, 1975. 2. 28., 39호
「한신대학의 이념 모색」, 1984. 4. 30., 65호
「바알문화에 압사당하는 교회교육」, 1985. 10., 93호

『신학사상』
「평화의 기수는 민중이다」, 1985. 여름호, 제43집
「21 세기와 민중신학」, 2000. 여름호.

『기독교 사상』
「1세기 그리스도를 20세기 한국 청년에게」, 1961. 10.
「무표정한 얼굴의 배후」, 1962. 4.
「기독교교육과 주일학교 찬송가」, 1963. 5.
「기독교교육의 본질과 교육자의 질책」

「중·고등학생의 교회생활 비교 연구」, 1965. 5.
「요한 칼빈의 교육관」, 1965. 7.
「결혼기 청년의 문제성」, 1965. 8.
「세속도시와 크리스천의 이미지」, 1966. 12.
「서울 대학생들의 생활 모습」, 1966. 4.
「어떠한 자질을 가져야 하나」, 1967. 9.
「사회교육을 위한 교회의 사명」, 1969. 2.
「민주주의 현실과 교회」, 1971. 12.
「선교교육과 공동체 摸索」, 1973. 2.
「오늘의 선교와 교회의 교육적 사명」, 1973. 9.
「새 가족제도의 요청」, 1974. 5.
「하나님의 선교와 농민 선교」, 1979. 1.
「어떤 예배를 드릴 것인가」, 1979. 2.
「예수와 회당」, 1979. 10.
「한국의 미래 공동체와 교회」, 1984. 1.

『기독교교육』
「현대 기독교교육의 동향」, 1966. 1~2월호, 12호
「어떠한 자질을 가져야 하나」, 1967. 3~4월호, 19호
「과정과 교육원리」, 1967. 11~12월호, 23호
「한국에 있어서 기독교교육의 과제」, 1968. 1~2월호, 24호
「새 시대의 인간상과 기독교교육」, 1968. 9~10월호, 28호
「인간해방과 기독교교육」, 1972. 10., 71호
「오늘의 선교와 교회의 교육적 사명」, 1973. 9., 81호
「인간의 사회공동체 형성」, 1975. 1., 96호
「사회공동체와 인간 형성」, 1975. 2., 97호
「폭력공동체와 인간화교육」, 1975. 3., 98호
「새 인류·새 공동체」, 1975. 4., 99호
「새 공동체 회복과 기독교교육」, 1975. 5., 100호
「한국인의 가치관과 기독교교육」, 1976. 2., 108호

『현존』
「민중교육론」, 1979. 5., 101호

『박형규 목사 고희 기념 논문』
「생명문화와 교회교육」, 2004. 6. 19.

『기장회보』
「6·15와 화해의 과정」, 2005. 5. 23.